HEYNE BÜCHER

SCIENCE FICTION

Herausgegeben
von Wolfgang Jeschke

Von **Robert Silverberg** erschien in der
HEYNE ALLGEMEINEN REIHE:

Einbruch der Nacht · 01010090
(nach Isaac Asimov)

In der Reihe
HEYNE SCIENCE FICTION & FANTASY:

Gast aus der Zukunft · 0603193
Das heilige Atom · 0603224
Die Sterne rücken näher · 0603248; auch in 0601001
Die Seelenbank · 0603256
Exil im Kosmos · 0603269
Schwingen der Nacht · 0603274; erneut 0603929
Macht über Leben und Tod · 0603282; auch in 0601006
Dimension 12 · 0603309
Die Mysterien von Belzagor · 0603345; auch in 0604337
Der Gesang der Neuronen · 0603392; auch in 0601005
Kinder der Retorte · 0603441; auch in 0601003
Es stirbt in mir · 0603445
Ein glücklicher Tag im Jahr 2381 · 0603477; auch in 0601007
Der Seher · 0603590; auch in 0604354
Schadrach im Feuerofen · 0603626; auch in 0604337
Mit den Toten geboren · 0603644; auch in 0604337
Drei Romane in einem Band · 0604337
(Die Mysterien von Belzagor / Schadrach im Feuerofen / Mit den Toten geboren)
König Gilgamesch · 0604420
Tom O'Bedlam · 0604456
Zigeunerstern · 0604541

NACH DER DUNKELHEIT (Zyklus):
Am Ende des Winters · 0604585
Der neue Frühling · 0604894

Über den Wassern · 0604973
Das Land der Lebenden · 0605542
Der heiße Himmel um Mitternacht · 0605665

Als Herausgeber:
Die Mörder Mohammeds · 0603264
Menschen und andere Ungeheuer · 0603378
Das neue Atlantis · 0603755

ROBERT SILVERBERG

DER HEISSE HIMMEL UM MITTERNACHT

Roman

Aus dem Amerikanischen übersetzt von
ROLAND FLEISSNER

Deutsche Erstausgabe

WILHELM HEYNE VERLAG
MÜNCHEN

HEYNE SCIENCE FICTION & FANTASY
Band 0605665

Titel der amerikanischen Originalausgabe
HOT SKY AT MIDNIGHT
Deutsche Übersetzung von Roland Fleissner
Das Umschlagbild malte Michael Whelan

Umwelthinweis:
Dieses Buch wurde auf chlor- und
säurefreiem Papier gedruckt.

Redaktion: Wolfgang Jeschke

Erstausgabe 1994 by Bantam Books, a division
of Bantam Doubleday Dell Publishing Group, New York
Mit freundlicher Genehmigung des Autors
und Paul und Peter Fritz, Literarische Agentur, Zürich
(# 49958)

Printed in Germany 1997
Umschlaggestaltung: Atelier Ingrid Schütz, München
Technische Betreuung: M. Spinola
Satz: Schaber Satz- und Datentechnik, Wels
Druck und Bindung: Elsnerdruck, Berlin

ISBN 3-453-12635-1

Für Alice K.
Die einem alten Hund
ein paar neue Tricks beibrachte

Ach, Westwind, wann wehest du,
Damit der feine Regen regnen kann?
Ach, hielt ich mein Liebstes in den Armen
Und läge wieder in meinem Bett!

ANONYM

1

DER GEHÖRT MIR, sagte Juanito zu sich selbst. Der dort drüben. Genau der, bestimmt.

Er schaute angestrengt zu den frischen Dinkos hinüber, die mit dem Mittagsshuttle von der Erde angekommen waren. Der Mann, auf den er sich ansetzen wollte, war groß und breit, und er hatte überhaupt keine Augen, da war einfach nichts von der Stirn bis zum Nasenrücken, nur eine Andeutung von dunkelschattigen Gruben unter der glatten Haut des Schädels. Nicht einmal Augenbrauen, nur die Knochenwülste. Als hätte man ihm die Augen ausradiert, dachte Juanito. Aber wahrscheinlich hatte er überhaupt noch nie Augen besessen. Es sah nicht nach einer genetischen Retrofitsache aus, eher schon nach einer pränatalen Spleißung.

Er wußte, er mußte rasch handeln. Die Konkurrenz war ziemlich stark. Hier im Warteraum hockten fünfzehn, zwanzig Kuriere dicht beisammen wie die Geier, und darunter ein paar der Topleute: Ricky, Lola, Kluge, Nataniel, Delilah.

Und sie sahen heute alle hungrig aus. Juanito konnte es sich nicht leisten, außen vor zu bleiben. Seit sechs Wochen hatte er nicht gearbeitet, es war höchste Zeit. Sein letzter Job war ein schnellschnatterndes ukrainisches Showdance-Geschöpf gewesen, das auf Commonplace und vielleicht zwei, drei weiteren Habitatwelten wegen Plutoniumgeschäften gesucht wurde. Juanito hatte die Type bis zum letzten Tropfen gemolken, aber jede Kuh ist irgendwann mal leer. Die Neulinge lernen, begreifen das System, sie assimilieren sich, verschmelzen, werden unsichtbar, und dann haben sie natürlich keinen Grund mehr, weiter zu bezahlen. Und dann mußt du dir eben einen neuen Kunden suchen.

»Also dann«, sagte Juanito und sah die anderen herausfordernd an. »Der dort gehört mir, der verkorkste Typ da mit dem halben Gesicht. Sonst einer scharf auf den?«

Kluge sagte lachend: »Mann, der gehört ganz dir allein.«

»Ja«, sagte Delilah und schauderte ein bißchen dabei. »Der gehört ganz dir.« Es betrübte ihn ein wenig, daß auch sie zustimmte. Es hatte Juanito schon immer traurig gemacht, daß Delilah nicht über so viel Phantasie verfügte wie er selbst. »Jesus!« sagte sie. »Ich wette, der macht 'ne Menge Schwierigkeiten.«

»Die Problemfälle zahlen sich am besten aus«, sagte Juanito. »Wenn ihr euch lieber mit Leichtgewichten abgeben wollt, mir ist es recht.« Er grinste breit und winkte ihnen zu. »Und wenn alle einverstanden sind, dann denke ich, ich zieh mal los und geh runter. Bis später dann, Leute!«

Er setzte sich nach unten auf der Wandung der Andockröhre der Shuttles in Bewegung. Von der silbrigen Kante des Andockmoduls und ebenso von der dicken Verbindungsröhre der Erdfähre reflektierte blendend das Sonnenlicht. Die Röhre steckte wie ein dicker Spieß in einem überzuckerten Krapfen in der Mitte des Moduls. Gegenüber wankten die soeben eingetroffenen Dinkos wabbelbeinig unter dem zehn Meter hohen Leuchtbild des El Supremo vorbei in das rote Fiberglaszelt, die Räucherkammer. Und wie immer machte ihnen die geringere Schwerkraft zu schaffen; hier an der Nabe betrug sie nur maximal 1/16 Ge. Und wahrscheinlich bereitete ihnen auch die Atmosphäre Beschwerden. Die Luft hier war rein, hatte einen ziemlich hohen Sauerstoffgehalt und war ohne Schadstoffbelastungen. Die Neuankömmlinge waren die übelriechende Giftsuppe gewöhnt, die man auf der Erde als ›Luft‹ bezeichnete, das Giftgas, das sie dort die ganze Zeit atmen, den Schwall abstruser, giftiger chemischer Schadstoffe, die einem die Lungen zerfraßen und die Knochen in Gelee verwandelten.

Juanito war immer neugierig auf die Neuen. Was hatte sie dazu veranlaßt, sich ausgerechnet Valparaiso Nuevo zu wählen, von allen möglichen bewohnten Welten im Raum. Alle wollten sie von der Erde fortkommen, das war verständlich. Die Erde war ein Misthaufen. Aber es gab doch Satellitenwelten die Menge, auf die sich diese Leute flüchten konnten. Und auf jeder davon gab es gute, saubere Luft und ein erträgliches Klima zu finden. Wer sich also für Valparaiso Nuevo entschied, der mußte dafür ganz besondere Gründe haben. Eigentlich waren es zwei Kategorien: solche, die sich verstecken wollten, und solche, die suchen wollten.

Im Grunde war der Ort hier nichts weiter als ein großer, durch den Raum ziehender Ort der Sicherheit, Ruhe und Ungestörtheit, ein Unterschlupf und Asyl. Wer Gründe hatte, für eine Weile ungestört zu bleiben, der kam nach Valparaiso Nuevo und erkaufte sich hier ein wenig Privatleben. Aber die Voraussetzung dabei war natürlich, daß jemand etwas getan hatte, das andere dazu veranlassen konnte, ihn nicht in Ruhe zu lassen. Und so kamen auch eine Menge Leute, die einen suchten, der nicht so gern gefunden werden wollte, nach Valparaiso. Von beiden Sorten gab es immer genug: Solche, die sich versteckten, solche, die sie suchten … Und El Supremo blickte auf sie alle mit seinem gütigen Auge. Und nicht nur El Supremo.

Die Neuankömmlinge drunten bemühten sich, zackig zu marschieren, als wäre alles normal. Nur ist es ziemlich schwer, wenn man den ganzen Körper verkrampft, als hätte man Angst davor, bei jedem Aufsetzen der Füße einen Meter in die Luft abzuheben. Juanito fand es belustigend, wie die Typen da entlanghampelten, schlurfend wie überfressene Schlammkriecher.

Schwerkraftprobleme kannte Juanito überhaupt nicht. Er hatte sein ganzes Leben hier draußen in den Habitaten, den Satellitenwelten, zugebracht, und er akzeptierte es als eine Selbstverständlichkeit, daß die Anziehung schwankte, je nachdem, wie weit man vom Zentrum entfernt war. Man nahm einfach automatisch die nötige Ausgleichsanpassung vor. Mehr war da nicht nötig.

Juanito hatte Mühe, sich einen Ort vorzustellen, an dem die Schwerkraft immer und überall gleichbleibend war. Er hatte nie einen Fuß auf die Erde oder einen der anderen natürlichen Planeten gesetzt, hatte auch gar keine Lust dazu und rechnete auch nicht damit, es je zu tun. Die Niederlassungen auf dem Mars und auf Ganymed waren reine wissenschaftliche Anlagen, Luna war verdammt häßlich, und was die Erde anging, also da mußte jemand schon verrückt sein, wenn er auf die Erde wollte, und sei es nur zu Besuch. Der bloße Gedanke an die Erde konnte einen schon kotzübel machen.

Die Wache am Eingang zur Quarantänestation war ein Android mit einem platten Kunststoffgesicht. Der Name oder die Fabrikationsbezeichnung oder was immer es war, lautete Velcro Exxon, und Juanito hatte ihn schon früher an dieser Schleuse getroffen. Als er zu dem Adroiden trat, streifte ihn dieser mit einem Blick und fragte: »So rasch wieder am Werk, Juanito?«

»Ein Mensch muß essen, oder?«

Der Android zuckte die Achseln. Höchstwahrscheinlich spielte das Essen bei ihm keine so vordringliche Rolle. »Hast du nicht damals diesen Plutonium-Dealer von Commonplace gehabt?«

Lächelnd fragte Juanito zurück: »Was für einen Plutonium-Dealer?«

»Geht klar«, sagte der Android. »Ich habe dich verstanden.«

Er hielt ihm die wachshäutige Hand hin. In Valparaiso Nuevo mußten sogar die Maschinen geschmiert werden. Juanito legte ihm einen Plastikchip, fünfzig

Callaghanos, auf die Hand. Die normale Gebühr für unerlaubtes Betreten des Zollbereichtanks betrug zwar nur fünfunddreißig Callies, aber Juanito war Anhänger der Wohlstandsverteilungstheorie, besonders wenn es sich um Staatsbedienstete handelte. Schließlich *brauchten* sie ihn ja nicht in den Sperrbereich zu lassen. Und an manchen Tagen warteten mehr Kuriere, als dann Dinko-Passagiere ankamen, und dann mußten die Wachen entscheiden, wer etwas zugeteilt bekam. Die Wachen überzubezahlen, das war einfach kluge Investitionsstrategie.

»Herzlichen Dank«, sagte der Android. »Ganz herzlichen Dank!« Er tippte den Scanner auf Override. Juanito trat durch den Sicherheitsschirm in den Zolltank und sah sich dort nach seinem Objekt um.

Die neuen Dinkos wurden nun in die Fumigationskammer getrieben. Sie waren darüber ärgerlich – das waren sie immer –, doch die Wachen drängten sie unerbittlich weiter zwischen den dichten rosa, grünen und gelben Explosionsstößen der in der Decke angebrachten Desinfektionsbrausen hindurch. Es durfte niemand den Quarantänebereich der Immigrationssektion verlassen, der nicht zuvor durch diese Kammer geschleust worden war. El Supremo litt an fast paranoischer Furcht vor einem Eindringen fremder Mikroorganismen in den geschlossenen ökologischen Kreislauf von Valparaiso Nuevo. El Supremo war in mancherlei Hinsicht paranoid. Es wird eben keiner einziger und absoluter Herrscher einer eigenen kleinen Welt in einem Satelliten – und bleibt es siebenunddreißig Jahre lang –, ohne eine beachtliche Beimischung von Wahnsinn in seinem Charakter zu haben.

Juanito preßte sich an die breite gekrümmte Glaswand und spähte angestrengt in die Dämpfe der Dekontaminationsduschen. Auch die anderen Kuriere kamen jetzt heran. Juanito sah zu, wie sie sich an die Arbeit machten, sich potentielle Kunden aufs Korn nahmen, sie in der Herde aussonderten. Die meisten Dinkos schlossen einen Vertrag, sobald man ihnen die Bedingungen erklärt hatte; aber wie üblich, es gab auch jetzt ein paar, die jede Hilfe ablehnten und darauf bestanden, sich alleine durchzuschlagen. Knauser, dachte Juanito verächtlich. Blöde Arschlöcher, dumme Nieten. Aber die würden es bald merken. Es war einfach nicht möglich, in Valparaiso Nuevo ohne die Mithilfe eines Kuriers etwas zu erledigen, egal für wie schlau sich einer hielt. Valparaiso war schließlich Freihandelszone. Und wenn jemand die Spielregeln kannte, blieb er hier auf Dauer so ziemlich von allen Unannehmlichkeiten verschont. Anderenfalls – eben nicht.

Zeit, den Kontakt aufzunehmen, dachte Juanito.

Es war nicht weiter schwierig, den Blinden herauszufinden. Er war sehr viel größer als die anderen Dinkos. Er war praktisch ein Riese. Ein breiter, langbeiniger Mann, um die dreißig, kräftige Knochen, mächtige Muskeln. In dem scharfen grellen Licht wirkte die augenlose Stirn wie ein Reflektor. Die geringere Schwerkraft schien ihm nicht viel auszumachen. Ebenso nicht seine Blindheit. Er bewegte sich mit geschmeidiger Sicherheit durch die Zollschleuse, es wirkte fast graziös. Wie alle Neuankömmlinge wies auch er die grobe, fleckige Haut auf, gerötet und schuppig, zu der die Erdlinge neigen, weil sie die ganze Zeit in diesem mörderischen, ausdörrenden Sonnenlicht auf ihrem Planeten braten.

Juanito schlenderte zu dem Mann hinüber und sprach ihn an: »Ich werde dein Kurier sein, Sir. Juanito Holt.« Er reichte dem Blinden knapp bis in Ellbogenhöhe.

»Kurier?«

»Hilfsservice für Neue Gäste. Erleichterung bei den Einreiseformalitäten. Zollabwicklung, Geldumtausch, Hotelunterbringung, Daueraufenthaltserlaubnis, falls du das wünschst. Und Spezialservice, nach Absprache.«

Juanito schaute erwartungsvoll in das ausdruckslose Gesicht hinauf. Der Blinde wandte ihm direkt und stumpf das Gesicht zu. Wenn der Dinko Augen gehabt hätte, man hätte es als festen direkten Augenkontakt bezeichnen müssen. Das war gespenstisch. Noch unheimlicher aber war, daß Juanito das Gefühl hatte, der Augenlose könne ihn durchaus klar erkennen. Einen kurzen Augenblick lang fragte sich Juanito, wer bei diesem geschäftlichen Arrangement wen unter Kontrolle haben werde.

»Was sind das für Spezialdienste?«

»Alles, was du sonst noch wünschen könntest«, sagte Juanito.

»Alles?«

»Alles. Hier ist Valparaiso Nuevo, Sir.«

»Hmmm. Wieviel verlangst du?«

»Zweitausend Callaghanos Grundlohn pro Woche. Sonderleistungen entsprechend extra abgerechnet.«

»Und wieviel ist das in Capbloc-Dollars, deine Pauschale?«

Juanito sagte es dem Mann.

»Das ist nicht zu arg«, sagte der Blinde.

»Zwei Wochen Minimum, im voraus zu entrichten.«

»Hmmm«, machte der Mann wieder. Und wieder kam dieses intensive augenlose Starren, das richtig durch ihn hindurchzudringen schien. Der Mann sagte eine Weile nichts. Juanito horchte auf seinen Atem. Der ging hastig und flach, aber so atmeten alle von Draußen. Als bemühten sie sich, die Nasenflügel zusammenzupressen, damit die in der Luft schwebenden Giftstoffe ihnen nicht in die Lungen dringen könnten. Aber in Valparaiso konnte man die Luft getrost und ungefährdet atmen.

»Wie alt bist du?« fragte der blinde Mann plötzlich.

»Siebzehn.« Juanito platzte damit heraus, weil er dermaßen überrascht war.

»Und du bist gut, ja?«

»Ich bin erstklassig. Ich bin hier geboren. Ich kenne jeden.«

»Ich werde den Besten brauchen. Akzeptierst du einen Vertrag per Elektronikhandschlag?«

»Klar doch.« Es lief zu glatt, fand Juanito. Er überlegte kurz, ob er nicht drei Kilocallies pro Woche hätte verlangen sollen, aber jetzt war es dafür zu spät. Er zog sein Flexterminal aus der Tunikatasche und schob die Finger hinein. »Unity Callaghan Bank of Valparaiso Nuevo. Zugangscode 22-44-66. Und du kannst gleich auch einen persönlichen Sperrcode eingeben, weil es die einzige Bank hier ist. Konto Nummer 1133. Das ist meine.«

Der blinde Mann zog sein eigenes Terminal über und tippte geschickt die Zahlen auf dem Armband ein. Dann ergriff er fest Juanitos Hand, bis die Sensoren Kontakt hatten, und nahm die Überweisung vor. Juanito holte sich per Taste die Bestätigung: Ein hellgrün leuchtendes ›+Cl 4000‹ blinkte im Display in seiner Handfläche. Auftraggeber war Victor Farkas, und der Transfer erfolgte von einem Konto bei einer ›Royal Amalgamated Bank of Liechtenstein‹.

Juanito verzog die Stirn. »Liechtenstein. Ist das ein Land auf der Erde?«

»Doch. Ja. Ein sehr kleines. Zwischen der Schweiz und Österreich.«

»Schweiz, davon habe ich schon mal gehört. Du lebst auf Liechtenstein?«

»Nein«, sagte der Mann Farkas. »Meine Bank ist dort. *In* Liechtenstein würden wir auf der Erde übrigens sagen. Außer bei Inseln. Aber Liechtenstein ist keine Insel. So, aber was meinst du, könnten wir jetzt endlich von hier rauskommen?«

»Nur noch ein Transfer«, sagte Juanito. »Pumpe mir deine Einreise-Software rüber. Gepäckscheine, Paß, Visa. Damit wird es für uns beide einfacher, und wir kommen schneller von hier weg.«

»Und ich würde es dir ganz leicht machen, mit meinem Gepäck zu verschwinden, nicht? Und ich würde dich nie wiederfinden können, stimmt's?«

»Denkst du wirklich, ich würde sowas tun?«

»Es wäre für dich einträglicher, wenn du es nicht tun würdest.«

»Du mußt deinem Kurier Vertrauen entgegenbringen, Mister Farkas! Wenn du deinem Kurier nicht vertrauen kannst, dann darfst du keinem in Valparaiso Nuevo trauen.«

»Das weiß ich«, sagte Farkas.

Es dauerte eine weitere halbe Stunde, bis sie Farkas' Gepäck und ihn selbst durch den Zoll gebracht hatten, und die unterschiedlichen Bestechungen beliefen sich auf etwa zweihundert Callies, so der gewöhnliche Durchschnitt. Von den Androiden, die das Gepäck aushändigten, bis zu der kessen Person am Geldwechselschalter – alle mußten geschmiert werden. Juanito hatte gehört, daß es auf den meisten übrigen bewohnten Welten nicht so funktionierte; aber Juanito wußte auch, daß Valparaiso Nuevo anders war als die Welten sonst. An einem Ort, dessen Haupteinnahmen darin bestanden, Flüchtlingen Schutz zu bieten, mußte die Ökonomie zwangsläufig auf dem Umsatz von Bestechungsgeldern basieren.

Farkas allerdings wirkte überhaupt nicht wie die üblichen Flüchtigen. Während sie auf das Gepäck warteten, nahm Juanito sich den Software-Print vor, den der Blinde ihm herübergepumpt hatte, und sah, daß Farkas ein auf sechs Wochen beschränktes Besuchsvisum hatte. Als Arbeitgeber war eine Firma namens Kyocera-Merck, Ltd. angegeben. Also war der Mann ein Sucher, ein Fahnder, kein Flüchtling, und gekommen, um offenbar hier jemanden aufzuspüren, den eine der wichtigsten Megafirmen der Erde gefunden wissen wollte. Jäger, Gejagter – für einen Kurier waren beide Sorten ein einträgliches potentielles Geschäft. Jemand aufspüren, das war zwar normalerweise nicht Juanitos Ding, aber er würde sich anpassen, dachte er.

Die zweite Sache, und die störte ihn mehr, war, daß Farkas sich nicht wie ein Blinder verhielt. Er hatte keine sichtbaren Augen, schön, aber das schien ihn nicht daran zu hindern, seine Umgebung wahrzunehmen. Als sie aus der Zollschleuse traten, wandte er sich um und deutete auf das riesenhafte Porträt von El Supremo. »Wer ist das? Euer Präsident?«

»Der offizielle Titel lautet: *Der Beschützer, Der Generalissimo, El Supremo, Don Eduardo Callaghan.*« Und dann dämmerte es Juanito, und er blinzelte verwirrt und fragte: »Vergib mir, Mister Farkas, aber – du kannst das Bild sehen?«

»Gewissermaßen, ja.«

»Da komm ich nicht mit. Kannst du sehen, oder kannst du nicht?«

»Ja und nein.«

»Allerbesten Dank, Mister Farkas.«

»Wir können uns später ausführlicher darüber unterhalten«, sagte Farkas.

Seine Dinko-Neuzugänge steckte Juanito immer in ein bestimmtes Hotel, das ›San Bernardito‹, vier Kilometer von der Zentralnabe entfernt im Außenbezirk Cajamarca. »Hier lang«, sagte er zu Farkas. »Wir müssen zum Lift im C-Arm.«

Farkas schien ihm mühelos folgen zu können. Ab und zu sah Juanito sich um, aber der große Mann war stets drei, vier Schritte hinter ihm und folgte ihm unbeirrt durch den Gang. Er hat keine Augen, dachte Juanito, aber er kann irgendwie sehen. Bestimmt kann der irgendwie sehen.

Die Vierkilometerfahrt im Transporter des C-Arms an die Peripherie ist wirklich von Anfang bis zum Ende sensationell. Der Lift war eine gläserne Kabine, die durch eine Glasröhre an der Außenwandung der Speiche dahinglitt, und man hatte dabei einen atemberaubenden Blick auf den ganzen raffinierten Maschineriekomplex, aus dem die künstliche Welt Valparaiso Nuevo in ihrer Umlaufbahn um die Erde bestand. Die sieben gewaltigen Speichen, die von der Nabe, vom Mittelpunkt, zum entfernten Rand des Rades führten ... und in jedem Speichenarm die sieben Glas-Aluminiumkugeln, in denen Wohnzonen, Geschäftssektoren, Agrarzonen, Erholungs-Freizeitanlagen und die geschützten Waldregionen untergebracht waren. Während der Fahrt, der Aufzug sank, und dabei stieg die Schwerkraft in den Randsiedlungen bis auf Ge-1, sah man auf den benachbarten Speichenarmen den scharfen Widerschein der Sonne, und ab und zu, hundertfünfzigtausend Kilometer entfernt, flüchtig den gewaltigen Wulstwanst der Erde, der den Himmel ausfüllte; und man sah auf den anderen nahen Umlaufbahnen die zahlreichen anderen bewohnten Künstlichen Welten. »Wie ein ganzer Fischschwarm von Glitzerquallen, die in einem tiefschwarzen Meer tanzen« – das sagten sie alle, die von der Erde hier heraufkamen. Juanito verstand nicht, wie ein Fisch aus Gallert sein sollte oder wieso ein Raumhabitat wie ein ›Fisch‹ aussehen sollte. Aber diese Leute sagten solchen Quatsch immer wieder.

Farkas verlor kein Wort über ›Quallenfische‹. Aber er schien irgendwie dennoch die Aussicht in sich aufzunehmen. Konzentriert stand er ganz dicht an der gläsernen Wandung des Aufzugs, klammerte sich an die Haltestange und sprach kein Wort. Hin und wieder gab er einen leisen Zischlaut von sich, wenn draußen etwas besonders Beeindruckendes vorüberzog. Juanito betrachtete ihn aus den Augenwinkeln. Was konnte der Mann denn *sehen?* In den verschatteten Kuhlen, die er statt Augen besaß, regte sich anscheinend überhaupt nichts. Und dennoch *sah* er auf irgendeine Weise durch diesen breiten, schimmernden leeren Hautstreifen über seiner Nase.

Es war verdammt beunruhigend. Richtig unheimlich.

Im San Bernardito gaben sie Farkas ein Außenzimmer mit Blick auf die Sterne. Juanito schmierte das Hotelpersonal entsprechend, damit seine Klienten angemessen gut behandelt würden. Das hatte ihm schon sein Vater beigebracht, als er noch ein ganz kleines Kerlchen gewesen war, nicht einmal alt genug, eine Schwarzschild-Irregularität von einem letzten Trumpf in der Hand zu unterscheiden. »Bezahl für das, was du haben willst und brauchen wirst«, hatte sein Vater ihm immer wieder gesagt. »Kauf es, dann hast du wenigstens eine Chance, wenn du was brauchst.« Sein Vater war zur Zeit des Empire in Mittelamerika ein Revolutionsführer gewesen. Und wenn der Umsturz erfolgreich verlaufen wäre, wäre er Premierminister des Landes geworden. Aber es war anders gekommen.

»Wünschst du, daß ich dir beim Auspacken helfe?« fragte Juanito.

»Ich komme schon zurecht.«

»Klar«, erwiderte Juanito.

Er trat ans Fenster und blickte hinaus in den Himmel. Wie alle anderen Satellitenwelten auch war Valparaiso Nuevo durch eine drei Meter dicke Isolationsverschalung, die mit Lunarschotter gefüllt war, gegen schädliche kosmische Strahlung und streunende Meteoriten abgeschirmt. An der Außenwandung gab es v-förmige verspiegelte Öffnungen, die das Sonnenlicht durchließen, nicht jedoch die harte Strahlung. Das Hotel hatte es sich angelegen sein lassen, die Räume so anzulegen, daß man von jedem Zimmer auf dieser Seite aus durch die V-Schlitze einen Weltraumblick bekam. Inzwischen hatte sich die ganze Stadt Cajamara in Richtung Weltraumdunkel gedreht, und die Sterne waren scharf blitzend sichtbar.

Als Juanito sich vom Aussichtsfenster abwandte, sah er, daß Farkas bereits selbst seine Kleider säuberlich in den Schrank gehängt hatte und sich nun geschickt und exakt mit einem kleinen Handlaser rasierte.

»Darf ich dir eine persönliche Frage stellen?« sagte Juanito.

»Du willst wissen, wie ich sehen kann.«

»Ja. Es ist ziemlich erstaunlich. Muß ich sagen.«

»Ich kann nicht *sehen.* Nicht richtig in eurem Sinn. Und ich bin wirklich so blind, wie du denkst.«

»Aber wie kommt es dann ...?«

»Man bezeichnet es als Blindsichtigkeit«, sagte Farkas. »Propriozeptives Sehvermögen.«

»Wie?«

Farkas lachte leise. »Die Welt ist voll von Daten, die *nicht* in Form von reflektiertem Licht auftreten, wie deine Augen es sehen. In diesem Zimmer hier vibrieren Millionen von Impulsen neben denen, die zufällig im visuellen Bereich des elektromagnetischen Spektrums liegen. Luft streicht um Gegenstände und wird davon verändert. Aber nicht nur die Luftbewegungen, auch Dinge, Gegenstände besitzen eine eigene Masse, haben eine Wärmestrahlung, sie haben – aber das Wort wird dir nichts sagen – *Gestaltgewicht.* Eine Oualität, die mit der Wechselwirkung von Masse und Form zu tun hat. Sagt dir das was? Nein? Das dachte ich mir. Aber mir bedeutet es etwas. Und für zweidimensionales Sehen von Bildern benutze ich eine anders geartete Technik. Schau, die Welt ist voll von Informationen, die man nutzen kann. Über das mit den Augen Sichtbare hinaus, wenn man das will. Und ich will es.«

»Du benutzt irgendeinen Apparat, um die Information aufzufangen?« fragte Juanito.

Farkas tippte sich gegen die Stirn. »Hier drin. Ich bin damit geboren.«

»Ein anderes Sinnesorgan, statt der Augen?«

»Ja. Das kommt der Sache recht nahe.«

»Aber was *siehst* du dann wirklich? Wie sehen Gegenstände für dich aus?«

»Wie sehen sie für *dich* aus?« fragte Farkas. »Wie sieht beispielsweise ein Stuhl aus?«

»Also, er hat vier Beine – und eine Rückenlehne ...«

»Und wie sieht ein Bein aus?«

»Also, es ist viel länger als dick.«

»Genau.« Farkas kniete sich hin und strich mit den Händen über die schwarzen Röhrenbeine des häßlichen kleinen Sitzmöbels neben dem Bett. »Ich betaste den Stuhl, ich fühle die Form der Beine. Aber ich sehe keine beinförmige Gestalt.«

»Was denn dann?«

»Silberkugeln, die in weiten Kurven verlaufen. Die Rückenlehne des Stuhls hat Gelenke und läßt sich zusammenklappen. Das Bett ist eine helle quecksilbrige Pfütze, aus der lange grüne Stacheln ragen. Du selbst bestehst für mich aus sechs blauen übereinandergelagerten Kugeln, die durch einen dicken orangeroten Schlauch verbunden sind. Und so weiter.«

»Blau?« murmelte Juanito. »Orange? Wie kannst du Farben bezeichnen?«

»Ganz genauso wie du. Ich bezeichne etwas als blau, etwas anderes als orange. Ich habe keine Ahnung, ob sie auch nur entfernt dem entsprechen, was für dich blau oder orange ist, aber was macht das? Mein Blau bleibt für mich blau. Es unterscheidet sich von der Farbe, die ich als rot empfinde, und von *meinem* Grün. Orange bleibt für mich konstant mein Orange. Es ist eine Frage der Bezugssysteme. Kannst du mir folgen?«

»Nein«, gestand Juanito. »Wie ist es überhaupt möglich, daß man sich damit zurechtfindet und irgendwas begreift? Was du siehst, hat doch überhaupt nichts mit den wirklichen Farben und Formen oder der Anordnung von irgendwas zu tun.«

Farkas schüttelte den Kopf. »Falsch, Juanito. Für mich ist das, was ich wahrnehme, eben einfach die Realität, die *echte* Wirklichkeit und Gestalt und Farbenzuordnung. Ich habe nie etwas anderes gekannt. Und wenn man mir jetzt per Retrofitting, einem neuen Verfahren, das, wie man mir sagt, weniger als fünfzig Prozent Erfolgschancen hat und außerdem scheußlich riskant ist, normale Augen geben könnte, würde es mir sehr schwerfallen, wenn ich versuchte, mich in eurer Welt zurechtzufinden. Ich würde Jahre brauchen. Oder es vielleicht nie lernen. Aber ich komme in meiner Welt ganz gut zurecht. Ich verstehe, wenn ich Dinge berühre, daß das, was ich in meiner Blindsicht ›sehe‹, nicht die tatsächliche Form ist. Aber ich sehe festgelegte Äquivalente. Verstehst du das? Für mich sieht also ein Stuhl immer so aus, wie ich mir einen Stuhl vorstelle, obwohl ich weiß, daß Stühle ganz und gar nicht so geformt sind. Wenn du die Dinge so sehen könntest, wie ich sie sehe, würde dir das vorkommen, als stammten sie alle aus einer anderen Dimension. Und es *ist* ja auch wirklich aus einer anderen Dimension. Das Informationsmaterial, auf das ich mich verlasse, ist anders als das, was du benutzt, weiter nichts. Aber auf meine Art kann ich ›sehen‹. Ich nehme Dinge wahr und kann sie zueinander in Beziehung setzen. Ich erfasse räumliche Befindlichkeiten, genau wie ihr. Verstehst du, Juanito?«

Juanito überlegte. Es klang so absurd. Die Welt zu sehen wie in den Zerrspiegeln einer Juxbude … blasige Kleckse, Kugeln, orangefarbene Kabelstränge und glitzernde quecksilberne Tümpel. Unheimlich, das alles, ja richtig unheimlich. Nach einer kurzen Weile sagte er: »Und du bist so geboren?«

»Richtig.«

»Eine genetische Panne?«

»Nein, keine Panne«, sagte Farkas leise. »Es war ein Experiment. Ein Super-Genchirurg, der mich im Bauch meiner Mutter bearbeitet hat.«

»Aha«, sagte Juanito. »Weißt du, eigentlich habe ich mir das gleich gedacht, als ich dich aus dem Shuttle kommen sah. Das muß irgendwie von einer Genspleißung stammen, habe ich mir gedacht. Aber wieso …« Juanito versagte die Stimme. »Ist es zu schwer für dich, darüber zu reden?«

»Nein, nicht sehr.«

»Wieso haben deine Eltern erlauben können ...?«

»Sie konnten nicht anders, Juanito.«

»Aber – ist das nicht gegen das Gesetz. Genspleißung ohne Einwilligung?«

»Aber sicher«, erwiderte Farkas. »Und?«

»Aber wer macht denn so etwas mit ...?«

»Es war im Freistaat Kasachstan, und natürlich hast du nie etwas von dem gehört. Eines der Länder, die aus der ehemaligen Sowjetunion entstanden, von der du wahrscheinlich auch noch nie gehört hast. Nach dem Ersten Zusammenbruch, vor hundert, hundertfünfzig Jahren. Mein Vater war ungarischer Konsul in Taschkent. Während des Zweiten Zusammenbruchs, wie sie den Restaurationskrieg nannten, wurde er getötet. Und meine Mutter, die damals mit mir schwanger war, durfte sich als Freiwillige für die Experimente in Pränataler Genchirurgie zur Verfügung stellen, die damals unter chinesischer Leitung in der Stadt durchgeführt wurden. In diesen Jahren wurden beachtliche Fortschritte erzielt. Sie versuchten damals, neue und nützliche menschliche Wesen für den Dienst an der Republik zu züchten. Ich war das Ergebnis eines der Experimente, in denen es um die Ausdehnung des menschlichen Wahrnehmungsbereichs ging. Eigentlich hätte ich das ganz normale Sehvermögen haben sollen, und dazu noch die Blindsichtigkeit, aber es klappte eben nicht so ganz.«

»Du nimmst das Ganze ziemlich gelassen«, sagte Juanito.

»Was würde es nützen, wenn ich darüber zornig wäre?«

»Das hat mein Vater auch immer zu mir gesagt«, bemerkte Juanito. »›Werde nicht wütend‹, sagte er, ›sieh zu, wie du quitt wirst.‹ Er war in der Politik, im Central American Empire. Als die Revolution fehlschlug, ging er hierher ins Asyl.«

»Wie der Chirurg, der bei mir die Pränataleingriffe durchgeführt hat«, sagte Farkas. »Das war vor fünfzehn Jahren. Er lebt noch immer hier. Ich möchte ihn ausfindig machen.«

»Ich wette, daß du das willst«, sagte Juanito. Denn nun war alles für ihn klar.

2

DAS FENSTER IN CARPENTERS ZIMMER im dreißigsten Stock des vergammelten alten Manito-Hotels im Zentrum von Spokane ging genau nach Osten. Während der anderthalb Jahre, die er nun hier drinnen hauste, hatte er die Scheiben noch nie abgedunkelt. Die volle helle Wucht der allmorgendlich heraufschießenden Sonne durch die klare Scheibe war an jedem Tag sein Wecksignal, wenn sie sich in ihrer ganzen entsetzlichen Pracht anschickte, westwärts über den müden, kahlgefressenen nordamerikanischen Kontinent zu rollen.

Derzeit verdiente Carpenter seinen Lebensunterhalt als DJ, als ›Desert Jockey‹ und Wetterfrosch hier draußen in diesem gottverlassenen, von Trockenheit geplagten Agrargürtel. Und es gehörte zu seinen Aufgaben, die Chancen der Farmer abzuschätzen, die ihre gesamte Existenz aufs Spiel setzten, wenn sie sich auf die nächsten ›vermutlichen‹ ausgiebigen Regenfronten im Ostteil des Staates Washington einzurichten versuchten – nächsten Monat, im nächsten Jahr, irgendwann. Die Gegend lag genau an der Schnittstelle zwischen dem fruchtbaren, landwirtschaftlich nutzbaren Feuchtgürtel im südlichen Kanada und dem verelendeten, dauerhaft verwüsteten Ödland im nördlichen Mittelwesten der Vereinigten Staaten … und die Niederschlagsprognose war eine ziemlich dem Zufall ausgesetzte Sache. Manchmal regnete es, und die Farmer machten üppige Gewinne, und manchmal zog der Regengürtel weit nach Nordosten, und sie machten bankrott. Also verließen sie sich auf Carpenter, der ihnen Wochen, am liebsten Monate im voraus sagen sollte, mit welchen Witterungsbedingungen sie in jeder Jahreszeit zu rechnen haben würden. Für sie war er ihr Wetter-Guru, ihr Schamane und Wahrsager.

Er hatte in seinem Leben schon ganz andere ›Berufe‹ gehabt. Bevor er den Wetterjob bekam, war er Frachtdispatcher für eines der LS-Shuttles bei Samurai Industries gewesen. Vorher Chip-Runner, und davor – die Zeit hatte er fast schon zu vergessen begonnen. Als guter ›Salaryman‹ und Lohn-Nehmer nahm er jede Arbeit an, die er zugeteilt bekam, und bemühte sich, die erwünschten Fertigkeiten zu meistern.

Und eines schönen Tages – falls es ihm gelingen sollte, eine saubere Weste zu behalten –, sehr bald hoffentlich, würde er ganz oben in der Samurai-Pyramide in New Tokyo/Manitoba in einem Eckbüro sitzen. Dort war der Hauptsitz von Samurai. Und genauso saßen drunten in New Kyoto in Chile die Spitzenkräfte des Hauptkonkurrenten von Samurai, des gigantischen Kyocera-Merck-Kombinats. Aber New Tokyo, New Kyoto, das machte wahrhaftig keinen Unterschied; das eine war nur die Kehrseite des anderen. Wichtig war nur, daß man es bis in die Zentrale hinauf schaffte. Das war das Allerwichtigste, daß die Japse dich an die Brust drücken, daß du es ins Zentrum schaffst, Spitzenmann wirst, eine Leitende Position bekommst, einer von ihren bevorzugten ›Rundaugen‹ wirst. Sobald du es bis da hinauf gebracht hattest, konnte dir im Leben nichts mehr passieren. Kein sehr erhabenes Ziel, jedenfalls von einem Idealzustand her betrachtet, aber eine andere Chance hatte Carpenter eben nicht. Entweder man spielte das Spiel der ›Firma‹, das wußte er, oder man spielte überhaupt nicht mit.

An diesem Spatfrühlingstag um halb sieben am Morgen, während der Raum bereits voller frühem Sonnenlicht war und Carpenter ohnehin kurz vor dem Aufwachen lag, gab sein Firmenkommunikator einen langen Piepton von sich, der Visorschirm am Fußende des Bettes wurde hell und eine vertraute dunkle Altstimme sagte: »Auf-auf, Salaryman Carpenter! Erhebe dich und sing mit mir die Samurai-Hymne: *Unser Herz ist rein, unser Kopf ist klar. Wir denken für die FIRMA ... Immer-, immerdar ...* Hab ich dich zu früh geweckt, Salaryman Carpenter? Bei dir an der Westküste zieht doch der Morgen schon mächtig herauf, oder? Bist du wach? Allein? Knips mal Visual an, Salaryman Carpenter! Laß mich dein fröhliches Lächeln sehen. Deine geliebte Jeanne ist hier!«

»Um Himmels willen, hab ein bißchen Erbarmen«, knurrte Carpenter. »Mein Hirn läuft noch nicht wieder richtig.« Er blinzelte zum Visor hinunter. Dort sah ihm Jeanne Gabels breitflächiges Eurasiergesicht entgegen, dunkeläugig mit betonter Knochenstruktur. Ein paar kleine Korrekturen an Kinn und Wangen, und es hätte das Gesicht eines Mannes sein können. Jeanne und er waren gute Freunde (aber niemals ein Liebespaar) gewesen, als sie gemeinsam im Samurai-Büro in St. Louis starteten. Vor vier Jahren war das. Und sie saß jetzt in Paris – und er hockte in Spokane: Die Firma hielt viel von Jobfluktuation und Mobilität bei ihren Leuten. Ab und zu riefen sie sich gegenseitig an.

Er aktivierte den Sichtkanal auf seiner Seite, so daß sie das schäbige Hotelzimmer sehen konnte, das zerwühlte Bett, seine schlafverklebten Augen. »Schwierigkeiten?« fragte er.

»Nicht mehr als üblich. Aber ich habe Neuigkeiten.«

»Gute oder schlechte?«

»Das hängt davon ab, wie du's betrachten willst. Ich hätte da 'nen Deal für dich. Aber geh erst mal, wasch dir das Gesicht, putz dir die Zähne und kämm dich. Du siehst ziemlich verboten aus, weißt du ...«

»Schließlich bist du's ja, die mich in aller grauen Herrgottsfrühe aufschreckt und verlangt, daß ich den Visor anschalten soll!«

»Hier bei uns in Paris ist der Tag bereits vorbei. Ich

habe so lang wie möglich mit dem Anruf gewartet. Also, geh schon und wasch dich. Ich bleib' dran.«

»Dann dreh dich bitte um. Ich hab nämlich nichts an.«

»Aber gern.« Sie lächelte frech, sah aber weiter unbeirrt aus dem Visor zu ihm herein.

Achselzuckend kletterte Carpenter aus dem Bett. Nackt. Er ließ den Visor angeschaltet. Soll sie sich doch was abgucken, wenn's ihr Spaß macht, dachte er. Vielleicht bringt's ihr ja was. Carpenter war Ende dreißig, schlank, hatte schulterlange gelbe Haare und einen braunen Bart, und er war knäbisch stolz auf seinen Körper, die langen schlanken Muskeln, den festen Bauch und den strammen Hintern. Er patschte splitternackt durch das Zimmer zur Waschzone und steckte den Kopf unter den Sonarreiniger, und der Apparat schnurrte und pulste.

Gleich danach fühlte er sich sauber und fast wach. Der SCREENinjektor lag auf dem Toilettentisch; er nahm ihn und verpaßte sich, ohne weiter nachzudenken, seinen Morgenschuß. Man kroch aus dem Bett, man reinigte sich, man entleerte die Blase und man gab sich die entsprechende Dosis Screen. Jeder Mensch begann seinen Tag so, jeden Tag. Draußen erwartete dich die Sonne in dem mörderisch-aggressiven weißen Glast des Morgenhimmels, und du wolltest ja schließlich dieser sagenhaften Glut nicht entgegentreten, ohne pflichtschuldig deinen Hautschutzpanzer erneuert zu haben. Wie jeden Tag.

Carpenter schlang sich ein Badetuch um die Hüften und wandte sich wieder dem Visor zu. Jeanne betrachtete ihn wohlgefällig anerkennend.

»Viel besser«, sagte sie.

»Ich bin beglückt. Du sagst, du hast einen Deal für mich?«

»Möglich. Aber es liegt ganz bei dir. Bei unserm letzten Gespräch hast du gesagt, du drehst da droben in Spokane völlig durch und kannst es kaum erwarten, bis du irgendwo anders in einer neuen Sache landest. Also? Wie ist es nun damit, Paul? Möchtest du immer noch weg aus Spokane?«

»Was? Verdammt, und *wie!*« Sein Puls hatte zu rasen begonnen. Er haßte Spokane. Seine Arbeit als Wetterfrosch in dem gottverlassenen Hinterwäldlernest kam ihm sowieso wie ein Irrweg vor, wie eine Sackgasse im Leben.

»Ich kann dich dort rausholen, falls du willst. Wie würdest du es finden, Käpt'n auf See zu sein?«

»Ein Kapitän auf See«, wiederholte Carpenter ausdruckslos. »Kapitän ...« Jetzt hatte sie ihn doch aufgeschreckt. Damit hatte er nicht gerechnet. Als hätte sie ihn gefragt, ob er gern ein Flußpferd sein wollte.

Er fragte sich, ob Jeanne ihn einfach nur zum Spaß anrief, vielleicht, um ihn auf die Schippe zu nehmen. Aber für ihn war es noch zu früh am Tag, als daß er so etwas komisch gefunden hätte. Und außerdem, es paßte gar nicht zu Jeanne, so etwas zu tun.

»Redest du im Ernst?« fragte er. »Für Samurai?«

»Selbstverständlich für Samurai. Ich kann für dich keine Karriereumorientierung arrangieren, leider. Aber wenn du möchtest, kann ich für dich einen Transfer erreichen. Von San Francisco segelt demnächst der Eisbergschlepper *Tonopah Maru*. Sie suchen einen Ersten Offizier, Salaryman-Stufe Elf. Kam heute morgen über das Personalnetz. Du bist doch Grad Elf, Paul?«

Carpenter wollte nicht als undankbar erscheinen. Jeanne war ein liebes Mädchen, und sie hatte seine Interessen im Sinn und sorgte sich darum. Doch das jetzt verschlug ihm dennoch zunächst die Sprache.

»Verdammt, Jeanne, was verstehe ich schon von der Führung von Trawlern, die Eisberge abschleppen!«

»Und was, verdammt, hast du von Metereologie gewußt, oder vom Chiprunning? Oder von all den anderen Jobs, die du gemacht hast, als du damit anfingst? Gott gibt den Seinen. Gott und Samurai Industries. Die bringen dir schon bei, was du dabei brauchst. Das weißt du doch. Du kriegst den passenden Indoktrinationskubus, du schiebst ihn dir rein, und zwei Stunden später bist du als Nautiker mindestens ebenso perfekt, wie Kolumbus es jemals war. Aber natürlich, wenn du was gegen Matrosen hast ...«

»Nein. Gar nicht. Erzähl mir mehr darüber. Gibt es bei dem Job Aufstiegschancen?«

»Klar doch kannst du dabei aufsteigen. Du verpflichtest dich für anderthalb Jahre auf deinen vollgepackten unbequemen engen Kahn, harpunierst Eisberge und hältst deine renitente, aber kompetente Crew unter Kontrolle, dann schaffst du sicher Grad Zehn. Demonstration von Führungsqualität unter widrigen Bedingungen. Und dann werden sie dich nach Europa versetzen und auf die Administrationsschiene schicken, und dann kannst du dich bequem in deinem Sessel zurücklehnen. Und dann steigst du glatt im Netz auf nach New Tokyo. Ich hab sofort an dich gedacht, als das heute rüberkam.«

»Und weshalb ist der Posten noch nicht besetzt?« fragte Carpenter. Normalerweise wurden offene Stellen, gleichgültig, wie scheußlich die Arbeit sein mochte, wenn damit die Hoffnung auf Rangverbesserung verbunden war, sofort im Haus weggeschnappt, bevor sie überhaupt in den Generalcomputer der Firma zur Ausschreibung gelangten. »Wieso hat keiner von der Trawler-Truppe sich den Job sofort geangelt?«

»Das hat auch einer«, antwortete Jeanne. »Gestern. Aber zwei Stunden später kam sein Los in der Lotterie, und er hat sich in eines von den Habitaten abgesetzt, plötzlich und einfach so, hat sich ein Shuttle geschnappt und vorher noch nicht einmal seinen Kram gepackt. Ein Job auf Outback war es, glaube ich. Oder vielleicht Commonplace. Die Firma hatte keinen qualifizierten Ersatzmann, und die Personalabteilung wurde angewiesen, rasch mit einem Elfer einzuspringen. Beim ersten

Durchlauf tauchten fünf Namen auf, und du warst dabei. Also habe ich mir gedacht, ich rufe dich erst einmal an, bevor ich die anderen vier Typen durch die Checks laufen lasse.«

»Wie lieb von dir!«

»Hab ich mich umsonst bemüht?«

»Ich liebe dich, Jeanne!«

»Weiß ich. Aber wie nun – willst du den Job?«

»Weißt du den Zeitrahmen?«

»Fünf Wochen Übergangszeit. Das reicht, um deinen Ersatz in Spokane in deine Wetterfroschdetails einzuarbeiten; dann ab nach Frisco für deine Indoktrination und Anpassung, und vielleicht kannst du dann sogar noch ein paar Tage für Paris abzweigen – für ein anständiges Essen und das aufregende Nachtleben, falls du sowas noch durchhältst.«

Jeannes Gesicht wirkte spöttisch, wie gewohnt, aber er hatte den Eindruck, als werde da auch ein Hauch von sehnsüchtigem Verlangen sichtbar. Als sie beide zusammen in St. Louis arbeiteten, flirteten sie die ganze Zeit, und wenn sie mit anderen Leuten zusammen waren, gaben sie diesen immer das Gefühl, daß sie beide eine sexuelle Beziehung hatten. Doch das war weiter nichts als ein Spiel gewesen. Irgend jemand hatte Jeanne einmal verletzt, vor langer Zeit, seelisch, nicht körperlich – Carpenter hatte nie nach Einzelheiten gefragt –, doch seiner Überzeugung nach war sie absolut asexuell. Und das war schade, denn er war es ganz und gar nicht.

Er sagte: »Würde ich liebend gern machen. Ein paar Tage Paris! Die Seine. Die Place de la Concorde. Und das Restaurant ganz oben auf dem Eiffelturm. Und wenn es regnet – ab in den Louvre.«

»Hier regnet es immer«, sagte sie.

»Um so besser! Wasser, das vom Himmel kommt, dir einfach so auf den Kopf rieselt ... Jeanne, mir kommt das vor wie ein gottverdammtes Wunder! Ich würde mich glatt nackt ausziehen und die ganzen Champs Elysées runtertanzen ...«

»Gib nicht so schamlos an! Außerdem würden sie dich blitzschnell festnehmen. Hier stehen an jeder Ecke Polypen. Androide, äußerst korrekt. *Mon dieu, monsieur – s'il vous plaît, vos vêtements!*«

»Denen sag ich einfach, ich kann nicht französisch. Würdest du mit mir tanzen?«

»Nein. Und bestimmt nicht nackt die Elysées runter.«

»Und was ist mit dem großen Ballsaal im Georgie Sänk?«

»Aber sicher, gern«, sagte Jeanne. »Also im Georges Cinq.«

»Ich liebe dich, Jeanne.« Aber in Paris würden sie einander nicht begegnen, da war er ganz sicher. Wenn er seinen Job auf dem Eisbergschlepper hinter sich hatte, würden sie Jeanne längst in die Filiale in *Tierra del Fuego* oder Hongkong oder Kansas City versetzt haben.

»Ich hab dich auch lieb«, sagte sie. »Bleib weiter schön trocken, Paul!«

»Kein Problem hier drüben bei uns«, sagte Carpenter.

An dem Morgen, an dem die Genehmigung für seine Versetzung endlich durchkam – es hatte an die zehn Tage gedauert, und er begann bereits zu zweifeln, ob Jeanne Erfolg gehabt hatte –, hatte er im Büro des Samurai Weather Service in Spokane neunzehn Stunden lang ununterbrochen durchgearbeitet. In den letzten Tagen hatten sie alle Überstunden machen müssen. Es war Verschmutzungsalarm Fünften Grades erklärt worden, der schwerste seit drei oder vier Jahren, und die gesamte Belegschaft der Meteorologischen Truppe hatte doppelte Überstunden gemacht, um die außerordentlichen Vorgänge in der höheren Atmosphäre zu überwachen, die die gesamte Westküste gefährden konnte.

Und das ging vor: Über Wyoming, Colorado, Nebraska und Kansas hatte sich eine ausgedehnte Hochdruckzone festgesetzt. Das war an sich nichts Neues und nicht ungewöhnlich – über diesen Gegenden lag *immer* eine ausgedehnte Hochdruckzone, weswegen es inzwischen dort auch fast keinen Regen mehr gab. Doch diesmal hatte die ganze gewaltige Masse schwerer toter Luft im umgekehrten Uhrzeigersinn eine starke Rotation entwickelt und begonnen, sich aus den Treibhäusern des von der Dürre bedrohten Mittelwestens Ströme von Gasen einzusaugen. Die ganze giftige Luftsuppe – Methan, Stickoxide und ähnliche solche Sachen –, die sich normalerweise in der Atmosphäre über Chicago, Milwaukee, St. Louis, Cincinnati und Indianapolis verteilt, wurde so um die Nordbereiche von Nebraska und Wyoming und nach Idaho hineingesaugt.

Unter gewöhnlichen Umständen wäre das kein Anlaß für einen Großalarm gewesen. Es passierte immer wieder einmal, daß ein Schwaden fauliger Galle mit der Luft in die Bergstaaten zog, dort direkt nach Südwesten umgewirbelt und wieder dorthin gelenkt wurde, von wo er gekommen war. Diesmal aber lieferten die Sensorsatelliten im Orbit Daten über einen ganzen Strang sekundärer Wirbel in der Atmosphäre an der Westkante der Hochdruckzone, und diese Wirbel konnten möglicherweise bei ihrem Zug südwärts nach Utah ihre dreckige Giftfracht absplitten und im Nordwesten am Pazifik driften lassen. Und dann würden Seattle und Portland ein paar Tage lang Probleme mit Häufungen von Augen- und Schleimhautbeschwerden haben; danach würden sich die normalen Nord-Süd-Winde der Sache annehmen, die Suppe packen und sie die Küste hinab südwärts schieben, wo sie dann San Francisco und dann Los Angeles und San Diego belästigen konnte.

Die großen Küstenstädte hatten bereits reichlich eigene toxische Probleme, und wenn ihnen aus dem Mittelwesten noch zusätzlich eine dicke Ladung fremden Drecks beschert wurde, dann würden die festgelegten bisherigen Toleranz-Höchstgrenzen weit überschritten werden. Es würde sie treffen wie der Giftatem eines Drachen. Die Menschen würden tot auf der Straße zusammenbrechen. Der Schwefelgestank würde sie würgen, der tödliche Smog ihnen die Nasenschleimhaut zerfressen und ihr Blut schwarz werden lassen. Die Behörden würden offizielle Warnungen an die Bevölkerung ergehen lassen, sie solle im Haus bleiben und Türen und Fenster geschlossen halten, Industriebetriebe würden dichtmachen müssen, vielleicht für mehrere Wochen. Man würde allgemeine Fahrverbote für den nicht lebenswichtigen Straßenverkehr erlassen müssen, um die Lage nicht noch mehr zu verschärfen. In der gesamten Region würde es einen scheußlichen temporären Rückschlag geben; möglicherweise gab es auch zusätzliche Langzeitschäden im Environment, etwa ein weiteres Ansteigen der Arsen-, Kadmium- und Quecksilberbelastung im Trinkwasser, die kontinuierliche Verschlechterung der Infrastruktur, schwerste Beeinträchtigungen bei der überlebenden Flora und Fauna an der Westküste: die gigantischen uralten Redwood-Bäume konnten sich ja schließlich nicht hinter geschlossene Türen und Fenster in Häuser zurückziehen, um sich bei einem Smogalarm der Stufe Fünf vor der nach Westen ziehenden Giftwolke zu schützen.

Aber diese giftige Wolkenfront konnte auch jeden Augenblick abdrehen und weiterziehen, ohne Schaden anzurichten. Vorschnelle Warnungen vor einer möglichen Gefahr, die dann ausblieb, konnten zu unnötigen Produktionsstillegungen führen, zu Panikreaktionen in der Zivilbevölkerung; höchstwahrscheinlich zu einer Massenflucht aus der Region, zu Staus und Blockaden der Ausfallstraßen, was zu zusätzlichen Umweltproblemen führen mußte. Und danach würde es zu einer Sintflut von Schadenersatzprozessen kommen, weil die prognostizierte Katastrophe *nicht* eingetreten war. Leute würden auf Schmerzensgeld klagen für den erlittenen seelischen Schock, Entschädigungsforderungen für unnötige Aufwendungen, für Geschäftseinbußen und Verdienstausfall und alles denkbar mögliche andere würden kommen. Und Samurai Industries sahen sich ganz und gar ungern in gerichtliche Schadensabwicklungsprozesse verstrickt. Die Firma hatte so ziemlich das dickste Finanzkissen unterm Hintern – und saß fest darauf. Und jeder wußte das.

Also mußte die ganze Situation bis ins kleinste Detail möglichst genau an den Monitoren erfaßt und protokolliert werden, Minute für Minute, und sämtliche Mitarbeiter im Wetterservice in Spokane waren bis zur Beendigung der Krisenlage zu ständigem Bereitschaftsdienst rund um die Uhr verpflichtet. Carpenter, dem man geradezu seherische Fähigkeiten zuschrieb, meteorologische Großraumprognosen zu erstellen, war dabei besonders gefordert. Er hatte sich mit Hyperdex vollgepumpt und die ganze Nacht vor dem Computer gesessen, in Schweiß gebadet und mit von der Droge geschärfter Wahrnehmungsintensität, und hatte die sich bewegenden gelbgrünen Balken- und Punktmuster angestarrt und die tanzenden Daten so rasch internalisiert, wie sie hereinkamen, und dabei gehofft, zu irgendeiner Art Sinnfälligkeit der kosmischen Abläufe vorzudringen, zu einer mystischen *Gestalt*-Erkenntnis, die ihm einen Blick in die Zukunft gestatten würde. Die Nacht verging wie ein Augenzwinkern. Und er hatte es geschafft! Er hatte es erwischt! Er erhaschte einen Blick über die Zeitkontur hinaus in den übernächsten Tag, und er sah, wie der tödliche Giftschwall in der Atmosphäre sich weiter- und weiterwälzte – südwärts, an Coeur d'Alene vorbei, kaum merklich südostwärts ... ja, vielleicht doch mehr ostwärts ... Ja ...

»Carpenter!«

... ja, eine Verschiebung, ganz eindeutig, die Luftströme änderten ihre Richtung, und beginnen würde das am Dienstag, kurz nach drei Uhr nachmittags ...

»Carpenter?«

Eine Stimme aus dem Nichts; dünn, schrill, ärgerlich irritierend. Carpenter wedelte abwehrend mit der Hand, wandte sich aber nicht um. »Verpiß dich, ja!« Er mühte sich heftig, die Konzentration nicht zu verlieren.

»Chef sagt, du mußt Pause machen. Er will mit dir sprechen.«

»Ich hab es fast. Ich kann es sehen – Mist, Scheiße!« Er hämmerte mit der Faust auf die Konsole. Die Unterbrechung kam für ihn wie ein Eimer Eiswasser, das ihm über den Kopf geschüttet wurde. Alles zersplitterte. Er sah überhaupt nichts mehr. Die Muster auf dem Visor verschwammen zu einem sinnlosen wirbelnden Tanz zuckender Flecke. Carpenter schaute hoch. In seinem Körper vibrierte und zuckte jeder Nerv. Einer von den Hilfszwergen des Büros stand neben ihm; vollkommen unbeeindruckt, ein blasses spilleriges Mädchen – mit dem Namen Sandra Wong oder Sandra Chen, oder sonst irgend etwas chinesischen Ursprungs. »Verdammt, was gibt's denn?« fauchte er wütend.

»Sag ich doch«, erwiderte die Kleine. »Chef will dich sprechen.«

»Weshalb?«

»Was weiß *ich?* Sag Carpenter, soll Pause machen. Soll rüberkommen. Mehr hat er nicht gesagt.«

Carpenter nickte und stand auf. Im ganzen Raum klebten Leute – wie er vollgepumpt mit Hyperdex – vor den Geräten und starrten mit dem Ausdruck starrer Besessenheit auf die Bildschirme und brabbelten in die Computer, während die Datenflut von der Wetterfront aus dem Orbit hereinströmte. Carpenter fragte sich, weshalb die Leute dermaßen wie in Trance wirkten. Plötzlich fand er diese fanatische Hingabe an die Arbeit als befremdlich, ja als ekelhaft. Noch vor zwei Minuten hätte es für ihn selbst auf der Welt nichts Wichtigeres gegeben, als die Giftwolke da droben in der Luft zu verfolgen, doch jetzt war er davon ganz abgehoben, hatte sich völlig losgelöst davon, und das Schicksal von Seattle, Portland, San Francisco, Los Angeles und San Diego betraf ihn ganz und gar nicht mehr.

Carpenter begriff, daß er – ohne es zu merken – in ein tiefes Erschöpfungsloch abgesackt war. Er lief nicht mehr auf Hochtouren. Das Hyperdex mußte bereits vor Stunden aufgebraucht worden sein, und er hatte seinen Wachdienst am Monitor nur mit purem zerebralen Antrieb fortgeführt und damit sein Nervensystem – wer-konnte-wissen-wie-schwer? – geschädigt.

Er trat in den anderen Raum und vor den breiten hufeisenförmigen Schreibtisch des Chefs der Abteilung.

»Du wolltest mich sprechen?« fragte er.

Sein Chef war eine trübselige Type, ein Salaryman-Gruppe-Zehn namens Ross McCarthy, der trotz seines Namens irgendwo ein Tröpfchen japanisches Blut in den Adern hatte. Das hatte ihm allerdings bei seinen Karrierebestrebungen nicht geholfen, ja vielleicht sogar eher dazu beigetragen, daß er festklebte. Seit Jahren saß er in Klasse-Zehn, und wie es den Anschein hatte, würde er auch nicht weiter aufsteigen. Und das hatte den Mann verbittert gemacht. McCarthy war untersetzt, hatte ein plattes Gesicht, schwach olivgrün getönte Haut, glatte glitzerschwarze Haare, die in der Kopfmitte bereits etwas schütter wurden.

McCarthy hatte ein Printout in den Händen und befingerte es zimperlich, als wäre es radioaktiv.

»Carpenter, verdammt, was ist denn das?«

»Wie soll ich das wissen?«

McCarthy machte keine Anstalten, ihm das Blatt zu zeigen. »Ich sage dir, was das ist. Es ist das Ende deiner Karriere, was ich da in meiner Hand halte. Eine Versetzung auf ein verfluchtes Eisbergschiff, das habe ich hier. Carpenter, hast du den Verstand verloren?«

»Nein. Glaub ich eigentlich nicht. Nein.« Carpenter wollte nach dem Printout greifen, aber McCarthy zog es weg.

»Das Schiff da«, sagte er, »das ist doch absolut das Ende deiner Laufbahn, eine Sackgasse. Du hockst dich ein paar Jahre da raus auf den Pazifik, frierst dir den Arsch ab, mußt körperliche Schwerstarbeit bringen, und wenn du dann zurückkommst, siehst du, daß alle anderen aus deiner Qualifikationsstufe an dir vorbeigezogen und aufgestiegen sind. Wer nicht an Ort und zur Stelle ist, der hat bald keine Stelle mehr. So funktioniert das hier, Carpenter. Kannst du mir folgen? Hör auf mich, tu dir das nicht an! Wenn du klug bist, dann bleibst du schön hier bei uns. Hier wirst du gebraucht.«

»Aber die Firma denkt anscheinend, daß ich anderswo gebraucht werde«, erwiderte Carpenter. Allmählich wurde er ärgerlich.

»Du bleibst hier, und dann steigst du bestimmt bald auf. Ich werde mit Sicherheit demnächst auf Neun befördert. Ich habe gehört, daß die Anweisung jeden Moment direkt von Yoshido-san kommen kann. Und wenn ich aufsteige, rutschst du direkt an meine Stelle. Ist das nicht besser, als verdammte Eisberge durchs Meer zu schleppen?«

Doch McCarthy, das wußte Carpenter, würde nirgendwohin aufsteigen. Er hatte sich im Lauf seiner Karriere irgendwann einen obskuren Etiketteverstoß zuschulden kommen lassen; vielleicht hatte er unklugerweise versucht, einen entfernten japanischen Cousin fünften Grades, der keine Ahnung von McCarthys Existenz hatte, zu bedrängen, der solle ihm beruflich weiterhelfen … und deshalb würde er nun ewig auf Stufe Zehn hocken bleiben, bis er verrottete. Und McCarthy wußte das ebenfalls. Er wollte alle seine Untergebenen ebenfalls in diesem Zustand permanenter Stagnation halten, in dem er selbst gefangen war.

»Ich glaube, in der Wetterprognose habe ich erreicht, was mir möglich ist«, sagte Carpenter mit gepreßter Stimme und um Beherrschung bemüht. »Jetzt möchte ich es einfach mal mit was anderem versuchen.«

»Auf einem Eisbergschlepper! Das ist doch Mist, Carpenter. Scheiße! Lehn ich ab!«

»Ich glaube, das werde ich nicht tun«, sagte er und nahm McCarthy den Versetzungsbescheid aus der Hand, faltete ihn und schob ihn, ohne einen Blick darauf zu werfen, in die Tasche. »Übrigens, den Fünferalarm kannst du allmählich abblasen. Die Giftwolke steht kurz vor der Auflösung.«

McCarthys schwarze Knopfaugen begannen plötzlich wie im Fieber zu glänzen. »Bist du sicher?«

»Absolut!« Seine kühne Bestimmtheit kam für ihn selbst überraschend. »Gegen Dienstagnachmittag wird sich das ganze System wieder zurück nach Osten in Bewegung setzen.« Wenn er sich irrte, würden sie, sobald die Prozeßwelle anzurollen begann, die gesamte Belegschaft im Büro in Spokane liquidieren. Ach, sollen sie doch alle zum Teufel fahren, dachte Carpenter. Er würde tausend Meilen weit weg sein, ehe es überhaupt brenzlig werden konnte.

Aber seine Prognose war jedenfalls korrekt. Er spürte es einfach in den Knochen.

»Zeig mir das mal auf den Wetterkarten!« McCarthys Gesicht verriet nun einen Hauch von Mißtrauen.

Carpenter ging mit ihm zurück ins Datenkontrollzentrum. Nie zuvor war ihm der Raum als dermaßen absurd erschienen. Wie das Spielzimmer in einer Irrenanstalt ... Alle diese hyperdex-besoffenen grinsenden Zombies, die gebannt auf die grellen Wirbel und Streifen und Schleifen stierten, die über die Visoren tanzten. Carpenter trat an seinen eigenen Computer und zeigte auf die wirren grün-gelben Muster. Aber jetzt konnte er aus ihnen gar keinen sinnvollen Zusammenhang mehr ablesen. Sie waren wie die Fingermalereien von Schimpansen. Nichts weiter. »Da«, sagte er zu McCarthy, »diese Isobarenlinien da künden die veränderten Gradienten an.« Er tippte mit dem Finger gegen den Bildschirm. »Siehst du es, hier? An der

Grenze zu Idaho? Eine definitiv einsetzende Abnahme der toxischen Strömungen. Und eine deutliche Indikation für einen Rückwärtsschub von Kanada her, siehst du? Wie eine riesige Hand, die die ganze Masse einfach fortschiebt.« Das war zwar alles Quatsch, jedes einzelne Wort. Sicher, er hatte ganz bestimmt eine neue Veränderung gesehen, die sich da abzeichnete, ehe das Büromädchen ihn aus seiner Konzentration gerissen hatte, aber jetzt hätte er unmöglich noch sagen können, was es war.

McCarthy blickte angestrengt auf den Schirm.

»Es wäre ein verdammtes Wunder, wenn die ganze Scheiße einfach abziehen würde, was?« sagte er.

»Ja. Aber hier, schau mal, Ross ...« Carpenter nahm es sich nur selten heraus, ihn mit dem Vornamen anzureden. »Da, schau! Da und da und da – und besonders hier! Ich weiß, im Augenblick sieht das Ganze aus wie 'ne Darmverstopfung bei 'nem Wal, aber vorhin, als ich in die Karte eingeklinkt war, spürte ich deutlich, daß die gesamte Strömung sich verlagert, sich zu unseren Gunsten verschiebt, da waren definitive Anzeichen für eine fortschreitende Veränderung entlang der gesamten Peripherie. Schau dir das da an – und das hier!«

»Hmmm, ja.« McCarthy nickte. »Ja.« Carpenter wußte, daß er log und gar nichts sah. In einer Zehnerposition benötigte einer keine technischen Kenntnisse, höchstens ganz oberflächliche, man brauchte Managerqualitäten. Und die hatte McCarthy – vielleicht einmal besessen.

»Du erkennst es doch?« fragte Carpenter. »Ich bin nach Gefühl geflogen, klar. Aber inzwischen trudeln bereits die Daten an, die das positiv bestätigen. Die Giftmasse ist so gut wie weg von uns. Du siehst es doch, Ross?«

Wieder nickte McCarthy.

»Genau. Ich finde das prima. Ja, genau. Ja.« Und dann sagte er abrupt: »Hör auf mich, Paul! Lehne deine Versetzung ab, ja? Bleib hier bei uns. Wir brauchen Leute mit deinem Kopf!«

Carpenter hatte es noch nie erlebt, daß McCarthy jemals um etwas gebeten hätte. Doch das Gefühl von spöttischer Erheiterung, das er jetzt empfand, ging fast sofort über in ein elendes Gefühl der Verachtung.

»Ich kann nicht, Ross. Ich muß weiter. Das kannst du doch sicher begreifen.«

»Aber als Skipper auf 'nem Eisbergschlepper ...?«

»Egal. Ich nehme, was ich kriege.« Auf einmal war Carpenter schwindelig. Seine Augäpfel schmerzten. »He, Ross, geht es in Ordnung, wenn ich mich jetzt nach Hause verziehe? Ich kann mich kaum noch auf den Beinen halten, und heute bin ich hier zu bestimmt nichts mehr brauchbar. Außerdem, die Krise ist überstanden. Ich schwöre es dir, es ist vorüber. Laß mich gehen, okay?«

»Ja«, sagte McCarthy geistesabwesend. »Geh nur, wenn du mußt. Aber falls die Lage sich doch wieder verschlimmern sollte, müssen wir dich trotzdem wieder herholen, egal, wie kaputt du bist.«

»Soweit kommt es nicht. Glaub mir!«

»Und morgen schaust du vorbei. Wir müssen dran denken, deinen Nachfolger einzuarbeiten, wer immer das sein wird.«

»Sicher. Klar.«

Carpenter schwankte hinaus. Im Umkleideraum zog er sich den Schutzanzug über und legte sich sorgfältig die Faciallunge an, um Hals und Atemwege gegen die gewohnten herumschwebenden toxischen Stoffe in der Luft abzuschirmen. Der Himmel war grün und schwarz durchzogen von breiten widerlichen Streifen der Ekelsuppe rings um das große böse starrende Auge der Sonne; die Luft, heiß und feucht, klebte in den Straßen wie eine schwere Flauschdecke. Sogar noch durch den Maskenfilter spürte Carpenter, daß die Luft wie feine kitzelnde Drähtchen in die Nasenhöhlen stach. Erleichtert sah er beinahe sofort einen herankommenden Kugelbus. Er sprang rasch auf, drängte sich zwischen die anderen Maskenfiguren, um einen Platz zu ergattern, und zehn Minuten später war er zurück in seinem Zimmer im Hotel.

Er riß sich die Lungenmaske ab, dann ließ er sich mit allen Kleidern aufs Bett fallen; er war zu überdreht, um sich richtig schlafen zu legen.

Was für eine Welt, das da draußen, dachte er. Seit hundert Jahren den ganzen Spülicht über uns runtergeschüttet, und das Zeug regnet weiter und weiter und weiter runter. Dann die Eutrophierung. Rote Tiden. Plötzliche unwillkürliche, unerwartete Ausfälle. Ausbrüche von Mutagenese. Ebenso plötzlich und willkürlich. Überflutete Küstenregionen. Unerklärbar auftauchende Wirbelstürme und wilde Temperaturschwankungen. Weite Flächen verrottender Vegetation, die am Hitzschlag verdorrte und unter der erbarmungslosen Sonne fermentierte. Insektenhorden auf dem Marsch durch ganze Kontinente, die alles auffraßen, was auf ihrem Weg lag, und breite Narben Kahlschlag hinter sich ließen. Rings um den Globus eine nicht mehr zählbare Menge von Umweltauswirkungen, deren Ursache und Ursprünge nicht mehr direkt feststellbar waren. Im Grunde Diskontinuitäten. Die Auslöserschäden waren vor langer Zeit angerichtet worden. Und gründlich. Da war die Saat gesät worden für die anhaltende und sich mehr und mehr ausbreitende Katastrophe. Und jetzt reiften die Früchte davon heran. Überall.

Am schlimmsten traf es die Mittleren Breiten, die ehedem so fruchtbaren Gebiete der Gemäßigten Zone. Dort regnete es inzwischen fast nie mehr. Absterbende Wälder, sich ausbreitende neue Steppen, Wüsten, in denen nicht einmal mehr Gras wachsen konnte ... Die brüchig werdende polaren Eisschelfe ... Der verwaschen-hellweiße Dunsthimmel, gestreift von den grellen Schmierstreifen der Treibhausgifte ... Überall an den Küsten absaufendes Tiefland; aus dem Meer ragen die Reste zerfallender Gebäude ... Und dann, natürlich, auch die anderen Gegenden, wo das Problem ein Zuviel an Niederschlag war, nicht die Dürre. Carpenter dachte: *Das ist die Rache für die Regenwälder.* Wo einst ein angenehm temperiertes Klima bestanden hatte, wurden Regionen heimgesucht von endlosen Regenfällen und einer erstickendfeuchten Hitze und in dunstgeschwängerte Treibhausdschungel verwandelt. Über die Autostraßen wucherten Kriech- und Schlingpflanzen. Affen und Alligatoren begannen nach Norden abzuwandern. In den großen Städten breiteten sich absonderliche Tropenkrankheiten epidemisch aus. Dann fiel Carpenter ein, daß McCarthy – wenn er sich geirrt hatte, die Giftwolken nicht abzogen und Seattle und Portland in der nächsten Woche *doch* den Giftmüll abbekommen sollten – ihm sofort die Schlinge um den Hals legen würde. Man würde einen Sündenbock brauchen – und der würde er sein. Und statt der Versetzung zu dem Eisberg-Schlepper und seiner Beförderung würde er auf irgendeine unbedeutende Stelle an einem dermaßen trübseligen Ort auf Erden degradiert werden, daß ihm daneben Spokane wie ein Paradies erscheinen würde.

Die Firma bot einem lebenslange Beschäftigungsgarantie, solange einer treu und brav in Reih und Glied marschierte; doch beim kleinsten Argwohn, daß einer sich verantwortungslos verhalten oder nihilistischerweise von den erlaubten-erwünschten Normen abweichen könnte – und er war erledigt. Nein, gefeuert wurde er nicht. O nein. Kündigungen waren die äußerst seltene Ausnahme. Aber man ging seiner Aufstiegschancen verlustig, und wenn das passierte, schaffte es fast niemand, sich danach wieder nach oben zu arbeiten. Und er, Carpenter, hatte sich in dieser Sache ein bißchen weit vorgewagt. Ein smarter Karrierekletterer hätte gewiß nie mit solcher Bestimmtheit gesagt, daß die Kartenmuster eine günstige Verlagerung der Luftmassen erwarten ließen ... Er aber hatte überhaupt nicht daran gedacht, seinen Arsch bedeckt zu halten. Das begriff er jetzt.

Ach, verdammt, was sollte es! Er glaubte an seine Prognose. Manchmal mußte einer halt seiner Intuition folgen. Manchmal ...

Aber als er sich am nächsten Tag im Büro meldete – nachdem er zwölf Stunden lang wie ein Zombie auf Urlaub auf seinem Bett gelegen hatte –, geschah dies mit einem gewissen Vorgefühl, einer Art Weltuntergangsangst, daß an der Tür die gesamte Belegschaft ihn erwarten werde, um ihn in Fesseln zu schlagen und zu binden und zu seiner Hinrichtung zu schleppen. Doch er hatte sich geirrt. McCarthy grinste ihm breit von einem Ohr zum anderen entgegen, und seine Augen funkelten. Er strahlte geradezu vor warmem väterlichem Stolz.

»Also?« fragte Carpenter.

»Alles bestens! Du hast genau ins Schwarze getroffen, Paul! Ein Superhit! Du bist ein Genie, Mann, das bist du wirklich, ein verdammtes Genie, du alter Hundesohn! Himmel, du wirst uns hier verdammt fehlen, stimmt's nicht, Leute? Ist es nicht so?«

Anscheinend hatten die meteorologischen Karten Carpenters intuitive Schlußfolgerungen inzwischen bestätigt. Im Verlauf der Nacht hatten sich dann schließlich die normalen zyklischen Prozesse wieder durchgesetzt, und der ganze teuflische Giftmüllhaufen aus dem Mittelwesten, der die Luft in den Mountain States zu verpesten gedroht hatte, trieb bereits langsam wieder über die Kontinentale Wetterscheide zurück zu den Orten, an denen sie ihren Ursprung hatten. Und McCarthy hätte nicht seliger sein können. Das sagte er, fünf- oder sechsmal und mit verschiedenen Worten.

Aber es gab keine Feier. Keinen Champagner. McCarthy war zu übertriebener Generosität nicht fähig; und es war auch unübersehbar und offensichtlich, daß es ihm enorme Mühe bereitet hatte, sich zu der kleinen Demonstration herzlichen quasi-väterlichen Wohlwollens aufzuraffen. Fast sofort verflog die Wärme, und Carpenter spürte die kalte Wut, die sich unter ihr verborgen hatte. War das der erboste Neid eines festgefahrenen, mattgesetzten, frustrierten Versagers angesichts des triumphalen Erfolges eines brillanten Untergebenen? Oder bloße Verärgerung, weil ein wertvoller Mitarbeiter ausscheiden wollte? Wie immer, McCarthy schaltete blitzhaft um, wurde frostig und barsch, und die Fête war vorbei, ehe sie recht hatte beginnen können.

Zurück also jetzt zur gewohnten Routine.

Nächste Woche, erklärte man Carpenter, werde sein Ersatz eintreffen, aus Australien. Carpenter würde einen umfassenden Übergabebericht verfertigen müssen, in dem er seine bisherigen Tätigkeiten und Aufgaben hier in diesem Büro vollumfänglich darzulegen habe, bevor er daran denken dürfe, in seine neue Stellung zu wechseln.

Schönschön. Ein Übergabebericht. Sofort! Carpenter machte sich an die Arbeit.

Als McCarthy dann zu seiner Mittagspause verschwand, nahm Carpenter zum erstenmal Kontakt zu der Eisbergschlepper-Abteilung auf, für die er arbeiten sollte. Er bekam eine Frau, die ihren Namen als Sanborn-Grand-Neun angab, meldete sich aus der Samurai Headquarters Pyramid in Manitoba. Sie sprach mit dem gelassenen ruhigen Ton eines Rundauges, das es ins Zentralbüro geschafft hatte und das genau wußte. Was für ein Unterschied zu der galligen säuerlichen Trübseligkeit eines Ross McCarthy, dachte Carpenter.

»Du bekommst eine hervorragende Crew«, erklärte Sanborn. »Die *Tonopah Maru* ist ein feines Schiff, wirklich ganz auf modernstem Standard. Sie liegt gerade in Los Angeles in der San Pedro-Werft zur Überholung, aber so in etwa zehn Tagen, zwei Wochen bringen sie sie die Küste rauf. Spätestens in zwei Wochen. Wir möchten, daß du, sobald du in Spokane alles abgewickelt hast, nach San Francisco runtergehst, dort deinen Einführungskurs absolvierst und dort wartest, bis das Schiff einläuft. Geht das bei dir soweit klar?«

»Ich kann es hinkriegen«, sagte Carpenter.

Zwei Wochen bezahltes Nichtstun in San Francisco? Warum nicht? Er war in Los Angeles aufgewachsen, aber er hatte schon immer eine Vorliebe für die kleinere, kühlere Stadt im Norden gehabt. Die Seebrisen, die Nebel, die großen Brücken, die bezaubernden kleinen alten Häuser, die weite blauschimmernde Bay ... Aber gewiß doch! Sicher! Mit Wonne würde er dort warten. Besonders nach Spokane! In Frisco kannte er Leute, hatte alte Freunde dort, *gute* alte Freunde. Wie phantastisch, wenn er die wiedersehen könnte.

Ein frohes Vorgefühl wie vor einem neuen Aufbruch durchströmte Carpenter wie ein frischer, kühlender Wind. Der Himmel segne Jeannie Gabel, dachte er. Dafür bin ich ihr etwas schuldig, daß sie mir diesen Gig besorgt hat. Bei seinem ersten Landurlaub würde er gleich nach Paris jetten und sie zu dem feinsten Dinner einladen, das man für Geld bekommen konnte (oder doch zu dem besten Essen, das er sich leisten konnte).

Diese überschwengliche Freudenstimmung hielt nicht lange an. Derartige Hochschwünge tun das selten. Aber er genoß sie dennoch, solange sie dauerten, und er genoß sie ausgiebig. Man nimmt eben an Freude mit, was auf einen zukommt – und wenn und wo es kommt. Wir leben schließlich in einer brutalen harten Welt ... und sie wird immer brutaler.

Ja, immer brutaler, dachte er. Das ist verdammt wahr.

3

Der Name des Mannes lautet Wu Fang-shui«, sagte Juanito. »Er müßte an die fünfundsiebzig Jahre alt sein. Chinese. Und das ist auch schon fast alles, was ich weiß, außer daß ziemlich viel Geld drin ist, wenn man ihn findet. Und in Valparaiso Nuevo kann es ja nicht dermaßen viele Chinesen geben, oder?«

»Er ist bestimmt kein Chinese mehr«, sagte Kluge.

Und Delilah: »Er muß noch nicht mal mehr ein Mann sein.«

»Daran hab ich auch schon gedacht«, sagte Juanito. »Und trotzdem, es sollte möglich sein, ihn aufzuspüren.«

»Und an wen hast du dabei gedacht?« fragte Kluge.

Juanito sah ihn kühl und fest an. Eine solche Frage von Kluge, der ein ausgekochter Profi darin war und diese Tatsache den anderen beständig hinreiben mußte, war im Grunde ein höhnischer Zweifel an Juanitos Fähigkeiten als Kurier.

»Ich mach es selber«, sagte er.

»Du?« Ein flüchtiges, kaum sichtbares Lächeln.

»Ja, ich selber. Verdammt, wieso denn nicht?«

»Aber du hast doch noch nie gejagt, oder?«

»Es gibt eben immer ein erstes Mal.« Juanito starrte ihn weiter fest an.

Er glaubte zu wissen, weshalb Kluge ihn stichelte. Ein gewisser Anteil der in Valparaiso Nuevo abgewickelten Geschäfte bestand darin, Leute aufzuspüren, die sich hier versteckten, und sie an ihre Verfolger zu verkaufen, doch bislang hatte Juanito die Finger von diesem Geschäftsbereich gelassen. Er verdiente sein Geld damit, den Dinkos dabei zu helfen, in Valparaiso unterzutauchen, nicht durch ihre Auslieferung an Verfolger. Ein Grund dafür war, daß bislang noch niemand ihm einen wirklich profitablen Suchauftrag angeboten hatte; aber ein weiterer Grund war, daß er selbst Sohn eines ehemaligen Flüchtlings war. Jemand war angeworben und bezahlt worden, seinen Vater aufzuspüren. Vor sieben Jahren war das. Und so konnte dann sein Vater ermordet werden. Juanito zog es vor, sich auf der Asyl bietenden Seite seines Gewerbes zu betätigen.

Aber dennoch war er natürlich ebenfalls Profi. Sein Geschäft waren Serviceleistungen, und damit Punkt. Wenn es ihm nicht gelang, für den sonderbaren augenlosen Dinko, der ihn engagiert hatte, diesen geflüchteten Genklempner aufzuspüren, dann würde es eben ein anderer tun. Und Farkas – oder wie er sonst heißen mochte – war sein Klient. Juanito vertrat die Ansicht, daß man es sich schuldig sei, als Profi die Geschäfte auf professionelle Art zu erledigen.

»Falls ich in Schwierigkeiten kommen sollte«, sagte er, »werde ich möglicherweise Sublieferanten engagieren. Aber inzwischen, habe ich mir gedacht, ich laß es euch mal wissen, falls ihr zufällig über eine Spur stolpert. Ich zahle eine Belohnung. Und ihr wißt, ich bin nicht knauserig.«

»Wu Fang-shui«, sagte Kluge. »Chinese. Alt. Will sehen, was ich tun kann.«

»Ich auch«, sagte Delilah.

»Verdammt«, fuhr Juanito auf. »Wieviele Menschen leben denn überhaupt hier in Valparaiso? Vielleicht neunhunderttausend? Mir fallen spontan fünfzig ein, die unmöglich der Mann sein können, den ich suche. Das grenzt die Sache doch schon etwas ein. Ich brauche also nur immer weiter einzugrenzen, stimmt's? Oder?«

Aber tatsächlich war Juanito nicht sehr optimistisch. Klar, er würde sein Bestes tun, aber das valparaisanische System tendierte eindeutig und mit Überhang dahin, den Leuten, die sich verstecken wollten, dabei zu helfen, unentdeckt zu bleiben.

Das begriff sogar Farkas. »Eure Gesetze zum Schutz der Privatsphäre sind hier ziemlich strikt, was?«

Juanito lächelte. »Es sind so ziemlich die einzigen Gesetze, die es hier gibt, weißt du. Die heilige Unantastbarkeit des Asyls. Das tiefe Mitgefühl unseres El Supremo hat Valparaiso Nuevo zu einem Ort der sicheren Zuflucht für Schutzsuchende jeder Art aus allen Welten verwandelt, sei es aus anderen künstlichen Planeten oder von der Erde selbst. Und wir sollen der Güte von El Supremo nicht zuwiderhandeln.«

»Die eine sehr teure Güte ist, wenn ich es recht verstanden habe.«

»Sehr. Die Gebühren für die Asylberechtigung werden alljährlich neu erhoben. Und jeder, der einer hier dank der mitfühlenden Toleranz von El Supremo Dauerasyl genießenden Person Schaden zufügt, beschneidet damit auch die Einkünfte El Supremos, verstehst du? Und das gefällt dem Generalissimo ganz und gar nicht.«

Sie waren im Café Villanueva in dem Ort San Martin de Porres, im E-Arm. Sie waren den ganzen Tag lang durch Valparaiso Nuevo gezogen, vom Rand bis zur Nabe und zurück, durch eine Speiche und dann die nächste. Farkas erklärte, er wolle möglichst viel über Valparaiso lernen; soviel er nur konnte. Nicht *sehen*, sondern *erfahren*. Das war das Wort, das er benutzte. Und sein Erfahrungsdurst war ungeheuerlich. Er war unersättlich, stöberte überall herum, sog alles in sich hinein. Gierig. Und er wurde nie müde oder langsamer. Der Mann besitzt eine phantastische Energie, dachte Juanito. Wenn er bedachte, daß Farkas mindestens doppelt so alt sein mußte wie er selbst, wahrscheinlich älter. Und dabei außerdem so selbstsicher. Wie der herumstakste, hätte man glauben können, daß er der neue Generalissimo war, nicht bloß irgendein fremder, körperlich behinderter, langbeiniger Dinko, der faktisch mit Haut und Haaren und Hirn im Besitz des skrupellosen Multikonzerns Kyocera-Merck, der da drunten auf der lausigdreckigen Erde hockte.

Farkas hatte bisher noch nie eine der Satellitenwelten besucht, sagte er zu Juanito. Er sei verblüfft, sagte er, daß es hier Wälder gebe und Seen, weite Reis- und Weizenfelder, Obstplantagen, Ziegen- und Rinderherden. Anscheinend hatte er damit gerechnet, daß alles hier aus Aluminiumwanten und scheußlichen Fertiggußteilen bestehen müsse und alle sich nur von Pillen oder so ernährten. Leute von der Erde konnten anscheinend nicht so recht begreifen, daß die größeren Raumhabitate durchaus angenehme Lebenswelten waren, blauen Himmel besaßen, Schäfchenwolken, bezaubernde Gärten und hübsche Gebäude aus Stahl und Backstein und Glas. Genau so, wie es auf der Erde ausgesehen hatte, bevor sie sie ruinierten.

Farkas sagte: »Wenn die Regierung bei euch diese Flüchtlinge schützt, wie fängst du es dann an, sie aufzuspüren?«

»Ach, da gibt es immer Möglichkeiten. Jeder kennt so ein paar andere Leute, die irgendwas über irgendwen wissen. Bei uns kauft man Information auf genau die gleiche Weise wie Mitgefühl.«

»Vom Generalissimo?« Farkas sah verblüfft aus.

»Von seinen Beamten, manchmal. Wenn man es taktvoll anstellt. Vorsicht ist unumgänglich, schließlich sind Leben und Tod im Spiel. Und es gibt auch Kuriere, die Informationen zu verkaufen haben. Wir alle wissen eine ganze Menge Dinge, die wir eigentlich nicht wissen dürften.«

»Ich nehme an, du kennst persönlich eine ganze Menge Flüchtlinge vom Sehen?«

»Einige«, sagte Juanito. »Siehst du den Mann, der da drüben am Fenster sitzt?« Juanito runzelte die Stirn. »Also, ich weiß ja nicht, kannst du ihn sehen? Für mich sieht er aus wie sechzig, kahlköpfig, dicke Lippen, kaum Kinn.«

»Doch. Ich sehe ihn. Aber für mich sieht er ein bißchen anders aus.«

»Das möchte ich wetten. Also, dieser Mann da, der hatte in einem der Lunardome ein Schwindelgeschäft laufen, verkaufte eine Menge fauler Aktien einer nicht existierenden Offshore-Monopolgesellschaft. Für fünfzig Millionen Capbloc-Dollar. Er bezahlt ziemlich viel dafür, daß er hier leben darf. Und der hier – siehst du ihn? Der mit der blonden Frau? Der hat unterschlagen, der Typ, kennt sich sehr gut mit Computern aus, hat in einer Bank in Singapur fast das gesamte Kapital abgesahnt. Und der dort drüben, der mit dem Schnurrbart, siehst du ihn? Also der behauptete, er ist der Papst. Kann man sowas glauben? In Rio de Janeiro glaubten es ihm alle.«

»Moment mal«, sagte Farkas. »Woher weiß ich, daß du dir das nicht nur alles ausdenkst?«

»Du kannst es nicht wissen«, erwiderte Juanito, »aber ich erfinde nichts.«

»Wir sitzen also nur so da, und du enthüllst mir die wahre Identität von drei Flüchtigen, so ganz kostenlos?«

»Wenn es Leute wären, die du suchst, würde es schon was kosten«, erklärte Juanito.

»Und wenn sie es nun wären? Wenn ich nur vorgetäuscht hätte, diesen Wu Fang-shui zu suchen?«

»Aber du suchst eben nicht nach einem von diesen drei Leuten.« In Juanitos Stimme lag ein Hauch von Verachtung. »Komm schon, Mann, das würde ich merken.«

»Stimmt«, antworte Farkas. »Du hast recht.« Er nippte an seinem Drink, irgendeiner süßen wolkigen grünen Flüssigkeit. »Wie kommt es, daß diese Männer ihre wahre Identität nicht besser kaschiert haben?«

»Sie sind überzeugt, daß sie das haben«, sagte Juanito.

Hinweise zu finden, war eine langwierige Sache. Und kostspielig. Juanito überließ Farkas sich selbst bei seinen Streifzügen zur Erforschung der Speichen der Welt von Valparaiso Nuevo und machte sich allein auf, um seine üblichen Informationsquellen anzuzapfen: Freunde seines Vaters, andere Kuriere, auch und sogar die Zentrale der Einheitspartei, der Basisorganisation des El Supremo, und dort war es weiter nicht schwierig, jemanden zu finden, der etwas wußte und dafür seinen Preis verlangte. Juanito war behutsam. Chinesischer Gentleman, mittleres Alter, ich versuche ihn zu finden, sagte er. Weshalb willst du ihn finden? Das fragte keiner. Keiner würde das je fragen. Es konnte alle möglichen Gründe geben; vielleicht weil er ihn im Auftrag wegpusten sollte, oder dem Mann einen Lotteriegewinn über eine Million Capbloc-Dollars übergeben sollte, die dieser im vergangenen Jahr in New Yucatán gewonnen hatte. In Valparaiso fragte man nicht nach Gründen. Jedermann hatte die Spielregeln begriffen: Was du treibst, ist strikt deine eigene Sache.

Es gab da einen Mann namens Federigo, der mit Juanitos Vater in den Tagen in Costa Rica zusammen war, der eine Frau kannte, die einen Mann kannte, der mit einem Zwitterneutrum als Gefährten zusammenlebte, der vordem einmal einer hochgestellten Persönlichkeit in der Zentralstatistik gehört hatte. Auf jedem Schritt mußten Gebühren berappt werden, aber es war schließlich das Geld von Farkas, also, zum Teufel, was sollte es, oder, besser noch, es war das Geld von Kyocera-Merck. Am Ende der Woche hatte Juanito Zugang zu Immigrationsdaten, die auf goldenen Megachips irgendwo in den Tiefen der Zentralnabe lagerten. Selbstverständlich lieferten die Daten einem nicht Wu Fang-shuis Telefonnummer. Aber was sie Juanito sagen konnten, und das taten sie auch achthundert Callaghanos später, wieviele ethnisch genuine Chinesen in Valparaiso Nuevo lebten und wann sie hier eingetroffen waren.

»Insgesamt sind es neunzehn«, berichtete er Farkas. »Elf davon sind Frauen.«

»Na und? Eine Geschlechtsumwandlung ist doch weiter nichts Ungewöhnliches«, sagte Farkas.

»Stimmt. Aber die Frauen sind alle unter fünfzig. Und der älteste von den Männern ist zweiundsechzig. Und die längste Aufenthaltsdauer bei ihnen sind neun Jahre.«

Farkas wirkte wenig beeindruckt. »Und du meinst, damit scheiden sie aus? Ich nicht. Alter läßt sich ebenso leicht verändern wie das Geschlecht.«

»Aber die Daten der Einreise können das nicht, jedenfalls soweit ich weiß. Und du sagst, dein Wu Fang-shui ist vor fünfzehn Jahren hier zugewandert. Und dein Mann kann einfach keiner von diesen Chinesen sein, außer du hast dich geirrt. Wenn er nicht gestorben ist, würde ich sagen, dann hat dein Wu Fang-shui sich irgendwie eine neue Rassenmischung besorgt.«

»Er lebt«, sagte Farkas.

»Bist du da ganz sicher?«

»Vor drei Monaten hat er noch gelebt und Kontakt mit seiner Familie auf der Erde gehabt. Er hat einen Bruder in Taschkent.«

»Scheiße«, zischte Juanito. »Dann fragt doch diesen Bruder, unter welchem Namen er hier lebt.«

»Das haben wir. Aber wir haben nichts herausbekommen.«

»Dann befragt ihn doch mit mehr Nachdruck.«

»Wir haben auch das versucht, zu nachdrücklich«, sagte Farkas. »Und jetzt ist diese Information nicht mehr erhältlich. Jedenfalls nicht von ihm.«

Juanito überprüfte seine neunzehn Chinesen trotzdem, nur um sicher zu sein. Es kostete nicht viel, auch kaum Zeit, und die Chance bestand ja immerhin, daß Dr. Wu seine Einwanderungspapiere irgendwie manipuliert haben konnte. Aber seine Nachforschungen verliefen im Sand.

Sechs der fraglichen Personen entdeckte Juanito auf Anhieb in einem Club in der Siedlung Havana de Cuba in der Speiche E, wo sie über irgendeinem chinesischen Spiel saßen, und sie ließen sich nicht stören und gluckšten kichernd und schoben weiter ihre Porzellanscheibchen hin und her, während er dabei stand und kiebitzte. Sie verhielten sich einfach nicht wie *sanctuarios*. Flüchtlinge wiesen fast stets irgendeine Macke auf, hatten eine kaum verdeckte Wachsamkeit an sich. Nicht alle Bewohner von Valparaiso Nuevo lebten hier, um sich zu verstecken; die meisten waren auf der Flucht vor Strafverfolgung, ja; aber nicht alle. Diese Leute hier sahen einfach aus wie eine Gruppe wohlhabender chinesischer Händler, die um einen Tisch saßen und sich vergnügten. Juanito hielt sich lange genug bei ihnen auf, um zu erkennen, daß sie alle kleiner waren als er selbst, und das bedeutete, daß sie entweder nicht Dr. Wu sein konnten, der für einen Chinesen groß war, oder daß der Doktor bereit gewesen war, sich zum Zweck einer besseren Camouflage die Beine um fünfzehn Zentimeter verkürzen lassen. Das war zwar möglich, aber nicht sehr wahrscheinlich.

Die übrigen dreizehn Chinesen waren alle zu jung, zu überzeugend weiblich oder dies oder jenes. Juanito strich sie alle von seiner Liste. Er hatte von Beginn an nicht geglaubt, daß Wu noch immer ein Chinese sein werde.

Er suchte weiter. Eine Spur verlor sich, eine zweite und eine dritte. Er wurde allmählich nachdenklich. Dr. Wu mußte irgendwie davon gehört haben, daß ein augenloser Mann nach ihm suchte, und war noch weiter in den Untergrund abgetaucht oder hatte Valparaiso ganz verlassen. Juanito bezahlte einen Freund im zentralen Spaceport, auf eventuell passende Abflüge zu achten. Aber das brachte auch nichts. Dann erinnerte ihn jemand daran, daß in und um die Siedlung El Mirador im Arm D eine Kolonie von uralten hartgesottenen Altasylanten existierte, Typen, die von einer durchwachsenen Abneigung gegen Störungen jeglicher Art beseelt waren. Juanito begab sich dorthin. Da bekannt war, daß er selbst der Sohn eines ermordeten Flüchtigen war, trat ihm niemand zu nahe: Schließlich würde so einer ja bestimmt jemand anderen jagen, oder?

Sein Besuch zeitigte keine direkt brauchbaren Ergebnisse. Er durfte es nicht riskieren, Fragen zu stellen, und ihm fiel nichts auf, was ihn irgendwie hätte weiterbringen können. Trotzdem verließ er El Mirador mit dem starken Gefühl, daß hier seine Antwort zu finden sei.

»Bring mich hin«, forderte Farkas.

»Das kann ich nicht machen. Es ist ein mieses Dorf. Fremde sind nicht erwünscht. Und du würdest auffallen wie ein Dinosaurier.«

»Bring mich hin!« wiederholte Farkas.

»Wenn Wu dort ist und dich auch nur flüchtig sieht, dann weiß er sofort, daß 'ne Fahndung nach ihm raus ist, und er verduftet so schnell, daß es keiner glaubt.«

»Bring mich nach El Mirador!« sagte Farkas. »Ich bezahle dich für Serviceleistung, und du bringst sie, ja? War das nicht die Abmachung?«

»Das ist korrekt«, sagte Juanito. »Also gehen wir eben nach El Mirador.«

4

ES WAR ZEHN UHR morgens, und Nick Rhodes wunderte sich noch immer über das Wetter. In Anbetracht der Jahreszeit und der zu erwartenden atmosphärischen Bedingungen war der Tag rätselhaft, ja wunderbarerweise klar und hell: die photochemische Intensität ganz niedrig, beim Nebel war es ebenso, und Stückchen blauen – also, jedenfalls beinahe blauen – Himmels lugten durch die unvermeidlichen kräftig gefärbten Schichten der Treibhausbrühe und den dahinter liegenden gewohnten unheilvollen weißen Hintergrund.

Rhodes hatte als Junge in Geschichtenbüchern von blauen Himmeln gelesen, aber im Verlauf der letzten etwa dreißig Jahre bot sich ihm wenig Gelegenheit, sie wirklich zu Gesicht zu bekommen. Doch heute war die Luft aus irgendwelchen Gründen sauber. Also, jedenfalls relativ sauber. Von seinem Büro aus, das im dreizehnten Stockwerk des schlanken graziösen Turms von Santachiara Technology lag, oben am höchsten Kamm der Berkeley-Berge, nur ein paar Meilen südwärts vom Campus der Universität, hatte er einen Ausblick von dreihundertsechzig Grad über die ganze Region der San Francisco Bay: die Brücken, das glitzernde Wasser, die hübsche kleine Spielzeugstadt jenseits der Bucht, die weiter landwärts rollenden runden Hügelberge in seinem Rücken mit ihrem hellen löwenfarbenen Fell von vertrocknetem Gras. Aus dieser Entfernung konnte man nicht sehen, daß die Außenflächen nahezu eines jeden Gebäudes von den unablässigen Dünsten und Dämpfen fleckig und zerfressen waren. Und dann da droben die Himmelskuppel, und heute war sie zu einem großen Teil blau, grandios und unglaublich. An einem solchen

Tag konnte man sich unmöglich auf seine Arbeit konzentrieren. Rhodes schritt von einem Fenster zum anderen, bis er die ganze Runde vollendet hatte.

Ein grandioser Tag, o ja. Aber er wußte, lange konnte es nicht so bleiben. Und er behielt recht.

Das Warnlicht blinkte, und die kühle Androidenstimme sagte: »Dr. Van Vliet wartet auf Drei, Dr. Rhodes. Er möchte wissen, ob es schon eine Reaktion auf seinen Bericht gibt.«

Rhodes hatte das Gefühl, als sackte ihm der Magen weg. Es war noch viel zu früh am Tag, um sich mit Van Vliet und den Komplikationen zu befassen, die der Mann bedeutete.

»Sag ihm, ich habe eine Besprechung und daß ich ihn leider zurückrufen muß«, sagte er automatisch.

Nick Rhodes war Associate Research Director des Survival/Modification Program in Santachiara Technologies, und das hieß, er verdiente sein Geld damit, daß er nach Methoden suchte, wie man menschliche Wesen so verändern konnte, daß sie dann entweder übermenschlich oder subhuman waren; Rhodes selbst war sich nicht ganz sicher, was von beidem. Santachiara Tech waren eine Tochter von Samurai Industries, des Gigantokonzerns, dem fast alle Bereiche des Universums gehörten, die nicht im Besitz von Kyocera-Merck, Ltd. waren. Und Alex Van Vliet war wahrscheinlich der klügste, sicher aber der aggressivste Kopf im Santachiara-Team junger, vor Ehrgeiz brennender Gentechniker. Und angeblich hatte er einen brandneuen Adapto-Plan entwickelt, der auf Haemoglobinersatz basierte und von dem diejenigen, die ihn während seiner Lunchpause darüber dozieren gehört hatten, sagten, er besitze echte ›Durchbruchchancen‹. Es war ein neuer Gesichtspunkt, schön und gut, aber Rhodes fand ihn auf unbestimmte Weise bedrohlich, ohne recht zu begreifen, weshalb. Und gerade jetzt, in diesem Augenblick, lag ihm sehr viel daran, ein Gespräch mit Van Vliet zu vermeiden.

Nicht aus Ängstlichkeit, versicherte Rhodes sich selbst. Einzig aufgrund einer gewissen moralischen Unsicherheit. Das machte einen Unterschied, redete Rhodes sich stets gern ein. Früher oder später würde er diese innerlichen Widersprüche, in die er sich letzthin verstrickt sah, klärend sortieren, und dann würde er sich mit Van Vliet befassen. Aber bitte nicht gerade jetzt, dachte er. Nicht jetzt, okay?

Er kehrte an seinen Schreibtisch zurück.

Sein Arbeitsplatz sah enorm bedeutend aus: Eine glatte bumerangförmige Platte hochglanzpolierten Holzes, rötlich gemasert, ein für sagenhafte eine Million Dollar aus dem Kern eines südamerikanischen Regenwaldriesen geschnittenes Stück Holz. Und die Platte war ebenso bedeutungsschwanger von ›Arbeit‹ bedeckt. In dieser Ecke Stapel von Datenwürfeln, dort Videos, ein hoher Berg von Virtualitäten, darunter auch Van Vliets Simulationen und Vorschläge, ganz am Rand der Platte. Auf der linken Seite, versenkt unterhalb der Platte, befand sich eine Batterie von Kontrollknöpfen für sämtliche elektronischen Spielzeuge im Raum; rechts, in einem Hängeschränkchen und durch ein Kristallschloß gesichert, befand sich ein kleiner Vorrat von Cognacs und Whiskeys, die Privatreserve des Dr. phil. Nicholas Rhodes. Und mitten in alledem, neben dem Lautsprechergitter der Hauskommunikation, war der elegante sechsseitige Holochip, den seine Freundin, Isabelle Martine, Rhodes zu Weihnachten geschenkt hatte, der (wenn man ihn im richtigen Winkel ansah) in feurigen Lettern das Sechs-Worte-Mantra zeigte, das Rhodes formuliert hatte, um die speziellen Zielsetzungen seiner Abteilung präzise in Worte zu fassen, ein Wort pro Fläche:

KNOCHEN	NIEREN
LUNGEN	HERZ
HAUT	HIRN

Süß von ihr. Besonders da Isabelle grundsätzlich nur Verachtung für seine Arbeit übrig hatte und heimlich hoffte, sie würde erfolglos bleiben. Rhodes hob das Mantra hoch und drehte und rollte es in der Hand, als wäre es eine übergroße Sorgenperle. KNOCHEN. LUNGEN. HAUT. Ja. NIEREN. HERZ. HIRN. Er blickte ein paar Augenblicke lang starr auf die Zeichen HIRN. Ach ja, da lag das wirkliche Problem, dachte er, das echte Unheil liegt im Bewußtsein, im HIRN.

Das Intercom blinkte wieder heftig, und diesmal sagte die Stimme: »Meshoram Enron, auf Zwei.«

»Wer?«

»Meshoram Enron«, wiederholte das Automaton mit exakter Aussprache. »Der Journalist aus Israel. Du wolltest heute mit ihm zum Lunch gehen.«

»Oh. Ja, richtig.« Rhodes zögerte. Er war in diesem Moment auch nicht wirklich in Stimmung, sich mit Enron zu treffen – jedenfalls schon gar nicht unter vier Augen. »Sag ihm, ich schaffe die Lunchverabredung nicht, und wie es mit Dinner wäre.« Gedankenlos griff er nach Van Vliets Virtualkonvoluten, legte sie wieder weg, zog sie wieder zu sich heran und starrte darauf, als wären sie gerade erst jetzt bei ihm auf dem Tisch gelandet. »Und falls er zusagt, rufe für mich Ms. Martine an und lege sie mir dann herein, wenn du sie erreicht hast. Ich möchte, daß sie uns Gesellschaft leistet.«

Einige Minuten später kam von dem Androiden der Bericht: Mr. Enron werde sich freuen, mit ihm zu dinieren. Ob Dr. Rhodes ihn vielleicht um halb acht in seinem Hotel in San Francisco abholen könne? Was Ms. Martine angehe, die sei telefonisch nicht erreichbar, aber man habe bei der Nummer eine Suchnachricht hinterlassen. Ferner gebe es eine weitere Nachricht von Dr. Van Vliet, der begierig auf die Möglichkeit warte, so bald wie möglich seine Vorschläge mit Dr. Rhodes persönlich zu besprechen, blahblah, und auf möglichst baldige Antwort warte, blahblahblah …

Ja. Blahblahblah. Auf einmal war es ein voller Tag. Rhodes begann sich bedrängt zu fühlen. Van Vliet rückte ihm auf den Pelz. Und dieser Enron wollte herumschnüffeln, um gottweißwas herauszufinden. Ein Spion, ganz ohne Zweifel. Diese Israelis waren auf die eine oder andere Art alle Spione, dachte Rhodes. Und was stand als nächstes an? Dabei war es erst zehn Uhr morgens. Schon Zeit für den ersten Drink?

Nein, entschied er scharf. Noch nicht.

Doch wenn es noch zu früh war für einen Schluck, und zu früh, sich Van Vliets Bericht vorzunehmen, dann setzte er nur Zauderei auf seine Tagesordnung, und auch das war wenig behaglich. In einem plötzlichen manischen Schub räumte Rhodes sämtliche bisher getroffenen Entscheidungen beiseite. Totale Richtungsänderung, das war die richtige Entscheidung. Er langte unter seinen Schreibtisch, entriegelte geschickt das Schloß seiner Schubladenbar, holte den Cognac heraus und kippte einen deftigen Schluck hinunter, überlegte kurz und nahm noch einen, diesmal kleineren Schluck. Dann, als die Wärme sich in seinem Körper auszubreiten begann, nahm er sich Van Vliets Vorschlagreport erneut vor und schob ihn in den Playbackschlitz.

Sogleich stand ein virtueller Alex Van Vliet vor ihm: klein, wie im wirklichen Leben, ein schmaler, drahtiger Typ, ein Kerlchen, frostige blaue Augen, winziges schmales Kinnbärtchen, geradschultrig und aufgereckt, um die schwächliche Gestalt imposanter erscheinen zu lassen. Rhodes selbst, der stämmig, groß und tapsig war, hegte einiges Mißtrauen gegenüber kleineren, beweglichen Männern. Sie vermittelten ihm das Gefühl, als wäre er ein in die Enge getriebenes Gorillamännchen, das von einer Horde keckernder Affen bedrängt wird. Und Gorillas, die waren doch schon ausgestorben, eigentlich. Aber die kleinen Affen gediehen prächtig in den Dschungeln dieser neuen Welt.

Hinter Van Vliet, sein Bild umwabernd und vorwärts

strebend wie ein aufgeklappter Nimbus, war ein 3-D-Muster von Farbpunkten zu sehen, die Rhodes fast sogleich als ein Beta-Strang-Haemoglobinmolekül identifizierte. Van Vliet sagte: »... es handelt sich um konjugierte Proteine und sie bestehen aus vier verschiedenen Hämatogruppen und dem Globinmolekül. Die Hämakomponente ist ein Porphyrin, in dem das eingeschlossene Metallion, das Eisen, im Zustand von Fe^{+2} befindlich ist. Die Globinkomponente setzt sich aus vier Polypeptidketten zusammen, die wir als Alpha, Beta, Gamma usw. bezeichnen, je nach ihrem Aminosäurenaufbau.«

Er war mitten in einer Vorlesung über die Funktionen von Haemoglobin gelandet. Rhodes erkannte, daß er das Video irgendwie an der falschen Stelle eingelegt hatte und Van Vliets Einführungen verpaßt hatte. Aber das spielte keine Rolle. Er konnte sich nur zu gut vorstellen, wie die gewesen wären. Am besten, man ließ die Sache ganz beiläufig auf sich einwirken. Oberflächlich.

»... ganz wesentliche Rolle des Haemoglobinpigments bei der Atmung der Säugetiere ist die lockere Verbindung mit Sauerstoffmolekülen, wodurch der Sauerstofftransport von der Aufnahmestelle des Organismus an den Ort seiner Nutzung ermöglicht wird. Doch das Haemoglobin besitzt zu zahlreichen anderen Molekülen ebenfalls eine Affinität: es verbindet sich beispielsweise leicht mit Kohlenmonoxid, was unheilvolle Auswirkungen auf den Körper hat. Auch mit Nitroxid verbindet es sich leicht. Sulfhämoglobin, also Haemoglobin plus Wasserstoffsulfidgas, ist eine weitere pathologische Form des Pigments. Hämatin, die Hydroxilverbindung ...«

Beim Sprechen wanderte Van Vliet auf seiner virtuellen Bühne auf und ab, justierte die Molekularmodelle im Hintergrund mit raschen selbstsicheren Handbewegungen – wie ein Zauberkünstler, der seine Utensilien neu ordnet. Unter seinem geschickten Griff machten die leuchtenden Muster eine blitzschnelle Metamorphose durch und demonstrierten jede veränderte Haemoglobinform, die Van Vliet aufrief. Es waren sehr hübsche Farben. Rhodes genehmigte sich noch einen kleinen Schluck. Das brach das Eis. Nach und nach ließ seine Aufmerksamkeit nach, nicht so sehr wegen des Cognacs, sondern schlicht weil ihn das Ganze langweilte und ärgerte.

Van Vliet aber machte einfach weiter und kreuzte erbarmungslos durch die seichten Küstengewässer der Biochemie. Ganz offensichtlich war das Visual auf Leute zugeschnitten, die in höheren Managerpositionen saßen als Rhodes und bei denen Sachwissen etwas dürftiger war. »Eisensalze – unzureichende Sauerstoffzufuhr in die Gewebe – Affinität zu Kohlenstoff, Phospor, Mangan, Vanadium, Wolfram – das Eisen bildet Dihaloide mit allen vier gewöhnlichen Halogenen ...«

Ja. Aber ja, selbstverständlich.

Mit diabolischem Grinsen sagte Van Vliet urplötzlich: »Aber das alles wird sehr bald obsolet sein, jedenfalls soweit es die menschliche Rasse betrifft. Da, wie ich bereits angedeutet habe, unsere übereinstimmenden Projektionen auf den Zustand der Erdatmosphäre um etwa 2350 der Zeitrechnung auf einen signifikanten Schwund von Sauerstoff und Luftstickstoff und ihren Ersatz durch komplexe Kohlenwasserstoff- und Schwefelverbindungen schließen lassen, werden wir die menschliche Atmungskapazität entsprechend anpassen müssen. Die Risiken bei der fortgesetzten Verwendung des ferrogestützten Haemoglobinpigments als lebenswichtiges Transportprotein sind offenkundig. Wir werden die Abhängigkeit der menschlichen Gattung vom Sauerstoff zerschmettern müssen. Eine mögliche Alternative wäre ein Wasserstoff-Methan-Zyklus, unter Einsatz eines Trägerproteins, das den Zusammenschluß und die Trennung einer doppelten Schwefelverbindung benutzt, wie hier in diesem Diagramm ersichtlich.«

Das Demonstrationsmuster war jetzt so etwas wie eine dicht zusammengerollte Schlange mit aggressiver roter und knallig violetter Zeichnung, deren Kopf über ihrem Schwanzende wie zum Zustoßen bereit schwebte.

Rhodes schaltete die Präsentation Van Vliets auf HOLD und fuhr so etwa sechzig Sekunden zurück.

Die Risiken bei der fortgesetzten Verwendung des ferrogestützten Haemoglobins als lebenswichtiges Transportprotein sind offenkundig. Wir werden die Abhängigkeit der menschlichen Gattung vom Sauerstoff zerschmettern müssen.

Er ist verrückt geworden, dachte Rhodes.

... eines Trägerproteins, das den Zusammenschluß und die Trennung einer doppelten Schwefel ...

Stimmt. Ja. Das Visual spielte weiter ab und hatte den Punkt erreicht, an dem Rhodes zurückgegangen war. Und erneut baute Van Vliet, wie ein Kapriolen schlagender Halbgott auf der Bühne, vor Rhodes' Schreibtisch mit raschen geschickten feinen Gestikulationen der Hände mitten in der Luft seine rote und purpurblaue Schlange auf. Rhodes rückte nach vorn und stemmte das Kinn auf die Fäuste, und dann sah er sich Van Vliets Kreuzfahrt bis zum Ende der ersten Kapsel an, worin dieser weitere apokalyptische Neuigkeiten über die menschliche Atmung in der heranbrechenden Ära einer sauerstoff-entleerten Luft darbot. Auf der zweiten Kapsel, versprach Van Vliet verlockend, befänden sich die neuesten technischen Spezifikationen für die korrektive Arbeit, die er vorzunehmen gedachte. Rhodes nahm die zweite Kassette, legte sie aber nicht ein.

... die Abhängigkeit der menschlichen Gattung vom Sauerstoff zerschmettern müssen.

Der kleine Kerl schlug da nichts Geringeres vor als die Umgestaltung des gesamten menschlichen Respirationskreislaufs, so daß der Mensch dann in der Lage sein würde, ein Gemisch aus Schwefeldioxid, Methan und Kohlendioxid zu atmen – und zum Teufel mit seinem Sauerstoffbedürfnis! Dies war bei weitem das radikalste unter allen den Adaptationsvorschlägen, die während der letzten anderthalb Jahre in den Santachiara-Laboratorien herumschwirrten. Bei weitem, bei weitem, bei weitem … Niemand hatte jemals die totale Umgestaltung ins Auge zu fassen gewagt. Auch nachdem er sich ein paar der Spezifikationen Van Vliets durchgesehen hatte, bezweifelte Rhodes, daß die Geschichte je in den Griff zu bekommen sein würde. Es lag zu weit außerhalb dessen, was Rhodes für möglich hielt.

Er spürte, wie sich in seiner Wange ein Muskel spannte wie ein winziger Akrobat, der zum Weitsprung ansetzt, und er preßte kräftig mit den Kuppen zweier Finger dagegen, um die sich dort aufbauende Spannung zu entladen.

Noch ein Schlückchen?

Nein, entschied er. Noch nicht gleich.

Konnte Van Vliets Masche funktionieren?

Nicht in Millionen Jahren, dachte er. Man würde alles neu entwerfen müssen, von oben bis unten, den gesamten Bestand von Organen – Lunge, Leber und die Lichter auch, was immer mit Lichtern gemeint sein mochte, bis hinab zur Osmosekapazität der Zellwände – eine Totalüberholung, ja eigentlich die Neuerschaffung des Menschengeschlechts. Es war ein absolut übertrieben ehrgeiziges Konzept und lag weit außerhalb der in Santachiara erreichbaren technischen Möglichkeiten, und es würde, falls es doch auf irgendeine Weise, trotz der offenkundigen Schwierigkeiten, irgendwie erfolgreich durchgeführt werden konnte, die menschliche Rasse bis zur Unkenntlichkeit verwandeln.

Und das ist genau das, dachte Rhodes, weswegen wir hier sitzen, oder? Wofür ich bezahlt werde, und nicht zu knapp. Weswegen ich mir den jungen Alex Van Vliet zur Hilfe geholt habe.

Und wenn Van Vliet recht hat und sein Vorschlag ist durchführbar, und ich irre mich …?

Er blickte auf seine Hände. Sie zitterten leicht. Er

spreizte die Finger weit, um sie wieder unter Kontrolle zu bekommen. Dann hieb er auf die Starttaste und schaute sich erneut Van Vliet an, diesmal von Anfang an.

Gockelhaft, selbstsicher grinste Van Vliet ihm entgegen wie ein alter Kumpel. Fünfundzwanzig war der, oder? Fast jung genug, um Rhodes' Sohn zu sein. Fast. Mit seinen vierzig hatte Rhodes noch nie vorher die Bedrohung durch die nachrückende Generation verspürt. Das Gefühl gefiel ihm gar nicht.

»Mit dieser Präsentation«, sagte Van Vliet, »möchte ich eingangs eine grundsätzliche Neueinschätzung unserer bisherigen Adapto-Bemühungen vornehmen, und ich stütze mich dabei auf die Prämisse, daß angesichts einer zu bewältigenden extremen Situation die einzige angemessene Lösung extreme Maßnahmen sind.«

Van Vliet verschwand, und an seine Stelle trat das virtuelle Bild einer reizenden weiblichen Gestalt in luftiger Kleidung, eines zierlichen jungen Mädchens, das vor einem gallig erbsengrünen dicken Giftsuppenhimmel durch einen Wald tänzelte. Sie war von zerbrechlicher schlanker Eleganz, eine präraffaelitische kaukasische Schönheit mit einem hinreißenden Teint: das waschechte archetypische Bild des entzückenden kleinen Mädchens. Und überall um sie herum drückte und drängte die scheußliche Luft herein, dick, beklemmend, erfüllt von Anhäufungen, die aussahen wie Kotbrocken in der Luft. Doch das schien ihr nicht das geringste auszumachen, und sie schien sich überhaupt nicht darum zu kümmern. Rhodes sah, wie die zierlichen Nasenflügel sich weiteten, während sie niedlich eine Lungevoll nach der anderen von dieser Giftbrühe einatmete, neckisch herumtänzelte und ein Liedchen trällerte.

Dies sollte, erkannte Rhodes, so etwas wie ein Werbespot sein für die Neue Menschliche Rasse, die Van Vliet zu erschaffen gedachte. Sollte die neue scheußliche Erde der Zukunft tatsächlich von derartigen schönen blonden Feenjungfrauen bevölkert sein?

Van Vliet sprach weiter: »Es kann keine signifikanten Zweifel daran geben, daß unsere Projektion richtig ist und daß nach vier, fünf weiteren Generationen, im Höchstfall nach sechs als günstigster Prognose, die Luft dieses Planeten von Angehörigen der menschlichen Rasse in ihrem jetzigen Zustand nicht mehr zu atmen sein wird. Trotz aller Korrekturmaßnahmen ist ersichtlich, daß der Zuwachs der Luftverseuchung und der Treibhauseffekt bereits vor einiger Zeit einen irreversiblen Zustand geschaffen haben, und daß es jetzt unvermeidbar ist, während die Gasemissionen früherer eingelagerter Schadstoffe sich ständig fortsetzen, vor der Schwelle haltzumachen, bevor wir unter das tiefstmögliche Sauerstofflimit geraten werden – und zwar zu Lebzeiten der Enkel der jetzt auf die Welt kommenden Kinder.

Da wir nicht über die Kapazität zu einem Makromanagement unserer Erdatmosphäre verfügen, um sie in ihren vorindustriellen Reinheitszustand zurückzuführen, angesichts der sich unvermeidlich fortsetzenden Belastung der Atmosphäre mit Kohlenwasserstoffen, die in unverantwortlicher Weise im 19. und 20. Jahrhundert in den Ozeanen und festen Landmassen der Erde eingeschlossen wurden, haben wir uns hier am Santachiara statt dessen zu dem Versuch entschlossen, durch Mikro-Management das menschliche Genom so zu verändern, daß es den kommenden drohenden Bedingungen angepaßt ist. Es werden verschiedene Adapto-Pläne von unterschiedlicher Komplexität erarbeitet, aber ich vertrete die wohlerwogene Überzeugung, nachdem ich eine gründliche Analyse des gesamten Santachiara-Programms in seiner derzeitigen Konzeptionsform durchführte, daß wir uns leider auf ein Programm der halben Maßnahmen festgelegt haben, die unweigerlich zum Scheitern verurteilt sind, und ...«

Herrgott, dachte Rhodes. Der sagt mir das glatt ins Gesicht – und grinst noch dabei!

Für den Augenblick hatte er mehr als genug von dem Kerl. Er schlug auf die Taste, und Van Vliet verschwand.

Sofort meldete sich die Vermittlung: »Ms. Martine wartet auf Eins.«

Dankbar für die Unterbrechung holte Rhodes sie auf den Visor. Isabelle, Kopf- und Brustbild, tauchte vor ihm auf. Isabelle, eine schlanke, intensive Frau mit seltsam widersprüchlichen Zügen. Scharfe funkelnde grauviolette Augen; eine feingeformte Nase; weiche volle Lippen; nichts paßte so recht zusammen. Im letzten Frühling hatte sie sich eine vulkanrote Haartönung zugelegt, und Rhodes war noch immer nicht so recht daran gewöhnt.

Sie kam sofort zum Thema, brüsk und ohne Umschweife wie gewöhnlich. »Was war das mit dem Dinner heut' abend mit einem Israeli, Nick? Ich dachte, wir fahren nach Sausalito und …« Sie brach plötzlich ab. »Nick? Du siehst so komisch aus. Nick!«

»Wirklich? Komisch, wie denn?«

»Dein Gesicht ist ungewöhnlich gespannt. Deine Pupillen sind geweitet. Du hast Schwierigkeiten, ja?«

Isabelle erkannte stets rasch irgendwelche somatischen Veränderungen bei ihm. Aber schließlich gehörte das zu ihrem Beruf als Kinesiktherapeutin. Sie beherrschte die Körpersprache, als wäre sie damit geboren. Man konnte ihr nie etwas verheimlichen. Seit zweieinhalb Jahren sahen sie einander nun regelmäßig, und die Leute begannen bereits zu fragen, wann sie heiraten würden.

Sie bedachte ihn mit einem ihrer einfühlsamen besorgten Therapeutenblicke: Mama Isabelle, eifrig bemüht, ihn von seinen Kümmernissen zu befreien. Sag es mir doch, mein Süßer. Erzähl's mir alles, dann fühlst du dich bestimmt besser …

Rhodes sagte: »Es war ein anstrengender Morgen,

Lady. Vor ein paar Tagen reichte mir einer von den Jungs hier den gottverflucht absurdesten Adapto-Vorschlag rein, der mir je unter die Augen gekommen ist. Eine absolut revolutionäre Idee. Und heute konnte ich mich zum erstenmal mit den Virtuals beschäftigen, die er mir reingereicht hat, und ich habe die Hälfte durch, aber ich bin zu durcheinander, um weiterzumachen.«

»Wie kommt das?«

»Zum Teil, weil das Zeug dermaßen radikal ist. Es würde auf diese Extremmaßnahmen hinauslaufen, die du immer so befürchtet hast, somatische Adaptation des Menschen von Grund auf, nicht bloß eine rasche Behelfslösung. Und zum Teil auch, weil seine Präsentation dermaßen rotzfrech ist. Gleich zu Beginn sagt er quasi, wir anderen seien alle so hoffnungslos konservativ, daß wir hier am besten möglichst schnell kündigen und ihm das Laboratorium überlassen sollten.«

»Konservativ? Du?«

»Für den Laden hier, ja. Jedenfalls, ich bin noch nicht ganz soweit, daß ich mir von einem Jungen, der halb so alt ist wie ich, mehr oder weniger deutlich sagen lasse, es sei Zeit, daß alte Knacker wie ich Platz machen und aufhören, die Lösung des Problems zu behindern.«

»Eine Lösung, die er bieten kann?«

»Soweit bin ich nicht gekommen. Vielleicht kann er's. Vielleicht nicht. Ich neige dazu zu glauben, daß er es nicht kann, weil seine Vorschläge dermaßen grotesk und abseitig sind, daß ich sie für undurchführbar halte. Es gibt dabei einige technische Probleme, die ich für inhärent unlösbar halte. Aber was weiß ich schon? Ich bin ja bloß ein alter Knacker. Er will, daß wir es mit einem Haemoglobin auf Schwefel-, anstatt auf Eisenbasis versuchen, damit wir dann ohne Sauerstoff auskommen können, wenn es dann in so zweihundert Jahren tatsächlich zur äußersten Katastrophe kommt.«

»Und es wäre möglich? Was denkst du?«

»Ich weiß es nicht. Aber ich bezweifle es stark. Aber

wenn sich herausstellt, daß es möglich ist, dann ist er hier in einem Jahr der Superbarsch, und ich sitz' draußen auf meinem – Ohr.« Rhodes brachte ein unsicheres Lächeln zustande. »Vielleicht sollte ich ihn am besten gleich umlegen lassen, auf die unwahrscheinliche Gefahr hin, daß er tatsächlich etwas Brauchbares gefunden hat.«

Ihr Gesichtsausdruck hatte sich verfinstert, während er sprach. Die Augen wurden stählern. Fort war die Therapeutin, verschwunden, das Gesicht auf dem Bildschirm war jetzt das der leidenschaftlichen politischen Aktivistin. Rhodes begann sich Sorgen zu machen. Er fürchtete diesen Ausdruck bei ihr.

»Ist das alles, woran du denken kannst, Nick? Daß der Knabe dich von deinem Posten verdrängen könnte? Und was ist mit der menschlichen Rasse, um Himmels willen? Eine Umgestaltung von Grund auf? Was soll das überhaupt heißen? Hat er vor, uns alle irgendwie in Science Fiction-Monster zu verwandeln?«

»Isabelle ...«

»Schwefel im Blut? Es klingt scheußlich.«

»Ja. Ja, das tut es. Ich möchte mich am liebsten übergeben, wenn ich nur daran denke.« Er wünschte, er hätte sich ihr gegenüber nicht auf solche Details eingelassen: Es war unerlaubt, über Firmenangelegenheiten mit Außenstehenden zu sprechen, schon gar nicht mit Isabelle. Sie besaß Kontakte zu einem Halbdutzend von reaktionären humanistischen Gruppen in San Francisco. Wenn ihr der Sinn danach stand, konnte sie ihm echte Schwierigkeiten machen. »Hör mal, laß uns nicht jetzt über das alles sprechen, ja? Besonders am Telefon. Mir ist klar, daß du es nicht besonders charmant findest und nicht viel davon hältst, was da in der Luft hängt. Aber wir sprechen ein andermal darüber, ja? Zu heute abend ...«

»Dein Israeli.«

»Genau.« Als er sich jetzt ausmalte, wie die Begegnung mit Enron werden konnte, bedauerte er es immer mehr, daß er sich Isabelle gegenüber nicht mehr zurückgehalten hatte. »Er sagt, er ist Journalist. Arbeitet an einer von diesen aufbauenden Artikelserien über die Zukunft der menschlichen Rasse, mehr oder weniger – du weißt schon, vom Genre ›Bestürzende Neue Herausforderungen, denen wir uns stellen müssen und was unsere Brillantesten Gehirne dagegen zu tun gedenken‹ – für irgend so eine hochglanzglatte Großillustrierte mit zwei Millionen Lesern in der arabo-israelischen Welt. Er möchte mich über den derzeitigen Stand der Gentechnik in Amerika ausfragen. Ich denke, er ist ein Spion.«

»Aber sicher ist er das. Das sind sie doch alle, diese Israelis. Weiß doch jeder! Ich bin erstaunt, daß du dich bereitgefunden hast, überhaupt mit ihm zu reden.«

»Ich muß. Ich habe es mit New Tokyo abgeklärt. Natürlich soll ich ihm nichts Greifbares liefern, aber Samurai wünscht diesen PR-Effekt. Es ist eine *sehr* große Zeitschrift. Und die Fruchtbare Levante stellt einen riesigen Markt für die Samurai-Produkte dar. Wir sollen eine Position beziehen, die den Lesern suggeriert, daß wir die allerneueste und allerbeste Hoffnung auf Rettung für die Menschheit sind. Ich sollte eigentlich mit ihm zum Lunch gehen, doch ich ziehe ein Abendessen vor. Und ich hätte dich gern dabei, damit du mir unterm Tisch einen Tritt versetzt, wenn ich anfangen sollte, mich in Bereiche zu verirren, die der Geheimhaltung unterliegen.«

»Aber gern«, sagte sie und lächelte.

»Doch – bitte, Isabelle, keine Politik. Keine boshaften Angriffe! Wir zwei haben unsere verschiedenen Ansichten, und das ist gut und richtig so, aber heute abend und vor diesem Enron ist nicht der passende Moment, unsere Differenzen auszukramen und durchzuhecheln.«

Ihr Lächeln verschwand. »Ich werde mir Mühe geben, mich unter Kontrolle zu behalten, Nick. Ich kann recht brav sein. Aber würde sein Artikel nicht an Tiefe gewinnen, wenn darin unterschiedliche Meinungsaspekte aus Amerika über den gesamten Komplex der Human-Adapto-Arbeiten dargelegt würden?«

»Bitte!«

»Na schön«, sagte sie. Ziemlich kühl. Rhodes überlegte, ob sie sich am Abend tatsächlich zurückhalten würde. Isabelle war voll bester Absichten, aber sie war auch unberechenbar und eine Frau. Möglich, daß es ein Fehler gewesen war, sie zu diesem Dinner zu bitten. Und überhaupt, vielleicht war seine ganze Beziehung zu Isabelle ein Fehler, und bisher hatte er sich noch nie erlaubt, Privatbeziehungen störend auf sein Berufsleben einwirken zu lassen.

»Ich hol dich um sieben ab«, sagte er. »Er wohnt in der City, und wir haben nichts ausgemacht, wo wir essen wollen. Vielleicht fahren wir doch noch nach Sausalito rüber.« Er blies ihr einen Kuß zu. Und dann überkam ihn ganz plötzlich die Vorstellung, wie der Abend enden könnte, wenn das ganze Geschwätz erledigt, er von Meshoram Enron erlöst sein würde, und wenn er mit Isabelle um Mitternacht allein in seinem Apartment über der Bay sein würde, sie beide allein – die Beleuchtung gedämpft, leise Musik im Hintergrund, vielleicht ein kleiner Cognac, dann die Couch, und Isabelle in seinen Armen, und wie ihr süßer Duft betörend zu ihm heraufsteigen würde, wie er dann seinen Kopf zwischen ihren Brüsten vergrub …

Ja. Ja. Zum Teufel mit Alex Van Vliet und seinen purpurroten Schlangen, zum Teufel mit Meshoram Enron, zum Teufel mit der ganzen dem Untergang geweihten, ausgezehrten, an Giftluft würgenden Welt. Was wichtig war – eine sichere Insel für sich zurechtzuzimmern, wenn die Nacht hereinbrach.

Christ, that my love were in my arms, and I in my
Bed again!

Und schon wieder blinkte das Kommunikationslämpchen!

Jesus! Rhodes schaute die Maschine böse an. »Wenn es Van Vliet ist, kannst du ihm sagen ...«

»Auf Eins ruft ein Mr. Paul Carpenter an«, sagte der Android ausdruckslos.

»Paul Carpenter?« Rhodes war verblüfft. Er drückte die Taste, und da war tatsächlich der alte Paul direkt vor ihm im Visor, unverkennbar der alte Paul, sah zwar ein bißchen älter aus, na, vielleicht sogar mehr als ein bißchen, und jetzt hatte er einen ungepflegten dunklen Bart, der die untere Gesichtspartie verdeckte, anstatt des kessen schmalen Vandykebärtchens, auf das er früher so stolz war. Auch das struppige blonde Haar war viel länger, als Rhodes es in Erinnerung hatte, und er war gebräunt und sah verwittert aus und hatte Krähenfüße im Gesicht, als hätte er sich letzthin ein bißchen zu lange im Freien aufgehalten, als gut für ihn war. Fünf Jahre waren es jetzt her, daß sie zuletzt Kontakt gehabt hatten.

»Himmel«, sagte Rhodes, »der verlorene Sohn kehrt zurück. Von wo aus rufst du denn an, verdammt?«

»Direkt hier von nebenan, aus San Francisco. Wie geht's bei dir, Nick? Hast du derzeit 'ne Menge interessanter Gene zu zersäbeln?«

Rhodes sah perplex aus. »San Fran*cisco?* Du bist hier in der *Stadt?* Wieso denn? Wozu? Wieso hast du mir nicht 'ne kleine Nachricht zukommen lassen, daß du reinkommst?«

»Ich habe mir gedacht, das wäre nicht nötig. Ich bleibe ein paar Wochen lang hier, dann verschifft mich die Firma in den beschißnen Südpazifik. Skipper auf einem Eisberg-Trawler. Nennt mich Ahab. Glaubst du, du könntest Zeit finden und mit einem alten Freund irgendwann nächste Woche mal zu Mittag essen?«

»Nächste Woche?« sagte Rhodes. »Wie wär's mit heute?«

Carpenter wirkte überrascht. »Geht denn das so plötzlich? Bei 'nem bedeutenden Mann wie dir?«

»Ich möchte es aber gern. Eine Chance, dieser Klapsmühle für ein paar Stunden zu entkommen.«

»Also, ich könnte mir ein Pod über die Bucht nehmen und in einer halben Stunde bei dir sein. Ich könnte dann sofort zu eurem Labor raufkommen und die große Besichtigungstour über mich ergehen lassen, bevor wir zum Essen fahren – was hältst du davon?«

»Geht nicht«, sagte Rhodes. »Alle interessanten Arbeitsbereiche sind strikt abgesichert, und der Rest besteht nur aus Büros. Außerdem, es gibt hier im Moment jemand, dem ich an diesem Vormittag nicht begegnen möchte, und ich möchte mich nicht gern vor der Mittagspause aus meiner Höhle wagen.« Er blickte auf seine Uhr. »Treffen wir uns doch um zwölf bei Antonio's, einem Lokal direkt am Kai von Berkeley. Jeder Taxifahrer wird wissen, wo das ist. Jesus, es wird großartig sein, dich wiederzusehen, Paul. Jesus! Was für eine verdammte Überraschung!«

5

FARKAS SAGTE: »Ich glaube, wir haben gefunden, wonach wir gesucht haben.«

Er war allein in seinem Hotelzimmer und sprach über ein Scramblerhandy mit Colonel Emilio Olmo, dem dritthöchsten Offizier der Guardia Civil von Valparaiso Nuevo. Oberst Olmo stand sehr hoch in der Gunst und genoß das Vertrauen von Don Eduardo Callaghan, des Generalissimo undsoweiter Maximo Leaders. Von signifikanterer Bedeutung für das Vorhaben von Farkas war es, daß Olmo auch der wichtigste Kontaktmann von Kyocera-Merck in Valparaiso Nuevo war. Soweit Farkas wußte, verfolgte die Firma den Langzeitplan, Olmo als den Nachfolger aufzubauen, für den Zeitpunkt, zu dem es als angebracht erscheinen würde, der langen Regierungszeit Don Eduardos ein Ende zu setzen. Olmo war in einer hübschen Lage, er verdiente von beiden Seiten, und so war es vielleicht unklug, ihm zu weit zu trauen, doch seine Zukunftsinteressen hingen unverkennbar mit K-M zusammen, und deshalb schätzte Farkas, es sei sicher, mit ihm Geschäfte zu machen.

»Wer ist dein Kurier?« fragte Olmo.

»Juanito Holt.«

»Ekelhafte kleine Latinorotznase. Ich kenn ihn. Aber ein schlaues Bürschchen, das muß ich sagen. Wie hast du ihn gefunden?«

»Also, eigentlich hat er mich gefunden. Fünf Minuten war ich aus dem Shuttle, und da stand er bereits. Er ist sehr schnell.«

»Sehr. Manchmal *zu* schnell. Sein Vater war in die Sache mit dem Central American Empire verwickelt – erinnerst du dich? Die Dreiecksrevolution? Spielte beide

Seiten gegen die Mitte aus. Ein sehr schlauer *hombre.* War entweder Sozialist oder Faschist, keiner war sich je sicher, was wirklich, und am Ende, als alles auseinanderbrach, verduftete er und setzte seine umstürzlerische Arbeit von hier aus fort. Dann fiel er ärgerlich auf, und nach einiger Zeit kamen die Rechten und die Linken zu dem Schluß, daß es für sie am besten wäre, wenn sie sich zusammentun, und sie schickten eine Delegation hier herauf, um ihn loszuwerden. Sein Kleiner ist genauso raffiniert. Sei vorsichtig mit dem, Victor.«

»Ich bin in allem vorsichtig«, sagte Farkas. »Das weißt du doch.«

»Ja. Ja, vorsichtig, das bist du bestimmt.«

Im Augenblick beobachtete Farkas argwöhnisch den Visor des Telefons, der plan in die Wand eingelassen war, und für Farkas sah das aus wie ein gelblich irisierendes isoskeles Dreieck, dessen lange schmale Obere Spitze sich nach hinten in die Wand zurückkrümmte, als wollte sie in eine andere Dimension hineingleiten. Das Kopf-Brustbild Olmos, zentral auf der Mittelachse nahe der Dreiecksbasis, prägte sich in Farkas' Sensorium als zwei abgeschrägte kobaltblaue Würfel aus, die beiläufig durch ein Zickzackband grellweißen diamantenen Lichts verbunden waren.

Die Luft im Raum war entnervend kühl und rein. Es war, als atmete man Parfüm ein. Die Luft war genauso künstlich, wie man sie in irgendwelchen geschlossenen Räumen auf der Erde zu atmen bekam, nein, eigentlich war sie das in noch stärkerem Maße, aber dennoch war es eine irgendwie andersartige Kunstluft. Farkas vermutete, daß man auf der Erde, anders als hier, allen möglichen Dreck aus der Luft herausfiltern mußte, bevor sie in ein Gebäude gelangen durfte, Methan, das überschüssige CO_2, und das ganze andere Treibhauszeug, so daß auf der Erde die Luft immer irgendwie steril und leblos wirkte, wenn sie durch die Filtersysteme geschleust worden war. Man wußte, es war Luft, die bearbeitet werden mußte, damit man sie atmen konnte, und man atmete sie mit Argwohn. Man fragte sich, was die da – neben den Giftstoffen – sonst noch herausgenommen haben könnten. Aber in einem L-5-Satelliten dagegen bauten sie sich die Atmosphäre ganz neu auf, quirlten sich eine gesunde Mischung zusammen aus Sauerstoff, Stickstoff und Kohlendioxid und so weiter, und zwar in den Mengenverhältnissen, wie sie ursprünglich von ›Gott‹ beabsichtigt gewesen waren; nein, eigentlich sogar noch besser, als ›Gott‹ die Angelegenheit geregelt hatte, denn hier befand sich weniger relativ nutzloser Stickstoff in der Luft als auf der Erde, aber ein höherer Sauerstoffanteil, und es war nicht erforderlich, etwas aus der Luft herauszufiltern, da sie von Anfang an nichts enthielt, was nicht hineingehörte.

Und so war die synthetische Luft in den Habitaten voller und roch kräftiger als die denaturierte ›echte‹ Luft in abgeschotteten Häusern auf der Erde. Sie stieg einem richtig zu Kopf. Zu prickelnd, fand Farkas. Er wußte, es war eine sauberere Luft als die in irgendwelchen Innenräumen auf der Erde, aber so richtig an sie zu gewöhnen, hatte er bisher noch nie zustande gebracht. Er *erwartete* einfach, daß Luft schal und tot rieche, außer wenn man sich ohne Maske im Freien aufhielt und sich die Lungen mit all den wundervollen Wasserstoffen vollpumpte. Aber diese spritzige frühlinghafte Luft war ihm denn doch zu rein und gesund für seine Bedürfnisse.

Aber wenn ich ein bißchen länger Zeit habe, dachte er, werde ich das vielleicht mögen.

Zu Olmo sagte er: »Die Ware soll an einem Ort namens El Mirador gelagert sein. Mein Kurier bringt mich dann heute später dort hin, damit ich mir das Lagerhaus mal anschauen kann.«

»*Bueno!* Und du bist sicher, daß alles nach Plan gehen wird?«

»Bin ich. Sehr.«

»Hast du einen handfesten Grund für diese Überzeugung?«

»Reine Intuition«, sagte Farkas. »Aber ich habe ein Gefühl, daß es richtig ist.«

»Verstehe. Du verfügst über Sinne, die anders sind als bei uns. Du bist ein sehr außergewöhnlicher Mensch, Victor.«

Farkas gab darauf keine Antwort.

Olmo sagte: »Wenn die Ware deinen Wünschen entspricht, wann beabsichtigst du die Verschiffung vorzunehmen?«

»Schon sehr bald, glaube ich.«

»In die Heimatzentrale?«

»Nein«, sagte Farkas. »Der Plan wurde geändert. Die Zentrale verlangt, daß die Ware direkt in die Fabrik geliefert wird.«

»Ah. Verstehe.«

»Wenn du liebenswürdigerweise dafür sorgen könntest, daß die Verschiffungspapiere exakt in Ordnung sind, lasse ich es dich wissen, sobald wir die Ware auf den Weg bringen können.«

»Und die Zollgebühren ...?«

»Werden auf die gewohnte Art geregelt. Ich glaube nicht, daß Don Eduardo Grund zur Klage haben wird.«

»Es wäre sehr peinlich, wenn es der Fall sein würde.«

»Es wird keinerlei Schwierigkeiten geben.«

»Bueno«, sagte Olmo. »Don Eduardo ist immer unglücklich, wenn wertvolle Güter aus Valparaiso Nuevo entfernt werden. Und man muß immer mit seinem Mißfallen rechnen.«

»Ich sagte bereits, es gibt Entschädigung, oder?«

In Farkas' Stimme war auf einmal eine ganz neue Stärke, und Olmos Bild reagierte darauf mit einer leichten Farbänderung von Kobaltblau zu einem Fastschwarz, als wollte er Farkas zu verstehen geben, daß der Gedanke, die notwendigen Bestechungsgelder könnten irgendwie ausbleiben, ihn beunruhigte und daß er die unausgesprochene Zurechtweisung von seiten des Blinden als beleidigend empfinde. Doch Farkas erkannte, daß die ursprüngliche Farbe nach einem Moment in Olmos Gesicht zurückkehrte; die kleine Krise war überstanden.

»*Bueno!*« sagte Olmo wieder einmal. Und jetzt schien er das wirklich zu meinen.

El Mirador lag in seiner Speiche auf halber Strecke zwischen Nabe und Rand. In seine Schutzwand waren breite verglaste Fensternischen eingelassen, durch die man eine überwältigende Aussicht genießen konnte – auf das restliche Valparaiso Nuevo und auf die Sterne und die Sonne und den Mond und die Erde und all das. Als Juanito mit Farkas eintraf, lief gerade eine Sonnenfinsternis ab, keine große Seltenheit in Satellitenwelten, doch auch nicht eben gewöhnlich: die Erde war direkt vor die Sonne gepflastert, und es blitzte nur ein grellheißer Lichtschein drunten herauf, wie das Funkeln eines Diamanten aus einer goldenen Ringfassung. Das Dorf war von bläulich-roten Schatten erfüllt, tiefen, dichten Schatten, ein schwerer Samtvorhang, der sich über alles herabsenkte.

Juanito mühte sich zu beschreiben, was er sah. Farkas reagierte mit einer ungeduldigen fahrigen Armbewegung.

»Ich weiß, ich weiß. Ich fühle es in meinen Zähnen.« Sie standen auf einer breiten Personentransporttreppe und fuhren in den Ort hinab auf die Plaza. »Die Sonne ist im Moment lang und dünn, wie die Schneide einer Axt. Die Erde hat sechs Ecken, und jede glüht in einer anderen Farbe.«

Juanito starrte den Blinden erstaunt an.

»Wu ist hier«, fuhr Farkas fort. »Da drunten auf der Plaza. Ich fühle seine Gegenwart.«

»Aus einer Entfernung von hundert Metern?«

»Komm mit!«

»Was tun wir, falls er tatsächlich dort ist?«

»Bist du bewaffnet?« fragte Farkas.

»Ich hab meinen Spike, ja.« Juanito klopfte sich auf den Schenkel.

»Gut. Stell ihn auf Schockstärke, aber benutze ihn möglichst überhaupt nicht, wenn's geht. Ich will nicht, daß du ihn irgendwie verletzt.«

»Verstanden. Du willst ihn selber umbringen, wenn du dazu Lust und Laune hast. Ganz gemütlich langsam, um das Vergnügen möglichst lang zu genießen.«

»Paß du nur einfach auf, daß ihm nichts geschieht, das ist alles«, sagte Farkas. »Und jetzt komm!«

Der Ort hatte ein altertümliches Aussehen, das klassische Bild einer lateinamerikanischen Kleinstadt; niedrige pastellfarbene Häuser mit massenhaft schmiedeeisernen Verzierungen an den Fassaden, die Plaza mit Pflastersteinen bedeckt, in der Mitte eine komplizierte Brunnenkonstruktion, an den Seiten malerische kleine Caférestaurants. In dem Ort lebten schätzungsweise zehntausend Personen, und es hatte den Anschein, als hätten sie sich allesamt in diesem Moment auf der Plaza versammelt, wo sie etwas tranken und sich die Sonnenfinsternis anschauten. Juanito war froh darüber. Die Verfinsterung war das Tagesereignis. Niemand schenkte ihnen Beachtung, als sie auf dem Personentransporter abwärts schwebten und auf die Plaza traten. Verdammt dickes Ding, dachte Juanito. Da kommst du an einen Ort, und ein Mann ohne Augen geht direkt hinter dir her, und keiner beachtet euch im geringsten. Aber wenn die Sonne wieder herauskommt, wird sich das vielleicht ändern.

»Dort ist er«, flüsterte Farkas. »Links, etwa fünfzig Meter entfernt, sechzig.«

Er gab die Richtung mit einer kaum merklichen Kopfdrehung an. Juanito spähte durch das trübe Purpurlicht nach vorn und konzentrierte sich auf das Café an der

Plaza, das direkt neben dem vor ihnen lag. Etwa ein Dutzend Personen saßen dort in Grüppchen unter schillernden Fiberglasmarkisen bei ihren Drinks, plauderten und genossen den Tag. Eben einen angenehmen beiläufigen Nachmittag im guten alten gemütlichen El Mirador im verschlafenen alten Valparaiso Nuevo.

Farkas hatte sich zur Seite gedreht, zweifellos damit sein seltsames Gesicht teilweise verdeckt bliebe. Aus dem Mundwinkel sagte er: »Wu sitzt allein am vordersten Tisch.«

Juanito schüttelte den Kopf. »Die einzige allein sitzende Person ist eine Frau, etwa fünfzig, fünfundfünfzig Jahre, mit langem rötlichem Haar, großer Nase, unauffällige, fast schäbige Kleidung, seit zehn Jahren aus der Mode.«

»Das ist Wu.«

»Wie kannst du da so sicher sein?«

»Die äußere Gestalt deines Körpers kannst du durch Retrofitting völlig anders aussehen lassen. Die nicht-visuellen Informationsdaten nicht, wie ich sie durch meine Blindsichtigkeit aufnehme. Als ich Dr. Wu zuletzt sah, war er für mich ein schwarzer spiegelblank polierter Metallkubus auf der Spitze über einem pyramidenförmigen kupferroten Piedesstal. Ich war damals neun Jahre alt, aber ich schwor mir, daß ich nie vergessen würde, wie er aussah, und ich habe es nicht vergessen. Und diese Frauensperson, die da drüben ganz allein sitzt, sieht exakt so aus.«

Juanito starrte angestrengt hin. Aber er sah noch immer nur eine unscheinbare ältere Frau in unmoderner Kleidung. Juanito wußte, man konnte heutzutage per Retrofitting Wunder bewirken; sie konnten einem fast jeden Körper wachsen lassen, als handelte es sich um Kleidung von der Stange, indem man in die DNS einer Person hineinstocherte. Trotzdem fiel es Juanito schwer, sich die Frau dort drüben als einen verkleideten chinesischen Genspalter vorzustellen, und er hatte sogar noch größere Schwierigkeiten damit, in ihr einen glattpolierten Kubus an der Spitze einer kupferfarbigen Pyramide zu sehen.

Doch er vermochte beinahe den Schwall von heftigem Haß zu spüren, der von Farkas ausstrahlte. Deshalb wußte er, daß das Objekt tatsächlich die richtige Person war. Der Mann ohne Augen wollte eine entsetzliche Rache nehmen für das, was ihm bei der Geburt angetan worden war und das ihn so von allen anderen Menschen abgesondert hatte.

»Was hast du jetzt vor?« fragte Juanito.

»Wir gehen rüber und setzen uns neben sie. Halte deinen Spike bereit. Aber ich hoffe, du wirst ihn nicht benutzen müssen.«

»Wenn wir sie festnehmen und sie ist nicht Wu«, sagte Juanito beklommen, »dann krieg ich verdammt viel Ärger, besonders wenn sie unseren El Supremo für das Asylrecht bezahlt. Asylprivilegierte Leute werden recht eklig, wenn ihre Privatsphäre verletzt wird. Sie könnte einen richtigen Stunk veranstalten, und bevor sie mit uns fertig ist, bist du ausgewiesen, und ich bezahle als Strafe ein Vermögen und ein halbes und werde möglicherweise ebenfalls ausgewiesen, und was ist dann? Wo soll ich leben, wenn ich von hier fort muß? Hast du daran gedacht?«

»Mach dir nicht soviel Sorgen«, sagte Farkas. »Das ist Dr. Wu, ganz bestimmt. Achte darauf, wie er reagiert, wenn er mich sieht, dann wirst du mir glauben.«

»Trotzdem verstoßen wir gegen das Asylgesetz. Er braucht bloß nach der Guardia Civil um Hilfe zu rufen.«

»Wir müssen ihm eben sofort klarmachen«, sagte Farkas, »daß das sehr töricht wäre. Kannst du mir folgen?«

»Aber ich soll ihn nicht verletzen«, sagte Juanito.

»Nein, auf gar keinen Fall greifst du ihn an. Du demonstrierst nur, daß du zur Gewaltanwendung bereit bist, sollte es sich als nötig erweisen.« Farkas wies fast unmerklich mit dem Kopf zu der Frau am vordersten Tischchen des Cafés hin. »Also, gehen wir jetzt! Du gehst zuerst und fragst höflich, ob du dich mit an den Tisch setzen kannst, und machst ein paar belanglose Bemerkungen über die Sonnenfinsternis. Ich komme so etwa dreißig Sekunden später nach. Alles klar? Guter Junge. Und jetzt, los!«

»Ihr müßt verrückt sein!« sagte die rothaarige Frau, und sie klang wirklich ärgerlich und gereizt. Dabei schwitzte sie bemerkenswert heftig, und ihre Finger schlangen sich ineinander wie verschreckte Vipern. »Ich bin weder irgendein Doktor, und mein Name ist auch nicht Wu oder Fu, oder was ihr gesagt habt, und ich gebe euch genau zwei Sekunden Zeit zu verschwinden und mich in Ruhe zu lassen.« Aber die Frau schien nicht fähig, die Augen von der glatten leeren oberen Gesichtspartie von Farkas abzuwenden. Juanito begriff, daß er sich mittlerweile ganz gut an dieses seltsame Gesicht gewöhnt hatte, daß aber Farkas auf andere Leute wie eine Monstrosität wirken mußte.

Farkas bewegte sich überhaupt nicht. Dann sagte die Frau mit ganz anderer Stimme ruhiger, als wäre sie jetzt nur neugierig geworden: »Was für ein Ding bist du überhaupt?«

Sie ist nicht Wu, entschied Juanito.

Der echte Wu hätte eine solche Frage nie stellen können. Der wirkliche Wu hätte Bescheid gewußt. Und er wäre geflohen. Und außerdem, das da war eindeutig eine Frau. Absolut überzeugend die Wangen, der Haaransatz, das weiche Fleischpolster unter dem Kinn. Frauen unterschieden sich an allen diesen Stellen von Männern. Auch ihre Handgelenke. Und wie sie saß. Und viele andere Anzeichen. Es gab einfach keine Genchirurgen in der Welt, die geschickt genug gewesen wären, ein derart überzeugendes Retrofitting durchzuführen. Juanito besah sich verstohlen die Augen, um zu entdecken, ob da noch eine Spur der ›Mongolenfalte‹ sichtbar sei, doch da war nichts. Die Augen waren graublau. Und die Chinesen hatten doch alle braune, dunkle Augen, oder? Aber so etwas ließ sich ja schließlich leicht ändern, dachte Juanito.

Farkas beugte sich dicht und bedrohlich zu der Person und sagte mit gedämpfter erregter Stimme: »Du weißt ganz genau, was ich bin, Doktor. Mein Name ist Victor Farkas. Ich kam während des Zweiten Aufbruchs in Taschkent zur Welt. Meine Mutter war die Frau des ungarischen Konsuls, und du hast an dem Fötus in ihrem Leib eine Genspleißung vorgenommen. Das war damals dein Spezialgebiet, die gentechnische Umgestaltung. Du erinnerst dich nicht mehr daran? Du hast meine Augen zerstört, Doktor, und mir an ihre Stelle die Blindsicht gegeben.«

Die Frau senkte den Kopf und blickte dann weg. Farbe stieg in ihre Wangen. Eine heftige innere Erregung schien sie ergriffen zu haben. Juanito wurde in seiner Überzeugung erneut unsicher. Vielleicht gab es tatsächlich Genchirurgen, die einen dermaßen perfekten Retrofit durchführen können, dachte er.

»Kein Wort davon ist wahr«, sagte die Frau. »Ich habe noch nie etwas von dir gehört, und ich war auch niemals an einem Ort, wie du ihn genannt hast. Du bist weiter nichts als ein geistig Verwirrter. Ich kann dir beweisen, wer ich bin. Ich habe Papiere. Du hast kein Recht, mich derart zu bedrängen!«

»Ich beabsichtige nicht, dir irgendwie Schaden zuzufügen, Doktor.«

»Ich bin kein Doktor.«

»Könntest du wieder einer werden? Für einen Preis?«

Juanito drehte sich herum und sah Farkas an. Mit einer solchen Wendung hatte er nicht gerechnet.

Der große Mann lächelte freundlich, saß vorgebeugt da und wartete auf eine Antwort.

»Ich werde mir das nicht weiter anhören«, sagte die

Frau. »Du läßt mich jetzt sofort in Ruhe, oder ich rufe die Streife.«

Farkas sagte: »Hör mir jetzt ganz genau zu, Dr. Wu. Wir haben da ein Projekt, das für dich von großem Interesse sein könnte. Ich vertrete eine Technikergruppe, die ein Tochterunternehmen einer Gesellschaft ist, deren Namen du sicher kennst. Bei diesen Arbeiten geht es um Raumfahrtexperimente, um den ersten Interstellarflug mit Überlichtgeschwindigkeit. Den Schätzungen nach könnte das Programm in drei Jahren einen Flug starten. Vielleicht in vier.«

Die Frau stand auf. »So ein irrsinniges Zeug – es geht mich überhaupt nichts an.«

»Das Überlichtgeschwindigkeit-Feld verzerrt das Sehvermögen«, sprach Farkas weiter. Er schien nicht zu bemerken, daß die Frau aufgestanden war und sich nach einem Fluchtweg umsah. »Tatsächlich wird dabei das Sehvermögen überhaupt völlig gestört. Die Wahrnehmung wird total abnorm. Und eine Schiffsbesatzung mit normalem Sehvermögen würde einfach völlig außerstande sein, normal zu funktionieren. Aber es zeigt sich, daß jemand mit Blindsichtvermögen sich relativ problemlos an die eigentümlichen Veränderungen adaptieren kann, die das Feld auslöst. Wie du siehst, wäre ich geradezu ideal ausgerüstet für den Flug in solch einem Raumfahrzeug, und man hat mich auch tatsächlich bereits aufgefordert, am ersten Experimentalflug teilzunehmen.«

»Ich habe keinerlei Interesse daran, mir das anzuhören ...«

»Der Spacedrive wurde aber bereits tatsächlich in Tests erprobt. In Bodentests, strikte Vorläufe, ohne Weitstreckentests, aber die theoretischen Ergebnisse sind höchst ermutigend. Ich war die Testperson. Deshalb sind wir recht zuversichtlich, daß das Projekt erfolgreich sein wird. Aber ich kann nicht allein fliegen. Wir haben ein Team von fünf Leuten gefunden, und die sind alle bereit, sich tektogenetischen Retrofits zu unterziehen, um ihnen das zu geben, was ich bereits habe. Und wir wissen von keinem anderen Menschen, der über eine so große Erfahrung auf diesem Sektor verfügt wie du. Wir möchten, daß du aus dem Ruhestand zurückkehrst und wieder aktiv wirst, Dr. Wu.«

Das war ganz und gar nicht so, wie Juanito sich den Verlauf des Treffs vorgestellt hatte. Er war völlig durcheinander.

Farkas sprach weiter: »Wir haben in einem Habitat in der Nähe ein Laboratorium für dich eingerichtet, mit allem, was du an Einrichtungen benötigen könntest, aber du brauchtest es nur zu sagen, wenn du etwas anderes oder mehr brauchst. Natürlich werden wir deine Mitarbeit sehr gut honorieren. Und auch für deine persönliche Sicherheit sorgen, solange du außerhalb von Valparaiso Nuevo bist. Also, was sagst du dazu? Kommen wir ins Geschäft?«

Die rothaarige Frauensperson bebte am ganzen Leib und wich langsam zurück. Farkas schien ihre Bewegungen nicht zu bemerken.

»Nein«, sagte die Frau. »Es ist so unendlich lange her. Und was ich einmal gekonnt habe, habe ich vergessen und begraben.«

Also hatte Farkas die ganze Zeit recht gehabt, dachte Juanito. Es gab keinen Zweifel mehr: Die Frau war sein Dr. Wu.

»Du könntest einen Auffrischungskurs machen«, sagte Farkas. »Ich glaube einfach nicht, daß man eine große Begabung, wie es die deine war, wirklich verlieren kann, was meinst du?«

»Nein ... Bitte! Laßt mich in Ruhe!«

Juanito war bestürzt, wie schief er die ganze Sache von Anfang an gesehen hatte. Er hatte alles falsch interpretiert: diesen angeblichen Racheplan. Selten in seinem Leben hatte er sich bisher dermaßen geirrt. Farkas war nicht hergekommen, um seine Rechnung mit Wu zu begleichen. Das begriff er nun. Sondern nur wegen eines Geschäfts, anscheinend im Auftrag von Kyocera-Merck. Farkas scherte sich einen Furz um seine Rache. Und er war auch überhaupt nicht mehr böse auf den Genchirurgen wegen dem, was dieser ihm vor langer Zeit angetan hatte. Nein.

Der Mann war sonderbarer, als Juanito bisher geglaubt hatte.

»Was sagst du dazu?« wiederholte Farkas.

Statt zu antworten, machte die Frau – Dr. Wu – noch ein paar Schritte rückwärts. Sie/er schien in der nächsten Sekunde fluchtartig davonstürzen zu wollen.

»Wohin geht er?« fragte Farkas hastig. »Laß ihn nicht entkommen, Juanito!«

Wu wich immer noch zurück, rascher jetzt, ohne direkt zu laufen, aber zielsicher dem geschlossenen Teil des Cafés zustrebend. Farkas machte eine scharfe Handbewegung, und Juanito nahm die Verfolgung auf. Mit dem Spike konnte er auf fünfzehn Schritt einen Betäubungsschlag verabreichen. Doch in diesem Menschengedränge konnte er Wu nicht einfach umlegen, jedenfalls nicht wenn sie Asylschutz hatte, und schon gar nicht an einem Ort wie El Mirador. Eine Minute später würden sich fünfzig *Sanctuarios* auf ihn stürzen. Die Asylanten würden sich ihn packen und ihn zusammenschlagen und seine Vorhaut für zweieinhalb Callies an die Leute des Generalissimo verkaufen.

Es war dunkel in dem Café und sehr voll. Juanito erspähte die Frau im hinteren Teil, in der Nähe der Toiletten. Na, geh schon, dachte er. Geh schon ins Damenklo. Aber ich komme dir direkt nach. Es ist mir verdammt egal.

Doch Wu ging an den Toiletten vorbei und glitt in eine Nische neben der Küche. Zwei mit vollen Tabletts beladene Kellner kamen heran, funkelten Juanito böse an und fauchten, er solle nicht im Weg herumstehen. Es dauerte ein bißchen, bis er sich an ihnen vorbeigedrückt hatte, und danach konnte er die rothaarige Frau nirgends mehr sehen. Ihm war klar, daß er mit Farkas schweren Zoff kriegen würde, wenn er seine Beute hier drinnen verlor. Farkas würde toben. Farkas würde ihm die Wochengage vorenthalten wollen, höchstwahrscheinlich. Zweitausend Callies den Bach runter, von den Sonderspesen ganz zu schweigen.

Und dann griff eine Hand aus der Nische und packte ihn mit erstaunlicher Heftigkeit am Unterarm. Er wurde ein Stück weit in einen beklemmenden Raum gezerrt, ein Spielzimmer, das von einem knisternden grünen Dunst erfüllt war, der von einer seltsamen Maschine an der gegenüberliegenden Wand ausging. Die rothaarige Frau starrte ihn aus weit aufgerissenen Augen an.

»Er will mich umbringen, nicht wahr? Das Gerede, daß ich Retrofit-Operationen machen soll, das ist doch Quatsch, oder?«

»Ich glaube, er meint es ernst«, sagte Juanito.

»Kein Mensch würde sich freiwillig bereit erklären, seine Augen für Blindsichtigkeit aufzugeben.«

»Woher soll ich das wissen? Die Leute machen alle möglichen verrückten Sachen. Aber ich glaube, wenn er vorhätte, dich zu töten, dann hätte er anders operiert, als wir dich aufgespürt hatten.«

»Er wird mich von Valparaiso fortbringen und anderswo umbringen.«

»Das weiß ich nicht«, sagte Juanito. »Er hat mir seine Pläne nicht mitgeteilt. Ich erledige nur eine Arbeit.«

»Wieviel hat er dir bezahlt, mich aufzufinden?« Es klang heftig. »Wieviel?« Dann ein hastiger Blick nach unten. »Ich weiß, du hast einen Spike in der Tasche. Laß den dort und gib mir Antwort. Wieviel?«

»Dreitausend Callies pro Woche«, stammelte Juanito und stapelte ein bißchen hoch dabei.

»Ich zahle dir fünf, wenn du mir hilfst, ihn loszuwerden.«

Also, das war ehrlich eine echte Wendung. Doch Juanito zögerte. Farkas verraten und verkaufen? Er war sich nicht sicher, ob er so schnell die Seiten würde wechseln können. Vertrug es sich mit der Berufsehre, wenn man auf ein höheres Gebot einging?

»Acht«, sagte er nach einer Weile.

Und warum nicht, verdammt? Er schuldete Farkas keine Loyalität. Das hier war eine asylantenfreundliche Welt; hier genoß Wu, dank der mitleidvollen Güte von El Supremo, das Recht auf Schutz. Und es war die Pflicht eines jeden Bürgers, seine Mitbürger vor jedem Schaden zu schützen. Und achttausend Callies ein ganz hübscher Packen Geld.

»Sechs-fünf«, sagte Wu.

»Acht, oder es gibt keinen Deal. Handschlag jetzt sofort. Du hast deinen Handschuh mit?«

Die Frau, die einmal Dr. Wu Fang-shui gewesen war, gab ein verärgertes Brummen von sich, dann zog sie ihr Flexterminal heraus. »Konto 1133«, sagte Juanito, und sie machten den Transfer. »Und wie willst du jetzt weiter verfahren?« fragte Juanito.

»Direkt hinter dem Café hier gibt es einen Durchgang in die äußere Hülle. Du siehst, wie ich da hinüberschlüpfe, und ihr folgt mir beide. Sobald wir alle drin sind und er auf mich zukommt, gleitest du hinter ihn und legst ihn mit dem Spike um. Und dort lassen wir ihn begraben sein.«

In Wus Augen lag ein bedrohliches Glitzern. Es war beinahe, als würde der so geschickt konstruierte Retrofit-Körper von Sekunde zu Sekunde dahinschmelzen und der echte Wu darunter immer mehr auftauchen. »Hast du mich verstanden?« fragte Wu. Ein scharfer durchdringender Blick. Und das Gesicht eines verwirrten alten Weibes, aber die Augen waren die eines Teufels. »Ich habe dich gekauft, mein Junge. Und ich erwarte, daß du dich an deinen Vertrag hältst, auch wenn wir in der Außenschale sind. Du verstehst mich doch? Verstehst du, ja? Gut!«

6

Carpenter kam zuerst bei dem Restaurant an. Die Fahrt über die Bucht herüber war kürzer gewesen, als er es berechnet hatte. Er wartete draußen auf Rhodes und wanderte in dem weißen mittäglichen Glast auf und ab. Das Restaurant bestand aus einer Reihe von Perspexkuppeln, die sich an die Kante der Kaimauer schmiegten, durch die das tieferliegende Gebiet von Berkeley gegen die fortschreitende Ausweitung der Bucht abgeschottet war. Die Lokale sahen aus wie Büschel von phosphoreszierenden Pilzen.

Vor so etwa vierzig, fünfzig Jahren waren die tiefer gelegenen Teile Berkeleys im Verlauf der ersten großen Fluten verschlungen worden, und bei Ebbe, so hatte man Carpenter erzählt, konnte man noch die Spitzen der alten abgesoffenen Häuser aus dem glitschigen Glitzerüberzug von Mikroorganismen auf dem Wasser der Bucht sehen. Doch seit der Errichtung der Mole hatte es hier keine gravierenden neuen Fluten mehr gegeben. Die Westküste war alles in allem bei der großen Überflutung der Küsten relativ gut weggekommen, die auf der Erde stark unterschiedlich schwer aufgetreten war: Als Katastrophen in China, Japan, Bangladesh, aber auch den östlichen Küstenstaaten der USA, besonders in Florida, Georgia, der Carolinaküste; im westlichen Europa dagegen gab es nur geringere Schäden – außer in Holland, Dänemark und den Ostseeanrainern, die so ziemlich verschwunden waren –, auch an den Pazifikküsten der beiden Amerikas war der Schaden nicht so schlimm. Und nun sagte man, daß das Abschmelzen der Polareiskappen im wesentlichen beendet sei und daß die restlichen Massen gefroren bleiben würden, zumindest für die unmittelbare Zukunft, so daß die Gefahr einer weiteren Zunahme der planetaren Wassermassen gebannt schien. Es ist immer erfreulich, dachte Carpenter, wenn man gesagt bekommt, daß alles wieder gefahrlos und in Ordnung sei, egal in welchem Zusammenhang. Auch wenn es nicht die Wahrheit ist.

Die Mittagssonne knallte hart und heiß herab, und die Luft war wie gewöhnlich, wie dicke Suppe. Rhodes verspätete sich, nichts Ungewöhnliches bei ihm. Carpenter trat ungeduldig von einem Fuß auf den anderen in der klebrigen Hitze, dann ging er die Rampe zur Mole hinauf und fächelte sich mit dem Hemd Kühlung zu und zupfte an seiner Atemmaske, die feucht und warm an der Wange klebte.

Er starrte auf die eleganten alten Brücken und die weite Bucht, die grün, blau und violett schimmernde Haut, wie auf einer schaumigen tropischen Pfütze, und auf die blitzende Eleganz San Franciscos auf der anderen Seite, und auf die schwere dunkle Masse des Mount Tamalpais im Norden. Dann blickte er in die andere Richtung, auf die Berge von Berkeley-Oakland, die dicht bebaut waren, aber immer noch weite Strecken Grasflächen aufwiesen.

Das Gras war jetzt überall braun und verdorrt und sah tot aus, aber Carpenter wußte aus seiner Kindheit, daß es innerhalb von einer oder zwei Wochen wieder zu frischem grünen Leben erwachen würde, sobald die Winterregen kamen. Ärgerlich war nur, daß die Winterregen sich hier nicht mehr sehr oft einstellten. Jahrein, jahraus herrschte die ganze Küste entlang ein endloser Sommer. Statt dessen wurden jetzt ehemalige Wüstenregionen wie etwa im Nahen Osten und Nordafrika von angenehmen Niederschlägen wie nie zuvor gesegnet, und die gesamte Zone im Südwesten der USA, von Osttexas bis Florida, hatte sich in einen einzigen gewaltigen Regenwald verwandelt und stöhnte unter der Last alptraumhafter gigantischer pelziger Schlinggewächse, riesiger Orchideenwucherungen und Kriechpflanzen mit glänzenden Blättern.

»Da bist du ja«, sagte eine tiefe heisere Stimme hinter ihm. »Ich suche dich schon überall.«

Nick Rhodes grinste ihm vom Fuß der Rampe her entgegen. Er war wie aus dem Nichts aufgetaucht, schien es Carpenter. Rhodes trug keine Atemmaske, dafür aber eine luftige weiße Baumwolldschellaba mit auffälligen ägyptischen Motiven. Die dichten lockigen braunen Haare hatten einen Anflug von Grau und waren an den Schläfen merklich schütterer geworden, seit Carpenter ihn zuletzt gesehen hatte, und er wirkte müde und ausgelaugt. Das runde Gesicht war fleischiger, fast feist geworden. Sein überschwengliches Grinsen wirkt irgendwie gezwungen, dachte Carpenter. Da stimmte etwas nicht. Ganz eindeutig.

»Der Herr Doktor«, sagte Carpenter. »Na endlich. Die Pünktlichkeit in Person, wie üblich.« Er stieg zu Rhodes hinunter und streckte ihm die Hand entgegen. Dieser ergriff sie, zog Carpenter zu sich und umarmte ihn heftig, Brust an Brust und Wange an Wange. Carpenter war groß, doch Rhodes war noch ein Stückchen größer und viel breiter und massiger, und so fiel die Umarmung ziemlich heftig aus.

Dann lösten sie sich und betrachteten einander. Sie kannten einander mehr oder weniger schon ihr Leben lang. Rhodes, der zwei Jahre älter war, war zunächst der Freund von Carpenters etwas älterem Bruder gewesen, damals in der fernen Kindheit in Südkalifornien. Aber als sie halbwüchsig wurden, war Rhodes für den Geschmack des älteren Carpenter doch ein bißchen zu verträumt und zu verletzbar geworden, aber rätselhafterweise tickten er und Paul richtig zusammen.

Ihr Leben war die ganze Zeit parallel verlaufen; bald nach dem Collegeabschluß waren beide in das riesige Firmenunternehmen der Samurai Industries eingetreten; mit dem einen Unterschied, daß Rhodes eine echte wissenschaftliche Begabung besaß, während Carpenters geistige Hauptinteressen sich auf weniger steinige Felder wie Geschichte und Anthropologie richteten, wo eine echte Karriere nicht denkbar war. Und so hatte Rhodes sich auf Biogentechnik verlegt, einen erfolgsträchtigen Weg mit raschen Aufstiegschancen, bei dem die Firma für die Kosten der Promotionsarbeit und die Forschungsarbeiten in der Folge aufkam; und Carpenter hatte sich als nichtspezialisierter Azubi für Management verpflichtet, und er wußte, daß dies für ihn eine Reihe völlig unvorhersehbarer, immer anders gelagerter Firmenbereiche bedeuten würde, und er völlig von den Launen seines Arbeitgebers abhängig sein würde. Aber wie verschieden und kompliziert ihr Leben seit damals auch verlaufen war, sie hatten es immer irgendwie zustande gebracht, sich Gefühle einer Art zärtlicher, aber zäher Freundschaft zu bewahren.

»Also«, sagte Carpenter, »es ist ja wirklich ganz schön lange her.«

»Ja, weiß Gott, Paul. Was für eine angenehme Überraschung. Laß mich dir sagen, du siehst großartig aus!«

»Wirklich? Das macht das Leben in dem berühmten Spokane. Der Wein, die Weiber, der Wohlgeruch der Blumen. Und du? Läuft alles glatt? Privat, mit der Arbeit?«

»Wundervoll.«

Carpenter hätte nicht sagen können, ob da Ironie mitschwang. Wahrscheinlich.

»Gehen wir hinein«, sagte er. »Du mußt den Verstand verloren haben, daß du ohne Atemmaske im Freien herumläufst. Oder hast du dir die Lunge mit Vanadiumstahl retrofitten lassen?«

»Wir sind hier nicht in deinem Inlandimperium, Paul. Hier gibt's tatsächlich noch sowas wie eine Brise von der See. Es ist durchaus unschädlich, hier ungefilterte Luft zu atmen.«

»Ach, ehrlich?« Carpenter zog sich die Maske ab und

steckte sie ein. Er war einigermaßen erleichtert. Dieser ganze Rummel mit den Schutzmasken war wahrscheinlich sowieso nichts als paranoide Überreaktion, vermutete er. In Städten wie Memphis, nun ja, oder Cleveland oder St. Louis, da hatte man es nötig, sich hinter möglichst vielen Filtern zu schützen, wenn man ins Freie ging. Die kaputte Luft dort traf einen wie ein Messer und schnitt einem wie ein Skalpell direkt durch die Lungen bis in die Eingeweide. Aber hier in der Bay-Region? Rhodes hatte recht. Noch war nicht die ganze Welt unbewohnbar geworden. Noch nicht völlig.

Rhodes schien in dem Restaurant beliebt zu sein. Es war ziemlich viel Betrieb, doch der *Maître,* ein seidig zirpender Android von leicht orientalischem Aussehen, begrüßte ihn mit theatralisch übertriebener Herzlichkeit und geleitete sie sofort zu einem Tisch hoch oben in der mittleren Kuppel, der mit seinem großartigen Blick auf das Wasser sicherlich bevorzugten Gästen vorbehalten war. »Was trinkst du?« fragte Rhodes, kaum daß sie sich gesetzt hatten.

Überrascht bat Carpenter um ein Bier. Rhodes bestellte für sich Whiskey-on-the-rocks. Die Getränke kamen fast sogleich, und Carpenter beobachtete interessiert, wie hastig Rhodes sich ans Werk machte und wie geschwind er den Drink beseitigte.

»Eisbergskipper«, sagte Rhodes und ließ auf den Tischvisoren die Speisenkarten erscheinen. »Wie bist du denn auf die Idee gekommen?«

»Man hat es mir angeboten. Eine Frau in der Personalsektion, drüben in Paris, die ich kenne. Sie sagte, das bringt Aufstieg. Ach, verdammt, Nick, auch wenn's mich nicht höherbringt, ich fand Spokane zum Kotzen. Also wandre ich eben weiter. Ich mache dies, ich mache das, alles, was die Firma sagt. Der brave Gehaltsempfänger unterster Klasse, der sich nie beklagt. Allround-Hanswurst für alle Sparten, und früher oder später in jeder ein Meister.«

»Warst du nicht zuletzt Wetterprophet?«

Carpenter nickte. Irgendwie war eine zweite Runde Getränke auf dem Tisch aufgetaucht. Er hatte nicht bemerkt, daß Rhodes nachbestellt hatte. Er war mit seinem Bier noch nicht fertig.

»Und du, Nick? Schwitzt du immer noch an eurem Frankensteinprojekt herum?«

»He, Vorsicht.« Rhodes sah verletzt drein. »Das geht etwas zu weit.«

»Sorry.«

»Ich werde schon von meinen humanistischen Freunden hier genug mit Mist beworfen, wie teuflisch die Auswirkungen meiner Forschungsarbeiten sind. Es wird allmählich ermüdend, von deinen Freunden für einen Verbrecher gehalten zu werden.«

»Ich verstehe nicht. Wieso Verbrecher?«

Rhodes zeichnete Gänsefüßchen mit den Fingern in die Luft. »›Die Umwandlung der menschlichen Rasse in etwas Groteskes und Häßliches, etwas, das kaum überhaupt noch als menschlich zu bezeichnen ist. Die Erschaffung einer neuen Spezies von Science Fiction-Ungeheuern.‹«

Carpenter trank nachdenklich einen großen Schluck von seinem ersten Bier, dann trank er aus und betrachtete sich das zweite Glas. Er kam zu dem Schluß, es sei allmählich Zeit, für die nächste Runde auf etwas Stärkeres umzusteigen.

Tastend fragte er: »Aber du machst doch sowas nicht. Du versuchst doch bloß, einige brauchbare anatomische Modifizierungen zu entwickeln, damit wir mit den wirklich gravierenden Bedingungen zurechtkommen können, die demnächst auf uns zukommen werden. Richtig?«

»Richtig.«

»Aber wieso dann ...?«

»Müssen wir wirklich darüber reden?« sagte Rhodes mit leichter Schärfe. »Ich möchte bloß ein bißchen ausspannen, verdammt, weg sein von …« Er hob den Blick. »Tut mir leid. Du hast mich was gefragt. Und die Antwort lautet: Nein. Ich plane wirklich nicht, Ungeheuer in Menschengestalt zu erschaffen. Ich bemühe mich nur, mein Wissen zum Besten der Menschheit einzusetzen, so arrogant das vielleicht klingen mag. Im übrigen sind die Ungeheuer ja längst unter uns. Da draußen.«

Er zeigte durch das gewölbte Perspexfenster auf die Bucht.

»Ich kann dir nicht folgen«, sagte Carpenter.

»Siehst du die flachen grünen Buckelhaufen dicht vor der Küste? Das sind Monsteralgen. Etwas ganz Neues, eine mutante Gattung, dreißig Zentimeter dick und weiß der Himmel wie lang. Die sind vor ein paar Jahren aus Monterey hierher gekommen. Die Bay erstickt fast an ihnen. Pro Monat wachsen sie fast um einen Meter. Die Umweltschutzkontrollbehörde hat sogar Dugongs importieren lassen, damit die das fressen und hoffentlich die Fahrtrinnen ein bißchen freihalten.«

»Dugongs?«

»Pflanzenfressende, im Wasser lebende Säugetiere aus dem Indischen Ozean. Abgrundhäßliche, aber harmlose Riesenbiester. Sie sehen blöde aus und sind fast blind. Aber sie fressen Seetang, als wäre es Karamel. Du kannst sie in den Algenbetten liegen sehen und schmatzen hören wie Schweine in einem Kleefeld. Das Problem ist nur, daß die Krokodile ihrerseits die Dugongs besonders schätzen.«

»Krokodile?« stammelte Carpenter düster.

»In der San Francisco Bay, ja. Sie haben es schließlich geschafft, von Los Angeles bis hierher zu wandern, und es gefällt ihnen wunderbar.«

»Ich kann's nicht glauben. Krokodile? Hier oben!«

»Du glaubst es besser. Nächstens sind sie im Puget Sound.«

Carpenter starrte ihn an. Er wußte natürlich, daß mit der Klimaerwärmung auf dem Globus Reptilien wie

Krokodile ein Comeback erlebten. Schon als er ein Junge war, hatten sie begonnen, von Mexiko aus auf San Diego zuzuwandern. Und in dieser Welt, in der die meisten wildlebenden Tierarten vom Aussterben bedroht oder schon ausgestorben waren, ja praktisch alles atmende Leben hoffnungslos dem Untergang entgegenschlitterte, gab es plötzlich diese groteske Auferstehung der obsoleten Kriechtiere aus dem Mesozoikum.

Sie hatten sich über das ganze dampfende super-tropische Florida verbreitet, natürlich die wenigen Landstriche, die es nach dem Absinken der Küsten da noch gab. In Florida konnte man nicht pinkeln, ohne daß einem ein Krokodil aus der Kloschüssel entgegengrinste. Aber Kalifornien? Kroks in der San Francisco Bay? Das hatte es bisher nicht gegeben. Es war eine Ungeheuerlichkeit.

»Und danach kriegen wir die Tyrannosaurier?« fragte Carpenter.

»Das bezweifle ich stark. Aber was wir bis jetzt haben, ist schon irre genug. Die Bucht wimmelt von algenäsenden Dugongs und riesenhaften dugongfressenden Krokodilen, und dann gehen sie her und sagen mir, daß *ich* Monstrositäten schaffe. Wo die Ungeheuer überall schon um uns sind und es von Tag zu Tag mehr werden. Jesus, Paul, es macht mich verrückt!« Rhodes lächelte, beinahe ein wenig schafsmäßig, wie um seinem Ausbruch die Schärfe zu nehmen. Er war schon immer einer, der nicht gern auffällt, dachte Carpenter. Irgend etwas muß tief in ihm bohren, sonst würde er sich nie derart beklagen.

Beide hatten noch keinen Blick auf die Speisenkarte geworfen.

»Es war heute ganz beschissen«, sagte Rhodes nach einer Weile in gelassenerem Ton. »Ein kleines Problem in meiner Abteilung. Einer von diesen eisig stählernen, völlig amoralischen kleinen Buben, der leider ein Genie ist; hat mit neunzehn seinen Doktor gemacht, so ein Typ ist der, und jetzt kommt der und hat etwas Neues gefunden, oder behauptet jedenfalls, er hätte einen Ersatz für das Haemoglobin, entwickelt auf der Basis tödlich giftiger Metallsalze. Sein vorgelegter Plan steckt voll von gewaltigen Unterstellungen und wilden Spekulationen. Doch falls es funktioniert, dann eröffnet sich damit der Weg zur totalen Umgestaltung des menschlichen Körpers, mit dem wir dann mit nahezu jeder Umweltscheiße fertigwerden könnten, die auf uns zukommt.«

»Und wo liegt das Problem? Wird es nicht funktionieren?«

»Das Problem ist, daß es funktionieren *könnte.* Ich bewerte die Chancen mit neunundneunzig zu eins. Aber Risiko zahlt sich eben manchmal aus, nicht wahr?«

»Und falls das hier so kommt ...?«

»Falls es kommt«, sagte Rhodes, »dann *werden* wir wirklich in eine Welt von Science Fiction-Monstern ohne Menschen gehen. Wenn man das Haemoglobin verändert, bedeutet das, die chemische Zusammensetzung des Blutes von Grund auf umzumodeln, und dann muß das Herz-Lungen-Interface modifiziert werden, und die Lungen müssen sowieso wegen der veränderten Luftzusammensetzung einen anderen Weg gehen, vielleicht müssen wir sie zu arachnidischen Buch-Lungen umbauen, und die Nieren müssen dann ebenfalls umgebaut werden, und das wiederum führt zur Modifizierung der Skelettstruktur, wegen der Kalziumdifferentiale, und dann ...« Rhodes holte tief Luft. »Ach, Scheiße, Paul, und wenn wir das alles gemacht haben, dann haben wir eine Kreatur, die möglicherweise recht hübsch an die neuen Bedingungen angepaßt ist, aber was für ein Ding ist das dann wirklich? Kann man es noch als menschlich bezeichnen? Es erschreckt mich. Ich hätte gute Lust, diesen Burschen nach Sibirien versetzen zu lassen, damit er dort Gurken züchtet, bevor es ihm gelingt, die fehlenden Teile in sein Puzzle einzubauen und seine gottverfluchte Idee zu verwirklichen.«

Carpenter war verwirrt. Doch diese Verwirrung, das spürte er, kam eigentlich von Nick Rhodes.

»Ich will dich ja nicht mit dem ganzen Zeug nerven«, sagte er. »Aber du hast vor fünf Minuten zu mir gesagt, dein Ziel ist es, für die Menschheit zu arbeiten, während unser Planet sich um uns herum verändert.«

»Ja. Aber ich will, daß wir dabei Menschen bleiben.«

»Selbst wenn die Erde für menschliches Leben nicht mehr geeignet ist?«

Rhodes wandte den Blick ab. »Ich sehe den Widerspruch. Ich kann ihn ja kaum nicht sehen. Das alles beunruhigt mich sehr. Einerseits glaube ich, daß meine Arbeit für das Überleben der Menschheit grundsätzlich notwendig ist, aber andererseits entsetzt es mich, zu welchen Abgründen meine eigene Arbeit führen kann. Es reißt mich also wirklich in zwei verschiedene Richtungen gleichzeitig. Und ich marschiere weiter wie ein braver Soldat, mache meine Forschungsarbeit, erringe den einen und anderen kleinen Sieg – und versuche dabei, mich vor den Großen Fragen zu drücken. Und dann gelingt einem jungen Kerlchen wie diesem Alex Van Vliet der Durchbruch auf die nächste Ebene, jedenfalls sieht es so aus, beziehungsweise, er behauptet, er hätte es geschafft, und zwingt mich damit, mich den Letzten Fragen zu stellen. Ach, Scheiße. Bestellen wir unser Essen, Paul.«

Fast ohne darauf zu achten, drückte Carpenter die Knöpfe auf dem Tischmenü. Einen Hamburger, Fritten, Kohlsalat, angenehme alte Gerichte, höchstwahrscheinlich sämtlich aus synthetischen Zutaten oder aus Kalmaren und Algen recycliert, doch das machte ihm im Moment nichts aus. Er war nicht besonders hungrig.

Er stellte fest, daß Rhodes eine neue Runde Getränke herbeigezaubert hatte. Er schien Alkohol mit gelassener gleichmäßiger Regelhaftigkeit zu sich zu nehmen, saugte ihn sozusagen wie Luft in sich hinein, ohne große Wirkung erkennen zu lassen.

Er war also inzwischen ein Trinker. Schlimm. Aber im Grunde, stellte Carpenter fest, hat sich ja in den vielen Jahren seit der Schulzeit bei Rhodes nichts geändert. Schon damals war Rhodes oft zu ihm gekommen, hatte ihn um Rat gefragt und um so etwas wie Schutz vor seiner Neigung, sich in seinen eigenen Gedanken zu verirren, bei Carpenter zu finden. Und obwohl er jünger war, hatte er sich stets als der ältere von ihnen beiden gefühlt und besser gerüstet, mit alltäglichen Problemen zurecht zu kommen. Rhodes verstrickte sich immer gern in schwierige, von ihm selbst produzierte moralische Fragen – Mädchen betreffend, sein erwachendes politisches Bewußtsein, seine Lehrer, seine Erwartungen und Pläne für seine Zukunft, tausend Probleme –, und Carpenter, in seiner pragmatischen direkten Art, hatte es fertiggebracht, den älteren Freund durch die Irrgärten zu steuern, die dieser immer wieder um sich herum zu schaffen gezwungen schien. Und jetzt war Rhodes ein berühmter Wissenschaftler, genoß bei den Schwellschädeln der Firma hohes Ansehen, war unaufhaltsam in steilem Aufstieg begriffen, verdiente wahrscheinlich das Zehnfache; doch Carpenter spürte, daß Rhodes innerlich noch immer so ziemlich der gleiche war wie in ihrer Jugend. Ein großer hilfloser Junge, der durch eine Welt stolperte, die für ihn immer ein wenig zu kompliziert war.

Er fand es angebracht, zu einem etwas leichteren Gesprächstoff überzuwechseln. Carpenter fragte: »Und wie steht's mit deinem Privatleben? Du hast doch nicht etwa wieder geheiratet?«

Sofort erkannte er seinen Fehler. Blödmann!

»Nein.« Es war nicht zu übersehen, wie stark die Frage Rhodes zusetzte. Carpenter erkannte zu spät, daß das Scheitern seiner Ehe, das ihn vor acht Jahren so tief getroffen hatte, für Rhodes noch immer eine offene Wunde war. Rhodes hatte seine Frau schrecklich geliebt, und als sie ihn verließ, hatte ihn das schrecklich niedergeschmettert. »Ich habe eine Beziehung. Eine ziemlich schwierige. Schöne intelligente Frau, sexy, sehr gebildet. Wir sind nicht immer einer Meinung.«

»Welche Partner wären das schon?«

»Sie ist Radikalhumanistin. Alte Tradition in San Francisco, du weißt ja. Sie verabscheut meine Arbeit, fürchtet sich vor den möglichen Auswirkungen, würde es am liebsten sehen, wenn unsere Labors geschlossen würden, etc., etc. Nicht etwa, daß sie Alternativen anzubieten hätte, aber sie ist trotzdem dagegen. Reaktionärer Trip reinsten Wassers, komplette laienhafte Wissenschaftsfeindlichkeit, absolut mittelalterlich. Und trotzdem haben wir es fertiggebracht, uns zu verlieben. Abgesehen von der Politik verstehen wir uns ziemlich prächtig. Ich fände es schön, wenn du sie mal kennenlernen könntest, solange du hier in der Stadt bist.«

»Das können wir doch sicher irgendwie arrangieren«, sagte Carpenter. »Ich würde sie sehr gern sehen.«

»Ich fände es auch nett.« Rhodes überlegte einen Moment. »He, wie wäre es mit heute abend? Isabelle und ich müssen zu einem Dinner mit einem von diesen Plagegeistern, einem israelischen Journalisten, der mir indiskrete Fragen über meine Arbeit zu stellen beabsichtigt. Ich könnte dich irgendwo in der City mitnehmen, so gegen viertel vor acht. In deinem Hotel, oder wo immer du meinst. Wie sieht dein Zeitplan aus?«

»Ich muß um halb vier wieder drüben in Frisco und im Samurai-Office zurück sein, um Indoktrinationsmaterial abzuholen«, sagte Carpenter. »Das dürfte bis fünf dauern. Danach habe ich nichts vor.«

»Du magst also mitkommen?«

»Warum nicht? Ich wohne im Marriott Hilton in China Basin. Weißt du, wo das ist?«

»Klar.«

»Aber hör mal. Wenn es sich da um ein Interview handelt, bist du sicher, daß ich euch da nicht störe?«

»Es könnte sich eventuell als ganz nützlich erweisen,

wenn das so wäre. Um die Wahrheit zu sagen, ich hab eine Scheißangst, daß ich dem Mann Sachen erzähle, die ich nicht sagen dürfte. Und der ist wahrscheinlich verflixt geschickt darin, sie einem aus der Nase zu ziehen. Wenn Freunde dabei sind, wird das Gespräch lockerer. Je mehr, desto besser, denke ich mir, um zu vermeiden, daß die Sache zu sehr in die Tiefe geht. Deshalb nehme ich ja Isabelle mit. Und nun dich.« Rhodes setzte sein Glas ab und warf Carpenter einen neugierigen Blick zu. »Übrigens, wenn du möchtest, könnte ich dir für den Abend eine Partnerin besorgen. Eine Freundin von Isabelle, sehr attraktive, ein bißchen verrückte Person. Sie heißt Jolanda Bermudez. Tänzerin, oder Sängerin, oder beides.«

Carpenter lachte glucksend. »Bei meinem letzten Blind date war ich dreizehn.«

»Ich erinnere mich. Wie hieß die doch gleich? Die Sommersprossige?«

»Ich kann mich nicht erinnern.«

»Also, soll ich fragen, ob Jolanda mitkommen möchte?« fragte Rhodes.

»Sicher«, erwiderte Carpenter. »Warum nicht? Je mehr, desto besser, wie du so schön gesagt hast.«

7

DIE AUSSENHÜLLE des Segments El Mirador war doppelwandig und bildete eine gewaltige hohle Kriechzone um die ganze Kugel El Mirador. An der raumwärts gelegenen Außenhülle war eine dicke Schicht Mondschotter, durch Zentrifugalkraft festgehalten, Abfall, der nach dem Entzug der für den Bau der Satellitenwelt nötigen Gase und Mineralien übrig geblieben war. Darüber lag ein niedriger freier Bereich, Zugang für Wartungsarbeiten, beleuchtet von dem schwachen Glimmen einer Kette von Glühbirnen; darüber lag die Innenhaut von El Mirador selbst, durch den Schotter gegen alle eventuellen Überraschungen gepanzert, die aus der Leere angerast kommen mochten. Juanito, mit seinem untersetzten Körperbau, konnte in dem Schacht fast aufrecht gehen, doch der langbeinige Farkas, der hinter ihm ging, mußte sich tief bücken und stolperte unsicher dahin wie eine Krabbe.

»Siehst du ihn schon?« fragte Farkas.

»Ich glaube, er ist irgendwo da vorn. Es ist ziemlich duster hier drin.«

»Wirklich?«

Juanito sah Wu flüchtig rechts, wie er sich seitwärts schob und langsam hinter Farkas schlich. In der trüben Beleuchtung war der Doktor nur wie der Schatten von einem Schatten wahrnehmbar. Wu hatte zwei Händevoll Mondschotter aufgehoben. Allem Anschein nach wollte er nach Farkas werfen, um seine Aufmerksamkeit zu erregen, und dann, wenn Farkas sich zu Wu wandte, war der Augenblick, in dem Juanito ihn mit dem Spike nageln sollte.

Juanito wich etwas zurück und plazierte sich neben

Farkas' linkem Ellbogen. Er schob die Hand in die Tasche und legte die Fingerspitzen auf den Griff der kleinen kühl-glatten Waffe. Der Intensitätsknopf war ans untere Ende, auf Schockstärke, geschoben, und ohne die Waffe aus der Tasche zu ziehen, stellte er sie auf Tötungsstärke. Wu nickte ihm von der anderen Seite her zu.

Zeit, in Aktion zu gehen.

Juanito packte die Waffe und ...

Und im selben Moment, noch ehe Juanito die Waffe hatte ziehen können, noch bevor Wu den Kies hatte werfen können, stieß Farkas ein Gebrüll aus wie eine rasende wilde Bestie. Juanito keuchte überrascht, weil das Brüllen so wütend war. Die Sache läuft schief, erkannte er. Und in dem Moment fuhr Farkas herum, packte ihn heftig um die Hüfte, hob ihn mühelos hoch und schleuderte ihn leicht, als wäre er ein Hammer, in hohem Bogen mit schrecklicher Wucht gegen Wus Bauch.

Wu brach keuchend und ächzend zusammen, und Juanito lag wie betäubt breit über ihm.

Dann erloschen die Lampen – Farkas hatte wohl oben die Leitung abgerissen –, und dann kam Juanito zu sich und lag mit dem Gesicht auf dem groben Schotterboden. Er konnte sich nicht bewegen. Farkas hatte ihn im Nacken gepackt und ihm das Knie in den Rücken gepreßt. Und Wu lag neben ihm, auf die gleiche Weise festgehalten.

»Hast du wirklich gedacht, ich hätte nicht gesehen, wie er sich an mich ranschlich?« fragte Farkas. »Oder wie du nach deinem Spike gegriffen hast? Blindsehen funktioniert in einem Feld von 360 Grad. Dr. Wu muß das wohl vergessen haben. Diese ganzen Jahre auf der Flucht, ich denke mir, da fängt einer schon an, was zu vergessen.«

Santa Maria, madre de Jesú, dachte Juanito.

Ich krieg's nicht mal hin, einen Blinden von hinten umzulegen. Und jetzt wird er mich umbringen. Was für eine saublöde Art zu sterben.

Er stellte sich vor, was Kluge dazu sagen würde, wenn er es wüßte. Oder Delilah. Nathaniel. Ausgetrickst von einem blinden Mann. Jesus! Saudumm. Saudumm. Saudumm! Aber er ist ja gar nicht blind, dachte Juanito dann. Nicht echt blind, überhaupt gar nicht blind.

Farkas sagte leise mit rauher, zornerfüllter Stimme: »Für wieviel hast du mich an ihn verkauft, Juanito?«

Aber Juanito brachte nur ein ersticktes Stöhnen zustande, denn sein Mund war voll scharfer Steinsplitter.

Farkas stieß mit dem Knie zu. »Wieviel? Fünftausend? Sechs?«

»Es waren acht«, sagte Wu leise von unten.

»Na, wenigstens sollte ich nicht zu billig weggehen«, murmelte Farkas. Er griff Juanito in die Tasche und zog den Spike hervor. »Hoch!« befahl er. »Alle beide. Und bleibt dicht nebeneinander. Falls einer von euch 'ne komische Bewegung macht, töte ich euch alle beide. Vergeßt nicht, daß ich euch sehr deutlich sehen kann. Und ich sehe auch genau die Tür, durch die wir hergekommen sind. Dieses seesternförmige Ding dort drüben, von dem purpurblaue Lichtbänder ausgehen. Wir gehen jetzt nach El Mirador zurück, und zwar ohne irgendwelche Überraschungen, oder? Oder? Wenn einer von euch abzuhauen versucht, verpasse ich euch eine Lethaldosis und kläre das dann hinterher mit der Guardia Civil.«

Juanito spuckte mürrisch eine Ladung Mondstaub aus, sagte aber nichts.

»Dr. Wu, das Angebot besteht noch«, fuhr Farkas fort. »Du kommst mit mir zurück, erledigst die Aufgabe, für die wir dich brauchen. Kein gar so schlechtes Geschäft, wenn man bedenkt, was ich mit dir machen könnte für das, was du mit mir gemacht hast. Aber ich will weiter nichts von dir als dein Können, und das ist die reine Wahrheit. Allerdings, diesen Auffrischungskurs wirst du wohl nötig haben, stimmt's?«

Wu brummte undeutlich etwas.

Farkas sagte: »Du kannst mit dem Jungen da experimentieren, wenn du magst. Versuche an ihm ein Retrofitting für Blindsehen, und wenn es funktioniert, kannst du dir unsere Crew vornehmen, einverstanden? Er interessiert sich sowieso ungeheuer dafür, wie ich die Welt sehe. Er hätte bestimmt nichts dagegen. Nicht wahr, Juanito, wie? Also geben wir ihm die Chance, es ganz persönlich zu erleben.« Farkas lachte. Und zu Juanito sagte er: »Wenn alles richtig läuft, lassen wir dich vielleicht mitfliegen, Junge.« Juanito fühlte den kalten Druck seines eigenen Spikes im Rücken. »Das würde dir doch Spaß machen? Der erste Flug zu den Sternen? Du würdest in die Geschichte eingehen. Was sagst du dazu, Juanito? Du würdest berühmt.«

Juanito antwortete nicht. Seine Zunge war von dem Mondsplit wund, und er war dermaßen benommen und hilflos vor Angst und Verärgerung, daß er nicht einmal den Versuch unternahm, etwas zu sagen. Mit Farkas und dem Spike im Rücken stolperte er neben Dr. Wu langsam auf das Schott zu, das Farkas als ›seesternförmig‹ beschrieben hatte. Aber für seine Augen sah es keineswegs maritim aus und auch nicht wie ein Stern, sondern eben wie eine Tür, soweit er dies im trüben Schein der fernen Lampen erkennen konnte. Genau, es sah aus wie eine Tür, die wie eine Tür aussah. Nicht wie ein Stern. Nicht wie ein Seetier. Aber es war dumm, über so etwas nachzudenken – oder über sonst etwas – gerade jetzt, wo Farkas ihm die Waffe zwischen die Schulterblätter drückte. Seinen eigenen Spike! Er schaltete sein bewußtes Denken völlig aus und stolperte weiter.

Als sie aus der Hülle wieder auf die Plaza von El Mirador kamen, erkundete Farkas rasch sein gesamtes Umfeld: den Kreis der netten kleinen Cafeterias, den sprudelnden Brunnen in der Platzmitte, die Statue des Don

Eduardo Callaghan, des El Supremo, der gütig blickend rechts stand. Natürlich alles in seiner augenlosen Blindvision: die Cafés als zitternde punktuelle wechselnde grüne Lichtquellen, die Fontäne als einen Feuerspeer, das El-Supremo-Denkmal als aufragenden dreikantigen Keil mit den unverkennbaren massiven Zügen des *Generalissimo.*

Und natürlich waren da noch seine beiden Gefangenen, Wu und Juanito, direkt vor ihm. Wu – der hochglanzpolierte Kubus an der Spitze einer kupferschimmernden Pyramide – wirkte gelassen. Er hatte sich mit den jetzigen Umständen anscheinend abgefunden. Juanito – ein Halbdutzend blauer, durch ein orangefarbenes Kabel verbundener Kugeln – wirkte aufgeregter. Farkas nahm diese Erregung als eine Spektralverschiebung nach oben in der, wie Farkas es nannte, ›Grenzzone‹ wahr, die das Juanito-Objekt von der Umgebung abhob.

»Ich muß einen Anruf machen«, erklärte er den beiden. »Ihr setzt euch jetzt ganz still hier mit mir an den Tisch dort. Der Spike ist eingestellt und wird benutzt, wenn ihr mich dazu zwingt. Juanito?«

»Ich hab kein Wort gesagt.«

»Das ist mir bewußt. Ich möchte nur, daß du mir sagst, wie weit du zur Kooperation bereit bist. Ich möchte dich nur ungern töten müssen. Aber falls du was Verrücktes versuchen solltest, werde ich das tun. Ich bin dir weit überlegen an Schnelligkeit, bei jeder Bewegung. Das weißt du doch?«

»Ja.«

»Also, dann sei ein lieber Junge und bleibe brav da sitzen, und wenn du irgendeinen deiner kleinen Freunde über die Plaza kommen siehst, versuche nicht, ihnen irgendwas zu signalisieren. Weil ich nämlich merken würde, was du tust, und das wäre dann das letztemal gewesen, daß du was tust. Ist das klar?«

»Hör zu«, sagte Juanito kläglich, »du könntest mich

doch einfach hier fortlassen, und wir brauchten nie wieder was miteinander zu tun haben. Ich will dir ehrlich keinen Ärger machen.«

»Nein«, antwortete Farkas. »Du hast versucht, mich reinzulegen, Junge. Du hast für mich gearbeitet und mich dann verkauft. Bei mir ist es ein Grundsatz, so etwas nicht leicht und ungestraft durchgehen zu lassen. Im Gegenteil, du kommst hier nicht heil davon.« Er sah Dr. Wu an. »Und du, Doktor? Ich bin gewillt, für dich eine Ausnahme von meiner Regel zu machen, daß ich grundsätzlich zurückzahle, falls du zur Kooperation bereit bist. Selbstverständlich überlasse ich dir die Wahl selbst, aber ich glaube, ich weiß, was dir am angenehmsten als Fortsetzung dieser Sache erscheinen würde. Du würdest doch lieber für eine kurze Zeit für ein hübsches Honorar in einem gutausgestatteten Laboratorium für Kyocera-Merck arbeiten, nicht wahr, als daß ich dir ziemlich ausführlich und im einzelnen demonstrieren müßte, wie ärgerlich ich darüber bin, was du mit meinen Augen gemacht hast, als ich noch ein Fötus im Mutterleib war, und wie höchst rachsüchtig ich werden kann. Nicht wahr, Doktor?«

»Ich sagte es dir doch schon«, stammelte Wu, »wir sind im Geschäft.«

»Gut. Sehr gut.«

An der Tischkante war ein Public Communicator in einem Clip befestigt. Ohne Wu und Juanito aus seiner Aufmerksamkeit zu entlassen, nahm Farkas den Knüppel mit der linken Hand auf, da er in der rechten Hand immer noch den Spike hielt, und gab die Nummer von Oberst Emilio Olmo von der Guardia Civil ein. Dabei ergab sich ein längeres Suchspiel, bis der Centralcomputer ihn ausfindig machen konnte; und dann verlangte er eine Code-Identifikation des Anrufers. Farkas gab sie und setzte hinzu: »Das ist ein Kanal-17-Gespräch.« Dies bedeutete, daß die Verbindung per Scrambler geschützt werden solle. Danach trat wieder eine kurze Stille ein, nur gelegentlich unterbrochen von elektronischen Krächzgeräuschen.

Dann: »Victor?«

»Ich wollte dich nur wissen lassen, Emilio, daß die Ware zur Lieferung bereitsteht.«

»Von wo aus sprichst du?« fragte Olmo.

»Von der Plaza in El Mirador.«

»Bleib da. Ich komme so rasch wie möglich. Ich muß mit dir sprechen, Victor.«

»Du sprichst gerade mit mir«, sagte Farkas. »Ich brauche weiter nichts als ein paar Leute von der Guardia, um die Ware sofort abzuholen. Ich sitze hier, direkt an der Plaza, und ich möchte nicht in aller Öffentlichkeit die Rolle des Verschiffungsagenten spielen.«

»Wo bist du? Genau? Exakte Ortsangabe.«

Farkas sagte zu Juanito: »Wie heißt das Café hier?« Mit Blindsicht zu lesen, fiel ihm schwer; es war nicht der exakt gleiche Prozeß wie beim normalen Sehen, und Farkas wurde zu seinem Verdruß tausendmal jeden Tag daran erinnert.

»Café La Paloma«, antwortete Juanito.

»La Paloma«, wiederholte Farkas für Olmo.

»*Bueno.* Die Plaza-Streife holt euch in zwei Minuten ab. Wir transferieren die Fracht dann ins Depot, wie abgemacht.«

»Noch was solltest du wissen. Es gibt ein zusätzliches Frachtstück«, sagte Farkas.

»Oh?«

»Ich schicke den Kurierjungen mit ins Depot. Keine Sorge, ich liefere dir die Frachtpapiere wie gewohnt.«

»Wie du wünschst, *mi amigo*«, sagte Olmo mit leiser Verwunderung in der Stimme. »Er gehört dir, was immer du mit ihm vorhast, und ich bin froh, den los zu sein. Ich gebe ihn dir freimütig, wenn auch nicht kostenfrei, wenn du verstehst. Es dürften extra Frachtkosten entstehen, ja?«

»Das macht mir keine Sorgen.«

»*Bueno.* Die Übernahme wird sehr rasch erfolgen. Bleib an Ort und Stelle. Ich komme gleich zu dir, damit wir das bereden können. Es hat sich etwas ergeben, etwas Ernstes, und wir müssen darüber sprechen.«

»Ein Scrambler reicht da nicht aus?« fragte Farkas verwirrt und ein wenig erschrocken.

»Bei weitem nicht, Victor. Es muß persönlich geschehen. Eine sehr delikate Angelegenheit. Sehr! Und du bleibst dort? Im Café La Paloma?«

»Unbedingt«, sagte Farkas. »Du erkennst mich an der roten Nelke im Knopfloch.«

»Was?«

»Nur ein Scherz. Kümmere dich jetzt um die verdammte Übernahme, Emilio, wenn es dir recht ist.«

»Sofort!«

»*Bueno*«, sagte Farkas.

Juanito fragte: »War das Colonel *Olmo,* mit dem du da gesprochen hast?« Es klang furchtsam.

»Wie kommst du auf die Idee?«

»Du hast ihn ›Emilio‹ genannt und verlangt, daß er die Guardia schickt. Wer sonst hätte es sein sollen?«

Farkas sagte achselzuckend: »Schön, also es war Colonel Olmo. Wir haben ab und zu geschäftlich miteinander zu tun. Wir sind Freunde, sozusagen.«

»Heilige Gottesmutter Maria!« krächzte Juanito und machte eine Geste, die Farkas als Bekreuzigung erkannte: ein laterales und vertikales Hüpfen der mittleren Paare der sechs blauen Kugeln, die für ihn Juanitos sichtbaren Körper ausmachten. »Du und Olmo, ihr seid *amigos?* Und du kannst ihn einfach so anrufen und mit ihm reden. Dann bin ich echt im Arsch.«

»Ja, das bist du wirklich«, sagte Farkas. »*Todo jodido,* heißt das nicht so bei euch?«

»*Si*«, sagte Juanito kläglich. »*Estoy jodido,* völlig und ganz im Arsch!« Er wandte sich ab und blickte ins Leere. Wu gab ein dünnes Kichern von sich. Wie hübsch für ihn, dachte Farkas. Er kann sich über Juanitos Bedrücktheit amüsieren. Das bedeutet, er hat aufgehört, sich um seine eigene Sicherheit Gedanken zu machen. Die Vorstellung gefiel Farkas, daß die Person, die ihm sein eigenes Leben so beiläufig und leichthin irreparabel verändert hatte, vor vielen Jahren, immer noch grundsätzlich indifferent gegenüber den Umständen geblieben war, ein gefühlloser Techniker, emotionslos wie eine Naturgewalt.

Sekunden später sah Farkas aus der Richtung, in die Juanito starrte, zwei Schatten zielstrebig auf sich zukommen: ein rotes Tetraeder auf Spillerbeinchen und ein senkrechtes smaragdgrünes Säulenpaar, das durch drei parallele goldene Streifen verbunden war. Das mußte die örtliche Guardia-Streife sein, erkannte er. Olmo arbeitete rasch. Aber, natürlich honorierten K-M ihn sehr großzügig für seine Kooperation. Und Valparaiso Nuevo war ein sehr gut funktionierender Polizeistaat, und die Guardia verfügte wahrscheinlich über hervorragende Kommunikationstechniken.

»Mister – Farkas?« Das war das Tetrahedron, das ihn ansprach. Ein leises Zögern in der Stimme, ein unmerkliches Verzögern der Aussprache der Wörter. Farkas wußte, was das bedeutete: Beim ersten Anblick seines augenlosen blanken Gesichts reagierten die Leute oft so. »Colonel Olmo hat uns herbefohlen. Zwei Männer, sagte er, die wir mitnehmen sollen.« Es klang recht unsicher.

»So genau habe ich mich ihm gegenüber nicht geäußert. Ich sagte, zwei Personen, mehr habe ich nicht gesagt. Ein Junge und eine alte Frau, das nur nebenbei«, sagte Farkas. »Die zwei da.«

»Jawohl, Sir. Freut mich, zu deinen Diensten zu sein, Sir.«

»Olmo hat euch doch klargemacht, daß den beiden nichts geschehen darf? Ist das klar? Ich wünsche nicht, daß ihr sie verletzt. Setzt sie einfach in Gewahrsam, bis die Deportationsformalitäten abgeschlossen sind. Habt ihr mich verstanden?«

»Jawohl, Sir. Selbstverständlich, Sir.«

Farkas sah zu, wie sie Juanito und Wu wegführten.

Jetzt, da er nicht mehr zwei Gefangene zugleich zu bewachen hatte, erlaubte er es sich, sich zu entspannen. Er lehnte sich zurück und betrachtete die Szenerie der gepflasterten Plaza.

Eine seltsame Leere kam über ihn.

Seine Aufgabe hatte er erfüllt, ja, und bemerkenswert leicht. Dennoch war es schon seltsam, Wu nach all diesen Jahren, in denen er sich ausgemalt hatte, was er mit dem Mann machen würde, falls er ihn jemals ausfindig machen sollte, einfach so davonkommen zu lassen, ohne irgend etwas gegen ihn zu tun.

Verkleidet als eine ältliche zimperliche Frauensperson. Schön, schön, schön!

Es wäre verdammt leicht gewesen, dort hinten in der düsteren Mondsplit-Abgeschiedenheit der Hülle, Wu die Daumen auf die Augäpfel zu legen und zuzudrücken. Aber damit hätte er selber ja nicht das normale Sehvermögen gewonnen, das man ihm vor seiner Geburt fortgenommen hatte. Und er war sich nicht einmal sicher, ob er sich das normale Sehvermögen zurückwünschte, jetzt noch … aber es Wu heimzuzahlen, das hätte ihm schon eine gewisse Befriedigung verschafft.

Doch es war auch wichtig, daß er sich mit diesem einen kleinen Augenblick selbstsüchtiger Rache seine Karriere zerstört hätte, und die verlief bisher recht befriedigend, ja höchst erfolgreich in vielerlei Hinsicht. Es hätte sich also für ihn nicht gelohnt.

Und dieser Junge …

Farkas fühlte dabei keine Gewissensbisse. Der Junge würde leiden – na schön! Er war ein betrügerischer kleiner Köter, der sich exakt so verhalten hatte, wie Farkas es erwartet hatte. Er hatte sich an den Höchstbietenden verkauft, genau wie sein Vater das vorher anscheinend getan hatte. Der Kleine hatte eine Lektion nötig. Und die würde er bekommen, und eine saftige dazu. Farkas verscheuchte den Gedanken an ihn aus seinem Kopf und winkte dem Kellner zu.

Er bat um eine Demikaraffe Rotwein, und dann saß er da und trank genüßlich und wartete geduldig auf Olmo.

Der ließ nicht lange auf sich warten.

»Victor?«

Olmo schwebte an seiner Seite in Schulterhöhe. Nach der Strahlungsfarbe wirkte er sehr angespannt.

»Ich sehe dich, Emilio. Setz dich doch. Möchtest du ein Glas Wein?«

»Ich trinke niemals.« Olmo ließ sich wuchtig am Tisch nieder, allerdings in einem Winkel von neunzig Grad zu Farkas. Es war das erstemal, daß sie sich persönlich begegneten, denn alle früheren Transaktionen waren über die codierte Scramblerverbindung gelaufen. Olmo war weniger groß, als Farkas erwartet hätte, aber sehr kompakt. Der obere Kubus der zwei, aus denen für ihn sein Körper bestand, war breiter als der untere, was auf breite Schultern und massige Arme schließen ließ. Als Olmo sich setzte, wirkte er recht groß, wie eine gewichtige Erscheinung.

Farkas stellte sich vor, wie der Mann in einem früheren Stadium seiner Karriere schweißtriefend in einem Keller mit einem schmiegsamen Stück Hanf die Feinde des Generalissimo bearbeitet hatte – und wie er von den bescheidenen Anfängen als offizieller Folterknecht zu seinem derzeitigen Rang in dieser Welt aufgestiegen war. Ließ El Supremo seine Feinde foltern? fragte sich Farkas. Aber sicher doch. Das tat doch jeder Minityrann. Er würde Olmo mal danach fragen, irgendwann, aber nicht jetzt.

Farkas trank langsam einen großen Schluck von seinem Wein. Ein Ortsgewächs, nahm er an, aber gar nicht schlecht.

In das verlegene Schweigen hinein, das Olmos Unbehagen über Farkas körperliche Erscheinung verriet, dessen war er sich sicher, sagte er: »Du hast mich neugierig gemacht, Emilio. Etwas so Delikates, daß du es nicht einmal riskieren willst, es mir über einen Scrambler mitzuteilen?«

»Ja, tatsächlich. Ich glaube, ich nehme ein Glas Wasser. Es sieht natürlicher aus für die Leute, die uns beobachten, und ich bin sicher, wir werden beobachtet, wenn auch ich etwas trinke.«

»Was du haben möchtest.« Farkas winkte die Bedienung heran.

Olmo schloß die Hand um sein Glas und beugte sich nach vorn. Mit sehr leiser Stimme, nicht gerade flüsternd, aber auch nicht in normalem Plauderton, sagte er: »Es ist bisher bloßes Hörensagen. Die Zuverlässigkeit der Quelle ist zweifelhaft, und das Gerücht selbst ist so überraschend, daß ich extrem skeptisch dazu stehe. Trotzdem wünsche ich es mit dir zu besprechen. Diese Unterhaltung hat natürlich nie stattgefunden, falls jemand dich fragt.«

»Selbstverständlich«, sagte Farkas ungeduldig.

»*Bueno.* Also, dies sind die Neuigkeiten. Die *eventuellen* Neuigkeiten. Wie ich schon sagte, erreichte mich eine Information, über höchst irreguläre und nicht übermäßig vertrauenswürdige Kanäle, daß eine Gruppe von in South California ansässigen Kriminellen einen Aufstand gegen die in Valparaiso Nuevo herrschende Regierung vorbereitet.«

»Southern California«, sagte Farkas.

»Wie?«

»*Southern* California. So heißt das. Du sagtest *South* California.«

»Ah.«

»Einen Aufstand?«

»Sie beabsichtigen, diese Welt hier zu besetzen und den Generalissimo mit Gewalt zu entmachten. Dann wollen sie hier ihr eigenes Regime errichten und sämtliche Flüchtlinge zusammentreiben, die hier Asyl gefunden haben. Und dann wollen sie diese für viele Milliarden Capbloc-Dollar an die verschiedenen Agenturen und mächtigen Gruppen verkaufen, die sie auf der Erde zurückhaben möchten.«

»Wirklich?« Farkas fand die Idee faszinierend. Irre, aber faszinierend. »Jemand plant wirklich sowas?«

»Ich habe keine Ahnung. Aber es könnte tatsächlich durchführbar sein. Vielleicht. Und wenn es auf die richtige Weise gesteuert würde, könnte es sehr lukrativ werden.«

»Ja, das könnte es zweifellos.« Valparaiso Nuevo war eine richtige Schatzkammer, eine Goldmine voller Flüchtiger mit hohen Kopfprämien. Doch Callaghan mußte gute Maßnahmen aufgebaut haben, um sie zu schützen, und sich selbst ebenfalls. Besonders sich selber! Eines seiner Honorifica lautete nicht umsonst ›Der Beschützer‹. Die einzige Möglichkeit, ihn zu entmachten, wäre gewesen, daß man das Ganze zur Explosion brachte. »Ich begreife, warum du sagtest, es handle sich um etwas Delikates«, murmelte Farkas. »Aber weshalb erzählst du das mir, Emilio?«

»Zum einen, weil es in meinen Verantwortungsbereich fällt, rechtzeitig Maßnahmen zu ergreifen, wenn eine Bedrohung für das Leben des Generalissimo besteht.«

»Das ist mir bewußt. Aber was habe ich damit zu tun? Glaubst du, ich könnte dich zu den Verschwörern führen?«

»Möglich.«

»Um Gottes willen, Emilio. Ich hatte dich für intelligent gehalten!«

»Klug genug, glaube ich.«

»Wenn ich mit der Sache etwas zu tun hätte, hältst du es dann für wahrscheinlich, daß ich dir auch nur ein Wort darüber sagen würde?«

»Das hinge davon ab«, entgegnete Olmo. »Betrachten wir mal ein paar andere Faktoren. Ich muß nicht nur an die Sicherheit des Generalissimo denken, sondern auch an meine persönliche eigene.«

»Selbstverständlich.«

»Ich bin dir nützlich – oder doch jedenfalls deinen Auftraggebern. Und die sind Kyocera-Merck, Victor. Daraus machst du ja kein Geheimnis. Und warum solltest du? Aber ich arbeite ebenfalls für K-M, versteht sich, wenn auch nicht ganz so – sichtbar. Ja, eigentlich überhaupt nicht sichtbar.«

»So ist es.«

»Der Generalissimo regiert seit siebenunddreißig Jahren in Valparaiso Nuevo, Victor. Er war kein Jüngling mehr, als er hier die Macht ergriff, und jetzt ist er ziemlich alt. Wenn er abtritt, hält die Firma es für angebracht, daß ich in ihrem Interesse seine Nachfolge antrete. Das wußtest du doch, nicht wahr?«

»So ungefähr.« Olmos umständliche Art ging Farkas allmählich auf die Nerven. Der *fracas* in der Außenhülle hatte ihn ermüdet, und er wollte nur noch in sein Hotel zurück. »Würde es dir was ausmachen, Emilio, wenn du endlich zur Sache kommen würdest?«

»Ich habe dich nach Kräften bei der Aufgabe unterstützt, deretwegen die Firma dich hergeschickt hat. Und jetzt wirst du mir helfen. Das ist nur logisch, daß ein K-M-Mann dem anderen hilft. Sag mir die Wahrheit! Weißt du auch nur irgendwas über diese Verschwörung, diesen Umsturzversuch?«

Farkas konnte es kaum glauben. Für dermaßen dumm hätte er Olmo nie gehalten.

»Ganz und gar nichts«, sagte er. »Ich höre zum allererstenmal von so etwas.«

»Du schwörst es?«

»Sei nicht blöd, Emilio. Ich könnte dir alles beschwören, was du nur willst, und was würde das schon bedeuten?«

»Ich vertraue dir.«

»Wirklich? Ja, doch, ja, ich glaube, das tust du. Du

solltest keinem vertrauen, aber schön. Wenn du dich besser fühlst, hier ist die heilige Wahrheit: Ich weiß wirklich und wahrhaftig nichts von solchen Sachen. Mein heiliger Eid drauf, bei Gott. Bei allen Erzengeln und Aposteln, es ist wirklich absolut das erstemal, daß ich was davon höre. Und ich vermute mal, daß hinter diesen Gerüchten gar nichts Greifbares steckt.«

»Nein. Ich denke, du hast ehrlich zu mir gesprochen. Aber ich fürchte«, sprach Olmo weiter, »daß es eine solche Verschwörung tatsächlich gibt und – daß Kyocera-Merck dahintersteckt. Vielleicht werden diese Leute aus Kalifornien ja nur als Strohmänner vorgeschoben. Und wenn Don Eduardo verschwindet, verschwinde ich mit ihm. Daß ich dann für die Firma unwichtig geworden bin und daß die Firma beschlossen hat, mich als entbehrlich zu betrachten.«

»Das klingt ziemlich verrückt für meine Ohren. Soweit ich weiß, bist du für die Firma noch immer so wertvoll wie eh und je. Und die Rolle, die du spielst, um diese Wu-Sache zu erleichtern, wird deine Stellung hoch oben nur weiter festigen helfen.«

»Und dieser Staatsstreich? Nehmen wir an, die Gerüchte, die ich gehört habe, besitzen eine reale Grundlage? Diese südkalifornische Gruppe? Nehmen wir an, es gibt sie, nehmen wir an, es gibt so einen Plan. Glaubst du ehrlich, daß die nicht irgendwie mit K-M zusammenhängen?«

»Woher sollte ich das wissen? Bin ich Japaner? Benutze doch dein Gehirn, Emilio! Ich bin nur ein Firmenexpediteur, Stufe Neun. Das ist zwar ziemlich hoch in der Hierarchie, aber doch keinesfalls auch nur annähernd auf dem Niveau, auf dem Firmenpolitik gemacht wird. Die Leute in New Kyoto holen mich nicht zu ihren Konferenzen, um ihre Geheimplanung mit mir zu besprechen.«

»Du denkst also, die Leute, die diesen Staatsstreich planen, sind weiter nichts als eine Bande von kriminellen Freelancern, die in South California völlig auf eigene Faust arbeiten? In *Southern* California?«

»Gott-im-Himmel!« Farkas war inzwischen an seiner Toleranzgrenze angelangt. »Habe ich denn nicht ausreichend klargemacht, daß alles, was ich über diesen idiotischen Staatsstreich weiß, das ist, was du mir soeben darüber gesagt hast? Ich habe keinerlei Anlaß oder Beweis, daß es sowas überhaupt gibt, und anscheinend hast du selbst auch nicht viel mehr in der Hand. Aber, okay. Okay! Laß mich zu deiner Beruhigung sagen, Emilio, daß meiner Einschätzung nach diese Staatsumstürzler, falls es sie überhaupt gibt und wer immer sie sein mögen, weit eher geneigt sein würden, mit dir zu kooperieren, als dich auszubooten, wenn sie nämlich über ein Minimum an politischem Verstand verfügen, und wenn und falls sie kurz vor einer Invasion hier stehen sollten, dann könnten sie kaum was Gescheiteres tun, als sich mit dir in Verbindung zu setzen und sich deiner Hilfe beim Sturz des Generalissimo zu versichern. Außerdem wirst du auch weiterhin Rückendeckung von Kyocera-Merck haben, was immer geschieht, weil K-M – aus weißgottwelchen Gründen – ein Interesse daran hat, diesen beschissenen kleinen Orbitalsatelliten hier seiner Einflußsphäre einzugliedern, und außerdem hat man dich bereits als den nächsten Generalissimo vorgesehen, also wird man kaum tatenlos zusehen, wenn eine Gang unorganisierter Krimineller aus Kalifornien den eigenen Erwählten aus dem Fenster stürzen will. Okay, Emilio? Geht's dir jetzt besser?«

Olmo sagte eine ganze Weile lang nichts.

Dann: »Danke. Wenn du irgendwie mehr über diese Sache hörst, Victor, sagst du mir dann Bescheid?«

»Selbstverständlich.«

»Bueno«, sagte Olmo, den Bruchteil einer Sekunde früher, ehe Farkas es sagen konnte. »Ich vertraue dir, mein Freund. Soweit ich irgendeinem traue.«

»Also, ganz und gar nicht, stimmt's?«

Olmo lachte herzhaft. Auf einmal wirkte er viel gelöster nach diesem langen ärgerlichen Ausbruch von Farkas. »Ich weiß, du wirst nichts zu meinem Schaden tun, außer du findest es absolut unvermeidlich, zu deinem eigenen Nutzen, dich gegen mich zu stellen.«

»Das klingt ziemlich korrekt für mich.«

»Ja. Ja.«

»Und du wirst mir also Nachricht zukommen lassen, wenn du von irgendeiner Seite etwas über diesen Verschwörungsplan erfährst?«

»Himmel! Ich hab dir doch bereits versprochen, daß ich das tun werde. Zu den Bedingungen, die du soeben formuliert hast. Stellt dich das zufrieden?«

»Ja.«

»Dann können wir uns also wieder den laufenden Geschäften zuwenden? Du hast dich bereiterklärt, dafür zu sorgen, daß Wu und Juanito prompt auf den K-M-Laborsatelliten expediert werden, wie die Firma dies von uns verlangt. Ja?«

»Absolut.«

»*Bueno*«, sagte Farkas. Und beide lachten.

8

Exakt um acht Uhr trat Carpenter aus seinem Hotel, um auf Rhodes zu warten. Es war ein milder Abend, dumpf, eine feuchtwarme Brise wehte von der See herein. Fast hätte man glauben wollen, daß es bald regnen werde. Aber wenn man ein bißchen Bescheid wußte, wie die Witterungsabläufe an der Westküste in der letzten Zeit verliefen ... dann war klar, daß die Wiederkunft Christi in San Francisco an diesem Abend eine höhere Wahrscheinlichkeit besaß als Regen. Aber Rhodes verspätete sich, natürlich, und in der dumpfigen Luft hing ein widerwärtiger saurer, in die Nase stechender chemischer Gestank, der Carpenter ein Gefühl des Unbehagens vermittelte, während er da so länger draußen und ohne Atemmaske stand, trotz der ganzen Versicherungen, die Rhodes ihm am Nachmittag über die relativ angenehme Atemluft in der Bay-Region gemacht hatte. Er ging ins Hotel zurück und spähte durch die Sichtluken der Hotellobby. Rhodes fand sich schließlich zehn Minuten nach acht ein.

Er fuhr einen großen breitnasigen Wagen, eine antiquiert aussehende Kiste, in der die Leute dicht aufeinander hockten. Carpenter stieg hinten neben eine massig wirkende romanisch aussehende Frau mit einer Kaskade von dunklem Lockenhaar, die ihm gewaltig und unverschämt unecht leuchtturmstrahlend entgegengrinste. Ihre Augen hatten den Glanz und die sichtliche Vorwölbung, die Carpenter sogleich verriet, daß sie stark hyperdex-süchtig war. Sie wollte sich gerade mit ihm bekanntmachen, doch noch ehe sie ein Wort sagen konnte, streckte ein untersetzter braungesichtiger Mann, der auf ihrer anderen Seite saß, Carpenter die

Hand hin, packte Carpenters Hand und schüttelte sie mit bemerkenswerter Heftigkeit, und dann sagte er mit einer tiefen kräftigen Stimme und mit einem nicht genau bestimmbaren europäischen Akzent: »Ich bin Meshoram Enron. Aus Israel.«

Als hätte ich das nicht von selbst erraten können, dachte Carpenter.

»Paul Carpenter«, sagte er. »Ein Freund von Dr. Rhodes. Ein Freund aus Kindertagen, um genau zu sein.«

»Sehr angenehm. Ich freue mich enorm, deine Bekanntschaft zu machen, Dr. Carpenter. Ich arbeite für *Cosmos,* Wissenschaft, Technologie. Du kennst das Magazin? Es ist eine der bedeutendsten Publikationen der Welt. Ich sitze in unserem Büro in Tel Aviv. Und ich bin erst vorgestern aus Israel gekommen, hauptsächlich um mit deinem Freund zu sprechen.«

Carpenter nickte. Er fragte sich, ob dieser Enron jemals einen Satz sagte, der nicht die erste Person singularis im Vordergrund hatte. Eins-zu-drei? Eins-zu-fünf?

»Ich bin Jolanda«, sagte die massige Frau mit den üppigen Haaren und dem Lächeln und den Hyperdex-Augen, als Enron für einen Augenblick den Mund hielt.

Eine geschulte Theaterstimme, rund und klangvoll dunkel, als käme sie direkt aus dem Zwerchfell. Während sie sprach, schien eine Duftwolke von Pheromonen von ihr auszuströmen, und Carpenter verspürte eine unmittelbare Reaktion in seinem Unterleib. Aber er hatte zuviel Erfahrung, als daß er irgendwelche Glückserwartungen damit verbunden hätte. Wahrscheinlich begegnete sie jedem Mann auf diese Weise: Auf Anhieb hohe Voltspannung, aber nichts dahinter.

Ohne sich umzuwenden, sagte Rhodes: »Paul, dies ist Isabelle.«

Die Frau, die vorn neben Rhodes saß, wandte sich um und blitzte ihm ein sehr flüchtiges ›Hallo-wie-geht's‹-Lächeln entgegen, kühl und sehr beiläufig. Carpenter verspürte sofort etwas wie eine unerklärliche Abneigung gegen sie. Sie war sehr attraktiv, das sah er, bevor sie sich wieder von ihm abwandte; aber sie war attraktiv auf eine merkwürdig unstimmige Weise, zuviel Power in den Augen, zu wenig im Rest des Gesichts, und die gewaltige Corona der wilden scharlachroten Haare wirkte wie ein schreiendes Hohngelächter gegen die üblichen konventionellen Schönheitsnormen. Wahrscheinlich eine ganze Handvoll und noch was dazu, dachte Carpenter, ohne den geringsten Anlaß dafür zu haben. Eine unvorhersehbare Mischung aus Sanftmut und Ungezähmtheit.

Carpenter schüttelte unmerklich den Kopf. Der arme Nick. Bei Frauen hatte er noch nie eine glückliche Hand gehabt.

»Wir fahren rüber nach Sausalito«, verkündete Rhodes. »Ein nettes Restaurant mit einem wundervollen Blick. Isabell und ich sind sehr oft dort.«

»Unser kleines persönliches Lokal«, sagte Isabelle. Ihre Stimme klang ein wenig scharf. Es klang, als neigte sie zu Sarkasmen. Vielleicht auch nicht. Carpenter war sich nicht sicher.

Ihr Zielort stellte sich dann aber doch als ein hübsches romantisches Fleckchen heraus, als sie dort schließlich nach einer einstündigen nervenden Irrfahrt durch die Innenstadt und über die Golden Gate Bridge ankamen. Carpenter hatte vergessen, was für ein entsetzlicher Autofahrer Rhodes war; ständig setzte er sich über die Direktiven des Wagencomputers hinweg, bestand an jeder Abzweigung auf seiner eigenen bescheuerten Überzeugung und ließ eine Heckwelle von verblüfften hupenden motorisierten Mitgeschöpfen hinter sich zurück. Es ist schwer vorstellbar, daß man sich zwischen Frisco und Sausalito verfahren könnte, dachte Carpenter, eine gerade direkte Fahrt über die Brücke, aber Rhodes gelang das Kunststück. Auf dem beleuchteten Straßenplan in seinem Armaturenbord war eine Strecke angezeigt, aber Rhodes bestand darauf, es besser zu wissen. Der Wagen hatte das gar nicht gern, und immer wieder blinkten die Warnlichter auf, und Rhodes entschied anders. Seine kindische kleine Manier, Überlegenheit zu demonstrieren.

Rhodes war bestimmt kein Dummkopf, und er lebte lange genug in Berkeley, daß man hätte annehmen können, er müsse sich auch in der größeren Stadt jenseits der Bucht zurechtfinden können, doch das Auto, so alt es war, war wirklich klüger innerhalb seines speziellen Kompetenzbereichs und hatte einen akkuraten Straßenplan von San Francisco gespeichert. Geduldig versuchte es, Rhodes aus den westlichen Randbezirken herauszulotsen, in die er zwanghaft immer wieder abzutreiben schien, und ihn wieder zur Brücke zu bringen. Und irgendwie überlebten sie dann alle diesen Trip, sogar das überlastete und zweifellos genervte Gehirn des Wagens. Und das Restaurant, das gemütlich und versteckt an einer Hügelflanke über dem eingedeichten Hafen von Sausalito lag, empfing sie mit warmer Gastlichkeit wie alte Stammkunden.

Und die Aussicht war wirklich sensationell: die ganze Nordseite San Franciscos, mit Millionen flimmernden Lichtern über der Bucht ansteigend und die grandiose flutlichtbestrahlte Brücke.

Sofort wurden Aperitifs serviert. Darin war Rhodes sehr geschickt, das zu arrangieren, stellte Carpenter fest.

»Ich möchte klarstellen«, sagte der israelische Journalist, »daß meine Zeitschrift alles heute abend bezahlt. Also, seid alle bitte in keiner Weise zu bescheiden.« Man hatte ihm als dem ausländischen Gast einen Platz direkt gegenüber dem Aussichtsfenster gegeben. »Was für eine wunderschöne Stadt, euer San Francisco! Mich erinnert es stark an Haifa, die Berge, die weißen Häuser, das Grün. Aber in Haifa ist alles selbstverständlich nicht so vertrocknet und verstaubt. Ganz und gar nicht. Warst du schon einmal in Israel, Dr. Carpenter?«

»Einfach *Mister* Carpenter, bitte. Und nein, nein, noch nie bisher.«

»Es ist wunderschön. Es würde dir gefallen. Überall Blumen und Bäume, Reben. Aber natürlich ist ganz Israel schön, ein einziger großer Garten. Ein Paradies. Ich weine, wenn ich das Land verlassen und irgendwo anders hingehen muß.« Enron bedachte Carpenter mit erstaunlich eindringlich bohrenden Blicken und höchst neugierig. Die Augen waren dunkel, unergründlich, und sie blitzten vor Wißbegier; das Gesicht war kantig und straff, glattrasiert, aber die ersten schwarzen Spitzchen eines assyrischen Lockenbartes sproßten bereits wieder aus der frischrasierten Haut. »Du bist auch bei Samurai Industries, höre ich. Darf ich fragen, in welcher Kapazität?«

»Gehaltsgruppe Elf«, erwiderte Carpenter. »Mit der Hoffnung, es in der nächsten Zeit auf Zehn zu schaffen. Ich war droben im Norden, arbeitete in der Wettervorhersage, und jetzt warte ich darauf, als Kapitän eines Trawlers auszulaufen, der Eisberge für die Wasserversorgung im San Francisco District heranschleppt. Hier haben sie nämlich nicht diese üppigen Regen wie ihr da drüben im östlichen Mittelmeer.«

»Ach so.« Carpenter bemerkte, wie etwas in den dunklen Augen ausklickte. Keine Neugier mehr. Schluß, Ende für Enrons kurz aufflackerndes Interesse an Mr. Gehaltsstufe Elf Carpenter bei Samurai Industries.

Dann wandte sich der Israeli Jolanda zu, die zwischen ihm und Carpenter saß. »Und du, Ms. Bermudez? Du bist Künstlerin, richtig?«

Enron wollte sie offensichtlich der Reihe nach ausfragen.

»Vorwiegend Bildhauerei«, sagte sie mit erneutem hinreißendem Lächeln zu Enron. Es war, als müßte sie mindestens fünfzig Schneidezähne vorn im Mund bereit haben. Das Gesicht war rund, voll, hübsch, der Mund breit, und dann diese wundersam vorgewölbten Hyperdex-Augen. »Ich arbeite überwiegend mit bioresponsivem Material. Der Betrachter und das Kunstwerk sind durch eine Feedbackschleife miteinander verbunden, so daß das, was du siehst, durch das modifiziert wird, was du selbst wesentlich bist.«

»Faszinierend!« sagte Enron, aber es war offensichtlich, daß er es nicht wirklich meinte. »Ich hoffe, ich bekomme Gelegenheit, deine Arbeit ganz aus der Nähe kennenzulernen.«

»Außerdem mache ich Modern Dance«, sprach sie weiter. »Und ich habe auch ein paar Gedichte geschrieben, aber ich möchte sie nicht als wirklich gut bezeichnen. Und ich war auch beim Theater. Ich habe im letzten Sommerfestival in Berkeley in der *Earth Saga* an der Mole mitgewirkt, und es war ein ziemlich großes Ereignis für uns alle, ebensosehr ein Bittgebet wie ein Theatererlebnis. Ein Bittgebet, meine ich, zum Schutz für unseren Planeten. Wir wollten das Publikum einstimmen auf die tieferen kosmischen Kräfte, die uns immer und überall umfangen halten, die uns aber nur sehr selten bewußt werden. Ich hoffe, ich kann die Vorstellung im Winter in Los Angeles wiederholen.« Und wieder das wundersame Lächeln, und sie beugte sich zu Enron und verpaßte ihm die volle Dosis ihrer pheromonischen Lockstoffe.

»Ach so«, sagte Enron noch einmal, und Carpenter sah, wie wieder eine Jalousie herunterklappte und jegliches Interesse erlosch. Zweifellos war es möglich, daß der israelische Journalist Jolanda Bermudez auf die eine oder andere offensichtliche Art interessant finden mochte, doch im Moment hatte er offensichtlich genug von ihren diversen künstlerischen Unternehmungen gehört. Auch Carpenter fühlte sich ein wenig enttäuscht. Jolanda steckte so voller Leidenschaft und Energie, das war unübersehbar, gleichgültig, ob durch Drogen gesteigert oder echt, und die Vorstellung, sie könnte vielleicht tatsächlich eine begabte Künstlerin sein, hatte sie eine kleine Weile mit einer starken Aura von Glamour umhüllt; jetzt sagte er sich, daß sie möglicherweise absolut untalentiert war, vielleicht nicht einmal über irgendwelche primitiven Voraussetzungen verfügte, ganz bestimmt nicht über gesunden Menschenverstand, sondern nur die übliche unmodern gewordene, hochgestochene Vernissage-Kunstweibchen-Beflissenheit, die hier um die Bay aus einer weit entfernten Vergangenheit herübergerettet worden zu sein schien. Und das mit der Hymne und der Bitte um Schutz für den Planeten verursachte Carpenter regelrecht Bauchschmerzen. Da explodierte ringsum die Zukunft im Blitztempo, und diese Frau brabbelte noch immer Beschwörungssprüche aus einem vergangenen Jahrhundert.

Trotzdem, sie war eine attraktive Frau. Allerdings, Rhodes hatte ihn ja gewarnt, daß sie verkorkst war, und der sollte es ja vielleicht wissen.

Isabelle sprang ein, während Rhodes bereits die nächste Runde Drinks bestellte, und wollte mehr über Enrons Zeitschrift erfahren, ob sie israelisch erschiene, oder arabisch, oder zweisprachig. Und Enron erklärte ihr – wahrscheinlich mit für ihn enormem Takt –, daß die Landessprache in Israel *Iwrith* heiße, nicht *Israeli*, und dann erklärte er geduldig, daß *Cosmos* selbstverständlich – wie alle bedeutenden weltweiten Zeitschriften – vorwiegend mit englischem Text erscheine. Aber die Leser hätten selbstverständlich per einfachem Knopfdruck die Wahl, sich die Artikel in der ihnen erwünschten arabischen oder Iwrithfassung auf den Visor zu holen. So unglaublich es ihr erscheinen möge, sagte Enron, es gebe noch immer ein paar Leute in den fernsten Winkeln der riesigen judäo-islamischen Welt, die bisher noch immer nicht perfekt des Englischen mächtig seien.

»Hauptsächlich wohl bei den Arabern, vermute ich«, sagte Isabelle. »Es gibt doch noch immer massenhaft rückständige Araber, oder? Leute aus dem Mittelalter in einer High-Tech-Welt?«

Der Versuch, zu schmeicheln, war dermaßen offenkundig, daß Enron nur mit einem verächtlichen Blitzen der Augen und einem ganz flüchtigen nichtssagenden Lächeln reagierte. »Tatsächlich ist es nicht so, Ms. Martine. Die wirklichen echten Araber sind alle recht gescheite Leute. Man sollte wirklich lernen, zwischen Arabern und arabisch sprechenden Leuten zu unterscheiden, weißt du. Ich bezog mich vorwiegend auf unsere Leser in den ländlichen Gebieten im Nordsudan und in der Sahara, die arabisch sprechende Moslems sind, aber ganz gewiß keine Araber im echten Sinn.«

Isabelle wirkte verwirrt. »Wir wissen hier wirklich so wenig darüber, wie es anderswo auf der Welt aussieht.«

»Ja, so ist es«, sagte Enron. »Ein echter Jammer, dieser Inselprovinzialismus in diesem Land. Amerika tut mir leid. Ignoranz ist in diesen unseren Zeiten gefährlich. Besonders die Art Ignoranz, die sich in triumphaler Selbstgefälligkeit äußert.«

»Vielleicht sollten wir jetzt bestellen«, warf Rhodes etwas gezwungen ein. »Wenn ich ein paar Vorschläge machen dürfte ...?«

Er machte mehr als nur ein paar. Doch Carpenter bemerkte, daß Enron überhaupt nicht auf Rhodes hörte. Sein Blick ruhte bereits auf der Speisenkarte, und er hatte seine Wünsche längst in das Datensystem des Restaurants eingegeben, ehe Rhodes fertig war. Carpenter fand, daß der Typ einen gewissen ätzenden Charme besaß; er war großartig in seiner groben Überheblichkeit, hatte all das an sich, was man über die Arroganz und den Mangel an Höflichkeit bei Israelis gehört hatte – er war praktisch das Bühnenklischee des Israeli, ein tapferes aggressives Kerlchen, so voller übertriebenem Selbstwertgefühl, daß man zu glauben beginnen konnte, es sei nur gespielt. Und dennoch, man mußte die Intelligenz respektieren, diese spezifische ethnische quecksilbrige Anpassungsfähigkeit, den besonderen spielerischen Witz des Mannes. Ein Ekel, sicher, aber ein amüsantes Ekel, wenn man auf so etwas anspringt. Carpenter tat es.

Aber trotz allem, ein ekelhafter Kerl. Spielte da wie eine Katze mit den Mäusen, mit dem armen, arg bedrängten Nick und der armen nervösen Isabelle und der armen doofen Jolanda. Und er genoß seine Überlegenheit über die drei denn doch ein wenig zu unverhohlen. Vielleicht galt ja dieser Enron bei sich zu Hause in Tel Aviv und unter seinen Leuten als ein taktvoller und höflicher, sogar angenehm freundlicher Mensch; doch hier, mitten unter diesen barbarischen *Goyjim*, schien er es nötig zu finden, mit jedem Wort, das er von sich gab, Punkte zu sammeln. Eigentlich hätte man ja erwarten dürfen, daß Israel, ein Volk, das in diesem Zeitalter der wachsenden Unbewohnbarkeit des Planeten als eines der wenigen begünstigten ein paar gute Karten im Spiel hatte, sich entspannt zurücklehnen und die eigene Überlegenheit genießen werde, ohne den anderen Salz in die Wunden zu reiben. Aber dieser Israeli war anscheinend anders.

»Aber vielleicht sollten wir uns jetzt der Hauptsache unserer Zusammenkunft zuwenden, dem großen Problem, dessentwegen ich heute hierher gekommen bin«, sagte Enron, während die anderen noch ihre Dinnerwünsche eintippten. Er legte einen winzigkleinen Kristallrecorder neben seinen Teller und setzte ihn mit raschem Daumendruck in Gang. Dann blickte er langsam um den ganzen Tisch herum und ließ seine Augen nachdenklich und beunruhigend lange auf den Gesichtern ruhen, ehe er sich wieder auf Rhodes konzentrierte. »Meine Zeitschrift«, begann er mit veränderter, sachlicherer Stimme, »möchte sich zu Beginn des nächsten Jahres dem erschreckenden Problem zuwenden, das auf die Erde zukommt, und das ist, zweifelsfrei, die immer stärker wachsende Verschlechterung der planetaren

Umwelt, die trotz aller halbherzigen Palliativmaßnahmen immer drastischer wird. Dieses Problem ist in manchen Erdgegenden gravierender als anderwärts, aber letzten Endes wird es uns alle betreffen. Denn es gibt auf der Erde ja wirklich keinen Ort mehr, an dem man sich sicher verstecken könnte, nicht wahr? Wir sind nur ein einziger recht kleiner Planet, nicht? Und wir haben es für uns selber ziemlich ungemütlich gemacht – und schwierig.«

»Für einige schwieriger als für andere«, sagte Carpenter.

»Im Moment, Mister Carpenter. Derzeit, da gebe ich dir recht, hat die Verlagerung der globalen Niederschläge in die Region, aus der ich komme, für mein Land große und überraschende Vorteile gebracht.«

Das auch, dachte Carpenter, und die generelle Ächtung fossiler Brennstoffe, die dazu führte, daß die Reichtümer, die die arabische Welt während der Jahre hatte anhäufen können, in denen die Welt vom Öl abhängig war, zu Nichts zerstoben, und sie sich gezwungen sahen, sich an ihre Erzfeinde, die Israelis, zu wenden und um technologische Hilfe zu bitten.

»Doch ist das nur ein Vorteil von kurzzeitlichem Wert«, sprach Enron weiter. »Wenn wir Leute aus dem Nahen Osten sagen, wir sind nicht betroffen von den Umweltschwierigkeiten, unter denen derzeit andere Regionen der Erde leiden – ja, daß wir sogar enorm davon profitiert haben –, dann hat das etwas von Luxusklasse-Passagieren auf den oberen Decks eines sinkenden Ozeandampfers, die sich gegenseitig versichern, daß für sie überhaupt keine Gefahr besteht, weil ja nur die miese andere Hälfte des Schiffs sinkt, und wenn diese Leute dort unten ertrunken sind, dann wird für uns mehr Kaviar bleiben ...« – Enron genoß seinen abgetakelten Witz offensichtlich und lachte ausgiebig –, »weil nur die miese andere Hälfte versinkt. Versteht ihr, ja? Wir alle atmen die gleiche Luft, ist es nicht so? Es müssen Lösungen gefunden werden, oder wir saufen alle miteinander ab. Deshalb plant meine Zeitschrift eine ganze Nummer über die Probleme und ihre möglichen Lösungen. Und du, Dr. Rhodes, und deine Arbeit, die außergewöhnlichen Entwicklungspotentiale deiner Arbeit ...« Enrons Augen glitzerten nun wieder. Das schmale, ausdrucksvoll-kantige Gesicht strahlte vor sprungbereiter Intelligenz. Eindeutig, jetzt machte er sich daran, seine wirkliche Beute einzukreisen. »Wir glauben, daß deine Arbeiten, sofern wir ihre Zielsetzungen korrekt interpretieren, als einzige vielleicht einen Weg aufzeigen können, wie die Rettung der Menschheit auf der Erde zu bewerkstelligen sein könnte.«

Und plötzlich sagte Isabelle Martine sehr laut: »Jesus, nein! *Nein!* Gotte helfe uns allen, wenn das wahr ist, was du gerade gesagt hast! Nicks Arbeit die einzige Rettung? Himmel, seht ihr denn nicht, daß seine Arbeit selbst das beschissene Problem ist und daß sie auf keinen Fall eine Lösung bringt!«

Carpenter hörte Rhodes hastig einatmen. Er wandte sich langsam und wie betäubt Isabelle zu und betrachtete sie mit traurigen Augen, als kämen ihm gleich die Tränen.

Keiner sagte etwas. Sogar dem Israeli hatte es momentan die Sprache verschlagen, so heftig war der Ausbruch gewesen. Zum erstenmal schien seine glatte Überlegenheit Risse bekommen zu haben. Die gespannten Gesichtszüge schienen sich vor Verwirrung zu lockern, und er sah aus, als sei Isabelles Ausbruch ihm vollkommen unbegreiflich. Er blinzelte ein paarmal und starrte sie an, als hätte sie nach der Weinflasche gegriffen und sie über dem Tisch ausgeleert.

Schließlich sagte Rhodes mit sanftem Ton in die angespannte Stille hinein: »Ms. Martine und ich sind uns in politischen Fragen nicht immer einig, Mr. Enron.«

»Aha. Ja. Ja, das sehe ich.« Der Journalist wirkte immer noch verblüfft. Eine derart heftige öffentliche Demonstration von Illoyalität gegenüber einem Partner überstieg anscheinend sogar bei einem diskussionslüsternen Israeli schmerzhaft die Grenzen des Erlaubten. »Aber die Rettung der menschlichen Spezies, das ist doch sicherlich kein parteipolitisches Thema«, sagte er. »Dabei geht es doch einfach nur darum, zu tun, was getan werden muß.«

»Es gibt da aber solche und solche Methoden«, sagte Isabelle scharf, ohne auf die flehenden Blicke von Rhodes zu achten.

»Ja, natürlich.« Enron wirkte nun gelangweilt, ja durch ihre Streitlust geradezu verärgert. Er bedachte sie erneut mit einem seiner abschätzigen Blicke. Carpenter sah die mühsam unterdrückte Wut in seinen Augen blitzen. Zweifellos fürchtete er, sie würde ihn zu hindern versuchen, die gewünschten Informationen zu sammeln. Sie war ihm ein Ärgernis, und nichts weiter. Rhodes, der nervös und tiefbekümmert auf das Tischtuch starrte, arbeitete sich an seinem nächsten Drink ab.

Sichtlich um Selbstbeherrschung bemüht, sagte Enron mit betonter Deutlichkeit zu keinem direkt: »Laßt mich bitte erklären, was ich und meine Herausgeber uns vorstellen.« Er holte tief Luft. Jetzt kam eine vorbereitete Ansprache, das war Carpenter klar. Jetzt redete der Mann offiziell und fürs Band. »Wir akzeptieren die von der Wissenschaft allgemein vertretene Position, daß die im Verlauf des Industriezeitalters auf der Erde angerichteten Umweltschäden irreversibel sind; daß die unkontrollierte Verbrennung fossiler Energieträger über die Periode von zwei-, dreihundert Jahren zu kohlendioxid- und Stickoxidemissionen führten, die weit über jeder Toleranzgrenze liegen; daß dies zu einer graduellen, letztlich signifikanten Erwärmung des Planeten führte; daß die veränderten Ozeantemperaturen und Druckverhältnisse, die aus dieser Erwärmung resultierten, im Meerwasser gebundenes Methan in die Atmosphäre freisetzten, was die allgemeine Erwärmung weiter steigerte; und daß das Anwachsen der sogenannten Treibhausgase in der Atmosphäre, neben der zusätzlichen massenhaften Endlagerung solcher Umweltgifte in terrestrischen Entsorgungsdepots und in Gestalt hypertrophen Pflanzenwuchses, der durch den Überschuß an CO_2 bewirkt wurde, dazu führten, daß alles zunächst einmal zwangsläufig noch schlimmer werden wird, ehe es besser werden kann, weil die während der Periode des globalen Umweltmißbrauchs eingelagerten giftigen Gase im Lauf der Zeit unweigerlich freigesetzt werden, ja daß dies durch Bodenleckage und sich zersetzende vegetabile Biomasse jetzt bereits der Fall ist. Ich denke, dies ist eine recht korrekte Schilderung der Lage.«

»Und das Ozon«, sagte Carpenter.

»Ja, natürlich. Das auch. Ich hätte nicht vergessen dürfen zu erwähnen, daß die Verwendung von chlorierten Fluorkohlenwasserstoffen und ähnlichen Substanzen während des 20. Jahrhunderts die Ozonschicht geschädigt und damit die Sonneneinstrahlung intensiviert hat, wodurch die globale Erwärmung noch weiter wuchs. Etcetera, etcetera. Doch ich denke, ich habe das Feld für unsere Diskussion ausreichend gut abgesteckt. Ich brauche wohl kaum noch weiter unsere vielen Probleme aufzuzählen – die … äh … vielen verschiedenen Feedbackmechanismen aufzuzählen, die dazu beitrugen, eine schlimme Situation noch zu verschlechtern, nicht wahr? Das sind ja alles alte Hüte für euch. Es steht außer Zweifel, daß wir einer sehr gefährlichen Periode entgegengehen.«

»Absolut wahr! Der Planet muß geschützt werden!« tönte Jolanda Bermudez mit Traumstimme, als verkünde sie Nachrichten von der Venus.

»Ich stimme Jolanda absolut zu«, sagte Isabelle. »Wir müssen zur Vernunft kommen. Der ganze Planet ist in Gefahr! Es muß etwas geschehen, um ihn zu retten!«

Enron lächelte eisig. »Ich erlaube mir, anderer Ansicht zu sein. Nicht der Planet ist in Gefahr, Ms. Martine. Für den Planeten spielt es keine Rolle, nicht wahr, ob in der Wüste Sahara Regen fällt oder in den Agrarebenen in der Mitte Nordamerikas? Na und, die Sahara hört auf, Wüste zu sein, und euer Kansas und Nebraska verwandeln sich in eine. Das ist für die Farmer dort höchst interessant, und ebenso für die nomadischen Stämme und ihr Vieh der Sahara, ja? Aber was bedeutet das für den Planeten? Der Planet hat keine Verwendung für den Weizen, der ehedem in Kansas und Nebraska produziert wurde. Die Atmosphäre enthält heute weit weniger Sauerstoff und Stickstoff als vor einem Jahrhundert, dafür aber sehr viel mehr Kohlendioxid und Kohlenwasserstoffverbindungen. Wieso sollte das den Planeten bekümmern? Es gab eine Zeit, da war in der Erdatmosphäre überhaupt kein Sauerstoff. Der Planet hat das sehr gut überstanden. Die Polareiskappen schmelzen, und die tieferliegenden Landstriche an den Küsten liegen unter Wasser. Dem Planeten ist das egal. Es kümmert ihn nicht, ob die Japaner an den Küsten gewisser Inseln am Rand Asiens leben, oder ob sie gezwungen werden, an anderen, höher gelegenen Plätzen Zuflucht zu suchen. Dem Planeten sind die Japaner gleichgültig. Und der Planet braucht auch nicht gerettet zu werden. Die Leute schwätzen diese Sprüche papageienhaft seit, ich weiß nicht wie lange schon, nach, seit hundert, hundertfünfzig Jahren. Dem Planeten geht es weiter ganz gut. Aber *wir* stecken in Schwierigkeiten. Die Kernfrage, Ms. Martine, Ms. Bermudez, ist nicht, wie wir den Planeten retten, sondern wie wir *uns* retten können. Die Erde wird sich hübsch weiterdrehen, ob mit oder ohne Sauerstoff. Aber wir werden sterben.« Enron lächelte, als redete er über das Ergebnis irgendwelcher Sportereignisse. »Selbstverständlich unternehmen wir bestimmte Schritte zu unserer Rettung.« Er hielt die rechte Hand hoch und tippte mit der Spitze des linken Zeigefingers die anderen Finger ab. »Zuerst haben wir versucht, die Emissionen der sogenannten Treibhausgase einzuschränken. Zu spät. Sie steigen weiter aus ihren Lagerstätten im Meer und auf dem Land auf, und nichts kann diesen Ablauf bremsen. Unsere Atemluft wird immer giftiger und ist nicht mehr zu atmen. Wir müssen damit rechnen, daß wir möglicherweise in nicht allzu ferner Zukunft die Erde gänzlich evakuieren müssen.«

»Nein!« rief Isabelle laut. »Was für eine feige Lösung wäre das! Nein, wir müssen hierbleiben und wieder die Kontrolle über unsere Umwelt in die Hand bekommen!«

»Aber da gibt es auch die Leute«, sprach Enron mit gebändigter Erbarmungslosigkeit weiter, »die überzeugt sind, daß die Räumung der Erde die einzige Möglichkeit ist, uns zu retten. Und – falls ich fortfahren dürfte, Ms. Martine – zweitens haben wir die näheren Regionen des Raums bereits mit Dutzenden, Hunderten von künstlichen Satellitenwelten besiedelt, in denen annehmbare künstliche Klimata herrschen; und wir haben etliche überkuppelte Siedlungen auf dem Mars und den Jupitermonden errichtet.«

»Manchmal glaube ich, daß diese Habitate wirklich die einzige Lösung sind«, mischte sich nun Jolanda Bermudez träumerisch wieder ein. »Ich habe schon oft mit dem Gedanken gespielt, selbst dorthin zu ziehen, wenn alles andere fehlschlägt. Einige von meinen Freunden in Los Angeles sind stark an der Besiedlung in L-5 interessiert.« Es war fast, als spräche sie nur zu sich selbst.

Enron, ganz im Feuer seines Monologs gefangen, beachtete sie gar nicht. »Die Siedlungen im Orbit stellen eine beachtliche Leistung dar, aber sie alle haben nur eine extrem geringe Kapazität, und ihr Bau ist äußerst kostspielig. Es versteht sich, daß wir es uns niemals leisten könnten, die ganze Erdbevölkerung in solche kleinen Schutzinseln im Raum zu transportieren. Es gibt aber noch eine weitere Aussiedlungsoption, die allerdings derzeit sogar noch viel weniger durchführbar erscheint: die Entdeckung und Kolonisierung einer Neuen Erde von planetaren Ausmaßen in einem anderen Sonnensystem, auf der das menschliche Leben eine zweite Chance erhalten kann.«

Isabelle schnaubte: »Das ist einfach idiotisch! Ein blödes verrücktes Hirngespinst.«

»In der Tat, so sieht es aus«, gab Enron gelassen zu. »Soweit ich davon etwas weiß, verfügen wir nicht über einen funktionierenden interstellaren Antrieb, und es ist uns noch nicht geglückt, irgendwelche Planeten außerhalb unseres Sonnensystems zu entdecken, ganz zu schweigen von einem, auf dem menschliches Leben möglich wäre.«

»Da bin ich nicht ganz so sicher«, sagte Rhodes fast flüsternd.

Enron wandte sich ihm zu und sah ihn an. Rhodes, aus der Fassung gebracht, weil er so plötzlich das Interesse wieder auf sich gelenkt hatte, schluckte hastig die Neige aus seinem Glas und bestellte mit einer Handbewegung schon wieder Nachschub.

»Wir hätten so einen Planeten gefunden, willst du sagen?« fragte Enron.

»Wir haben einen interstellaren Antrieb – den Stardrive«, sagte Rhodes. »Das heißt, *vielleicht* kriegen wir ihn. Ich habe gehört, daß es da kürzlich einen entscheidenden Durchbruch gegeben hat und daß wichtige Tests in Vorbereitung sind.«

»Dieser Stardrive – du sagtest ›wir‹. Handelt es sich da um ein Projekt der Samurai Industries?« fragte Enron. Er schwitzte plötzlich. Seine Augen verrieten ein schärferes Interesse, als er wahrscheinlich zu zeigen bereit war.

»Nein. Eigentlich meinte ich mit ›wir‹ nur kollektiv die menschliche Spezies ganz allgemein. Den Gerüchten zufolge sind sie bei Kyocera-Merck schon ganz schön weit vorangekommen mit irgendeinem Sternenschiff-Projekt. Nicht wir.«

»Aber Samurai würden doch bestimmt auch an einem ähnlichen Projekt mitarbeiten«, sagte Enron, »und sei es nur, um Konkurrenzfähigkeit zu demonstrieren.«

»Damit hast du wahrscheinlich sogar recht«, sagte Rhodes und zuckte zusammen, wie wenn ihm jemand unter dem Tisch ans Schienbein getreten hätte. Carpenter erhaschte den flüchtigen ärgerlichen Blick, den er Isabelle zuwarf. »Ich will damit sagen, es gibt auch diesbezüglich Gerüchte«, sagte er nach einem Augenblick des Zögerns, nun wieder ausweichend. »Ich habe wirklich keine Ahnung, ob etwas daran ist. Wir bekommen immer sowas zu hören. Aber du bist dir doch darüber im klaren, daß natürlich irgendwelche Stardrive-Forschungen bei Samurai in völlig anderen Abteilungen im Gange wären, nicht in meiner.«

»Ja. Natürlich.« Dann schwieg Enron eine Weile und stocherte unlustig auf seinem Teller herum. Er überdachte unverkennbar die Information, die Rhodes sich da hatte entschlüpfen lassen.

Carpenter fragte sich, ob an der Sache etwas Wahres sein könnte. Ein interstellarer Antrieb? Eine Expedition in ein anderes Sonnensystem, die Gründung einer Neuen Erde in fünfzig Lichtjahren Entfernung? Ein Neubeginn, ein zweiter Paradiesgarten Eden. Die Ungeheuerlichkeit der Idee betäubte ihn für einen Augenblick.

Aber Isabelle hatte diesmal recht gehabt: Darin lag keine Lösung für die Probleme auf dieser Erde hier. Die Vorstellung war zu verrückt. Es würde Jahrhunderte dauern, bis man zu irgendwelchen anderen Sternen gelangen würde, selbst falls man irgendwo einen anderen erdähnlichen Planeten entdecken könnte; und selbst wenn das geschehen sollte, man würde niemals in der Lage sein, einen signifikanten Bruchteil der Milliarden Erdbewohner dorthin zu transportieren. Also kann man das vergessen, sagte Carpenter sich selber. Es war wirklich sinnlos.

Enron hatte sich wieder gefaßt. »Das ist hochinteressant. Hoffnung auf ein funktionierendes Antriebssystem zu den Sternen. Ich muß mich bei Gelegenheit einmal genauer damit befassen, Dr. Rhodes. Könnten wir für heute zu unserem Thema zurückkehren, der letzten Option, die der Menschheit bleibt – und darüber wollte ich heute abend mit dir sprechen. Ich spreche von dem Einsatz von Genspleißtechniken, um neugeborene Kinder an die immer giftiger werdende Atmosphäre anzupassen, mit der es die Erdbevölkerung zu tun haben wird.«

»Nicht nur die Neugeburten«, sagte Rhodes. Zum erstenmal, seit sie in dem Restaurant angelangt waren, wirkte er nun lebhaft und erregt. »Wir erforschen auch Möglichkeiten des Retrofittings für menschliche Erwachsene, um sie an die auf uns zukommenden Bedingungen anzupassen.«

»Oh. Aber das ist wirklich hochinteressant«, sagte Enron.

»Ja, wir können alle zusammen zu Monstern werden«, sagte Isabelle. »Ach, Schöne Neue Welt, in der dann solche Leute leben!«

Carpenter bemerkte plötzlich, daß er die ganze Zeit mit Rhodes Drink um Drink mitgezogen hatte und bei weitem weniger gut geeicht war, mit solchen Alkoholmengen fertig zu werden, als Rhodes.

»Bitte, Ms. Martine«, sagte Enron geschmeidig und wandte sich erneut an Rhodes. »Doktor, wie sieht euer Fahrplan aus, wann wird die Erdatmosphäre den Punkt erreicht haben, an dem unsere Luft für menschliche Wesen in ihrem jetzigen physiologischen Zustand nicht mehr zu atmen sein wird?«

Rhodes gab nicht sogleich eine Antwort. Schließlich sagte er: »In vier, fünf Generationen. Allerhöchstens sechs.«

Enron zog die Augenbrauen hoch. »Du meinst, in hundertfünfzig, höchstens zweihundert Jahren?«

»Mehr oder weniger. Ich möchte mich da ungern festlegen. Aber die Zahlen sprechen für sich. Die Schicht von Treibhausgasen um uns läßt immer noch die Ultraviolettstrahlung durch und verhindert die Abstrahlung von Infrarot, also werden wir bei weiter wachsender Hitze weiter gebacken und gebraten. Zusätzlich dazu verlieren wir immer größere Teile unserer Ozonschutzhülle. Durch die Lücken ergießt sich starke Sonnenstrahlung und kocht unseren Planeten wie ein gigantischer Laser hoch, wodurch sich die ganzen in den letzten paar Jahrhunderten einsetzenden Verschlechterungsprozesse beschleunigen. Die Meere rülpsen wie besoffen Methan aus. Und die pflanzlichen Biota, auf die zu verlassen wir uns angewöhnt hatten, daß sie die CO_2-Überschüsse in der Atmosphäre durch ihre Photosynthese *beseitigen,* bescheren uns mittlerweile dank der raschen Zersetzungsprozesse abgestorbenen pflanzlichen Materials in den neuen feuchten Dschungelregionen auf dem ganzen Planeten einen drastischen Nettozuwachs dieses Gases. Von Jahr zu Jahr entfernt sich die Substanz, die wir als Luft atmen, immer weiter in ihrer chemischen Zusammensetzung von dem, an was wir uns im Lauf der Entstehungsgeschichte der Menschheit gewöhnt hatten.«

»Und es ist nicht wahrscheinlich, daß wir uns weiterentwickeln, eine neue Evolution erleben könnten, die uns den veränderten Umständen anpaßt?« fragte Enron.

Rhodes lachte; heftig, explosiv und scharf. Es war das drastischste Anzeichen von Vitalität seinerseits an dem ganzen bisherigen Abend.

»Eine Evolution? In fünf, sechs Generationen? So schnell funktioniert die Entwicklung nicht. Jedenfalls nicht in der Natur.«

»Aber eine Evolution läßt sich auch künstlich herbeiführen«, sagte der Mann aus Israel. »In Laboratorien.«

»Genau.«

»Und würdest du uns dann sagen, welche spezifischen Zielsetzungen euer Forschungsbereich hat? Welche körperlichen Aspekte versucht ihr beim Menschen zu modifizieren? Und welche Fortschritte habt ihr da bisher gemacht?«

»Du sagst dem kein verdammtes Wort mehr, Nick!« sagte Isabelle. »Der ist ein Spion von Kyocera oder sonst einer Firma, die wir nicht mal dem Namen nach kennen, irgendwelche Leute, die von Kairo oder Damaskus aus arbeiten, merkst du das denn nicht?«

Rhodes errötete. »Isabelle, bitte!«

»Aber es ist doch *wahr!*«

Enron streifte sie, diesmal weniger ärgerlich, nur mit einem Blick und sagte fast herablassend: »Ich habe die Erlaubnis zu diesem Interview von Dr. Rhodes' Arbeitgebern, Ms. Martine. Und wenn die nichts von mir befürchten, besteht dann irgendein Grund, weshalb du das solltest?«

»Also ...«

Rhodes sagte: »Ich glaube nicht, daß sie ernstlich deine Seriosität in Zweifel ziehen wollte, Mr. Enron. Sie mag es nur nicht, wenn ich über irgendwelche Einzelheiten meiner Forschungsarbeit spreche.«

Enron betrachtete Isabell, als wäre sie eine fremdartige Lebensform, die soeben aus dem Teppich gewachsen war. »Und was genau an Dr. Rhodes' Arbeit versetzt dich in solche Bedrängnis?« fragte er sie.

Sie zögerte. Carpenter fand, sie wirkte ein bißchen zerknirscht wegen ihrer Äußerungen.

Leise sagte sie dann: »Ich stehe Nick gar nicht so kritisch gegenüber, wie es vielleicht geklungen hat. Er ist ein Genie, und ich bewundere ihn schrecklich für das, was er geleistet hat. Aber ich mag einfach nicht zusehen, wie die ganze Welt in einen Zoo voller scheußlicher Adaptos verwandelt wird. Es gibt jetzt schon genug idiotische Herumspielerei mit Genen, diese ganzen Retrofittings und das Babyspleißen und alles. Diese Geschlechtsumwandlungen und die kosmetischen Körperveränderungen. Und jetzt soll auch noch jeder Fötus automatisch in ein groteskes Geschöpf mit Kiemen und drei Herzen und ich weiß nicht, was sonst noch, verwandelt werden …« Isabelle schüttelte den Kopf. »Zum einen, wir können uns das gar nicht leisten. Es gibt zu viele andere Probleme, die wir lösen müssen, als daß wir uns den Luxus eines derart abwegigen Projekts erlauben dürften. Und außerdem finde ich es scheußlich. Es würde das Ende der Menschheit, wie wir sie kennen, bedeuten. Wenn man den Körper verändert, verändert man das Bewußtsein. Das ist ein Naturgesetz. Es würde eine neue Spezies daraus entstehen, und Gott allein kann wissen, was für eine. Auf jeden Fall nicht mehr menschlich. Irgendein häßliches, böses, grauenhaftes Ding. Wir dürfen uns selbst das nicht antun. Wir können einfach nicht! Ich liebe Nick, gewiß, aber ich verabscheue, was er und seine Leute der menschlichen Rasse antun wollen.«

»Wenn aber die menschliche Rasse, so wie wir jetzt gebaut sind, nicht mehr auf der Erde überleben kann?« fragte Enron.

»Dann repariert die Erde. Nicht die Menschen.«

»Ich frage mich, Isabelle«, sagte Jolanda mit der verträumten Stimme der Lady aus dem Weltraum wie zuvor. »Es könnte dafür einfach bereits zu spät sein, denke ich manchmal. Du weißt, Süßes, ich bin wirklich nicht begeisterter als du über Nicks Forschungen, und ich stimme dir zu, daß sie abgebrochen werden sollten. Aber nicht weil sie was Böses sind, sondern nur weil es Verschwendung von Zeit und Geld ist. Es gibt keinen Grund, daß wir uns in Dinger mit Kiemen oder so verwandeln. Unsere wirkliche Hoffnung, das glaube ich, liegt in den Habitatwelten.«

»Ms. Bermudez …«, sagte Enron.

Doch sie machte einfach weiter. »Ich glaube, ich habe mit meiner Arbeit alles getan, was ich konnte, um die Erde zu schützen, durch meine Kunst, und ich habe nicht vor, meine Bemühungen jetzt aufzugeben. Aber ich beginne zu verstehen, daß es vielleicht vergeblich ist, daß wir die Erde irreparabel zerstört haben. Also werden wir vielleicht fort müssen, und das ist die reine Wahrheit. Wie bei der Vertreibung aus dem Paradies, ja? Ich denke, ich habe schon erwähnt, daß ich Leute kenne, die sich sehr intensiv mit der ganzen Habitat-Kultur befassen, die da droben im Orbit entstanden ist. L-5 ist der Ort der Zukunft. Ich gedenke selber recht bald dorthin zu emigrieren.«

Isabelle sagte: »Du hast mir nie …«

»Aber ja. Ja.«

»Ladies, bitte«, sagte Enron.

Aber die Sache war ganz aus seiner Kontrolle entglitten. Jolanda, die fähig schien, drei oder vier einander widersprechende Überzeugungen gleichzeitig zu vertreten, ohne daß es ihr die geringsten Schwierigkeiten bereitet hätte, hatte einen neuen Ball ins Spiel geschleudert. Es ging weiter und weiter, sie haderten mit Enron, miteinander, mit der Umwelt, mit dem Schicksal. Carpenter, der dem wie aus großer Höhe zusah, mußte sein Lachen hinunterschlucken. Die Frauen trommelten auf ihre verschiedenen politischen Tamtams, und Rhodes trank stetig weiter und schien in eine gleichgültige Starre versunken zu sein, nicht wirklich betrunken – Carpenter fragte sich, ob er jemals richtig *betrunken* sein konnte –, sondern irgendwie gefroren, desinteressiert, abwesend, und Enron schaute dem allem entsetzt zu, denn zweifellos war ihm inzwischen klar geworden, daß er sich von diesem Abend keine brauchbaren Informationen mehr erwarten konnte.

Carpenter verspürte Mitleid mit Rhodes, der mit dieser wilden, ungezähmten und arg verwirrten Isabelle verbunden war: der arme traurige Nick, wieder einmal hilflos einer gackernden Henne ausgeliefert. Und er fühlte beinahe Mitleid auch mit Enron. Was immer der sich an diesem Abend an Informationen von Rhodes erhofft hatte, es lag nun begraben unter den Schwaden nebulöser Polemik. Es war inzwischen fast Mitternacht. Der israelische Journalist unternahm einen letzten Versuch, Rhodes auf die Art seiner Genmodifizierungen festzunageln, die in seinem Laboratorium erarbeitet wurden; doch Rhodes verschwand sehr schnell in alkoholdumpfer Unbestimmtheit und lieferte ihm nicht viel Konkretes, außer vagen Andeutungen über die Umgestaltung der Atmungs-Kreislaufsysteme.

»Schön, aber wie? *Wie?*« fragte Enron immer wieder. Und er erhielt keine verständlichen Antworten. Es war ganz hoffnungslos.

Dann rief der Israeli zornig die Rechnung ab und überprüfte sie anhand seines Flexterminals, und dann zogen sie alle hinaus in die stickige Nacht, alle ziemlich schwankend von dem reichlichen Alkohol.

Sogar zu dieser späten Stunde hatte man das Gefühl, als pulsten spürbare heiße Feuerofenstöße vom Himmel nieder. Irgendwie hatte sich ein Chemienebel über Sausalito niedergesenkt. Ein dicker beißender Brei. Es roch wie heißer Essig mit einem Beigeschmack von Schimmel und Desinfektionsmitteln. Carpenter bedauerte sehr, daß er seine Atemmaske nicht mitgenommen hatte.

Das Echo der abendlichen Tischgespräche hallte ihm durch den Kopf. Die arme, beschissene, kaputtgewirtschaftete Welt! Die ganze Entwicklungsgeschichte der Menschheit schien sich vor ihm aufzubauen: das Neolithikum, die kleinen Bauerngehöfte und Siedlungen; Babylon und Ägypten; Griechenland, Rom, Byzanz; das Elisabethanische England und das Frankreich des Vierzehnten Ludwig. Alle diese Mühen, dieses qualvolle Aufwärtsstreben vom Zustand des Affen hinauf – und wo hatte es hingeführt? In eine dermaßen hochzivilisierte Fortschrittswelt, daß wir unsere Umwelt unbewohnbar machen konnten, dachte Carpenter. Zu einer dermaßen intelligenten Spezies, daß wir uns hundert supergescheite Methoden ausdenken konnten, unser eigenes Nest zur Kloake zu machen.

Und nun – der Dreck, die Vergiftung des Bodens, die Erhitzung, die Giftstoffe in der Luft, die metallverseuchten Gewässer, die Löcher in der Ozonschicht ... der zerstörte Garten Erde ...

Scheiße! Was für wundervolle Errungenschaften das Ganze! Eine einzige kleine Affenart konnte den ganzen Planeten in den Ruin treiben!

Während sie am Ende des Restaurantpiers darauf warteten, daß Rhodes' Wagen herausgefahren werde, trat Carpenter zu ihm und sagte leise: »Ich könnte fahren, Nick, wenn du denkst, du solltest lieber nicht.« Rhodes wirkte nicht übermäßig sicher auf den Beinen.

»Ist schon okay. Ich lasse den Wagencomputer fahren. Es geht schon.«

»Wenn du meinst. Ich nehme an, du kannst mich dann am Mariott absetzen, nachdem du Enron in sein Hotel gebracht hast.«

»Und Jolanda, was ist mit der?«

»Was soll's? Sie wohnt in East Bay, oder?«

»Du könntest sie doch morgen früh mit dem Pod zurückfahren lassen. Das macht der gar nichts aus.«

»Nick, ich habe den ganzen Abend lang kaum ein Wort mit ihr gesprochen. Ich habe nichts mit ihr ausgemacht.«

»Du willst sie nicht? Aber sie erwartet das, weißt du? Ihr habt ein *Date!*«

»Und das heißt automatisch, daß ...«

»Bei ihr schon. Sie würde tödlich beleidigt sein, wenn du sie nicht fickst. Aber natürlich könnte ich ihr sagen, du bist auf Homosex umgestiegen, seit wir uns zuletzt gesehen haben, oder sonstwas, und ich fahre sie dann heut' nacht noch rüber nach Berkeley. Aber da läßt du dir was entgehen, sie bringt 'ne Menge Spaß. Was ist los mit dir, Paul? Müde?«

»Nein. Bloß … ach, verdammt. Mach dir keine Sorgen, ich werde meine Rolle als Kavalier gut spielen. Und hier kommt jetzt dein Wagen rüber.«

Carpenter blickte sich nach Jolanda um. Sie stand neben Enron dicht am Wasser und schaute auf die blitzende Lichterspur quer über die Bucht nach San Francisco hinüber, und so wie sie da standen, zog Carpenter den Schluß, daß er vom Haken sei. Jolanda war einen halben Kopf größer als der kleine massive Israeli, der aber flüsterte auf drängende, intime Art auf sie ein, und ihre Körperhaltung wirkte durchaus bereitwillig. Dann aber wandte sie sich um und warf Carpenter einen erwartungsvollen Blick zu, und er begriff, daß es nicht um den Rest der Nacht ging, was immer Enron da gerade zu erreichen versucht hatte.

Also spielte er das gewohnte Ritual ab, fragte sie, ob sie vielleicht Lust hätte, mit ihm in seinem Hotel einen letzten Drink zu nehmen, und sie ließ die Augenlider flattern und gab ihm so ein zimperliches Ja, und damit war es klar. Er kam sich blöde vor, und auch irgendwie ein bißchen wie ein Callboy. Aber was sollte es, verdammt. Verdammt, er würde übergenug Gelegenheit bekommen, alleine zu schlafen, wenn er draußen im Pazifik Eisberge einfangen würde.

Rhode schaltete den Wagen auf Autosteuerung, und sie gelangten völlig problemlos hinüber nach San Francisco. Jolanda kuschelte sich angenehm an Carpenter, als hätten sie den ganzen Abend lang geduldig auf den Vollzug hingearbeitet, der sie nun erwartete. Vielleicht war das ja so, dachte Carpenter, und ich habe es nur nicht gemerkt.

Als der Wagen bei Enrons Hotel anlangte, einem ehrwürdigen Gebäude in Schaudergotik am Union Square, ergriff der Journalist Jolandas Hand, ehe er ausstieg, hielt sie lange fest, küßte sie dann theatralisch und sagte zu ihr: »Es war ein höchst angenehmer Abend. Ich freue mich schon sehr darauf, dich wiederzusehen.« Dann dankte er Rhodes, und sogar Isabelle, nickte Carpenter zu und schoß davon.

»Was für ein bemerkenswerter Mensch«, murmelte Jolanda. »Nicht angenehm, nein, aber unbedingt bemerkenswert. So überwältigend dynamisch. Und eine so klare Erkenntnis der Weltprobleme. Ich finde, diese Israelis sind faszinierend, meinst du nicht auch, Paul?«

»Marriott Hilton nächster Stop«, sagte der Wagencomputer. Rhodes schien da vorne eingeschlafen zu sein. Sein Kopf lehnte an Isabelles Schulter. Carpenter fühlte sich überhaupt nicht müde, doch seine Augen schmerzten und brannten von der Luft, von dem anstrengenden Abend, und weil es schon so spät in der Nacht war. Und es würde eine Nacht ohne Schlaf werden, argwöhnte er. Nun ja, es war nicht die erste. Wahrscheinlich auch noch nicht die letzte.

»Lassen wir doch den Drink einfach aus«, sagte Jolanda zu ihm in der Halle seines Hotels, »und gehen wir einfach zu dir rauf.«

Oben in seinem Zimmer fragte sie, während sie sich auszogen: »Kennst du Nick Rhodes schon lange?«

»Ach, nur so an die dreißig Jahre.«

»Ihr seid zusammen aufgewachsen?«

»Ja. In Los Angeles.«

»Er beneidet dich ganz schrecklich, weißt du.« Sie schleuderte ihr Unterzeug weg, streckte sich, holte tief Luft, genoß ihre eigene Nacktheit. Schwere Brüste, massige Schenkel, überall Grübchen, eine Kaskade duftiger gekrauster Haare; der versengende Latinoblick. Geil, dachte Carpenter. Angenehm.

»Beneidet mich?«

»Ganz und gar. Er hat mir alles über dich erzählt. Wie sehr er dich bewundert für deine unbeirrbare geistige Freiheit, daß du dich nicht von irgendwelchen moralischen Skrupeln festlegen läßt.«

»Du sagst mir also, er hält mich für unmoralisch?« fragte Carpenter.

»Er meint, du bist flexibel. Das ist nicht das gleiche. Er bewundert deine rasche Bereitschaft, dich schwierigen Situationen schnell anzupassen, auch moralisch zwiespältigen. Er möchte auch gern so – einfach damit umgehen können wie du. Er verheddert sich immer in allen möglichen Problemen und verkrampft sich. Und du machst den Eindruck, daß du die Knoten einfach durchhaust.«

»Eigentlich hatte ich mich nicht für solch einen unabhängigen Geist gehalten«, sagte Carpenter. Er trat zu ihr und ließ seine Hand sacht über ihre Rückenwirbel gleiten. Die Haut war bemerkenswert glatt und weich. Das fand er angenehm. In letzter Zeit hatten sich viele Leute einem dermatologischen Retrofit unterzogen, um der mörderischen, auf dem Ozonschwund beruhenden Hautkrakelüre entgegenzuwirken. Meist half es den Leuten nicht viel; hinterher kamen sie heraus und sahen aus und fühlten sich wie ein Krokolederkoffer. Jolanda Bermudez aber hatte eine Haut, die sich anfühlte wie echte menschliche Frauenhaut, und Carpenter empfand das als sehr angenehm. Und das weiche nachgiebige Fleisch darunter auch.

Sie sagte: »Aber ist er nicht ein großer Mann, der Nick? So ein brillanter Kopf und so ernsthaft. Und wie hingebungsvoll er daran arbeitet, eine Lösung für die Probleme zu finden, die auf die Welt zukommen! Isabelle macht ihm das Leben ganz schön zur Hölle.«

»Ich fürchte, er zieht Frauen an, die ihm das Leben zur Hölle machen.«

Sie ging darauf überhaupt nicht ein. »Und ich versuche immer, ihr das nicht zu zeigen, aber es kommt schon mal vor, daß ich Isabelle sage, daß ich nicht einverstanden bin, wie sie Nicks Forschungsprogramm runtermacht. Es könnte vielleicht unsere einzige Rettung sein, so sehr es mir widerstrebt, das zuzugeben. Auch wenn ich fest überzeugt bin, daß unsere Emigration auf L-5 die beste Chance für uns Menschen ist, wahrscheinlich, hoffe und bete ich doch insgeheim, daß es irgendwie möglich sein wird, hier auf der Erde bleiben zu dürfen. Denkst du nicht auch? Und vielleicht hat Nick ja die einzige Lösung für das Problem. Also, wenn es uns nicht gelingt, Wege zu finden, wie wir den entsetzlichen Schaden, den wir in unserem Ökosystem angerichtet haben, rückgängig machen können. Und die Arbeit, die Nick …«

Die Frau war hellwach, sprudelte über von verbaler Energie. Carpenter bekam Angst, sie würde gleich wieder von vorn damit beginnen, wie nötig es sei, den Planeten zu beschützen. Das kommt vom Hyperdex, dachte er. Davon war sie die ganze Zeit so überdreht. Er begriff, daß er sie, einfach um sich selbst zu schützen, ins Bett legen mußte, bevor sie sich zu sehr in ihr Geschwätz versteigen konnte. Also zog er sie nachdrücklich-behutsam auf das Bett und schmiegte sich sanft in die Wiege dieses geschmeidigen, sahneweichen Körpers. Er streichelte mit den Händen über ihre Flanken und über die Brüste, und er umschloß ihren Mund mit seinen Lippen. Es erwies sich als eine erfolgreiche Methode der Ablenkung.

9

Der Forschungssatellit Cornucopia von Kyocera-Merck befand sich nur einen kurzen Sprung von Valparaiso Nuevo entfernt, nur ein paar lächerliche hundert Kilometer. Einer der unzählbaren leuchtenden Punkte, die im Raum in der Nähe von L-5 herumtanzten, eine der Myriaden Glitzerquallen im Ozean der Nacht.

Farkas sollte sich in Cornucopia die Details für seinen nächsten Auftrag holen, und auf jeden Fall wollte er eine Chance bekommen, sich ein bißchen mit Dr. Wu zu unterhalten, ehe er den Satellitengürtel verließ. Er stellte sich vor, daß man ihm das immerhin schuldig sei; doch um sicher zu gehen, formulierte er seinen Wunsch als »dringend nötige Information«, als hätte eine andere Abteilung von K-M ihn gebeten, Dr. Wu zu befragen. Dies schien ihm bessere Erfolgschancen zu haben, als wenn er sein Ansuchen als persönliche Gunst darstellte.

Er wartete einige Tage auf Valparaiso ab, damit sie die Chance hatten, ihre Neuerwerbung dort drüben bequem unterzubringen. Dann buchte er eine Passage auf dem Mittagsshuttle, das täglich im regulären Pendelverkehr die benachbarten Gruppen von Habitaten abklapperte.

Keine Probleme mit Visa dabei. Es waren sowieso nur Befugte zugelassen; man bekam gar nicht erst ein Ticket nach Cornucopia, wenn man nicht nachweislich im Auftrag der Firma reiste und erwartet wurde. Selbst dann durfte man erst von Bord, wenn die Passagierliste geprüft war und die Firma sich offiziell bereit erklärte, jemanden zu empfangen.

In der Andockbucht wartete ein Empfangskomitee auf Farkas: ein kleiner Mann und eine große Frau. Der Mann sah für ihn aus wie eine gelbe Spiralkette um einen invertierten grünen Kegel; die Frau war ein vertikaler Strom eines glattgewebten blauen Stoffes. Er bekam ihre Namen nicht so recht mit, fand aber, das spiele keine Rolle. Der Mann hatte irgend etwas mit Technik zu tun, war aber sichtlich weiter nicht bedeutend, und die Frau stellte sich als Stufe-Zwanzig von der Verwaltung vor. Farkas hatte schon vor langer Zeit herausgefunden, daß man sich nicht die Mühe zu machen brauchte, sich die Namen von Zwanzigergraden zu merken.

»Auf dich wartet ein Auftragsbescheid, Mr. Farkas«, sagte die Zwanziger sofort. »In deinem Logistikkasten. Du kannst es in deinem Zimmer abrufen.« Es schien ihr Mühe zu bereiten, bei seinem Anblick die Fassung zu wahren.

»Danke. Außerdem verlangte ich ein Gespräch mit Dr. Wu. Hast du dazu irgendwelche Direktiven?«

Die Zwanzigerin sah unsicher zu dem Techniker. »Paolo?«

»Positiv. Dr. Wu soll für eine Unterredung mit Expediter Farkas auf seinen Wunsch hin zur Verfügung stehen.«

»Schön. Also, ich wünsche es. Jetzt.«

Die Zwanzigerin wirkte bestürzt über die rasche Reaktion. »Du möchtest Dr. Wu *jetzt gleich* sprechen? Noch bevor wir dich in dein Quartier bringen können?«

»Ja. Wenn es geht.«

»Also«, sagte die Zwanzigerin. »Selbstverständlich. Kein Problem, Mr. Farkas. Sie ist aber in einem Sicherheitstrakt, verstehst du. Ich werde einen zusätzlichen Check machen müssen, aber das dauert nur eine Minute.«

Sie, dachte Farkas. Aber ja doch. Für diese Leute war

Dr. Wu eine Frau. Er würde seine Vorstellungen, was Wu betraf, umprogrammieren müssen, oder es würde Verwirrung geben, das begriff er.

Die Zwanzigerin trat ein paar Schritte beiseite und tippte eifrig Codes in ein Terminal. Es dauerte aber dann doch etwas länger, als sie versprochen hatte, bis die Erlaubnis, Wu zu sprechen, zustande kam. Offensichtlich gab es da Komplikationen. Schließlich aber bekam sie das Okay.

»Wenn du bitte mitkommen würdest, Mr Farkas ...«

Cornucopia war völlig anders als Valparaiso: kahl, funktional, reine Industriestruktur, Unmengen von unverkleideten Trägern und Streben und dergleichen. Sogar Farkas fühlte und ›sah‹ die Unterschiede sofort. Hier gab es keine Brunnen, keine Kaskaden, keine üppigen Reben oder Bananenstauden, sondern nur nüchterne nackte Firmenfunktionalität. Und hier oben wurden alle möglichen Forschungsprojekte durchgeführt. Es war billiger, einen ganzen Raumsatelliten hier draußen aufzubauen, als auf der Erde zu versuchen, ein richtig steriles Labor zu errichten. Wissenschaftliche Forschung erforderte nun einmal saubere sterile Luft- und Wasserbedingungen. Außerdem bestand in einem Satelliten natürlich die Möglichkeit, unter variabler Schwerkraft zu arbeiten, ein Vorteil, so hatte Farkas gehört, der in bestimmten wissenschaftlichen Sektoren höchst nützlich war.

Paolo und die Zwanzigerin geleiteten ihn durch mehrere Sicherheitsschleusen und tonnenförmige Gänge und schließlich in eine Art Vorzimmer, wo ein Android Farkas um ein Tröpfchen Blut bat, um sein Serummuster mit dem im Firmenarchiv zu vergleichen, anscheinend um sicherzustellen, daß er die Person war, die zu sein er behauptete, und nicht irgendein Betrüger, der sich die Augen wegoperieren ließ, um an einen Ort zu gelangen, wo er nichts zu suchen hatte. Den Androiden kümmerte es nicht die Spur, daß so etwas höchst unwahrscheinlich, oder daß Farkas ein Neuner war und Prestigeträger. Er hatte seine Befehle. Reich mir deinen Finger, Sir …

Verdammt, also schön. Farkas streckte ihm den Finger entgegen. Er war es gewohnt, sein Blut für Identifizierungszwecke zu vergeuden. Die normale Regelprozedur der Firma war ein Retinalscanning zur Feststellung der Identität. Aber bei ihm war das ja nun leider nicht möglich.

Der Android zapfte ihm den Blutstropfen ab, grob und sachlich, und führte ihn unter einen Scanner.

»Identifikation bestätigt«, sagte er dann. »Du darfst jetzt hinein, Expediter Farkas.«

Wu befand sich in einem abgeschlossenen Bereich in einem Raum, der etwas bequemer wirkte als eine Gefängniszelle und etwas weniger angenehm als ein Hotelzimmer. Als Farkas eintrat, blieb die Frau reglos an dem Tisch am anderen Ende des Raums sitzen.

Farkas wandte sich zu der Zwanzigerin, die mit dem Techniker Paolo dicht hinter ihm stand.

»Ich möchte privat mit Dr. Wu sprechen.«

»Es tut mir leid, Expediter Farkas. Eine private Unterhaltung wurde nicht genehmigt.«

»Ach?«

»Wir haben Anweisung, während des Gesprächs dabei zu sein. Es tut mir leid, Expediter Farkas.«

»Ich beabsichtige nicht, ihn umzubringen. *Sie,* meine ich natürlich.«

»Wenn du wünschst, könnten wir ein formelles Gesuch einreichen und um eine Ausnahmegenehmigung bitten, doch das würde eventuell einige Zeit …«

»Vergessen wir's«, sagte Farkas. Verdammt, sollen sie doch zuhören. Er wandte sich Wu zu. »Hallo, schon wieder mal, Doktor.«

»Was willst du von mir?« fragte Wu. Es klang nicht übermäßig erfreut.

»Nur ein kleiner freundschaftlicher Besuch. Ich habe

um die Erlaubnis gebeten, ein paar Worte mit dir sprechen zu dürfen.«

»Bitte. Ich bin jetzt Angehöriger der Firma Kyocera-Merck. Ich habe das Recht auf Ungestörtheit außerhalb meiner Dienststunden.«

Farkas setzte sich auf eine Art niederes Sofa neben dem Tisch. Er sagte ruhig: »Ich fürchte, Dr. Wu, es bleibt dir keine Wahl. Ich habe offiziell um dieses Treffen gebeten, und mein Ersuchen wurde positiv bewertet. Aber ich wünsche, daß dies hier ein freundschaftlicher Besuch bleibt.«

»Freundschaftlich?«

»Genau. Ich meine es ganz ehrlich. Wir sind keine Feinde. Wie du gerade sagtest, wir sind im Dienst der Firma.«

»Was willst du also von mir?« fragte Wu erneut.

»Das sagte ich doch schon. Nur ein Höflichkeitsbesuch. Das Vergangene ist vorbei, verstehst du, was ich damit sagen will?«

Wu gab keine Antwort.

Farkas sprach weiter: »Also, sag mir, wie es dir in deiner neuen Umgebung gefällt? Alles zu deiner Zufriedenheit? Was hältst du von dem Labor, das man für dich eingerichtet hat?«

»Die Umstände sind so, wie du es hier siehst. Ich habe an schlimmeren Orten gelebt – und an besseren. Was das Laboratorium betrifft, das ist sehr gut. Die meisten Apparate übersteigen zwar mein Verständnis.« Wus Stimme klang flach, dumpf, eintönig und tot, als würde es ihn/sie zuviel Kraft kosten, den Stimmton ein wenig zu modulieren.

»Du wirst damit umgehen lernen«, sagte Farkas.

»Möglich. Vielleicht auch nicht. Meine Fachkenntnisse sind seit Jahren überholt. Seit Jahr*zehnten.* Es gibt keine Garantie, daß ich fähig sein werde, die Arbeit auszuführen, die ihr Leute von mir erwartet.«

»Da mach dir mal keine Gedanken«, sagte Farkas.

»Du bist hier. Und hier wirst du bleiben, bequem und gut versorgt, bis du was Brauchbares produzierst, oder bis die Firma entscheidet, daß du wirklich nichts Brauchbares bringst. Ich vermute aber, sobald du dich mit den Gegebenheiten in deinem neuen Lab vertraut machst, werden dich die Fortschritte begeistern, die auf deinem Gebiet gemacht wurden, seit du ausgeschieden bist, und du wirst sehr rasch deine frühere Geschicklichkeit wiedergewinnen und auch sämtliche neuen Techniken erlernen. Außerdem, Doktor, es gibt ja hier für dich keinerlei Risiko, nicht wahr? Deine Arbeit wird absolut legal sein.«

»Meine Arbeit war stets absolut legal«, sagte Wu mit der gleichen monotonen Roboterstimme.

»Ach. Ach ja, genau darüber wollte ich auch mit dir sprechen.«

Wu schwieg.

Farkas fragte: »Ist dir jemals der Gedanke gekommen, Dr. Wu, daß die Versuchspersonen bei deinen Experimenten in dem Loboratorium in Taschkent nicht unbedingt ihr Genmaterial verändert zu haben wünschten?«

»Es besteht für mich keine Notwendigkeit, das zu diskutieren. Du sagtest, Vergangenes sollte vergangen sein.«

»Eine Notwendigkeit, nein, die besteht nicht. Aber ich möchte, daß du mit mir darüber sprichst. Ich empfinde keinerlei Rachegefühle, aber doch eine starke Wißbegier. Nein, eigentlich eine sehr starke Neugier. Es gibt Dinge, die ich von dir unbedingt über dich selbst erfahren möchte.«

»Und weshalb sollte ich mich dir gegenüber verantworten?«

»Weil du mir etwas Ungeheuerliches angetan hast«, sagte Farkas mit immer noch leiser Stimme, in der aber jetzt scharf wie eine Peitschenschnur eine Schärfe hörbar wurde. »Das gibt mir immerhin doch das Recht, ein paar Antworten aus dir herauszuholen. Sag mir was, aus bloßem menschlichen Mitgefühl. Du bist doch ein *Mensch*, oder nicht, Dr. Wu? Nicht ein seelenloses Ding, eine Art intelligenter Android?«

»Du wirst mich umbringen, nicht wahr, wenn ich meine Arbeit hier beendet habe.«

»Werde ich das? Ich weiß nicht. Ich sehe nicht, daß es mir was Gutes bringen könnte, und es erscheint mir als ziemlich erbärmlich unwesentlich. Aber falls du natürlich *wünschen* solltest, daß ich dich töte ...«

»Nein. Nein!«

»Also dann?« Farkas lächelte. »Wenn ich dich wirklich töten wollte, Dr. Wu, dann hätte ich es in Valparaiso Nuevo getan. Ich bin nicht dermaßen absolut eine Kreatur von Kyocera-Merck, daß ich die Interessen der Firma so weit über meine eigenen Bedürfnisse stellen würde. Es ist also doch offensichtlich, daß ich es nicht nötig fand, dich zu töten, als ich die Chance dazu hatte. Ich begnügte mich vielmehr damit, den Auftrag auszuführen, zu dem ich dorthin gesandt wurde, und das war eben, dich nach Cornucopia zu liefern, damit du hier für die Firma gewisse Forschungen durchführst, für die du einzigartig qualifiziert bist.«

»Du hast deinen Auftrag ausgeführt. Ja. Es bedeutet dir sehr viel, ja, deine Arbeit zu machen. Und wenn die Firma mit mir fertig ist, *dann* wirst du mich töten. Das weiß ich, Farkas. Wozu sollte ich mit dir sprechen?«

»Um mir Gründe zu liefern, warum ich dich *nicht* töten sollte, sobald die Firma dich nicht mehr braucht.«

»Wie könnte ich das denn?«

»Also, sehen wir es uns doch mal an, ja?« sagte Farkas. »Wenn es mir vielleicht gelänge, deine Seite damals bei dieser Sache etwas besser zu verstehen, wäre ich möglicherweise etwas geneigter, barmherzig zu sein. Zum Beispiel: Was hast du, während du deine Experimente in Taschkent an den Ungeborenen durchführtest, überhaupt *gespürt*, da drinnen, in deinem Herzen, was du da in deiner Arbeit getan hast?«

»Aber das ist alles schon so lange her.«

»Fast vierzig Jahre, ja. Einige deiner damaligen Versuchsföten sind inzwischen zu augenlosen erwachsenen Menschen geworden. Aber du mußt dich doch noch ein wenig erinnern können, Doktor. Sag es mir, hast du irgendwann einmal kurz gezögert, hattest du irgendwelche Bedenken, als du dich daran gemacht hast, an mir im Bauch meiner Mutter herumzuexperimentieren? Eine Spur von ethischen Hemmungen? Oder Mitgefühl? Sag!«

Wu sagte dumpf: »Ich spürte nur eine ungeheure wissenschaftliche Neugier. Ich versuchte, etwas zu lernen, was zu entdecken wichtig schien. Man lernt, indem man tut.«

»Und verwendet dazu menschliche Versuchskaninchen.«

»Menschliche Versuchspersonen, ja. Es war nötig. Das menschliche Genom unterscheidet sich von dem der Tiere.«

»Ach, das ist doch gar nicht wahr. Nicht wirklich. Du hättest mit Schimpansenföten experimentieren können, dabei hättest du so ziemlich die gleiche Genstruktur gehabt. Das weißt du doch genau, Doktor.«

»Aber die Schimpansen hätten uns nicht verbal mitteilen können, welche Wahrnehmungserweiterung sie durch das Blindsehen gewonnen haben.«

»Ich verstehe. Das konnten nur menschliche Versuchstiere.«

»Genau.«

»Und während der chaotischen Zustände damals in Taschkent stand dir ja reichlich menschliches Versuchsmaterial zur Verfügung: Ungeborene Menschen im Mutterleib, äußerst gut geeignet für Genexperimente. Du konntest deine intensive wissenschaftliche Wißbegier befriedigen und warst dabei sehr glücklich. Trotzdem wäre es aber doch wohl ethisch korrekt gewesen, die Mütter dieser Ungeborenen um ihre Einwilligung in die

Operation zu bitten, oder? Meine Mutter etwa hat nicht nur nicht eingewilligt, sondern sie war auch Ausländerin, noch dazu eine, die diplomatische Immunität genoß. Und trotzdem ...«

»Was soll ich dazu sagen?« jammerte Wu. »Daß ich dir etwas Furchtbares angetan habe? Ja. Ja, ich gebe es zu, ich habe etwas Entsetzliches getan. Ich habe im Krieg hilflose Menschen benutzt und mißbraucht. Du willst, daß ich bekenne, daß ich böse bin? Daß ich meine Verbrechen bereue? Daß ich bereit bin, mich von dir töten zu lassen, für das Verbrechen, das ich an dir verübt habe? Ja. Ich gestehe, daß ich böse bin. Ich zerknirsche mich in Gewissensbissen. Ich fühle eine unerträgliche Schuld auf mir lasten, und ich weiß, daß ich Strafe verdient habe. Worauf wartest du also? Töte mich doch, gleich jetzt und hier! Los, Farkas, brich mir mein elendes Genick, damit es endlich vorbei ist!«

Die Zwanzigerin sagte unsicher von der Wand neben der Tür her: »Mister Farkas, es ist vielleicht nicht so gut, wenn diese Unterredung weiter fortgesetzt wird. Vielleicht sollten wir jetzt lieber gehen. Ich kann dich zu deiner Unterkunft bringen und ...«

»Noch eine Minute«, sagte Farkas. Er wandte sich wieder Wu zu, der/die wieder in dumpfem Schweigen in sich zusammengesunken dasaß. »Kein Wort davon war dir ernst, nicht wahr, Doktor? Du bist bis zum heutigen Tag fest davon überzeugt, daß das, was du mir und den anderen damals in Taschkent angetan hast, im geheiligten Namen der Wissenschaft völlig gerechtfertigt war. Und du fühlst auch nicht einen Hauch von Bedauern in dir, stimmt es nicht?«

»Es stimmt. Und ich würde es wieder tun, wenn ich die Möglichkeit dazu hätte«, sagte Wu.

»Aha. Ja, das dachte ich mir.«

»Also, nun weißt du, was du bereits wußtest. Willst du mich jetzt umbringen? Ich glaube, deine Leute von

Kyocera-Merck wären nicht sehr erfreut, wenn du das tust.«

»Nein«, sagte Farkas. »Und ich werde dich auch nicht töten, nicht jetzt und nicht später. Ich wollte dich nur sagen hören, was du da gerade gesagt hast. Und nun will ich noch etwas von dir hören: Hat das, was du getan hast, dich irgendwie *lustvoll befriedigt?*«

»Lust? Befriedigung?« Wu sagte es höchst verblüfft. »Aber das habe ich doch nicht zu meinem Vergnügen getan. Lustgefühle hatten da nie etwas zu suchen. Es ging um Forschung, verstehst du nicht? Ich tat es, weil ich herausfinden mußte, ob es möglich sein würde. Aber Lust? Das Wort ist hier fehl am Platze.«

»Ein reiner Techniker. Ein leidenschaftsfreier Sucher nach der Wahrheit!«

»Man kann mich nicht zwingen, mir deinen Spott anzuhören. Ich werde darum bitten, daß man dich von hier entfernt.«

»Aber ich verspotte dich ja gar nicht«, sagte Farkas. »Du bist wirklich integer, Doktor, wie? Sofern man Integrität definiert als Einzelkonsistenz, als unvermischte Substanz, als geschlossene Einheit. Du bist komplett und total, was du bist. Das ist gut. Ich verstehe dich jetzt sehr viel besser.«

Wu verhielt sich völlig bewegungslos, schien fast nicht zu atmen. Schimmernder schwarzmetallischer Kubus über einer kupferroten pyramidenförmigen Basis.

Farkas sagte: »Du warst also in keiner Weise irgendwie emotional beteiligt bei dem, was du mit mir getan hast. Du empfandest dabei keinerlei sadistische Lust. Wie du sagst, war da etwas, das du herausfinden mußtest, also hast du ganz einfach getan, was nötig war, um deine Antworten zu finden. Und deshalb besteht kein Grund, weshalb ich die Sache persönlich nehmen sollte. Richtig? Ja? In deinen Augen existierte ich als Person ja niemals. Ich war nur eine Hypothese. Ein biologisches

Rechenproblem, das zu lösen war, eine abstrakte intellektuelle Herausforderung. Und wenn ich von dir Rechenschaft fordern oder Rache üben wollte, von so etwas, wie du es bist, dann wäre es, als versuchte ich, mich an einem Wirbelsturm zu rächen, einem Erdbeben, einer Lawine oder einer sonstigen unpersönlichen Naturgewalt. Die treten ja auch einfach auf und machen mit einem, was sie eben tun, aber dabei sind sie völlig unpersönlich, und so gibt es keinen Grund, böse auf sie zu sein, wenn sie dich vernichten. Einem Hurrikan kann man ja auch schlecht verzeihen, oder? Die Erinnerung an das Geschehene bleibt in dir haften. Aber man muß sich eben zusammenreißen, sich den Staub von der Seele schütteln und sich sagen, daß man das Pech hatte, zur falschen Zeit am falschen Ort gewesen zu sein, und einfach mit seinem Leben weitermachen.«

Dies war wohl die längste Rede, die Farkas je von sich gegeben hatte. Und als er zu Ende war, war seine Stimme heiser und rauh, und er sehnte sich nach nichts so sehr, wie irgendwohin zu verschwinden und sich ins Bett zu verkriechen.

Wu starrte ihn noch immer wie gelähmt an. Farkas fragte sich, ob Wu ihn verstanden hatte. Ob es ihn überhaupt berührte.

Zu der Zwanzigerin sagte er: »Also. Ich bin hier jetzt fertig. Ihr könnt mich zu meinem Zimmer bringen.«

Das Zimmer war eher eine Kammer, ein luxuriöser Schrank, drei Meter lang, anderthalb hoch, und nur geeignet, sich liegend darin aufzuhalten. Aber das war ja genau das, was er sich im Augenblick wünschte.

Ein Icon blinkte, eine verschlüsselte Nachricht wartete auf ihn im Nachrichtenschlitz. Er nahm sie an und erfuhr, daß er umgehend wieder nach Valparaiso Nuevo zurückbeordert war. Um Gerüchten über einen Staatsstreich zum Sturz des Generalissimo Callaghan auf den Grund zu gehen.

Kein Wort zu irgend jemandem, lautete der Auftrag. *Treib dich einfach dort herum, hör zu, was die Leute reden und teil uns mit, was sich tut, sofern sich überhaupt etwas tut.*

Die Nachricht enthielt keine Ouellenangabe, woher das Gerücht stammte. Am wahrscheinlichsten war wohl Colonel Olmo, der schließlich Top-Verbindungsmann von K-M in dem Satelliten war, aber wieso hatte dann die Firma Farkas nicht angewiesen, die Sache zuerst mit Olmo abzuklären? Vertraute man Olmo nicht mehr, oder war das Gerücht von anderswo zugespielt worden, oder war es nur wieder einmal so, daß die rechte Hand keine Ahnung hatte, was die linke tat? Jedenfalls schien aber Olmos Vermutung, die Firma selbst könnte irgendwie an dem Plan beteiligt sein, nicht sehr plausibel. Die Firma tappte anscheinend ebenso im dunkeln wie Olmo.

Hi-ho! Am wahrscheinlichsten, dachte er, ist noch, daß es gar keine Umsturzverschwörung gab, sondern nur eine Dunstwolke von Falschinformationen, die durch das System geisterte. Oder aber die Sache ging tatsächlich auf das Konto dieser angeblichen Freibeuter aus Südkalifornien, ohne irgendwelche Firmenbindungen, wie man Olmo berichtet hatte. Nun ja, schön und gut. Eine Irrsinnsidee, zweifellos. Aber falls es klappte, steckten da Milliarden drin.

Farkas nahm das Frühshuttle zurück. Eine Horde eifriger Kuriere umschwärmte ihn nach dem Andocken, doch er schüttelte sie allesamt freundlich ab und fand allein zu dem San Bernardito in Cajamarca zurück, wo man ihm wieder das gleiche Zimmer geben konnte, das er tags zuvor verlassen hatte. Ihm gefiel das Zimmer an der Außenseite, der Blick auf die Sterne. Und die G-1-Schwerkraft im Städtchen Cajamarca war für seine auf diese G-Stärke eingestellte Muskulatur höchst angenehm.

Er duschte genüßlich lange. Dann begab er sich auf einen Spaziergang.

Was für ein hübscher Ort, dachte er. Inzwischen hatte er sich auch allmählich an die Luft gewöhnt. Diese ganz klare, saubere Luft, die einem bei jedem Atemzug einen hinreißenden Sauerstoffkick verpaßte. Von solcher Luft konnte man richtig betrunken werden. Er zog die Luft tief in die Lungen, spielte damit, versuchte sie mit den Alveolen zu schmecken, zu analysieren, die einzelnen Moleküle von CO_2, Stickstoff und Sauerstoff zu trennen.

Dieses Zeug konnte einen rasch unbrauchbar machen, das wußte er. Es würde nicht einfach werden, wenn er wieder auf die Erde mit ihrer giftigen, ätzenden Luft zurück mußte. Die Rückkehr in ein Leben als Dinko, als Schlammkriecher, als Scheißeschnüffler, oder wie sonst die L-5-Leute jene zu nennen pflegten, die gezwungen waren, ihr Leben auf dem unseligen Mutterplaneten verbringen zu müssen. Was ihn selbst anging, schien keiner es besonders eilig zu haben, ihn wieder zurück auf die Erde zu hetzen. Jedenfalls nicht so schnell.

Und das war gut so. Gut. Laß dir Zeit, genieß es, gönn dir einen kleinen Urlaub im Weltraum. Nimm eine besonders sorgfältige Untersuchung über diese angebliche Konspiration gegen die Regierung von Generalissimo Callaghan vor.

Unweit seines Hotels, am oberen Ende von Cajamarca, lag ein freundliches Café. Es war direkt unter einem der Außenfenster, und an diesem Nachmittag war der Blick auf Erde und Mond sagenhaft schön. Farkas setzte sich nach draußen, bestellte sich einen Brandy, lehnte sich zurück und trank langsam und genießerisch. Vielleicht kam ja einer der Verschwörer vorbei und bot ihm ein paar brauchbare Informationen zum Kauf an.

Aber klar. Aber gewiß doch.

Er nippte an seinem Brandy. Er saß da und wartete.

Niemand kam, niemand bot ihm irgend etwas an. Nach einiger Zeit kehrte er in sein Hotelzimmer zurück. Wählte sich eine weiche, leise Musik. Nahm die behutsamen mentalen Steuerungen vor, die bei ihm dem Schließen der Augenlider entsprachen. Die letzten paar Tage waren recht hektisch gewesen, und er war wirklich müde. Ein bißchen Ausspannen war angesagt. War durchaus in Ordnung. Ja, wirklich, ein bißchen blaumachen …

10

Der Hafen von Oakland war ein Labyrinth aus grauen Stahlkonstruktionen auf vierzehn unterschiedlichen Stockwerken. Carpenter hielt seine ID-Plakette in der erhobenen Handfläche, um sie rasch jedem Laser-Scanner unterwegs hinhalten zu können, und stieg von einer Flucht in die nächste, auf und wieder ab, gehorsam den Weisungen unsichtbarer metallischer Stimmen folgend, bis er endlich am Wasser selbst anlangte, das dunstig und leuchtend unter dem heißen Mittagsdunst lag. Er sah Dutzende von Schiffen gemächlich im schlammigen, stillen Wasser dümpeln wie schlafende Enten.

Sein Schiff, die *Tonopah Maru,* war nach der Fahrt von der San Pedro-Werft in Los Angeles gerade erst eingelaufen. Sie lag hier an der Oaklandseite der Bucht – die Piers in San Francisco waren seit über einem Jahrhundert nur noch reine Touristenfallen –, und an diesem heißen, stickigen Nachmittag voller beinahe tödlicher Inversion in der Atmosphäre, die bräunlich-grüne Luft drückte wie eine Faust aus einem Betonhimmel nieder, und sogar im wundervollen San Francisco war die Atemmaske unumgänglich, war Carpenter hinübergefahren, um seine Mannschaft kennenzulernen und formal das Kommando zu übernehmen.

Am Kai unten stieß er nicht nur auf die üblichen blitzenden Batterien von Laser-Scannern, sondern auch auf einen gigantischen quadratschädeligen Roboter, der den Zugang zu den Piers bewachte wie Cerberus die Pforten der Hölle. Die Maschine drehte sich langsam zu ihm herüber.

»Captain Carpenter. Kommandant der *Tonopah Maru*«,

sagte er. Es klang derart pompös und überheblich, daß er Mühe hatte, nicht über sich selbst zu lachen. Er kam sich vor wie eine der Figuren bei Joseph Conrad; der ernsthafte junge Skipper, der sein erstes Kommando antritt und sich der gelangweilten alten Teerjacke gegenübersieht, die das alles hundertmal erlebt hat und sich einen Dreck darum schert.

Und der Roboter, der höchstwahrscheinlich noch nie etwas von Conrad gehört hatte, war von Carpenters neuem Status weder amüsiert noch beeindruckt. In düsterem Schweigen unterzog er Carpenters Papiere einem erneuten Lasercheck, fand sie in Ordnung, leuchtete ihm in die Augen, um völlig sicher zu sein, und schickte ihn dann aus der Wachkabine hinaus in die bratende Sonnenhitze, um sein Schiff zu finden.

Sein Indoktrinationskurs hatte nicht ganz eine Woche gedauert. Völlig unterschwellig, eine Stunde täglich, am Datentropf hängend, und jetzt wußte er (oder hoffte, daß er wisse) so ziemlich alles, was er brauchte, um Kapitän eines Eisbergschleppers im Südpazifik zu spielen. Und was bei seinem Trockenkurs an Land eventuell an Ausbildung versäumt worden war, würde man auf See dazulernen müssen, doch das beunruhigte ihn nicht. Er würde schon zurechtkommen. Irgendwie schaffte er es immer.

Er entdeckte sein Schiff beinahe sofort, erkannte die *Tonopah Maru* an dem gewaltigen Greifergetriebe und der Winde und an den großen Zapfstellen, die einen Großteil des Decks einnahmen. Erst tags zuvor hatte er gelernt, daß sie dazu dienten, die eingefangenen Eisberge mit einem das Abschmelzen verzögernden Sinterüberzug aus spiegelndem Staub zu bedecken. Das Schiff hatte einen langen schlanken Rumpf wie eine Zigarre, elegant und beinahe beunruhigend schmal in der Kontur. Es lag merkwürdig hoch im Wasser, im Vergleich zu den vielen übrigen Spezialfahrzeugen, die das vertraute kühne Firmenemblem der Samurai Industries – Sonne und Zackenblitz – aufwiesen. Er hatte keine Ahnung, wozu die anderen Schiffe dienten: Seegrassammler, Garnelenfänger, Kalamarjäger und so fort. Auf den Meeren waren derzeit unzählige Arbeitsschiffe unterwegs und heimsten die noch verbliebenen Reichtümer der See ein. Jeder Schiffstypus war nur für einen Zweck gut tauglich, für den jedoch hervorragend.

Ein wuchtiger plattnasiger grauhaariger Mann, dessen von Screen hervorgerufener Hautpanzer ihm ein merkwürdig mitternächtliches Aussehen verlieh, stand an Deck und spähte durch das Okular eines Navigationsinstruments, das er offenbar justieren wollte. Das Gerät lieferte Carpenter einen Hinweis, wer der Mann sein könnte – sein Ozeanograph/Navigations-Offizier, also im wesentlichen seine Nummer Zwei. Er rief zu ihm hinunter:

»Bist du Hitchcock?«

»Yeah!« Es klang argwöhnisch und ein wenig abweisend.

»Ich bin Paul Carpenter. Der neue Kapitän.«

Hitchcock betrachtete ihn abschätzend, lange und fest. Die Augen standen ziemlich weit vor und waren rotgerändert.

»Schön. Ja. Komm an Bord, Cap'n.«

Keine Wärme in der Aufforderung, aber damit hatte er ja auch nicht gerechnet. Er begriff, er war der Gegner, der feindliche Vertreter der Managerkaste, nur dank einer Willkürentscheidung einer fernen Bürokratie auf Zeit zu der Position der Befehlsgewalt über die Mannschaft der *Tonopah Maru* befördert. Sie hatten seinem Befehl zu gehorchen, doch das bedeutete nicht, daß sie ihn mögen, ihn respektieren oder im geringsten von ihm beeindruckt sein mußten.

Trotzdem, es galt den Schein zu wahren. Carpenter ging über die Laufplanke an Bord, ließ seinen Seesack aufs Deck fallen und wartete gelassen, daß Hitchcock zu ihm komme, um ihn per Handschlag zu begrüßen.

Das Händeschütteln war dann aber doch relativ herzlich. Hitchcock bewegte sich träge, aber sein Griff packte fest und ehrlich zu, und Carpenter bekam sogar ein Lächeln ab.

»Fein, dich kennenzulernen, Cap'n.«

»Ebenso. Woher kommst du, Hitchcock?«

»Maui.«

Damit war die Hautfarbe erklärt, das Gesicht und das graue Haar. Ein Afro-Hawaii-Mischling und massenhaft Screen, was den Hautton noch vertiefte. Und der Mann war größer, als er von oben her gewirkt hatte, und älter, gut und gern in den Fünfzigern.

»Wunderschön dort«, sagte Carpenter. »Ich war mal dort, vor Jahren. Der Ort hieß Wailuku.«

»Yeah«, sagte Hitchcock ohne großes Interesse. »Wir laufen morgen früh aus, ja, Cap'n?«

»Richtig.«

»Warst du schon mal an Bord von so 'nem Schiff?«

»Nein. Eigentlich nicht«, sagte er gelassen. »Nein, ich fahre zum erstenmal raus. Würdest du mich rumführen? Ich möchte das Schiff besichtigen, und dann würde ich gern die übrige Besatzung kennenlernen.«

»Sicher. Gern. Einer ist grad da. He, Nakata! Komm her und begrüß den neuen Käp'n!«

Carpenter kniff die Augen gegen den Sonnenglast zusammen und erkannte eine winzige Gestalt hoch droben in den Aufbauten am anderen Ende des Schiffs, die am Hüsing der Greifermaschinen arbeitete. Vor der gigantischen Maschinerie wirkte der Mann wie ein Zwerg, vor diesem gewaltigen stummen Mechanismus, der in der Lage war, die riesenhaften Greifkrampen weit hinauf und hinaus und tief in die Flanken sogar der mächtigsten Eisberge zu schleudern.

Hitchcock schwenkte den Arm, und Nakata kletterte herab. Der Grapplemaschinist war ein katzenhaft geschmeidiger kleiner Kerl mit Kulleraugen und wirkte enorm selbstbewußt. In der Firmennomenklatura schien er ein wenig höher als Hitchcock zu stehen. Ohne zu zögern streckte er Carpenter die Hand entgegen, wie ein Gleichrangiger. Wahrscheinlich das gewöhnliche aufgesetzte Selbstsicherheitsgehabe der Japaner, dachte Carpenter. Nicht daß es einem Mann etwas brachte, Japano-Amerikaner zu sein, um in der Samurai-Hierarchie voranzukommen, ebenso wenig wie einem polnisch-stämmigen Amerikaner oder einem türkischer Abstammung. Die *echten* Nippos räumten ihren mischblütigen Vettern keine Sonderstellung ein. Ein japanischer Name machte einen nicht automatisch zum Japaner, so wie sie das sahen. Ganz schön harte Brocken, die Leute.

Nakata grinste. »Wir holen uns ein paar Riesenberge rein, was, Skipper? Damit San Francisco nicht zu sehr Durst leiden muß.« Er kicherte.

»Was ist denn so komisch bei San Francisco?« fragte Carpenter.

»Alles«, erwiderte Nakata. »Ein verdammt blöder Ort. War's schon immer. Verrückte und Schwule und Datenfreaks und solche Typen. Du bist doch nicht selber aus Frisco, Skipper?«

»Nee, eigentlich aus Los Angeles, um genau zu sein. Aus West L. A.«

»Ach, dann isses okay. Ich bin aus Santa Monica. Gleich nebenan. Ich fand es hier oben immer ziemlich beschissen. Samurai hatte unsern Kahn an L. A. verchartert, weißt du, bis auf einmal im letzten Monat Frisco uns angefordert hat.« Er zeigte beiläufig auf die Bucht hinter sich, auf die bezaubernde Hügelstadt über dem Hafen. »Ich finde, es ist irgendwie verdammt komisch, daß ich arbeiten muß, um Wasser nach Nordkalifornien zu bringen. Aber man macht eben, wofür sie einen bezahlen, stimmt's, Skipper?«

Carpenter nickte.

»Genau«, sagte er. »So funktioniert das System.«

»Soll ich dir jetzt das Schiff zeigen?« fragte Hitchcock.

»Da sind noch zwei weitere Besatzungsmitglieder, die ich sehen sollte, nicht?«

»Yeah, Caskie und Rennett. Die sind rauf in die Stadt, kommen aber bestimmt bald zurück an Bord.«

Rennett war für Wartung/Operations zuständig, Caskie war Communications-Operator. Alle beide waren Frauen. Carpenter war ein wenig ärgerlich darüber, daß sie nicht zugegen waren, um seiner offiziellen Kommandoübernahme gebührend beizuwohnen, aber andererseits, er hatte sich ja nicht zu einer bestimmten Zeit angekündigt. Die offizielle Begrüßung konnte durchaus warten, sagte er sich.

Hitchcock zeigte ihm das Schiff. Zuerst die Sprinkler und die Greifermechanik an Deck, nebst einem Blick auf die gewaltigen Krampen selbst, die in einer Nische der Schiffswand eingezogen lagerten; dann unter Deck der starke Fusionsantrieb, der eine mittelgroße Insel um die halbe Welt schleppen konnte.

»Und hier haben wir die wunderbaren Kabinen«, verkündete Hitchcock.

Man hatte Carpenter gewarnt, keinen üppigen Luxus zu erwarten, doch damit hatte er denn doch nicht ganz gerechnet. Es war, als hätten die Schiffskonstrukteure vergessen, daß es eine menschliche Besatzung an Bord geben werde, und sozusagen im nachhinein zwischen der ganzen Maschinentechnik ein wenig Platz für sie dazwischengezwängt. Die Quartiere und Nutzräume für Carpenter und die anderen waren in alle möglichen Eckchen und Winkel gequetscht. Seine eigene Kabine war etwa ein Barthaar weiter als die übrigen vier, doch auch sie war kaum größer als diese sarggroßen Schlafkapseln, wie man sie in Flughafenhotels zugemutet bekommt; und als Freizeit- und Erholungsmöglichkeiten war für alle am Heck eine kleine kuppelförmige Blase eingerichtet und auf dem Vorschiff, wo Carpenter Hitchcock seine Ausrüstung prüfen gesehen hatte, war Platz für ein paar Schritte auf und ab.

Leben in einer Sardinenbüchse, dachte er.

Aber die Bezahlung war anständig, und es bestand Aussicht auf Beförderung für ihn. Und wenigstens würde er auf See frische Luft atmen können, mehr oder weniger, statt in der dicken grau-braun-grünen Brühe sein zu müssen, die über den bewohnbaren Teilen der nordamerikanischen Westküste fast ständig hing.

»Hast du die Navigationsbestimmung mitgebracht, Cap'n?« fragte Hitchcock, nachdem er alles besichtigt hatte, was es da zu sehen gab.

Carpenter klopfte sich auf die Brust. »Hier.«

»Hast du was dagegen, wenn ich mich mal dransetze und anfang, damit zu arbeiten?«

Carpenter reichte Hitchcock den kleinen blauen Datenkubus, den sie ihm an diesem Morgen in der Instruktionszentrale gegeben hatten. Er wußte, es war eine Art Zeremonie für die offizielle Übernahme des Schiffskommandos, daß dem Navigationsoffizier die Software für die Fahrt übergeben wurde, die das Arbeitsprogramm ihrer Reise festlegte. Natürlich mußte Hitchcock bereits jetzt schon wissen, wohin ungefähr sie fahren sollten, und wahrscheinlich hätte er sie auch einigermaßen sicher dorthin bringen können, wie das seit den Zeiten von Francis Drake zahllose Seefahrer getan hatten, die sich im Südpazifik zurechtfanden. Oder seit Captain Cook. Die hatten damals keine Computer gebraucht – und aller Wahrscheinlichkeit nach hatte auch Hitchcock keinen für seine Navigation nötig. Aber die Übergabe des Datenkubus an den Navigator war die moderne Variante der Lagebesprechung vor dem Mast am Abend vor dem Auslaufen, und Carpenter hatte nichts gegen das Ritual; es bereitete ihm sogar ein leises Vergnügen, nun sozusagen Erbe einer uralten Tradition zu sein.

Kapitän eines Schiffs auf See. Odysseus, Vasco da Gama, Columbus, Magellan, Captain Kidd, Captain Cook, Captain Ahab.

Hitchcock ließ ihn in seiner winzigen, engen Kabine allein. Er stopfte seine Sachen in die Laden, so gut es eben ging. Danach rief er über Funk Nick Rhodes in seinem Büro in den Santachiara-Labors an.

»Du kannst dir nicht vorstellen, wie luxuriös mein Quartier ist«, sagte er zu Rhodes. »Ich komme mir vor wie J. P. Morgan auf seiner Yacht.«

»Das freut mich enorm für dich«, sagte Rhodes ausdruckslos.

Der Visor in Carpenters Kabinenapparat war nicht viel größer als eine Briefmarke, und das Bild war schlechte Schwarzweißqualität, wie aus den frühen Anfängen der elektronischen Entwicklung. Dennoch erkannte er, daß Rhodes verdrossen und mutlos dreinblickte.

»Eigentlich ist das eine absolute, hundertprozentige Lüge«, sagte Carpenter. »Mein Quartier ist ein klaustrophobisches Loch. Wenn ich hier drin 'nen Ständer kriege, kann ich mich nicht mehr umdrehen ... Was läuft schief, Nick?«

»Schief?«

»So unübersehbar wie deine Nase auf meinem Visor. Komm schon, mir brauchst du doch nichts vorzumachen.«

Rhodes zögerte.

»Ich hab grade mit Isabelle gesprochen.«

»Und?«

Wieder eine zögernde Pause. »Was hältst du von ihr, Paul? Ehrlich.«

Carpenter überlegte, wie weit er sich darauf einlassen sollte. Vorsichtig sagte er: »Eine sehr interessante Frau.« Rhodes schien mehr zu erwarten. »Wahrscheinlich extrem leidenschaftlich«, setzte er dann noch hinzu.

»Ich fragte, was du wirklich von ihr denkst.«

»Und tief in ihren Überzeugungen verhaftet.«

»Ja, das ganz bestimmt.«

Carpenter zögerte wieder einen Augenblick, dann

entschloß er sich. Man schuldet seinem Freund die Wahrheit. »Aber ihre Überzeugungen sind völlig verkorkst. Ihr Kopf steckt voll von blöden unklaren Ideen, und die gießt sie über dich aus. Liegt da nicht euer Problem, Nick?«

»Genau. – Sie treibt mich zum Wahnsinn, Paul.«

»Spuck's aus.«

»Heute nacht, im Bett. Ich lange zu ihr rüber – das tue ich immer, wenn wir zusammen sind, es ist so natürlich für mich wie atmen –, aber nein, nein, *sie* will über *unsere Beziehung* reden. Nicht über mich, nicht über sich, sondern *Die Beziehung*. Jetzt sofort in diesem Moment, zu keiner anderen Zeit. Sie sagt, meine Arbeit gefährdet *Die Beziehung!*«

»Ich würde sagen, das stimmt wahrscheinlich. Was ist dir denn wichtiger?«

»Das ist ja das ganze Dilemma, Paul. Beides ist mir gleich wichtig. Ich liebe meine Arbeit, und ich liebe Isabelle. Aber sie will, daß ich Santachiara aufgebe. Sie setzt mir nicht grad die Pistole auf die Brust, entweder ich kündige, oder sie verläßt mich, weißt du, aber unausgesprochen ist es so.«

Carpenter schlug mit den Fingernägeln gegen seine Schneidezähne. »Willst du sie heiraten?« fragte er nach einem Moment.

»Ich bin mir nicht sicher. Ich denke nicht viel über eine neue Heirat nach. Noch nicht. Aber ich möchte mit ihr zusammenbleiben, das ist absolut sicher. Wenn sie darauf bestehen würde, daß ich sie heirate, würde ich's wahrscheinlich tun. Ich muß dir gestehen, Paul, die körperliche Seite der Sache ist das Tollste, was ich je erlebt habe. Ich kriege am ganzen Leib das Kribbeln, wenn ich in ein Zimmer komme, in dem sie ist. Zwischen den Beinen, in den Fingerspitzen, den Fußknöcheln. Ich spüre es wie eine Art Strahlung von ihr zu mir, und ich werde davon sofort ganz heiß. Und wenn ich sie berühre, wenn wir anfangen, uns zu lieben ...«

Carpenter betrachtete bedrückt den Visor. Rhodes klang wie ein liebeskranker Collegejunge. Nein, schlimmer, wie ein verdrehter alter zwanghafter Erotomane.

»Ich sag dir, wenn wir uns lieben – du kannst es dir einfach nicht vorstellen … du kannst es dir einfach nicht vorstellen …«

Na klar, nicht. Er hörte weiter zu, während Rhodes sich hymnisch über den sagenhaften Sexappeal von Isabelle Martine ausschüttete, und die ganze Zeit über konnte er dabei an nichts anderes denken als an den gigantischen Haufen rostfarbener Stahlwollehaare auf ihrem Kopf und an diese harten, erbarmungslosen, neurotisch-wilden Augen.

»Schön-schön«, sagte er schließlich. »Du bist also richtig scharf auf sie. Ich denke, ich kann das verstehen. Vermutlich. Aber wenn sie verlangt, du sollst deine Arbeit aufgeben …« Er runzelte die Stirn. »Weil deine Arbeit teuflisch ist, nehme ich an? Dieses ganze faule Gesabber von wegen, du verwandelst die menschliche Rasse in ekelhafte gespenstische Frankensteinmonster?«

»Ja.«

Carpenter spürte, wie allmählich Verärgerung in ihm hochstieg. »Du weißt doch genauso gut wie ich, daß das weiter nichts ist als die übliche wissenschaftliche Scheiße, wie sie von Leuten ihres Schlages mit Spatzenhirnen seit Beginn der Industriellen Revolution verbreitet wird. Du selber hast mir gesagt, sie habe dir gestanden, daß sie keine Alternative für die Anpassung sieht. Und trotzdem macht sie weiter und kanzelt dich ab, weil du für Santachiara arbeitest. Himmel, Nick! Brillante Wissenschaftler wie du sollten doch mehr Hirn haben, als sich emotional auf derartige Leute einzulassen.«

»Zu spät, Paul. Ich häng schon zu tief drin.«

»Schön. Sie hat dich verhext mit ihrer magischen Muschi, die äußerste Lust spendende, phantastische Qualitäten besitzt und einzigartig und unersetzlich ist, so daß du nie wieder etwas Vergleichbares finden könntest, auch wenn du die ganze weibliche Welt links und rechts und von vorn bis hinten abgrasen würdest, und deshalb ...«

»Bitte, Paul!«

»Tut mir leid«, sagte Carpenter.

Auf Rhodes' Gesicht trat ein schafsmäßiges, törichtes Lächeln. »Ich gebe ja zu, sie hat mich ganz blöd am Schwanz. Es stimmt ja, aber so ist es nun mal, und ich kann nichts machen. Und ich weiß auch sehr genau, daß ihre politischen Überzeugungen dummes, ignorantes Gelabere sind. Das Problem ist nur, Paul, daß ich ihr in gewisser Weise zustimmen muß.«

»*Was?* Du hast dich wirklich echt in den Dreck gesetzt, ja? Du stimmst mit ihr überein?«

»Nicht darin, daß es falsch ist, wenn wir Gentechniken entwickeln, die helfen können, daß wir mit den ganzen Übeln fertig werden, die auf uns zukommen. Nein. Isabelle steckt bis obenhin voll Mist, wenn sie glaubt, wir könnten hier auf der Erde überleben, ohne die menschliche Rasse zu modifizieren. Es *wird sein müssen!* Es gibt keine andere Wahl.«

»Und worin stimmst du dann mit ihr überein?«

»Also, es ist so: Die Genforschung, die bei uns im Santachiara durchgeführt wird, ist jetzt bereits allen anderen Arbeiten weit voraus, die sonstwo betrieben werden. Samurai hat, wie alle andern, seine Industriespionage-Abteilung, und die Berichte, die ich erhalte, überzeugen mich denn doch, daß wir ganz vorn liegen. Und diese neue Richtung, von der ich letzte Woche mit dir gesprochen habe, die dieser Junge, dieser Alex Van Vliet machen möchte, würde den entscheidenden Durchbruch bringen. So sehr es mir zuwider ist, ich muß es sagen, so bizarr Van Vliets Ideen sind, sie scheinen bessere Chancen zu haben, daß die Menschheit mit den auf sie zukommenden Umweltproblemen des nächsten

Jahrhunderts besser fertig werden könnte, als alles, was ich sonstwo gesehen habe.«

»Diese Haemoglobinsache.«

»Genau. Es fehlen zwar noch einige wichtige kritische Durchbrüche, aber wer könnte sagen, daß diese Probleme nicht überwunden werden könnten? Du weißt, ich würde am allerliebsten sein ganzes Projekt über Bord schmeißen und begraben, weil es mich mit Schaudern erfüllt. Aber ich kann nicht. Ich kann einfach nicht. Nicht ohne wenigstens ein paar anständige Simulationen und echte Laborversuche laufen zu lassen. Es klingt sicher altmodisch, aber mein Gewissen erlaubt es mir nicht, das Projekt a priori ohne Tests abzuwürgen.«

»Aber das ist doch richtig. Es ist in Ordnung, daß du ein Gewissen hast, Nick.«

»Ich habe Bedenken bei seinem Konzept, nicht bloß moralische, die ich dir gesagt habe, auch technische. Ich bin ganz und gar nicht sicher, daß es machbar ist, oder – wenn es möglich ist –, daß man es machen *sollte.* Aber ich bin in dieser Hinsicht sehr konservativ. Ich bin allmählich ein bißchen zu angegraut für große spekulative Sprünge. Es ist denkbar, daß ich einfach ein hoffnungsloser alter Prinzipienzimperer bin, und Van Vliet ist ein echtes Genie. Aber die einzige Methode, das herauszufinden, ist die, daß ich seinem Vorschlag die Chance einer richtigen angemessenen Überprüfung gebe. Okay, also werden wir genau das machen. Ich habe ein paar Tage lang herumgezögert, aber dann habe ich heute morgen Van Vliet zu mir gebeten und ihm gesagt, daß ich eine Erhöhung seines Forschungsbudgets beantragen werde.«

»Der einzige faire Weg«, sagte Carpenter.

»Aber falls es sich herausstellt, daß er tatsächlich etwas Brauchbares gefunden hat und Santachiara es erfolgreich entwickeln kann, dann hätten damit die Samurai Industries ein Monopol, das Überleben der Menschheit auf der Erde zu kontrollieren. Ein Monopol, wer überleben darf, Paul. Verstehst du?«

»O Gott!«

»Was, du willst gern weiteratmen? Schön, dann laß dich von Samurai retrofitten. Du willst Kinder in diese Welt setzen, die in der Lage sind, auch außerhalb von Isolationskammern zu überleben? Wunderbar! Aber dann laßt eure Gene bei Samurai umstrukturieren. Es wäre die Weltherrschaft, Paul. Absolute Kontrolle! Und da bin ich jetzt und fange bereits an, das Geschenkpaket zu verpacken, damit es nach New Tokyo geliefert werden kann. Was glaubst du, wie ich mich fühle? Ohne daß – wirklich ganz ohne, daß – mir Isabelles ewiges Gerede in den Ohren schrillt?«

»Und wenn du jetzt bei der Firma kündigen würdest? Würde es nicht auf genau das Gleiche rauslaufen? Ein anderer würde das Paket liefern, nicht du.«

»Ja, es wäre jemand anderes. Und das ist es eben.«

»Und was hast du vor, was würdest du dann tun?«

»Ich könnte überall Arbeit finden. Bei Kyocera. Bei IBM/Toshiba. Bei einer der Schweizer Megagruppen.«

»Und vier Generationen später gehört die ganze Welt Samurai Industries.«

»Vier Generationen später werde ich nicht mehr da sein. Und dann wird wenigstens keiner mich verfluchen, weil ich dazu beigetragen habe, denen die Menschheit auszuliefern.«

»Du klingst genau wie damals diese paar Physiker im zwanzigsten Jahrhundert, die sich weigerten, an der Entwicklung der Atombombe mitzuarbeiten, weil es eine zu tödliche Waffe werden und nie zum Einsatz kommen werde. Gebaut wurde sie aber trotzdem, auch ohne ihre Mitwirkung. Es gab andere Leute, die da bereitwillig mitgemacht haben. Was bedeutet es schon auf lange Sicht, ob Wissenschaftler A moralische Bedenken hatte oder nicht, wenn das Ding gewünscht und gebraucht wurde und die Wissenschaftler B und C zur Verfügung standen und die Sache erledigen konnten?«

»Aber vielleicht machte es einen Unterschied für A«, sagte Rhodes. »Er schläft vielleicht nachts ruhiger. Oder kann sich im Spiegel ansehen. Aber die Analogie ist falsch, Paul. Damals war Krieg, ja? Man mußte loyal zu seinem Land stehen.«

»Wir haben auch jetzt Krieg«, sagte Carpenter. »Eine andere Art Krieg, aber trotzdem Krieg. Und es sieht so aus, als ob wir ihn verlören, wenn wir nicht was Drastisches dagegen tun. Das hast du selber gesagt.«

Rhodes blickte ihn trübselig an. Interferenzwellen irgendwo hoch über dem Erdboden zeichneten verwaschene graue Streifen über sein Gesicht.

»Ich bin nicht besonders stark, Paul. Das weißt du doch. Vielleicht kann ich einfach die Vorstellung nicht ertragen, daß ich die moralische Verantwortung übernehmen soll, Samurai Industries könnten eine derartige Macht über die Welt bekommen. Wenn wir die ganze menschliche Rasse umschneidern müssen, dann dürfte nicht ein einziger Megamulti Profit daraus schlagen.«

»Also hast du tatsächlich vor, dort aufzugeben, Nick?«

»Ich weiß es noch nicht. Der Gesichtspunkt, daß Samurai zu mächtig werden würde, ist für mich enorm verwirrend. Ich mußte mich mit sowas noch nie vorher auseinandersetzen. Und ich liebe meine Arbeit. Ich bin gern bei Santachiara. Meistens glaube ich, was wir da machen, ist wichtig und notwendig. Aber Isabelle, die übt scheußlich Druck auf mich aus, und das bringt mir den ganzen Kopf durcheinander. Und wenn sie wirklich begreifen würde, weshalb ich tatsächlich hier so besorgt bin, würde sie mir keine ruhige Minute mehr lassen. Sie hält die Großmultis sowieso für eine Bedrohung. Und Samurai ganz besonders.«

»Sie ist eine verstörte Frau, Nick.«

»Nein, sie ist nur tief besorgt ...«

»Hör mir jetzt zu! Sie ist emotional gestört. Genau wie ihre Freundin, diese Jolanda, die du mir freundlicherweise neulich nachts ins Bett geschoben hast. Die beiden sind sexuell hochbegabt, und wir, die wir auf der Suche nach ein bißchen erlösender Fummelei umherschweifen, sind aufs höchste empfänglich für das rätselhafte geheimnisvolle Opium, das uns zwischen ihren Beinen entgegenströmt, aber ihre Köpfe stecken bis obenhin voll von blödem Mist. Sie sind ungebildet, und sie haben von nichts wirklich eine Ahnung und sind nicht einmal fähig, klar zu denken: Sie fallen auf jeden Der-Himmel-stürzt-ein-Quark herein, der gerade in Mode ist, und sie rennen herum und kreischen und demonstrieren und wollen die Welt auf fünferlei in sich selbst widersprüchliche Art gleichzeitig retten.«

»Ich vermag nicht zu sehen, wie das deine Behauptung rechtfertigen soll, daß sie emotional gestört ist«, sagte Rhodes steif.

»Selbstverständlich vermagst du das nicht zu sehen. Du bist in sie verliebt, also kann sie nichts falsch machen. Aber schön, wenn Isabelle *dich* liebte, wäre sie bereit, dir auf halbem Weg entgegen zu kommen, was die Auswirkungen deiner Arbeit betrifft, statt dich mit ihrer paranoischen Eifersucht zu plagen, dieser Abscheu vor deinem hingebungsvollen Bemühen, die menschliche Spezies zu retten. Aber sie liebt vielmehr die Macht, die sie über dich hat, und erhofft sich dabei den sublimen erregenden Kick, dich vor einem schweren Fehler zu bewahren. Sie ist außerstande, die inhärenten Widersprüche in ihrem Haß auf die Adapto-Forschung zu begreifen, und jetzt gelingt es ihr auch noch, diese Widersprüche in deinen Kopf zu exportieren. Du hast dich da auf eine höchst unpassende Person eingelassen, Nick. Ich an deiner Stelle würde keine zwei Sekunden lang zögern, um sie loszuwerden.«

»Ich hoffe eben immer noch, daß sie sich zu meiner Überzeugung bekehrt.«

»Genau. Die Vernunft wird siegen – wie immer. Nur, meiner Erfahrung nach siegt die Vernunft fast nie. Und was *ist* deine Überzeugung, bitte? Du möchtest in deiner Arbeit erfolgreich sein, aber dieser Van Vliet beunruhigt dich und du fürchtest dich gräßlich, du könntest am Ende Samurai den Schlüssel zur Weltherrschaft aushändigen.« Carpenter holte tief Luft. Er überlegte, ob er Rhodes nicht vielleicht zu hart zusetzte. »Willst du 'nen raschen billigen Rat? Gib die Gentechnik nicht auf. Du bist doch zutiefst überzeugt, daß deine Arbeit wichtig und notwendig ist. Oder?«

»Also ...«

»Selbstverständlich. Du hegst bestimmte Bedenken dagegen, den Samurai Industries eine solche gewaltige Macht in die Hände zu geben, und ich begreife durchaus, aus welcher Ecke das kommt; aber im Grunde glaubst du doch fest, daß die Anpassung des Menschen an die künftige veränderte Atmosphäre der einzige Weg ist, die Zivilisation auf der Erde zu erhalten.«

»Ja. Das glaube ich.«

»Klar, verdammt noch mal. Die Arbeit ist doch das einzige, was einen in dieser elenden verrückten Treibhauswelt bei Verstand bleiben läßt. Spiel nicht einmal mit dem Gedanken, deine Arbeit hinzuschmeißen. Vergrab dich in sie so tief wie möglich, und wenn Isabelle da nicht mitmachen will, such dir eine andere Geliebte. Ich meine es ernst. Eine Zeitlang wirst du dir vorkommen wie nach einer Amputation, und dann triffst du jemand Neues – die Leute tun das die ganze Zeit – und es ist vielleicht nicht ganz so zauberhaft wie mit Isabelle, aber es wird gehen, und nach 'ner Weile fragst du dich, was diese ganze Verzauberung eigentlich überhaupt war.«

»Ich weiß nicht. Ich glaube nicht, daß ich ...«

»Glaub nicht, *handle!* Und was deine Bedenken angeht, du könntest Samurai die Welt auf einem Silbertablett überreichen, auch das ist leicht. Steig bei Santachiara aus und geh woanders hin, etwa zu Kyocera-

Merck. Nimm deine ganze Abteilung mit. Bring deine Gentechnologie auf den Wettbewerbsmarkt. Und laß Samurai und K-M um die Weltbeherrschung kämpfen. Aber dabei wird dann wenigstens die Technologie bereit stehen, wenn wir sie brauchen.«

»Das könnte ich nie tun. Es wäre Vertragsbruch. Die würden mich hetzen und umbringen.«

»Es soll schon Leute gegeben haben, die die Firma wechselten und es überlebt haben, Nick. Du könntest Personenschutz erhalten. Geh einfach an die Öffentlichkeit, erzähl der Welt, weshalb du willst, daß nicht nur ein Megamulti über das Geheimnis der Adaptotechnik verfügen sollte. Und dann …«

»Hör zu, Paul, dieses Gespräch wird recht riskant.«

»Ja, ich weiß.«

»Wir beenden es besser. Ich muß über all das nachdenken, was du mir gesagt hast.«

»Wir laufen morgen aus. Ich werde wochenlang draußen im Pazifik sein.«

»Gib mir die Nummer, wie ich dich an Bord erreichen kann.«

Carpenter überlegte kurz. »Nein. Ungute Idee. Samurai-Schiff, Samurai-Funkkanäle. Wir reden, wenn ich wieder zurück in Frisco bin.«

»Okay. Schön.« Rhodes klang sehr nervös, als malte er sich aus, wie ihre Unterhaltung bereits in den höchsten Chefetagen der Firma diskutiert würde. »He, und Paul, danke für alles, was du mir gesagt hast. Ich weiß, du hast mir für mich wichtige Sachen gesagt. Ich weiß aber nicht, ob ich mich danach richten kann.«

»Das liegt ganz bei dir, Kamerad, nicht wahr?«

»Ja, ich denke schon.« Ein blasses Lächeln huschte über sein Gesicht. »Du, paß gut auf dich auf da draußen auf hoher See. Bring mir einen Eisberg mit, ja? Einen kleinen.«

»So groß.« Carpenter deutete mit Daumen und Zeigefinger ein paar Zentimeter an. »Viel Glück, Nick.«

»Danke«, sagte Rhodes. »Für alles.«

Der Visor wurde leer. Carpenter zuckte die Achseln und schüttelte den Kopf. Eine Wallung von Mitgefühl für Nick Rhodes überkam ihn und das fatale Gefühl, daß alles, was er ihm gerade gesagt hatte, vergeblich gewesen sei. Sicher, Rhodes litt; doch er war wirklich zu schwach, zu sehr durcheinander, zu waidwund, als daß er das, was ihn verletzte, einfach hinter sich hätte zurücklassen können. Das Scheitern seiner Ehe hatte ihn damals beinahe umgebracht, und als Reaktion darauf hatte er sich mit einer musterhaften San Franciscoer Radikalziege mit Luft im Hirn eingelassen, und da saß er jetzt, hoffnungslos eingefangen von Isabelle Martins bezaubernder Muschi, kam Abend für Abend aus seinem Labor zurück und ließ ihre wilden Tiraden gegen die Genmanipulation über sich niederprasseln. Hinreißend. Und zu alledem dann die Besorgnis, daß die Arbeit seiner Forschungsgruppe tatsächlich erfolgreich sein könnte und daß durch diesen Erfolg Samurai Industries die Weltwirtschaft in einen mörderischen Würgegriff bekommen würde. Das alles wies auf eine gewisse masochistische Tendenz in Rhodes' Psychostruktur hin, wie sie Carpenter früher nie bewußt wahrgenommen hatte.

Scheiße, dachte er. Rhodes macht sich einfach zu viele Sorgen, das ist die reine nackte Wahrheit. Damit bringt er sich noch in ein frühes Grab. Aber es scheint ihm Spaß zu bringen, wenn er sich Sorgen macht. Carpenter fand das ziemlich schwer zu verstehen.

Er stieg nach oben, um nachzusehen, ob seine restliche Crew an Bord gekommen sei.

Anscheinend waren inzwischen alle da. Auf der Leiter hörte er Stimmen, die grobe heisere Hitchcocks und Nakatas hellen Tenor, aber auch zwei weibliche Stimmen. Er hielt inne und lauschte.

»Wir kommen sowieso klar«, sagte Hitchcock.

»Aber wenn er bloß ein blöder Firmenarsch ist ...« Die weibliche Stimme.

»Arsch, ja. Aber wahrscheinlich nicht blöd.« Das war Nakata. »Blödmänner steigen nicht bis Elf auf.«

»Was mir gar nicht paßt«, sagte Hitchcock, »ist, daß sie uns dauernd diese verdammten Firmenkerle vorsetzen, statt 'nen echten Seemann zum Käpt'n zu machen. Bloß weil die irgendwie gelernt haben, welche Knöpfe man drücken muß, heißt das keinen verdammten Furz, und das sollten die besser wissen.«

»Hör mal, solang er seinen Job gut macht und uns in Frieden läßt ...« Diesmal eine andere Frauenstimme.

Yeah, dachte Carpenter. Ich werde die Knöpfe drücken, die ich drücken soll, und ich lasse euch in Ruhe, solange ihr eure Knöpfe drückt, dann sind wir alle glücklich und zufrieden. Okay? Abgemacht?

Das Genörgel beunruhigte ihn nicht. Es gehörte dazu, wenn ein neuer Boss an Bord kam. Jede andere Reaktion wäre viel überraschender gewesen. Es gab keinen Grund, weshalb sie ihn auf Anhieb lieben sollten. Er würde ihnen einfach klarmachen müssen, daß er nur seine Arbeit tat, genau wie sie, und daß er ebenso wenig gern hier bei ihnen war, wie sie ihn haben wollten. Aber er *war* nun einmal hier. Für eine Weile jedenfalls. Und die ganze Verantwortung für den Betrieb des Schiffs lag bei ihm. Ihm würde man bei der Firma die Füße rösten, wenn irgend etwas auf der Fahrt schiefgehen sollte.

Aber was sollte schon schiefgehen? Es war schließlich bloß ein Eisbergschlepper.

Carpenter kletterte das letzte Stück an Deck. Er machte dabei genügend Lärm, um sie zu warnen. Die Unterhaltung an Deck verstummte, sobald das Echo seiner lauten Bewegung nach oben hallte.

Er trat in den Glast des Nachmittags. Die feuchte Luft war stickig und beißend, und eine geschwollene grünliche Sonne stak aufgespießt über einem der schlanken Hochhäuser San Franciscos auf der anderen Seite der Bucht.

»Cap'n«, sagte Hitchcock. »Das ist Caskie. Communications. Und Rennett. Maintenance/Ops. Cap'n Carpenter.«

»Steht bequem«, sagte Carpenter. Es schien ihm das Passende zu sein.

Caskie und Rennett waren beide eher klein. Doch damit endete ihre Ähnlichkeit auch bereits. Rennett war ein untersetztes, breitschultriges kleines Mädchen und reichte ihm kaum bis zur Brust, aber sie wirkte sehr zäh und kampfbereit. Wahrscheinlich, dachte er, stammt sie aus einer der Staubschüsseln im Mittelwesten; dort sahen sie alle so trotzig-hinterwäldlerisch aus. Ihr Kopf war kahlgeschoren, so wie das jetzt viele machten, und sie war überall braun wie eine Eichel, und der Purpurschimmer von Screen leuchtete stark durch die Haut, wodurch sie beinahe fluoreszierend aussah. Ohne ihre Kleinheit hätte man sie wohl kaum für eine Frau gehalten.

Braune Augen, die funkelten wie Murmeln und doppelt so hart wirkten, blickten ihn an. »Sorry, daß ich verspätet an Bord zurück bin.« Es klang ganz und gar nicht, als bedauerte sie wirklich.

Caskie, der Kommunikationsoffizier, wirkte schlank, beinahe zierlich, viel weicher und eindeutig feminin: schimmernde, dichte schwarze Haare, eine Menge, sie hielt wohl nichts von einem nackten Kopf. Das Gesicht eher unscheinbar, mit einem breiten Mund, einer drolligen kleinen Knopfnase, und ihre Haut war fleckig und verschuppt von zuviel Sonne, aber dennoch und trotz allem besaß sie eine wohlgerundete Attraktivität.

Er hatte sich gefragt, als er erfuhr, daß seine Crew aus zwei Männern und zwei Frauen bestehen werde, wie man verhindern konnte, daß sexuelle Spannungen an Bord sich zu einem Problem entwickelten, und während er sich nun Caskie ansah, überlegte er das erneut. Aber er bekam eine Sekunde später die Antwort, und es war dermaßen offensichtlich, daß er sich Vorwürfe machte, es nicht sofort bemerkt zu haben. Die beiden, Caskie und Rennett, waren ein Paar, ein geschlossenes System. An Bord der *Tonopah Maru* würde es kein Geflirte geben, keine Sexualrivalitäten, um ihm das Leben zu komplizieren.

Er sagte: »Ich glaube, ihr alle wißt, daß dies meine erste Fahrt ist. Das bedeutet nicht, daß ich keine Ahnung hätte, was Aufgaben und Pflichten eines Kapitäns sind, nur, daß ich sie bisher noch nicht erfüllt habe. Ihr seid eine erfahrene Crew, und es ist bekannt, daß ihr gut zusammen arbeitet, und ich werde mich hüten vorzugeben, daß ich eure Aufgaben besser verstehe als ihr. Wenn ich praktischen Rat brauche und nur theoretisches Material habe, auf das ich mich stützen kann, werde ich mich nicht genieren, euch um eure Hilfe zu bitten. Aber ich möchte euch bitten, zweierlei nicht zu vergessen: Ich lerne sehr rasch, und ich werde es sein, der hinterher vor der Firma geradestehen und Rechenschaft ablegen muß, wenn unsere Leistung der Norm nicht entspricht.«

»Denkst du, wir würden schludern, bloß weil wir einen neuen Mann im Kommando haben?« fragte Rennett. Mittelwesten, unverkennbar; er hörte es in der Stimme, an dem trockenen flachen Ton. Aufgewachsen in der Staubschüsselarmut, in übler Giftluft, zwischen zerfallenden Schuppen, zertrümmerten Fenstern, der nie aufhörenden Ungewißheit, woher die nächste Mahlzeit kommen sollte.

»Das habe ich nicht gesagt. Aber ich will auch nicht, daß ihr euch einredet, daß das hier wegen meiner angeblichen Unerfahrenheit eine weniger gewinnträchtige Fahrt werden wird. Wir werden okay sein. Wir werden unsere Arbeit gut und richtig erledigen und verdammt feine Gratifikationen einstecken, wenn wir wieder in San Francisco zurück sind.« Carpenter setzte ein kurzes höfliches Lächeln auf. »Ich freue mich, euch kennengelernt zu haben, und ich bin verdammt froh, mit einer so tüchtigen Besatzung in See zu gehen. Mehr habe ich euch nicht zu sagen. Wir laufen um 1800 Uhr aus. Abtreten.«

Er sah, daß die Leute Blicke tauschten, ehe sie aus dem Glied traten, doch er konnte die Mienen nicht interpretieren. Erleichterung, daß der neue Kapitän kein völliger Trottel war? Bestätigung des Verdachts, daß er es eben doch sei? Bildung einer Allianz der echten Arbeiter gegen den verhaßten parasitären Elftgradigen?

Sinnlos, ihre Gedanken lesen zu wollen, sagte er sich. Nimm den Turn Tag um Tag, mach deine Arbeit, laß dich nicht unterkriegen, und alles wird gut laufen.

Seine erste dienstliche Aufgabe war die Erledigung der offiziellen Auslaufformalitäten beim Hafenkapitän. Er ging in seine Kabine, um sich darum zu kümmern. Er fand sich nur mühsam in den engen, unvertrauten, vollgestopften Räumen unter Deck zurecht, zwischen dem ganzen Material und den Instrumenten und Geräten.

Als er zum Telefon griff, kam ihm der Gedanke, Nick Rhodes noch einmal zurückzurufen, um dem, was er ihm vorher gesagt hatte, vielleicht ein wenig den Stachel zu nehmen. Es ist ein ganz schön dicker Hund, einem Mann an den Kopf zu knallen, daß die Frau, die er liebt, eine gefährliche Verrückte ist, die über Bord geworfen werden müßte, sogar wenn es der engste Freund ist. Möglich, daß Rhodes gerade jetzt zornig und beleidigt über dies nachgrübelte. Vielleicht wäre es doch besser, man verpaßte ihm rückwirkend eine kleine Linderung.

Nein, dachte er dann. Tu das nicht!

Er hatte Rhodes die Wahrheit gesagt, wie er sie sah. Falls er sich in Isabelle täuschte – und er glaubte nicht, daß er das tat –, würde Rhodes ihm vergeben, daß er so vorlaut gewesen war. Ihre Freundschaft hatte im Laufe der Jahre weit Schlimmeres überdauert. Sie waren unverbrüchlich an den anderen gebunden, durch die gemeinsame Zeit und Geschichte, und nichts, was sie einander sagten, konnte dieser Bindung je auf Dauer Schaden zufügen.

Aber dennoch …

Der arme unglückliche Schwanz. Ein dermaßen liebenswerter, sanftmütiger Kerl, ein so brillanter Mann. Und stets trieb es ihn irgendwie auf Beklemmung und Kummer zu. Er hat etwas Besseres im Leben verdient, dachte Carpenter. Aber nein, statt dessen traf er immer wieder Frauen, die mehr waren, als er verkraften kann; und sogar in dem einen Lebensbereich, wo er wirklich genial ist, in seiner Forschungsarbeit, bringt er es jetzt fertig, sich durch leidvoll selbstproduzierte moralische Bedenken aufs heftigste lustvoll zu quälen. Kein Wunder, daß er so viel trinkt. Wenigstens verstrickte ihn die Flasche nicht in philosophische Streitgespräche. Sie bot ihm einfach einen kleinen Trost, für eine, zwei Stunden. Carpenter fragte sich besorgt, was werden sollte, wenn bei Rhodes auch die Kontrolle über das Trinken verloren ging und die Droge den Bereich zu unterminieren begann, in dem sein Leben bislang noch funktionierte.

Ein schwieriger Fall, dachte er traurig.

Aber es ist doch besser, ihn jetzt nicht noch einmal anzurufen.

»Büro des Hafenmeisters«, sagte die Androidenstimme aus dem Visor.

»Hier ist Captain Carpenter von der *Tonopah Maru*«, sagte er. »Erbitte Clearance zum Auslaufen um achtzehn-null-null Uhr …«

11

ENRON SAGTE: »Wunderschön wohnst du hier. Ist es sehr alt?«

»Mitte des zwanzigsten Jahrhunderts«, antwortete ihm Jolanda Bermudez. »Es ist alt, aber nicht echt antik. Nicht wie in der Alten Welt, wo alles fünftausend Jahre alt ist. Gefällt es dir?«

»Wunderschön, ja. Ein hübsches, gemütliches Häuschen.«

Und dies war es, gewissermaßen, dachte Enron. Ein kleines klapperiges Haus an einer engen gewundenen Straße hoch oben am Hang, nicht weit nördlich vom Campus der Universität. Es besaß eindeutig Charme, kleine Terrassen und komische vorspringende Fenster und die gezackten Filigrane der wie ausgesägt wirkenden Zierleisten an der Dachkontur. Bezaubernd, doch, obwohl der Anstrich pockennarbig und abgesplittert war von dem unausgesetzten Angriff der chemiebeladenen Luft und die Fenster aus denselben Gründen so verkommen aussahen, daß sie beinahe schon wie getönte Scheiben wirkten, und die Terrassen und Balkone hingen durch und schief, die Holzschindeln waren teilweise abgefallen, und der Vorgarten war ein schamloses Durcheinander von vertrocknetem knotigen Unkraut.

Es war der dritte Abend seit einer Woche, daß Enron sich mit Jolanda getroffen hatte; doch in ihr Haus hatte sie ihn bisher noch nicht eingeladen; sie hatte es vorgezogen, mit ihm in sein Hotel in der Stadt zu gehen. Die kleine Affäre mit ihr hatte viel dazu beigetragen, ihm diese Woche in den USA angenehm zu machen. Selbstverständlich mußte Jolanda ihn nach längerer Zeit anöden. Aber er gedachte ja nicht, sie zu heiraten, und außerdem würde er sowieso sehr bald nach Israel zurückkehren. Und für die kurze Zeit hier war sie genau, was ihm hier gut tat, eine keine Ansprüche stellende Begleitung und im Bett ein nachgiebig-williger, eifriger Spielgefährte; außerdem bestand ja da immer noch die Möglichkeit, daß er etwas Brauchbares von ihr erfahren könnte – auf diesem sonst weitgehend vergeblichen Trip. Eine schwache Chance, aber es gab sie.

»Also, wollen wir nicht reingehen? Ich brenne darauf zu hören, was du von meinen Arbeiten hältst.«

Sie ist wie ein großer aufdringlicher Hund, dachte er. Nicht besonders klug, nein, eigentlich überhaupt nicht intelligent, aber ungeheuer freundlich und lebhaft und ein guter Kumpel für eine ausgelassene Rangelei. Eine warmherzige, unkomplizierte Person. Ganz anders als die meisten dieser kalkulierenden scharfkantigen, scharfäugigen Frauen in Israel, wie er sie kannte, die stolz behaupteten, absolut klar und sauber zu denken, bei denen immer alles in der absolut richtigen Perspektive lief und die es nicht störte, daß dabei ihre Seele zu Eis gefroren war.

Er folgte ihr durch einen schwach erhellten Vorraum. Es war auch drinnen dunkel und eng und verwirrend: ein dunkel dumpfiges Gewirr von kleinen Zimmern voller Wandteppiche, Skulpturen, Statuetten, Webstücke, messingbeschlagener Truhen, verwirrende Schals, die an Wandhaken hingen, Stammesmasken, Poster, Bücher, afrikanische Speere, Teile einer mittelalterlichen Rüstung aus Japan, aufgerollte Schlingen, von optischen Glasfaserkabeln, Stapel von Datenkuben, geschnitzte Wandschirme, Glocken, alte, mit farbigem Wachs geschmückte Weinflaschen, irisierende Hologrammbänder, von Wand zu Wand gespannt, seltsame Keramikstücke von rätselhafter Funktion, antike Kleidungsstücke, neckisch überall verstreut, Vogelkäfige mit echten lebenden Tieren darin, Visoren, auf denen abstrakte Muster blinkten. Eine betäubende, eine überwältigende Masse von Ramsch. Soweit er sehen konnte, alles absurd und geschmacklos. Er roch den abgestandenen Gestank von verbranntem Weihrauch in der Luft. Überall schlichen Katzen umher, fünf, sechs, ein Dutzend Katzen, zwei Siamesen, zwei Perser, etliche, deren Rasse er nicht kannte. Wie ihre Besitzerin schienen sie sich vor nichts zu ängstigen: Sie drängten sich an ihn, berochen ihn, stupsten ihn mit den Nasen, schärften die Krallen an seinem Bein.

»Also? Was hältst du davon?« fragte Jolanda.

Was konnte er schon sagen. Er strahlte sie an.

»Faszinierend. Entzückend. Was für eine wundervolle Kollektion ungewöhnlicher Dinge.«

»Ich wußte, du würdest begeistert sein. Ich nehme nicht *jeden* mit hierher, weißt du. Viele Männer, die haben dafür einfach kein *Verständnis.* Sie würden erschrecken, es würde sie abschrecken. Aber du – ein Mann, der so weit herumgekommen ist, ein Mann mit Kultur und mit Kunstverstand ...« Sie warf theatralisch begeistert die Arme in die Luft. Enron fürchtete schon, sie könnte eines ihrer Kunstwerke durch den Raum schleudern. Sie war eine massige Frau, fast hätte er sagen mögen, beängstigend, sofern irgend etwas ihm Angst machen konnte, schon gar eine Frau. Zehn Zentimeter größer als er, mindestens, und so an die zwanzig Kilo schwerer. Er vermutete, daß sie hyperdexabhängig war; sie hatte diesen überanstrengten Ausdruck in den Augen. Jegliche Art von Drogenmißbrauch fand Enron scheußlich. Aber was diese Frau da mit sich anstellte, ging ihn schließlich nichts an. Er war nicht ihr Vater.

»Komm mit!« Sie zog ihn am Handgelenk mit sich. »Mein Studio ist da drüben.«

Es war ein langer niedriger Raum im hinteren Bereich des Hauses, fensterlos, gegen den Berghang gelegen; zweifellos ein späterer Anbau. Die bedrückende Enge des Vorderhauses war hier nicht fortgesetzt. Das Studio war nahezu leer, bis auf drei rätselhafte Objekte, groß und von unbestimmbarer Gestalt, die in Dreiecksformation mitten auf dem Fußboden standen.

»Meine jüngsten Skulpturen«, sagte sie. »Die links ist *Agamemnon,* die hier drüben *Der Turm des Herzens,* und die hinten nenne ich *Ad Astra Per Aspera.*«

»Ich habe noch nie solche Werke gesehen«, erklärte Enron wahrheitsgemäß.

»Nein. Ich glaube nicht, daß irgendwo schon jemand Vergleichbares versucht. Es ist eine neue Kunstform, bisher rein amerikanisch.«

»Und es ist – wie sagtest du doch? – Bioresponsive Kunst? Wie funktioniert das?«

»Ich zeig's dir. Da, du mußt erst die Rezeptoren anlegen.« Aus einem Wandschrank, den er nicht bemerkt hatte, brachte sie eine Handvoll unheimlich aussehender Elektroden und Bioamplifier. »Laß mich das machen«, sagte sie und klebte ihm rasch das Zeug an; ein kleines Instrument an seine linke Schläfe, ein zweites genau mitten auf den Kopf, dann fuhr sie ihm ins Hemd und klebte ein drittes auf sein Brustbein.

Mach weiter, dachte er. Pack mir jetzt eins zwischen die Eier.

Aber das tat sie nicht. Die vierte und letzte Wanze befestigte sie mitten zwischen seinen Schulterblättern. Danach hantierte sie eine Weile an irgendwelchen elektronischen Schaltern in dem Wandschrank herum. Er beobachtete sie nachdenklich, besah sich die Bewegungen ihrer ungebändigten Brüste und saftigen Pobacken unter dem dünnen Wickelkleid, das alles war, was sie trug. Und er überlegte, wie lange die Demonstration ihrer anderen Kunstwerke dauern mochte. Er hatte noch anderes vor an diesem Abend, und er war startklar, sich damit zu beschäftigen. In der Verfolgung eines Zieles konnte er wahrhaftig Geduld aufbringen, aber er hatte nicht vor, den ganzen Abend mit solchen Absurditäten zu verschwenden.

Auf eine gewisse, wenig ernste Weise beunruhigte sich Enron auch über die Elektroden und Bioverstärker. Wenn er nicht die Fähigkeit, Menschen zu beurteilen, komplett verloren hatte, dann war diese Frau harmlos, ein törichtes Unschuldsschaf mit lächerlichem Geschmack, verhageltem Verstand und den Moralbegriffen einer Kamelstute. Was aber, falls er sich täuschte? Was, wenn sie in Wahrheit zur Gegenspionage von Samurai gehörte und ihn raffiniert mit dem ungehemmten Einsatz ihrer lustvollen energischen Hüften und dem dunklen Moschusduft ihrer Lenden hierher gelockt hatte, um ihm heute abend ein Brainburning zu verabreichen?

Das ist paranoisch, sagte er sich. Blödsinn.

»So, wir sind so weit. Wir können anfangen. Welche willst du zuerst?«

»Was welche?« fragte er.

»Welche Skulptur.«

»Die hintere«, sagte er auf gut Glück. *»Ad Astra Per Aspera.«*

»Eine gute Wahl, um einzusteigen«, sagte sie. »Ich zähle bis drei. Dann bewegst du dich darauf zu. Eins – zwei ...«

Zunächst sah er nur die Skulptur selbst, eine häßliche amorphe ungeschickte Anhäufung von hölzernen Streben, die durch von innen her sichtbare Metallhalterungen in unmöglichen Neigungswinkeln zusammengehalten waren. Doch dann begann in der Tiefe der Skulptur etwas zu glühen, und kurz darauf fühlte Enron, wie sich in ihm unmißverständlich ein psychogenes Energiefeld flackernd aufzubauen begann: Ein Pulsen im Nacken, dann ein zweites in seinem Bauch, ein seltsames Gefühl der Desorientierung überall. Als höben sich langsam seine Füße vom Boden, fast als ob er nach oben und hinaus zu schweben begänne, durch die Tür zurück in den Hauptteil des Hauses, durch das Dach, hinaus und hinauf in die heiße dumpfige Nacht ...

Schön, das Ding hieß schließlich ›Durch Leiden zum

Licht‹ oder ›Durch Stress zu den Sternen‹ – oder? Also sollte er wahrscheinlich jetzt die Simulation eines Sternenflugs erleben. Hinauf und hinaus in die fernen Galaxien.

Doch Enron fühlte weiter nichts als eben wie zu Beginn die Sensation der Elevation. Er gelangte nirgendwohin, verspürte weiter nichts als eine gewisse leicht unangenehme Veränderung seines Nervensystems. Es war, als sei sein auf die Sterne gerichteter Impuls eingeschränkt, daß er nur bis zu einem gewissen Punkt gelangen konnte, nicht weiter, ehe er auf eine Art psychische Mauer stieß.

»So«, sagte Jolanda. Die Empfindungen verschwanden. »Was hältst du davon?«

Er war sofort da, wie immer. »Grandios, absolut phantastisch. Ich hatte kaum damit gerechnet, wie intensiv das ist. Ich fühlte …«

»Nein! Sag mir nichts davon! Das muß ganz intim und persönlich bleiben – es ist deine ganz persönliche Erfahrung des Werks. Keine zwei Erlebnisse gleichen sich. Und ich möchte mir nicht anmaßen, dich zu bitten, etwas essentiell Nonverbales mit Worten auszudrücken. Das würde es für dich kaputtmachen, meinst du nicht auch?«

»Ja, wirklich.«

»Wollen wir jetzt den *Tower of the Heart* nehmen?«

»Bitte.«

Sie berührte jede Elektrode, als wollte sie die Rezeptoren geringfügig neu justieren, und trat dann wieder an ihren Schrank.

Der ›Turm des Herzens‹ war breit, flach, in keiner Weise turmartig, soweit Enron es begriff. Das innere Glühen des Werks war dunkler schattiert, stärker violett-blau als rosig-golden. Als er darauf zuging, fühlte er zunächst nur sehr wenig, dann überkam ihn wieder ein bißchen das Schwindelgefühl wie bei der ersten Skulptur, ja eigentlich war es so ziemlich die gleiche Empfindung. Also ist das Ganze Blödsinn, dachte er, ein schwacher Elektrostrom, der einen kitzelt und ein moderates Unbehagen auslöst, und dann tust du so, als hättest du ein tief anrührendes ästhetisches Erlebnis gehabt, das ...

Aber plötzlich und ohne Warnung befand er sich am Rande eines Orgasmus.

Es war höchst peinlich. Nicht nur, weil er vorgehabt hatte, ihn sich zu besserem Anlaß später am Abend aufzusparen, sondern weil ihn die Vorstellung, gänzlich die Kontrolle zu verlieren, sich die Hose vollzukleckern wie ein Schuljunge, rasend machte. Er kämpfte dagegen an. Die Ausstrahlungen von der zweiten Skulptur waren weit stärker als die der ersten, und es war mühsam für ihn, sich zu wehren. Er wußte, daß sein Gesicht knallrot vor Scham und Zorn sein mußte, und seine Erektion war derart stark, daß es schmerzte. Er wagte nicht hinabzublicken, ob da etwas zu sehen sei. Aber er ging dagegen an. Es war wohl länger als dreißig Jahre her, daß er so verzweifelt gegen die lustvolle Befreiung hatte ankämpfen müssen, jedenfalls seit den hitzigen Schnellschüssen seiner Adoleszenz. Sein Kopf steckte voll von Vorstellungen des üppigen überquellenden Leibes der Jolanda Bermudez, ihrer gewaltigen schwingenden Brüste, ihres heißen, glitschigen pulsenden Lustlochs. Sie war dabei, ihn zu fressen, ihn in sich hineinzuschlingen, ihn auf einer rasenden Flutwelle hinwegzureißen. Denk an was anderes! mahnte er sich streng. Denk ans Tote Meer!, an den scharfen Metallgeschmack des Wassers dort!, an die dicke glatte Schlammschicht auf der Haut, wenn du aus dem Wasser heraussteigst! Denk an die goldene Kuppel der Omar-Moschee in der Mittagssonne! Denk an den ekelerregenden Ball von Treibhausgasen um unseren kreisenden Erdball! Denk an die gestrigen Aktiennotierungen! – an Zahnpasta! – an Orangen! – an die Sixtinische Kapelle!

– an Kamele auf dem Marktplatz in Beersheba!

– an Lamm-Kebabs, die überm Feuer zischen!

– an die Korallenbänke vor Eilat!

– an ... die ... die ...

Doch in eben diesem Augenblick wich der Druck. Das Toben in seinem Blut legte sich, seine Erektion schwand. Er bekam wieder Luft und zwang sich, wieder ruhig zu werden.

Es war sehr still im Raum. Er zwang sich dazu, die Frau anzusehen. Und dann sah er, daß sie lächelte – verstohlen – vielleicht *wissend?* Hatte sie gemerkt, was ihm geschehen war? Es war unmöglich zu sagen. Aber sie mußte wissen, was für eine Wirkung ihr Werk auf ihn gehabt hatte. Andererseits sollte doch jeder Mensch individuell verschieden darauf reagieren. Es war eine rein subjektive Art des Kunsterlebnisses.

Er würde nichts preisgeben. Wie sie gesagt hatte, es war seine ganz persönliche Angelegenheit, wie er ihre Kunst erlebte. »Außerordentlich«, sagte er zu ihr. »Unvergeßlich.« Seine rauhe keuchende Stimme klang ihm beinahe fremd in den Ohren.

»Ach, es freut mich aber riesig, daß es dir gefallen hat. Sollen wir jetzt den *Agamemnon* machen?« fragte sie fröhlich.

»Vielleicht ein bißchen später. Ich möchte gern – noch genießen, was du mir bereits gezeigt hast. Darüber nachdenken, wenn es dir recht ist.« Er schwitzte, als hätte er einen Zehnkilometerlauf hinter sich. »Geht das? Können wir die dritte Arbeit für später aufheben?«

»Es kann manchmal ganz schön umwerfend sein«, sagte sie.

»Und falls es hier was zu trinken gibt ...«

»Aber sicher. Wie dumm von mir, dich gleich hier reinzuschleifen, ohne dir etwas anzubieten.«

Sie nahm ihm die Elektroden ab. Dann brachte sie eine Flasche Wein. Weißwein, warm und überzuckert. Diese Amerikaner! Von nichts hatten sie eine Ahnung, was wichtig war! Sanft fragte er, ob sie vielleicht Rotwein hätte, und sie wurde auch da fündig, nur war er leider noch schlechter, schmeckte staubig, das Zeug, und steckte wahrscheinlich voller scheußlicher Schadstoffe und gräßlicher Insektizidreste. Sie verließen das Studio und machten es sich auf einer Art Diwan vor einem langen niederen Fenster in einem der vorderen Zimmer bequem, wo sie in einen Sonnenuntergang von bestürzender photochemischer Komplexität betrachteten, einen geradezu wagnerianischen überwältigenden Weltuntergang: gigantische scharfe gezackte Streifen von Scharlachrot und Gold, Grün und Violett und Türkis kämpften wild gegeneinander um die Dominanz im Himmel über San Francisco. Hin und wieder stieß Jolanda einen tiefen Seufzer aus und wackelte in einem freudigen ästhetischen Schaudern mit den Schultern. Oh, ja. Ja. Gottes schöner Privathimmel, in spektakulärer Illumination durch Gottes persönliche Industriegifte.

Bald gehen wir zum Dinner aus, dachte Enron, und dann werde ich sie all das fragen, was ich erfahren muß, und dann gehen wir hierher zurück und ich lege sie gleich hier auf dem dicken Orientteppich um, und dann fahre ich zurück in die Stadt und werde sie nie wiedersehen, und ein Schwein soll mich beißen, wenn ich zulasse, daß sie mir noch mal diese Elektroden verpaßt, nicht heute abend und auch in keiner anderen Nacht.

Aber zuerst kam seine Recherche. Wie konnte man das Thema unter diesen Umständen wechseln und auf sein Hauptinteresse zu sprechen kommen? Da war ein wenig Manövertaktik nötig. Und in Anbetracht des ganzen romantischen Theaters, das sich da am Himmel abspielte ...

Wie sich herausstellen sollte, kam er weit schneller zum Punkt seiner Enquête, als er es erwartet hätte. Während sie so dasaßen und den Sonnenuntergang betrachteten, gab Jolanda ihm selbst das Stichwort.

»Neulich abends beim Dinner, Marty, sagte Isabelle, daß du ein Spion bist. Erinnerst du dich?«

Enron kicherte. »Aber sicher. Sie sagte, ich bin ein Spion von Kyocera-Merck.«

»Und? Bist du's?«

»Du bist so charmant direkt. Sehr amerikanisch, finde ich das.«

»Ach, ich denke nur so. Ich war noch nie mit einem Spion im Bett. Jedenfalls soweit ich weiß. Außer, du bist einer. Bist du einer? Es wäre interessant, das zu wissen.«

»Aber sicher bin ich einer«, sagte er. »Alle Israelis sind Spione. Das ist doch eine allseits bekannte Tatsache.«

Jolanda zog einen Schmollmund und goß beiden die Gläser wieder mit dem abscheulichen Wein voll.

»Nein, nein. Es stimmt schon. Wir haben in meinem Land so lange Zeit in bitterster Gefahr leben müssen, auf allen Seiten von Feinden umgeben, die nur einen Steinwurf weit weg waren. Wie hätten wir da nicht automatisch Wachsamkeit zu einer Gewohnheit entwickeln müssen? Ein Volk von Spionen, aber ja. Wohin immer wir gehen, sehen wir uns um, schnüffeln wir, heben jedes Deckchen hoch, um zu sehen, was vielleicht darunter verborgen sein könnte. Aber für Kyocera-Merck spionieren? Nein, das denn doch nicht. Ich spioniere nur für mein Land. Es geht da um Patriotismus, nicht um schäbigen wirtschaftlichen Gewinn, verstehst du das?«

»Du meinst das ganz ernst«, sagte sie erstaunt.

»Ein Journalist, ein Spion – das ist doch das gleiche, oder findest du nicht?«

»Und du bist hergekommen, um mit Nick Rhodes zu sprechen, weil dein Land die Adapto-Technik stehlen will, an der er arbeitet.«

Er bemerkte, daß sie sehr rasch Zeichen der Trunkenheit aufwies. Das Gespräch war von bloßer Spielerei weit in eine ganz andere Richtung abgerutscht.

»Stehlen? So etwas würde ich niemals tun. Wir stehlen nie. Wir besorgen uns Lizenzen, wenn nötig, kopieren wir, oder erfinden neu. Aber Stehlen? Nein. Das ist nach den Mosaischen Geboten untersagt. Du sollst nicht stehlen, wird uns gelehrt. Imitieren, das ja. Darüber steht nichts in der Thora. Und ich gestehe dir auch ganz offen und freimütig und ohne Zögern, daß wir sehr gern mehr über das Projekt deines Freundes Dr. Rhodes erfahren würden, über diesen Plan einer genetischen Umgestaltung des Menschen.«

Er betrachtete sie eindringlich. Sie wirkte gerötet und mindestens halb betrunken: die abendliche Hitze, der Wein, seine zweifellos kaum zu übersehende Reaktion auf den *Tower of the Heart*, das alles hatte seine Wirkung auf sie gehabt. Er neigte sich zu ihr hinüber, legte seine Hand auf ihre und sprach leise drängend und vertraulich: »Aber jetzt, wo ich dir gestanden habe, daß ich ein Spion bin, wirst du doch nichts dagegen haben, wenn ich jetzt ein bißchen schnüffeln muß. Nein? Gut.« Sie glaubte anscheinend, daß er ein Spielchen vorhatte. Schön, schön, er war gern bereit, sie zu amüsieren. »Also, beantworte mir eine Frage«, sagte er. »Was hältst du von Rhodes, ganz ehrlich? Ist der wirklich einer großen Sache auf der Spur? Werden sie da in seinen Labors einen neuen Menschen erschaffen?«

»Oh! Du machst ja gar keinen Witz. Du bist *wirklich* ein Spion!«

»Na und? Habe ich das denn bestritten?« Er streichelte ihren Arm. Die Haut war erstaunlich glatt; die weichste, glatteste Haut, die er je berührt hatte. Er überlegte, ob sie sich vielleicht mit irgendeinem synthetischen Material überzogen haben könnte. Es gab Frauen, die so etwas taten. »Also, was ist mit ihm? Was weißt du über seine Arbeiten?«

»Nichts«, antwortete sie. »So wahr mir Gott helfe, Marty.« Er hatte ihr gesagt, sie solle ihn ›Marty‹ nennen, weil ›Meshoram‹ ihr zu fremdartig vorkam. Sie kicherte. Vielleicht reizte sie die Vorstellung, von einem echten Spion als Quelle angezapft zu werden. »Ich würde dir ja gern sagen, was ich weiß, nur, ich weiß gar nichts. Du hättest dich lieber an Isabelle ranmachen sollen, wenn es dir nur darum geht. Ihr erzählt Nick schon manchmal was von seiner Arbeit. Aber mir sagt sie davon nichts weiter, jedenfalls nichts, was dir irgendwie nützen könnte. Ich erfahre immer bloß klitzekleine Fetzchen.«

»Wie zum Beispiel ...?« Er strich ihr sacht über die runde Brust. Sie zitterte und wand sich ein wenig. »Sag's schon. Was zum Beispiel?«

Sie schloß kurz die Augen, als ob sie nachdächte.

»Also, daß sie dort einen jungen Mann haben, der an einem großen Durchbruch arbeitet, irgendwas mit verändertem Blut, das dann grün sein soll, statt rot. Und andere Veränderungen, noch größere. Keine Ahnung, was für welche. Ehrlich ... Hier, trink noch einen Schluck Wein, er schmeckt fein, nicht? Grünes Blut, ha! Aber besser, finde ich, als grünen Wein trinken zu müssen.«

Enron tat, als trinke er. Grünes Blut, überlegte er. Eine Art Haemoglobinaustausch? Doch er erkannte auch, daß Jolanda die Wahrheit sagte: Sie wußte nichts. Es war also wohl überflüssig, nach Details weiterzufragen.

Dennoch fragte er: »Weißt du, wie der andere Wissenschaftler heißt? Der jüngere Bursche?«

»Nein. Isabelle könnte es wissen. Die solltest du fragen.«

»Sie ist eine sehr schwierige Frau. Ich glaube, sie wird nicht bereit sein, mit mir zusammenzuarbeiten.«

»Ja.« Jolanda sah nachdenklich in ihr Weinglas. »Höchstwahrscheinlich hast du recht. Schließlich, wenn Israel seine eigene Adapto-Technologie aufbauen will, und wenn du hier bist, um rauszufinden, was die bei Samurai tatsächlich bereits haben in dieser Hinsicht, dann würde sie ja, indem sie dir hilft, gleichzeitig die Sache der Adaptos unterstützen. Und du weißt doch, wie sie über sowas denkt.«

»Ja.«

»Und ich übrigens auch. Ich finde das schrecklich und bedrohlich. Ehrlich, ich kriege Gänsehaut bei dem Gedanken.«

Das alles hatten sie früher schon durchgehechelt. Enron gab sich Mühe, die Geduld mit ihr nicht zu verlieren. »Aber wenn es unvermeidlich ist? Wenn die Adaptation die einzige Möglichkeit ist, die uns bleibt, um menschliches Leben auf der Erde zu erhalten ...«

»Wieso ist es so wichtig, daß die menschliche Spezies auf der Erde leben bleibt, wenn diese Erde dermaßen kaputt ist? Wir könnten schließlich alle auswandern, in die Habitate im Weltraum.«

Er schenkte ihr Wein nach. Die Sonne war untergegangen, der Himmel dunkelte rasch zu tiefer Schwärze. Auf der anderen Seite der Bucht blinkten die Lichter von San Francisco zitternd in dem dichten Dunst auf. Wie beiläufig irrte Enrons Hand über Jolandas üppigen Körper: die Brüste, den Bauch, dann das Knie, dann den Schenkel aufwärts. Derartige Vorspiele würden ihr die Zunge lösen, dachte er. Aber die war vielleicht sowieso die ganze Zeit ziemlich ungehemmt. Er streichelte dennoch weiter. Sie saß mit geschlossenen Augen und zurückgeworfenem Kopf da. Eine der Katzen sprang zu Enron herauf und begann den Kopf gegen seinen Ellbogen zu reiben. Er stieß das Tier mit einer kurzen Bewegung beiseite.

Ruhig sagte er: »Wir lieben unser Land. Wir haben jahrhundertelang um seinen Besitz gekämpft. Wir haben kein Verlangen, es jetzt zu verlassen, nicht einmal für ein Neues Israel im Himmel.«

»Die Japaner haben aber ihr Land verlassen. Jedenfalls die reichen Japaner. Die sind jetzt über den ganzen Globus verstreut. Und sie liebten ihr Land genauso wie ihr eures. Aber sie sind weggegangen. Wenn die das konnten, wieso nicht ihr auch?«

»Sie sind weg, ja, aber weil ihre Inseln vom ansteigenden Meeresspiegel überflutet wurden. Ihnen ging das ganze fruchtbare Land verloren, und die meisten ihrer Städte dazu, und es blieben ihnen nichts als kahle Berge übrig. Sonst wären sie nie fortgezogen. Sie würden sich noch immer weiter an jeden Stein klammern. Aber es blieb ihnen keine andere Wahl. Genau wie wir einst Israel verließen und in die Diaspora gingen, vor langer Zeit, vor zwei-, dreitausend Jahren, weil uns unsere Feinde dazu zwangen. Und dann, eines Tages, kehrten wir zurück. Wir kämpften, wir litten, wir bauten auf und kämpften weiter. Und jetzt leben wir im Garten Eden. Der süße Regen regnet vom Himmel, die weiten Wüstenstriche grünen. Wir werden nicht wieder fortgehen.«

»Aber wozu soll das gut sein, zu bleiben, wenn alles so anders sein wird?« Ihre Stimme war geisterhaft dünn geworden, als käme sie von ganz weit her. »Wenn wir alle zu gräßlichen Adaptowesen mutieren, wird dann jemand unter uns noch menschlich sein? Wirst du noch jüdisch sein, wenn du grünes Blut hast und Kiemen?«

Enron lächelte. »Ich glaube nicht, daß in der Bibel irgend etwas darüber steht, welche Farbe unser Blut haben muß. Da steht nur, daß wir das Gesetz befolgen und ein anständiges Leben führen müssen.«

Sie überlegte eine Weile.

»Und es ist anständig, ein Spion zu sein?« sagte sie dann.

»Aber gewiß doch. Es ist eine uralte Tradition. Als Josuah daran ging, uns über den Jordan zu führen, schickte er zwei Spione in das Land am anderen Ufer voraus, und die kehrten zurück und berichteten ihm, daß die Überquerung gefahrlos sei und daß die Leute, die drüben lebten, wie versteinert waren, als sie hörten, daß der HERR ihr Land den Juden geschenkt hatte. Diese zwei Spione sind in der Bibel nicht mit ihrem Namen aufgeführt. Es waren aber die ersten Geheimagenten.«

»Ich verstehe.«

»Und bis zum heutigen Tag senden wir unsere Kundschafter aus, damit sie Gefahren erkunden«, sagte Enron. »Daran ist doch nichts Unehrenhaftes.«

»Ihr Juden seht überall nur Feinde, wie?«

»Wir sehen Gefahren.«

»Wenn es Gefahren gibt, muß es Feinde geben. Aber die Zeiten sind doch längst vorbei, in denen es Kriege zwischen Völkern gegeben hat. Es gibt keine Feinde mehr. Wir sind heute alle Verbündete im Kampf zur Rettung des Planeten. Könnte es sein, daß diese Feinde, vor denen deine Leute sich so fürchten, einfach nur in eurer Vorstellung existieren?«

»Unsre Geschichte lehrt uns, daß wir auf der Hut sein müssen«, sagte er. »Dreitausend Jahre lang von einem Land zum andern vertrieben zu werden, von Menschen, die uns ablehnten oder uns beneideten, oder die uns ganz einfach als Sündenböcke mißbrauchen wollten. Wieso sollte sich da heute etwas geändert haben? Wir müßten sehr dumm sein, wenn wir glauben würden, daß das Goldene Tausendjährige Reich angebrochen sei.« Auf einmal fühlte Enron sich in die Enge getrieben. Das war eine für ihn unbekannte Erfahrung. Er war an diesem Abend mit ihr zusammen, um Fragen zu stellen, nicht um welche zu beantworten. Aber sie erwies sich als recht zäh. Er trank einen großen Schluck von dem scheußlichen Wein. »Die Assyrer schlachteten uns ab. Die Römer brannten unseren Tempel nieder. Die Kreuzfahrer gaben uns die Schuld am Tod Christi.« Der Wein glitt nun etwas leichter durch die Kehle. »Hast du von den Todeslagern gehört, die in der Mitte des 20. Jahrhunderts die Deutschen eingerichtet hatten?« fragte er. »Sechs Millionen von uns ermordet, aus keinem anderen Grund, als weil sie Juden waren. Die Überlebenden gingen dann nach Israel. Rings um uns herum lebten Moslems, die uns haßten. Sie schworen, sie würden zu Ende führen, was die deutschen Nazis begonnen hatten, und sie haben es auch mehrmals versucht. Es ist nicht leicht, ein gelassenes, arbeitsames Leben zu führen, wenn am anderen Ufer des Flusses ein Feind lauert, der dir einen Heiligen Krieg erklärt hat.«

»Aber das war doch vor langer Zeit. Heute sind die Araber eure Freunde.«

»Es ist angenehm, das zu glauben, nicht wahr? Ja, der Reichtum aus ihren Ölquellen ist dahin, und obwohl unsere Region jetzt fruchtbarer ist als vor den Klimaveränderungen, sind die arabischen Länder doch stark überbevölkert, also können sie sich den Luxus ihres Heiligen Krieges nicht mehr erlauben, den sie sonst höchstwahrscheinlich gern fortsetzen möchten. Und deshalb wandten sie sich an ihre plötzlich angenehmen Nachbarn, die Israelis, und baten um technische und industrielle Unterstützung. Wir sind nun alle Freunde, ja. Partner. Doch das kann sich leicht ändern. Aber da sich die Lage auf der Erde zunehmend verschlimmert, könnten jene, die nicht über unsere Vorteile verfügen, beschließen, sich gegen uns zu wenden. Es ist früher auch schon so gewesen.«

»Ihr seid schrecklich argwöhnische Leute!«

»Argwöhnisch? Aber es gibt doch Grund genug dafür! Und darum bleiben wir stets wachsam. Wir schicken unsere Agenten überall hin, damit sie Ärger herausschnüffeln. So machen wir uns zum Beispiel Sorgen wegen der Japaner.«

»Die Japaner? Warum?«

Enron merkte, daß er einen leichten Schwips bekam. Auch das war bei ihm ungewöhnlich.

Er sagte: »Sie sind ein scheußliches Volk. Ich meine, so voller Haß. Sie besitzen solch große Reichtümer, und trotzdem sind sie elende Exilanten. Leben ihr paranoides, abgeschirmtes Leben in ihren kleinen Hochsicherheitsenklaven hier und dort auf der Erde, eingesperrt hinter Mauern, voll Zorn und Bitterkeit, weil sie ihre Heimat verlassen mußten, von allen anderen wegen ihres Geldes und ihrer Macht gehaßt, und sie hassen doppelt zurück, weil sich ihr Haß aus derart heftiger Ablehnung und Neid nährt. Und am meisten hassen sie uns Israelis, weil auch wir einst Vertriebene waren, und weil es uns gelungen ist, in unsere Heimat zurückzukehren, und es ist ein wunderschönes Land, und weil wir stark sind und tüchtig und ihnen jetzt auf der ganzen Welt ihre Machtpositionen streitig machen.«

Seine Hand hatte dabei weiter zwischen ihren Schenkeln herumgetastet. Nun preßte sie die Beine um sein Handgelenk, nicht sosehr, um ihn am weiteren Vordringen zu hindern, sondern um ihn dort spielerisch festzuhalten. Wollte sie nun reden, oder wollte sie Sex? Wahrscheinlich beides zugleich, dachte er. Beides schien bei ihr irgendwie zusammen zu gehören. Sie ist eine manische Schwätzerin, dachte er, diese Hyperdexdroge, die sie nimmt, löst das aus, und eine sexbesessene Nymphomanin ist sie auch. Ich sollte das ganze Geschwätz abbrechen und sie einfach runter auf den Teppich zerren. Und sie dann zum Dinner abschleppen. Er hatte ein Gefühl, als hätte er seit drei Tagen nichts mehr gegessen.

Aber auch er war irgendwie nicht fähig, seinen Redeschwall zu bremsen.

»Die Zufälligkeiten des Lebens in unserer Treibhauswelt«, hörte er sich sagen, »führten Israel in eine Spitzenposition als Wirtschaftsmacht, genau als die Japaner ihre Heimatinseln verlassen mußten. Wir bewegen uns auf vielen Gebieten gleichzeitig. Die israelische Regierung hat in den meisten Megamultis große Investitionen, wußtest du das? Wir besitzen beträchtliche Minoritätsanteile sowohl an Samurai wie an Kyocera. Aber die Megafirmen sind noch immer vorwiegend in der Hand der Japaner, und die geben sich alle Mühe, uns draußen zu halten. Ihr sehnlichster Wunsch ist es, uns aus unserer Spitzenposition zu vertreiben. Dazu ist ihnen jedes Mittel recht. *Jedes.* Also behalten wir sie im Auge, Jolanda. Wir behalten alle im Auge.«

»Und wenn Israel eine Adapto-Technologie entwickeln könnte, bevor es Samurai gelingt, dann würdet ihr eine gefestigtere Stellung in der künftigen Welt einnehmen?«

»Ja, das glauben wir.«

»Ich glaube, das ist falsch. Ich glaube, wir sollten die Erde aufgeben und statt dessen in den Weltraum gehen.«

»In die Habitate, ja? Deine große Zwangsvorstellung.«

»Du glaubst, ich bin dämlich?«

»Dämlich?« rief er. »Aber nein, niemals!«

Er gab sich nicht die geringste Mühe, ernsthaft zu klingen. Inzwischen langweilte sie ihn und wurde ihm lästig. Erstaunt merkte er, daß auch sein sexuelles Interesse an ihr schwand. Sie ist keine Kamelstute, dachte er, sie ist eine Kuh, eine lächerliche Kuh mit der Wahnvorstellung, eine Intellektuelle zu sein.

Aber trotzdem zog er seine Hand nicht zurück.

Jolanda wiegte sich hin und her über seiner Hand und preßte die Schenkel zusammen. Dann drehte sie sich ihm zu, riß die Augen auf und sah ihn seltsam flirtbereit und provozierend an, als hätte sie sich entschlossen, ihm ein ungeheuer wichtiges Geheimnis anzuvertrauen. »Ich sollte dir vielleicht sagen, daß ich möglicherweise nicht hier unten herumwarten werde, bis unsere Umwelt noch weiter zugrunde geht. Ich denke ernstlich darüber nach, schon sehr bald nach L-5 zu gehen.«

»Ach wirklich? Und hast du dir schon ein bestimmtes Habitat ausgesucht?«

»Ja, es heißt Valparaiso Nuevo«, sagte sie.

»Kenne ich nicht.« Sie saßen nun in fast völligem Dunkel und schauten in die Dunkelheit hinaus. Eine Katze, die er vorher noch nicht bemerkt zu haben glaubte, ein sehr hochbeiniges Tier mit schmalem kantigem Kopf war von irgendwo aufgetaucht und rieb sich an seinem

Schuh. Die Weinflasche war leer. »Nein, wart mal, es fällt mir wieder ein. Eine Asylwelt, ja? Wo flüchtige Kriminelle untertauchen können?« Der Kopf schwamm ihm allmählich von der Hitze, dem endlosen Gequatsche, dem Wein, von seinem wachsenden Hunger, der bedrängenden Intensität von Jolandas Körper, vielleicht auch von den Nachwirkungen des Kontakts mit ihren bioresponsiven Skulpturen. Und wieder rührte sich das Verlangen in ihm, anfangs träge, dann mit wachsender Heftigkeit. Diese Frau konnte einen rasend machen mit ihrer Dummheit, aber sie war zugleich seltsam unwiderstehlich. Ihr Gespräch verirrte sich jetzt ins Surreale. »Wieso möchtest du denn dort hin?« fragte er.

Ihre Augen funkelten ihn an. Theatralisch böse, ein Kind, das Verschlagenheit mimt.

»Ich glaube, ich sollte es dir wirklich nicht sagen.«

»Ach, komm schon. Sag es mir.«

»Aber du behältst es ganz und gar für dich, ja?«

»Was soll ich behalten? Ich verstehe nicht.«

»Das muß man sich mal vorstellen. Ich nehme einem Spion einen Schwur der Geheimhaltung ab! Aber du bist sowieso in ein paar Tagen fort, und außerdem hat das alles für dich gar keine Bedeutung. Israel ist davon nicht im geringsten betroffen.«

»Ja, dann kannst du es mir ja ruhig sagen.«

»Ja. Also, ich werde es dir sagen.« Wieder der hastige Blick des ›bösen kleinen Mädchens‹. »Aber du behältst es ganz bestimmt für dich? Abgemacht?« *Ich hab ein Geheimnis, aber dir werd' ich es sagen, aber nur dir, weil du mein Freund bist und ich dich so süß finde.*

»Ich schwör's.« Was für ein Blödsinn!

»Du hast ganz recht, Valparaiso Nuevo ist eine Welt für Schutzsuchende und Kriminelle jeder Art, die der dortigen Regierung Geld bezahlen, damit die sie vor Fahndern beschützt, die sie aufspüren könnten. Chef ist so ein verrückter alter lateinamerikanischer Diktator, der dort seit dem ersten Jahr am Ruder ist.«

»Ich komme immer noch nicht mit. Was hat das alles mit dir zu tun?«

»Ich habe einen Freund in L. A.«, sagte Jolanda. »Und der gehört zu einer Gruppe von Guerrilleros, sozusagen. Und die planen, sich dort einzuschleichen und die Kontrolle zu übernehmen. Sie wollen den ganzen Laden übernehmen, die Kriminellen festnehmen und gegen Kopfgeld ausliefern. Wenn sie die alle verkaufen, bringt das ein Riesenvermögen ein. Und dann wollen sie dort leben wie die Könige und Königinnen. Frische Luft, sauberes Wasser, ein ganz neues Leben.« Ihr Blick wirkte seltsam starr und fiebernd, glasiger noch als der gewöhnliche drogenglänzende Ausdruck. Es war, als starrte sie an ihm vorbei oder durch ihn hindurch in eine schimmernde Welt der erfüllten Wunschträume. »Mein Freund fragte, ob ich mich ihnen anschließen möchte. Wir wären Milliardäre. Ein ganze kleiner Planet würde uns gehören. Und es soll schön sein, da droben in den L-5-Welten.«

Enron war auf einmal wieder völlig nüchtern.

»Und wann soll das alles stattfinden?« fragte er.

»Ach, schon sehr bald. Ich glaube, sie haben gesagt, sie würden ...« Jolanda drückte die Hand auf den Mund. »Guter Gott, schau, was ich da angestellt habe! Ich hätte dir kein Wort von dem Ganzen sagen dürfen.«

»Aber nein, es interessiert mich sehr, Jolanda.«

»Hör zu, Marty, es ist gar nicht wahr, kein Wort davon! Es ist bloß eine Story, eine Idee für einen Film, mit der sie herumspielen, es hat keinen realen Hintergrund, überhaupt keinen! Du darfst das nicht ernst nehmen. Es ist alles erfunden!« Sie starrte ihn voll Entsetzen an. Langsam und düster sagte sie dann: »Du hättest mich nicht so viel Wein trinken lassen dürfen. Bitte vergiß alles, was ich dir gerade gesagt habe, über Valparaiso Nuevo. Alles! Ich könnte große Schwierigkeiten bekommen, wenn ... wenn ...« Sie begann zu weinen, mit heftigen abgehackten Schluchzern, die ihren ganzen

Körper schüttelten. Seine Hand steckte noch immer zwischen ihren Schenkeln, und er fürchtete, daß sie ihm mit ihren konvulsivischen Bewegungen das Gelenk verstauchen könnte.

»Scht. Du brauchst dir keine Sorgen zu machen, Jolanda. Ich sage kein Wort darüber, zu niemand.«

Hoffnung glomm in ihren Augen auf, aber sie wirkte noch immer schreckerfüllt.

»Schwörst du es? Die würden mich umbringen!«

»Ein geschickter Spion beschützt seine Informationsquellen, Liebes. Ich bin ein sehr geschickter.«

Aber sie zitterte immer noch.

Enron sagte: »Aber etwas mußt du schon tun für mich. Ich möchte mich mit deinem Freund aus Los Angeles treffen. Ich möchte mit ihm reden, mit seiner Gruppe. Mit ihm zusammenarbeiten.«

»Im Ernst?«

»Ich scherze nie, Jolanda.«

»Aber was ich dir gerade gesagt habe, hat doch nichts zu tun mit ...«

»Aber ja doch. Es gibt Leute in Valparaiso Nuevo, die für den Staat Israel von großem Interesse wären, da bin ich mir ganz sicher. Und wenn diese Leute zum Verkauf kommen sollen, würden wir uns gern mit den Anbietern so früh wie möglich in Verbindung setzen. Und in diesem Zusammenhang wären wir möglicherweise bereit, deine Freunde bei ihrem Projekt recht beträchtlich in materieller Weise zu unterstützen. Wie ist der Name deines Freundes in Los Angeles?«

Jolanda zögerte, bevor sie antwortete.

»Davidov. Mike Davidov.«

Enron spürte, wie sein Pulsschlag sich beschleunigte. »Jude?« fragte er.

»Ich glaube, nein. Ich denke, das ist ein russischer Name. Er sieht irgendwie russisch aus.«

Enron nahm die Hand zwischen ihren Schenkeln fort und begann wieder, ihre Brüste zu streicheln. Mit seiner verführerischsten Stimme sagte er: »Nimm mich mit nach Los Angeles und mache mich mit deinem Freund, Mr. Davidov, bekannt.«

»Ich weiß nicht, Marty – ich glaube, ich sollte nicht ...«

»Morgen. Mit der Fähre um neun.« Das klang nicht mehr beschwörend, sondern wie ein Befehl.

»Es hätte keinen Zweck«, sagte sie. »Er ist schon weg nach Valparaiso. Die meisten entscheidenden Leute sind schon dort, um die Lage zu sondieren.«

»Aha, verstehe«, sagte er.

Dann dachte er stumm eine Weile nach.

Sie nutzte die Bresche sofort, die er ihr bot. »Weißt du, was ich jetzt möchte?« fragte sie. »Ich möchte nicht mehr von all dem reden. Ja? Ich hab einen kleinen Schwips. Also, mehr als nur 'nen kleinen. Ich habe viel zu viel gequasselt, und ich mag jetzt nicht mehr reden.«

»Aber wenn du mir nur ...«

»Nein, Marty. Es ist zu gefährlich. Du würdest es nur benutzen, was immer ich dir sagen könnte. Aber ich will, daß du mich jetzt anders benutzt.«

»Benutzt?«

»Du müßtest es eigentlich wissen, was ich meine. Aber schön, ich geb dir einen Hinweis.«

Sie packte ihn an den Schultern und zog ihn mit sich auf den Boden. Sie landeten in einem Gewirr von Armen und Beinen, sie lachten, und rasch vergrub er sich in ihrer schwellenden Üppigkeit. Eine heiße Duftmischung stieg von ihr zu ihm auf, Wein und Lustbereitschaft und Schweiß und, dachte er, der Geruch vom Screen, mit dem sie ihre wundervolle Satinhaut schützte. Gut. Gut. Er verlor sich in ihr. Und für den Moment hatten sie ja wirklich genug geredet, fand er. Er hatte sich geduldig seit Stunden zurückgehalten und mit ihr Spionage gespielt; jetzt erlaubte er es sich, seinen Beruf für ein Weilchen abzustreifen.

»Oh, Marty!« murmelte sie wieder und wieder. Er

verbiß sich in die schweren Brustkugeln, als wären sie Melonen, und er führte mit dem wütenden Eifer eines Propheten seine Lanze und kämpfte sich in die geheimnisvollen, scheinbar unendlichen Tiefen ihres zuckenden Schoßes vor. »Marty – Marty – Marty!« Sie krümmte ihren Leib hoch, die Beine weit gespreizt, die Füße schwankten irgendwo hinter seinem Rücken in der Luft, und sie rammte ihre Schenkel bei jedem seiner Stöße heftig gegen seine Flanken. Diese Jolanda zu beschälen, das war wie die Entdeckung eines unbekannten Kontinents, dachte er. So groß und so feucht, so fremd und voller Wunder und Neuheit. Aber so ging es ihm mit jeder neuen Frau. Der jüdische Balboa, der jüdische Mungo Park, Orellana, Pizarro pflügt unverdrossen weiter durch einen undurchquerten haarigen Dschungel nach dem anderen auf seiner ewigen Suche nach den unauffindbaren Reichtümern im Innern ihrer heißen bebenden Herzen. Aber diese hier war ein größeres Rätsel als die meisten anderen Frauen. Sie war das geheimnisumwobene Königreich des Priesters Johannes, das verlorene El Dorado.

Hinterher lagen sie nackt Seite an Seite, leise lachend, die Leiber vom Schweiß sanft schimmernd in der Hitze der Nacht.

»Es ist zu spät, noch irgendwohin essen zu gehen«, sagte sie dann. »Ich mache uns hier was zurecht. Einverstanden?«

»Was immer du lieber willst«, sagte er.

»Und dann kannst du dir vielleicht meine dritte Skulptur anschauen. Den *Agamemnon*. Hast du Lust dazu?«

»Vielleicht etwas später«, sagte er unbestimmt. »Ja. Ja, so machen wir's.«

Sie war eine sehr amüsante Frau, entschied er auf einmal. Und nützlicher, als er vermutet hatte. Dies sollte dann doch nicht ihre letzte Nacht gewesen sein, nicht soweit es an ihm lag.

Als sie sich gewaschen und angezogen hatten und sie in der Küche herumhantierte, rief er zu ihr hinüber: »Was du mir da gesagt hast, daß die Anführer dieser Aktion bereits nach Valparaiso Nuevo aufgebrochen sind, stimmt das?«

»Marty, bitte! Ich dachte, wir sprechen nicht mehr darüber …«

»Stimmt es?«

»Marty!«

»Ist es wahr, Jolanda? Ich muß es wissen.«

Geschepper von Töpfen und Pfannen. Dann: »Ja. Sie sind bereits droben. Einige von ihnen, wie ich sagte.«

Enron nickte langsam. »Ja, also dann. Dann habe ich einen Vorschlag. Bitte nimm ihn sehr, sehr ernst. Was hältst du von einem kleinen Trip nach Valparaiso Nuevo mit mir, Jolanda?«

12

TIEF HIER DRAUSSEN in den kalten Breiten des Südpazifiks, irgendwo zwischen San Francisco und Hawaii, war die See ein unheimliches Gulasch von Meeresströmungen, kalten Massen, die von der Antarktis herauftrieben, und kühlen aufsteigenden Spiralen vom Meeresgrund und kleinen heißen Flüssen, die von dem sonnenverbrannten Kontinentalschelf weit im Osten herüberrollten. Manchmal sah man Dampf aufsteigen, wo kalte Wasser auf warme trafen. Eine irre Gegend, um hier nach Eisbergen zu fischen, dachte Carpenter. Aber die Albedo-Anzeigen besagten, daß da irgendwo ein großer Eisberg war, und deshalb war auch die *Tonopah Maru* zur Stelle.

Er saß vor dem Scanner in der bedrückend engen Zelle, die der Kommandoraum des Schiffs war, und massierte die Zahlen. Es war Vormittag. Die Screenspritze, die er in der Morgendämmerung genommen hatte, brodelte noch wie flüssiges Gold in seinen Arterien. Fast konnte er es fühlen, wie das Schutzmittel sich langsam nach außen in die Kapillargefäße tastete und angenehm prickelnd in seine Haut vordrang, wo es wie jeden Tag seine Aufgabe erfüllen und ihn mit einer neuen Schutzschicht gegen Ozonrisse und das sengende Dämonenauge der Sonne versorgen würde. Hier draußen auf See mußte man sich wirklich mit den Infra-/Ultra-Drogen vollpumpen, weil die Wasseroberfläche das Licht wie ein Spiegel reflektierte und dir ins Gesicht schleuderte. Seit dem Auslaufen aus San Francisco hatte Carpenter seine reguläre Dosis Screen nahezu verdoppelt, um den Schutz aufzubauen, und inzwischen hatte seine Haut einen irisierenden, schimmernden grünlichpurpurnen Ton bekommen. Es sah seltsam unvertraut aus, aber es gefiel ihm.

Bisher war die Fahrt recht gut verlaufen, abgesehen von der Kleinigkeit, daß sie bislang noch keinen Eisberg ausgemacht hatten. Doch es sah so aus, als wäre dieses Problem jetzt gelöst.

»Da haben wir möglicherweise eine Masse von zweitausend Kilotonnen vor uns«, sagte Carpenter und sah in den Keramikfaserkegel. »Nicht übel, wie?«

»Nicht für unsre beschissene Zeit, nee«, antwortete Hitchcock. Sein Ozeanograph/Navigator war alt genug, daß er sich noch an die Zeit erinnern konnte, wo treibende Eisberge niemals weiter nördlich als im südlichen Chile gesichtet worden waren, und er genoß es stets, einen daran zu erinnern, daß er sich erinnerte. »Mann, wenn heute ein Berg bis hier rauf noch so groß ist, dann muß der mindestens drei Grafschaften lang gewesen sein, wie der vom verdammten Polarschelf abgebrochen ist. Bist du sicher, du hast die Zahlen richtig, Mann?«

Die unterschwellige Herausforderung ließ Carpenters Augen funkeln, und in seinem Innern ringelte etwas sich zornig zum Angriff zusammen und verschwand mit einer heißen dünnen Spur wieder. Hitchcock konnte nie auf Anhieb etwas gut finden, was Carpenter tat. Die Spannungen waren Tag um Tag gewachsen, seit sie aus der Bucht von San Francisco ausgelaufen waren. Obwohl Hitchcock es abstritt – viel zu laut –, war es ziemlich klar, daß er nicht wenig verärgert darüber war, daß man ihm einen Außenseiter vorgezogen und zum Kapitän gemacht hatte, noch dazu eine Landratte, einen Gehaltsbezieher der Firma. Vielleicht hielt er das für Rassismus. Aber da irrte er sich. Carpenter war auf der Managerspur, und Hitchcock war es eben nicht. Und mehr steckte da nicht dahinter.

Carpenter sagte säuerlich: »Willst du selber den Visor checken? Da. Da, sieh's dir an.«

Er bot Hitchcock den Knüppel an. Aber der schüttelte nur den Kopf.

»Locker, Mann. Was der Schirm da sagt, für mich is' das okay.« Hitchcock grinste entwaffnend mit mahagonidunklen Zahnstummeln.

Auf dem Visor tanzten undurchdringliche Wirbel und Zacken, Schwarz auf Grün, Grün über Schwarz, gelegentlich blühte ein scharfes Gelb auf. Der Sucherstrahl der *Tonopah Maru* lief 22 500 Meilen weit direkt hinauf zum großen maritimen Scansat der Nippon Telecom, der sein starres gläsernes Auge unentwegt über den gesamten östlichen Pazifik streifen ließ, um dort Albedodifferenzen aufzuspüren. Die Reflexionswerte von Eisbergen waren andere als die von der Meeresoberfläche. Man suchte Abweichungen, holte sich Bestätigung durch die Temperaturanzeigen, scannte die Masse, um festzustellen, ob sich die Fahrt lohnen würde. Wenn es so aussah, steuerte man den Trawler schnell dorthin, um sich das Ding zu schnappen, bevor es ein anderer konnte.

Daheim in Frisco, da war er sicher, lagen sie jetzt wahrscheinlich in den Straßen auf den Knien und beteten, daß er endlich Glück haben möge. Die wunderschöne Stadt an der Bucht, jetzt ein Staubhaufen unter diesem hitzigen, erbarmungslosen Treibhaussuppenhimmel voller interessanter vielfarbiger Giftgase, sehnte sich den Regen entgegen, die jetzt fast nie mehr kamen. Seit zehn, elf Monaten etwa hatte es in der Pazifikküstenregion schon nicht mehr geregnet. Höchstwahrscheinlich wimmelte die See hier jetzt von Trawlern – aus Seattle, San Diego, Los Angeles. Laut Nakata hatten die Angelenos mehr Schiffe laufen als sonst eine Stadt.

Carpenter sagte: »Fangt an und gebt die Nachricht durch. Der Berg liegt hier drunten, SüdSüdWest. Wenn wir ihn morgen an den Haken kriegen, können wir etwa Dienstag in einer Woche mit ihm in San Francisco sein.«

»Falls er nicht vorher schmilzt. Diese verdammte Hitze.«

»Er ist zwischen der Antarktis und hier nicht geschmolzen, also schmilzt er auch nicht bis nach Frisco. Setz dich in Bewegung, Mann. Wir wollen doch nicht, daß L. A. uns zuvorkommt und ihn sich angelt.«

Am frühen Nachmittag hatten sie das Ding im optischen Detektor, zuerst vom Spysat des Samurai Wetterdienstes ein Höhenbild, dann flippte über eine Marinerelaisboje ein Bild in Meereshöhe herein. Der Berg sah aus wie eine schwimmende Burg, prachtvoll und erhaben, unzählige rosa Türme, indigoblaue Wälle, weißblaue Zinnen. Und es war ein Eisberg vom Trockendock-Typ, zwei hohe Flanken mit einer Mulde dazwischen, und er war etwa zweihundert Meter lang und ragte weit aus der See auf. Diesige Nebelvorhänge verbargen die Kanten, und das akustische System des Schiffs fing das krachende Sprudeln der Abschmelze auf, wenn kleinere Eisteile sich lösten und in die See glitten. Das ganze Gebilde bestand aus Gletschereis, also komprimiertem Schnee, und wenn das schmilzt, dann erfolgt das mit einem Zischen.

Carpenter betrachtete den Berg andächtig. Er war sehr viel mächtiger als jene, die er in seiner Trainingssimulation zu sehen bekommen hatte. Die letzten paar Millionen Jahre hatte der Klotz gemütlich über dem Südpol gesessen und sich wahrscheinlich nicht träumen lassen, daß er eines Tages so Richtung Hawaii driften würde. Aber die große Klimaverschiebung hatte für alle eine Menge geändert, auch für das antarktische Packeis.

»Himmel«, sagte Hitchcock. »Schaffen wir das?«

»Leicht«, sagte Nakata. Den kleinen wendigen Techniker schien nichts zu erschüttern. »Es wird 'ne Vierkrampensache, aber was soll's? Wir haben die Haken dafür.«

Klar. Sie hatten ausreichend Krampen an Bord der *To-*

nopah Maru. Und Carpenter hatte Vertrauen in das Können von Nakata.

»Hast du gehört?« sagte er zu Hitchcock. »Also holt ihn euch.«

Sie standen dicht an der mittelpazifischen Kälteschwelle. Die See ringsum war blau, ein Anzeichen für warmes Wasser. Doch direkt westlich, wo der Eisberg schwamm, war die Färbung ein sattes dunkles Olivgrün, Anzeichen für die maritime Mikrowelt, die in Kaltwasser gedeiht. Die Demarkationslinie war deutlich sichtbar. Dies war eine der komischen Sachen, die die Klimaverschiebung mit sich gebracht hatte: Ein Großteil der Erde war nun höllisch heiß, aber da kam dieser kalte Meeresstrom aus der Antarktis, schnitt sich bis in den mittleren Pazifik vor und ließ Eisberge auf die Tropen zutreiben.

Carpenter saß über seiner Triangulation, um zu berechnen, ob sie den Berg unter der Golden-Gate-Brücke durchschleppen konnten, als neben ihm Rennett auftauchte. »Da ist noch ein Schiff, Cap'n.«

»Was sagst du da?«

Aber er hatte sie nur zu genau verstanden.

Ein *Schiff?* Carpenter starrte die Frau an. Er dachte, *Los Angeles, San Diego, Seattle,* und überlegte, ob er um *seinen* Eisberg würde kämpfen müssen. So etwas passierte gelegentlich, wie er wußte. Hier war Freigebiet, eine so ziemlich offene Zone der Gesetzlosigkeit, in der sich eine uralte Art von Piraterie erneut ganz scheußlich ausbreitete.

»Schiff.« Rennett quetschte es seitlich aus dem Mundwinkel hervor, als täte sie ihm einen Gefallen, ihm überhaupt etwas zu sagen. »Genau auf der andern Seite von dem Berg. Caskie hat grad 'ne Nachricht aufgeschnappt. Sowas wie 'n SOS.« Sie reichte ihm einen schmalen Funkstreifen, auf dem nur ein paar Zeilen hellroter Thermoprintlettern waren. Die Worte griffen nach ihm, als faßte eine Hand durch das Deck. Er las laut:

BRAUCHEN HILFE * PROBLEME AN BORD * GEHT UM LEBEN UND TOD * DRINGEND ERFORDERLICH DASS IHR ANBORD KOMMT * SCHNELLSTENS * KOVALCIK # INTERIM-KAPITÄN CALAMARI MARU

»Ach, Scheiß!« sagte Carpenter. »*Calamari Maru?* Ist das ein Schiff oder eine zehnarmige Krake?«

Ein ziemlich schwacher Witz, und er wußte es. Rennett reagierte nicht, nicht mit dem winzigsten Lächeln.

»Wir haben die Registratur gecheckt. Der Eigner ist Kyocera-Merck und der Heimathafen ist Vancouver. Als Kapitän ist Amiel Kohlberg eingetragen. Keine Angaben über einen Kovalcik.«

»Das klingt nicht nach 'nem Eisbergtrawler.«

»Es ist ein Kalmarfischer, Cap'n«, sagte sie mit einem verächtlichen Unterton in der Stimme. Als ob er das nicht wüßte. Er ging nicht darauf ein. Es kam ihm immer noch komisch vor, daß jeder, der zwei Tage länger auf See war als er, ihn wie eine dämliche Landratte behandelte. Was er allerdings tatsächlich war. Aber er kam damit zurecht. Bei der Bonusverteilung daheim in Frisco würde er den großen Kapitänsbrocken abbekommen, und sie eben nicht.

Er sah wieder auf den Ausdruck. *Dringend* hieß es da. *Geht um Leben und Tod.*

Mist. Mist-Mist-Mist!

Alles sausen zu lassen, um sich der Schwierigkeiten eines fremden Schiffs anzunehmen, paßte ihm gar nicht ins Konzept. Er wurde nicht dafür bezahlt, anderen Kapitänen aus der Patsche zu helfen, schon gar nicht denen von Kyocera-Merck. Von allen Firmen nicht gerade K-M! Ganz gewiß nicht derzeit. In letzter Zeit gab es zwischen Samurai und K-M ziemlich böses Voodoo, schlimmer als gewöhnlich. Irgendwas mit dem Kontrakt zur Fruchtbarmachung der Wüste Gobi, diverse drastische Spionagesachen, die schiefgelaufen waren, irgend etwas von der Art. Außerdem hatte er, Carpenter, ja jetzt seinen Eisberg, um den er sich kümmern mußte. Derzeit konnte er weitere Abenteuer wirklich nicht brauchen.

Außerdem stieg von ganz tief unten ein leiser bohrender Argwohn in ihm auf, mit einem ganz, ganz dünnen Anflug von Paranoia, hätte man vermuten können, nur daß eben Carpenter in den letzten dreißig Jahren eine so gründliche Ausbildung in der Realitätenschule des Lebens genossen hatte, daß er ganz und gar nicht sicher war, ob es so etwas wie Paranoia überhaupt gab. Die Welt wimmelte von Mistkerlen, die es *immer* darauf abgesehen hatten, dich reinzulegen. Und wenn du hier draußen an Bord eines fremden Schiffs gingst, dann liefertest du dich denen absolut aus. Was, wenn die einen Trick mit dir vorhatten?

Aber er wußte auch, daß man die Vorsicht zu stark übertreiben konnte. Ihm war nicht wohl bei der Überlegung, ein Schiff im Stich zu lassen, das in einem Notfall um Hilfe gebeten hatte. Vielleicht hatten ja die uralten Gesetze der Seefahrt – ähnlich wie alle sonstigen Reste des früheren anständigen Verhaltens zwischen Menschen – in dieser elendigen verwirrten, unter Überhitzung leidenden Zeit keine Gültigkeit mehr, doch er fühlte sich noch immer nicht vollig frei von Regungen wie Schuld oder Scham. Außerdem glaubte er daran, daß einem alles im Leben vergolten wird: Du läßt einen andern abfahren, wenn er dich um Hilfe bittet, und ziehst damit vielleicht prompt etwas später genau das gleiche auf dich herab.

Sie beobachteten ihn alle. Rennett, Nakata, Hitchcock.

Hitchcock sagte: »Was wirste jetzt machen, Cap'n? Gehst du rüber zu denen?« Ein Glitzern in den Augen, auf dem Gesicht ein boshaftes überhebliches Grinsen.

Was für ein ekliger Arsch, dachte Carpenter.

Er warf dem älteren Mann einen grimmigen Blick zu und fragte: »Du denkst also, es ist sauber?«

Hitchcock zuckte nichtssagend die Achseln. »Kann ich nich' sagen. Du bist hier Käp'n, Mann. Ich weiß bloß, die sagen, sie haben Trabbel und brauchen Hilfe.«

»Und wenn das irgendwie 'ne schiefe Nummer ist?«

Hitchcocks Blick blieb ruhig, unverbindlich, desinteressiert. Die breiten Schultern schienen von einer Seite des Schiffs bis zur anderen zu reichen. »Sie bitten um Hilfe, Cap'n. 'n Schiff braucht Hilfe, du bringst Hilfe, daran hab ich immer geglaubt, meine ganzen Jahre auf See. Aber vielleicht denken da die Leute weiter oben anders drüber. Und wie ich schon gesagt hab, du bist der Boss, nicht ich.«

Carpenter stellte fest, daß er sich wünschte, dieser Hitchcock würde seine verdammten alten Fahrensmannerinnerungen an die gute alte Zeit für sich behalten. Aber – scheiß drauf! Der Mann hatte recht. Ein Schiff in Seenot war ein Schiff in Seenot. Er würde also zu denen hinübergehen und nachsehen, was da los war. Selbstverständlich würde er das tun. Ihm war auf einmal klar, daß er von Anfang an gar keine andere Wahl hatte.

Er sagte zu Rennett: »Sag Caskie, sie soll diesen Kovalcik informieren, daß wir den Berg ansteuern und Markierungshaken anbringen, um unseren Besitzanspruch festzulegen. Das dürfte etwa anderthalb Stunden dauern. Und hinterher gehe ich dann vielleicht zu ihnen rüber und sehe nach, was sie für Probleme haben.«

»Verstanden«, sagte Rennett und ging unter Deck.

Inzwischen waren neuere Daten über den Berg hereingekommen. Carpenter konnte nun erstmals die Erosionsnarben über der Wasserlinie an der Aufwindseite des Eisbergs sehen, die Unterspülungen, die stark abbruchgefährdeten Überhänge, die sich da bildeten. Die Ausspülung bedeutete nicht unbedingt, daß der Berg kentern mußte – das gab es bei Bergen von diesem Trockendocktyp selten –, aber sie würden es mit einer Menge lausiger Schwankungen zu tun bekommen, mit Krängen und Rollen in kabbeligem Wasser, kurz, einer echten verpißten Sache rundum. Der Tag entwickelte sich sehr schnell zu einer sehr ekligen Geschichte.

»Jesus!« Carpenter schob Nakata die Visuals hin. »Da, schau dir das mal an.«

»Kein Problem. Wir müssen ihn einfach mit den Krampen von Lee packen, das ist alles.«

»Yeah. Klingt gut.« Es klang so einfach. Irgendwie brachte Carpenter trotz allem ein Grinsen zustande.

Die Rückseite des Eisbergs war eine glatte senkrechte Wand, eine hohe weiße Klippe, porzellanglatt und gute hundert Meter hoch, mit einer bösen, ins Wasser vorgestreckten, etwa vierzig Meter langen Eiszunge wie ein Wellenbrecher. Auch die *Calamari Maru* benutzte sie dazu. Der Tintenfischfänger ankerte dicht hinter dieser Zunge.

Es gefiel Carpenter gar nicht, daß ein anderes Schiff sich so dicht an seinem Berg eingenistet hatte. Doch der Kalmarfänger war nur für seine Spezialaufgabe ausgerüstet und besaß keine Greifer und war also wohl kaum eine Bedrohung für seinen Berg.

Er gab Nakata, der weit vorn auf dem Vorschiff bei seinem Schaltbrett stand, ein Zeichen.

»Haken frei!« rief Carpenter. »Und los! Los!«

Nakata winkte bestätigend zurück und legte die Hände auf die Steuertasten. Und eine Minute später erklang das Ächzen der sich öffnenden Greiferluke und das Rumpeln der Greifergestänge. Irgendwo tief im Bauch des Schiffs bewegte sich eine gigantische Mechanik in Position. Der große Eisberg lag reglos in der stillen See.

Es war ein wenig ähnlich wie in der Hochseefischerei, der Trick war nicht so sehr, die Beute an den Haken zu kriegen, sondern später in der Geschicklichkeit beim Einholen.

Der ganze Schiffsrumpf bebte, als der erste Haken in Sicht kam. Er schwebte hoch oben, ein erschreckendes

Krallending, schwarz vor dem leuchtenden hellen Himmel, den es halb verdeckte. Dann drückte Nakata erneut auf seine Tasten, und der Greifer, am höchsten Punkt seiner Kurve angelangt, fuhr scharf und wuchtig abwärts auf die Flanke des Bergs zu.

Der Haken traf, schlug ein und hielt. Der Berg wich zurück, bebte, schwankte. Von den oberen Graten polterten Schauer von losem Eis nieder. Als sich die Wucht des Einschlags in die große Eismasse unter der Wasserlinie ausbreitete, wälzte sich die ganze Masse etwas weiter vornüber, als Carpenter erwartet hätte, und gab ein häßliches Schmatzen über dem Wasser von sich, und als der Berg wieder zurückrollte, schoß ein zwanzig Meter hoher Geysir empor.

Den armen Hunden an Bord des Kalmarschiffs würde das gar nicht gefallen. Aber sie hätten ja nicht dort vor Anker bleiben müssen, während ein Eisbergfang im Gang war, nicht wahr? Was hatten die denn erwartet? Einen kleinen Spritzer oder zwei?

Drunten am Bug machte Nakata seine ›Ich-hab-dich-Geste‹, einen ausgestreckten Mittelfinger über der Faust.

Vom Berg her wehte ein kalter Wind. Es war wie der Atem eines riesenhaften wunden Tieres, ein Hauch wie aus uralter Zeit, ein Hauch, der nach Fossilem roch.

Sie fuhren ein Stück weiter die Bergflanke entlang.

»Harpune Zwei!« befahl Carpenter.

Der Berg war mittlerweile fast wieder stabil. Anscheinend war da mehr Masse unter Wasser, als sie angenommen hatten. Aber sie würden es schaffen. Carpenter auf seinem Beobachtungsposten im Kontrollturm an der Achterreling wartete auf das hochsteigende Gefühl von Freude und Erleichterung, das sich, wie alle ihm versichert hatten, nach der erfolgreichen Inbesitznahme einstellen sollte, doch da war nichts. Er verspürte einzig einen ungeduldigen Drang, rasch alle vier Haken anzubringen und zum Golden Gate zurückzuskippern.

Die zweite Harpune flog hoch, schwebte, senkte sich, traf und biß sich fest.

Wieder klatschte der Berg aufs Wasser, und wieder schoß schäumend das Wasser auf. Carpenter sah nur kurz, wie das andere Schiff auf und ab tanzte wie ein treibender Korken, und er überlegte, ob die Eiszunge, die die da drüben so angenehm gefunden hatten, abbrechen und sie ersäufen würde. Sie hätten weit klüger daran getan, anderswo zu ankern. Ach, zum Teufel mit ihnen. Er hatte sie gewarnt.

Der dritte Haken war einfacher.

Jetzt nur noch einen.

»Vier!« rief Carpenter. Ein Vierer-Berg war etwas Besonderes. Massenhaft Gelegenheit, daß dabei die Leinen rissen oder sich die Trossen verhedderten. Aber Nakata beherrschte seinen Job. Noch einmal flog die Eisenkrampe durch die Luft, diesmal in steilem Bogen über die Spitze des Bergs auf die andere Seite, und dann hatten sie ihn, ihren Berg, dieses ganze monströse Eiland von treibendem Eis, fest an der Trense und gut verschnürt. Und jetzt brauchten sie nichts weiter zu tun, als den Berg mit Spiegelstaub einzupudern, ihm an der Wasserlinie einen Plastikschurz zu verpassen, um die Erosion zu verlangsamen, und ihn dann nach San Francisco zu schleppen.

So, alles in Ordnung, dachte Carpenter.

Und nun endlich hatte er ein wenig Zeit, sich mit dem verdammten Krakenschiff und seinen Problemen zu befassen.

13

Der Empfang meldete: »Dr. Van Vliet wartet auf Kanal Drei, Dr. Rhodes.«

Viertel vor neun am Morgen. Für Van Vliet war es offenbar nie früh genug, sich in die Mühen und Plagen des Tages zu stürzen. Allerdings war es noch viel zu früh für Rhodes, um mit dem täglichen Alkoholquantum zu beginnen. »Später«, knurrte er. »Ich will jetzt noch keine Gespräche reinhaben.«

Rhodes war bereits seit kurz nach acht in seinem Büro, enorm früh für ihn. Am Ende des vergangenen Arbeitstages hatten sich auf seinem Schreibtisch noch immer unerledigte Dinge gestapelt; die beiden Seitenklappen waren gleichfalls beladen gewesen; und wie gewöhnlich waren die ganze Nacht hindurch Dinge hereingeströmt, die er sich dringend gleich morgens vornehmen sollte. Auch das Wetter hatte sich verschlechtert: Eine erdrückende Hitzewelle, weit über der sowieso hohen Norm, wie man sie in jüngerer Zeit gewohnt war, und beängstigende Diablowinde, die glutheiß aus dem Osten herüberbliesen und wieder einmal die nun fast wöchentliche Gefahr von Flächenbränden in den knochentrockenen Grasregionen über Oakland und Berkeley mit sich brachten. Die Winde führten ebenfalls eine bedrückende Mistladung toxischer Dünste aus dem Stagnationstümpel des Tals herein, stark genug, die Häuserfronten pockennarbig zu zerfressen.

Darüber hinaus war seine Nacht mit Isabelle lausig gewesen, und er hatte nur höchstens drei Stunden Schlaf bekommen. Kurz, es war ein ganz und gar wundervoller Morgen. Rhodes war gereizt, ruhelos, gepackt von Anfällen von Wut und Verwirrung und fast von

Panik. Seit fast einer Stunde ließ er jetzt die Räder kreisen – und hatte nichts geschafft.

Zeit, sich an die Arbeit zu machen. Endlich.

»Sesam, öffne dich«, sagte er dumpf, und das Virtual One spuckte eifrig Datenschlangen in die Luft.

Bestürzt sah er zu, wie das alles heraussprudelte. Berichte, Berichte, Berichte. Quantitatives Zeug über Enzymabsorption aus dem Portland-Labor; eine lange öde Tirade von einer der Unterabteilungen über das von vornherein zum Scheitern verurteilte Projekt, Bürger im Seniorenstatus mit Lungenimplantaten zu versorgen, statt genetische Retrofits vorzunehmen; eine erschreckende Masse von Auszügen und Vorabdrucken aus *Nature* und *Science,* mit denen er sich in seinem jetzigen Leben nie würde beschäftigen können, weil ihm die Zeit fehlte; ein scheußlicher Haufen Mist über ein Belegschaftsratsgerangel, wobei es um die Entscheidung ging, ob Angehörige des Androidenwachpersonals im dritten Stock die Grenzen der ihnen übertragenen Verantwortung überschritten hätten; das Protokoll einer Konferenz einer Samurai-Tochtergesellschaft in São Paulo, von der er noch nie etwas gehört hatte, deren Arbeit aber anscheinend auf irgendeine unspezifische Weise an die Operationen von Rhodes' Abteilung grenzte. Und so fort, so fort, so fort.

Er spürte fast ein Schluchzen im Hals.

Irgendwie war seine Arbeit entartet zu nahezu ausschließlich administrativer Tätigkeit, zu richtiger wissenschaftlicher Arbeit kam er fast nie mehr. Die erledigten hier inzwischen kleine Jungen wie dieser Van Vlies, und er selbst plagte sich mit der Schwemme von Berichten herum, mit Budgetanforderungen, mit Strategieanalysen, Sackgassenprojekten wie dieser Lungentransplantationssache etc., etc. und mußte an unendlich tödlich langweiligen Konferenzen teilnehmen und immer wieder einmal seinen Abend opfern, um die lästigen neugierigen Fragen israelischer Spione abzuwimmeln. Und als Freizeitvergnügen nach Dienstschluß stürzte er sich in entnervend zerstörerisches Gezänk mit der Frau, die er angeblich liebte. Nein, das war irgendwie nicht das Leben, wie er es sich geplant hatte. Irgendwie war er vom Kurs abgekommen, das war nicht zu übersehen.

Und dann noch diese unvorstellbare Hitze – diese scharfe und bösartige ätzende Luft – die heißen heulenden Winde ...

Van Vliet ...

Isabelle ...

Isabelle ...

Isabelle ...

Wilde wirre Empfindungen schüttelten ihn wie ein plötzlich ausbrechendes Fieber. Es war, als baute sich in ihm eine Explosion auf. Es war bestürzend. An solchen Tagen, dachte er, werden ansonsten friedfertige, gelassene Männer dazu getrieben, von Brücken zu springen oder plötzlich willkürlich zu morden. Die Diablowinde konnten so etwas auslösen. Sie waren dafür berühmt.

Mein Leben hat eine grundsätzliche Veränderung nötig, sagte er sich. Eine *grundsätzliche* Veränderung.

Aber was für eine Veränderung? In der Arbeit? In seiner Beziehung zu Isabelle? Paul Carpenter hatte ihm empfohlen, mit ihr zu brechen und sich eine Stellung bei einem anderen Megakonzern zu suchen. Beides klang sehr vernünftig.

Doch für den ersten Entschluß fühlte er sich einfach nicht imstande, und die andere Sache war zwar verlockend, aber auch erschreckend. Eine neue Stellung? Wohin sollte er gehen? Wie sollte er sich von Santachiara und Samurai lösen? Er war festgenagelt, war an Händen und Füßen gefesselt – an die Firma, an Isabelle, an sein Adapto-Projekt, an diesen ganzen verdammten Mist.

Er legte den Kopf in die Hände und saß da und horchte auf den Wind.

Isabelle …

Oh, mein Gott, *Isabelle.*

Der Abend gestern, nach dem Essen, bei Isabelle. Wie immer Wirbel, wenn er bei ihr ist. Er sitzt in der Küche, allein, bei einem Scotch. Isabelle war den ganzen Abend hindurch sehr einsilbig und kühl, unerklärlicherweise. Rhodes hat nie verstanden, was sie in diesen periodischen Zustand der Unnahbarkeit versetzt, und sie hilft ihm auch nicht im geringsten, das zu begreifen. Im Augenblick ist sie damit beschäftigt, in ihrem kleinen Arbeitsraum neben dem Wohnzimmer den Behandlungsbericht über einen ihrer Patienten von diesem Tag zu diktieren, der tief im Dreck steckt.

Er begeht einen entscheidenden Fehler, als sie hereinkommt, um sich ein Glas Wasser zu holen, und er ihre Reserviertheit zu durchbrechen versucht und sie fragt, was für ein spezielles Problem sie mit dem Fall hat und ob es dabei besondere Komplikationen gebe.

»Nick, bitte!« Sie starrt ihn mit Basiliskenaugen an. »Siehst du denn nicht, daß ich mich zu konzentrieren versuche!«

»Sorry. Ich hab gedacht, du machst eine Pause.«

»Ich ja, mein Kopf nicht.«

»Sorry«, sagt er noch einmal. »Das wußte ich nicht.« Er zieht gutmütig die Schultern hoch. Versucht, es wieder in Ordnung zu bringen. Er hat das Gefühl, daß er mindestens die Hälfte seiner Zeit mit Isabelle dafür aufwenden muß, alles wieder nett zu machen und in Ordnung zu bringen, nach einem Mißverständnis, dessen Ursachen meist sein Begreifen übersteigen, alles wieder zusammenzuflicken.

Sie geht nicht in das andere Zimmer zurück, sondern bleibt steif am Spülbecken stehen, schwenkt ihr Glas, ohne zu trinken, als wolle sie die Schwere des Inhalts überprüfen.

Mit dumpfer bedrückter Stimme nach einer Weile:

»Ja. Es gibt eine Komplikation. Ich glaube allmählich, daß das Mädchen ernstlich suizidgefährdet ist.«

Also will sie schließlich doch darüber reden. Oder sie spricht nur laut mit sich selbst.

»Wer?« fragt Rhodes zaghaft.

»Angela. *Angela!* Hörst du mir eigentlich nie zu?«

»Oh«, sagt er. »Richtig, Angela.« Er hatte gedacht, die fragliche Patientin sei eine gewisse Emmy Louise. Isabelle kann zuweilen arg sprunghaft sein.

Er ruft sich die paar Dinge in Erinnerung, die er über Angela weiß. Sechzehn, siebzehn, wohnt irgendwo am Nordrand von Berkeley, Vater Geschichtsprofessor oder sowas an der Universität. Bei Isabelle in Behandlung wegen? Depressionen? Angstzuständen? Nein, denkt er, das Mädchen hat das Treibhaus-Syndrom. Die neue Modekrankheit. Totale Umweltparanoia. Gott allein weiß, wieso das erst jetzt auftritt; ihm klingt das stark nach dem späten zwanzigsten Jahrhundert. Aber jetzt scheint es alle Jugendlichen zu erfassen. Ein Gefühl nicht bloß, daß der Himmel den Planeten wie eine eiserne Fessel einschließt, sondern daß die Wände näher rücken, die Decke sich senkt und es nicht mehr lange dauert, bis man ersticken muß.

»Suizidgefährdet? Wirklich?« sagt er.

»Ja, ich fürchte. Als sie heute zur Therapie kam, hatte sie zwei Atemmasken dabei.«

»Zwei?«

»Überzeugt, daß eine nicht ausreicht. Daß die Luft reines Gift ist, daß ein einziger tiefer Atemzug ihre Lungen zu Brei macht. Sie verlangte, ich soll ihr eine doppeltstarke Dosis Screen verschreiben. Ich erklärte ihr, daß ich nicht befugt bin, Rezepte auszustellen, und sie bekam einen Tobsuchtsanfall.«

»Das klingt eher wie das Gegenteil von Suizidabsichten«, sagt Rhodes sanft. »Hypertropher Selbsterhaltungszwang, das ja, aber wieso sollte das bedeuten …«

»Du kapierst es nicht. Du begreifst wohl nie, was?«

»Isabelle ...«

»Sie glaubt, daß alle Präventivmaßnahmen, die sie ergreifen kann, vergeblich sind. Sie glaubt, sie ist zum Untergang *verurteilt*, Nick. Daß wir an der Schwelle zum endgültigen katastrophalen Umweltkollaps stehen, daß ihre Generation die letzte der menschlichen Rasse sein wird, daß irgendeine gigantische scheußliche Öko-Katastrophe bevorsteht, über uns hereinbricht und uns alle auf die allergräßlichste Weise vernichten wird. Sie steckt voll Wut und Empörung.«

»Dazu hat sie berechtigten Grund, denke ich. Allerdings glaube ich, sie ist damit hundert Jahre zu früh dran. Trotzdem – Selbsttötung ...«

»Es ist die äußerste Demonstration der Wut und Auflehnung. Der Welt ins Gesicht zu spucken. Das eigene Leben wegzuwerfen zum Zeichen des Protests.«

»Und du glaubst ernstlich, sie wird?«

»Ich weiß es nicht. Es wäre durchaus möglich.« Isabelles gespanntes Gesicht hat sich verändert: Zweifel, Furcht, Unsicherheit zeichnen sich jetzt da ab. Ganz ungewöhnlich bei ihr. Unbewußt zupft sie an ihren Haaren herum, verknotet sie. Dann wandert sie auf und ab. »Mich beunruhigt dabei, daß die Sache meine beruflichen Kapazitäten übersteigen könnte. Ich bin Therapeut, ich bin kein Psychiater. Ich überlege, ob ich sie nicht weiterverweisen sollte.«

Sie debattiert nur mit sich selbst, davon ist Rhodes nun überzeugt. Aber es ist ja immerhin möglich, daß sie von mir irgendein Zeichen erwartet, daß ich ihr zuhöre.

»Also, sicher, wenn du denkst, es besteht irgendwie die Gefahr ...«

Die Stimme nun leiser, weicher. Die Therapeutenstimme. »Aber es wäre ein Vertrauensbruch. Angela und ich haben eine feierliche *Abmachung*. Ich bin da, um sie zu leiten. Sie vertraut mir. Ich bin der einzige Mensch, zu dem sie Vertrauen hat.« Dann wird die Stimme wieder härter. Abrupter Wechsel. Stählerne Härte. Wilder Blick.

Isabelle springt mit Lichtgeschwindigkeit von einer Stimmung in die andere. »Aber wozu rede ich über das alles überhaupt mit dir? Du kannst unmöglich verstehen, wie tief ihre Ängste sitzen. Verstehst du nicht, wenn ich sie an diesem schwierigen kritischen Zeitpunkt zur Konsultation an einen Außenstehenden überweise, sie einem ihr völlig fremden Menschen ausliefere ...«

»Aber wenn du doch befürchtest, daß sie sich umbringen könnte ...«

Seine Behutsamkeit schüttet nur neues Öl ins Feuer. Isabelle flammt auf wie eine Fackel. »Hör mal zu, Nick! Das ist meine Entscheidung! Hier geht es um eine Übertragung, die dich nichts angeht und die gänzlich über deine bornierte Begriffskapazität hinausgeht, eine komplizierte interpersonelle Transaktion zwischen diesem verwirrten Mädchen und dem einzigen menschlichen Wesen auf Erden, das sich ehrlich um sie sorgt, und es ist, verdammt noch mal, nicht deine Sache, deine blöde laienhafte Meinung ...« Sie bricht den Satz ab, blinzelt wie jemand, der aus einer Trance erwacht, atmet in heftigen Zügen Luft ein, als wäre sogar ihr klargeworden, daß sie jetzt etwas zu weit mit ihm gegangen ist.

Ein kurzes Schweigen. Rhodes wartet.

»Ach, das ist alles ganz falsch«, sagt sie dann.

»Was ist falsch?«

»Was wir machen, du und ich. Wir sollten uns nicht über sowas streiten.« Isabelles Stimme ist jetzt angenehm weich.

»Nein.« Er ist enorm erleichtert. »Völlig richtig. Wir sollten uns überhaupt über nichts streiten, Isabelle.«

Sie scheint tatsächlich bereit, ihre Wut, ihre heftige Feindseligkeit zu bedauern. Er glaubt fast die kreisenden Rädchen in ihrem Kopf zu hören.

Er wartet, will sehen, was noch kommt.

Und dann, abrupt und ohne Vorwarnung, wechselt sie einfach das Thema.

»Laß uns von was anderem reden, ja? Weißt du, daß

Jolanda sich weiter mit diesem Israeli trifft? Ich dachte, du hast sie mit deinem Freund Paul verkuppelt.«

Rhodes legt ebenfalls so rasch wie möglich einen anderen Gang ein, er ist glücklich darüber, daß er sich nicht weiter mit den Problemen der verzweifelten Angela befassen muß. »Paul wollte damals nur ein bißchen nette Gesellschaft für diese eine Nacht. Außerdem, er ist jetzt draußen auf See. Aber der Israeli – heh! Wie oft hat sie sich denn mit ihm getroffen?«

»Seit damals in Sausalito jeden zweiten Abend.«

Rhodes überdenkt das. Im Grunde ist es ihm egal, nur sind Jolanda und Isabelle eben enge Freundinnen, und damit bestand die Gefahr, daß ihm bald wieder ein weiterer unangenehmer Abend in Enrons Gesellschaft aufgezwungen werden könnte.

Isabelle sagt: »Weißt du, er hat sie zu einem Trip eingeladen.«

»Einen Trip? Wohin?«

»Irgendeins von den Raum-Habitaten. Ich weiß nicht mehr, welches.«

Rhodes lächelt. »Ein schlauer Hund, was? Jolanda gibbert seit Jahren schon danach, mal zu den L-5s zu kommen. Ich dachte, der Typ, den sie da drüben in L. A. kennt, wollte sie dorthin mitnehmen, aber da hat dieser Enron ihm offenbar die Show gestohlen. Aber – es ist natürlich nicht übermäßig schwer für einen Mann, Jolanda zu beglücken.«

»Was soll das denn heißen?« fragt Isabelle scharf.

Oh-oh!

Plötzlich ist die eiskalte stählerne Stimme wieder da. Und der starre Basiliskenblick. Rhodes begreift, er ist schon wieder ins Fettnäpfchen gelatscht.

Er sagt zögernd: »Also – diese Jolanda ist eine gesunde kräftige Frau mit gesunden natürlichen Instinkten ...«

»Ein Flittchen, willst du sagen, das gleich mit jedem ins Bett steigt?«

»Hör zu, Isabelle, ich habe mit keinem Wort …«

»Aber genau das denkst du, stimmt es nicht?« Und wieder zieht sie die gleiche Nummer ab, wild wie zuvor, mit blitzenden Augen, zerrt sich am Haar und stampft auf und ab. »Das war doch der Grund, weshalb du sie mit deinem alten Busenfreund Paul zusammengebracht hast. Ein nettes kleines Ding für Spaß und Spiel für eine Nacht.«

Nun ja, sicher. Und Isabelle weiß es ja genau. Sie sind alle erwachsene Leute, und Jolanda ist keine Nonne, und Isabelle im übrigen auch nicht. Außerdem ist es wahrhaftig schon lange zu spät, Jolanda wegen ihrer Keuschheit zu preisen. Wenn sie sich so für ihre Freundin stark macht, sucht Isabelle nur Streit. Aber Rhodes wagt nicht, ihr das zu sagen.

Und so sagt Isabelle es statt seiner. »Sie vögelt mit jedem, hast du das nicht deinem Paul gesagt? Stimmt es?«

»Nicht gerade so direkt. Aber – um Himmels willen! – hör doch zu, Isabelle, du weißt doch ebenso gut wie ich, daß Jolanda ziemlich viel rumkommt. *Ziemlich viel.*«

»Hat sie mit dir auch gefickt?«

»Isabelle!«

»Also? Hat sie?«

Tatsächlich hat sie. Rhodes ist nicht sicher, ob Isabelle davon weiß. Jolanda erzählt ihr alles mögliche, hat ihr aber das vielleicht verschwiegen. Er überlegt, was er sagen soll, er möchte nicht, daß der Abend sich zu einem richtigen Furientanz ausweitet, aber er möchte sich auch nicht bei einer Lüge ertappen lassen. Er entschließt sich zu improvisieren.

»Was hat das denn damit zu tun?« fragt er.

»Hat sie oder hat sie nicht, Nick?«

Tief Luft holen. Also schön, gib ihr, was sie haben will. »Ja. Einmal.«

»Jesus!«

»Du warst verreist. Sie schaute vorbei. Ich weiß nicht

mehr, wann das war. Es war aber ein besonders heißer Tag, eine Rekordhitze, und wir fuhren zum Strand, und hinterher ...«

»Es reicht. Du brauchst mir nicht das ganze Playback vorzuspielen.« Sie hat ihm jetzt den Rücken zugekehrt und steht wie eine Marmorstatue am Fenster.

»Isabelle ...«

»Hau ab und besorg's dir selber!«

»Du willst, daß ich gehe?«

»Was denkst du denn?«

»Wollen wir uns etwa deswegen trennen?«

»Ich weiß nicht. Vielleicht. Vielleicht nicht.«

Er spürt ein Schwanken in ihrer Stimme, eine leichte weichere Tönung. Das altbekannte Spiel von Annäherung und Abweisung, eine von Isabelles Spezialitäten. Er tritt an die Hausbar und gießt sich einen Drink ein, einen kräftigen. Erst dann fällt ihm auf, daß er bereits ein noch halbvolles Glas auf dem Tisch stehen hat. Er nimmt einen tiefen Schluck von dem frischen Drink und stellt das Glas dann neben das erste.

»Du kannst bleiben, wenn du willst«, sagt sie gleichgültig, wie ganz weit weg, mit tonloser Stimme. »Oder nicht. Was immer du vorziehst.«

»Es tut mir leid, Isabelle.«

»Was?«

»Das mit Jolanda.«

»Vergiß es. Was macht es schon für einen Unterschied?« Einen Moment lang fürchtet er, Isabelle könnte jetzt ihrerseits mit Geständnissen herausrücken. Entweder damit er sich weniger schuldig fühle, oder um ihn zu strafen. Aber er will nichts dergleichen hören, egal, was es ist, wenn es da etwas zu hören gäbe. Und was ihn angeht, so war Jolanda sein einziger Seitensprung. Als er damals mit ihr ins Bett stieg, geschah das beinahe gedankenlos, automatisch: Jolanda hatte das Ganze anscheinend für nichts weiter gehalten als für einen netten Abschluß des Abends damals, ein lustiges freundschaftliches Gekrabbele ohne weitere Bedeutung und Konsequenzen. Und er war eben einfach mitgehüpft.

»Hör mich an, Isabelle …«

Rhodes geht zu ihr hinüber, streckt die Hände aus und legt ihr sacht die Finger auf die Schultern. Seine Hände zittern. Ihr Rücken ist ganz verspannt. Er fühlt sich an wie Gußeisen.

»Ich möchte gern bleiben«, sagt er zu ihr.

»Wie du willst.« Der gleiche abwesende Ton.

»Du hast es gewußt, ja? Das mit Jolanda und mir?«

»Ja. Selbstverständlich.«

»Aber warum dann …?«

»Ich wollte eben hören, was du dazu sagst.«

»Immerhin hätte ich dann ja ein goldenes Sternchen für meine Ehrlichkeit verdient.«

»Ja«, sagt sie. »Ich glaube, das hast du. Hör mal, ich geh jetzt wieder rüber und bringe dort zu Ende, was ich angefangen hatte. Okay?«

Und sie entzieht sich seiner Berührung. Er geht wieder in die Mitte des Raums zu seinen zwei Drinks, leert das eine Glas, dann das zweite, und nach einer Weile gießt er sich ein drittes ein. Es ist ein gräßlicher Fusel; Isabelle hat eine perverse Vorliebe für die miesesten Marken. Aber er trinkt trotzdem, was sie anzubieten hat. Zweifellos ist das Zeug da aus Algenbrei destilliert; ein echter Skandal, daß sie es wagen dürfen, so etwas ›Scotch‹ zu nennen! Aber trotzdem: Wenn er vor die Wahl gestellt ist, solche Pisse zu trinken, oder gar keinen Alkohol, dann säuft er klaglos das schlechte Zeug, und in Mengen. Manchmal ist er in der letzten Zeit selbst verblüfft, welche Kapazität er entwickeln kann. Er hört, wie Isabelle sich bereitmacht, ins Bett zu gehen, und nach einer Weile geht er zu ihr hinüber. Es ist nach Mitternacht, und er ist erschöpft. Trotz der Klimaanlage hat sich die heiße Moderluft von draußen irgendwie durch die Nacht hereingeschlichen, gespenstische stinkende dünne Gasschwaden schleichen sich direkt durch die Wände und füllen jeden Raum vom Fußboden bis zur Decke mit einem dicken erstickenden Mief.

In der Dunkelheit hat sie ihm den Rücken zugewandt. Rhodes streichelt sie dort.

»Nicht!« Mit Grabesstimme.

»Isabelle ...«

»Nein, es ist schon so spät.«

Er liegt starr da, hellwach. Er spürt, daß auch sie noch wach ist. Zeit verstreicht. Eine halbe Stunde, eine Stunde. Irgendwo auf der Schnellstraße jault eine Sirene. Rhodes denkt über den verflossenen Abend nach. Er überlegt, wie das alles gekommen ist. Sie macht sich Sorgen wegen dieses Mädchens, wegen Angela. Das muß es sein. Eine Bedrohung für ihre berufliche Kompetenz. Und wahrscheinlich mag sie das Mädchen auch persönlich sehr. Rückübertragung nennen sie das. Kaum überraschend. Aber dann noch dazu diese ganze Geschichte mit Jolanda ...

Er greift wieder hinüber, berührt sie.

Steinharte Muskeln. Der Körper steif.

Er sehnt sich verzweifelt nach ihr. Will sie haben. Wie immer. Wie jede Nacht. Seine Hand irrt über ihren Arm und legt sich sacht auf den weichen Hügel ihrer rechten Brust. Die Brüste sind das einzige, was an Isabelles Körper weich ist; sonst ist sie mager, straff, athletisch. Sie rührt sich nicht. Sanft streichelt er weiter. Haucht ihr seinen Atem in den Nacken. Sie reagiert nicht. Sie liegt da wie tot.

Schließlich sagt sie: »Schön, wenn du's so dringend brauchst. Bringen wir es hinter uns.«

Sie wälzt sich zu ihm herüber. Starrt ihn an. Spreizt die Beine.

»Isabelle, um Gottes willen ...«

»Komm schon. Worauf wartest du?«

Natürlich will er nicht, daß es so abläuft, ganz und gar nicht. Aber er ist ihr eben hilflos ausgeliefert, und als sie ihn heftig über sich in Position zieht, ist er zu keinem Widerstand mehr fähig. Hastig und mit einem elenden Gefühl dringt er in sie ein – und trotz allem ist sie geschmeidig und bereit –, und ihr Becken beginnt zu rotieren und treibt ihn unbarmherzig zu einem vorschnellen Endspurt. Er bedeckt ihr Gesicht mit Küssen der Dankbarkeit; gleichzeitig aber ist er schockiert, entsetzt, betäubt von dem, was sie da treiben. Es ist so voller Wut und Aggression, wie sie sich da mechanisch bearbeiten. Es ist der Tod der Liebe. Und als es ihm kommt, bricht er in Tränen aus.

Und dann umarmt sie ihn, wiegt ihn zwischen ihren Brüsten, streichelt seinen Kopf und flüstert ihm leise Worte zu. Um alles wieder gutzumachen. Mein Gott! denkt er. Mein Gott, mein Gott!

Und plötzlich hört er wieder Paul Carpenters Stimme.

– *Sie ist eine gestörte Frau, Nick.*

– *Nein, sie macht sich nur große Sorgen …*

– *Hör mir jetzt zu! Sie ist emotional gestört. Genau wie ihre Freundin, diese Jolanda, die du mir freundlicherweise neulich nachts ins Bett geschoben hast. Die beiden sind sexuell hochbegabt, und wir, die wir auf der Suche nach ein bißchen erlösender Fummelei umherschweifen, sind aufs höchste empfänglich für das rätselhafte geheimnisvolle Opium, das uns zwischen ihren Beinen entgegenströmt …*

Wahr. Wahr. Wenn er nur eine Spur Courage hätte, er würde fliehen. Das weiß er. Aber so etwas fällt ihm nie leicht. Er ist ein wilder Klammerer, er klebt verzweifelt an allem, das auch nur vage ein bißchen Tröstung zu bringen verspricht.

Dann allmählich versinkt er in einen unruhigen Schlaf. Gegen fünf wacht er auf, haucht der schlafenden Isabelle einen Kuß auf die Nasenspitze und fährt zu sich nach Hause.

Ein paar Minuten nach acht ist er in seinem Büro. Das giftige Miasma der verflossenen Nacht wabert noch um ihn, aber irgendwie hofft er, daß er sich durch einen Tag voll intensiver harter Arbeit aus seiner Depression lösen kann. Immerhin, denkt er, sind wir bei den ganzen Scheußlichkeiten gestern nacht nicht dazu gekommen, uns wieder mal über meine Forschungen zu zanken. Aber das war ja wohl nur ein recht kleiner Trost. Bestenfalls.

Er hielt sich Van Vliet vom Hals, solange es ging. Bis fast gegen Mittag. Der Kerl verursachte ihm Darmkrämpfe. Vor vier Tagen war der Genehmigungsantrag für die Budgeterhöhung für Van Vliets Haemoglobinforschung nach New Tokyo gegangen, und aller Wahrscheinlichkeit nach würde die Sache ohne Einwände genehmigt werden, wenn man bedachte, in welch hohem Ansehen Rhodes beim Topmanagement der Firma stand.

Aber bis dahin würde Van Vliet eben warten müssen. Aber der Junge schien dazu nicht fähig zu sein. Zwei-, dreimal täglich blies er ins Horn und nervte Rhodes, weil er ihm unbedingt von dem oder jenem aufregenden neuen Ergebnis nach seinen vorläufigen Theorien berichten mußte. Im Moment war Rhodes aber gar nicht dazu aufgelegt, sich so etwas schon wieder zuzumuten. Nicht nach der vergangenen Nacht, und bestimmt nicht so früh am Tag.

Er vertrödelte möglichst viel Zeit, indem er sich stur durch den Wust auf seinen zwei Seitentischen und den ganzen Bergen direkt vor sich hindurcharbeitete, Papiere abzeichnete, ohne sie richtig zu lesen, einige Dokumente ohne Signatur zur endgültigen Ablage abschob, ohne zu denken und ohne Gewissensbisse zu haben. Und nach und nach merkte er, daß ein Teil seiner neuerlichen seelischen Abschürfungen wieder zu heilen begannen.

Etliche Gläschen halfen ihm über die böse Zeit. Der erste Drink schmeckte merkwürdig blechern – ein übler Nachgeschmack von der letzten Nacht, dachte er, die

Geschmacksnerven rebellieren noch dagegen, daß ich zuviel von Isabelles verdammtem Algenbrei-›Scotch‹ gesoffen habe. Aber sein zweites Glas besserte die Lage beträchtlich. Und das dritte ging ganz problemlos durch die Kehle.

Schließlich fühlte er sich wieder relativ wohlgewappnet, und da ihm klar war, daß er sich nicht länger vor der Konfrontation mit seinem jungen Kollegen drücken könne, drückte er die Verbindungstaste und sagte: »Ich kann jetzt mit Dr. Van Vliet sprechen.«

»Heißt das, du nimmst jetzt wieder Gespräche an, Dr. Rhodes?«

»Offensichtlich. Waren welche da für mich?«

»Nur einen«, antwortete der Android.

Isabelle! Es tut ihr leid, daß gestern abend alles dermaßen schiefgelaufen ist!

Nein. Nicht Isabelle. »Ein Mr. Nakamura hat angerufen«, sagte der Android.

»Wer?«

»Mister Nakamura von East Bay Realty Associates. Es geht um das Haus in Walnut Creek, an dem du interessiert bist.«

Rhodes kannte niemand mit dem Namen Nakamura. Und er hatte auch nicht vor, sich ein Haus in Walnut Creek oder sonstwo zu kaufen.

»Es muß sich um eine falsche Nummer handeln«, sagte er. »Bestimmt will er einen anderen Nicholas Rhodes sprechen.«

»Er sagte, das würdest du wahrscheinlich annehmen. Aber ich soll ausrichten, daß es sich nicht um einen Irrtum handelt, daß du die Bedingungen seines Angebots sofort erkennen und als höchst angenehm empfinden würdest, wenn du erst mit ihm gesprochen hättest.«

Nakamura?

Walnut Creek?

Es ergab keinen Sinn. Aber alle Erwägungen darüber

mußten vorläufig warten. Van Vliet war wieder in einer der Leitungen.

Er wollte Rhodes sofort einige neue Grafikblätter im Büro vorbeibringen. Welche Überraschung! Van Vliet hatte schon wieder einen Packen Material parat.

Rhodes seufzte. »Was für Blätter?«

»Etliche Atmosphärenextrapolationen, die projektierten Zyanwasserstoffwerte und wie wir die sich daraus ergebenden Implikationen bewältigen wollen.«

»Ich stecke hier schrecklich mitten in der Arbeit, Van. Hat das nicht ein wenig Zeit?«

»Aber es ist wahnsinnig aufregend.«

»Zyanwasserstoff zu atmen ist aufregend?« fragte Rhodes. »Ja, vermutlich wäre das so. Aber nicht sehr lange.«

»Darauf will ich auch gar nicht hinaus, Nick«, sagte Van Vliet. Seit vor ein paar Tagen die Budgetanforderung nach New Tokyo hinausgegangen war, hatte Van Vliet begonnen, ihn als ›Nick‹ anzusprechen. Rhodes war nicht besonders erfreut darüber. »Aber versteh doch, Nick, wir sind da auf eine Reihe wirklich beeindruckender Gleichungen gekommen, die auf die Wahrscheinlichkeit einer Bildung von Aminosäuren im Meer schließen lassen. *Neue* Aminosäuren. Wenn du mir nur fünf Minuten Zeit gibst, damit ich dir zeigen kann, wovon ich rede ...«

»Okay«, sagte Rhodes. »Fünf Minuten.«

Van Vliet brauchte eine Viertelstunde. Doch das war hauptsächlich Rhodes' eigene Schuld, denn er begann sich zu interessieren. Anscheinend liefen Van Vliets Projektionen darauf hinaus, daß die bevorstehende chemische Zusammensetzung des Meerwassers bis zu einem gewissen, aber weitgehend nicht vorherbestimmbaren Grad einige Aspekte der Zusammensetzung der Nährstoffsuppe des Urmeeres wiederholen werde. Nachdem die Menschheit fröhlich Hunderte von Jahren hindurch die ganze Biosphäre mit allem möglichen tödlichen Abfall vollgestopft hatte, war sie jetzt anscheinend dabei, sich selbst mit einer weiteren grandiosen Bescherung zu überraschen, die diesmal allerdings etwas mit dem Leben, statt mit dem Tod zu tun hatte: ein Mischpaket, unverhoffte Biogenese neben der zu erwartenden Morbidität, eine Wiederholung der ursprünglichen chemischen Kräfte, die zur Entstehung des Lebens auf dem Planeten geführt hatten, ein Suppentopf aus Purinen, Adenylen und Aminos, die um und um gerührt wurden und die sich zu komplizierten Polymeren umbauten, von denen einige sich fortpflanzen konnten, und daraus entstand möglicherweise …

Fast alles konnte es sein.

Ein Sturm gequirlte Scheiße zufälliger genetischer Informationen braute sich da im vierundzwanzigsten Jahrhundert in den Meeren zusammen.

»Siehst du es?« Van Vliet schrie vor Erregung. »Wie sich das Potential für neue Lebensformen bildet? Nick! Die Schöpfung beginnt ganz neu von vorn!«

Rhodes rief ein herzhaftes Glucksen aus den Tiefen seiner Seele herauf. »Eine zweite Chance für die Trilobiten, wie?«

Van Vliet schien das nicht witzig zu finden. Er warf ihm einen vorwurfsvollen Blick zu. »Ich spreche von einzelligen Lebewesen, Nick. Von Bakterien, Protozoen. Eine unvorhersehbare maritime Welt von sich spontan entwickelnden Mikrobioten, die das Dasein für die bereits existierenden Lebensformen hier zur Hölle machen könnten. Uns zum Beispiel.«

Stimmt, dachte Rhodes. Ein Haufen fremdartiger Evolutionsmüll, der sich aus dem Wasser heraufwälzt, um den jetzt schon ausreichend gequälten Planeten mit neuen Plagen heimzusuchen.

Ein interessanter spekulativer Sprung das, und Rhodes erkannte dies auch offen und völlig ehrlich an. Aber in aller Offenheit und Ehrlichkeit verstand er nicht, was das überhaupt mit dem Survival/Modification-Programm der Santachiara Technologies zu tun haben sollte, jedenfalls vorläufig und bis auf weiteres. Vorsichtig sagte er also:

»Ich bewundere die Sorgfalt, Van, mit der du sämtliche Implikationen der Situation in Angriff nimmst. Aber ich bin nicht sicher, ob ich das Finanzierungsokay für eine Studie über Erkrankungen bekomme, die von bislang noch nicht existenten, noch nicht evolvierten Mikroorganismen hervorgerufen werden könnten.«

Kühles, beinahe herablassendes Grinsen von Van Vliet. »Aber im Gegenteil, Nick. Wenn es uns gelingt, die möglichen Folgen eines Quantensprungs in natürlichen Evolutionsprozessen darzustellen, sind wir vielleicht in der Lage, Schutzmechanismen aufzubauen gegen neue, aggressive Arten von ...«

»Van, bitte! Eins nach dem anderen, ja? Ja?«

Aber das war offensichtlich nicht Van Vliets Methode. Und ebenso offensichtlich sah er in Rhodes' Weigerung, vor Begeisterung über diesen neuen Aspekt zu jauchzen, nur einen weiteren Beweis für den hoffnungslos altmodischen Konservatismus seines Leitenden Direktors. Aber es gelang Rhodes, ihn zu besänftigen, indem er ihm herzlich zu dieser neuen Richtung in seiner Arbeit gratulierte, weitere Studienergebnisse zu sehen wünschte und versprach, bei der nächsten Direktorenkonferenz das Thema seiner Neuen Biogenese zur Sprache zu bringen. Und dann schubste er ihn glatt und geschickt aus der Tür.

Als Van Vliet fort war, gönnte sich Rhodes erst einmal einen neuen Drink, aber nur einen kleinen, um sich den Übergang zum nächsten Problem dieses Tages zu erleichtern.

Und dieses Problem hieß, sich noch einmal Gedanken über diesen Nakamura-Anruf zu machen. Er war noch immer überzeugt, wer immer dieser Mr. Nakamura sein mochte, er hatte sich verwählt. Aber seltsam war schon, daß er hatte ausrichten lassen, es handle sich nicht um einen Irrtum, ganz so, als hätte er mit Rhodes' verwirrter Reaktion gerechnet. Etwas an der Geschichte nagte an ihm und verlangte dringend nach Erklärung.

Es geht um das Haus in Walnut Creek, an dem du interessiert bist.

Der Gedanke schoß ihm durch den Kopf, daß es dabei vielleicht um eine Art Code ging – um den Verweis auf irgendeine geheimnisvolle Sache, in die dieser Nakamura ihn zu verstricken versuchte, den Verkauf von Firmengeheimnissen, vielleicht ein undurchsichtiges Gegenspionagespiel, irgend so etwas. Solche Sachen passierten laufend in der Welt der Megamultis, und Rhodes wußte das. Allerdings hatte er diesbezüglich keinerlei Erfahrungen aus erster Hand.

Rhodes plazierte einen Anruf an Ned Svoboda bei Imaging & Schematics.

Svoboda war einer von den Sauffreunden, mit denen Rhodes ab und zu nach Dienst zusammenhockte, und Svoboda erfreute sich des seltenen Renommés, in etwa einem Dutzend Jahren für drei verschiedene Megamultis gearbeitet zu haben: nicht nur Samurai Industries, sondern auch Kyocera-Merck, und vorher für den etwas weniger ehrfurchtgebietenden Haufen IBM/Toshiba. Svoboda war klug, Svoboda war mindestens so vertrauenswürdig wie sonstwer, der Rhodes einfiel, und Svoboda kannte sich auf dem Sektor seit langem aus. Und wenn einer sich mit dem verschlüsselten Jargon von Firmen, mit Industriespionage etc. auskannte, dann war Svoboda der richtige Mann.

»Geht es, wenn ich zu dir rüberkreuze und ein paar Minuten mit dir rede?« bat Rhodes. »Bei mir ist was Merkwürdiges passiert, und ich brauche einen kleinen Rat von dir.« Und – aber das mußte Rhodes gar nicht erst sagen – es handelt sich um etwas, das man lieber nicht über die Firmenleitungen besprach. Die hatten Ohren. Und das wußte jeder.

Svoboda war einverstanden. Rhodes begab sich acht

Stockwerke tiefer und traf sich mit ihm in der verglasten Erholungskuppel auf der Terrasse vor seinem Büro. Svoboda war klein und massiv, ungefähr vierzig und hatte dunkles wirres Haar und ausgeprägte slawische Gesichtszüge.

Rhodes sagte: »Ich bekam heute morgen einen seltsamen Anruf herein. Ein Typ mit einem japanischen Namen, sprach von Walnut Creek – ein Hausmakler, sagt er. Sagte, er würde gern mit mir über das Haus sprechen, an dem ich da draußen interessiert bin, das ich kaufen möchte.«

»Ich habe nicht gewußt, daß du vorhast, nach drüben auf die andre Seite zu gehen.«

»Habe ich ja auch nicht. Ich hab keine Ahnung, wer der Japs ist.«

»Ach so.«

»Aber das weiß der. Bei seinem Anruf machte der sich die Mühe, meinem Vorzimmer ganz nachdrücklich zu sagen, daß ich es bitte nicht für einen Fehlanruf halten soll, daß ich der Rhodes bin, den er zu erreichen versuchte, und daß mich das Haus, das er mir anzubieten hat, wirklich interessieren würde. Also, jetzt fing ich an, mich zu fragen, Ned ...«

Svoboda riß die Augen auf. »Ja, ich wette.«

»Und ich habe mir gedacht, es ist vielleicht was Komplizierteres, als es zunächst aussieht – etwas, das du mir klarmachen könntest. Irgend so etwas wie eine verschlüsselte Nachricht, die ich verstehen müßte, die ich aber nicht so recht ...«

»Schhhhst!«

»Was ist denn?«

»Sag jetzt mal weiter gar nichts, okay?« Svoboda streckte den linken Arm aus und ließ die Finger seiner rechten Hand rasch darüber gleiten; diese absurde kleine krabbenartige Geste, die allgemeinverständlich besagte: *Vielleicht sind hier Wanzen.* Die Firma hatte überall ihre Späher sitzen – anscheinend sogar auf den Erholungsterrassen. Svoboda fragte: »Hast du Papier und einen Stift mit?«

»Sicher. Da.«

Es war ein recht kleines Stück Papier, aber mehr fand er nicht. Svoboda preßte die Lippen zusammen und schrieb mit übertriebener Sorgfalt, quer über das Blatt und den Rand entlang, um alles unterzubringen, was er, ihm mitteilen wollte. Dabei verdeckte er das Geschriebene mit der anderen Hand gegen verdeckte Überwachungskameras. Dann faltete er das Blatt einmal und noch einmal und drückte es Rhodes in die Hand.

»Mach einen kleinen Spaziergang und lies es dabei. Und wenn du noch weiter mit mir sprechen willst, kannst du mich ja heute abend daheim erreichen. Okay?«

Er grinste, hob zwei Finger grüßend an die Schläfe und verschwand nach drinnen.

Mit sorgenvoller Stirn kehrte Rhodes in seine Abteilung zurück. Er dachte daran, Svobodas Notiz auf der Toilette zu lesen, doch dann überlegte er, daß höchstwahrscheinlich in dem ganzen Gebäude kaum ein Bereich mit größerer Wahrscheinlichkeit durch versteckte Kameras überwacht werden dürfte als gerade dieser. Also lehnte er sich einfach vor seinem Büro an die Wand, entfaltete den Zettel und hielt ihn sich in der hohlen Hand dicht vor die Augen, als wollte er seine Handlinien studieren.

In Blockbuchstaben stand da:

DAS HAUSANGEBOT BEDEUTETE, MAN WILL
DIR EINEN JOB ANBIETEN, DICH ABWERBEN.

Sofort fühlte er, wie sein Adrenalinspiegel hochstieg. Er bekam heftiges Herzklopfen.

Was sollte das bedeuten, verdammt?

Ein Jobangebot. Von wem? Warum?

Er las die Zeilen noch einmal. Und dann ein drittesmal. Dann ballte er das Papier zusammen und stopfte es tief in seine Tasche.

Sie wollen dich abwerben.

Vor drei Jahren hatte in der Baygegend die Erde gebebt, recht drastisch, Sechs-Komma-einige auf der Richterskala. Damals hatte das ganze Gebäude zweieinhalb Minuten lang geschwankt. Und jetzt fühlte Rhodes sich wieder genau so.

Er zitterte. Er versuchte, das unter Kontrolle zu bringen. Es gelang ihm nicht.

Jemand will dir einen Job anbieten.

Vergiß es! befahl er sich.

Mit sowas willst du nicht herumspielen. Du hast doch einen Job. Und es ist ein guter Job. Du hast eine prima Abteilung, eine Menge guter Leute für dich arbeiten, wirst angenehm honoriert, hast Aussichten auf glatten stetigen Aufstieg. Außerdem hast du in deinem Leben noch nie für eine andere Firma als für Samurai Industries gearbeitet. Du hast nie für jemand anderen arbeiten *wollen* als für Samurai Industries!

Er griff in die Tasche nach dem zerknüllten Zettel.

Wirf es weg, Nick! Wirf es fort!

Er ging zurück in sein Büro. Auf allen Inputs blinkten die Lämpchen, doch er kümmerte sich nicht darum. Er goß sich erst einmal einen Drink ein, einen ziemlich großen diesmal.

Dann überlegte er, wie es sein würde, für eine andere Firma zu arbeiten.

Zweifellos waren es seine eigenen Zwiespältigkeiten und seine Decidophobie, die ihn bei Samurai festnagelten. Und genauso war das in der Beziehung zu Isabelle. Gerade erst vor kurzem hatte er sich überlegt, daß er dringend etwas in seinem Leben verändern müsse, und das alles kehrte jetzt wieder und schoß tosend durch ihn hindurch, diese ganze Flut von unbestimmten Ressentiments, turbulent, fast explosiv, brodelte in ihm auf. Es war gar nicht so lange her, da hatte er Paul Carpenter zugegeben, wie tief er die Vorstellung verabscheute, daß Samurai Industries durch ihn ein Monopol auf die Adapto-Technologie beim Menschen erhalten könnte. Und Paul hatte ihm sofort die richtige Lösung genannt: Santachiara aufgeben. Zu jemand anderem wechseln, wie etwa zu Kyocera-Merck. Die ganze Abteilung mitnehmen. Die Gentechnologie dem Wettbewerb aussetzen. Samurai und K-M darum kämpfen lassen, wer die Weltherrschaft übernimmt ...

Bot sich ihm hier die Chance, genau dies zu tun?

Dann mußte er sie ergreifen!

Aber finde wenigstens heraus, was das Ganze auf sich hat, sagte er sich selbst nachdrücklich. Du rufst diesen Nakamura an und machst ein Treffen mit ihm aus!

»Verbinde mich mit Mr. Nakamura bei East Bay Realty«, befahl er wie in Trance seinem Sekretariat.

Es ist wie ein Date, dachte er, das möglicherweise zu einer ehebrecherischen Liebesaffäre führt.

Es dauerte eine ganze Weile, ehe die Verbindung stand. Eigentlich sollte man doch annehmen, daß Grundstücksmakler brennend daran interessiert sein müßten, mit potentiellen Käufern zu sprechen, doch anscheinend war es nicht die leichteste Sache auf Erden, einen Rückruf für Mr. Nakamura zustande zu bringen. Schließlich blinkten Lämpchen auf, und ein japanisches Gesicht sah ihn aus dem Visor an. Die standardisierte Undurchdringlichkeit, glatte Ausdruckslosigkeit im Gesicht, trotz des Androidenlächelns. Irgendwie wirkte das Gesicht echt japanisch, nicht wie das eines Japamerikaners, dachte Rhodes, ohne einen besonderen klaren Beweis dafür zu haben. Interessant.

»Ich bin Mister Kurashiki«, sagte das Gesicht. »Mister Nakamura bedankt sich herzlich für deinen Rückruf. Er kann zu jedem der folgenden Termine heute oder morgen mit dir sprechen.«

Im Visor tauchte ein Memo auf: 12:00 h; 14:00 h; 16:00 h. Für den nächsten Morgen gab es neun oder elf Uhr.

Rhodes verspürte ein leichtes Frösteln. Er fragte sich, ob er Mr. Nakamura tatsächlich je begegnen würde, ob es ihn überhaupt gab, ja sogar, ob dieser Mr. Kurashiki eine reale Person war. Dem Aussehen und der Sprache nach wirkte er eigentlich eher wie eine Simulation.

Dann sagte er sich, daß sein Verhalten dümmlich sei. Kurashiki war einfach für die Termine zuständig, weiter nichts; und er war eine reale Person, bestimmt, jedenfalls soweit das einer von diesen Japsen jemals sein konnte. Svoboda hatte es exakt erkannt: Es handelte sich um was Ernstes, ein reales Angebot von einem real existierenden Megakonkurrenten.

»Heute mittag«, sagte Rhodes. Das bedeutete, daß er fast sofort aufbrechen mußte. Aber das würde vielleicht verhindern, daß seine sprichwörtliche Unpünktlichkeit die Sache vermasseln könnte. Wahrscheinlich war es diesmal doch angebracht, nicht zu spät zu kommen. »Dürfte ich um Richtungsdirektiven bitten ...«

»Du wirst von Berkeley kommen? Vom Tower der Santachiara Technologies?«

»Ja.«

»Die Fahrt wird vierzehn Minuten und dreißig Sekunden dauern. Sobald du auf den Highway 24 kommst, sage deinem Wagen, der Streckenmodulcode ist H112O.03/Zufahrt WR 52.«

Rhodes tippte den 30sec-Datenabruf, und der Ausdruckerschlitz der Anlage spuckte die Ziffern aus. Er bedankte sich bei Kurashiki und beendete das Gespräch.

»Alle Termine für heute nachmittag absagen«, befahl er. »Ich bin nicht im Haus.«

Die *diablos* bliesen noch immer, als sein Wagen aus der Garage heraufkam. Ein geradezu greifbarer, körperlicher Wind, hart und messerscharf, vielleicht 80 km/h. Und er würde da mitten hineinfahren. Man konnte den Wind regelrecht *sehen*. Er trieb sichtbar durch das Gesamtkontinuum der Atmosphäre. Er hatte die Gestalt einer geisterhaften goldgelben Aura von irgendwie uringelber Tönung: ein rasch ziehender organischer Dunstschleier, virulente, phosphoreszierende, in die Höhe geschleuderte Strudel industrieller Kontaminationsstoffe, die aus dem Fabrikgürtel auf der anderen Seite des Walnut Creek westwärts drifteten. Die Luft war dermaßen voll von dem Zeug, daß sie wie geschwängert wirkte, als könnte sie alles, was sie auf dem Weg zum Meer berührte, ebenfalls schwängern. Rhodes dachte an die neue Theorie Van Vliets von der schwimmenden Aminosäurensuppe, aus der wundersam virulente Bakterien entstehen sollten. Vielleicht war dieser Wind da der entscheidende Faktor, der heute, an diesem Nachmittag, diese lustige neue chemische Verbindung zum Leben erwecken, von der Van Vliet behauptete, daß sie bald im Meer entstehen werde.

Rhodes verabscheute es, wenn das Gehirn seines Wagens für ihn dachte. Doch diesmal wußte er wirklich nicht, wohin er überhaupt fuhr, nur daß der Streckenkurs H112.O3/access WR52 lautete und das Ziel irgendwo in der Gegend von Walnut Creek lag.

»Bring mich zu H112.O3/access WR52«, sagt er seinem Wagen. Und der wiederholt gehorsam die Angaben.

»Übrigens, wo liegt das?« fragte Rhodes.

Aber das Auto konnte ihm nur den Fahrtcode noch einmal wiederholen. Für das Gehirn des Fahrzeugs war das angestrebte Ziel eben als H112.O3/access WR52 ausreichend definiert, und Punkt.

Der Wagen lag gut auf der Straße, wenn man die Geschwindigkeit des entgegenkommenden Windes berücksichtigte. Er brachte Rhodes fast ohne Schwanken durch den uralten Calbecott Tunnel und in das ausgebleichte versengt aussehende Land im Osten der Berge, wo die Temperatur stets um zwanzig Grad höher war, weil die kühle Pazifikbrise nicht so weit landeinwärts reichte, selbst an Tagen nicht, an denen keine Diablos brüllten. Und heute, bei dem heißen Ostwind, waren die Temperaturunterschiede wahrscheinlich noch viel größer: Richtige Wüstenhitze hier draußen, dachte er, Backofenglut, da brätst du in einer halben Minute durch wie ein Omelett. Aber er saß in der luftdicht versiegelten Blase seines Wagens bequem in Sicherheit und glitt rasch über den Freeway an den ehrwürdigen Hochhäusern der alten stillen Suburbia-Gemeinden vorbei, an Orinda, Lafayette, Pleasant Valley, auf die wuchernde miserable Metropole Walnut Creek zu – und dann, knapp vor dem Autobahnkreuz ein Zick und ein Zack, und der Wagen verließ die Hauptfahrbahn und schwang sich in die Berge hinauf. Hier oben war es absolut leer, erstaunlich leer, nur hin und wieder eine knorrige Eiche mitten auf dem sonnenverbrannten Gras. Der Wagen fuhr durch ein Sicherheitstor, dann durch ein zweites, dann kam ein Checkpoint, im Vergleich zu dem die ersten zwei Tore wie Filtergaze wirkten.

Leuchtendgrüne Sky-Glo-Schrift verkündete etwa zwölf Meter hoch:

KYOCERA-MERCK, LTD.
WALNUT CREEK RESEARCH CENTER

Da hatte er seine Antwort. Nicht daß er noch irgendwelche Zweifel gehegt hätte.

Der Wagen, unter dem Kommando irgendeines von Kyocera programmierten Straßenleitgehirns, glitt durch den Checkpoint, an einer Gruppe babylonisch wirkender Backsteingebäude vorbei und in eine Empfangskuppel.

Dort erwartete ihn Mr. Kurashiki; keine Simulation, sondern ein echter japanischer Mensch, mit einer gewissen reptilhaften Geschmeidigkeit. Er verbeugte sich formell auf diese japanische Art mit einem knappen ruckartigen roboterhaften Nicken. Auch das Lächeln war knapp und maschinell. Rhodes lächelte zurück, erwiderte aber die Verneigung nicht. Damit war der Höflichkeit Genüge getan, und Mr. Kurashiki brachte ihn zu einem Transportschacht, in dem er nach oben fuhr und in einem Büro landete, das – nach der behelfsmäßigen Einrichtung und dem allgemeinen Eindruck der Improvisiertheit und Kahlheit zu urteilen – offenbar ausschließlich für derartige ungeplante Besprechungen verwendet wurde.

Es war exakt zwölf Uhr.

Mr. Kurashiki verschwand wortlos. Rhodes trat vor. Ein überraschend hochgewachsener japanischer Mann erwartete ihn. Er stand exakt in der Mitte des Raums. Ein völlig anderer Typus, dieser Mann. Er sah aus wie aus grüngelbem Obsidian geschnitten: scharfe Gesichtszüge, schimmernde Hauttextur, schimmernde weit auseinanderliegende jettschwarze Augen mit einer einzigen dichten ungebrochenen Brauenlinie darüber. Starke klingenscharfe Wangenknochen.

Keine Verbeugung diesmal. Das Lächeln war dagegen beinahe menschlich.

»Guten Tag, Dr. Rhodes. Ich bin außerordentlich beglückt, daß du es möglich machen konntest, uns heute hier mit deinem Besuch zu ehren«, sagte er. »Ich bin sicher, du verzeihst uns unsere kleine Täuschung mit dem Hausmaklerangebot. So etwas ist zuweilen nötig, und ich setze voraus, du weißt das.« Die Stimme war tief und klangvoll, der Akzent unüberhörbar ausländisch: International Modern Japanese English, der schnurrende Akzent der japanischen Exilrasse, die in ihren weit über den Globus verstreuten verschiedenen Zufluchtländern begonnen hatte, eine neue eigentümliche charakteristische Art zu entwickeln, die Weltsprache zu sprechen. »Aber ich habe mich noch nicht vorgestellt. Ich bin Nakamura. Level Three Executive.« Wie durch einen Zaubertrick lag plötzlich eine Geschäftskarte in seiner Hand, elegant laminiertes Pergament mit Goldschnitt, und er überreichte Rhodes die Karte mit einer glatten gekonnten Bewegung.

Rhodes starrte auf die Karte. Die metallische Schrift glühte wie von einem zauberischen inneren Licht. Da war das Monogramm von Kyocera-Merck, und sein Name – HIDEKI NAKAMURA – dreidimensional in modernistischer Schrift blitzend, und in der einen Ecke die einfache Ziffer 3. Das Kennzeichen seines Status in der Hierarchie der Firma.

Grad *Drei?*

Der dritte Grad bedeutete in der Tat eine mächtige Managerqualität; es war nur eine Stufe weniger als die praktisch ›kaiserlichen‹ höchsten Ränge, die nahezu völlig von Angehörigen der allmächtigen Herrschafts-Erbclans der großen Megafirmen besetzt waren. Rhodes hatte in seiner ganzen Karriere als Angehöriger seiner Firma niemals ein Wesen von höherem als dem Vierten Rang zu Gesicht bekommen, geschweige denn mit ihm gesprochen.

Leicht verwirrt schob er die Karte in die Tasche. Nakamura streckte ihm dann wieder die Hand entgegen, diesmal nur zu einem ganz ordinären abendländischen Händedruck. Rhodes nahm die Hand. Sie fühlte sich mehr oder weniger an wie die jedes gewöhnlichen Sterblichen.

Nakamura lächelte weiterhin. Aber Rhodes glaubte hinter diesem Lächeln die eisige Wut zu spüren, von der diese hochrangigen Japaner alle beherrscht waren: Trotz all des Reichtums und der Macht und Intelligenz waren sie vom Wüten des Meeres aus ihrer Heimat vertrieben worden. Waren gezwungen, hier und dort auf der ganzen Erde ihr Leben weiterzuleben, mitten zwischen diesen behaarten, häßlichen, übelriechenden, hochnäsigen bleichen unjapanischen Barbaren. Und mußten ihnen sogar ab und zu die Hand schütteln.

Nakamura sagte: »Wenn ich dir etwas zu trinken anbieten darf, Dr. Rhodes? Ich persönlich bevorzuge Cognac. Wenn du dich mir vielleicht anschließen möchtest …«

Die haben wirklich sehr gut recherchiert, dachte Rhodes voll Bewunderung.

»Gern«, sagte er, vielleicht eine Spur zu hastig. »Aber bitte, selbstverständlich gern.«

14

ENRON SAGTE: »Da ist ein Restaurant. Da drüben. Komm, gehen wir hin und essen etwas.«

»Restaurant?« sagte Jolanda. »Ich sehe nirgendwo ein Restaurant, Marty.«

»Dort. *Dort!*« Enron hob ihren Arm, als wäre sie eine hölzerne Gelenkpuppe, und deutete damit in die Gegend. »Das kleine Haus da mit den Tischen davor, unter den grün-roten Markisen. Hier oben sind die Restaurants alle so im Freien. Weil man hier nämlich die Luft atmen kann, verstehst du?«

»Oh«, sagte sie verträumt. »Ooooh, ja. Ich verstehe.«

Tat sie das wirklich? Seit acht Stunden waren sie nun schon in Valparaiso Nuevo, aber sie lief noch immer herum wie eine Schlafwandlerin. Sicher, es war ihr erster Aufenthalt in einem Habitat, aber trotzdem – wirklich …

Bei der Ankunft im Terminal, als diese ganzen aufdringlichen smarten Kids sich an sie heranmachten und ihn dazu überreden wollten, sie als Touristenführer anzuheuern, wirkte sie in dem ganzen Trubel benommen und verwirrt und stand hilflos dabei, während Enron sich mit ihnen herumschlug. »Wer sind die denn?« fragte sie mit einer Stimme wie ein verschrecktes Kind, als der hartnäckige Schwarm sie umringte. Und sie hatte sichtlich auch kaum zugehört, als er ihr erklärte: »Verdammte Blutsauger, das sind sie. Parasiten, die dir einen Packen Geld abknöpfen wollen dafür, daß sie dir angeblich durch den Zoll helfen und dir ein Hotelzimmer verschaffen, was jeder einigermaßen intelligente Mensch durchaus selbst erledigen kann.« Aber schließlich heuerte er doch einen an, einen massigen blonden

Stöpsel, der seinen Namen als Kluge angab. Zum Teil weil ihm der Verdacht kam, daß die Dienstleistungen dieser Kinder an einem dermaßen korrupten Ort wie hier wahrscheinlich notwendig sein würden, aber auch weil er jemanden brauchte, der vielleicht nützliche Verbindungen für ihn herstellen konnte, wenn er sich der bevorstehenden Aufgabe zuwandte. Spezifisch hieß das, Jolandas konspirativen Freund Davidov aus Los Angeles in dieser kleinen Kugelwelt ausfindig zu machen, beziehungsweise dabei zu helfen, vor allem, weil es zwangsläufig nicht so sehr leicht sein konnte, hier Leute zu finden, die keinen gesteigerten Wert darauf legten, daß man sie fand.

Zum Teil hatte Enron dies auch Jolanda zu erklären versucht, aber nur wenig, und sie nickte, aber irgendwie dumpf und schläfrig. Kein Fünkchen von Begreifen zeigte sich in ihren Augen.

Vorläufig schien Valparaiso Nuevo wie eine narkotisierende Droge auf Jolanda zu wirken. Man hätte erwarten dürfen, daß sie am ersten Tag ihres allerersten Trips zu den L-5-Welten nach so vielen Jahren voller Sehnsuchtsträume hypermanisch reagieren müßte, daß sie mit großen Augen herumlaufen würde und alles auf einmal in sich aufzunehmen versuchen würde. Doch nein, der Überraschungsschock hatte genau die gegenteilige Wirkung. Trotz ihres starken Hyperdex-Konsums – Enron hatte sie das Stimulans mehrmals nehmen sehen, und sie lutschte es wie Bonbons – wirkte sie stumpf, wie betäubt und schleppte träge und plump die Füße hinter sich drein, ganz die dumpfhirnige faule Kuh, die sie hinter dem ganzen Geplapper von der Bedeutung von Kunst und Kultur wirklich war, dem Geschwätz von der Notwendigkeit, den Planeten zu schützen, und dem ganzen übrigen Quark ihrer kalifornischen Eselspolitik.

Vielleicht kam das von der frischen Luft, dachte Enron, und dem relativ hohen Sauerstoffanteil und dem völligen Fehlen von Methan und toxischen Verunreinigungen. Sie wurde nicht fertig mit dieser ganzen sauberen süßen Luft. Vielleicht setzte ihr Gehirn aus, wenn es nicht den gewohnten richtigen CO_2-Fix bekam. Oder aber es war die geringere Schwerkraft. Die allerdings hätte sie beschwipst-beschwingt machen sollen, statt dessen verwandelte sie das in einen Zombie. Drunten im Terminal an der Nabe waren sie fast über den Boden geschwebt, so gering war dort die Schwerkraft, und beinahe vom ersten Moment nach der Landung an war Jolanda mit diesem glasigen Blick und dem Hirntotenausdruck auf dem Gesicht herumgeschlichen.

Und nun hatten sie den ganzen aberwitzigen bürokratischen Mist beim Zoll und der Einreisebehörde hinter sich gebracht, waren in ein Hotel gezogen, und es war Dinnerzeit und sie befanden sich in einer Stadt namens Valdivia, etwas weiter als auf halber Strecke zum Rand in der F-Speiche. Enron schätzte die Schwerkraft auf etwa sechs Ge; auf jeden Fall aber der Erdnorm etwas näher als im Terminal. Aber bisher zeigte das noch keine Wirkung. Er hoffte, Jolanda werde später im Hotelzimmer nach dem Essen ein wenig lebendiger sein.

Sie betraten den Patio des Restaurants. Ein öliger Oberkellner dienerte sie schmalzig an einen Tisch. Aus dem Tischtuch erblühte auf Visoren das Menü.

»Was willst du trinken?« fragte er.

»Was?« Sie sah ihn verwirrt blinzelnd an.

»*Trinken,* etwas zu trinken! Wach auf, Jolanda!«

»Oh. Trinken? Tut mir leid, Marty. Es muß der Jetlag sein.«

»Beim Shuttleflug gibt es keinen Jetlag. Wir sind direkt hier raufgeflogen. Wumm! Schneller, als es zwischen L. A. und Tel Aviv geht.«

»Aber irgendwas ist es. Ich fühle mich so komisch.«

»Gefällt es dir hier nicht?«

»Ach nein, das ist es nicht. Es ist *wundervoll* hier. Ich

habe ja gewußt, daß die Raumwelten wunderschön sind, sagenhaft, aber ich habe mir nie so recht ausgemalt – die Sterne, der Mond – die ganze Pracht, diese ganzen schimmernden gläsernen Wände, die grandiose Aussicht überall – und diese Luft – die ist so frisch, daß ich mir wie betrunken davon vorkomme, Marty. Ich habe noch nie eine Luft wie die hier geatmet.« Sie sah ihn um Verzeihung bittend mondkalbhaft an. »Ich bin dermaßen aufgeregt, daß ich ganz benommen bin, glaube ich. Mir kommt das alles wie ein Traum vor. Ach, Marty, ich bin so hingerissen, daß du mich hierher mitgenommen hast. – Bestell mir einen Whiskey-sour, bitte.«

Gut. Wenigstens zeigte sie wieder ein paar Anzeichen von Leben.

Enron brachte ein Lächeln zustande. Er drückte die Bestellung in den Tischcomputer, dann langte er zu ihr hinüber, ergriff ihre Hand, streichelte sie zärtlich, drückte sie. Zwinkerte ihr zu. Heute nacht im Hotelzimmer, dachte er, werde ich jeden Quadratmillimeter deines gigantischen wundervollen Riesenkörpers abschlecken, ich werde dich zur sexuellen Raserei treiben, ich will dich auf sechzig verschiedene Arten von hier bis in die Ewigkeit ficken. Und dann, am Morgen danach, werden wir uns auf die Suche nach deinen Freunden machen, deinen gerissenen Kumpeln aus Los Angeles, die sich angeblich hier irgendwo aufhalten und planen, den alten Generalissimo in den Materieumwandler zu stecken und seine Kleinwelt hier zu übernehmen. Und wenn wir sie gefunden haben, deinen Davidov und die anderen …

Während er an Jolanda herumfummelte, ließ er den Blick über ihre Schulter hinweg schweifen und überprüfte beinahe automatisch neugierig die anderen Tische. Und plötzlich entdeckte er dabei jemanden, dessen Anwesenheit hier ihn aufs höchste erregte.

Ja, da schau mal, wen wir hier haben! Unseren augenlosen ungarischen Kyoceraner!

Seine Finger verkrampften sich. Jolanda stieß einen kleinen überraschten Schmerzensschrei aus und zog die Hand fort. Sie sah ihn bestürzt an.

»Verzeih«, sagte er.

»Was ist denn los? Stimmt was nicht?«

»Nein. Eigentlich ist es nichts. Bloß was sehr Interessantes. Dreh dich nicht um, Jolanda. Steh einfach auf und geh durch den Patio. Du suchst die Toilette oder so. Frag einen Kellner, wo das ist. Und dabei schau dich genau, aber unmerklich um. Der Mann drei Tische hinter uns, er schaut in meine Richtung. Du wirst sofort wissen, wen ich meine.«

Sie tat genau wie befohlen. Enron folgte ihr mit den Augen, beobachtete die langsamen wogenden Bewegungen ihrer Hüften, der schwellenden saftigen Hinterbacken. Als sie an dem Ungarn vorbei kam, reagierte sie nur flüchtig, mit etwas hastigeren Schritten und einem kurzen Zurückzucken der Ellbogen, als hätte ein leichter elektrischer Strom sie gestreift. Ein weniger scharfer Beobachter, als Enron es war, hätte die Reaktion wahrscheinlich überhaupt nicht bemerkt. Sie ging sofort weiter, ihr loses Kleid waberte um sie herum, und sie verschwand auf der anderen Seite des Patio.

Auf dem Rückweg riskierte sie einen weiteren flüchtigen Blick auf das Gesicht des Ungarn. Sie war jetzt hellwach, die Augen klar, der Atem ging heftig, die Nasenlöcher blähten sich. Sie war aufgeregt, ja.

»Faszinierend«, sagte sie und setzte sich wieder. »So ein Gesicht habe ich noch nie gesehen.«

»Ich schon.«

»Du kennst den Mann?«

»Ich hatte mal Kontakt zu ihm. Vor langer Zeit.«

»Ein bestürzendes Gesicht. Ich möchte es gern modellieren. In Ton. Die Hände darübergleiten lassen, die Knochenstruktur darunter herausspüren. Wer ist der Mann, Marty?«

»Ein Mann namens Farkas. George Farkas, Laszlo,

Alexander Farkas – ich habe den Vornamen vergessen. Ein Ungar. Die haben so etwa sechs männliche Vornamen in ihrer Sprache, diese Ungarn. Wenn sie nicht György heißen, dann bestimmt Laszlo, Gabor oder Alexander. Oder Zoltan. Er arbeitet für Kyocera-Merck. Nein, *Victor,* so heißt er. Victor Farkas. Die Ausnahme, die die Regel bestätigt.«

»Woher kennst du ihn?«

»Ich bin ihm einmal begegnet. Das war in … – ich weiß es nicht mehr, in Bolivien oder Venezuela, jedenfalls war es da unglaublich heiß und überall Dschungel und Lianen und Palmen, und wenn du fünf Minuten lang still da stehen geblieben wärst, hättest du grünes Moos aus deiner Haut wachsen sehen können. Er arbeitet in meiner Sparte, dieser Farkas.«

»Journalist?«

»Nein, Spion. Bei Kyocera-Merck nennen sie das ›Expediteur‹. Bei meinen Auftraggebern heißt das ›Journalist‹. Wir machen zwar das gleiche, Farkas und ich, aber er eben für die Firma Kyocera-Merck, und ich für die israelische Regierung.«

»Ich habe gedacht, du schreibst für *Cosmos*.«

Wieder griff er nach ihrer Hand. Ihre Titten sind grandios, dachte er, aber sie ist wirklich geistig unterbelichtet. Und vielleicht besteht da ja ein Zusammenhang, und sie ist nicht bloß metaphorisch eine dumme Kuh, sondern eine ganz echte richtige Kuh. Man hat sie mit Rindviehgenen retrofittiert, damit sie diese grandiosen Euter kriegte.

Ruhig sagte Enron: »Ich dachte, das habe ich dir alles bereits gesagt, und ich glaubte, du hast es verstanden. Die Arbeit für die Zeitschrift ist mein Coverjob, Jolanda. Aber ich bin wirklich und ehrlich ein Spion. Ich spioniere, wenn ich vorgebe, journalistisch zu arbeiten. Ist dir das jetzt klar? Würdest du es mir bitte glauben? Ich hatte gedacht, das war dir klar nach der Nacht in deinem Haus.«

»Ach, am nächsten Morgen war ich sicher, du hast nur einen Witz gemacht.«

»Aber ich bin ein Agent. Ehrlich! Als du mir von deinen Freunden in Los Angeles erzählt hast, war der Grund, weshalb ich dich bat, mit mir hier heraufzukommen und mich mit ihnen bekanntzumachen, daß ich da eine Möglichkeit sah, etwas Nützliches für mein Land zu tun, nicht für dieses Magazin. Ich arbeite für den Staat Israel. Fällt dir das so schwer zu glauben? Als ich damals nachts von dir fortging, rief ich über Scrambler eine Geheimnummer in Jerusalem an, ich benutzte Codenamen und Codewörter, ich erklärte dort, in unserem Agentenjargon, wohin ich reisen wollte, und warum, und über Spezialverbindungen wurden die Tickets für diesen Flug besorgt. Und die Visa für uns beide. Hast du denn gedacht, daß es immer so glatt geht, ein Einreisevisum zu bekommen, für einen Ort wie den hier? Aber ich habe das über Nacht geschafft, weil meine Regierung die richtigen Verbindungen für mich spielen ließ. Ich sage dir das alles, weil es mich schmerzen würde, wenn du dich irgendwelchen Illusionen über mich hingegeben hättest. Ich wirke vielleicht manchmal wie ein Bastard, Jolanda, aber ich bin ein anständiger Mensch.«

»Neulich, als ich nachts zu dir gesagt habe, daß ich noch nie mit einem Spion geschlafen habe, sagtest du, daß du einer bist. Einfach so, hast du das gesagt. Zuerst habe ich dir geglaubt, aber dann wieder nicht. Und jetzt sagst du sowas schon wieder.«

»Wenn es dir lieber ist zu glauben, daß ich für eine Zeitschrift schreibe, dann glaub das. Glaub einfach, was dich am glücklichsten macht.«

Enron sah, daß sie mit dem, was bei ihr das Gehirn ersetzte, die Sache endlos wiederkäuen würde. Schön, das paßte ihm ganz gut. Sollte man sie jemals befragen, sie würde ihre Inquisitoren mit einer Flut von vagen, nutzlosen Informationen überschütten. Manchmal war es eben am besten, die Wahrheit über sich zu sagen, um einen verwirrenden Nebelschleier über das zu breiten, was man wirklich tat.

Sie fragte: »Der Mann ohne Augen, wie kann der ein Spion sein, wenn er nichts sieht?«

»Ach, er kann schon sehen. Er macht es nur anders als wir.«

»Du willst sagen, er macht das mit Psi?«

»Etwas in der Art, ja.«

»Ist er damit geboren?«

»Ja und nein«, erwiderte Enron.

»Ich verstehe nicht«, sagte Jolanda. »Was heißt das?«

»Als er noch im Mutterleib war, wurde eine Spleiß-Operation bei ihm gemacht. Ich weiß nicht, wer das tat und warum. Als wir uns trafen, erschien es mir nicht angemessen, ihn danach zu fragen.« Enron erlaubte sich einen raschen Blick zu Farkas hinüber, der mit seinem Essen beschäftigt war. Er wirkte gelassen und entspannt, ganz auf seine Mahlzeit konzentriert. Falls er Enrons Anwesenheit bemerkt hatte, so ließ er sich das nicht anmerken. Enron sagte: »Das ist ein sehr schwieriger Mensch, hochintelligent und sehr gefährlich. Ich frage mich, was er hier vorhat. – Du sagst, du findest sein Gesicht faszinierend?«

»Sehr.«

»Und du willst es modellieren? Den Knochenbau mit den Händen abtasten?«

»Ja. Das möchte ich wirklich sehr gern.«

»Ah. Ja, dann wollen wir mal sehen, wie wir das möglich machen könnten, ja?«

15

VOR SONNENUNTERGANG übergab Carpenter das Kommando über den Trawler an Hitchcock und fuhr in dem schnittigen kleinen silbrigen Kajak, das sie als Beiboot benutzten, zur *Calamari Maru* hinüber. Er nahm Rennett als Begleitung mit.

Der Gestank drang ihm bereits in die Nase, lange bevor er die schimmernde Monofiberleiter hinaufklettern konnte, die sie ihm über die Reling heruntergelassen hatten: ein beißender säuerlich-bitterer Gestank von dichten, fast sichtbaren Miasmen. Das Zeug einzuatmen war, wie wenn man ganz Cleveland mit einem einzigen Schnaufer einatmen würde. Carpenter wünschte, er hätte eine Atemmaske mitgenommen. Doch wer rechnete schon damit, daß man so etwas auf See brauchen könnte, wo die Luft angeblich noch sauber sein sollte?

Er wäre nicht überrascht gewesen, hätte er entdeckt, daß der Geruch von der *Calamari Maru* selbst ausging, daß Rumpf und Deck und Aufbauten und alles andere von häßlichen vor Fäulnis pulsierenden Eiterpusteln übersät waren. Tatsächlich aber war sonst alles in Ordnung mit dem Schiff, wenn man von der allgemeinen Vernachlässigung und Schlamperei absah: schwarze Flecken auf dem Deck, überall graue Staubablagerungen, ein paar übel aussehende rostfarbige Ozonnarben, die der Ausbesserung bedurften. Aber der Gestank rührte von den Tintenfischen selbst her.

Der Schiffskern war ein einziger großer Tank, eine große Fischverarbeitungsanlage, die das ganze Mitteldeck einnahm, Carpenter hatte solche Schiffe vor Anker im Hafen von Oakland gesehen – Samurai Industries hatte Dutzende davon laufen –, doch er hatte nie weiter darüber nachgedacht, wie es an Bord eines solchen Kahns sein mußte.

In dem Tank erblickte er einen Alptraum von marinen Lebensformen, Bataillone von kräftigen vielarmigen Tintenfischen in Schwärmen, großäugige, perlenbesetzte, knochenlose Phantome, die in Formation schwammen und plötzlich und simultan die Richtung änderten, wie Kalmare das nun einmal tun. Blitzende mechanische Drehmesser bewegten sich zwischen ihnen, griffen zu und schlitzten auf, fanden geschickt das Nervenzentrum und schnitten es heraus und spülten den eßbaren Rest zu der Verpackungsanlage am anderen Ende des Tanks. Der Gestank war buchstäblich atemberaubend. Das ganze Ding war eine einzige Verarbeitungsmaschine. Seit die Anbauflächen im Herzen Nordamerikas und im gemäßigten Europa sich in Wüsten verwandelt hatten und die Welternährung so stark von dem dünnen steinigen Boden in Nordkanada und Sibirien abhing, war es überlebenswichtig geworden, die Meere abzuernten. Das begriff Carpenter durchaus. Aber er hatte nicht erwartet, daß ein Kalmarschiff so gräßlich *riechen* würde. Er hatte Mühe, sich nicht zu übergeben.

»Man gewöhnt sich daran«, sagte die Frau, die ihn an Bord begrüßte, als er über die Reling kletterte. »In fünf Minuten merkst du es nicht mehr.«

»Wir wollen es hoffen«, sagte er. »Ich bin Captain Carpenter. Mein Maintenance/Ops. Rennett. Wo ist Kovalcik?«

»Ich bin Kovalcik«, sagte die Frau.

Carpenter riß die Augen auf. Das schien die Frau zu amüsieren.

Kovalcik wirkte robust und massiv, für eine Frau überdurchschnittlich groß, starke Wangenknochen, sehr weit auseinanderstehende Augen, der Ausdruck des Gesichts sehr kühl und kontrolliert, doch dahinter sah er deutlich die Anspannung. Sie trug einen sackähnlichen Sportdress aus grobem grauen Material. Carpenter schätzte sie auf etwa dreißig. Die Haare schwarz und kurzgeschoren, die Haut hell, verblüffend hell und mit kaum einer Spur Screen darin. Er sah Anzeichen einer solaren Hautschädigung, Ozonfältchen, rote Verbrennungsflecken. Zwei ihrer Crew standen hinter ihr, ebenfalls Frauen, gleichfalls in Sportanzügen, beide ebenso merkwürdig hellhäutig. Auch ihre Haut sah nicht besonders gesund aus.

Kovalcik sagte: »Wir sind sehr dankbar, daß ihr rüberkommt. Wir haben großen Ärger an Bord dieses Schiffs.« Ihre Stimme klang flach. Nur eine Spur eines europäischen Akzents, kaum einzuordnen, von irgendwo östlich von Wien, aber nicht lokalisierbar.

»Wir werden euch aushelfen, wenn wir können«, sagte Carpenter zu ihr.

Nun sah er auch, daß sie einen Brocken von seinem Berg herausgeschnitten und an Deck gehievt hatten, wo er jetzt in drei große Aluminiumtanks abschmolz. Es konnte sich um nicht einmal ein Millionstel des Volumens des ganzen Eisbergs handeln, ja nicht einmal um das Zehntel eines Millionstels, aber als er das Eis da vor sich sah, verspürte er einen kleinen flüchtigen Stich von besitzerhafter Verärgerung und merkte, daß ein Muskel in seiner Wange zuckte. Diese Reaktion blieb ebenfalls nicht unbemerkt. Kovalcik sagte hastig: »Ja, Wasser ist eins von unseren Problemen. Wir mußten unsere Vorräte auf diese Weise ergänzen. Es gab in letzter Zeit ein paar Materialpannen. Wollen wir jetzt ins Kapitänslogis gehen? Wir müssen besprechen, was geschehen ist und was jetzt getan werden muß.«

Sie führte ihn über das Deck, und Rennett und die anderen zwei Frauen folgten ihnen.

Die Calamari Maru war recht beeindruckend. Sie war groß und lang und schnittig, irgendwie erinnerte sie an die Konstruktion eines Kalmars: Jetstrahlantrieb, der Wasser in kolossale Kompressoren saugte und hinten wieder ausstieß. Es war eine der vielen Lösungen, im maritimen Verkehr Transportprobleme mit niedrigem Brennstoffverbrauch zu arbeiten, um in diesen bedrängten Zeiten die CO_2-Belastung zu reduzieren. Riesenhafte Dinger wie Strebebögen verliefen zu beiden Seiten des Decks. Es seien, erklärte ihm Kovalcik, Kalmarköderanlagen, die von bioluminiszenten Photophoren bedeckt seien: Man ließ sie zu Wasser, und sie strahlten ein Licht aus, das das Leuchten der Tintenfischkörper imitierte, und die glitschigen armen Tentakelkerle kamen aus großer Entfernung herangejettet, weil sie sich eine Riesenfete erwarteten, und landeten statt dessen im Fangnetz.

»Ganz beachtlicher Schlachthausbetrieb, was ihr hier habt«, sagte Carpenter.

Ein wenig kurz angebunden sagte Kovalcik: »Wir produzieren nicht nur Fleisch. Natürlich haben unsere Fänge einen hohen Nahrungswert, aber wir schälen auch die Nervenstränge heraus, die Axone, und bringen sie an Land, wo sie in allen möglichen biosensorischen Bereichen Anwendung finden. Diese Nervenfasern sind sehr groß, hundertmal dicker als bei uns Menschen, die größten auf der Welt, das massivste Signalsystem der ganzen Tierwelt. Sie sind wie Einkammerncomputer, diese Tintenfischaxone. An Bord deines Schiffs sind tausend Prozessoren, die mit Tintenfischgewebe arbeiten, wußtest du das? Hier entlang jetzt, bitte.«

Sie stiegen einen schmalen Niedergang hinab. Carpenter hörte stampfende und zischende Geräusche hinter den Wänden. Ein Schott war eingebeult und stark zerkratzt. Die Beleuchtung hier unten war trüber als normal, und die Fassungen summten bedrohlich. Und es roch hier nach etwas anderem, irgendwie chemisch, süßlich, aber nicht angenehm, eher ein wenig süßlich-verbrannt, ein Geruch, der sich scharf von dem Kalmargestank abhob, wie etwa eine Pikkoloflöte über dem Dröhnen von Trommeln. Rennet warf ihm einen düsteren Blick zu. Dieses Schiff war wirklich ein Saustall.

»Hier ist das Kapitänslogis.« Kovalcik stieß eine Tür auf, die schief in den Angeln hing. »Wir erst nehmen einen Drink, ja?«

Die Ausmaße der Kabine verblüfften Carpenter nach all den Wochen, die er eingesperrt in seinem engen Loch zugebracht hatte. Der Raum war fast eine Turnhalle. Es gab einen Tisch, einen Schreibtisch, Regale, eine bequeme Koje, Ablageborde, eine Hygienezelle, sogar einen Unterhaltungsvisor, alles hübsch großzügig verteilt, so daß man tatsächlich im Raum Platz hatte, herumzugehen. Der Visor war zertrümmert. Kovalcik holte eine Flasche peruanischen Schnaps aus einem Schrank, und als Carpenter nickte, goß sie drei große Gläser bis zum Rand voll. Sie tranken schweigend.

Der Fischgestank war hier drin nicht so schlimm, oder aber er gewöhnte sich tatsächlich schon daran, wie sie gesagt hatte. Doch trotz der Geräumigkeit war die Luft hier stickig und dumpf, eine dicke klebrige Suppe, die das Atmen schwer machte. Mit der Ventilation stimmt auch was nicht, dachte Carpenter.

»Du siehst unsere Schwierigkeiten«, sagte Kovalcik.

»Ja, ich merke, daß es da Ärger gab.«

»Das ist nur ein Teil. Du solltest erst den Kommandoraum sehen. Hier, trink noch einen Schluck, dann bringe ich dich hin.«

»Lassen wir den Drink«, sagte Carpenter. »Wie wär's denn, wenn du mir einfach sagen würdest, was auf diesem Schiff los war?«

»Erst komm mit, Kommandoraum ansehen«, sagte Kovalcik.

Der Kommandoraum lag ein Deck tiefer als die Kapitänskajüte. Und hier herrschte das absolute Chaos.

Der Raum war fast ausgebrannt. Auf allen Flächen

waren Lasernarben und klaffende Wunden in der Deckenverschalung. Aus den Datenschränken hingen schimmernde Elektrodenbündel wie zerrissene Halsketten, wie hervorquellende Gedärme. Überall Anzeichen von einem furchtbaren Kampf, einem monströsen wahnsinnigen internen Krieg, der in den empfindlichsten Bereichen der Denkzentrale des Schiffs getobt haben mußte.

»Es ist alles kaputt«, sagte Kovalcik. »Nichts läuft mehr, außer dem Kalmarverarbeitungsprogramm, und ihr habt ja gesehen, daß die großartig funktionieren. Sie machen immer weiter, die Netze, die Seziermesser, Shredder und so. Aber sonst ist alles beschädigt. Unser Wassersynthesizer, die Ventilatoren, die Navigationsinstrumente und noch vieles mehr. Wir führen Reparaturen durch, aber es geht sehr langsam.«

»Das denke ich mir. Ihr habt hier wohl eine verdammt turbulente Party gefeiert, was?«

»Es gab einen Kampf. Von Deck zu Deck, von Kabine zu Kabine. Es erwies sich als nötig, Captain Kohlberg in Gewahrsam zu nehmen, und er und einige der anderen Offiziere widersetzten sich.«

Carpenter blinzelte und hielt den Atem an.

»Verdammt, was sagst du da? Daß ihr hier an Bord eine *Meuterei* hattet?«

Eine Sekunde lang hing das schwerbelastete Wort zwischen ihnen wie ein wirbelndes Schwert.

Dann sagte Kovalcik mit der gewohnten ausdruckslosen Stimme: »Als wir eine Weile auf See waren, begann er sich zu betragen wie ein Verrückter. Die Hitze machte ihm zu schaffen, die Sonne, vielleicht die Luft. Er verlangte unmögliche Sachen. Er wollte auf keine Vernunftgründe mehr hören. Also mußte er von seinem Kommando abgelöst werden, um die Sicherheit aller zu gewährleisten. Es gab ein Meeting, und er wurde festgesetzt. Einige seiner Offiziere erhoben Einwände, und so mußten auch sie festgesetzt werden.«

Verdammte Scheiße, dachte Carpenter. Ihm war ein wenig übel. In was bin ich da reingelatscht!

»Für mich klingt das ganz nach Meuterei«, sagte nun Rennett.

Carpenter verwies sie mit einem Blick zum Schweigen. Kovalcik begann sichtlich die Haare zu sträuben, und es war nicht abzusehen, wann ihre eisige Starre sich in einen vulkanischen Wutausbruch verwandeln konnte. Zweifellos war sie extrem gefährlich, wenn es ihr gelungen war, ihren Captain und die meisten Mitoffiziere gefangen zu setzen. Eine Meuterei war auch heutzutage noch eine ernste Sache. Der Fall erforderte Fingerspitzengefühl.

Er fragte Kovalcik: »Sie leben aber noch, der Kapitän, die Offiziere?«

»Ja. Ich kann sie dir vorführen.«

»Das wäre vielleicht eine gute Idee. Aber erst solltest du mir vielleicht etwas ausführlicher über die Beschwerden berichten, die ihr hattet.«

»Das spielt doch jetzt keine Rolle, oder?«

»Für mich schon. Ich muß wissen, womit du die Absetzung eines Kapitäns rechtfertigst.«

Sie schaute etwas ärgerlich drein. »Es waren viele Dinge, manche bedeutend, manche geringfügig. Arbeitspläne, Teamzuteilung, die Proviantierung. Alles wurde von Woche zu Woche schlimmer für uns. Wie ein Tyrann, so war der. Ein Cäsar. Anfangs nicht, aber nach und nach die Verwandlung bei ihm. Es war eine Sonnenvergiftung, was der hatte, der Wahnsinn, der von zu großer Erhitzung des Gehirns kommt. Er fürchtete sich davor, zuviel Screen zu verwenden, verstehst du, hatte Angst, wir würden am Ende der Fahrt nichts mehr davon übrig haben, also ließ er das ganz strikt rationieren, nicht bloß für uns, auch für sich selber. Und das war eins von unseren größten Problemen, der Screen.« Kovalcik berührte sich an den Wangen, den Armen und Handgelenken, wo die Haut rot und wund war. »Siehst du, wie ich aussehe? So sind wir alle. Kohlberg setzte uns auf die halbe Dosis, dann kürzte er sie noch mal um die Hälfte. Die Sonne fing an uns zu zerfressen. Das Ozon. Wie Rasierklingen vom Himmel herunter. Wir waren ungeschützt, verstehst du? Er hatte so große Angst, daß später kein Screen mehr übrig wird sein, daß er uns nur an jedem Tag ganz wenig gibt, und wir litten, und er litt auch, und er wurde immer verrückter, wie die Sonne auf ihn wirkte, und es gab immer weniger Screen. Er hatte es versteckt, glaube ich. Wir haben es noch nicht gefunden. Wir sind immer noch auf der Vierteldosis.«

Carpenter versuchte sich vorzustellen, wie das sein müßte, ohne Körperschutzmantel unter dem erbarmungslosen Himmel dieser tropischen Breiten zu fahren. Die tägliche Injektion wurde ihnen versagt, und die ungeschützte Haut dieser Menschen war der ganzen wütenden Wucht des Treibhausklimas ausgesetzt – der peitschenden Sonnenstrahlung angesichts der beschädigten Ozonschicht. Konnte dieser Kohlberg tatsächlich so verblödet gewesen sein, oder dermaßen verrückt? Aber die offenen Verbrennungsflecken auf Kovalciks Haut waren nicht zu leugnen.

»Ihr möchtet also, daß wir euch eine bestimmte Menge Screen abgeben?« fragte er besorgt.

»Nein. Das würden wir von euch nicht erwarten. Wir werden irgendwann bald das Versteck finden, wo Kohlberg es hingetan hat.«

»Aber was wollt ihr dann von uns?«

»Kommt mit«, sagte Kovalcik. »Jetzt ich zeige euch die Offiziere.«

Die Meuterer hatten ihre Gefangenen in der Sanitätsstation verstaut, einem dumpfigen feuchten Raum tief unter Deck mit drei Zweierreihen von Kojen an der Wand und dazwischen einige nichtarbeitende medizinische Geräte. Außer einer Koje lag auf jeder ein schweißglänzender Mann mit einem Wochenbart. Sie waren bei Bewußtsein, aber nicht übermäßig. Sie waren an den Handgelenken gefesselt.

»Es ist uns sehr unangenehm, daß wir sie so festhalten müssen«, sagte Kovalcik. »Aber was sollen wir sonst machen? Dies ist Captain Kohlberg.« Der Kapitän war ein untersetzter teutonisch wirkender Mann mit glasigem Blick. »Er ist jetzt ruhig. Aber nur, weil wir ihn unter Sedation halten«, erklärte Kovalcik. »Wir halten sie alle ruhig, fünfzig Kubik Omnipax pro Tag. Aber die ständige Betäubung könnte eine Gefahr für ihre Gesundheit werden. Und außerdem, die Droge, sie ist bald zu Ende. In ein paar Tagen haben wir keine mehr übrig, und es wird schwieriger sein, sie in Schach zu halten, und wenn sie ausbrechen, gibt es wieder einen Kampf auf diesem Schiff.«

»Ich bin nicht sicher, ob wir überhaupt Omnipax bei uns an Bord haben«, sagte Carpenter. »Ganz bestimmt nicht so viel, daß es euch viel weiterhelfen könnte.«

»Auch darum bitten wir dich nicht«, sagte Kovalcik.

»Ja also, was wollt ihr denn dann?«

»Diese fünf Männer da, sie gefährden die Sicherheit aller. Sie haben den Anspruch auf Befehlsgewalt verloren. Das könnte ich dir mit Aufzeichnungen aus der Zeit der Kämpfe auf dem Schiff beweisen. Nimm sie mit!«

»Was?«

Kovalcik blickte ihn plötzlich seltsam intensiv an, wild, bedrohlich, beunruhigend.

»Nimm sie mit auf dein Schiff. Sie dürfen nicht hier bleiben. Das sind verrückte Männer. Wir müssen uns von ihnen befreien. Damit wir das Schiff in Ruhe reparieren und die Arbeit tun können, für die wir bezahlt werden. Es ist ein Akt der Menschlichkeit, sie uns abzunehmen. Ihr fahrt mit dem Eisberg nach San Francisco zurück. Nimm sie mit, die Störenfriede. Für euch sind sie keine Gefahr. Sie werden dankbar sein für ihre Rettung. Aber hier sind sie wie Bomben, die früher oder später hochgehen müssen.«

Carpenter sah sie an, als wäre sie eine Bombe, die bereits explodiert war. Rennett hatte sich einfach zur Seite gewandt und überspielte mit einem heftigen Husten einen hysterischen Lachanfall.

Das hatte ihm gerade noch gefehlt, daß er sich bei der Geschichte zum Komplizen machte, bereitwillig einen Haufen Offiziere bei sich an Bord aufnahm, die von Meuterern vertrieben worden waren. Noch dazu Leute von Kyocera-Merck. Dem Hauptkonkurrenten Hilfe und Unterstützung leisten? Der Chefagent von Samurai in Frisco würde bestimmt hellauf begeistert sein, wenn er mit fünf Mann von K-M an Bord in den Hafen getuckert kam. Und besonders gerührt würde er sein, wenn er erfuhr, daß Carpenter aus Gründen der Humanität so gehandelt hatte.

Aber davon abgesehen, er hatte an Bord keinen Platz für diese Männer. Wo, verdammt, sollten die schlafen? An Deck, zwischen den Zapfhahnen? Oder sollte er für sie auf dem Eisberg ein Zelt aufschlagen lassen? Und wie sollte das mit ihrer Verproviantierung klappen, um Himmels willen? Und mit dem Screen? An Bord war doch alles bis zum letzten Molekül genau berechnet.

»Ich glaube, du verstehst unsere Situation nicht«, sagte er vorsichtig. »Von der legalen Seite der Sache mal ganz abgesehen, wir haben keinen Platz für zusätzliche Leute. Wir haben kaum Platz für unsere Besatzung.«

»Es wäre ja nur für eine kurze Zeit, nicht? Ein, zwei Wochen.«

»Ich sage dir doch, jeder Millimeter ist verplant. Falls Gott persönlich als Passagier an Bord kommen wollte, es würde uns verdammt schwer werden, einen Platz für ihn zu finden. Wenn ihr technische Hilfe braucht, um euer Schiff wieder zusammenzuflicken, dann könnten wir euch die zu geben versuchen. Wir können euch sogar etwas von unseren Vorräten abgeben. Aber fünf Mann zu uns an Bord nehmen ...«

Kovalciks Blick wurde noch wilder, und sie atmete sehr heftig. »Ihr müßt das für uns tun. Ihr müßt! Sonst ...«

Sie sprach nicht weiter.

»Sonst?« wiederholte Carpenter.

Doch als Antwort erhielt er nur einen trostlosen starren Blick, kein bißchen freundlicher als der grüngemaserte ozonbrüchige Himmel.

»Hilfe!« stöhnte gerade in diesem Augenblick Kohlberg und bewegte sich unerwartet.

»Was war das?«

»Er deliriert«, sagte Kovalcik.

»Hilfe ... Hilfe! In Gottes Namen, Hilfe!« Dann in schwerfälligem, stark akzentuiertem Englisch die qualvoll gebildeten Worte: *»Help ... she ... will ... kill us all ...«*

»Delirium?« sagte Carpenter.

Kovalciks Augen wurden noch eisiger. Sie zog aus einem Wandschrank eine Ultrasonarspritze, drückte sie auf Kohlbergs Arm. Es ertönte ein leises Summen, und Kohlberg versank in Schlaf. Ein röchelndes Schnarchen kam von seinem Bett.

Kovalcik lächelte. Nun, da der Kapitän wieder bewußtlos war, schien sie die Selbstbeherrschung wiederzufinden. »Er ist ein Verrückter. Du siehst doch, was mit meiner Haut ist. Was sein Wahnsinn mir angetan hat, uns allen angetan hat. Falls er frei kommen sollte, diese Fahrt in Gefahr bringen sollte – ja, dann würden wir ihn töten, ja. Wir würden sie alle töten. Es wäre reine Selbstverteidigung, verstehst du? Aber es muß nicht dahin kommen.« Die Stimme war wie Eis. Man hätte eine ganze Stadt damit kühlen können. »Du warst nicht dabei, als die Schwierigkeiten ausbrachen. Du hast keine Ahnung, was wir durchmachen mußten. Und wir werden das nicht noch einmal hinnehmen. Befreit uns von diesen Männern, Captain.«

Sie trat einen Schritt zurück und verschränkte die Arme über der Brust. Auf einmal war es sehr still im Raum, wenn man von dem Knirschen und Poltern aus dem Schiffsbauch absah, von einem gelegentlichen schnarchenden Atemlaut von Kohlberg. Kovalcik war jetzt wieder vollkommen ruhig, die eiskalte Wildheit war verschwunden. Als erklärte sie ihm ganz schlicht: So ist die Lage, du hast alles gehört, jetzt bist du am Zug, Captain Carpenter.

Was für eine eklige stinkige Scheiße, dachte er.

Doch zu seiner großen Verblüffung entdeckte er hinter seiner Gereiztheit darüber, in diese Sache hineingezogen zu sein, eine merkwürdige Traurigkeit, statt des zu erwartenden Zorns.

Und so spürte er, trotz allem, eine ansteigende völlig überraschende Sympathie in sich, Mitleid mit Kovalcik, mit Kohlberg, mit ihnen allen – und für diese ganze beschissene, vergiftete von Überhitzung geplagte Welt, in die sie alle hineingeboren worden waren. Wer hatte sich das ausgesucht – den drückenden grünen Himmel, die brennende Luft, die unabdingliche tägliche Dosis Screen, die millionenfachen aberwitzigen Improvisationen, die es Menschen möglich machen sollten, weiterhin auf dem Planeten Erde zu überleben? *Wir* waren es nicht! Unsere Ur-Ur-Großeltern waren es, vielleicht, aber wir doch nicht! Leider weilen die nicht mehr unter uns und können nicht sehen, wie es jetzt ist, aber wir sehen es. Sie haben sich einen langen lustig-unbekümmerten Vergewaltigungsrausch auf der Erde herausgenommen und uns dann die Trümmerreste wie Knochen hingeworfen. Und es war ihnen niemals bewußt geworden, was sie da anrichteten. Und hätten sie es erkannt, es wäre ihnen scheißegal gewesen …

Dann war es vorbei. Was konnte er denn, verdammt, tun? Hielt diese Kovalcik ihn für Jesus Christus? Er hatte auf seinem Schiff keinen Platz für diese Leute. Und er hatte auch weder ausreichend Screen oder Proviant. Und die Hauptsache war, das alles ging ihn eigentlich nichts an. San Francisco wartete auf ihn und seinen Eisberg. Und der schmolz weiter ab, während sie hier herumzimperten. Es war Zeit, daß sie sich auf den Weg machten und von hier verschwanden.

»Also«, sagte Carpenter. »Ich verstehe eure Probleme. Ich bin nicht so ganz sicher, ob ich euch helfen kann, aber ich werde tun, was ich kann. Ich werde unsere Vorräte überprüfen und euch dann wissen lassen, was wir tun können. Okay?« Er sah Rennett an, die zeitweilig in eine andere Dimension entwichen zu sein schien. Jetzt war Rennett wieder vorhanden. Sie sah Carpenter seltsam starr an, als versuchte sie in seinen Schädel einzudringen und seine Gedanken zu lesen. Ihr Gesichtsausdruck war herausfordernd und gehässig. Sie wollte herausfinden, wie er mit der Sache zurechtkommen würde.

Das hätte er eigentlich auch selbst gern gewußt.

Sie sagte: »Kann ich heute abend deine Antwort haben?«

»Nein, aber gleich morgen früh«, antwortete er. »Schneller geht's nicht. Heute abend ist es schon zu spät, alles durchzuchecken.«

»Aber du rufst mich dann an.«

»Ja, das werde ich.«

Und zu Rennett sagte er: »Also, gehn wir. Zurück aufs Schiff.«

16

DAS KLEINE HOTEL, das der unselige Juanito für Farkas gefunden hatte, erwies sich als zufriedenstellende Basis in den Tagen angenehmen Müßiggangs, die er sich nach seiner Rückkehr nach Valparaiso Nuevo gönnte. Der Ort Cajamarca lag angenehm entfernt von der Hektik des kommerziellen Treibens um die Nabe am Rande der C-Speiche. Farkas verließ das Hotel an jedem Tag in der Frühe, schlenderte den gleichen Weg bis zu dem gleichen Café am einen Ende der Siedlung, um zu frühstücken, und dann zu einem anderen Café, wo er zu Mittag aß. Zum Dinner begab er sich gewöhnlich in eine der anderen Siedlungen in einer der anderen Speichen des Satelliten, nie zweimal in die gleiche.

In der unmittelbaren Nachbarschaft um das Hotel hatten sich alle rasch an sein Aussehen gewöhnt; die Cafébesitzer, sogar das Androidenpersonal. Seine Andersartigkeit störte sie nicht mehr. Es hatte nur ein paar Tage gedauert. Danach war er nur einer der Stammgäste, hatte eben keine Augen, sondern nur blanke glatte Haut vom Haaransatz bis zur Nase. Gibt gute Trinkgelder. An einem Ort wie dem bekommt man alle möglichen Typen zu Gesicht. Und alle sind höchst tolerant und respektieren grundsätzlich die Privatsphäre der anderen. Die Ungestörtheit, das war das wichtigste Gut, das es hier zu kaufen gab. Das und Höflichkeit. Der Sozialkontrakt à la Valparaiso Nuevo. »Guten Morgen, Mister Farkas. Wie nett, dich wieder bei uns zu sehen, Mister Farkas. Ich hoffe, du hast gut geschlafen, Mister Farkas. Eine Tasse Kaffee, Mister Farkas?«

Er genoß die Szene, den riesigen Himmel, das verwirrende Gepränge der Gestirne, die spektakulären Ansichten von Erde und Mond. Für ihn sah die Erde aus wie eine massive zerbeulte blaurote Kiste mit schweren herabhängenden grünen Quasten, und der Mond war für ihn ein zierlicher, luftiger hohler Ball, vollgestopft mit scharfen orangeroten Gewinden, dicht aneinander gepackt wie kleine Federn. Manchmal bestrahlte die Sonne eine benachbarte L-5-Welt gerade besonders günstig und setzte ein Brillantfeuerwerk von reflektiertem und refraktiertem Licht in Gang, das sich in der Schwärze ergoß wie eines Kaskade von Diamanten mit Millionen Facetten, einen Wasserfall blitzernder Edelsteine gleich. Dem schaute er mit großem Vergnügen zu. Es war der angenehmste Urlaub, den er seit langem erlebte.

Aber natürlich sollte er sich hier nicht nur erholen, sondern auch arbeiten. Doch schließlich konnte er schlecht einen Aushang am Schwarzen Brett der Gemeinde anbringen, daß er Informationen über einen geplanten Staatsstreich suche. Er konnte weiter nichts tun, als behutsam herumzuschleichen, zu lauschen, zu beobachten, etwas aus der Luft aufzuschnappen. Und schrittweise würde er Verbindungen aufbauen und herausfinden, was die Firma durch ihn zu erfahren wünschte. Allerdings war es auch denkbar, daß es ihm nicht gelang. Die Sache ließ sich eben nicht erzwingen.

Am vierten Tag, er saß gerade beim Lunch in seinem gewohnten Lokal – einem Gartenrestaurant, in dem nicht weniger als drei Porträtbüsten von El Supremo von den rebenbedeckten Wänden drohten –, als er wahrnahm, daß man sich an einem Tisch weiter drüben am Ende über ihn unterhielt. Jemand, der aussah wie ein Arrangement von scharlachroten Zickzacks und Spiralen mit einem großen leuchtenden ovalen Flecken genau in der Mitte – leuchtend blau und schimmernd, so wie Farkas sich ein Auge vorstellte – sprach mit dem Chef de rang über ihn.

Beide blickten sie zu ihm her. Es gab Gesten, die nicht

schwer zu entschlüsseln waren: Das Zickzackoval verlangte etwas, der Oberkellner weigerte sich. Und dann glitt ein Bakschisch von einer Hand in die andere, und Farkas argwöhnte, daß ihm das Vergnügen, ungestört und allein seinen Lunch zu genießen, bald verdorben werden würde.

Und nach einem Augenblick erinnerte er sich wieder, wer die Person war: Einer von den Kurieren, einer namens Kluge, eines von diesen Kindern, die sich am Shuttledock herumtrieben und Neukömmlingen ihre Dienste aufdrängten. Juanito hatte ihm den Burschen gezeigt, irgendwann zu Beginn ihrer Geschäftsverbindung, und gesagt, er sei einer seiner Konkurrenten. Er hatte mit einiger Bewunderung über Kluge geredet, erinnerte sich Farkas nun.

Der Chefober – drei glühende weiße Stäbe, mit dickem roten Draht verbunden – kam heran. Nahm eine devote Haltung an. Räusperte sich.

»Bitte um Vergebung, daß ich störe, Mister Farkas. Aber da wünscht dich jemand zu sprechen, und er sagt, es sei äußerst wichtig ...«

»Ich bin bei meinem Lunch«, sagte Farkas.

»Selbstverständlich, Mister Farkas. Tut mir entsetzlich leid, daß ich gestört habe, Mister Farkas.«

Und wie es dem leid tat! Das Schmiergeld durfte er auf jeden Fall einstecken, gleichgültig, ob er Kluge mit Farkas zusammenbrachte oder nicht.

Aber vielleicht ergab sich da doch etwas Brauchbares – ein Einstieg, ein Hinweis. Als die drei weißen Stäbe sich zu entfernen begannen, sagte Farkas: »Moment. Wie ist der Name der Person?«

»Kluge, Sir. Ein Kurier. Ich sagte zu ihm, du brauchtest keine Kuriere, aber er sagt, darum geht es nicht, und er will dir auch nichts verkaufen, aber ...«

»Schon gut. Sag ihm, ich werde mit ihm sprechen.«

Kluge kam und verharrte in der Nähe. Das wie ein zentrales Auge wirkende Gebilde in seiner Mitte wurde dunkler, fast blauschwarz, und das Schimmern wich einem matten Glänzen. Farkas interpretierte dies als tiefe Unsicherheit, die zwanghaft kontrolliert wurde. Und er warnte sich selbst, daß er diesen Kluge nicht unterschätzen dürfe. Das war eine seiner wenigen Schwächen, das wußte er, daß er sich Menschen gegenüber hochfahrend betrug, die sich durch sein Aussehen verschreckt fühlten und sich nach dem ersten Schock um Fassung bemühten, um nicht ihren Abscheu zu zeigen. Aber manche davon waren trotzdem gefährlich.

»Ich heiße Kluge, Sir«, begann Kluge. Als Farkas darauf nicht sogleich einging, setzte er hastig hinzu: »Ich stehe direkt hier links von dir.«

»Ja. Ich weiß. Setz dich, Kluge. Ist Kluge dein Vor- oder dein Familienname?«

»Beides irgendwie, Sir.«

»Ach. Sehr ungewöhnlich.« Farkas aß weiter. »Und was willst du nun genau von mir? Ich höre, du bist Kurier. Aber ich brauche keinen.«

»Das ist mir klar, Sir. Dein Kurier ist Juanito.«

»Er *war* es.«

Eine kurze wortlose Pause, ehe Kluge sagte: »Ja, Sir. Das ist tatsächlich eine von den Sachen, die ich dich gern fragen möchte, wenn du erlaubst.« Das große blaue Zentralauge war nun völlig schwarz, wie der Weltraum ohne Sterne. Die scharlachenen Zacken und Spiralen ballten sich und flogen wie zuckende Peitschenschnüre. Farkas sah: Hier bestand eine echte Hochspannung. Kluge sagte: »Juanito ist ein guter Freund von mir. Wir arbeiten ziemlich viel zusammen. Aber seit einiger Zeit hat ihn keiner mehr hier gesehen, und – ich frage mich …«

Er sprach nicht zu Ende. Farkas ließ ihm Zeit. Doch er sprach nicht weiter.

»Was fragst du dich, Kluge?« sagte er schließlich. »Ob ich weiß, wo er ist? Tut mir leid, aber ich weiß es nicht.

Wie ich schon andeutete, Juanito arbeitet nicht mehr für mich.«

»Und du hast auch keine Ahnung ...?«

»Nicht die geringste«, sagte Farkas. »Er stand auch nur ein paar Tage in meinem Dienst, dein Freund Juanito. Sobald ich mich hier eingerichtet hatte, benötigte ich ihn nicht länger und entließ ihn aus dem Vertrag. Danach mußte ich geschäftlich zu einem benachbarten Satelliten, und als ich dort meine Sachen erledigt hatte, kehrte ich hierher zurück, um ein paar Tage Urlaub zu machen, aber diesmal brauchte ich keinen Kurier, also habe ich auch keinen engagiert. Ich glaube, ich habe dich im Terminal bei meiner zweiten Einreise gesehen, und vielleicht ist dir da ja aufgefallen, daß ich die Formalitäten ohne Hilfe erledigen konnte.«

»Ja. Ich habe dich da gesehen«, sagte Kluge.

»Na also. Ich nehme an, Juanito macht irgendwo Urlaub. Ich habe ihn sehr gut für seine Dienste bezahlt. Wenn du ihn siehst, richte ihm bitte meinen Dank aus für seine gute Arbeit.«

Farkas lächelte auf jene Art, die eine Unterhaltung auf freundliche Weise beendet. Er senkte das Gesicht über seinen Teller, schnitt ein sauberes dreieckiges Stück Fleisch zurecht und führte es zum Mund. Er goß Wein aus der Karaffe in sein Glas und hob es an die Lippen. Er nahm eine Scheibe aus dem Brotkorb und bedeckte sie sorgfältig dünn mit Butter. Kluge beobachtete die ganze Prozedur schweigend. Farkas lächelte ihn erneut an. Diesmal war es allerdings ein anderes Lächeln, als wollte er sagen: *Für einen Blinden sehe ich doch recht gut, nicht wahr?* Und Kluges Farbgebung verriet bestürzte Verwirrung.

Kluge sagte: »Er ist aber kein großer Herumreiser, der Juanito. Er bleibt am liebsten hier in Nuevo.«

»Dann, denke ich, ist er sicher hier irgendwo«, sagte Farkas. Er schnitt sich wieder ein dreieckiges Stückchen Fleisch zurecht. Lächelte wieder verabschiedend. »Ich verstehe deine Besorgnis um deinen Freund, aber es tut mir leid, daß ich dir nicht weiterhelfen kann. Und nun, wenn es sonst nichts gibt, das du mir zu sagen hast ...«

»Doch, da gäbe es etwas, Sir. Der wirkliche Grund, warum ich heute hierher nach Cajamarca kam, um dich zu treffen. Du warst gestern abend zum Dinner in Valdivia, Sir?«

Farkas nickte.

»Die Sache ist ein wenig außergewöhnlich. Die Frau, für die ich gerade tätig bin, speiste zufällig gestern abend im selben Restaurant wie du. Sie kommt von der Erde, aus Kalifornien, und macht eine Rundreise durch die L-5-Welten. Sie hat dich dort gesehen, und später fragte sie mich, ob ich es arrangieren könnte, daß sie sich mit dir trifft.«

»Aus welchen Gründen?«

»Da bin ich ebenso überfragt wie du, Sir. Aber ich glaube, es ist etwas Zwischenmenschliches, wenn du mich verstehst.«

Interessant, dachte Farkas. Eine Frau.

Tatsächlich hatte er gestern abend in dem Restaurant eine Frau wahrgenommen, eine sehr beeindruckende Frau, eine mächtige, auffallende Frau. Einmal war sie an seinem Tisch vorbeigekommen und hatte eine deutliche körperlich-sinnliche Ausstrahlung gehabt, eine große driftende Wolke hitziger weiblicher Stärke verbreitet – grelle Hitzewellen, violettblau, durchzuckt von schweren azurblauen Streifen – und sie hatte sofort seine Aufmerksamkeit erregt und einen unmittelbaren Hormonfluß in ihm ausgelöst. Und auch er hatte ihre Aufmerksamkeit erregt – das leichte überraschte Erschauern in ihrer Aura, das winzige verdutzte Zurückweichen, als ihr seine Augenlosigkeit bewußt wurde ... Und dann war sie weitergegangen.

Es wäre ein erfreulicher Zufall, wenn es sich um die selbe Frau handeln sollte. Farkas fühlte sich schon seit einigen Tagen leidlich geil. Sein sexueller Antrieb folgte einer deutlichen Periodizität, lange Strecken mit eunuchenhaftem Desinteresse, unterstrichen von heftigen Ausbrüchen wilder Sexualbedürfnisse. Er machte sich jetzt klar, daß möglicherweise wieder einer dieser episodenhaften Schübe bevorstand. Wäre Juanito noch da gewesen, der Junge hätte wahrscheinlich etwas für ihn arrangieren können. Aber Juanito war ja nun natürlich nicht mehr da. Was für eine freundliche Schicksalsfügung also, daß dieser Kluge aufgetaucht war.

»Wie heißt sie?« fragte er.

»Bermudez. Jolanda Bermudez«, antwortete Kluge.

Der Name sagte ihm nichts. Und Kluge um eine Beschreibung zu bitten, hätte auch nichts gebracht.

»Nun«, sagte Farkas. »Ich denke, ich kann vielleicht etwas Zeit für sie erübrigen. Wo finde ich sie?«

»Sie wartet in einem Café, das Santa Margarita heißt, ein Stückchen weiter die Speiche rauf. Ich könnte ihr ausrichten, sie kann in, sagen wir, einer halben Stunde hier runterkommen, wenn du deinen Lunch beendet hast.«

»Ich bin fast fertig«, sagte Farkas. »Laß mich hier bezahlen, dann kannst du mich gleich zu ihr bringen.«

»Und Juanito, Sir, weißt du, wir alle machen uns ziemliche Sorgen um ihn. Wenn du also etwas von ihm hörst ...«

»Ich wüßte nicht, wie das der Fall sein könnte«, sagte Farkas. »Aber ich bin sicher, es geht ihm prächtig. Er ißt ziemlich wenig, dein Freund Juanito.« Er tippte die Summe für seinen Lunch ein. »Also, gehen wir.«

Das Lokal, in dem Jolanda Bermudez wartete, lag nur fünf Minuten entfernt. Farkas hatte einen undeutlichen Argwohn: Das Ganze war zu hübsch und glatt; daß Kluge ihn so einfach aufgespürt hatte, daß diese Frau sich so nahe und bequem plaziert hatte. Es roch irgendwie nach einer geplanten Sache. Dennoch, es wäre nicht das erstemal, daß irgendeine Frau amouröse Gefühle für die augenlose Rundung seines Gesichts entwickelte, besonders Touristinnen an abgelegenen Orten. Für einen bestimmten Frauentyp stellte das, was Farkas für seine Verunstaltung hielt, einen unzweifelhaften starken Reiz dar. Und außerdem, er war wirklich recht geil im Moment.

Es lohnte sich, der Sache auf den Grund zu gehen, egal, was für ein Restrisiko es da gab. Er war schließlich bewaffnet. Er hatte noch den Spike, den er Juanito abgenommen hatte.

»Da sitzt sie«, sagte Kluge. »Die große Frau am vordersten Tisch.«

»Ich sehe sie«, sagte Farkas.

Ja, es war genau die Frau, die ihm am Abend zuvor aufgefallen war. Die violetten Hitzewellen strahlten immer noch von ihr aus. Für Farkas sah das aus wie drei wellige Kurven aus silbrigem Metall, die von einem blockartigen Kern in der Mitte ausgingen, der eine beträchtliche Größe hatte, aber eine zarte und verletzliche Textur, einer eierpuddinghaften Masse gespannten Fleischs, deren Mitte – durch eine Serie lidloser augenähnlicher scharlachroter Flecken markiert war. Ein üppiger, ein extravaganter Körper. Und heiß, sehr heiß.

Farkas trat an den Tisch. Als sie ihn erblickte, reagierte sie genau wie am Abend zuvor, mit jener zweideutigen Mischung von Erregung und Schrecken, mit der so viele Frauen auf seinen Anblick reagierten: Ihr ganzes Farbenspektrum schoß merklich etliche Angströmeinheiten nach oben, und ihre Wärmestrahlungsintensität schwankte wild auf und ab und auf-ab-auf. Und danach nur noch nach oben.

»Jolanda Bermudez?«

»Oh! Ja. Hallo! Ich freue mich sehr!« Ein nervöses Kichern, beinahe ein Wiehern. »Bitte, willst du dich nicht setzen, Mister …?«

»Farkas. Victor Farkas«, sagte er und setzte sich auf den Stuhl ihr gegenüber. Die Wärme, die von ihr herüber kam, war stark und drängend jetzt, fast betäubend erotisch aggressiv. Farkas irrte sich in diesem Bereich nur selten. Das war eins von den kleinen Geschenken, die Dr. Wu ihm mitgegeben hatte, die Fähigkeit, die erotische Temperatur einer Frau abzuschätzen. Dennoch, das hier schien einfach zu gut, als daß es echt sein konnte. Farkas sah, wie sie auf ihrem Stuhl herumrutschte wie ein kleines schüchternes Mädchen, das sich von einer Seite zur anderen windet. »Dein Kurier, Kluge, sagte mir, daß du mich treffen wolltest.«

»Ja, ich möchte dich gern kennenlernen. Ich hoffe, du hältst das nicht für scheußlich anmaßend von mir, Mister Farkas, aber ich bin Bildnerin, mußt du wissen ...«

»Ja?«

»Ich arbeite derzeit gewöhnlich in abstrakten Richtungen. Meistens bioresponsive Stücke – du weißt doch, was Bioresponsive Skulpturen sind, natürlich weißt du das?«

»Ja. Ja, natürlich.« Er hatte keine Ahnung.

»Aber manchmal möchte ich eben gern auf die ursprünglichen Techniken zurückgreifen, die klassische Repräsentativskulptur. Und – ich hoffe, du vergibst mir, Mister Farkas, wenn ich das so grob direkt sage – als ich dich gestern sah, dein Gesicht, dieses höchst ungewöhnliche Gesicht, sagte ich mir, daß ich dieses Gesicht unbedingt modellieren muß. Ich glaubte, ich muß die Grundstruktur dieses Gesichts wenigstens in Modellierton erfassen, vielleicht sogar in Marmor. Ich weiß ja nicht, ob du selbst künstlerische Neigungen hast, Mister Farkas, aber vielleicht verstehst du, wie intensiv so ein Gefühl sein kann – wie beinahe zwanghaft ...«

»O doch. Sehr genau, Missis Bermudez.« Farkas strahlte sie begeistert an, neigte sich vor und trank sie mit seinem ganzen Sensorium in sich hinein.

Sie sprudelte weiter, ein Sturzbach von Wörtern schoß aus ihr hervor. Würde er ihr vielleicht Modell sitzen? Er würde? Wie wunderbar, wunderbar! Sie verstand, wie ungewöhnlich dies für ihn sein mußte. Doch sein Gesicht war eben etwas so Besonderes. Sie würde keine ruhige Minute mehr haben, bis sie es in ein Kunstwerk umgeformt hatte. Natürlich würde sie dafür Material und Werkzeug brauchen – sie hatte nichts mitgebracht –, aber sie war sicher, sie würde alles irgendwo in Valparaiso Nuevo bekommen können, es würde vielleicht nicht länger als eine, zwei Stunden dauern, und dann könnte er vielleicht zu ihr ins Hotel kommen, auf ihr Zimmer, das als Studio dienen mußte – sie würde Messungen vornehmen müssen, die Konturen seines Gesichts sehr sorgfältig studieren müssen…

Der Pegel der von ihr ausstrahlenden Hitze stieg beständig höher, während sie redete. Das Gerede, daß sie ihn modellieren wollte, klang echt – Farkas war bereit zu glauben, daß sie irgendwie künstlerisch herumdilettierte –, doch was sich hier wirklich anbahnte, war eine sexuelle Transaktion. Daran zweifelte er nicht.

»Vielleicht morgen früh – oder jede andere Zeit, wie immer es dir am besten paßt, Mister Farkas – heute abend vielleicht…« Hoffnungsvoll, eifrig, sogar drängend.

Er stellte sich vor, daß er *sie* modellierte. Er war alles andere als ein Künstler, hatte sich auch nie um solche Sachen gekümmert. Wie würde er es anfangen? Er würde die Linien und Kurven ihres Körpers erfassen müssen, mit den Händen. Die wirkliche Form all dessen durch Berührung entdecken, was er nicht direkt sehen konnte, die geometrischen Abstraktionen, die er wahrnahm, umwandeln in die wirklichen runden Formen von Brüsten, Schenkeln, Gesäß.

»Je eher, desto besser«, sagte er. »Zufällig habe ich heute nachmittag nichts vor. Vielleicht wäre es dir ja möglich, deine Vorstudien und die Ausmessung meines Gesichts heute bereits vorzunehmen, auch wenn du das später nötige Material, das du brauchst, noch nicht besorgt hast, und danach…«

»O ja! Das wäre großartig, Mister Farkas!«

Sie griff über den Tisch nach seinen Händen und umklammerte sie fest. Farkas hatte nicht erwartet, daß sie den vorgeschützten Vorwand, es handele sich um rein künstlerisches Interesse, ganz so rasch fallen lassen werde; aber trotz all seiner eingefleischten Vorsicht war er jetzt von ihrem ungeduldigen hitzigen sexuellen Drängen gefesselt. Auch er hatte Bedürfnisse. Und es störte ihn schon seit langem nicht mehr, daß gerade seine Absonderlichkeit auf manche Frauen besonders faszinierend wirkte.

Doch dann gab es eine Unterbrechung. Eine männliche Stimme, ein saftiger dröhnender Baß: »Da bist du ja, Jolanda! Ich habe dich schon überall gesucht! Aber ich sehe, du hast einen neuen Freund kennengelernt!«

Farkas wandte sich um. Von links näherte sich eine Gestalt, kleiner als der Durchschnitt, dunkel. Für ihn sah der Mann aus wie eine einzelne Säule aus erstarrtem schimmernden schwarzen Glas, die von einem schmalen Fuß zu einer breiten Spitze aufstieg. Eine makellose Oberfläche, glatt, perfekt. Farkas wußte sofort, daß er den Mann schon einmal getroffen hatte, irgendwo, vor langer Zeit, und er spannte sich sofort an, denn er begriff, daß die ganze Sache inszeniert sein mußte.

Oder doch nicht? Er hörte Jolanda Bermudez ärgerlich einatmen. Sie hatte hastig und schuldbewußt die Hände von Farkas zurückgezogen, sobald die Stimme erklungen war. Offensichtlich hatte sie nicht mit dieser Störung gerechnet und war nicht erfreut. Farkas sah ihre Ausstrahlungen wild schwanken, und sie machte kleine scheuchende Bewegungen, als wollte sie dem Mann sagen, er solle sich verziehen.

Die beiden waren anscheinend Reisegefährten. Farkas erinnerte sich, daß am vergangenem Abend noch jemand mit der Frau am Tisch gesessen hatte; aber da hatte er keinen Grund gehabt, auf ihn zu achten. Aber hatte die Frau sich nun aus eigenen Stücken an ihn herangemacht, oder hatten sich die beiden geschickt und planvoll an ihn herangemacht?

»Ich kenne dich«, sagte Farkas ruhig zu dem Mann, wobei er die linke Hand auf den Spike in seiner Tasche legte. Die Waffe war auf Betäubung eingestellt, eine Stufe unterhalb der Lethalstärke. Das sollte genügen, dachte er. »Du bist ...« – Farkas suchte tief in seiner Erinnerung – »Israeli?«

»Genau! Richtig! Du bist sehr gut. Meshoram Enron. Wir sind uns vor Jahren in Südamerika begegnet. In Bolivien, glaube ich.«

»Exakt in Caracas.« Die Erinnerung kehrte ihm nun zurück. Der kleine Mann war natürlich ein Spion. »Die Konferenz über Mineralgewinnung aus Meerwasser. – Victor Farkas.«

»Ja, ich weiß. Man vergißt dich nicht so leicht. Arbeitest du noch immer für Kyocera?«

Farkas nickte. »Und du? Ein Nachrichtenmagazin, ja?«

»Ja. *Cosmos.* Ich arbeite an einem Feature über die L-5-Welten.«

»Und du?« Farkas sah freundlich zu Jolanda hin. »Du hilfst Mister Enron bei seinem Artikel, ja?«

»Oh. Nein. Ich habe überhaupt nichts mit der Presse zu tun. Marty und ich sind uns erst gestern begegnet, im Shuttel von der Erde hier herauf.«

»Miss Bermudez schließt sehr schnell Freundschaft«, erklärte Enron.

»Ja, das habe ich auch bemerkt«, entgegnete Farkas.

Enron lachte. Ein genau abgestuftes kurzes Lachen, entschied Farkas, sehr sorgfältig für derartige Situationen einstudiert.

»Na«, sagte Enron. »Dann will ich euch zwei mal nicht länger stören. Aber wir müssen uns mal zu einem Drink zusammensetzen, was, Farkas? Wie lange gedenkst du denn hier oben zu bleiben?«

»Ich weiß noch nicht recht. Aber noch ein paar Tage, mindestens.«

»Also Urlaub?«

»Ja, Urlaub.«

»Ein wundervoller Ort, was? Was für ein Kontrast zur armen alten traurigen Erde.« Enron wandte sich zum Gehen. »Hör mal, gib doch Jolanda den Namen deines Hotels, ja? Ich rufe dich dann an, und wir können ein Treffen ausmachen.« Und zu Jolanda sagte er mit dem Ton eines Besitzers: »Wir sehen uns dann später, ja?«

Also sind sie *doch* zusammen unterwegs, dachte Farkas. Die Bildhauerin und der Agent. Das war es wert, darüber nachzudenken. Gar nichts war Zufall gewesen. Offensichtlich hatte Enron ihn gestern abend in dem Restaurant gesehen. Und diese Begegnung heute hatte er bewußt arrangiert. Hatte die Frau nur als Werkzeug benutzt? Farkas war sich da nicht sicher. Aber sie sind zusammen unterwegs, das ja. Aber arbeiten sie auch zusammen? Und wenn ja, woran?

Enron war fort. Farkas griff wieder nach Jolandas Hand, und sie überließ sie ihm.

»Also«, sagte er. »Wie ist es mit heute nachmittag – daß du bei mir Maß nimmst, für deine Skulptur, für dieses Porträt, das du angeblich von mir machen willst …?«

17

Mit zwei Fingern der Hand machte Nakamura eine knappe, aber gebieterische Geste, und das hell schimmernde Bild einer riesenhaften stahlgepanzerten flügellosen Hornisse erwachte in dem weiten kahlen Raum zum Leben, wo Rhodes und er ihr kleines Gespräch führten. Das Ding füllte beinahe den ganzen Raum aus.

»Dr. Rhodes, hier siehst du den Prototyp unseres Sternenschiffs. Ich biete dir diese Demonstration nicht, weil deine Arbeit für uns, falls du dich entschließen solltest, deine Geschicke mit uns zu verbinden, von irgendeiner Bedeutung für unser Sternenschiffprogramm wäre, sondern einfach weil mir sehr daran gelegen ist, dir das Ausmaß unserer weitgesteckten wissenschaftlichen Aktivitäten zu zeigen. Darf ich das Vergnügen haben, dir noch ein Glas Cognac anzubieten?«

»Also …«, sagte Rhodes. Doch Nakamura schenkte bereits nach.

Rhodes argwöhnte, daß er bereits ein wenig angeschickert sei. Nakamura war sehr großzügig mit seinem Cognac.

Aber es war wohl ungefährlich, dachte Rhodes, so viel zu trinken. Er hatte von Anfang an erkannt, daß er einem Mann vom dritthöchsten Rang nicht gewachsen sein würde, daß er da nicht in seinem Element war; er rechnete damit, ständig überrundet und überspielt zu werden, bei jedem Zug, und dies verlieh ihm einen gewissen Schutz. Er war bereits zu dem Entschluß gelangt, sich bei dieser ersten Besprechung auf nichts Definitives einzulassen, wie feingeschliffen die Manipulationskünste Nakamuras sein mochten. Er war ein ausreichend routinierter Trinker und wußte, daß ein bißchen guter Cognac – oder auch ein ziemliches Quantum – an diesem Entschluß nichts ändern würde; und es half ihm, die Beklommenheit zu verscheuchen, die ihn in dieser schwierigen Entscheidungssituation hier auf unvertrautem Rasen und in der Gegenwart einer so erschreckend beeindruckenden Firmengröße überkommen hatte.

Die Unterhaltung war alles in allem bisher einseitig verlaufen. Rhodes wußte, er war hier, um zuzuhören, nicht, um sich zu produzieren und Eindruck zu machen. Das alles war nicht mehr nötig, war längst geschehen, und Kyocera-Merck wußte höchstwahrscheinlich mehr über ihn als er selbst.

Anfangs hatte Nakamura ihm ein paar glatte allgemeine Fragen über sein laufendes Forschungsprogramm gestellt. Reine Höflichkeit, und Nakamura versuchte ganz eindeutig nicht, ihm irgendwelche Firmengeheimnisse zu entlocken. Rhodes berichtete ihm über die längst publizierten Genmanipulationsprogramme bei Samurai, und Nakamura hörte höflich zu, gab ihm ab und zu ein Stichwort und führte das Gespräch geschickt durch vertrautes, überschaubares Gelände.

Aber dann änderte sich der Brennpunkt und man war bei Kyocera-Merck. »Auch wir sind zutiefst beunruhigt über die Geschicke unserer Gattung auf diesem geplagten Planeten, Dr. Rhodes«, sagte Nakamura, so ernsthaft bedeutungsschwanger wie nur irgendein Oberschüler, der zu einer Protesttirade über Umweltprobleme ansetzt. »Wie eure Leute sind auch wir überzeugt, daß einige biologische Veränderungen der menschlichen Gattung nötig sein werden, um uns für die bevorstehenden Veränderungen zu rüsten; doch wir haben in dieser Richtung, glaube ich, noch nicht derart bedeutende Fortschritte gemacht wie eure große Firma. Wie du inzwischen zweifellos exakt deduziertest, habe ich dich heute hierher gebeten, um mit dir zu besprechen, welche Möglichkeit es gibt, daß du deine außergewöhnlichen Fähigkeiten in unsere Laboratorien überführst.« Mit einem Lächeln und einem winzigen Kopfnicken und einer winzigen Handbewegung gab Nakamura zu verstehen, daß Rhodes nicht schon jetzt etwas zu diesem ersten deutlichen Eingeständnis der ihrer Begegnung zugrunde liegenden Absichten sagen sollte. »Allerdings haben wir etliche bemerkenswerte Fortschritte auf einem völlig andersartigen Weg der Problemlösung getätigt. Ich spreche von unseren Bemühungen, von denen du möglicherweise einige Gerüchte gehört hast, ein Sternenschiff mit Überlichtgeschwindigkeit zu entwickeln, das in der Lage sein soll, menschliche Kolonisten zu geeigneten Planeten außerhalb unseres Sonnensystems zu bringen.«

Und dann hatte Nakamura vor ihm das lebensechte Abbild des Prototyps erscheinen lassen.

Rhodes trat unwillkürlich einen Schritt zurück, als fürchtete er, das Ding könnte auf ihn herunterstürzen. Aber natürlich wußte er, daß es sich nur um ein Hologramm handelte.

»Du hast von unserem Stardrive-Programm gehört?« fragte Nakamura.

»Nur ganz vage Andeutungen«, sagte Rhodes wahrheitsgemäß. »Eigentlich weiß ich weiter nichts darüber, als daß es ein derartiges Programm gibt. Bereits seit etlichen Jahren.«

»Ja. Genau wie bei Samurai Industries. Wußtest du davon, Dr. Rhodes?«

»Ungefähr ebenso viel und wenig. Aber wir hörten, daß Kyocera bereits viel weiter vorangekommen ist als wir.«

»Das ist korrekt. Wir haben die Bodentests erfolgreich abgeschlossen und stehen nun kurz vor dem ersten experimentellen Flug.« Nakamuras Augen bekamen einen leuchtenden Glanz. Er händigte Rhodes nun vertrauliche Informationen aus; ein kleines Bröckchen als Köder für die später eingeforderte Gegenleistung. »Dabei stellte sich allerdings ein Problem heraus, und zwar was das menschliche Wahrnehmungsvermögen unter den Bedingungen eines Fluges mit Überlichtgeschwindigkeit betrifft. Und hier ist der Punkt, an dem sich unser Sternenschiffprogramm und dein ganz persönliches Spezialgebiet, die Gentechnik, überschneiden.«

Das hätte Rhodes beinahe umgeworfen. Wollten sie ihn für Kyocera anwerben, damit er an ihrem interstellaren Raumfahrt-Projekt mitarbeite?

»Das Problem besteht darin«, fuhr Nakamura geschmeidig fort, »daß die Hyperlichtgeschwindigkeit anscheinend zu etlichen unvermeidlichen Relationsverzerrungen führt. Die Insassen eines solchen Schiffs werden in einem veränderten Raum fliegen, in dem – unter anderen Problemen – die optischen Signale, die ihre Sehnerven erreichen, ihnen völlig fremdartig erscheinen werden. Unsere Augen sind bekanntlich so konstruiert, daß sie das Licht eines bestimmten Segments des Spektrums aufnehmen und die von diesem Licht geformten Muster entsprechend unseren Erwartungen der Gestalt der Dinge entziffern. Im Innern des Sternenschiffs und unter der Wirkung des Antriebsfeldes, das im wörtlichen Sinn das umgebende Kontinuum verformt, um das Schiff mit nichtrelativistischer Geschwindigkeit durch das Raum-Zeit-Gewebe zu befördern, unterliegen die Lichtwellen einer extremen Belastung. Die von den Sehnerven der an Bord befindlichen Personen werden für sie unverständliche Informationen erhalten. Die Besatzung würde effektiv blind sein.«

Rhodes konnte sich kaum vorstellen, daß ein Achter- oder Neuner-Grad so hätte sprechen können. In den Verwaltungsrängen hielt man im allgemeinen Wissenschaft für etwas, das man beruhigt den unteren Stufen überlassen konnte. Aber Nakamura schien tatsächlich begriffen zu haben, wovon er sprach: Aber seine Ausdrucksweise, auch wenn es die gestelzte Sprache des Megamulti-Japaners war, hatte nichts stur Auswendiggelerntes.

Rhodes überlegte, ob man ihn auffordern würde, irgend etwas bezüglich dieses ›Blindheits‹-Problems zu unternehmen. In die Richtung schien Nakamura jedenfalls zu zielen.

Überraschenderweise fragte Nakamura: »Hast du schon einmal etwas von einem Dr. Wu Fang-shui gehört?«

Rhodes war verblüfft. Diesen Namen hatte er seit Jahren nicht mehr gehört.

»Eine Legende in der Geschichte der Genchirurgie«, sagte er. »Der brillanteste Vertreter in seiner Generation. Ein Wunderwirker.«

»Ja. Wahrhaftig. Und hast du eine Ahnung, wo er jetzt ist?«

»Er ist schon seit langem tot. Seine Karriere endete mit einem schrecklichen Skandal. Ich habe gehört, daß er Selbstmord begangen hat.«

»Aber nein, mein verehrter Dr. Rhodes. Das ist nicht die Wahrheit.«

»Kein Selbstmord?«

»Nein, er ist gar nicht tot. Dr. Wu war jahrelang auf der Flucht nach dem bedauerlichen Skandal, auf den du angespielt hast. Aber man hat ihn gefunden, und nun arbeitet er effektiv seit kurzem für uns.«

Die unverblümte Eröffnung Nakamuras bestürzte Rhodes so stark, daß seine Hand heftig zuckte und er Cognac verschüttete. Nakamura goß ihm mit glatter Geste beinahe sofort nach.

»Es fällt mir schwer, das zu glauben«, sagte Rhodes. »Ich zweifle natürlich nicht an deinem Wort. Aber es hat tatsächlich so was, wie wenn ein Astronom erfahren würde, daß Galileo Galilei plötzlich wieder aufgetaucht sei und an einem neuen Teleskop arbeitete. Oder wie wenn man einem Biologen sagte, daß Gregor Mendels neue Arbeit demnächst publiziert werden würde. Oder ein Mathematiker, der hört, daß Edgar Madison …«

Nakamura lächelte kühl. »Ja. Ich verstehe durchaus.«

Sein Ton ließ keinen Zweifel daran, daß er Rhodes abblocken wollte, ehe dieser in seiner logorrhöischen Angesäuseltheit das gesamte Pantheon der Wissenschaftler rezitieren konnte. »Aber der gefeierte Dr. Wu entschied sich dafür, zu verschwinden, nicht sich zu töten, als seine illegalen Experimente im Freistaat Kasachstan aufgedeckt wurden, was – wie ich annehme – der Skandal war, auf den du angespielt hast. Er ließ sein Aussehen beträchtlich verändern und suchte in einer der Satellitenwelten von L-5 Asyl. Es zeigte sich, Dr. Rhodes, daß Dr. Wu in Kasachstan unter anderem auch Experimentalforschung auf dem Gebiet der alternativen Vision betrieben hatte. Und derzeit arbeitet er daran, die künftige Besatzung unseres Test-Sternenschiffs zu retrofitten, damit sie befähigt wird, die bei Überlichtgeschwindigkeit auftauchenden visuellen Probleme zu meistern.«

Rhodes hob zitternd sein Glas an die Lippen.

Der unheimliche alte Bastard lebte noch! Und zauberte in irgendeinem Labor bei K-M weiter herum! Unvorstellbar!

»Und falls ich mich entschließen sollte, zu Kyocera zu gehen«, fragte Rhodes, »dann würde ich unter Dr. Wu an diesem Sternenschiff-Projekt arbeiten, ja?«

»Aber keineswegs. Nach allem, was wir über Dr. Wus frühere Erfahrungen aus seinen Arbeiten in Kasachstan wissen, dürfte er durchaus in der Lage sein, das Problem der visuellen Wahrnehmungsfähigkeit unter Hyperdrive-Bedingungen in kürzester Zeit zu lösen, auch ohne die Mitwirkung eines so hervorragenden Wissenschaftlers, wie du es bist, Dr. Rhodes. Aber davon ganz abgesehen, es wäre ja töricht, wenn wir dich von deinem derzeitigen Forschungsprojekt abzuziehen versuchten.«

»Du meinst, ich könnte direkt mit dem weitermachen, was ich in Santachiara tue, nur eben unter der Schirmherrschaft von Kyocera-Merck?«

»Ja, genau. Wir setzen zwar hohe Erwartungen auf

unser Sternenschiffprogramm, aber wir wissen auch zu gut, daß die Kolonisation in anderen Sonnensystemen nur eine potentielle Lösung für unser Problem darstellt. Es wäre sträflich leichtfertig, wenn wir die Möglichkeiten der Adapto-Forschung unberücksichtigt lassen würden. Und hier bei Kyocera-Merck machen wir uns ernsthafte Sorgen darüber, daß die Firma, für die du tätig bist, offenbar in diesem Bereich eine Vormachtstellung erlangt hat.«

Also war den Leuten bewußt geworden, daß man sich bei Samurai in die Startlöcher für nichts geringeres als die Weltherrschaft begab.

»Ich verstehe«, sagte Rhodes.

»Deshalb sind wir bereit, dir die gleichen Forschungsmittel zur Verfügung zu stellen oder sie auch soweit zu vergrößern, wie du dies für wünschenswert hältst. Wir besorgen dir alles an Ausrüstung, was du benötigst, auf jeder Budgetbasis, die dir angemessen erscheint.«

Mit trockener Kehle krächzte Rhodes: »Das klingt sehr reizvoll.«

»Das ist unsere Absicht. Aber natürlich würden wir hoffen, du bringst die meisten oder alle Angehörigen deines derzeitigen Forscherteams mit herüber.«

»Das könnte mir aber einigen juristischen Ärger einbringen, nicht wahr?«

»Es könnte *uns* einigen juristischen Ärger einbringen«, sagte Nakamura. »Der Firma als einer Körperschaft, Doktor, nicht dir als Einzelperson. Aber wir sind bereit, dieses Risiko auf uns zu nehmen.« Er hielt ihm die Cognacflasche entgegen. »Noch einen Tropfen?«

Rhodes legte hastig die Hand über sein Glas.

»Danke, nein.«

»Ich glaube, ich schon«, sagte Nakamura. Er schenkte sein Glas voll und hob es zu einem Toast. Er wirkte nun graziös, entspannt, charmant, ganz echter Freund und Trinkbruder. »Ich glaube, es wäre verfrüht, jetzt schon über Gehälter zu sprechen. Aber ich bin sicher, du weißt, daß wir höchst großzügig zu sein beabsichtigen, sowohl was die direkte Gehaltsfrage angeht, als auch bezüglich der Beförderung in höhere Rangstufen für dich und deine wichtigsten Mitarbeiter.«

Rhodes Kopf wirbelte.

»Und nun zu Dr. Wu und seinem Zusammenhang mit unserer Unterhaltung«, sagte Nakamura.

Richtig, Wu hatte irgend etwas damit zu tun, erinnerte sich Rhodes.

»Wenn er seine Arbeit für das Sternenschiff-Projekt abgeschlossen hat – was unserer Schätzung nach in einigen Monaten der Fall sein wird –, könnte es sehr gut möglich sein, daß wir ihn deiner Gruppe beiordnen, sagen wir als Research-Berater. Ein älterer Berater, dir weder über- noch untergeordnet, sondern euren Arbeiten einfach zur Verfügung gestellt als ein Sammelbecken höchst fortschrittlicher technischer Fähigkeiten. Beispielsweise: Wir erfuhren aus guter Quelle, daß ein Mitglied deines Teams einen extrem kühnen, ja radikal neuen Vorschlag für eine neue Forschungsrichtung vorgebracht hat, die sich als höchst fruchtbringend erweisen könnte, die aber derzeit noch von potentiellen unüberwindbar scheinenden Hürden behindert ist. Es könnte der Fall sein, daß ein Wissenschaftler von der Bedeutung Dr. Wus, wenn er sich diesen Hindernissen sozusagen mit frischer Vision annimmt, Vorschläge anbieten könnte, die …«

Rhodes war wie betäubt.

Sie wußten hier also bereits über Van Vliet Bescheid? Ja, allem Anschein nach. Und hielten als Köder keinen Geringeren als Wu Fang-shui vor die Nase, um Van Vliets Vorschläge zur Vollendung zu bringen?

Unglaublich. Nicht zu fassen.

»Ich glaube, ich nehme den Drink nun doch, Mister Nakamura.«

»Aber gern.« Nakamura schenkte ein, einen doppelten, eher einen dreistöckigen.

Aus einer bislang noch nicht angezapften Tiefe seiner Seele heraus gelang es Rhodes zu sagen: »Es ist dir doch klar, daß ich außerstande bin, dir zu irgendeinem der besprochenen Punkte heute bereits eine definitive Antwort zu geben.«

»Aber gewiß doch. Es ist ein ernster Schritt, faktisch die Umgestaltung deines ganzen Lebens. Ich weiß von den starken Bindungen, die du gegenüber Samurai Industries fühlst – oder sagen wir präziser: gegenüber den Santachiara Technologies. Du bist nicht der Mann, der bedeutende Entschlüsse rasch oder leichtfertig faßt. Das wissen wir – wir haben dich sehr genau im Auge behalten, Dr. Rhodes, was dich gewiß nicht überraschen dürfte – und wir schätzen diesen Zug an dir. Laß dir also Zeit. Überdenke alles gut. Besprich mit deinen vertrauenswürdigsten Freunden, was ich dir hier gesagt habe.«

»Ja.«

»Ich brauche wohl kaum zu betonen, daß bei derartigen Gesprächen höchste Diskretion angebracht ist?«

»Kaum.«

Nakamura erhob sich.

»Wir bleiben in Verbindung, Dr. Rhodes.«

»Ja. Gewiß.«

»Es war eine außerst erfreuliche erste Begegnung für mich, und ich hoffe, für dich ebenfalls.«

»Ja. Sehr. Sehr.«

Beim Abschied ehrte Nakamura ihn tatsächlich mit einer höchst formellen Verbeugung, und Rhodes gab sich große Mühe, sie nicht allzu linkisch und tölpelhaft zu erwidern.

Ein Dritter Grad verneigt sich vor *mir,* dachte er. Unvorstellbar!

Mr. Kurashiki erwartete ihn, um ihn zu seinem Wagen zurück zu geleiten. Dann saß Rhodes lange auf seinem Sitz, fühlte sich benebelt, überlegte, wohin er sich fahren lassen solle. Es war noch recht früher Nachmittag. Zurück ins Labor? Nein, nicht jetzt, nicht gleich. Nicht in dem Zustand, in dem er sich befand. Er war nahezu volltrunken, er war von der hohen Anspannung in sauren Schweiß gebadet, und er war der völligen Erschöpfung nahe. Er hätte am liebsten geweint. Eine Besprechung mit einer echten tatsächlichen Nummer Drei, das Angebot, sich ein eigenes Laboratorium aufzubauen, egal wieviel es kostete, und die umwerfendste Offerte, daß er Wu Fang-shui als Bürogehilfen gratis dazu geschenkt bekommen sollte. Er war ganz benommen.

Er mußte unbedingt mit jemandem darüber reden. Aber mit wem? Mit Isabelle? Jesus, nein! Mit Ned Svoboda? Eigentlich auch nicht.

Paul Carpenter, ja, das war es. Der einzige Mensch im ganzen Universum, dem er völlig vertraute. Aber Carpenter war irgendwo auf See und bugsierte Eisberge herum. Rhodes wußte, vorläufig war er allein und ganz auf sich gestellt, und er mußte kämpfen, um ein Geheimnis bei sich zu behalten, das so groß war, daß es ihm wie ein Klumpen geschmolzenen Messings in der Kehle brannte.

»Nach Haus!« befahl er dem Wagen.

Er fühlte sich ganz und gar nicht wie ein Achter Grad, wie ein Abteilungschef oder wie ein international geachteter Wissenschaftler. Er fühlte sich wie ein kleiner Junge, der sich beim Schwimmen zu weit aufs Meer hinausgewagt hat und jetzt nicht mehr weiß, wie er wieder an Land zurückkommen soll.

18

HITCHCOCK SAGTE: »Also, Capt'n, ich glaube, wir sollten die alle festsetzen, die ganze verdammte Ladung. Nakata könnte 'n paar von seinen Ersatzkrampen anlegen, und wir schleppen sie dann mit dem Eisberg zurück nach Frisco.«

»He, Moment mal«, sagte Carpenter. »Seid ihr verrückt geworden? Ich bin doch kein Pirat.«

»Wer sagt was von Piraterie? Es ist unsere Pflicht. Wir müssen die festnehmen und abliefern, Mann, so seh' ich das jedenfalls. Das sind Meuterer!«

»Aber ich bin kein Polyp«, entgegnete Carpenter. »Wenn die 'ne verdammte Meuterei veranstalten wollen, schön, sollen sie. Was geht mich das an? Ich habe hier einen Job zu erledigen. Ich will diesen Eisberg nach Osten bewegen. Ohne dazu noch eine ganze Schiffsladung von Irren mitzuschleppen.«

Hitchcock sagte nichts. Sein breites dunkles Gesicht verhärtete sich.

Mit wachsender Verärgerung sagte Carpenter: »Hör mal, komm bloß nicht auf den Gedanken, daß ich sowas wie 'ne Zivilfestnahme vornehmen werde. Rechne nicht 'ne Sekunde lang mit sowas, Hitchcock. Es kommt nicht in Frage, und das weißt du verdammt genau.«

Hitchcock sagte sanft: »Weißt du, sowas haben wir ziemlich ernstgenommen, früher. Du verstehst, was ich meine, oder, Mann? Wir drehten damals nicht einfach den Kopf weg.«

»Du kapierst es nicht«, sagte Carpenter, und Hitch warf ihm einen schneidenden verächtlichen Blick zu. »Nein. Jetzt hör doch mal zu, und zwar ganz genau!« sagte Carpenter scharf. »Dieses Schiff da bringt weiter nichts als Ärger. Die Frau, die dort das Kommando hat, die wünscht ein Mann sich nicht in seiner Nähe. Wenn wir sie übernehmen wollten, müßten wir sie in Ketten legen, und das dürfte nicht ganz so einfach sein, wie du dir das vorstellst. Wir sind hier zu fünft, aber ich weiß nicht, wieviele die sind. Außerdem ist es ein Kyocera-Merck-Kahn da drüben. Und Samurai bezahlt uns nicht dafür, daß wir für die von K-M die Kastanien aus dem Feuer holen.«

Der Vormittag war inzwischen schon weit fortgeschritten. Kovalcik hatte bereits zweimal angefragt, was Carpenter zu unternehmen gedenke. Er hatte sich beide Male verleugnen lassen. Die Sonne war inzwischen fast im Zenit angelangt, und der Himmel strahlte greller als je in glühender Hitze, mit ein paar bläßlichen lavendelblauen und grünlichen Wirbeln in großer Höhe, den abgedrifteten Schwaden des Treibhausgiftmülls, der wohl aus der verseuchten Lufthochdruckzone westwärts gewandert sein mußte, aus der Luftmasse, die sich konstant über der Mitte der USA festgesetzt hatte. Carpenter bildete sich sogar ein, daß er einen Hauch von Methangas in der Brise wahrnehmen könnte.

Direkt am Schiff lag der Berg, schimmernd wie glattpolierter Marmor, und schwitzte Wasser aus, Stunde um Stunde mehr, je stärker die wachsende Hitze auf ihn einwirkte. Daheim in Frisco schrubbten sie wahrscheinlich schon die leeren Tanks vom Staub frei. Ja, höchste Zeit, daß er loszog. Kovalcik und Kohlberg würden mit ihren Problemen ohne seine Hilfe zurechtkommen müssen. Er fühlte sich nicht recht wohl dabei, aber es gab eine Menge Sachen auf der Erde, bei denen sich Carpenter nicht wohlfühlte, die er aber ebenso wenig in Ordnung zu bringen vermochte.

»Du hast gesagt, sie hat angedroht, diese fünf Männer zu töten«, sagte Caskie. Nervös fuhr sich die kleine Funkoffizierin über ihren kahlgeschorenen Schädel. »Meint sie das ernst?«

Carpenter zuckte die Achseln. »Höchstwahrscheinlich blufft sie. Sie wirkt ziemlich brutal, aber ich glaube nicht, daß sie soweit geht.«

»Das seh ich anders«, sagte Rennett. »Sie will die Kerle loswerden, egal wie, und wenn's auf die härteste Art sein muß. Vielleicht war sie grad dabei, es zu machen, als wir auftauchten.«

»Glaubst du wirklich?«

»Sie kann sie nicht länger an Bord behalten. Sie haben fast keine Sedativa mehr, sagte sie uns. Sobald diese Kerle aufwachen, überlegen die sich doch, wie sie sich befreien können. Also müssen sie weg. Ich vermute, als die Kovalcik an dem Eisberg festmachte, hatte sie vor, sie dort auszusetzen. Bloß, dann kamen wir an, und wir schleppen den Berg ab, und damit war ihr Plan futsch. Also beschließt sie statt dessen, die Männer bei uns abzusetzen. Und wenn wir sie nicht übernehmen, läßt sie sie glatt über Bord gehen, sobald wir fort sind.«

»Obwohl wir Bescheid wissen?«

»Sie wird behaupten, die haben sich losgemacht, sind in ein Beiboot gesprungen und abgehauen, und sie hat keine Ahnung, wohin. Und wer wird was andres aussagen?«

Carpenter sah bedrückt vor sich hin. Ja, dachte er, wer wird was anderes sagen.

»Der Berg schmilzt weiter, während wir hier rumdiskutieren«, sagte Hitchcock. »Was beschließt du, Capt'n? Wir bleiben hier liegen und diskutieren weiter? Oder lichten wir Anker und ziehen los Richtung Frisco?«

»Ich stimme dafür, daß wir sie zu uns an Bord nehmen«, sagte Nakata, der bisher noch kein Wort gesprochen hatte.

»Ich erinnere mich nicht, zu einer Abstimmung aufgerufen zu haben«, sagte Carpenter. »Wir haben keinen Platz für fünf zusätzliche Mann an Bord. Für keinen. Wir sind dermaßen vollgepackt, daß nichts mehr geht. Als säßen wir in einem Ruderboot. Komm schon, Nakata, wo sollten wir fünf Mann zusätzlich hinstecken?« Carpenter merkte, wie in ihm allmählich die Wut hochstieg. Die Geschichte wurde zu verwickelt: Rechtliche Gesichtspunkte, humanitäre, eine Menge ärgerlicher verworrener Kram. Und schlimm daran war, daß es eigentlich überhaupt keine richtungweisenden Vorschriften mehr gab. Wenn er die fünf Männer an Bord nahm, rettete er dann fünf Menschenleben, oder machte er sich zu einem Mitverschwörer bei einer Meuterei, die er pflichtgemäß hätte zu unterdrücken versuchen müssen?

Aber die schlichte Realität bei alledem war, daß es ihm nicht möglich war, in dieser Auseinandersetzung einzugreifen, zu helfen. Er konnte niemand mehr an Bord nehmen, egal wie die Gründe sein mochten.

Und Hitchcock hatte recht, es blieb ihnen keine Zeit, länger herumzudiskutieren. Ihr Berg verlor von Minute zu Minute mehr Wasser. Sogar mit bloßen Augen konnte er von hier aus die zunehmende Erosion erkennen, wie der Eisberg triefte und immer wieder kalbte. Und die Oszillation wuchs, das gewaltige Eisding schaukelte sacht hin und her, je mehr die Wasserlinie an seiner Stabilität nagte. Und später würden die Schwankungen nicht mehr so sacht bleiben. Sie mußten diesen Eisberg mit Spiegelstaub einpudern und abdecken und dann losfahren. San Francisco bezahlte ihn dafür, daß er einen Eisberg zurückbrachte, nicht ein paar Eimer Schlammeis.

»Cap'n!« rief Rennett. Sie war in den Ausguck über ihnen geklettert und spähte mit der Hand über den Augen übers Wasser. »Die haben ein Boot ausgesetzt, Cap'n.«

»Nicht wahr!« sagte Carpenter. »Scheiße!«

Er griff nach seinem 6x30-Fernglas. Ein Boot, ganz klar, ein Glasfaser-Dinghi: Schien voll zu sein, drei Personen, nein vier, fünf, schien es. Er drückte den Schalter für Biosensorverstärkung, und die Kalmarfiber des Instruments begann zu wirken. Das Bild blühte auf zu großer Schärfe. Fünf Mann, ja. Carpenter erkannte den Ex-Kapitän Kohlberg, der zusammengesunken vorn hockte.

»Scheiße«, sagte er. »Die schickt die doch glatt rüber zu uns. Lädt sie einfach bei uns ab.«

»Vielleicht wenn wir zusammenrücken …, sagte Nakata und lächelte erwartungsvoll.

»Noch ein Wort von dir, und ich rücke *dich* zusammen!« Dann blickte Carpenter zu Hitchcock, der mit einer Hand bedächtig seine untere Gesichtshälfte umfaßte, die Nase hin und her rieb und sich die dicken weißen Bartstoppeln kratzte. »Bringt ein paar Laser in Position«, befahl Carpenter. »Nur Defensivstärke. Nur für den Fall. Hitchcock und Rennett, ihr fahrt mit dem Kajak los und eskortiert die Männer zu dem Kalmarschiff zurück. Wenn sie nicht bei Bewußtsein sind, schleppt sie hinüber. Wenn sie ansprechbar sind, fordert ihr sie nachdrücklich auf, auf ihr Schiff zurückzukehren, und falls ihnen das nicht gefällt, schießt ihr ein paar Löcher in ihr Boot und kommt sofort wieder hierher zurück. Ist das klar?«

Hitchcock nickte steinern. »Klar, Mann. Ist klar.«

Carpenter beobachtete das Ganze von der Kuppelblase am Achterdeck aus und überlegte, ob er es jetzt vielleicht ebenfalls mit einer Meuterei zu tun bekommen werde. Doch nein. Nein. Hitchcock und Rennett fuhren mit dem Kajak den Berg entlang, bis sie längsseits von dem Dinghi der *Calamari Maru* waren, dann gab es eine kurze Diskussion, sehr kurz war sie, Hitchcock redete, und Rennett hielt die Laserwaffe ganz beiläufig, aber unmißverständlich in Bereitschaft. Die fünf ausgesetzten Männer sahen aus, als wären sie mehr oder weniger bei Bewußtsein. Sie fuchtelten mit den Armen, zeigten zu ihrem Schiff, hoben verzweifelt die Hände. Und Hitchcock redete einfach weiter, und Rennett streichelte weiter ihre Laserpistole, beiläufig, aber unmißverständlich, und von Minute zu Minute sahen die fünf Männer in dem Beiboot zunehmend niedergeschlagener aus. Dann wurde die Unterredung abgebrochen, und das Kajak kehrte zur *Tonopah Maru* zurück, und die Männer in dem Beiboot saßen weiter da wie zuvor und überlegten wahrscheinlich, was sie weiter unternehmen sollten.

Als er an Bord zurückkam, sagte Hitchcock: »Das ist 'ne verdammt böse Sache, Mann. Der Kapitän da sagt, die Frau hat ihm glatt das Schiffskommando weggenommen, bloß weil sie einfach wollte, daß sie alle zusätzliche Screen-Dosen kriegten, und er hat sie ihnen nicht gegeben. Er sagte, es ist nicht genug da, daß sie soviel kriegen kann, sagte er, und, Mann, ich komm' mir echt mies vor.«

»Ich auch, Mann«, sagte Carpenter. »Das kannste mir glauben.«

»Ich hab ganz früh mal gelernt«, sagte Hitchcock, »wenn einer dir sagt, ›glaub mir‹, dann mußte dich genau davor in achtnehm' und das nicht machen.«

»Blöder Arsch!« knurrte Carpenter. »Denkst du, ich *will* sie aussetzen? Aber uns bleibt keine andere Wahl. Sollen sie doch zu ihrem eigenen Schiff zurück. Sie wird sie schon nicht umbringen. Sie brauchen nichts weiter zu tun, als was sie verlangt, dann kommen sie schon heil davon. Sie kann sie auf irgendeiner Insel aussetzen. Aber wenn die bei uns mitkommen, stecken wir die ganze Zeit bis zurück nach Frisco dick in der Scheiße.« Und noch tiefer drin, sobald wir dort sind, fügte er stumm für sich hinzu.

Hitchcock nickte. »Yeah, aber möglich, daß wir jetzt schon tief in der Scheiße stecken.«

»Was sagst du da?«

»Schau dir den Berg an«, sagte Hitchcock. »Über der Wasserlinie. Der ist ganz dick angefressen.«

Carpenter hob sein Glas und schaltete den Biosensorboost ein. Dann suchte er den Eisberg ab. Dem machte die Hitze sehr zu schaffen.

Es war der bisher heißeste Tag, seit sie in diese Gewässer gelangt waren. Heute war es hier draußen beinahe so schlimm wie auf dem kontinentalen Festland, die Wirbel der Emissionsgase in der Höhe, die unablässig niederprallende Solarenergie, ein Strom verwüstender Infrarotstrahlung, der sich dort oben durch den Dunst ergoß und erbarmungslos auf die Erde niederregnete. Und die Hitze nahm ständig weiter zu. Die Sonne schien von Minute zu Minute größer zu werden. Vom Himmel hörte man widerliches magnetisches Knattern, wie wenn die Atmosphäre in diesem Backofen ionisiert würde.

Und der Eisberg begann tatsächlich zu wackeln und zu schwanken. Carpenter sah deutlich die Oszillationen, wie diese horizontalen Kerben sich mit Wasser füllten, und die See ging nicht mehr so ruhig, während sich die Differentialen aus Luft-Meeres-Temperaturen immer mehr aufbauten und widerstreitende Strömungen sich einschleusten.

»Verdammter Mist!« sagte Carpenter. »Damit ist die Sache entschieden. Wir müssen sofort los!«

Es gab aber noch eine Menge zu tun. Pro forma funkte Caskie zu dem Kalmarschiff hinüber und warnte die Besatzung davor, daß sie jetzt anfangen würden, Spiegelstaub zu sprühen. Es erfolgte keine Antwort. Vielleicht war es denen ja egal, oder sie wußten nicht, was tun. Das Schiff ankerte noch immer vor der Eiszunge, und es sah so aus, als fänden zwischen den Männern im Beiboot und den Frauen an Bord Verhandlungen statt.

Carpenter erteilte den Befehl, und die Spiegelstaubpumpen setzten sich in Gang und schossen glitzernde Wolken von Metallpulver auf die exponierten Teile des Eisbergs – und höchstwahrscheinlich auch über das ganze Kalmarschiff und das Boot. Die Arbeit dauerte eine halbe Stunde. Die See wurde zunehmend rauher, und der Berg tanzte recht gemein und torkelig. Doch

Carpenter wußte, daß darunter, unsichtbar, eine gewaltige Eisbasis lag – genug, so hoffte er, den Berg stabil zu halten, bis sie aufbrechen konnten.

»Bringen wir jetzt die Schürze an«, sagte er.

Eine verzwickte Sache das, an der Wasserlinie des Schiffs versprühten Düsen einen Thermoplastikschaum, der den Eisberg schützen sollte, wo er der Erosion durch die Wellen am stärksten ausgesetzt war. Aber der wirklich schwere Teil kam, wenn sie die Krampentaue verlängern mußten, mit denen Eisberg und Schiff verbunden waren, damit sie um den Berg herummanövrieren konnten. Aber Nakata war Spitze darin. Sie lichteten die Anker und fuhren um die abgelegene Flanke des Bergs herum. Der Bestäubte Eisberg war sinnbetörend schön, ein schimmernder Gletscher aus weißem Licht.

»Das Wackeln da gefällt mir aber gar nicht«, sagte Hitchcock immer wieder.

»Das spielt keine Rolle mehr, wenn wir erst mal unterwegs sind«, erwiderte Carpenter.

Die Hitze war wie ein Hammer geworden, der auf die dunkle kühle Wasserfläche einschlug, sie mischte die Thermalschichten durcheinander, peitschte die Strömungen hoch und wirbelte alles wie in einer Zentrifuge durcheinander. Sie hatten wohl ein bißchen zu lange gewartet, ehe sie sich an die Arbeit machten. Der Berg war stark angefressen, neigte sich schwer luv, schwankte, rollte tief zur Seite wie eine von diesen japanischen Stehaufpuppen und schwankte dann wieder zurück. Gotte mochte wissen, was das Kalmarschiff drüben von der See auszustehen hatte, aber von dieser Seite aus konnte Carpenter es nicht mehr sehen. Er kreiste weiter, bis die gesamte Länge der Krampentaue ausgeschöpft war, dann fuhren sie wieder im Bogen die gleiche Strecke zurück.

Als sie wieder auf der Leeseite waren, sah er, was für eine See das Kalmarschiff abgekriegt hatte. Das Schiff war abgesoffen. Die Eiszunge, an der es geankert hatte, war aus der See hochgestiegen und hatte es getroffen wie der Fußtritt eines Riesen.

»Jesus Christus«, brummte Hitchcock neben ihm. »Das mußte gesehen haben! Die Arschlöcher sind da einfach hocken geblieben!«

Die *Calamari Maru* holte See über wie verrückt und war dicht vor dem Sinken. Das Meer wirbelte von einer Armada von gerade freigekommenen Kalmaren, die sich hastig in alle Richtungen verstreuten und mit Höchstgeschwindigkeit fortschwammen. Im Schatten des Eisbergs tanzten drei Dinghis in den Wellen.

»Das mußte gesehen haben!« sagte Hitchcock wieder.

»Maschinen an!« befahl Carpenter. »Verschwinden wir verdammt schnell von hier.«

Hitchcock sah ihn ungläubig aus zusammengekniffenen Augen an.

»Meinst du das wirklich, Cap'n? Im Ernst?«

»Ja, verdammt noch mal!«

»Scheiße«, sagte Hitchcock. »Was für eine verdammte, beschissene, lausige Welt.«

»Mach schon! Laß die Maschinen anlaufen!«

»Du willst also tatsächlich drei vollbesetzte Boote von 'nem sinkenden Schiff da drüben einfach im Wasser sitzen lassen?«

»Genau. Du hast es geschnallt.« Carpenter hatte das Gefühl, als steckte ihm der Kopf voll Wolle. Denk nicht nach, befahl er sich. Über gar nichts. *Mach* einfach weiter! »Und jetzt laß die Maschinen an, ja?«

»Das ist zuviel«, sagte Hitchcock leise und bewegte langsam den Kopf von einer Seite zur anderen. »Das geht verdammt zu weit.«

Er schnaufte wie ein angeschossener Büffel und machte zwei, drei torkelnde Schritte auf Carpenter zu. Die Arme baumelten lose, die Hände waren halbgeschlossen. Die Augen waren zu Schlitzen verengt, und das Gesicht wirkte merkwürdig gedunsen. Er baute sich über Carpenter auf, ein dunkler massiger Brocken von einem Mann, und er keuchte und knurrte vor sich hin. Er wirkte halb so groß wie der ganze Eisberg dort drüben.

O Scheiße, dachte Carpenter. Jetzt geht's los. Jetzt hab ich meine ganz eigene Meuterei auf dem Hals.

Hitchcock brummte und kollerte weiter und schloß die Hände zu Fäusten. Verärgerung, vermischt mit Furcht schoß durch Carpenter, und er riß den Arm hoch, ohne zu denken, schlug heftig zu und traf den älteren Mann schnell und hart auf den Mund, so daß dessen Kopf nach hinten gerissen wurde und er gegen die Reling taumelte. Er prallte zurück. Sekundenlang sah es so aus, als würde er zu Boden gehen, doch es gelang ihm, sich auf den Füßen zu halten. Eine Art Schluchzen kam aus seiner Kehle, nicht eigentlich ein Schluchzen, eher schon ein Grunzen. Über die weißen Bartstoppeln am Kinn breitete sich eine hellrote Blutspur.

Hitchcock war momentan benommen. Dann wurden die Augen wieder scharf, und er blickte Carpenter erstaunt an.

»Ich hatte nicht vor, dich zu schlagen, Cap'n«, sagte Hitchcock und zwinkerte heftig mit den Augenlidern. Die Stimme hatte einen weichen, gedämpften Klang. »Keiner schlägt je seinen Kapitän, nein, das gibt's nicht. Nie. *Niemals*. Das weißte doch, Cap'n.«

»Ich hatte angeordnet, daß die Maschinen anlaufen sollen.«

»Du hast mich geschlagen, Cap'n. Weswegen, verdammt, hast du mich geschlagen?«

»Du warst grad dabei, auf mich loszugehen, oder?«

Die schimmernden blutunterlaufenen Augen Hitchcocks wirkten in dem screengedunkelten Gesicht riesenhaft. »Ach? Du hast gedacht, ich würde dich *angreifen?* Ach, Cap'n! O Jesus, Cap'n, Jesus!« Er schüttelte den Kopf und wischte sich das Blut vom Mund. Auch Carpenter sah, daß er selbst blutete, an dem Knöchel, mit dem er gegen die Zähne geprallt war. Und Hitchcock starrte ihn nur weiter an, so wie einer vielleicht einen Tyrannosaurus anstarrt, wenn der plötzlich aus irgendeinem Urwald auftauchte. Dann wurde der Ausdruck der Verwirrung weich, verwandelte sich, wurde irgendwie traurig vielleicht. Oder war es mitleidig? Mitleid – das wäre womöglich noch schlimmer, dachte Carpenter. Verdammt viel schlimmer.

»Cap'n ...« begann Hitchcock mit einer heiseren belegten Stimme.

»Sag's nicht! Zieh nur ab und wirf die Maschinen an!«

»Yeah«, antwortete der Alte. »Yeah, Mann.«

Und er rieb sich die Lippe und schlurfte davon.

»Caskie kriegt einen SOS-Notruf von einem Automaticsender rein«, rief Rennett von irgendwo am Vordeck herüber.

»Nix!« brüllte Carpenter wütend zurück. »Können wir nicht machen!«

»Was?«

»Wir haben, verdammt noch mal, nicht genug Platz an Bord für die Leute«, sagte er mit einer Stimme so scharf wie ein Eiszapfen. »Kommt nicht in Frage. *»Nix!* Auf keinen Fall!«

Er setzte sein Fernglas wieder an und betrachtete die heranpullenden Dinghis. Sie tanzten heftig und schwer übers turbulente Wasser und hatten große Mühe dabei. Er schaute rasch wieder weg, ehe er irgendwelche Gesichter erkennen konnte. Sein Eisberg leuchtete wie Feuer und schwankte immer wieder. Carpenter fielen die heißen Stürme ein, die über den Kontinent im Osten von ihnen hinwegfegten, die rings um den ganzen Bauch der Erde fegten, die regenlosen Trockenwinde, die unablässig jedes bißchen Feuchtigkeit aufsaugten, das es noch irgendwo gab. Es war irgendwie fast ein Jammer, daß man wieder dorthin zurückkehren mußte. Wie die Rückkehr in die Hölle nach einem kurzen Urlaubstrip auf dem Meer, so kam ihm das jetzt vor. Aber dorthin würden sie jetzt eben steuern, egal ob das angenehm war, oder nicht. Und genauso würde er diese Leute da drüben ihrem Schicksal auf dem Meer überlassen müssen.

Manchmal war es eben nötig, lausige gemeine Entscheidungen zu treffen, bloß um den Umständen gerecht zu werden. Mehr gab es da nicht zu bedenken, dachte Carpenter. Das Leben ist hart, und manchmal eben von Grund auf übel und zum Kotzen. Und manchmal mußt du eben eine beschissene Entscheidungen treffen.

Er wandte sich um. Sie starrten ihn alle an, Nakata, Rennett, Caskie. Alle außer Hitchcock, der auf der Brücke die Maschinendaten eingab.

»Das Ganze ist einfach nicht passiert«, sagte er scharf zu ihnen. Er fühlte sich ganz stumpf. Er versuchte, das Geschehene aus seinen Gedanken zu vertreiben. »Nichts ist passiert, gar nichts. Wir haben nie irgendwen sonst hier draußen gesehen. Niemand. Habt ihr das kapiert? *Das ist nie passiert!*«

Sie nickten, einer nach dem anderen.

Es erfolgte ein leises Zittern unten im Schiffsrumpf, als die winzige Sonne im Maschinenraum, die kleine Fusionskugel, zu voller Kraft erwachte. Stöhnend begann die Maschine auf vollen Touren zu arbeiten. Das Schiff begann sich in Fahrt zu setzen, hinaus aus der dunklen Wasserzone, auf die blaue See zu, die geradeaus vor ihnen lag. Sie fuhren los, schleppten sich, so schnell sie konnten, ostwärts, um dem Schmelzen möglichst zuvorzukommen. Inzwischen war es Nachmittag. Achtern strahlte die andere Sonne, die echte, in wilder Glut vom Himmel, während sie gen Westen zog. Es war gut, daß die Sonne in die eine Richtung verschwand, während sie in die andere fuhren.

Carpenter warf keinen Blick zurück. Wozu auch? Damit man sich Gewissensbisse machen kann, wegen einer Sache, die man nicht ändern konnte?

Jetzt ging es Richtung Heimat.

Zurück in das Wunderland von Nordamerika im Treibhauszeitalter.

Diese verdammte beschissene Welt, wie Hitchcock meinte. Genau. Und ihr Eisberg da, dieser überdimensionale Eiswürfel, für wieviele Tage würde der den Wasserbedarf San Franciscos decken? Zehn? Fünfzehn? Und dann, was? Fahren wir los und holen uns einen neuen? Und jeder Berg bedeutete Wasser, das andere Leute nicht kriegten.

Die Platzwunde an seinem Fingerknöchel brannte von dem Schlag, den er Hitchcock verpaßt hatte, und er rieb sie beiläufig, als wäre es die Hand eines Fremden. Nach Osten denken! befahl er sich. Du schleppst zweitausend Kilotonnen vor Millionen Jahren gefrorenen Wassers für das durstige San Francisco. Denk positiv! Denk an deine Gratifikation. An deine kommende Beförderung. Es lohnt nicht zurückzuschauen. Wenn du nach hinten schaust, bekommst du davon bloß Augenschmerzen.

19

Als Enron in sein Hotel zurückkehrte, am späten Nachmittag in Valparaiso Nuevo, war alles aufgeräumt, das Bett frisch gemacht, in der Luft nicht der leiseste Hauch von schweißiger Lust. Man hätte glauben können, daß sich außer Jolanda seit dem Morgen niemand hier aufgehalten hatte. Enron hatte sich mit Kluge getroffen, der bisher keinen Erfolg gehabt hatte, Davidov oder einen von den anderen Leuten aus Los Angeles aufzuspüren, und danach war er ruhelos durch das Habitat gestreift, stundenlang, um sich die Zeit zu vertreiben, war in Cafés gesessen, hatte auf gut Glück da und dort seine Nase hineingesteckt und gewartet, bis er gefahrlos zurückkehren konnte.

»Und?« fragte er Jolanda. Sie hatte sich inzwischen umgezogen, trug nun einen leuchtendbunten Kaftan mit irisierenden grünen, rosa und gelben Kringeln an den Flanken, die kühn die Üppigkeit ihres Körpers noch betonten. Ihr Gesicht wirkte deutlich erschöpft: sie sackte wohl gerade von ihrem letzten Hyperdex-High, dachte Enron. »Und? Wie war es, mit einem Typ zu ficken, der keine Augen hat?«

»Marty!«

»Ich bitte dich! Wir sind doch keine Kinder, wir zwei. Du hast ihn hierher gebracht, das Zimmer hat ein Bett und eine verschließbare Tür; ich habe Verständnis für das, was passiert sein muß. Das war doch überhaupt die Absicht, oder? Daß du ihn herzitierst unter dem Vorwand, ihn für eine Skulptur abzumessen – und mit ihm ins Bett zu steigen?«

»Es war kein Vorwand!« Jolandas Stimme klang leicht hitzig. Sie saß mit dem Rücken zum Fenster und zu dem bestürzend schönen Bild, dem schwarzen Samtvorhang und den flammenden prachtvollen Sternen und Planeten und rasch vorbeigleitenden L-5-Welten. »Ich habe ihn tatsächlich vermessen. Ich habe die ganz ehrliche Absicht, ihn zu porträtieren. Schau – da sieh hin.« Jolanda deutete auf einen kleinen Stapel Datenwürfel. »Ich habe sämtliche Maße da drin.«

»Hat er dir gesagt, wie du für ihn aussiehst? Weißt du, für ihn ist alles bloße Geometrie. Eine sehr sonderbare Geometrie.«

»Er hat gesagt, ich bin schön.«

»Ja. Das bist du. Mir hat er einmal gesagt, wie eine bestimmte Frau für ihn aussah, und ich habe es nie vergessen. Das war damals, als wir einander begegneten, auf dieser Konferenz in Caracas, bei der es um die Gewinnung von Molybden und Beryllium aus Seewasser ging. Diese Frau kam aus Peru oder Chile, oder so einem von diesen Ländern, und sie sah übrigens dir ein wenig ähnlich, massig wie eine Kuh obenrum, überhaupt eine mächtige Frau rundum, nicht richtig fett, aber gutgepolstert und extrem ...«

»Marty! Das interessiert mich nicht!«

»Wir saßen am Pool, Farkas und ich, und sie tauchte aus dem Wasser wie Aphrodite, weißt du? Eine sehr mächtige, großzügige Aphrodite wie von Rubens. Mit mächtigen Brüsten und Armen so dick wie Schenkel, und ihre Schenkel waren sogar noch dicker, aber alles höchst wohlgeformt und alles in vollkommenen Proportionen, nur eben – *gewaltig!* Genau wie du, fast. Und ich machte eine Bemerkung über ihren Körper zu Farkas und hatte im Moment ganz vergessen, daß er ja keine Augen hat, aber der lachte nur und sagte: ›Für mich sieht sie etwas anders aus.‹ Er sagte, glaube ich, sie wirke auf ihn wie drei seitlich liegende Fässer, verbunden durch eine Flammenkordel. Oder vielleicht waren es auch fünf Tonnen. Aber für ihn war das etwas sehr Schönes, sagte er. Für ihn sieht jeder Mensch ganz verschieden aus, weißt du, und besitzt eine ganz persönliche Gestalt. Die Informationen, die er über seine Sinneswahrnehmungen empfängt, sind ganz anders als bei uns.« Enron lächelte. »Ich freue mich, daß er dich für schön gehalten hat. Das bist du, weißt du. Fast auf die gleiche Art wie damals diese Frau in Caracas. Und im Bett bist du wundervoll. Wie er sicher feststellen durfte.«

»Hast du eine Ahnung, wie du im Moment auf mich wirkst?« fragte Jolanda. »Wie ein Wolf. Ein kleiner magerer Wolf mit grünen Augen und sabbernden Lefzen.«

»Möchtest du nicht von mir eine Skulptur machen? Da! Nimm doch auch bei mir die Maße ab! Er begann den Hosengurt zu lösen.

»Das ist lausig, Marty. Ich kann eifersüchtige Männer nicht ausstehen. Wenn du nicht wolltest, daß ich mit ihm ins Bett gehe, wieso hast du ihn mir dann dermaßen aufgedrängt?«

»Weil ich bestimmte Informationen haben wollte. Und das schien mir der effizienteste Weg, sie zu kriegen. Und das war dir doch sicher klar?«

»Ja. Ja, ich glaube, das habe ich.« Sie schoß ihm einen heißen Blick zu. »Jetzt, wo ich ein bißchen drüber nachdenke. Aber verstehst *du*, daß ich sowas nie in Betracht gezogen hätte, wenn ich ihn nicht attraktiv fände? Ich bin kein Spielzeug, das man herumreicht, Marty. Und ich bin auch kein Köder. Ich *wollte* mit ihm ins Bett. Und genau das habe ich getan. Und ich bin glücklich darüber. Ich habe es enorm genossen!«

»Aber klar doch, das hast du.« Enron änderte den Ton; statt grober männlicher Großspurigkeit versuchte er es nun mit sanfteren beschwichtigerenden Tönen. »Er ist ein ungewöhnlicher Mensch. Es muß eine ungewöhnliche Erfahrung gewesen sein.« Er trat zu ihr, legte ihr die Hände auf den Nacken und begann sanft das Fleisch und die Muskeln darunter zu kneten. »Meinst du wirklich, ich bin eifersüchtig, Jolanda?«

»Ja. Verdammt, das glaube ich. Du wolltest, daß es passiert, aber es gefällt dir gar nicht. Das merkte ich schon, als du in dem Restaurant aufgetaucht bist. Du glaubtest, du mußt in unserer Nähe herumhängen, um ja nicht die Kontrolle zu verlieren, nicht einmal in dem Moment, wo du mich ihm in die Arme getrieben hast.«

Für Enron kam diese Anschuldigung ein wenig überraschend. War es wirklich so? Er hatte gedacht, daß er sich in dem Restaurant Jolanda und Farkas nur deshalb aufgedrängt hatte, um diesem die Nachricht zu signalisieren, daß sie sich unterhalten müßten, sobald Farkas sein Geturtel mit Jolanda hinter sich gebracht hatte. Aber vielleicht steckte ja mehr dahinter. Sicher, er hätte bis zum nächsten Tag warten können, den Kontakt zu Farkas aufzunehmen. Doch es war möglich, daß er ihm zu verstehen geben mußte auf Jolanda so etwas wie ein Prioritätsrecht zu besitzen, einen Eigentumsanspruch, *ehe* die beiden ins Bett hüpften.

Achselzuckend sagte er: »Egal, hast du was Brauchbares von ihm erfahren?«

»Das hängt davon ab. Was verstehst du unter brauchbar?«

»Na, hat er zum Beispiel gesagt, weshalb er hier oben ist?«

»Er hat mir im Restaurant gesagt, weshalb er hergekommen ist. In Urlaub, sagte er.«

»Natürlich. Urlaub – du bist wirklich ziemlich dumm, nicht wahr?«

»Besten Dank.«

»Er ist hier, um für Kyocera zu spionieren. Das weißt du doch.«

»Na und? Spioniert er eben für Kyocera. Aber wir haben über nichts geredet, was irgendwie mit Kyocera zu tun hatte. Ich habe ein paar Messungen an seinem Gesicht und seinem Schädel vorgenommen, und dann fragte er, ob ich mit ihm ins Bett gehe, und dann ...«

»Ja ja. Schon gut.«

»Im Bett wirkt er jedenfalls nicht wie ein Blinder, Marty. Auch nicht wie einer, der eine schöne Frau anschaut, und dabei einen Stapel Fässer sieht. Er wußte recht genau, wo alles hingehört.«

»Bestimmt«, sagte Enron und atmete langsam tief durch. »Okay, jetzt hör mir mal genau zu. Ich denke mir, Jolanda, daß die von Kyocera-Merck irgendwie die Finger in dem kleinen Komplott haben, das deine Freunde aus Los Angeles sich da ausgekocht haben, und daß der Ungar als Schlüsselmann für K-M hier ist, sich mit den Verschwörern treffen und ihnen helfen soll.«

Jolanda rückte auf ihrem Sitz herum und blickte zu ihm hoch. »Wie kommst du darauf? Keiner hat je was von Kyocera gesagt, als sie mir von ihrem Plan erzählten.«

»Wozu hätten sie das tun sollen? Aber ein solches Unternehmen kostet Geld. Jemand muß die Waffen kaufen und für den Transport hierher bezahlen. Die Leute müssen ausgebildet werden. Die Einreisezollgebühren, die Schmiergelder, was es eben so kostet, sich den Zugang an einen Ort wie den hier, der so gut abgeschirmt ist, für eine kleine Armee zu erkaufen. Also, was denkst du, wer finanziert deine Freunde?«

»Ich habe nicht die leiseste Ahnung. Sie haben nie was davon gesagt.«

»Der einzige Zweck meines Aufenthalts hier – erinnerst du dich? – ist der, deine Freunde zu treffen und ihnen zu erklären, daß mein Land bereit ist, ihnen jegliche nötige finanzielle Unterstützung zu bieten, die sie brauchen. Aber jetzt zeigt sich die Möglichkeit, daß sie bei ihrem Vorhaben bereits einen sehr potenten Partner haben.«

»Du meinst Kyocera-Merck?«

»Es hat allmählich ganz den Anschein.«

»Aber weshalb sollten die von Kyocera-Merck den Diktator von Valparaiso Nuevo stürzen wollen?«

»Vielleicht aus purem Imperialismus. Man sagt, Kyocera steckt derzeit in einer stark expansiven Phase, vielleicht wollen sie einfach noch ein paar L-5-Welten mehr in ihrer Sammlung haben. Oder aber es leben hier ein paar Leute, die sie gern in die Finger kriegen wollen. Ich weiß es nicht, Jolanda. Aber daß Farkas hier ist, wenn ein Staatsstreich geplant ist, dann sagt mir das, daß er für K-M dabei irgendwie mitmischt.«

»Und wenn?«

»Dann muß ich mich in den Deal einschalten. Ein Partner-Venture, geteilte Kosten, geteilter Profit. Kyocera kann das Habitat haben, wenn sie es wollen. Aber ein paar Leute, die sich hier verborgen halten, die wollen *wir* haben – und wir kriegen sie – so oder so.«

Enron gönnte sich gerade genüßlich eine ausgiebige üppige Dusche vor dem Essen, als Jolanda die Kabinentür aufschob, den Kopf hereinsteckte und sagte: »Der Kurier ist am Apparat. Er glaubt, er hat Davidov ausfindig gemacht. Willst du ihn sprechen?«

»Sag ihm, er soll warten.«

Enron trat wieder unter die Brause, ließ sich das Wasser genüßlich über den dichten seifigen Haarpelz auf der Brust strömen. In Israel gab es selbstverständlich immer ausreichend Wasser für luxuriöses Duschen. Doch er war kurz zuvor noch in Kalifornien gewesen und hatte die spartanischen Zwänge zum Wassersparen erlebt, die durch die endlosen Dürreperioden an der Westküste verordnet werden mußten, und so genoß er es, hier in Valparaiso Nuevo unbegrenzt Wasser vergeuden zu können, wo alle Ressourcen mit höchster Effizienz in Recyclingprozesse eingebunden waren und wo es für nichts Rationierungen gab.

Eine ganze Weile später erst tauchte er auf und rubbelte sich trocken. Dann ging er ins Schlafzimmer. Aus dem Visor sah ihm Kluges ernstes dickliches Gesicht entgegen. Enron wickelte sich nachlässig das Badetuch um die Hüften und trat auf Sichtnähe heran.

»Also?«

»Speiche C«, sagte Kluge. »Hotel Santa Eulalia in der Ortschaft Remedios. Vier Mann mit kalifornischen Pässen stiegen da letzte Woche ab. Das war einer von ihnen. Er geht unter dem Namen Dudley Reynolds, aber ich denke, er ist der, den du suchst. Ich pumpe dir sein Bild rüber.«

Das Visorbild verschwamm kurz durch Download-Interferenz. Kluge stöpselte sein Flexterminal in den Output. Dann war das Bild wieder klar, und Enron sah vor sich das Solido-Bild eines Mannes mit quadratischem Kopf, kurzem Hals, nüchternen blauen Augen und fast farblos blonden, sehr kurz geschnittenen Haaren. Die Haut, die wohl ursprünglich von slawischer Blässe gewesen war, wies eine schwarzpurpurne Tönung von zu hohen Screendosen auf und war fleckig und gedunsen. Ein erschreckendes Gesicht mit breitem Kinn, fast lippenlos, eine viehische Visage.

Enron fragte Jolanda: »Was meinst du?«

»Das ist Davidov, ja. Genau.«

»Er sieht aus wie ein Tier.«

»Aber er ist wirklich ganz sanft«, sagte sie.

»Bestimmt.« Er befahl Kluge wieder vor die Kamera. »Gut. Du hast ihn gefunden. Gute Arbeit. Wo sind sie jetzt?«

»Das weiß ich nicht.«

»Was?«

»Sie sind vor zwölf Stunden ausgezogen. Vielleicht sind sie auf die Erde zurück.«

»Sauerei«, knurrte Enron. »Sie sind uns entwischt.«

»Da bin ich nicht ganz sicher. Meine Kontaktleute bei der Emigration haben mir bisher noch keine Information geliefert, daß sie abgereist wären. Aber Tatsache bleibt, sie *haben* ihr bisheriges Hotel verlassen. Ich suche weiter.«

»Ja, mach das.«

»Ich könnte einen Vorschuß auf mein Honorar brauchen«, sagte Kluge. »Meine Ausgaben für die Sache bisher sind ziemlich hoch gewesen.«

»Wieviel brauchst du?« fragte Enron.

»Tausend Callaghanos?«

»Ich gebe dir zweitausend. Das erspart mir den Ärger, daß du in ein, zwei Tage wieder mit ausgestreckter Hand ankommst.«

Kluge wirkte tatsächlich sehr überrascht. Auch Jolanda schaute Enron verwirrt an.

Enron nahm sein Terminal von der Kommode, tippte Kluges Kontonummer und transferierte die Summe. Kluge stammelte dankbar, dann verschwand er vom Bildschirm.

Jolanda fragte: »Weshalb gibst du ihm so viel Geld?«

»Was spielt das für eine Rolle? Geld ist nicht knapp. Ich wäre bereit gewesen, ihm fünf zu zahlen.«

»Aber sie respektieren dich nicht, wenn du zu großzügig mit Geld um dich wirfst.«

»Sie werden mich respektieren, das versichere ich dir. Kluge hat früher schon mit Israelis zu tun gehabt.«

»Woher weißt du das?«

»Wir führen Buch«, sagte Enron. »Denkst du, ich hätte mich nicht über ihn erkundigt, bevor ich ihn engagierte?« Er knäulte sein Badetuch zu einem Ball und warf es quer durch den Raum, dann suchte er sich die Sachen, die er für den Abend tragen wollte. »Bist du fertig, damit wir dann zum Dinner ausgehen können?«

»Gleich.«

»Fein. Während ich mich anziehe, rufst du Farkas in seinem Hotel an. Du sagst ihm, wir wollen gerade zum Essen ausgehen und würden ihn gern einladen.«

»Weshalb willst du das tun?«

»Um herauszufinden, ob er irgendwas über diesen Plan weiß, den Generalissimo zu entmachten. Und ob er mir sagen kann, wo dieser Davidov sich befindet.«

»Wäre es nicht besser, du redest erst mit Davidov selber, bevor du Farkas irgendwelche Fragen dazu stellst? Du vermutest doch nur, daß Farkas da mit drinsteckt. Und wenn das nicht so ist, dann bringst du ihn bloß darauf, was da los ist, und am Ende erfährt dann Kyocera von Sachen, die du denen lieber nicht preisgeben möchtest.«

Enron starrte sie bewundernd an. Er ließ langsam ein Lächeln auf seinem Gesicht entstehen und sich ausbreiten.

»Das ist ein gutes Argument.«

»Siehst du? Ich bin also wirklich nicht ganz so dumm.«

»Ja, vielleicht habe ich dich unterschätzt.«

»Du kannst einfach nicht glauben, daß eine Frau, die so gut im Bett ist wie ich, auch logisch denken kann.«

»Ganz im Gegenteil«, sagte Enron. »Ich war schon immer davon überzeugt, daß intelligente Frauen die besten Bettgenossinnen abgeben. Aber manchmal, wenn eine Frau einfach zu schön ist, entgeht mir, wie enorm gescheit sie außerdem auch noch ist.«

Jolanda glühte vor Befriedigung. Es war, als hätte Enron mit einem einzigen schiefen Kompliment alle die grausamen Bemerkungen ausgelöscht, die er ihr gegenüber geäußert hatte.

Nein, sie ist wirklich extrem blöd, dachte er. Dennoch, darin hatte sie recht, daß er mit Farkas besser behutsam vorgehen sollte.

»Es ist leider so«, sagte er, »daß die Zeit vergeht und daß wir deine Freunde noch immer nicht ausfindig gemacht haben. Ich könnte also wirklich ruhig mal Farkas ein bißchen abzutasten anfangen. Klar, da besteht das Risiko, von dem du sprichst, doch da ist ebenfalls die Möglichkeit, daß ich von *ihm* etwas rauskriegen kann. Ruf ihn an. Lade ihn ein, mit uns heute abend zu essen, oder aber für morgen zum Lunch.«

Als Jolanda an den Tisch trat, leuchtete das Telefonsignal auf. Sie blickte unsicher zu Enron.

»Geh ran«, sagte er.

Es war noch einmal Kluge. »Ich habe deinen Davidov für dich gefunden. Er ist noch hier, hat bloß das Hotel gewechselt. Alle vier Mann. Speiche B, die Residencia San Tomás in Santiago.«

»Sind denn hier alle Hotels nach Heiligen benannt?« fragte Enron.

»Viele. Der Generalissimo ist sehr religiös.«

»Ja. Man möchte es meinen. Wie nennt sich unser Mann denn jetzt?«

»Immer noch Dudley Reynolds. Die anderen heißen James Clark, Phil Cruz und Tom Barreyt, laut ihren Pässen.«

Enron blickte zu Jolanda. Sie zuckte die Achseln und schüttelte den Kopf.

»Möglicherweise sind es die, die wir suchen«, sagte Enron zu Kluge. »Schön. Behalte sie im Auge. Und bleib mit mir in Verbindung. Wenn ich nicht rangehe, leg den Ruf auf Suchschaltung. Ruf mich überall an, jederzeit, wenn es was Neues gibt. Ich will wissen, wohin sie gehen, mit wem sie sich treffen.«

Als Enron den Kontakt abgebrochen hatte, fragte Jolanda: »Versuchen wir heute abend mit ihnen Kontakt aufzunehmen?«

»Bist du eng mit denen befreundet?«

»Mike Davidov kenne ich sehr gut. Die anderen Namen habe ich noch nie gehört, aber die sind natürlich sowieso alle falsch.«

»*Wie* gut kennst du Davidov? Je mit ihm im Bett gewesen?«

»Was hat das denn zu tun mit ...«

»Ich bitte dich«, sagte Enron. »Deine Keuschheit kümmert mich einen Dreck, auch nicht das Gegenteil! Ich muß wissen, wie deine Beziehungen zu diesem Davidov waren.«

Jolandas Gesicht färbte sich dunkel. Ihre Augen loderten.

»Ich habe mit ihm geschlafen, ja. Ich habe mit einer Menge Leuten geschlafen.«

»Davon bin ich überzeugt. Aber im Moment frage ich dich nach Davidov. Ihr zwei wart mal zusammen, und jetzt tauchst du hier mit mir auf, einem israelischen Touristen. Wie wird er darauf reagieren? Wird ihn das stören?«

»Wir waren bloß Freunde. Als ich in L. A. war, wohnte ich bei ihm. Es war alles ziemlich simpel und beiläufig, weiter nichts.«

»Es wird ihm nichts ausmachen, meinst du?«

»Nicht im geringsten.«

»Schön«, sagte Enron. »Dann rufst du ihn jetzt an. Residencia San Tomás in Santiago. Verlang Dudley Reynolds zu sprechen. Sag ihm, du bist hier mit einem israelischen Journalisten, den du in San Francisco getroffen hast, und sag ihm, daß ich sehr gern so bald wie möglich mit ihm sprechen möchte.«

»Soll ich sagen, worüber ihr reden wollt?«

»Nein. Das kann er sich selbst denken. Ruf jetzt an.«

»Also gut.« Jolanda gab die Zahlen ein, und fast sofort meldete sich eine synthetische Stimme: »Mister Reynolds befindet sich nicht in seinem Zimmer. Soll ihm eine Nachricht übermittelt werden?«

»Hinterlaß deinen Namen und unsere Zimmernummer hier im Hotel«, befahl Enron. »Bitte ihn, jederzeit zurückzurufen, sobald er zurück ist.«

»Und was jetzt?« fragte sie hinterher.

»Jetzt rufst du Farkas an und lädst ihn ein, mit uns zu dinieren.«

»Aber sollten wir nicht besser warten, bis ...?«

»Manchmal habe ich es satt zu warten«, sagte Enron. »Es ist ein kalkuliertes Risiko. Ich muß die Dinge etwas beschleunigen. Also, ruf Farkas an!«

Sie verabredeten sich in Cajamarca in einem Café dicht am Außenrand, nicht weit entfernt von Farkas' Hotel.

Daß sie sich an einem Ort trafen, der so quasi sein eigener Rasen war, erschien Enron als eine gute Idee. Er wollte, daß Farkas sich sicher fühlte, entspannt, locker. *Wir schaffen uns eine großartige neue Freundschaft, wir zwei, wo wir sowieso schon verbunden sind durch unsere uralten Erinnerungen an Caracas, und jetzt durch unsere brüderliche Vertrautheit mit der grandiosen Körperlichkeit von Jolanda Bermudez,* so dachte er sich das. Wir können einander trauen. Wir können einander bedeutsame Geheimnisse anvertrauen, die uns beiden nützen. Ja, genau.

Farkas kam verspätet in das Café. Das fand Enron ärgerlich. Doch während sie warteten, behielt er sich strikt unter Kontrolle, bestellte sich einen alkoholfreien Drink und einen zweiten. Jolanda trank etliche Cocktails, blaugrünliche Longdrinks, die Enron nicht kannte, die aber wahrscheinlich süßlich und klebrig waren. Dann, endlich, mit fast halbstündiger Verspätung, kam der Augenlose herein.

Als er Farkas so grandios, fast königlich hereinschreiten sah, war Enron sich auf einmal gar nicht mehr so sicher, ob es ihm so leicht werden würde, eine Art kumpelhafter gegenseitig profitabler Manipulationsbasis zu bauen. Er hatte vergessen – oder sich vielleicht auch nie die Mühe gemacht, zu bemerken –, was für eine dominierende Gestalt dieser Farkas war: extrem groß, beinahe ein Riese, mit breiten Athletenschultern und geschmeidigen Bewegungen. Es war nicht nur Faszination durch das Besondere, was Jolanda zu ihm hingezogen hatte. Farkas bewegte sich mit wunderbarer Selbstsicherheit zwischen den Tischen hindurch, ohne je anzuecken, nickte und winkte dem Barkeeper und den Obern, dem Hilfskellner, sogar ein paar anderen Gästen zu.

Und er war so verdammt *sonderbar*. Wie zum erstenmal erblickte Enron mit vor Staunen und Ekel gemischtem Blick diese hohe weiße Halbkuppel seines

Schädels wie ein Stück Marmor auf dem langen muskulösen Nacken, diese schimmernde Stirn, die sich ohne Unterbrechung vom Nasenrücken zum hohen zurückgesetzten Haaransatz erstreckte. Er wirkte fast nicht menschlich. Wie eine sonderbare Mutantenkreatur mit einem Monsterkopf auf einem Menschenkörper. Aber natürlich war er ja genau das – ein scheußlicher Mutant.

Da ist geschicktes Vorgehen vonnöten, dachte Enron.

Doch im Grunde war er überzeugt, daß alles gut gehen werde. So war er immer. Und bisher hatte er da auch stets richtig gelegen.

Farkas glitt mühelos auf den freien Platz zwischen Enron und Jolanda. Er nickte grüßend und lächelte Jolanda zu, mit genau der richtigen Mischung aus Takt und Freundlichkeit und streckte fast gleichzeitig Enron herzlich die Hand hin. Enron gefiel das. Was sich vorher zwischen Farkas und Jolanda abgespielt hatte, wurde wortlos bestätigt, ohne es ihm, Enron, direkt unter die Nase zu reiben.

»Ich bedaure meine große Verspätung«, sagte Farkas. »Aber gerade als ich gehen wollte, kamen ein paar dringende Anrufe für mich. Mußtet ihr lange warten?«

»Nur so fünf, zehn Minuten«, log Enron. »Wir haben uns schon mal was zu trinken bestellt. Du mußt dich beeilen, uns einzuholen.«

»Stimmt«, sagte Farkas. Er kümmerte sich nicht um das Keyboard am Tisch, sondern winkte dem Kellner zu, der ihm wie selbstverständlich einen großen Schwenker mit einem Klacks irgendeiner dunklen alkoholischen Flüssigkeit brachte.

Zweifellos sein gewohnter Drink, dachte Enron. Er scheint hier wirklich gut bekannt zu sein.

»Pisco«, sagte Farkas. »Ein Brandy aus Peru. Du würdest ihn mögen, glaube ich. Darf ich dir einen bestellen?«

Wieder gab er dem Ober einen Wink.

»Ich bin kein großer Trinker«, warf Enron rasch ein.

»Ich nehme einen«, sagte Jolanda, beugte sich eifrig zu Farkas hinüber und lächelte ihn so strahlend an, daß Enron innerlich vor Ärger kochte. Ihr letzter Drink stand noch halbvoll vor ihr.

»Du kommst bestimmt oft hierher«, sagte er zu Farkas.

»Praktisch jeden Tag. Ein recht erfreulicher Ort, sehr angenehm und auch sehr hübsch. Sofern einen die Statuen und Holobilder von El Supremo nicht stören, mit denen sie das Lokal ausgeschmückt haben.«

»Ach, daran gewöhnt man sich«, sagte Enron.

»Ja, das stimmt.« Farkas nippte an seinem Brandy. »Eins muß man dem alten Tyrannen lassen, was? Die perfekte Reinkarnation eines Diktators einer Bananenrepublik im 19. Jahrhundert, der sich irgendwie eine ganze Satellitenwelt unter den Nagel gerissen hat und sie seit Jahrzehnten nicht mehr aus dem Griff läßt. Ein ganz privates Empire. Vorausgesetzt, natürlich, daß er überhaupt noch lebt.«

»Was willst du damit sagen?«

»Kein Mensch sieht ihn jemals leibhaftig, weißt du. Keiner außer seinen allerengsten Vertrauten. Der Regierungsbezirk in Valparaiso Nuevo ist absolut abgeschottet. Keiner könnte sagen, ob Don Eduardo nicht schon vor zehn Jahren gestorben ist und man das geheimgehalten hat. Aber das würde nicht den geringsten Unterschied machen, was die Organisation hier angeht. Es ist wie im alten Rom, wo manchmal der Kaiser schon seit Wochen oder Monaten tot war, und die Hofbeamten führten einfach alles weiter wie bisher, ohne jemandem etwas zu sagen.«

Enron lachte, so herzhaft und fröhlich, wie es gerade noch plausibel erscheinen mochte. »Eine drollige Bemerkung, das. Aber es steckt was Wahres drin, oder? Wie bei jeder anständigen Art von Autokratie, erledigen die höheren Beamten des Hofes das ganze Interfacing mit der dreckigen Realität, und der Alleinherrscher hält sich erhaben fern.«

»Und heute ist sowas natürlich noch weitaus leichter, wo man Don Eduardo für jedes Auftreten in der Öffentlichkeit elektronisch abrufen kann, ohne den Generalissimo dafür in seinem Bau stören zu müssen.«

Wieder lachte Enron, diesmal nicht ganz so heftig. Er blickte Farkas fröhlich und leicht verwirrt an, das beste, was er zustande brachte, um wie ein kleiner Naivling zu wirken. »Aber sag mir eins, Victor – ich darf dich doch Victor nennen? –, du denkst doch nicht im *Ernst*, Callagher könnte tot sein?«

»Ich habe nicht die geringste Ahnung. Ich habe nur so ein bißchen Spekulationen angestellt, verstehst du. In Wahrheit vermute ich, daß er noch arg lebendig ist.«

Enron betrachtete Farkas genau, als er sagte: »Es ist bemerkenswert, daß er sich dermaßen lange gehalten hat, wenn das denn tatsächlich der Fall ist. Ich könnte mir vorstellen, daß es eine Menge Leute gibt, die sich die Finger lecken würden nach einer einträglichen kleinen Welt wie Valparaiso Nuevo, so voll wie es steckt von höchst gesuchten Flüchtlingen. Daß Don Eduardo es bisher geschafft hat, einen Staatsstreich zu verhindern, erscheint mir wie ein Wunder, wenn man bedenkt …«

Enron spähte nach einer Reaktion bei Farkas – ohne sichtbaren Erfolg.

Oder war da ein winziges flüchtiges unwillkürliches Zucken in Farkas' linker Gesichtshälfte? Es kam und war sofort wieder weg, und Farkas lächelte heiter, zeigte höfliches Interesse, aber nicht mehr. Er ist sehr, sehr gut, dachte Enron. Aber er weiß etwas. Bestimmt!

Farkas sagte: »Wie ich gerade sagte, er ist total abgeschirmt. Darin liegt vielleicht das Geheimnis seiner Langlebigkeit.«

»Bestimmt.« Und sehr vorsichtig setzte Enron hinzu: »Und, was denkst du, *könnte* der Supremo gestürzt werden, wenn jemand sowas richtig plante?«

»Mit der richtigen Planung könnte der Teufel sogar Gott von seinem Himmelsthron stoßen.«

»Schön. Aber das ist nicht sehr wahrscheinlich. Bei Don Eduardo dagegen ...«

»... der sterblich und verletzbar ist«, warf Farkas ein. »Doch, ich glaube, es wäre durchführbar. Und ich bin auch sicher, daß es Leute gibt, die mit dem Gedanken spielen.«

Also!

Enron nickte eifrig. »Das glaube ich auch. Bestimmt. Tatsächlich habe ich sogar schon Gerüchte über so etwas gehört. Ziemlich glaubwürdige.«

»Ach wirklich?« Noch immer nicht mehr als freundliches Interesse. Doch auch diesmal wieder das verräterische leichte Zucken im Gesicht.

»Doch, tatsächlich.« Zeit, ein paar Karten auf den Tisch zu legen. »Eine nordamerikanische Gruppe. Aus Kalifornien, glaube ich.«

Und nun kam eine deutlichere Reaktion, ein deutlicheres Zucken, und die geisterhafte Stirn zog sich in Falten. Er beugte den Kopf unmerklich Enron zu. Er schien jetzt begriffen zu haben, daß sie verhandelten.

»Wie interessant«, sagte Farkas dann. »Weißt du, auch ich habe so ähnliche Geschichten gehört.«

»Wirklich?«

»Auch bloß Gerüchte, natürlich. Eine geplante Übernahme des Satelliten, organisiert von ... – ja, es hieß aus Kalifornien.« Farkas schien in einer trüben undeutlichen Erinnerung nach etwas zu suchen, das er gehört hatte, das aber für ihn weiter nicht von Bedeutung war.

»Es geht also rum.«

»Na, wie solche Gerüchte eben immer.«

»Könnte dahinter einer von den Großmultis stecken, was meinst du?« fragte Enron.

»Hinter dem Gerücht – oder hinter dem Putsch?«

»Hinter einem von beidem oder beidem, vermutlich.«

Farkas zuckte die Achseln. Er versuchte immer noch

den Eindruck zu erwecken als sei das ganze Gespräch rein hypothetisch, dachte Enron. »Könnte ich unmöglich sagen. Sie würden Unterstützung brauchen, diese Verschwörer, nicht?«

»Natürlich. Ein Staatsstreich ist ein kostspieliges Vergnügen.«

»So etwas könnte wirklich nur eine von den Mega-Corporations durchziehen, genau«, sagte Farkas. »Oder eins der reicheren Länder. Zum Beispiel deines.« Plötzlich war da ein wenig mehr Betonung; die Stimme war dunkler, sozusagen ein kleiner akustischer Rippenstoß.

Enron kicherte. »Ja, ich nehme an, wir könnten das Geld für sowas aufbringen. Wenn wir dafür Gründe hätten, meine ich.«

»Habt ihr keine?«

»Eigentlich nicht. Nicht mehr jedenfalls als Kyocera-Merck, möchte ich sagen, oder Samurai. Sicher, hier leben Leute im Asyl, die wegen schwerer Verbrechen gegen den Staat Israel gesucht werden. Ausländische Spione, ein paar von unseren eigenen besonders korrupten Staatsdienern und so. Aber es gibt hier auch massenhaft pensionierte Experten der Industriespionage, Veruntreuer fremder Gelder, Verhökerer von geheimen Firmengeheimnissen – Leute, die sich auf Kosten dieser oder jener Megafirma ungeheure Gewinne ergaunert haben und deren Rückführung auf die Erde, um sie vor Gericht zu stellen, ganz im Sinn dieser Gesellschaften wäre. Ich könnte mir fast schon ein Joint Venture vorstellen, das die starten, um die Flüchtigen von hier wegzuholen: Sagen wir mal, ein Großmulti und ein reiches Prosperitätsland finanzieren die Sache auf Fifty-Fifty-Basis. Aber das ist natürlich alles bloß so daherphantasiert, nicht?« Enron schnippte die Vorstellung mit den Fingerspitzen fort. »Es wird hier keine Staatstreiche geben. Das ist ein bezaubernder Kleinplanet, und kein Mensch auf der Erde würde dem was Böses antun wollen. Außerdem habe ich gehört, daß Generalissimo Callaghan über eine recht effiziente Geheimpolizei verfügt. Man hat mir gesagt, daß hier jeder überwacht wird.«

»Sehr genau, ja«, sagte Farkas. »Es dürfte sehr schwer sein, hier irgendeinen Aufstand in Gang zu setzen, es sei denn vielleicht einen, der von innen kommt – an dem die Hofadministration selbst beteiligt wäre.«

Enron zog eine Braue hoch.

Warf Farkas ihm da einen Hinweis hin? Waren die Übernahmepläne bei Kyocera bereits weit über die Absichten dieses Mr. Davidov und seiner Mitverschwörer hinausgediehen? Nein, dachte Enron, nein. Jetzt spielt Farkas nur rein spekulativ Möglichkeiten durch. Denn wenn tatsächlich eine Verschwörung unter den engsten Mitarbeitern des Generalissimo im Gange sein sollte und Farkas daran beteiligt war, würde er es niemals riskieren, darüber in einem öffentlichen Lokal zu reden, und bestimmt nicht mit einem israelischen Agenten, ja nicht einmal mit jemand, der ihm sehr vertraut war. Er würde versuchen, das Geheimnis sogar vor sich selbst zu verbergen. Das jedenfalls hätte Enron in diesem Fall getan, und er glaubte nicht, daß Farkas in der Hinsicht unbesonnener war als er selbst.

Aber es ergab sich keine Gelegenheit, dem weiter nachzugehen. Jolanda, die dem ganzen Geplankel schweigend zugehört hatte, klopfte Enron auf den Arm. »Der Kellner winkt dir, Marty. Ich glaube, da ist ein Anruf für dich.«

»Das kann warten.«

»Und wenn es unser Freund Dudley ist? Du wartest doch so ungeduldig auf Nachricht von dem.«

»Recht hast du«, gab Enron widerwillig zu. »Schön. Wenn du mich entschuldigst, Victor. Bin gleich wieder da.«

Er nahm den Ruf in der abgeschirmten Kabine hinten im Restaurant entgegen. Aber das Gesicht, das auf dem Visor auftauchte, war nicht die massige brutale Visage

Mike Davidovs, sondern er blickte wieder in das weichere plumpe Gesicht von Kluge, seinem Kurier. Er wirkte aufgeregt.«

»Also?«

»Er ist weg! Dein Typ aus Los Angeles.«

»Du meinst Dudley Reynolds? Wohin?«

»Zurück auf die Erde.« Kluges Stimme klang rauh vor Beschämung. »Er hat uns reingelegt. Er war nie in dem Hotel in Santiago. Die haben sich dort eingetragen, dann verschwanden sie sofort und fuhren direkt zum Terminal und stiegen unter vier ganz neuen Namen ins Shuttle zur Erde. Die Schweine müssen einen Koffer voll mit Pässen haben.«

»Mohammeds Mamma!« sagte Enron. »Kommen an und verschwinden. Einfach so.«

»Sehr schlüpfrige Leute.«

»Ja. Sehr schlüpfrig. Enrons Achtung vor Davidov war um einige Grad gestiegen. Der Mann konnte kein gewöhnlicher freibeuternder Gangster sein, wenn es ihm gelang, sich so geschickt hier herein- und hinauszutänzeln und dabei ein so cleveres Bürschchen wie Kluge abzuhängen – seine Geschäfte für seinen kleinen Aufstand hier vorläufig abzuschließen und dann direkt unter Kluges Nase zu verduften.

Enron überlegte, ob Davidov sich mit Farkas getroffen haben könnte. Aber er sah nicht, wie er das rasch aus Farkas herausholen sollte, ohne diesem Informationen preiszugeben, zu denen er noch nicht bereit war. Vielleicht gab es ja andere Möglichkeiten.

»Soll ich jetzt noch was anderes für dich erledigen?« fragte Kluge.

»Momentan nicht, nein. Ach doch, etwas: Könntest du die Bewegung von Davidov in Valparaiso etwas detaillierter nachzeichnen. Bisher weiß ich nur, daß er kurz in dem Hotel war, dann vermutlich unter anderem Namen in ein weiteres Hotel umzog und jetzt auf dem Rückflug zur Erde ist. Kannst du feststellen, wie lange er hier war und mit wem er sich getroffen hat? Ganz besonders will ich wissen, ob er mit dem Augenlosen Kontakt aufgenommen hat. Farkas, du weißt.«

»Ich mach mich gleich dran«, versprach Kluge. »Ich kann versuchen, seine Spur von heute nach rückwärts aufzurollen.«

»Gut, gut. Ja, setz dich gleich dahinter.«

Enron brannte vor Ärger und Enttäuschung, als er an den Tisch zurückkehrte. Den ganzen weiten Weg hier herauf für nichts gemacht zu haben – nun, nicht gerade gar nichts, zumindest hatte er Farkas getroffen und durch ihn die Verbindung zwischen Kyocera und dem Aufstand gegen den Generalissimo hergestellt. Aber das war bisher allerdings alles noch bloße Annahme. Und jetzt, vorausgesetzt, er wollte das alles überhaupt weiter verfolgen, würde er Davidov in Los Angeles aufspüren müssen. Verdammt. Verdammt!

Er brauchte seine ganze beträchtliche Selbstdisziplin, um sich in Zaum zu halten. Aus ihrer Körpersprache entnahm er, daß zwischen Jolanda und Farkas während seiner Abwesenheit wieder ein leichter Flirt stattgefunden haben mußte, und er war erneut von Wut erfüllt.

Farkas, der sich Jolanda in offenkundig zärtlicher Weise zugeneigt hatte, richtete sich geschmeidig und rasch wieder gerade auf, während Enron noch zwanzig Schritte von dem Tisch entfernt war. Interessant, dachte Enron, Augen im Hinterkopf. Jolanda hatte aus Farkas' hastigem Zurückziehen das Signal empfangen, daß Enron wieder herankam, und auch sie hatte sich hastig gerade hingesetzt, doch es gelang ihr nicht, ihr Aussehen schnell zu reparieren; ihr Gesicht war gerötet, die Augen flammten. Aus jeder ihrer Poren strömte der Duft ihrer erregten sexuellen Hitzigkeit. Das irritierte ihn, erregte bei ihm jedoch die Lust des Rivalen. Soll Farkas sich doch mit ihr vergnügen, wenn ich es nicht sehe, dachte er. Aber er wird sie nie wieder anfassen.

Aber ich, ich werde es ihr besorgen, wie sie's noch nie gekriegt hat, sobald wir wieder im Hotel sind.

»Du siehst ärgerlich aus«, sagte Jolanda. »Schlechte Nachrichten?«

»Gewissermaßen. Von Dudley. Sein Vater ist sehr krank, und er fliegt sofort zur Erde zurück. Es wird also nichts aus unserm Lunch morgen mit ihm.«

»Das ist echt schlimm.«

»Ja, genau. So ein lieber Kerl – er tut mir sehr leid. Wir müssen ihn gleich anrufen, sobald wir wieder auf der Erde sind, ja?«

»Unbedingt«, sagte Jolanda.

Kaum hatte Enron sich gesetzt, als Farkas lächelnd aufstand. »Entschuldigt mich, bitte. Ich bin gleich wieder da.«

Enron sah ihm nach. Er überlegte, ob Farkas vielleicht die geheime Bedeutung seiner Bemerkung entziffert hatte und jetzt selbst ein paar Telefonate führen wollte. Doch nein, der Augenlose ging bloß zur Toilette.

Zu Jolanda sagte Enron: »Der steckt bis zum Hals in der Geschichte. Da bin ich mir sicher. Er ist hier, um für Kyocera als treibende Kraft hinter den Kulissen bei der Operation deiner Freunde die Dinge zu arrangieren. Daran kann es keinen Zweifel geben.«

»Er denkt, daß du hier bist, um genau das für Israel zu tun«, entgegnete Jolanda.

Was für eine aberwitzige Vorstellung! Enron riß die Augen weit auf. Die Frau war außergewöhnlich. Ihre Gedanken schwirrten andauernd mit kolibrihafter Schnelligkeit in die unerwartetsten Richtungen.

Aber dann kam ihm der beunruhigende Gedanke, daß sie möglicherweise sogar rechthaben könnte.

»Sagte er dir das, als ich am Telefon war?« fragte er beklommen.

»Nein. Natürlich nicht. Aber ich konnte sehen, wie er das dachte. Er ist genauso davon überzeugt, daß Israel insgeheim hinter der Sache steckt, wie du, daß es Kyocera ist.«

Er verspürte unendliche Erleichterung. Es war wieder einmal nichts weiter als ihre üblichen wirrköpfigen Spekulationen.

»Nun, da irrt er sich«, sagte Enron.

»Und wenn ihr euch alle beide irrt? Wenn es überhaupt keinen geheimen Finanzier gibt?«

»Du hast keine Ahnung von sowas.« Jetzt ärgerte Enron sich über ihre letzte Bemerkung.

»Stimmt«, sagte Jolanda. »Ich bin eine dumme Kuh, weiter nichts. Du bewunderst an mir bloß meine Titten.«

»Jolanda, bitte!«

»Ich habe sehr schöne Titten, da geb ich dir recht. Das haben mir viele Männer gesagt, und es fällt mir nicht im Traum ein, ihnen zu widersprechen. Aber es steckt mehr in mir, glaub mir, Marty. Und wenn du Glück hast, findest du's vielleicht raus.«

»Du mißverstehst mich. Ich habe den allergrößten Respekt vor ...«

»Ja. Ich bin sicher, das hast du.«

Jolanda blickte an seiner Schulter vorbei. Farkas war zurück und ragte nun über ihm auf.

»Und jetzt zum Dinner«, sagte er herzlich, während er sich setzte. »Wie gesagt, ich habe hier schon oft gespeist. Wenn ihr gestattet, kann ich euch ein, zwei Spezialitäten empfehlen.«

20

ES REGNETE WIE AUS KÜBELN, als die *Tonopah Maru* mit dem Eisberg im Schlepp in die Bucht von San Francisco einlief. Wie passend, dachte Carpenter, daß der erste Regen seit Gott weiß wie vielen Monaten genau an dem Tag so verrückt und übermäßig über San Francisco niedergehen muß, an dem er mit seinem Trawler einen gewaltigen Wasservorrat heranschleppte.

Die gesamte zweite Hälfte der Fahrt verlief in grausamer Wolkenlosigkeit, nirgends eine Spur der sonst fast allgegenwärtigen Wasserdunstmassen, die sich ballen und in allen Erdregionen fast die ganze Zeit den Himmel bleichen. Auch dies war eine Auswirkung des Treibhauseffekts, diese Zunahme von Wasserdunst in der Atmosphäre, wodurch der relativ geringe ursprüngliche Erwärmungsimpuls, den das CO_2 und andere Treibhausgase hervorrufen, multipliziert wurde. Doch aus irgendwelchen unerfindlichen Gründen war der Himmel über der *Tonopah Maru* draußen auf See Tag um Tag makellos gewesen, und die Sonne hatte mit ungehemmter Wut auf den Eisberg niedergebrannt. Und dieser hatte unter dem täglichen solaren Trommelfeuer ein Gutteil seiner Masse verloren.

Aber es war noch reichlich Wasser für San Francisco übrig. Und da waren sie nun, am Ende ihrer Fahrt, und tuckerten mit etwa siebzehn-, achtzehnhundert Kilotonnen antarktischem Eis im Schlepp unter der ehrwürdigen Golden Gate Bridge hindurch in einen dunklen stürmischen Nachmittag voll unablässiger Sturzbäche, die mit wahnsinniger Wut auf die Stadt an der Bucht niederstürzten.

»Mann, schau dir das an!« sagte Hitchcock, der neben

Carpenter in den Wassergüssen stand. »Echter verdammter Regen!«

»Wundervoll«, knurrte Carpenter. »Großartig.«

Das war es natürlich nicht wirklich. Der Regen ließ in den Straßen Wolken von Umweltgiften aufsteigen, wirbelte die seit Monaten, vielleicht Jahren angehäuften Ablagerungen von Staub vor sich her, so daß der prasselnde Niederschlag noch dreckiger grau war, wenn er wieder zu Boden sank. Vom Himmel kamen Ströme von Gülle. Ja, dachte Carpenter, sehr bezaubernd, sehr hübsch der Anblick.

Es gab auf der Erde Gegenden, das wußte er von seiner kurzen Einlage beim Samurai Weather Service, in denen süßer, reinigender, Fruchtbarkeit bringender Regen an fast jedem Tag fiel, etwa am Ostrand des Mittelmeeres, im Korngürtel von Saskatschewan oder in den Ebenen Sibiriens. Aber nicht hier. An der Westküste der Vereinigten Staaten war Regen eine derartige Seltenheit geworden, daß er, wenn er schon einmal kam, mehr eine Plage war als erfreulich, weil er dann im allgemeinen in derart übertriebener Maßlosigkeit fiel wie jetzt. Regen fiel hier so unregelmäßig, daß die Aufrechterhaltung der Wasserversorgung nie gesichert war, und er diente hauptsächlich dazu, den angesammelten Chemiedreck auf Straßen und Wegen freizusetzen und sie zu Rutschbahnen zu machen, scheußliche Rinnen in die verbrannten und entlaubten Hügelhänge östlich der Bucht zu schneiden und die losen Schmutzpartikel durcheinander zu buttern, die überall in der Stadt herumlagen, und den Dreck umzuverteilen, nicht aber ihn zu beseitigen.

Ach, zum Teufel. Er war sicher zurück, und mit Fracht. Also war die Fahrt ein Erfolg, abgesehen von dem einen kleinen Schönheitsfehler: dieser Sache mit dem Kalmarfänger. Doch daran versuchte er nicht zu denken.

Er trat aus dem Regen unter die Kuppelblase am Achterdeck. Dort erledigte Caskie irgendwelche Verrichtungen am Kontrollbord. Er sagte zu ihr: »Hol mir das Hafenbüro von Samurai in Oakland, bitte. Ich muß wissen, an welchem Pier ich das Ding abliefern soll. Ich nehme den Ruf in meiner Kabine an.«

»Yessir. Sofort, Sir.«

»Sir?« fragte Carpenter. Bisher hatte ihn an Bord noch niemand ›Sir‹ genannt, und in der Art, wie Caskie es nun tat, lag etwas Unwirkliches und seltsam Aufsässiges. Aber die kleine Funktechnikerin war bereits in ihr Kommunikationsnest davongehuscht, um seinen Ruf durchzugeben.

Er machte sich nach unten auf. In seiner Kabine wartete auf dem winzigen Wandvisor bereits der Oaklandoperator.

»Captain Carpenter. Melde sicheres Einlaufen der *Tonopah Maru* mit Eisberg von ungefähr siebzehnhundert Kilotonnen plus. Erbitte Anlegeinstruktionen.«

Der Android nannte ihm die Nummer der Pier, zu der er den Berg bringen sollte. Dann setzte er hinzu: »Captain, du sollst dich sofort nach Kommandoübergabe an das Hafenteam in der Administration im Schuppen Vierzehn melden.«

»Kommandowechsel?«

»Korrekt. Du wirst das Kommando an Captain Swenson übergeben und dich sofort zu Schuppen Vierzehn zu einer einleitenden 442-Befragung begeben.«

»Ich verstehe nicht.«

»Du wirst von Captain Swenson abgelöst und wirst dich …«

»Ja, das habe ich gehört. Du sagst ›442‹?«

»Korrekt. Es gibt ein 442, Captain.«

Carpenter war verwirrt. Was, zum Teufel, war ein 442? Aber der Android redete nur drum herum und gab keine klare Antwort. Er schaltete die Verbindung aus und ging dann an Deck.

»Hitchcock?«

Der eisgraue Ebenholzschädel des Navigators schob sich aus der Kuppel.

»Suchst du mich, Sir?«

Wieder dieses *Sir*. Irgendwas war wirklich faul.

»Hitchcock, was ist ein 442?«

Hitchcocks Gesichtsausdruck war heiter, beinahe verschmitzt, aber in den sehr weißen, blutgeäderten vorstrebenden Augen war ein merkwürdiges Glitzern. »Standeswidriges Verhalten, Sir.«

»Standeswidrig?«

»Verstoß gegen die Vorschrift, Sir.«

»Ihr habt mich angezeigt? Wegen der *Calamari-Maru*-Sache?«

»Sir, die 442er Vernehmung wird entscheiden ...«

»Antworte mir!« Carpenter hätte Hitchcock am liebsten am Hemd gepackt und ihn gegen die Reling gestoßen. Aber er hielt sich zurück. »Habt ihr mich angezeigt?«

Hitchcock sah ihn heiter an. »Ja, wir alle, Sir.«

»Alle?«

»Rennie. Nakata. Caskie gab den Spruch durch.«

»Wann war das?«

»Vor vier Tagen. Wir haben denen gesagt, daß du eine Gruppe von Seeleuten in Seenot im Stich gelassen hast.«

»Ich kann es nicht glauben. Ihr habt denen gesagt, daß ich ...«

»Das war eine scheußliche Sache, Sir. Ein Verstoß gegen jeglichen allgemeinen menschlichen Anstand, Sir.« Hitchcock war schrecklich gelassen. Er schien auf das Dreifache seiner normalen Größe angeschwollen zu sein, wirkte wie die monströse Verkörperung der Rechtschaffenheit und Moral. »War unsre Pflicht, Sir, die Autoritäten von diesem Verstoß gegen das Seerecht zu informieren.«

»Du verdammter hinterhältiger Bastard«, sagte Carpenter. »Du hast ebenso wie ich gewußt, daß wir an Bord keinen Platz für diese Leute hatten!«

»Yessir.« Hitchcock sprach, als wäre er mehrere Milchstraßen weit weg. »Das ist mir bewußt, Sir. Trotzdem, es kam zu einer Regelwidrigkeit, und es oblag uns, das zu melden.«

Regelwidrigkeit! Verstoß! Oblag uns! Hitchcock redete auf einmal wie ein Schulmeister. Aus Carpenters Kehle stieg ein dunkler unartikulierter Laut. Am liebsten hätte er Hitchcock über Bord geschleudert. Aber Rennie und Nakata waren, ungeachtet des heftigeren Regens, aufgetaucht und beobachteten sie aus einiger Entfernung. Carpenter fragte sich, welcher Paragraph die Regelwidrigkeit bezeichnete, wenn ein Kapitän seinen Navigationsoffizier vor Zeugen in die Bucht von San Francisco werfen sollte.

Er begriff nun, daß es verrückt gewesen war, ihnen zu befehlen, sie sollten ›vergessen‹, daß sie die Leute von der *Calamari Maru* im Stich gelassen hatten. Sie gehorchten ihm, aber sie waren nicht bereit, es zu vergessen. Und die einzige Möglichkeit für sie, sich der Verantwortung für das zu entziehen, was er dort draußen getan hatte, war eben die Anzeige gegen ihn gewesen.

Carpenter dachte zurück an diesen Moment auf offener See, als sie die drei Dinghis von der kenternden *Calamari Maru* auf sich zurudern sahen. Seine eigene Ungerührtheit, Hitchcocks ungläubige Verblüffung.

Und während er die Szene jetzt wieder vor sich sah, vermochte er kaum zu glauben, daß er so etwas getan hatte. Er hatte diese Menschen da draußen im Stich gelassen und dem Tod überantwortet, hatte sich abgekehrt und war davongesegelt, und damit hatte es sich. Regelwidrig, ja.

Aber dennoch ...

Es gab doch keine andere Wahl, dachte er. Sein Schiff war zu klein. Der Eisberg fing an zu schmelzen. Sie hatten nicht genug Verpflegung für diese ganzen zusätzlichen Leute an Bord gehabt, auch nicht ausreichend

Screen, überhaupt keinen Platz für Passagiere, nicht einmal für einen oder zwei …

Das würde er bei dem 442-Hearing alles vorbringen. Es war eine Frage situationsbedingter Ethik, würde er erklären. *Diese verdammte beschissene Welt!* Das hatte Hitchcock gesagt, als er ihm befahl, die Boote nicht zu beachten. Ja, manchmal zwang dich diese verdammte beschissene Welt dazu, verdammte beschissene Dinge zu tun. Carpenter begriff, daß sein Verhalten als kaltschnäuzig und brutal erschienen war. Aber sie hätten alle draufgehen können, die Retter und die Geretteten. Und er hätte den Verlust seines Eisbergs riskieren müssen, vielleicht sogar sein Schiff, wenn er versucht hätte …

Jetzt schauten sie ihn alle an. Und grinsten.

»Zur Hölle mit euch!« sagte er. »Ihr habt von gottverflucht nichts 'ne Ahnung.«

Er ging mit finsterem Gesicht an ihnen vorbei und stieg wieder in seine Kabine hinab.

Der Verwaltungsschuppen Vierzehn war ganz und gar kein Schuppen; es war eine Art tubusförmiger Raum, eine längliche enge graue Stahlröhre, die wie auf gut Glück an einer der oberen Etagen des verwickelten Gewebes von Gebäuden und Stegen angebracht war, welche die Betriebszentrale des Hafens von Oakland war.

Und das Hearing war auch kein wirkliches Verhör. Jedenfalls nicht im wörtlichen Sinn. Denn Carpenters Stimme kam, außer in einigen kurzen Sätzen, überhaupt nicht zu Gehör. Es war eher eine Art formeller Information, daß ein Verfahren gegen ihn eingeleitet sei, ja eine Anklage gegen ihn erhoben. Ein Beamter der Hafenbehörde hatte den Vorsitz, ein gelangweilt wirkendes Teiggesicht namens O'Reilly oder O'Brian oder O'Leary – jedenfalls irgend etwas Irisches, doch Carpenter hörte den Namen nur zu Beginn und vergaß ihn beinahe sofort wieder. Während der ganzen Verhandlung steckte der Mann fast unablässig die Nase in seinen Visor und schaute Carpenter kaum an. Er hatte den Eindruck dabei, daß O'Reilly oder O'Brian gleichzeitig bei zwei oder drei Fällen präsidierte, von mehreren Computer-Outputs Informationen einholte, während er mit halbem Ohr dem Nölen der Anwälte vor sich zuhörte.

Ein Mann im Siebten Rang von Samurai vertrat Carpenter, ein schmaläugiger plattgesichtiger Mann namens Tedesco, an den Wangen und auf der Stirn pokkennarbig von einer wahrscheinlich allergischen Reaktion auf Screen. Daß sein Fall von einem Siebten Grad vertreten werden sollte, daß ein Siebener den ganzen Vormittag hier wartete, während Carpenter anlegte und sein Kommando übergab, ließ darauf schließen, daß die Sache ernst war und er möglicherweise in echten Schwierigkeiten steckte. Doch er war zuversichtlich, daß der Untersuchungsausschuß, sobald er erst einmal das Dilemma verstanden hatte, in dem Carpenter gewesen war, zu seinen Gunsten entscheiden werde.

»Sag keinen Ton, ehe du was gefragt wirst!« befahl Tedesco ihm gleich im ersten Augenblick. »Und wenn du antwortest, dann paß auf, daß es knapp und zur Sache ist, keine Abschweifungen! Sowas hassen die Leute hier.«

»Brauche ich denn einen Anwalt?« fragte Carpenter.

»Das hier ist keine gerichtliche Verhandlung. Nicht heute. Und wenn es zu einer kommen sollte, wird dir die Firma jeglichen nötigen juristischen Beistand liefern. Vorläufig greifst du nur meine Stichworte auf.«

»Was für Strafen drohen mir hier?«

»Disqualifikation, Entlassung aus dem Seedienst. Du würdest dein Patent verlieren.« Tedescos Stimme war frostig. Seine ganze Person strahlte Angewidertheit über den Fall aus, gegen diesen gemeinen Zwischenfall auf See, gegen die Peinlichkeit, daß eine Schiffsmannschaft Anschuldigungen gegen ihren eigenen Kapitän erhoben hatte, gegen die bedauerliche Notwendigkeit, daß ein Mann seines Ranges seine Zeit hier mit einer dermaßen ekligen Lappalie im Oaklandhafen vergeuden mußte.

»Was ist mit meinem Grad in der Firma?«

»Das ist eine firmeninterne Angelegenheit. Hier und jetzt handelt es sich um eine Sache der Hafenbehörden. Eins nach dem andern; aber ich denke, ich muß dir nicht sagen, daß es sich nicht eben günstig auf deine Aufstiegschancen auswirken wird, wenn du hier unter Anklage gestellt bist. Aber das bleibt abzuwarten.«

»442-Sache, Nummer 100-939399«, sagte O'Reilly oder so plötzlich weit oben am anderen Ende der Röhre und schlug mit einem Hammer auf den Tisch. »Paul Carpenter, suspendierter Kapitän, tritt vor zur Verhandlung.«

»Aufstehen«, murmelte Tedesco, doch Carpenter war bereits auf den Füßen.

Es war sehr seltsam, so im Mittelpunkt eines Disziplinarverfahrens zu stehen. Er fühlte sich wie ein Schuljunge, der wegen eines kindischen Vergehens abgekanzelt werden soll. Die Übergabe seines Schiffs an Swenson, den ihn ablösenden Kapitän, war peinlich genug gewesen, besonders da Hitchcock und Rennett ihm von der Kuppel her triumphierend zugrinsten, als er seinen Software-Anschluß übergab; aber das hatte wenigstens eine Spur von Dramatik à la Joseph Conrad gehabt und war so erträglicher, von feierlicher Theatralik. Doch hier in diesem absurden rigatoniähnlichen Raum stehen zu müssen, dem Regen zuzuhören, der auf das metallene Dach prasselte, einem feisten stumpfäugigen Bürokraten gegenüber, der ihn nicht einmal anzusehen schien, der aber dennoch die Macht besaß, seiner Karriere zu schaden, ja sogar ihn vielleicht lahmzulegen – das war entwürdigend, es war lächerlich und grotesk.

Einer der Gerichtsbeamten, eine Frau, die wie ein Android aussah, aber anscheinend doch keiner war, erhob sich und leierte monoton eine lange Litanei von

Juristenkauderwelsch herunter. Die Anschuldigungen – regelwidriges Verhalten, Pflichtvernachlässigung, Verstöße gegen Vorschriften soundso und soundso. Die Kläger wurden benannt. Seine eigene Besatzung. Gesabber über die vorläufige Stornierung seines Kapitänspatents während der Untersuchung des Zwischenfalls. Und weiter und weiter, fünf Minuten, zehn, voller dumpfer Fachbegriffe, denen Carpenter schon sehr bald nicht mehr folgen konnte.

»Zu Protokoll genommen«, sagte O'Reilly oder O'Brien. »Zurückgestellt zur Beweisaufnahme.« Ein Schlag mit dem Hämmerchen. »Antrag auf 376.5 notiert und abgelehnt. Antrag auf 793f stattgegeben. Termin der Anhörung festzusetzen und Vorladungen zuzustellen.« Ein Klopfen des Hämmerchens, bäng. Und nochmals *bäng*. »Vertagt.« *Bäng*.

»So, das war's«, sagte Tedesco. »Du bist jetzt frei und kannst tun, was du willst. Aber verlasse das Gebiet von San Francisco nicht, bis der Fall entschieden ist.«

Tedesco wandte sich zum Gehen.

»Eine Sekunde!« sagte Carpenter. »Bitte. Was bedeutet das ganze Zeug, das er abgelehnt, beziehungsweise angenommen hat?«

»Ein 376.5 ist die Abweisung aller Beschuldigungen. Routinemäßig vorgetragen und genauso routinemäßig abgelehnt. Ein 793f ist die Entlassung auf Ehrenwort ohne Kautionsstellung. Das bekamst du, weil du bisher noch nie straffällig geworden bist.«

»Kaution? Steht mir denn ein Strafprozeß ins Haus?«

»Nur eine amtliche Vernehmung«, sagte Tedesco. »Doch es besteht immer die Möglichkeit von Weiterungen, ein Strafverfahren, möglicherweise ein Zivilprozeß, den die Vertreter der ausgesetzten Schiffbrüchigen anstrengen könnten. Der Hafen ist gegenüber den Zivilbehörden dafür verantwortlich, daß du dich ständig hier zur Verfügung hältst, bis die Sache entschieden ist. Wir haben uns dem Hafenamt gegenüber verpflichtet, und deshalb wurde keine Kaution erhoben, und deshalb bist du jetzt uns gegenüber verantwortlich, dafür zu sorgen, daß gegen den Beschluß nicht verstoßen wird. Wir glauben, daß du dich kooperativ verhalten wirst.«

»Selbstverständlich. Aber wenn es zu weiteren Anschuldigungen kommen sollte, zu weiteren Gerichtsverfahren nach diesem da ...«

»Wir können nicht wissen, ob es dazu kommt. Eins nach dem anderen, klar, Carpenter? Und jetzt, wenn es dir nichts ausmacht ...«

»Bitte, ich muß noch was wissen.«

»Also los.«

»Ich habe doch noch meine Elferprivilegien, ja? Wohnung und Lebensunterhalt?«

»Selbstverständlich. Du bist in keiner Sache schuldig gesprochen, Carpenter. Das Hafenamt ist nur bemüht herauszufinden, ob die gegen dich erhobenen Anschuldigungen der Wahrheit entsprechen oder nicht. Und die Firma steht hinter dir. Vergiß das nicht. Die Firma steht hinter dir.« Er sagte das ganz ohne Wärme, doch es war die erste beruhigende Bemerkung, die er seit dem Einlaufen zu hören bekam. *Die Firma steht hinter dir.* Seine dumm-dumpfe gehässige Mannschaft, die geistig ganz und gar unfähig war, das Entscheidungsdilemma zu begreifen, vor dem er da draußen im Pazifik gestanden hatte, hatte ihn in diese Scheiße gebracht, aber die mächtige Riesenfirma würde nicht zulassen, daß ein nützlicher Elfer wegen Klassenkampfgeschichten den Wölfen vorgeworfen würde. Dessen war Carpenter sich nun ganz sicher. Bei dem eventuellen Hearing würde er aufzeigen, daß eine Rettung völlig unmöglich gewesen war, daß er gezwungen gewesen war, sozusagen eine Triage vorzunehmen, eine abwägende Entscheidung nach Schweregraden, daß er die Erhaltung seines Schiffs und das Überleben seiner Mannschaft gegen die Forderungen dieser inkompetenten fremden Meuterer hatte abwägen müssen, und daß er, bevor er beide Schiffe und Besatzungen ins Verderben schickte, indem er sein kleines Fahrzeug überfrachtete, mit schweren Bedenken und Gewissenspein die Besatzung der *Calamari Maru* zurückgelassen hatte, damit sie sich auf See allein durchschlage. Die Zeiten sind schwer, wollte er dem Gericht sagen, Entscheidungen schwer und hart. Mit der besten Absicht der Welt hätte er diese Leute nicht retten können. Und er *hatte* die beste Absicht gehabt. Es war doch wohl einsichtig, daß ein Mann von seiner Intelligenz und Unbescholtenheit nicht leichthin würde Schiffbrüchige dem Tode preisgegeben haben, wenn er eine andere Möglichkeit gesehen hätte. Das mußte Tedesco doch sicher verstehen. Und O'Brien, O'Leary oder wie er heißen mochte, dem würde man es auch begreiflich machen. Die Anklage würde fallengelassen werden.

Und wenn das Ganze vorbei war, überlegte Carpenter, würde man es sich bei Samurai möglicherweise angelegen sein lassen, ihn aus dem Seedienst zu nehmen, wenn man bedachte, wie eine solche Geschichte am Ruf eines Mannes klebt, und er würde vielleicht ein, zwei Jahre lang nicht befördert werden; aber man würde ihm eine neue Stellung in irgendeiner anderen Abteilung anbieten, und wenn die Zeit reif war, würde alles in Ordnung kommen.

Ja, wenn die Zeit gekommen war.

Inzwischen goß es immer noch in Strömen. Die Luft im Freien hatte einen süßen, fast angenehmen Hefeduft, nur daß Carpenter sicher war, dies müsse von irgendwelchen ekligen, möglicherweise giftigen Schadstoffen herrühren, die normalerweise gebunden in der San Francisco-Bucht schlummerten.

Und was nun?

Zunächst eine Bleibe.

Als er von Spokane hergekommen war, um diesen Job anzunehmen, hatte ihm die Firma ein Apartment im Firmenblock des Marriott Hilton zugewiesen, drüben am Frisco-Ufer. Und da er ja noch immer ein Elfergrad war, ging es vielleicht in Ordnung, wenn er sich dort ein Zimmer nahm.

Aber als er dann die Wohnungsvermittlung über sein Flexterminal anrief und das Marriott verlangte, beschied man ihm, daß man für ihn bereits in einem Hotel namens Dunsmuir auf der Oaklandseite ein Zimmer reserviert habe. Daran beunruhigte ihn etwas. Weshalb nicht San Francisco? Nicht das Marriott? Er verlangte eine Umbuchung. Nein, erklärte man ihm, er müsse ins Dunsmuir.

Und als er dort eintraf, verstand er, weshalb. Das Hotel war eine Absteige, wie damals das Manito in Spokane, nur noch übler – ein trister Schuppen für Handelsvertreter, der mindestens hundert Jahre alt zu sein schien, in einer öden ehemaligen Industriegegend, die jetzt fast ausgestorben war, auf halbem Weg zwischen dem Oakland Airport und dem Freeway. Nichts vom Glanz des Marriott und keine Spur von dessen Komfort. Die Art Hotel, in dem mittlere Handlungsreisende logieren, die eine Nacht in Oakland verbringen müssen, bevor sie nach San Diego oder Seattle weiterziehen.

Die Firma steht hinter dir. Aber was ihn betraf, zog die Firma anscheinend langsam bereits ihre Fittiche von ihm zurück, dabei war er doch noch in keinem Punkt schuldig gesprochen. Vielleicht hatte er doch mehr Grund zu Besorgnis, als er geglaubt hatte.

Es dauerte bis zum späten Nachmittag, bis Carpenter sich in dem kleinen, düsteren, muffigen Zimmer eingerichtet hatte, das allem Anschein nach für die nächste Zeit seine Behausung sein würde. Er plazierte einen Anruf an Nick Rhodes in Santachiara, und zu seiner Verblüffung erreichte er ihn sofort.

»Ahoi, Junge!« schrie Rhodes. »Der Seemann ist im Heimathafen, zurück von der wilden See!«

»Ja, so könnte man's nennen«, sagte Carpenter mit flacher, dumpfer Stimme. »Soweit ich mich erinnere, steht das auf irgend 'nem Grabstein.«

Rhodes wirkte sofort bestürzt. »Paul? Verdammt, was ist los? Paul?«

»Weiß ich noch nicht genau. Vielleicht ein ganzer Brocken. Ich bin in einen beschissenen Standgerichtsprozeß gezogen worden.«

»Um Himmels willen, Paul! Was hast du getan?«

Müde erzählte Carpenter: »Da war dieses Schiff, dem wir draußen im Pazifik begegneten. Die hatten eine Meuterei an Bord – ach, das ist Geschichte. Ich mag das jetzt nicht alles noch mal durchkauen. Hör mal, hast du heute abend frei? Wollen wir uns treffen und uns richtig besaufen, Nick?«

»Natürlich. Wo bist du?«

»In 'ner Absteige namens Dunsmuir, beim Airport.«

»Drunten am SFO?«

»Nein. Dem von Oakland. Das ist das Feinste, was die Firma derzeit als angemessen für mich ansieht. Aber jedenfalls bequemer für dich.« Und dann, verspätet: »Und wie geht's dir, Nick?«

»Mir geht's gut.«

»Und Isabelle?«

»Der geht es ebenfalls gut. Wir sehen uns immer noch, mußt du wissen.«

»Klar tut ihr das. Ich habe nie mit was anderem gerechnet. Was treibt ihre bescheuerte Freundin, die mit der üppigen Ausrüstung?«

»Jolanda? Die ist derzeit droben in den Habitats. Aber sie müßte in ein paar Tagen wieder zurück sein. Sie ist mit Enron hingeflogen.«

»Mit dem Israeli? Ich dachte, der ist zurück in Tel Aviv.«

»Der hat sich entschlossen, noch in San Francisco zu bleiben. Bezirzt von Jolandas üppiger Ausrüstung, nehme ich an. Und dann flogen sie plötzlich zusammen zu den Satelliten rauf. Frag nicht weiter, ich weiß nicht mehr. Wo treffen wir uns heute abend?«

»Dieses Restaurant von damals, am Kay in Berkeley?«

»Antonio's, meinst du? Gern. Welche Zeit?«

»Jederzeit. Je früher, desto besser. Ich muß dir gestehen, Nick, ich fühl mich ziemlich elend. Besonders bei dem Regen. Ich könnte einen guten Freund vertragen.«

»Wie wär's mit jetzt gleich?« fragte Rhodes. »Ich bin sowieso für heute fast fertig. Und ich könnte ebenfalls einen guten Freund vertragen, wenn ich die Wahrheit sagen soll.«

»Stimmt was nicht?«

»Ich weiß nicht genau. Eine Komplikation, immerhin.«

»Mit Isabelle?«

»Nein, Frauen haben gar nichts damit zu tun. Ich werd's dir erklären, wenn wir uns treffen.«

»Isabelle kommt heute also nicht mit?«

»Himmel, nein«, sagte Rhodes. »Also, in 'ner halben Stunde im Antonio's. Okay? Freu mich, dich zu sehen. Willkommen daheim, du alter Seehund!«

»Ja«, sagte Carpenter. »Der Seemann ist im Hafen. So oder so.«

Der Regen prasselte auf die Perspexkuppeln des Hafenrestaurants wie von einem zornigen Riesen geschleuderte Kieselsteine. Die Bucht war fast nicht sichtbar, verschwamm im grauen Zwielicht und dem heftig wirbelnden Wassersturm. Die beiden waren praktisch allein in dem Lokal.

Nick Rhodes wirkte wie betäubt von Carpenters Bericht über die Ereignisse auf See. Er hörte sich die ganze Sache in einer dumpfen Ungläubigkeit an, sprach kaum ein Wort, sondern starrte Carpenter nur die ganze Zeit an und unterbrach seine starre Konzentriertheit nur, um ab und zu sein Glas an die Lippen zu heben. Als Carpenter geendet hatte, begann er Fragen zu stellen, zunächst fernerliegende, dann ging er direkter die Frage an, ob es an Bord wirklich keinen Platz für die zerstrittenen Parteien der Captains Kovalcik und Kohlberg gegeben habe, so daß Carpenter schließlich die ganze Geschichte stückweise noch einmal erzählen mußte.

Und je öfter er die Geschichte wiederholte, desto schwerer fiel es ihm selbst, seine Version der Ereignisse zu akzeptieren. Allmählich schien ihm, als hätte es doch keine ernsthaften Schwierigkeiten bedeutet, wenn er die Schiffbrüchigen an Bord genommen hätte. Er hätte fünf da, sechs dort verstauen können, in Kammern und Toiletten und jedem anderen freien Ort, er hätte die Screenrationen reduzieren können, so daß es für alle reichte ...

Oder er hätte sie vielleicht wenigstens in ihren drei Dinghis bis nach San Francisco ins Schlepptau nehmen sollen ...

Aber nein. Nein.

»Es war nicht machbar, Nick. Du mußt es mir einfach auf Wort glauben. Das waren fünfzehn oder zwanzig Leute, und wir hatten nicht mal genug Platz für uns fünf Leute an Bord. Von den Verpflegungs- und Screenvorräten ganz abgesehen. Jesus Christus, glaubst du etwa, ich *wollte* diese Menschen mitten im Pazifik im Stich lassen? Glaubst du nicht, daß mir die Entscheidung verdammt schwer gefallen ist?«

Rhodes nickte. Dann schaute er Carpenter seltsam an und fragte: »Hast du irgendwem gemeldet, daß du einem Schiff in Seenot begegnet bist?«

»Das war nicht nötig«, sagte Carpenter dumpf. »Die hatten selber Funkverbindung.«

»Du hast also mit keinem Wort das Seefahrtsamt informiert? Du hast einfach kehrtgemacht und sie dort gelassen?«

»Ja, ich hab einfach kehrtgemacht und sie dort sitzen lassen.«

»Jesus, Paul«, sagte Rhodes leise. Er gab das Zeichen

für eine weitere Runde. »Mann, das war wirklich gar keine gute Idee, fürchte ich.«

»Nein. Das war es nicht. Wie wenn man sich bei einem Unfall schleunigst verdrückt, was?« Es fiel ihm schwer, Nicks Blick standzuhalten. »Aber du warst nicht dabei, Nick. Du weißt nicht, unter welcher Belastung ich stand. Unser Schiff war winzig. Ich hatte diesen Eisberg im Schlepp und wollte weg, bevor er schmolz. Die Besatzung auf dem Kalmarschiff war sich seit Wochen an die Gurgeln gegangen, und sie wirkten absolut verrückt und gefährlich. Außerdem waren es Leute von Kyocera, nicht daß das meine Entscheidung mitbestimmt hätte, aber ich wußte es eben. Es war schlichtweg unmöglich, sie zu uns an Bord zu nehmen. Also bin ich schleunigst abgezogen. Ich erwarte nicht, daß man mich dafür belobigt, aber ich habe es nun mal getan. Und was die Sendung eines Notrufs für sie angeht, ich dachte mir, daß die selbst schon ihr SOS losgeschickt haben und ich das nicht noch einmal zu tun brauchte. Und was einen offiziellen Eintrag ins Logbuch angeht, das habe ich nicht getan, weil ... weil ...«

Er suchte einen Moment lang nach Worten, fand aber keine passenden.

Dann plötzlich sagte er direkt in die fest auf ihn gerichteten Augen von Rhodes hinein: »Ich nehme an, ich dachte mir, es würde ein schlechtes Licht auf mich werfen, wenn ich berichten würde, daß ich einem Schiff in Seenot begegnet bin und nichts zu seiner Hilfe unternommen habe. Also versuchte ich eben, das Ganze unter den Teppich zu kehren. Jesus, Nick, es war mein erstes Kommando!«

»Und du hast deiner Besatzung befohlen, nichts darüber zu sagen.«

»Ja. Aber sie haben trotzdem geredet.«

»Die Überlebenden von dem anderen Schiff haben dich wahrscheinlich ebenfalls angezeigt, ja?«

»Welche Überlebenden? Es kann keine gegeben haben.«

»Oh, Paul … Paul!«

»Es war mein erstes Kommando, Nick. Ich hab nie darum gebeten, ein beschissener Seekapitän zu werden.«

»Aber du hast dich trotzdem von ihnen dazu machen lassen.«

»Stimmt. Das habe ich. Und damit habe ich zum erstenmal in meinem Leben was richtig beschissen Blödes angestellt und … ja, es tut mir leid! Aber ich wußte mir nicht anders zu helfen, Nick. Verstehst du das nicht?«

»Trink noch was.«

»Das wird mir auch nicht helfen.«

»Mir hilft es gewöhnlich schon ein bißchen. Vielleicht wirkt's ja auch bei dir.« Rhodes lächelte. »Ich denke, am Ende wird es für dich gut ausgehen, Paul. Das Hearing und alles.«

»Glaubst du?«

»Die Firma wird dich decken. Wie du sagst, es gab keine Möglichkeit, diese Leute an Bord zu nehmen. Dein einziger Fehler war, daß du den Zwischenfall nicht ordnungsgemäß gemeldet hast, und das wird dich möglicherweise in der Beförderung ein bißchen zurückwerfen, aber Samurai wird nicht wollen, daß es publik wird, daß eins ihrer Schiffe Leute in Seenot im Stich gelassen und dem Tod preisgegeben hat – das macht sich nicht gut, auch wenn es gerechtfertigt war – und die von der Firma werden sich irgendwie mit dem Gericht arrangieren, damit die Anschuldigungen niedergeschlagen werden, und so die ganze Geschichte aus dem Blickfeld verschwindet. Und dich werden sie still und leise zum Wetterdienst zurückversetzen, oder sonstwohin. Schließlich, wenn man dich den Wölfen vorwerfen würde, würde das diese Kyocera-Crew auch nicht wieder lebendig machen, und jede Art Schuldspruch würde veröffentlicht, und das würde dem Samurai-Image nicht besonders förderlich sein. Sie werden die ganze Sache begraben und so tun, als ob sich da draußen zwischen deinem und dem Kyocera-Schiff nie etwas abgespielt hätte. Ich bin ganz sicher, Paul.«

»Vielleicht hast du ja recht.« Carpenter hörte eine seltsame Mischung aus Skepsis und verzweifelter Hoffnung in seiner eigenen Stimme.

Bis zu diesem Punkt hatte er alles, was passiert war, auch das 442-Hearing, als relativ unbedeutend angesehen, als harte Prüfung, der er, so gut er konnte, sich gestellt hatte, betrachtete man alle Umstände, die jedoch jetzt – dank der eingefleischten Klassenressentiments von Hitchcock und den anderen – ihn in ein Disziplinarverfahren verstrickt hatte, das ihm im schlimmsten Fall einen Negativpunkt in der Personalakte eintragen würde. Aber im Verlauf der halben Stunde, die er jetzt mit seinem ältesten und engsten Freund gesprochen hatte, war ihm auf einmal alles irgendwie viel schlimmer und übler erschienen, wie das Handeln eines Menschen, der in krimineller Weise vor Panik den Kopf verloren und in der einzigen wirklich kritischen Entscheidung seines Lebens versagt hat. Er fühlte sich allmählich so, als hätte er die Leute in den drei Dinghis mit eigenen Händen ermordet.

Nein. Nein. Nein. Nein!

Es gab nichts, was ich zu ihrer Rettung hätte tun können. Nichts. Nichts! Gar nichts!

Es war Zeit, von etwas anderem zu reden. Er sagte: »Am Telefon sagtest du, du hättest irgendwie Schwierigkeiten bekommen, während ich fort war, und daß du mir jetzt davon erzählen wolltest.«

»Ja.«

»Und?«

»Ich hatte ein Angebot«, sagte Rhodes. »Kurz nachdem du losgefahren bist. Kyocera-Merck lud mich in ihre hiesige Zentrale am Walnut Creek, und dort hatte ich eine Unterredung mit einem ihrer Dreiergrade namens Nakamura, dem eiskaltesten menschlichen Wesen, dem ich je begegnet bin, und er lud mich ein, mit meinem ganzen Adapto-Team zu K-M überzulaufen. Sie wollten mir einen Blankoscheck geben, sozusagen, ich kann mir alles an Laboreinrichtung wünschen, was ich will.«

»Darüber haben wir doch kurz vor meiner Ausfahrt noch gesprochen. Du hast dir Sorgen darüber gemacht, daß Samurai zu mächtig werden und zu großen Einfluß auf die künftige genetische Entwicklung der menschlichen Rasse gewinnen könnte. Und genau das habe ich dir damals geraten, daß du zu Kyocera überwechseln – ich glaube, ich habe die ganz direkt genannt – und bei denen eine Art Konkurrenzbetrieb der Adaptotechnik aufbauen solltest. Und daß du damit das Genmonopol bei Samurai verhindern könntest, das du so befürchtest. Na, machst du's?«

»Du kennst noch nicht die ganze Geschichte, Paul. In die Sache ist ein Mann namens Wu Fang-shui verwickelt. Bis so vor etwa zwanzig Jahren war der das erstrangige Genie in der Genforschung. Der Einstein, der Isaac Newton in dem Zweig sozusagen. Das Schlimme war, daß er Zweck und Methode durcheinanderbrachte und ein wahrhaft scheußlich unethisches Gensplittingprogramm in einer der Republiken in Zentralasien durchführte. An Menschen. Unfreiwilligen Versuchsobjekten. Richtig alptraumhaftes Zeug, fast möchte man sagen, das Tun eines wahnsinnigen Wissenschaftlers. Nur war er eben geistig völlig gesund – bis auf einen absoluten Mangel an Moral. Mit der Zeit wurde ruchbar, was dieser Wu trieb, und man nahm an, daß er sich umgebracht hätte. In Wahrheit verkleidete er sich sehr überzeugend als Frau und verzog sich ins Asyl im Weltraum – er verschwand in einem der L-5-Habitate, und man hörte nie wieder was von ihm.«

»Und du siehst dich auch schon als so ein unmoralisches Ungeheuer wie diesen Wu Fang, ja?«

»Ganz und gar nicht«, sagte Rhodes. Es ist folgendes passiert: Kyocera hat Wu Fang-shui irgendwie aufgestöbert, aus seinem Asylort rausgekriegt – frag mich nicht, wie –, und er arbeitet jetzt bei ihrem Projekt der Konstruktion eines Sternenschiffs mit Überlichtgeschwindigkeit mit. Anscheinend wird die Besatzung eine Art Genretroadaptation brauchen, und Wu führt das für die Firma durch. Nakamura sagte, daß er meinem Forschungsteam als Berater zur Verfügung gestellt werden kann.«

»Dieser verdrehte, aber höchst abscheuliche Genetiker?«

»Der Einstein der Sparte, ja. Und ich soll mit dem zusammenarbeiten.«

»Aber du verabscheust ihn dermaßen, daß du nicht im Traum ...«

»Du hast es immer noch nicht kapiert, Paul«, sagte Rhodes. »Bis jetzt sind wir noch weit von der Lösung etlicher der komplizierteren Adaptorätsel entfernt. Die große ehrgeizige Totaltransformation, die mein kleiner Van Vliet dargelegt hat, steckt noch voller unübersehbarer Löcher, und inzwischen sieht sogar er das selber ein. Aber ein Hirn wie das von Wu Fang-shui könnte mit diesen Problemen fertig werden. Wenn der in unserem Team ist, dann haben wir möglicherweise in ganz kurzer Zeit eine vollkommene Adaptotechnik parat. Und das würde bedeuten, daß Kyocera über genau das Genmonopol verfügt, das ich Samurai nicht zu verschaffen wage.«

»Also wirst du das Angebot ablehnen?«

»Ich bin mir nicht sicher.«

»Nicht?«

»Ich überlege immer noch her und hin. Habe ich wirklich irgendein Recht, mich einer Technik in den Weg zu stellen, die die Menschheit in die Lage versetzt, mit den Veränderungen fertig zu werden, die auf sie zurollen?«

Carpenter wußte, daß sich in Rhodes' Logik früher oder später ein Loch zeigen mußte. Und hier war es. »Du kannst nicht beides haben, Nick. Du sagst, du willst den Fortschritt nicht behindern, aber gerade hast du mir erklärt, daß es dich beunruhigt, einer Firma ein Monopol zu verschaffen ...«

»Es bedrückt mich, ja. Aber ich wiederhole meine Frage. Mein Team zusammen mit Wu Fang-shui könnte möglicherweise die Lösungen erbringen, die wir für unser Überleben brauchen. Aber mein Team gehört Samurai, und Wu gehört Kyocera. Wenn wir beide zusammentun, finden wir die Lösung wohl innerhalb von zwei, drei Jahren. Wenn wir nicht zusammenarbeiten, wer weiß, ob dann jemals einer die Lösung findet? Möchte ich die Schlüsselfigur werden und die Totaltransformation Wirklichkeit werden lassen? Oder will ich die Schlüsselfigur sein, die eine Totaltransformation verhindert oder gravierend verzögert? Es liegt alles bei mir, oder? Und ich bin ganz und gar nicht sicher, was ich tun soll. Eigentlich bin ich völlig durcheinander, Paul.« Rhodes grinste schief. »Und nicht zum erstenmal.«

»Nein«, sagte Carpenter. Der altvertraute Dunsthauch moralischer Verwirrtheit, der von Rhodes ausging, lenkte ihn beinahe von seinen eigenen Sorgen ab. »Nein, nicht zum erstenmal.«

Das 442-Hearing fand dann drei Tage später statt. Wieder in Schuppen Vierzehn der Hafenbehörde von Oakland. Der Regen hatte keinen Moment ausgesetzt in den drei Tagen: ein stetiger ärgerlicher Dauerregen, ein Getrommel dicker dreckiger Tropfen, das in einem irren Umschwung der langgewohnten Wettermuster auf die gesamte Bay-Region niederging. Niemand vermochte zu prognostizieren, wie lange das so weitergehen würde, bevor Trockenheit und Dürre wieder mit unerbittlicher Faust die Westküste heimsuchen würden. Inzwischen waren die Straßen überspült, Häuser rutschten torkelnd über Klippen, Hänge waren von tiefen Rinnen durchschnitten, auf den Straßen flossen Ströme von Dreck.

Als Carpenter sich zur Anhörung einfand, waren nur zwei weitere Menschen im Raum: der Vernehmungsbeamte mit dem irischen Namen und die androidisch aussehende Gerichtsdienerin. Carpenter fragte sich, wo Tedesco blieb, der ihn im Auftrag von Samurai anwaltlich vertreten sollte. Nahm der sich etwa wegen des Regens frei?

O'Brien, O'Reilly, O'Leary eröffnete mit seinem Hämmerchen die Anhörung. Diesmal merkte Carpenter sich den Namen. Er war O'Reilly. O'Reilly.

»Einspruch«, sagte Carpenter sofort. »Mein Anwalt ist nicht da.«

»Anwalt? Wir brauchen hier keinen Anwalt.«

»Mr. Tedesco von Samurai. Er vertritt mich. Er sollte heute hier dabei sein.«

O'Reilly sah die Gerichtshelferin an.

»Mr. Tedesco hat Antrag auf Stipulation a posteriori gestellt«, sagte die Frau.

»Was?« fragte Carpenter.

»Das Ersuchen, heute nicht anwesend sein zu müssen, und später eine Abschrift der heutigen Verhandlung ausgehändigt zu bekommen. Er will entsprechende Einlassungen und Anträge später stellen, falls er sie für nötig erachtet«, sagte O'Reilly.

»Was? Ich soll heute ohne Rechtsbeistand sein?« fragte Carpenter.

Unbeeindruckt sagte der Vernehmungsbeamte: »Fahren wir fort. Wir führen folgende Beweisaufnahmen vor …«

»Einen Moment! Ich verlange den Beistand eines offiziellen Anwalts!«

O'Reilly warf Carpenter einen langen kalten Blick zu.

»Du hast einen angemessenen Rechtsbeistand, Captain Carpenter, und er wird zu gegebener Zeit Gelegenheit erhalten, entsprechende Erklärungen abzugeben. Ich wünsche keine weiteren störenden Ausbrüche, bitte! Wir führen folgende Beweisaufnahmen durch und nehmen sie zu Protokoll …«

In bleierner Schwere sah Carpenter zu, wie Beweisstück A auf dem Visor am Ende des langen schlauchartigen Raums erschien. Es war die Aussage Rennetts (Maintainance/Operations), die schilderte, wie sie mit Kapitän Carpenter die *Calamari Maru* besucht hatte. Knapp und eindrucksvoll umriß Rennett die Zustände, die sie an Bord des Kalmarschiffs vorgefunden hatte: die abgesetzten, unter Beruhigungsmitteln stehenden Offiziere, die Angaben der meuternden Kovalcik. Carpenter kam das alles ziemlich wahrheitsgemäß vor, und es schien in keiner Weise schädlich für ihn zu sein. Dann folgte Beweisaufnahme B, die Aussage Hitchcocks (Navigator), der berichtete, wie das Rollen des eingefangenen Eisbergs in der gröber werdenden See den Havaristen schließlich geflutet hatte, wie die drei Dinghis hilfesuchend auf die *Tonopah Maru* zusteuerten und wie Kapitän Carpenter seiner Mannschaft befohlen hatte, sich nicht um die Schiffbrüchigen zu kümmern, sondern die Rückfahrt nach San Francisco anzutreten. Diese Aussage erschien selbst Carpenter ziemlich scheußlich, doch er konnte nicht behaupten, daß Hitchcock irgendeinen Punkt besonders verdreht dargestellt hätte. Es war tatsächlich so, wie es passiert war.

Er nahm an, jetzt würden die Aussagen von Cassie und Nakata folgen. Danach würde man ihm vermutlich Gelegenheit geben, etwas zu seiner Verteidigung zu sagen – die schwierige Lage zu erklären, die Beengtheit auf seinem Schiff anführen, die unzureichende Versorgung mit Proviant und Screen, zu erklären, daß er sich in diesem entscheidenden Moment entschlossen hatte, das Überleben seiner eigenen Mannschaft für wichtiger zu halten als das dieser Fremden. Er war bereits vorher entschlossen gewesen zu erklären, wie sehr es ihn bedrückte, diese Schiffbrüchigen ihrem Schicksal überlassen zu haben, daß er dies zutiefst bedauerte, aber daß es notwendig gewesen war, und daß er hoffe, man werde ihm diese Zwangsentscheidung vergeben und auch, daß er danach zu durcheinander war, um vorschriftsmäßig Meldung zu machen. Ob Tedesco damit einverstanden war, daß er sich reumütig zeigte? Vielleicht nicht, vielleicht schwächte so etwas seine Chancen vor Gericht. Ach, scheiß auf Tedesco! Der hätte hier sein müssen, um ihn zu beraten, und er war nicht erschienen.

Carpenter gestattete sich ein Fünkchen Zuversicht, trotz allem. Ihm ging durch den Kopf, was Rhodes zu ihm gesagt hatte.

– Die Firma wird zu dir stehen …

»Beweisstück C«, verkündete O'Reilly. »Aussage von Kapitän Kovalcik.«

Was?

Ja, da erschien sie auf dem Visoschirm, mit einem steinernen Gesicht, eisigen Augen, eindeutig Kovalcik in Fleisch und Blut. Sie war also gar nicht draußen auf See in dem offenen Boot zugrunde gegangen. Da war sie, leibhaftig, und starrte grimmig aus dem Visor, und sie erzählte eine schauerliche Seemannsgeschichte von ihrem Überleben auf dem Meer, von Entbehrungen und Qualen, von der schließlichen Rettung durch ein Patrouillenschiff. Die Hälfte ihrer Mannschaft war gestorben. Und alles nur, weil der Kapitän des Samurai-Eisbergtrawlers keinen Finger rühren wollte, um ihnen zu helfen.

Carpenter selbst mußte sich eingestehen, daß dies eine furchtbare Beschuldigung war. Aber Kovalcik sagte kein Wort über die Meuterei, deren Anführerin sie gewesen war, sie unterschlug ganz ungeniert die Tatsache, daß die *Calamari Maru* als Konsequenz ihrer eigenen Fehlentscheidung, weiter in der Nähe des riesigen eingefangenen Eisbergs zu bleiben, geflutet worden war; und sie erwähnte mit keiner Silbe Carpenters Beteuerungen, daß sein Schiff für die Übernahme einer so großen Zahl von Passagieren zu klein sei. Sie konzentrierte sich ausschließlich auf ihre Bitte um Hilfe und Carpenters herzlose Weigerung, sie zu gewähren. Als Kovalcik zu Ende gesprochen hatte, starrte ihr schreckliches Gesicht ihn noch weiter aus dem Visor heraus an, als hätte es sich in die Beschichtung des Visors gebrannt.

»Captain Carpenter?«

Also sollte er endlich seinen großen Auftritt vor Gericht haben. Er stand auf und wiederholte die ganze trübselige Geschichte erneut: das Hilfeersuchen von Kovalciks Schiff, die offensichtlichen Zeichen der Meuterei, die unter Drogen gesetzten Offiziere, ihre Aufforderung, sie zu sich an Bord zu nehmen; dann wie das Schiff voll lief und die drei Dinghis auf dem Wasser tanzten. Seine eigenen Worte und sein Verhalten kamen ihm auf einmal hohl und fragwürdig vor. Ich *hätte* sie aufnehmen müssen, egal was dann passiert wäre, sagte er sich. Selbst wenn sie alle auf der Rückfahrt verhungert wären. Selbst wenn sie in anderthalb Tagen kein Screen mehr gehabt hätten und durch Haut und Fleisch bis auf die Knochen verbrannt worden wären. Oder aber, andere zu ihrer Rettung herbeirufen? Aber er zog die Sache durch und machte weiter, schilderte die Abläufe, legte erneut seine Argumente dar, seine Selbstvorwürfe, die Argumentation zwischen Effizienz und Möglichkeit, er äußerte sein Bedauern und seine Reue über seine möglicherweise getroffenen Fehlentscheidungen.

Und plötzlich hatte er keine Worte mehr und stand stumm vor dem Richter und der Protokollführerin.

Das Schweigen war dröhnend. Was würde jetzt geschehen? Das Urteil? Eine Strafe?

O'Reilly schlug mit seinem Hämmerchen auf den Tisch. Dann wandte er das Gesicht ab, als vertiefte er sich in einen anderen ihm vorliegenden Fall.

»Muß ich warten?« fragte Carpenter.

»Die Verhandlung ist vertagt«, sagte die Gerichtsassistentin, nahm ein Aktenpaket auf, schien jegliches Interesse an ihm verloren zu haben, nicht daß sie überhaupt je dergleichen gehabt hätte.

Kein Mensch sagte etwas zu ihm, als er das Gebäude verließ.

Eine halbe Stunde später, als er im Dunsmuir, seiner Hotelabsteige, angelangt war, plazierte er einen Ruf an Tedesco unter der Samurai-Nummer, die er erhalten hatte. Er rechnete mit dem üblichen Ringeltanz, wie er bei Großunternehmen üblich ist, doch zu seiner Verblüffung kam Tedesco fast sofort auf den Schirm.

»Du warst nicht dort!« sagte Carpenter. Weshalb nicht, verdammt noch mal?«

»Das war nicht nötig. Ich habe das Protokoll erhalten.«

»Schon? Das war aber verdammt schnell. Was wirst du jetzt weiter unternehmen?«

»Unternehmen? Was sollte ich unternehmen? Du stehst wegen fahrlässiger Pflichtverletzung unter Anklage. Die Hafenbehörde hat dein Seepatent eingezogen. Höchstwahrscheinlich wird Kyocera jetzt gegen uns prozessieren, weil wir ihre Leute da draußen im Pazifik haben krepieren lassen. Und das könnte ganz schön teuer werden. Wir müssen aber abwarten und sehen, was kommt.«

»Und? Werde ich zurückgestuft? fragte Carpenter.

»Du? Nein, du wirst gefeuert.«

»Was? *Gefeuert?* Carpenter kam es vor, als hätte man ihn angestochen, und ihm ginge die Luft aus. Er rang nach Luft. »Bei dem ersten Hearing sagtest du, daß die Firma hinter mir steht. Und jetzt bin ich gekündigt? So steht ihr also hinter mir?«

»Die Lage hat sich verändert, Carpenter. Da wußten wir noch nicht, daß es Überlebende gibt. Überlebende verändern die ganzen Umstände, verstehst du? Kyocera verlangt deinen Kopf auf 'nem Silbertablett, und wir werden ihnen den geben. Wenn es keiner überlebt hätte, dann hätten wir dich vielleicht weiter behalten, weil das Ganze bloß eine rein interne Angelegenheit geblieben wäre, die nur die Oakland-Hafenbehörde und Samurai betroffen hätte – dein Wort gegen das deiner Besatzung, eine Dienstrangsache, weiter nichts –, aber jetzt tauchen da plötzlich Leute auf, die in der Öffentlichkeit schwere gehässige Anschuldigungen erheben. Es gibt einen gewaltigen Stunk. Wie sollen wir dich bei sowas halten, Carpenter? Wir hätten das Ganze gern in aller Stille erledigt, und dann hättest du bei uns weitermachen können, aber jetzt geht das nicht mehr, nicht mehr, seit sich Überlebende gemeldet haben und aussagen, und damit kriegt die ganze Firma ein Scheiß-Image. Glaubst du im Ernst, wir könnten dich jetzt auf 'ne andere Position versetzen? Deine nächste Aufgabe ist, daß du dich um einen neuen Job kümmerst, Carpenter. Du hast dreißig Tage, und du hast verdammtes Glück, daß du die kriegst. Ein Terminationsberater wird dich über deine Rechte informieren. Alles klar, Carpenter? Hast du begriffen?«

»Damit hatte ich nicht gerechnet, daß …«

»Nein. Vermutlich nicht. Es tut mir leid, Carpenter.«

Betäubt, mit schwerem stockenden Atem stierte Carpenter den Visor an, noch lange, nachdem der erloschen war. In seinem Kopf wirbelte es. Nie zuvor hatte er sich dermaßen öde und verloren gefühlt. Auf einmal klaffte da mitten in seinem Planeten ein Loch, und er stürzte da hinein – und er fiel und fiel …

Nach und nach beruhigte er sich ein wenig.

Er saß eine Weile still da, atmete tief durch, versuchte an gar nichts zu denken. Dann begann er automatisch, einen Ruf an Nick Rhodes zu plazieren.

Aber nein.

Nein, nicht jetzt. Nick würde verständnisvoll sein, gewiß, aber er hatte doch bereits ziemlich deutlich gesagt, daß Carpenter sich das Ganze selber zuzuschreiben hätte. Und das wollte er gerade jetzt nicht noch einmal hören.

Mit einem Freund reden. Einem Freund, der nicht Nick Rhodes heißt.

Er dachte an Jolanda. Die nette, dicke, unkritische Schwabbel-Jolanda. Ruf sie an und geh mit ihr zum Essen aus, und danach gehst du mit zu ihr in ihr Haus, irgendwo in Berkeley, bleibst über die Nacht und fickst sie, bis ihr Hören und Sehen vergeht. Das kam ihm enorm gut vor, bis ihm einfiel, daß Jolanda ja droben in den L-5-Satelliten mit diesem israelischen Enron war.

Dann eben jemand anderes.

Es muß ja nicht unbedingt hier in der Bay sein. Jemand weit weg. Ja, dachte er, Geh! Hau ab! Weit weg von hier! Lauf! Mach 'nen kleinen Ausflug!

Ein Besuch bei Jeanne zum Beispiel. Ja, die liebe Jeanne Gabel drüben in Paris. Die war immer ein guter Kamerad gewesen, hatte immer ein sympathisches Ohr und eine freundliche Schulter für ihn gehabt.

Und sie hatte ihm ja überhaupt diese Stellung als Seekapitän verschafft. Sie würde ihn nicht zu hart hernehmen wegen des Mists, den er da gebaut hatte. Und weshalb sollte er in den dreißig Tagen, während derer er noch Anspruch auf die Privilegien eines Elfers hatte, die Firma nicht für ein Flugticket nach Paris und für ein paar anständige Dinners in den Restaurants an der Seine bluten lassen?

Er wählte die Sammelnummer von Samurai und verlangte eine Firmenverbindung mit Paris. Rasch rechnete er aus, wie spät es in Paris sein mußte: bereits nach Mitternacht, aber das machte nichts. Es ging ihm schlecht, Jeanne würde das verstehen.

Das Dumme war nur, daß Jeanne nicht mehr für die Pariser Filiale arbeitete. In guter alter Samurai-Manier war sie nach Chicago versetzt worden, erklärte man ihm.

Er verlangte die Umlegung dorthin. Es dauerte nur einen Augenblick, sie zu finden.

»Gabel«, sagte eine Stimme am anderen Ende, und dann war sie auf dem Visor: ihr fröhliches, gutes, warmes, breites Gesicht, das massige Kinn, die dunklen ehrlichen Augen. »Ja, Mann! Wie geht's dem Seemann im Hafen?«

»Jeannie, ich steck in der Scheiße! Kann ich zu dir kommen und mit dir reden?«

»Was ist …? Wie denn …?« Sie streifte rasch ihre Überraschung ab. Natürlich, Paul.«

»Ich schwing mich in die nächste Maschine nach Chicago, okay?«

»Sicher, klar, komm, so schnell du kannst. Was für dich am besten ist.«

Aber seine Firmenkreditkarte schien Flugtickets nicht mehr zu decken. Nach mehrfachem Versuch gab er auf und versuchte es mit einem Leihwagen. Das hatten sie offenbar noch nicht storniert, denn beim ersten Versuch erhielt er die Reservation. Die Fahrt nach Chicago würde bestimmt kein Vergnügen werden, aber wenn er draufdrückte, würde er es vielleicht in zwei, höchstens drei Tagen schaffen. Er rief Jeanne zurück und sagte, sie solle ihn Mitte der Woche erwarten. Sie blies ihm einen Kuß zu.

Der Wagen stellte sich vierzig Minuten später vor dem Dunsmuir ein. Carpenter wartete draußen mit seinem Koffer. »Wir fahren nach Osten«, befahl er dem Wagen. »Richtung Walnut Creek und dann weiter.« Er schaltete auf Vollautomatik, und als sie auf die Berge zufuhren, lehnte er sich zurück und schloß die Augen. Es gab sowieso nichts zu sehen, außer dem schwarzen, unerbittlichen Regen.

21

Als Farkas nach dem Dinner mit Meshoram Enron und Jolanda Bermudez allein in seinem Hotelzimmer war, wanderte er eine Viertelstunde lang von Ecke zu Ecke und arrangierte im Geist die Puzzlestücke, warf sie wieder auseinander und arrangierte sie immer wieder neu. Dann plazierte er mit Scrambler eine Verbindung zu Emilio Olmo.

»Ich hab ein bißchen rumgeschnüffelt«, berichtete er dem Offizier der Guardia Civil. »Ich schnappe hier und da ein leises Düftchen von einer Konspiration auf.«

»Wirklich? Ich auch.«

»Oh?«

»Sag du zuerst. Was weißt du, Victor?«

»Über diese südkalifornische Gruppe, über die du Gerede gehört hast? Es gibt sie wirklich. Oder, laß es mich genauer sagen, zumindest habe ich aus einer völlig neuen Richtung über sie gehört.«

»Zuverlässige Quelle?«

»Einigermaßen. Der Freund eines Freundes. Jemand, der sehr gute Verbindungen im Informationstransfer hat.«

»Ah«, sagte Olmo. »Also zieht die Geschichte weiter. Höchst interessant. Was kannst du mir sonst noch sagen, Victor?«

»Sonst eigentlich nichts.« Farkas sah noch keine Notwendigkeit, Olmo Einzelheiten über die Beteiligung Israels an dem Komplott gegen den Generalissimo mitzuteilen. Es wäre auch verfrüht gewesen. Ihm war klar, daß Enron einen ganz bestimmten Vorschlag zu unterbreiten hatte, und das wollte er zuerst hören, ehe er Olmo ins Bild setzte. Wenn er dies überhaupt tat. Da war immer noch die Option, den Mann von der Guardia

Civil völlig draußen zu lassen, wenn sich der israelische Aspekt als vielversprechend herausstellen sollte. Es konnten sich für ihn bessere Aufstiegschancen ergeben, wenn er den Staatsstreich ungehindert erfolgen ließ, als wenn er Olmo half, ihn zu ersticken. Vielleicht ließ sich ja Olmo in ganz anderer Weise benutzen denn als Polizeichef des Generalissimo Callaghan. Der Plan von Kyocera, ihn zu Don Eduardos Nachfolger zu machen, wenn er endlich starb, würde Olmo bewegen, die richtigen Entscheidungen zu treffen. Aber Farkas war nicht sicher, welche Partei er sausen lassen wollte, und darum war es zum jetzigen Zeitpunkt angebracht, Olmo gegenüber nur vage Äußerungen zu machen. »Wie ich sagte, es war Infomaterial von einer Drittperson. Ich dachte mir aber, es würde dich interessieren, daß über das Projekt an verschiedenen Orten geredet wird.«

»Stimmt. Aber tatsächlich bin ich dir da einen Sprung voraus. Diese Kalifornier und ihre Pläne sind nicht nur Realität, sondern einige von ihnen statteten sogar vor kurzem hier einen Besuch ab, um die Lage zu sondieren.«

»Das weißt du mit Sicherheit?«

»Info aus dritter Hand, genau wie bei dir«, sagte Olmo. »Ich habe sie selbst nicht gesehen. Aber wir wissen, daß sie hier waren. Wir versuchen, ihnen auf die Spur zu kommen, aber da gibt es einige Schwierigkeiten. Möglich, daß sie bereits wieder auf die Erde zurückgeflogen sind. In dem Fall werden wir für sie bereit sein, wenn sie zurückkommen.«

»Ja, also«, sagte Farkas. »Du bist mir voraus, stimmt. Tut mir leid, daß ich deine Zeit in Anspruch genommen habe, Emilio.«

»Es ist mir stets eine Freude, wenn ich etwas von dir höre, Victor.«

»Ich rufe dich wieder an, wenn ich etwas Genaueres herausbekomme.«

»Ja, mach das, bitte.«

Vielleicht war es jetzt an der Zeit, New Kyoto anzurufen und die Sache auf eine höhere Ebene zu heben. Farkas überdachte das, entschied sich aber dagegen. Vorläufig. Wenn man selbst nicht das Glück hatte, Japaner zu sein, konnte man nur in höhere Ränge aufsteigen, wenn man in Situationen Initiative zeigte, die Kühnheit und Entscheidungsfähigkeit verlangten, um dann, wenn alles gut lief, die hervorragenden Ergebnisse zu präsentieren, die man erreicht hatte.

Farkas schlief darüber. Als er wieder aufwachte, lagen die Muster deutlicher vor seinem Geist. Bevor er zum Frühstück ausging, rief er das Hotel an, in dem Jolanda ein Zimmer mit Enron hatte.

Auf dem Visor erschien die dunkle glasartige Figur Meshoram Enrons.

»Jolanda ist nicht da«, sagte er etwas zu hastig, ohne sich zu bemühen, den feindseligen Ton seiner Stimme zu unterdrücken. »Sie ist drunten im Fitness Center.«

»Ausgezeichnet. Ich wollte sowieso mit dir sprechen.«

»Ja? Und?«

»Wir müssen uns noch mal kurz treffen. Gestern abend ist einiges ungesagt geblieben. Ich möchte da noch mal anknüpfen.«

Enron schien zu überlegen. Aber seine Glasfassade blieb unverändert. Farkas gewann kein deutliches Bild von den Gedankenabläufen im Kopf des Israelis. Enron schirmte sich zu gut ab. Er konnte unmöglich nur anhand des Bildes im Visor irgendwelche Schwankungen in Enrons Bild lesen. Um diese Nuancen aufzufangen, brauchte er unbedingt den direkten Kontakt mit ihm.

Nach einer Weile sagte Enron: »Wir haben vor, heute abend, vielleicht morgen mit dem ersten Shuttle zur Erde zurückzufliegen.«

»Aber dann bleibt uns ja noch genügend Zeit, uns zu treffen, oder?«

»Es ist was Wichtiges?«

»Sehr.«

»Hängt es irgendwie mit Jolanda zusammen?«

»Nicht im geringsten. Sie ist eine prachtvolle Frau, aber wir zwei haben wesentlichere Dinge zu besprechen, als wer mit wem ins Bett steigt, oder nicht?«

Und diesmal bemerkte Farkas eine deutliche Aufhellung des Enronbildes, ein unübersehbares stärkeres Leuchten.

»Wo treffen wir uns?« fragte Enron.

»Einem Ort namens Mirador, Speiche D.« Farkas wählte den Platz auf gut Glück. »Im Café La Paloma, direkt an der Plaza in der Mitte, in fünfundvierzig Minuten.«

»Geht's nicht früher?«

»Gut, also in einer halben Stunde.«

Als er ankam, wartete Enron bereits auf ihn. Es war fünf Minuten vor der vereinbarten Zeit. Um diese Stunde war es ruhig auf der Plaza, bei weitem stiller als an dem Tag, an dem er dort mit Juanito Dr. Wu Fangshui gesucht hatte. Enron saß an einem der vorderen Tische, reglos wie eine Statue, und zeigte keinerlei Anzeichen von Unruhe. Doch er war angespannt wie eine aufgezogene Sprungfeder. Farkas sah das auf dreißig Schritt Entfernung schon.

Er setzte sich ihm gegenüber und sagte sofort: »Dieses kalifornische Projekt, hier die Regierung zu stürzen. Du hast das gestern abend erwähnt.«

Enron antwortete nichts.

»Eine gemeinsame Aktion wäre die beste Lösung bei so etwas, sagtest du. Eine Megafirma und ein reiches Land, die die nötigen Mittel je zur Hälfte aufbringen.«

»Komm zum Punkt«, sagte Enron. »Du brauchst mich nicht an das zu erinnern, was ich gesagt habe.«

»Also schön. Der Punkt ist der: Hast du damit ein Angebot gemacht? Seid ihr bereit, die Sache in einem Joined Venture zu machen?«

Und nun beugte Enron sich hellwach und gespannt

vor. Sein Atemrhythmus hatte sich verändert. Farkas wußte, er hatte ins Schwarze getroffen.

»Möglicherweise«, sagte Farkas. »Und ihr?«

»Sehr wahrscheinlich.«

»Welchen Rang hast du, Farkas?«

»Neun.«

»Das ist nicht hoch genug, eine so große Sache zu autorisieren.«

»Aber hoch genug, um sie in die Wege zu leiten.«

»Ja. Ja, vermutlich. Und du hast selbstverständlich die Befugnis, so weit zu gehen, wie du es bereits getan hast.«

»Selbstverständlich«, sagte Farkas ohne Zögern.

»Ich muß zurück auf die Erde und dort mit einigen Leuten sprechen«, sagte Enron. »Es geht nicht um Autorisation, es geht um Informationen. Ich muß da noch mehr wissen. Danach können wir uns wieder zusammensetzen und vielleicht ein Geschäft abschließen. Aber ich sage dir eines, Farkas, aus genau dem Grund bin ich hierher gekommen.«

»Ausgezeichnet«, sagte Farkas. »Wir operieren auf konvergenten Linien. Das gefällt mir. Wir werden uns bald weiter unterhalten.«

»Sehr bald, ja.«

Die Unterredung war zu Ende, doch beide rührten sich nicht vom Tisch. Enron wirkte noch immer sehr angespannt, eigentlich vielleicht sogar noch mehr als zuvor. Die Pause währte gerade lang genug, um das Thema zu wechseln.

Schließlich sagte Enron: Jolanda ist ehrlich von dir fasziniert, weißt du. Passiert dir das häufig, daß die Frauen so auf dich abfahren?«

»Oft genug.«

»Ich dachte, bei deinen Augen und überhaupt ...«

»Ganz im Gegenteil. Viele finden das attraktiv. Du bist doch nicht verärgert?«

»Ein bißchen schon, gebe ich zu. Verdammt, ich bin

ein normaler konkurrenzfähiger Mann. Aber nein, nein eigentlich stört es mich nicht wirklich. Schließlich ist sie ja nicht mein Besitz. Außerdem habe ich sie ursprünglich ja gebeten, sich an dich ranzumachen. Deine Aufmerksamkeit zu erregen, damit ich mit dir in Kontakt kommen konnte.«

»Dann bin ich dir zu Dank verpflichtet. Ich habe gar nichts dagegen, geangelt zu werden, wenn es solch ein prächtiger Köder ist.«

»Ich habe nur einfach nicht gedacht, daß sie dermaßen begeistert an die Sache rangehen würde, weiter nichts.«

»Mir kommt sie wie eine Frau vor, die sehr schnell in Begeisterung gerät«, sagte Farkas. Die Gesprächsrichtung wurde ihm unangenehm. Aber vielleicht lag das ja in der Absicht des Israeli. Er stand auf. »Ich warte begierig darauf, bald wieder von dir zu hören«, sagte er.

Jolanda war im Hotelzimmer, als er eintrat. Er hatte ihr eine Nachricht hinterlassen, daß er einen unerwarteten Anruf von Farkas erhalten habe und sich mit ihm in einer anderen Speiche treffen wolle.

»Was wollte er denn?« fragte sie Enron. »Oder ist das alles wieder so geheimes Agentenzeug, das ich nicht hören darf?«

»Du weißt bereits 'ne Menge. Also kannst du ruhig noch ein bißchen mehr erfahren. Er hat mich aufgefordert, mit Kyocera gemeinsame Sache bei dem Coup zu machen.«

»Er hat *dich* aufgefordert? Persönlich?«

»Du weißt, was ich meine. Israel natürlich. Er rückte gleich direkt damit raus und fragte, ob wir bereit wären, auf Fifty-Fifty-Basis mitzumachen.«

»Und was hast du ihm gesagt?«

»Daß wir interessiert sind, natürlich. Um das zu arrangieren, bin ich ja überhaupt hierhergeflogen. Vorher, sagte ich ihm, muß ich aber erst noch einmal auf die

Erde zurück und weitere Informationen sammeln. Er dürfte annehmen, daß ich damit die Bestätigung meiner Regierung meine, mit der sie ihr Interesse signalisiert. Tatsächlich aber muß ich mit deinem Davidov sprechen. Ich muß wissen, was für Absprachen er mit Farkas getroffen hat, ehe ich mit der Sache nach Jerusalem gehe.«

»Dafür brauchst du nicht auf die Erde zurückfliegen«, sagte Jolanda. »Ich bekam heute morgen ebenfalls einen überraschenden Anruf.«

»Was? Von wem?«

»Er ist immer noch hier.« Sie plusterte sich regelrecht ungeheuer selbstgefällig vor ihm auf. »Davidov. Er hat gesagt, er hat uns gestern gesehen, beim Dinner mit Farkas in Cajamarca.«

»Er hat uns *gesehen?*« stammelte Enron völlig verblüfft. »Er war *dort?* Nein, unmöglich! Er ist weg, zurück auf die Erde.«

»Er ist hier, Marty. Er hat es mir gesagt. Ich habe vor 'ner halben Stunde mit ihm gesprochen. Es war sein Gesicht auf dem Visor. Auf seine Art fast ebenso unverkennbar wie das von Farkas. Ich sagte ihm, daß du ihn treffen willst, und er sagte, fein, du könntest ihn auf einer der Farmen in Speiche A treffen. Ich hab mir die Koordinaten notiert.«

»Aber er ist weg!« sagte Enron. »Kluge hat es mir geschworen. Die ganzen Namen, die Hotelwechsel, und dann war er mit seinen Freunden in dem Shuttle zur Erde.«

»Vielleicht hat Kluge dich angelogen. Das solltest du in Betracht ziehen.«

Enron schlug sich zornig mit der flachen Hand auf die Stirn. »Ja. Sollte ich wohl. Kluge hat nach Davidov gesucht und ihn nicht gefunden, und dann hat er uns diese Märchen über sein Auftauchen und Verschwinden aufgebunden. Weshalb war es so schwer, Davidov aufzuspüren? Weshalb war er diesem angeblich so smarten und vertrauenswürdigen Kurier immer um eine Nasenlänge voraus? Entweder hat Kluge mich belogen, oder Davidov ist ein Zauberer und kann sich vor den ganzen Scannereinrichtungen, die es hier im Habitat gibt, unsichtbar machen. Gib mir seine Nummer, schnell!«

Davidov zu erreichen, war ein Kinderspiel. Enron wählte, und eine Minute später war er auf dem Visor: Stiernacken, farblose Haare, das screengefleckte Gesicht, die Eisaugen.

»Nett von dir zu hören«, sagte Davidov. Die Stimme war hell und weich, eine sanfte kalifornische Stimme, die ganz und gar nicht zu dem groben massigen slawischen Gesicht paßte. »Jeder Freund von Jolanda ist mein Freund.«

»Ich würde mich gern direkt persönlich mit dir unterhalten«, sagte Enron.

»Na, dann komm doch einfach rüber«, sagte Davidov freundlich.«

Mit Jolanda im Schlepp fuhr Enron zur Nabe und zurück zu Speiche A in eine der Agrarzonen, wo alles grün war und von Feuchtigkeit schimmerte, ein Land von Milch und Honig. Sie kamen an Weizenfarmen vorbei, Melonenplantagen, Reis- und Maisfeldern. Enron sah Bananengärten mit dicken schweren gelben Fruchtständen und Palmenhaine und einen Garten mit Zitrusfrüchten. Er fühlte sich sehr an die üppigen, das ganze Jahr über fruchtbaren Gärten und die reichen Regenfälle am östlichen Mittelmeer erinnert. Aber hier war alles künstlich, überlegte er. Die Bäume wuchsen auf Styroschaum, Vermiculit, Sand, Kies. Beachtlich. Enorm beachtlich.

Die von Davidov angegebenen Koordinaten führten sie zu einer Kaninchenfarm. In Alfalfafeldern huschten Scharen der pelzigen Tiere herum, graue, braune und weiße und alle möglichen buntgescheckten. Direkt mitten unter ihnen stand Davidov vor dem Haus und sprach mit einem schlanken Mann mit Brille und in Arbeitskleidung.

Davidov war ein Riese, ein Berg von einem Mann, fast so breit wie hoch. Seine Augen waren kalt und wild, aber sein Betragen war, wie Jolanda gesagt hatte, zuvorkommend, zumindest oberflächlich. Und Enron begriff, daß bei Davidov diese Höflichkeit ganz und gar gespielt war.

Er begrüßte Jolanda mit einer Umarmung, die ihren massigen Körper ganz umfing, preßte sie an sich und hob sie sogar ein Stück in die Höhe.

Dann packte er Enrons Hand mit einem Griff, der seine Mannesstärke prüfen sollte. Enron wußte, wie dem zu begegnen war. Er ließ seine Finger schlaff werden, während Davidov ihm die Knochen zerquetschte, dann erwiderte er den Griff mit gleicher Stärke. Man mußte kein Riese sein, um einen entsprechenden Händedruck zu bewerkstelligen.

Davidov stellte den Mann mit der Brille vor. Avery Jones, sagte er. Der Manager der Farm. Mit weit ausholender Geste beschrieb er die Größe der Farm, schwang seinen Keulenarm von einer Seite zur anderen. Gewiß, in Valparaiso Nuevo waren das keine gewaltigen Entfernungen. »Ist das nicht sagenhaft? Hier steckst du bis zum Hintern in Kaninchen. Und sie haben tausend Arten, die Biester zuzubereiten.« Die starren Slawenaugen richteten sich scharf auf Enron. »Komm mit rein und laß uns reden. Aus Israel bist du? Ich kannte mal eine Frau von da, aus Beersheba. Aviva hieß sie. Die konnte dich ganz schön fertigmachen, Mann, aber sie war auch höllisch gescheit. Aviva aus Beersheba. Wo in Israel kommst du her, Marty?«

»Aus Haifa.«

»Und du schreibst für eine Zeitschrift?«

»Gehen wir doch rein«, sagte Enron.

Der Kaninchenzucht-Manager entfernte sich taktvoll. Im Haus lehnte Enron das angebotene Bier ab und sagte rasch: »Könnten wir auf das gesellschaftliche Vorspiel verzichten? Ich bin ein offizieller Vertreter des Staates

Israel und habe einen recht hohen Rang. Ich habe Kenntnis von dem Plan, den du ausführen willst.«

»Das habe ich mir gedacht.«

»Meine Regierung bringt diesem Plan großes Interesse entgegen.«

Davidov wartete.

Enron sprach weiter: »Wir sind effektiv bereit, diese Aktivitäten finanziell zu unterstützen. Mit einer beträchtlichen Finanzinvestition, möchte ich hinzufügen. Soll ich weitersprechen, oder interessiert es dich nicht, noch einen weiteren externen Investor hinzuzuziehen?«

»Einen *weiteren* Investor?« fragte Davidov. »Wer soll denn der erste sein?«

Enron warf Jolanda einen beunruhigten Blick zu. Jolanda schien zu lächeln.

»Mir ist bekannt«, sagte er sehr langsam und bestimmt, »daß die Kyocera Merck Corporation bereits einen beachtlichen Beitrag zu dieser Operation geleistet hat.«

»Das ist dir bekannt? *Mir* nicht.«

Ein wenig aus der Fassung gebracht sagte Enron: »Ich habe darüber mit einem hochrangigen Vertreter von Kyocera Merck gesprochen, der mir versicherte ...«

»Ja. Ich habe euch beide gesehen. Wenn er dir was von irgendwelchen Absprachen zwischen seiner Firma und uns gesagt hat, dann lügt er.«

»Ach, wirklich?« sagte Enron. Es war ziemlich verwirrend. Er atmete tief durch und schaukelte sacht auf den Fußballen, um die Fassung wiederzugewinnen. »Also gibt es keine Kyocera Merck Connexion mit ...?«

»Keine. Zero. Nix! Kyocera ist nicht drin. War's nie.«

»Aha«, sagte Enron. Jolanda grinste jetzt unübersehbar von einem Ohr zum anderen.

Aber er war der Situation gewachsen. Im ersten Moment der Verblüfftheit war ihm bruchstückhaft sein Gespräch mit Farkas am Morgen in den Sinn geschossen, und einen Augenblick lang war ihm, als treibe er schwimmend auf eine Stromschnelle zu, doch es gelang ihm rasch, aus dem Chaos Ordnung zu schaffen.

Er begriff, daß er die falschen Schlüsse gezogen hatte. Aber das hatte Farkas ebenfalls getan.

Sie hatten sich am Morgen gegenseitig unabsichtlich ausgetrickst. Der Ungar hatte Enron ganz und gar nicht ein Stück von dem Geschäft angeboten. Aus irgendeinem Grund glaubte Farkas offenbar, daß Israel *bereits* den Deal kontrolliere, und versuchte nur, für Kyocera Merck einen Brocken dabei herauszuholen. Auf einmal stand alles auf dem Kopf. Aber dies bot gewisse Möglichkeiten, dachte er.

Ruhig sagte er: »Dann sag mir doch eins. Bist du überhaupt an einer Finanzierung von außen interessiert?«

»Aber ganz stark.«

»Gut. Ich bin in der Lage, sie dir zu bieten.«

»Israelisches Geld?«

»Die Hälfte. Die andere von Kyocera Merck.«

»Du kannst Kyocera da mit reinbringen?« fragte Davidov.

Es war, als stünde er vor einer tiefen Schlucht. Und Enron sprang unbekümmert hinüber.

»Absolut«, sagte er.

»Setz dich«, sagte Davidov. »Trinken wir ein Bier und reden wir etwas ausführlicher darüber. Und dann werden wir vielleicht auf die Erde zurück und dort weiter verhandeln müssen.«

22

DER REGEN HÖRTE auf, als Carpenter etwa fünfzig Meilen von San Francisco nach Osten gefahren war. Zwischen der Sintflut an der Küste und dem trockenen Landesinneren gab es eine scharfe Demarkationslinie. Hinter ihm lagen der dicke schwarze Regen und die überschwemmten Abflüsse; doch wenn er nach vorn schaute, in das geschwollene blutunterlaufene Auge der über den Sierravorbergen aufgehenden Sonne, erkannte er, daß da immer noch alles fest unter der Pranke der endlosen Dürre litt.

Er fuhr in einen Landstrich ausgetrockneter, unfruchtbarer Hügel, rund und fahl gelbgrau, mit verstreuten kugeligen grünen Wipfeln uralter Eichen, die wie Wachposten auf ihnen standen, und blauen Tälern, die von schimmernden Staubschatten erfüllt waren. Darüber breitete sich ein weiter unerbittlicher, nur hie und da von Schäfchenwolken gesprenkelter Himmel. Die merkwürdige Sintflut, die während der paar letzten Tage über die Gebiete um die Bucht und den restlichen Küstenstreifen niedergegangen war, würde keinen Vorteil für die Wasserversorgung in San Francisco bringen. Die hauptsächlichen Reservoirs lagen weit landeinwärts, hier in den Vorbergen und den Bergen selbst; und hier fiel kein Regen, und im Hochland lag kein Schneevorrat, der später genutzt werden könnte.

Hier draußen war alles sehr ruhig. Die Umweltvergiftung durch die Industrie hatte die meisten der kleinen Vorortgemeinden im diesem Teil des Tals des Sacramento River erwürgt, und der Raubbau an den Wasservorräten hatte die dahinter gelegenen ländlichen Gemeinden ruiniert. Carpenter wußte, noch weiter östlich lagen die Geisterstädte der Mother Lode und dann, riesenhaft und erschreckend, die Bergwand der Sierra; und jenseits davon das dürre Ödland Nevada. Sobald er die Berge überquert hatte, würde er anderthalb Tage lang durch eine echte Wüste fahren.

Und trotzdem, trotzdem ...

Es war schön hier, wenn man Einsamkeit und Dürre als schön empfinden konnte. Mit dem Sterben der Landstädte und Farmen war eine Art prähistorische Stille in das Sacramento Valley zurückgekehrt. So muß es vor Tausenden von Jahren hier ausgesehen haben, dachte Carpenter – abgesehen von dem Pompeji-Effekt, den die Grundstücksumrisse aus dem 19. und 20. Jahrhundert erweckten, die Trockenwälle der Grenzmarkierungen überall, eine Vielzahl kniehoher, sich überschneidender weißgrauer Linien, die durch verdorrtes Gras und Felder und Anhöhen schnitten wie verblaßte Markierungen auf dem Land, die fast nicht mehr sichtbaren Spuren der Häuser, die da einst gestanden hatten. Doch sogar dies besaß einen gewissen altertümlichen Charme. Fußspuren der Vergangenheit, Hinweise auf eine verschwundene Welt. Und die Luft hier draußen, so still und klar, daß sie fast wie die eines verflossenen Jahrhunderts wirkte.

Doch Carpenter ließ sich nicht täuschen. Diese Luft war beinahe ebenso tödlich wie die Luft überall sonst. Weit tödlicher sogar, weil die Giftstoffe niemals fortgeweht wurden aus dieser Zone unveränderlicher atmosphärischer Stagnation, wo sie sich einfach aufbauten und verblieben, und wenn sich jemand längere Zeit hier aufhielt, fraßen sie ihm glatt die Lungen aus der Brust. Wenn man sich die Mühe machen wollte, konnte man es exakt an den Bäumen dieser ländlichen Gegend ablesen. Die unnatürlichen Astansätze und Winkel, die spillerigen Zweige, die spärliche Belaubung mit gichtigen Blättern, allerlei genetische Deformationen, die durch hundert Jahre Ozondefizit hervorgerufen worden waren, die Anreicherung von Aluminium und Spuren von Selen im Boden und noch weitere aufregende Formen von Umweltverwüstung.

Luft und Wasser und der Boden dieser unserer Erde sind zu einer lebensfeindlichen Umwelt verkommen, dachte Carpenter, zu einer Zone der Antifruchtbarkeit, pestbringend für alles, was mit ihr in Berührung kommt. Vielleicht entwickelte sich ja irgendwann eine neue mutierte nicht-lebendige Form und gedieh in dem neuen Medium, irgendein im Grunde totes Wesen, das in der Lage sein würde, seine Stoffwechselprozesse jenseits der Existenz fortzuführen, sich vermehrend und aus dem Grab heraus gebärend, ein Geschöpf, das zerfressende Giftgase atmen konnte und hochentwickelte Kohlenwasserstoffe durch seine unverwüstlichen Adern pumpte.

Er saß entspannt hinter dem Steuer und ließ den Wagen allein arbeiten, der ihn höher und höher hinauftrug zu dem hochragenden Rückenkamm Kaliforniens.

Stunden vergingen, und nun blieben auch die letzten Spuren menschlicher Zivilisation hinter ihm zurück. Er war jetzt mitten in den Vorbergen, wo die Häuser im allgemeinen aus Holz erbaut worden waren, und so gab es hier kaum noch irgendwelche Ruinen zu sehen. Das hatte das Feuer bewirkt; die natürlichen Serien von Waldbränden, die Jahr um Jahr in der Trockenzeit durch die unbewohnten Siedlungen gefegt waren, hatten die Spuren der Anwesenheit des Menschen fortgewischt.

So friedlich alles. Eine leere Welt lag da vor ihm.

Der totale Gegensatz zu dem hektischen dichtbevölkerten San Francisco und all den übrigen urbanen Alpträumen, die sich die Küste entlang fast ununterbrochen erstreckten bis hinab zu dem Großen Belial selbst, dem Tausendköpfigen Tier: Los Angeles. Allein bei dem Gedanken an L. A. schauderte Carpenter. Dieser monströse Schandfleck in der Landschaft, dieses krebsartig wuchernde Schwarze Loch von unauslöschlicher Häßlichkeit, in dem sich ungezählte Millionen bedrückter Seelen in unaussprechlicher Hitze zusammendrängten, in einer Luft, die so dick und giftig war, daß man sie schneiden und aufstapeln konnte ...

Los Angeles, seine Geburtsstadt ...

Er erinnerte sich an die Erzählungen seines Großvaters aus dessen Jugend in einer noch nicht kaputtgemachten Welt – sentimentale Erinnerungen an das alte Los Angeles von damals, lange her, am Ende des zwanzigsten Jahrhunderts vielleicht? Anfang des einundzwanzigsten? Ein verlorenes Paradies, hatte der alte Mann gesagt, ein Ort, an dem der Wind frisch und rein vom Meer her wehte und die Tage mild und angenehm waren. Überall Parks und üppige Gärten, geräumige Wohnhäuser, ein sternfunkelnder Himmel, Schnee auf den winterlichen Berggipfeln hinter Pasadena und San Gabriel. In seinen Träumen trieb es Carpenter sogar noch jetzt manchmal in dieses verschwundene Los Angeles: das unverdorbene wunderschöne Los Angeles der fernen Vergangenheit, in jenen unerreichbar vergangenen Spätneunzigern des zwanzigsten Jahrhunderts etwa, ehe sich der eiserne Himmel über alles gesenkt hatte. Er hoffte, daß das alles nicht nur eine romantisierende, senile Wunschvorstellung seines Großvaters gewesen sein möge, daß es damals wirklich so gewesen war. Er glaubte fest daran. Doch jetzt war das alles dahin und würde nie wieder zurückkehren.

Weiter. Ostwärts.

Über den sonnenverbrannten Himmelsdom zuckte ein Blitz, ein weißleuchtender Speerschaft quer durch die andere Helle. Ein dumpfes Donnergrollen in der Ferne. Er wußte, das hatte nichts zu bedeuten. Ein bloßes Räuspern von Zeus. Das Wetterleuchten entstand durch Temperaturunterschiede, und es folgte danach fast nie ein Regen. Höchstens kamen danach Brände, die sich weiter und weiter kahlscherend durch das Grasland fressen würden.

Der Baumbestand war jetzt anders geworden. Statt der Eichen standen hier hochragende Nadelbäume und schlanke milchigweiße Bäume, die möglicherweise Espen waren. Niedrige verkrüppelte Dickichte von Chaparral – Manzanita und Greasewood hauptsächlich – bedeckten den Rand des alten Highways. Er sah keine anderen Fahrzeuge. Er war der letzte lebendige Mensch auf der Welt. An manchen Stellen, wo kürzlich die Flammen zugeschlagen hatten, erstreckten sich in alle Richtungen meilenweit über der versengten Erde die verkohlten Baumstümpfe.

Feuer war gut. Feuer war etwas Reinigendes.

Soll es doch überall alles verbrennen, betete Carpenter. Es soll die ganzen Sünden der Welt wegbrennen!

Er dachte: Wie unbegreiflich absurd, daß die menschliche Rasse ihre allerschlimmsten nationalen Zwistigkeiten und ihre Religionskriege überlebt hatte, daß sie soviel blödsinnige, belastende Irrationalität hinter sich lassen und in eine Ära des wirklichen Friedens und der Zusammenarbeit, jedenfalls sozusagen, übergehen konnte. Und dann dies: überall Fäulnis, tropische Hitze und Luftverschmutzung und Untergang. Absurd, absurd, ganz absurd. Nick Rhodes in seinem Labor quält sich mit seinem Gewissen herum, während er gleichzeitig danach strebt, die menschliche Rasse in Wesen mit Kiemen und grünem Blut umzubauen. Und Kovalcik, unter der brutalen Sonne da draußen im Pazifik, die ihr Schiff mit Seeungeheuern für die Versorgung der hungernden Menschheit vollstopft. Der arme Paul Carpenter, der arme Trottel mit Scheiße im Kopf, ist dermaßen wild versessen, einen Eisberg in eine blöde undankbare Stadt zu schleppen, daß er das Wenige an menschlichem Anstand, das ihm je einprogrammiert worden war, vergessen kann und läßt kalt Menschen in Not …

Nein! Denk nicht an das!

Was du im Augenblick machst, mahnte er sich, ist, daß du vor dem ganzen Schlamassel den Schwanz einziehst und davonläufst.

Bruchstücke eines alten, kaum noch bewußten liturgischen Gebets kamen ihm in den Sinn. *Miserere, Miserere. Qui tollis peccata mundi. Agnus Dei. Qui tollis ... Peccata mundi.*

Dona nobis pacem. Pacem. Pacem. Pacem.

Und weiter. Weiter nach Osten.

Die Straße stieg und stieg und stieg und führte schließlich in einem von der herannahenden Dunkelheit bedeckten, ziemlich geraden Paß. Nun war er im Hochland. Dünne Luft, Zahnstocherwälder von schlanken Nadelgehölzen kämpften sich bis zur Baumgrenze hinauf, darüber die nackten Felswände wie riesige Schilde aus Granit. Überall rings um ihn ragten die graupurpurnen Massen der gewaltigen Berge auf, die höchsten Gipfel der Sierra.

Wenn es doch überall schneien würde, dachte Carpenter.

Wenn doch das ganze Land von Küste zu Küste von einer schimmernden weißen Decke überzogen würde. Und wenn wir dann unter ihr hervor in einen neuen reinen Frühling eines köstlichen frischen erneuerten Lebens schreiten könnten.

Klar. Aber klar doch!

Und nun war er jenseits der graupurpurnen Berge, jenseits der Paßhöhe und fuhr durch endlose Haarnadelkurven nach Nevada hinunter, wie er vermutete. Die Nacht kam nun ganz rasch. Ein starrer schwarzer Himmel, ohne Mond, mit vielen Sternen, zwischen denen die geisterhaften schweigenden Raumhabitate, ab und zu dem bloßen Auge sichtbar, ihre Lichtbahnen zogen. Es war Zeit, eine kleine Pause einzulegen, damit der Reziprokator des Wagens Gelegenheit bekam, etwas mehr Energie ansammeln konnte, als er verbrauchte, damit die Batterien für die nächste Etappe der Fahrt geladen sein würden.

Selten hatte er eine so tiefschwarze Hintergrundkulisse und so intensiv darüber hinwegziehende Helligkeit erblickt. Der Himmel hier wirkte kalt, kalt wie der Weltraum selber, eisig kalte Bergluft und in ihr eine erschreckende eisige Klarheit, die völlig anders war als die Luft in der Stadt, in der beständig Dreck und Gifte wirbeln. Aber Carpenter wußte, daß dies nicht stimmte. Der Himmel da droben war heiß, genau wie überall anders auch. Wo immer man in dieser traurigen Welt hinging, der Himmel war immer heiß, sogar um Mitternacht, sogar hier am Rande dieses dunklen von Sternen gesprenkelten Königreichs.

Carpenter bog auf einen aus dem Hang herausgeschnittenen Rastplatz neben der Straße ein und verzehrte lustlos ein Päckchen Algenkekse, die er aus Oakland mitgebracht hatte. Er spülte sein Dinner mit einem Schluck von dem sauren Wein hinunter, den er unter dem Armaturenbrett verstaut hatte. Dann rollte er sich zusammen und schlief im Wagen; die Alarmanlagen ließ er eingeschaltet, wie wenn er mitten in einer tödlich feindlichen Stadt wäre. Als die Sonne in den Morgenhimmel hüpfte und durch die Frontscheibe knallte, setzte er sich verwirrt hastig auf und wußte für einen Augenblick nicht, wo er war und was vorging, er dachte benommen, er sei wieder in Spokane, in seinem kleinen, schäbigen Hotelzimmer im dreißigsten Stock des Manito.

Direkt vor ihm lag im Talgrund tatsächlich so etwas wie eine Stadt. Sie wirkte sogar bewohnt: ein paar Dutzend Häuser, einige Läden, ein Restaurant, ein zweites. Sogar so früh am Morgen fuhren Autos umher.

Er hielt vor dem ›Desert Creek Diner‹. Das Restaurant sah aus, als wäre es seit ungefähr 1925 nicht mehr renoviert worden. Carpenter bekam das Gefühl, nicht nur räumlich, sondern auch in der Zeit gereist zu sein.

Im Lokal trugen alle Leute Gesichtslungen. Das wirkte irgendwie deplaziert, einen Atemschutz in diesem uralten Außenposten aus dem Jahre 1925 zu tragen, aber Carpenter setzte seinen auf und trat ein.

Eine richtige Menschenfrau als Bedienung. Keine Androiden, keine Tischvisoren, keine Datenfelder, um eine Bestellung aufzugeben. Die Augen über der Maske lächelten ihm funkelnd entgegen.

»Was soll's denn sein? Rühreier? Kaffee?«

»Wunderbar«, sagte Carpenter. »Genau das hätte ich gern.«

Kurz darauf entdeckte er, daß er noch immer in Kalifornien war. Die Grenze zu Nevada lag noch einige Meilen weiter unten auf der Straße.

Seine Firmenkreditkarte beglich das Frühstück. Anscheinend besaß er immerhin noch soviel Firmenzugehörigkeit.

Nach dem Essen machte er sich wieder ostwärts auf den Weg. Von Utah her strömte ihm der Morgen entgegen. Hier war alles sandig und nahezu ohne Farben, und das Land sah aus, als hätte es mindestens seit dem dreizehnten Jahrhundert keinen Tropfen Regen mehr verspürt. Es gab gezackte Berge, kein Vergleich zu denen der Sierra, aber immerhin ganz schön hoch, rosig und goldbraun im Frühlicht. Fusselige weiße Wolken, ein tiefblauer Himmel mit Streifen fahlgelber Giftemissionen.

Es war eine so wunderschöne Welt, dachte Carpenter, bis wir sie versaut haben.

Wieder betete er unbestimmte Gebetsfetzen. *Ave Maria, gratia plena. Ora pro nobis. Jetzt und in der Stunde unseres Todes. Für uns arme Sünder.*

Weiter östlich tauchten ihm unvertraute Berge auf, lange Ketten scharfer engsitzender Zacken, leuchtend rot, als glühten sie von einem inneren Feuer. Sie sahen unglaublich alt aus. Fast erwartete er, daß vor ihnen im

Flachland prähistorische Tiere grasten. Brontosaurier, Mastodonten.

Aber keine Dinosaurier waren da. Nicht ein einziges Mastodon. Eigentlich nichts. Kiesel, etwas verkümmertes Gras, ein paar huschende Eidechsen. Mehr nicht. Er stieß auf ein altes Reservoir, das noch etwas Wasser enthielt, und zog sich aus, um ein Bad zu nehmen, was er allmählich dringend nötig hatte. Das Wasser sah ungefährlich genug aus, und so früh am Morgen durfte er es riskieren, seine Haut der Sonnenstrahlung etwas mehr auszusetzen.

Der Teich war dunkel und tief, und Carpenter fürchtete, das Wasser könnte vielleicht zu kalt sein, aber dem war nicht so, jedenfalls nicht besonders. Eher lau. Doch relativ sauber. Keine Chemieverschmutzungen, die die Oberflächenspiegelung opalisieren ließ, kaum Schaumbildung, keine Alligatoren, die ihn aus der Tiefe herauf angrinsten, nicht einmal ein Frosch war zu sehen. Ein echtes neues Erlebnis dies, ein richtiges Bad im Freien, in echtem, unverseuchtem Wasser. Es war angenehm, sich wieder sauber zu fühlen. Es war wie eine Art neuer Taufe.

Nach einigen Stunden Fahrt jenseits der flammenden Bergklüfte wirkte die Landschaft wieder mehr und mehr bewohnt. Einige erbärmliche wackelige Farmhäuser, ein paar baufällige Scheunen, die mindestens fünfhundert Jahre alt aussahen. Die Leute, die dort hausten, waren wahrscheinlich nicht besonders xenophil. Also fuhr er durch, ohne anzuhalten. Hinter den Farmen kam eine verstaubte kleine Ortschaft, danach ein größere Stadt, die er umfuhr. Über allem hier breitete sich ein trüber grauer Dunst. Sogar in seinem abgeschotteten Wagen spürte er die Wirkung des inneramerikanischen Dilemmas, der Überhitzung, des Smogs, der ausgreifenden Tentakeln der schweren drückenden Masse von Dreck, die mit brutaler Gleichgültigkeit überall auf den mittleren Regionen des Landes lastete. Diese Luft war wie eine sich ballende Faust. Er wußte, wenn er anhielte und aus dem Wagen stiege, würde ihm ein trockener Gluthauch wie in der Sahara entgegenschlagen.

Später am Morgen rief er Nick Rhodes an, einfach um ihm zu berichten, was mit ihm passiert war, wo er jetzt war und wohin er fahren wollte. Tags zuvor hatte er nicht mit ihm reden wollen, aber jetzt kam es ihm falsch vor, so einfach zu verschwinden, ohne ihm ein Wort zu sagen. Wenn Rhodes nämlich irgendwie herausbekam, daß Carpenter bei Samurai gefeuert worden war, könnte er vielleicht glauben, daß er sich umgebracht hätte. Und das wollte Carpenter nicht.

Der Android in Rhodes Büro sagte ihm, daß Dr. Rhodes in einer Besprechung sei. Ein wenig erleichtert, sagte Carpenter: »Sag ihm, daß Paul Carpenter angerufen hat, daß ich aufgrund kürzlicher Geschehnisse aus der Firma ausgeschieden bin und jetzt nach Chicago fahre, um dort für ein paar Tage Freunde zu besuchen, und daß ich mich wieder mit ihm in Verbindung setzen werde, sobald ich weiß, wie meine weitere Planung aussieht.« Er überhörte die Frage des Androiden nach seiner Telefonnummer, unter der er zu erreichen sein würde. Für den Moment konnte er es nicht über sich bringen, mehr Kontakt zu dem Leben, das er hinter sich zurückgelassen hatte, aufzunehmen.

Er hoffte, daß er nun spät in der Nacht, oder schlimmstenfalls im Morgengrauen Chicago erreichen werde. Sein Wagen zeigte keine Ermüdung. Er brauchte nur still dazusitzen und die Meilen zu Hunderten unter sich fröhlich wegflitzen zu lassen. Aber er hatte nicht mehr sehr viel zu essen dabei, doch andererseits hatte er auch nicht besonders großen Appetit. Sitz still, laß die Meilen vorbeirauschen.

Er fuhr durch weite Strecken von schrecklich verödetem Land: Schlackenhalden, Aschehaufen, verbrannte Heide. An manchen Stellen stieg Rauch auf; die Reste von alten Feuern, die dort unten weiterbrannten, eine Unterwelt, die sich auf mysteriöse Weise selber auffraß. Ein völlig dunkler Wald von toten Bäumen auf einem scharfrückigen, langen, braunen Hügelkamm, aus denen wie ein absurder Witz ein verrostender Skilift herabhing. Ein ausgetrockneter See. Ein Streifen toter grauer Erde, ein Gewirr geschwärzter ineinander verhedderter Drähte, Haufen von Schrottautos – im Hintergrund skeletthafte Spuren einer verlassenen Stadt, stählerne Bauträger, Fensterrahmen wie leere Augenhöhlen.

Dann wurde alles flacher. Die Luft sah graubräunlich aus. Er kam jetzt in die Gegend der Dust Bowls, der Staubschüsseln, in das traurige ausgetrocknete Herzstück des Kontinents, wo einstmals die riesigen Weizenfelder waren, ehe die Sommer sich zu Glutöfen verwandelten, bevor die Luft schlecht wurde und der Regen anderswohin verschwand. Die weiten Himmel und die Majestät der purpurblauen Berge waren immer noch da, sicher, dicht hinter ihm in Utah und Wyoming, doch jetzt war er schon weiter östlich davon, in Nebraska, vielleicht schon Iowa, und die fruchtbaren Ebenen waren zum Teufel gegangen, und Carpenter fand nirgendwo Spuren der früheren bernsteingoldenen Getreidefelder.

Doch es lebten noch Menschen hier. Im dunkelnden Abend sah er zu beiden Seiten der Straße die Lichter von Ortschaften und Städten. Weshalb Leute in dieser Gegend hausen wollten, überstieg Carpenters Begriffsvermögen, aber er sagte sich, daß ihnen wahrscheinlich keine große Wahl geblieben war, sie waren hier geboren und sahen keine Chance, an einen besseren Ort zu ziehen, oder aber sie waren auf den Wellen des Mißgeschicks an diesen wasserlosen Strand gespült worden, und da waren und da blieben sie. *Requiescant in pace.*

Wenigstens *haben* sie ein Zuhause, dachte er.

Er dachte darüber nach, was er tun sollte, wenn seine

lange Irrfahrt von nirgendwo nach nirgendwo und zurück vorbei und er eine neue Lebensetappe zu beginnen bereit war. Aber *welche* neue Etappe? Wohin sollte er gehen? Was tun? Er hatte nichts, was er sein Zuhause nennen konnte. Los Angeles? Das kannte er kaum noch. San Francisco? Spokane? Die Firma war sein Zuhause gewesen, und die Firma hatte ihn nach Belieben von Boston nach St. Louis und Winnipeg und Spokane versetzt. Und wo er auch war, er gehörte immer noch zur Firma.

Und jetzt war das vorbei. Dies begann er erst jetzt mühsam zu begreifen. Keinerlei Aufstiegschancen, keine Privilegien mehr. Der erste Junge seines Jahrgangs, der es schaffte auf einem Null-Niveau zu landen.

Irgendwo mitten in Illinois, eine, zwei Stunden westlich von Chicago, kam es zu Staus auf der Straße, und sein Wagen erklärte ihm, daß weiter vorn eine Straßensperre sei. Aus westlichen und südlichen Richtungen waren alle Zufahrten in die Stadt abgesperrt, außer über die offiziellen Quarantäneschleusen.

»Was ist da los?« fragte Carpenter.

Doch sein Wagen war nur ein billiger Miettyp und nicht programmiert, mehr als Basisinformationen zu bieten. Das beste, was er zustandebrachte, war ein Kartendisplay der roten Sperrzone mit weiten Bereichen von Missouri und West-Illinois bis weit nach New Orleans hinunter und auf der anderen Seite des Mississippi von Louisiana nach Kentucky und Teile von Ohio hinein. Nach der Angabe des Wagens lag die nächste Zugangsmöglichkeit in die Schutzzone für Reisende, die nach Chicago wollten, in Indianapolis, und der Wagen schlug den entsprechenden Umweg vor.

»Wie du meinst«, sagte Carpenter.

Er schaltete das Radio an und bekam teilweise die Antwort. Da sprachen sie von einem Ausbruch von Chikungunya in New Orleans und Befürchtungen, daß sich dort Guanarito und Oropouche ebenfalls ausbreiten könnten. Aus dem Gebiet um St. Louis wurden Sekundärfälle berichtet. Carpenter hatte noch nie etwas von Chikungunya, Guanarito oder Oropouche gehört, aber es handelte sich eindeutig um Krankheitsbezeichnungen; anscheinend grassierte drunten im Süden irgendeine Epidemie, und die Behörden versuchten, eine Ausbreitung nach Chicago zu verhindern.

Als er Indianapolis erreichte, es ging schon gegen Mittag, erfuhr er den Rest, als er an der Quarantänestation darauf wartete, befragt zu werden. Die Krankheiten mit den langen Namen wurden von Tropenviren hervorgerufen, erklärte man ihm. Ausreißer aus Afrika und Südamerika, die sich in den neuen Regenwäldern Louisianas, Floridas und Georgias herumtrieben – sie lebten in tierischen Wirtskörpern, wurden übertragen durch Zecken und Wanzen und gelangten über sie ins Blut der zahllosen keckernden Affen und unzähligen riesigen Nager, die ihrerseits Flüchtlinge aus den früher einmal am Amazonas und am Kongo wuchernden Regenwäldern waren und nun die feuchten dampfenden Dschungel im Süden der USA überrollt hatten.

Alle Bewohner der neuen Dschungelregionen mußten sich ständig impfen lassen, das wußte Carpenter, weil immer wieder das eine oder andere Virus von seinem tierischen Träger auf einen menschlichen Pechvogel überwechselte, was dann zu immer neuen Epidemien führte. Doch hier oben gab es keinen Regenwald. Weshalb also hier oben in dem trockeneren, kühleren Klima um Chicago diese panische Furcht vor Tropenkrankheiten aus dem Dschungel?

»Ein Haufen infizierter Affen hat sich auf einem Frachtkahn eingeschifft, der mit Früchten von New Orleans den Mississippi rauffuhr«, erklärte man Carpenter. »Einige sind in Memphis entwischt und haben ein paar Leute gebissen. Der Rest blieb bis Cairo auf dem Kahn. Memphis und Cairo sind jetzt abgeriegelt. Wir wissen bisher noch nicht genau, um welches Virus es sich handelt, aber schlimm sind die alle. Wenn du gebissen wirst, fängst du an anzuschwellen und wirst zu 'nem Sack voll schwarzem Blut, und dann zerplatzt der Sack, und alles, was drin war, fließt raus auf den Boden, bis du leer bist …«

»Jesus«, sagte Carpenter.

»Wir glauben, wir konnten die Sache vor St. Louis stoppen. Wenn der Mist je bis Chicago vordringen könnte, würde die Stadt in die Luft gehen wie ein Scheiterhaufen. Bei vier Millionen Menschen, so dicht zusammengepackt? Und mit 'ner ansteckenden Krankheit, die du kriegen kannst, wenn du jemand bloß *schief anschaust?* Vergiß es, Mann … Können wir mal deinen Fahrtschreiber sehen, bitte?«

Carpenter reichte seinen Routenschreiber hinaus.

»Keine Abstecher ins östliche Missouri, irgendwas, was auf deinem Routenplan nicht auftaucht? Irgendwelche Abstecher nach Tennessee oder Kentucky?«

»Ich bin über die Nordstrecke hergefahren«, sagte Carpenter. »Da, ihr seht doch, an welchem Tag ich von Kalifornien losgefahren bin. Ich hatte bestimmt keine Zeit, woanders hinzufahren, als direkt quer durch die Berge und Nebraska und Iowa.«

»Geschäftlich hier?«

Ja, geschäftlich.«

Das war ein kniffliger Moment. Carpenter war immer noch unter der Samurai-Flagge unterwegs, als Gehaltsempfänger der Elferklasse, unterwegs für die Firma nach Chicago. Ein einziger kleiner Telefonanruf, und ihm ging die Luft aus. Aber noch führte ihn die Firma auf der Angestelltenliste. Die Verbindung mit dem Mega-Multi wirkte und brachte ihn durch, in den Desinfektionsraum und danach wieder weiter auf den Highway nach Chicago.

Memphis und Cairo sind abgeriegelt.

Die Fernstraßen und Flugverbindungen blockiert, keiner kann rein, keiner kommt raus. Memphis und Cairo hätten ebenso gut von der Landkarte gelöscht worden sein können. Affen stürmen in Louisiana aus dem Dschungel und tun ihr Werk für die Kräfte des Chaos, und deine Stadt verschwindet von der Erde, während du auf die Oropouche-Viren oder wie immer das Zeug heißen mochte, wartest, das dir in die Blutadern kommt, dich anschwellen und zu einem Sack voll schwarzem Blut werden läßt. *Himmel, erbarme dich,* dachte er.

Christus, erbarme dich. Heilige Maria, du Mutter Gottes, bitt für uns, jetzt und in der Stunde unseres Todes.

Endlich, gegen vier Uhr nachmittags, war er in Chicago und rief Jeanne Gabel in der Samurai-Zentrale von Wacker and Michigan an und bekam die Verbindung nach nur etwa einer halben Minute, bis man sie aufgespürt hatte.

»Wo bist du?« fragte Jeanne.

»Auf 'nem Parkplatz an – hmmm – der Ecke Monroe-Green.«

»Gut. Bleib dort. Ich kann gut hier etwas früher weg. Ich komm und hol dich.«

Müde und verdreckt von der langen Fahrt blieb er im Wagen hocken und blickte voll mißmutiger Ergriffenheit in den düsteren Smoghimmel. Die Luft in dieser Stadt war wie eine ölige Suppe und hinterließ dunkle Streifen auf der Windschutzscheibe. Sie war phantastisch gefleckt und gemasert von dicken Farbtupfern, gelb, purpur, grün, blau, alles ineinander laufend, es sah aus wie eine eklige Prellung unter der Haut, und die Sonne lugte bläßlich durch den Vorhang von Schmutz wie eine kleine angelaufene Kupfermünze. Er war schon lange nicht mehr in diesem Teil des Landes gewesen; er hatte vergessen, welche Gifte hier die Luft belebten. Wohin er sah, trugen die Leute ihre Schutzmasken. Er setzte sich seine auf und vergewisserte sich, daß sie an den Wangen und am Kinn dicht schloß.

Jeanne traf mit verblüffender Schnelligkeit bei ihm ein. Freude schoß bei ihrem Anblick in ihm auf – das erste vertraute Gesicht seit Oakland – und dem folgte sogleich als Gegenreaktion eine tiefe Verwirrung. Er hatte keine Ahnung, weshalb er zu ihr hergefahren war, noch was er von ihr erwartete, von dieser Frau, zu der er seit fast einem halben Dutzend Jahren eine distanzierte Flirtfreundschaft unterhalten hatte, ohne sie je auf die Lippen geküßt zu haben.

Jetzt hätte er sie gern geküßt, aber mit der Gesichtslungenmaske war das schwierig zu bewerkstelligen. Er begnügte sich mit einer Umarmung. Jeanne war eine kräftige Frau, von der Mutterseite her irgendwie ein wenig orientalisch, doch ohne eine Spur von orientalischer Zerbrechlichkeit, und sie nahm ihn stark und fest und herzlich in die Arme.

»Los, komm«, sagte sie. »Du brauchst ganz dringend eine Dusche, und dann was zu essen, richtig?«

»Richtig getippt.«

»Gott, ist das schön, dich wiederzusehen, Paul.«

»Ich freu mich auch.«

»Aber es steht wohl ziemlich schlimm, ja? Ich hab dich noch nie mit so einem Gesicht gesehen.«

»Nein, es steht nicht sehr gut. Das stimmt genau.«

Jeanne stieg auf der Fahrerseite ein und befahl dem Wagen, wohin er sie bringen sollte. Während sie sich in den Verkehr einfädelten, sagte sie: »Ich hab in der Personalzentrale nachgefragt. Anscheinend bist du nicht mehr in der Firma.«

»Sie haben mich terminiert.«

»Ich habe noch nie gehört, daß die sowas machen, außer es gibt Gründe.«

»Es gab Gründe, Jeanne.«

Sie schaute ihn an. »Um Himmels willen, was war los?«

»Ich hab Mist gemacht«, sagte er. »Ich tat etwas, das ich für richtig hielt, und es war falsch. Ich kann dir das

Ganze erzählen, wenn es dich interessiert. In der Hauptsache war es so, daß die Sache eine Menge schlechte Werbung bedeutete und der Firma Ärger mit Kyocera brachte, also haben sie mich mit 'nem Tritt in den Arsch rausgesetzt. Eine Sache der Firmenpolitik. Sie *mußten* mich feuern.«

»Armer Paul. Da haben sie dir aber richtig einen reingewürgt. Was hast du jetzt vor?«

»Duschen und irgendwas essen«, sagte er. »Weiter kann ich derzeit nicht planen.«

Jeanne bewohnte ein Zweizimmerapartment – Wohnzimmer mit Küche, ein Schlafzimmer – draußen in einer der westlichen Vorortbezirke Chicagos. Die Räume waren dermaßen dicht versiegelt, daß sie nahezu luftlos wirkten, und die Klimaanlage war alt und asthmatisch, laut und fast wirkungslos.

Für Gäste war in der beengten Wohnung kaum Platz. Carpenter überlegte, ob er sich für die Nacht wohl ein Hotel suchen müsse, wenn er nicht wieder im Wagen schlafen wollte, und fragte sich, wie er das bezahlen sollte. Vielleicht erlaubte ihm Jeanne ja, auf dem Fußboden zu schlafen. Er duschte so hingebungsvoll lange, wie er es anständigerweise glaubte tun zu dürfen, vielleicht sechs, sieben Minuten lang, und zog sich frische Sachen an. Als er wieder erschien, hatte Jeanne zwei Teller voll Algenkekse und Sojaspeck und etliche Flaschen Bier auf dem Tisch.

Während sie aßen, erzählte er seine Geschichte, ruhig und leidenschaftslos, angefangen von dem Hilfsersuchen Kovalciks bis zu der abschließenden Unterhaltung mit seinem Anwalt Tedesco. Inzwischen kam ihm das alles eher vor wie eine Geschichte, von der er in den Abendnachrichten gehört, nicht wie etwas, das ihm selbst widerfahren war, und er blieb dabei fast völlig empfindungslos, als er Jeanne den Ablauf der Sache schilderte. Sie hörte fast kommentarlos bis zu Ende zu. Dann sagte sie nur: »Was für ein Scheißspiel, Paul.«

»Ja.«

»Hast du dran gedacht, Revision zu verlangen?«

»Bei wem? Beim Papst? Ich sitz auf meinem nackten Arsch, Jeanne. Das weißt du doch ebenso gut wie ich.«

Sie nickte nachdenklich. »Ja, wahrscheinlich. Ach, Paul, Paul ...«

In der hermetisch abgeschotteten Wohnung brauchten sie die Atemschutzmasken nicht zu tragen. Sie wandte ihm das Gesicht zu, und er sah einen Ausdruck in ihren Augen, dessen Unwägbarkeiten ihn verwirrten: wie zu erwarten, war da Besorgtheit und Sympathie, aber hinter dem so etwas wie ein Schimmer von echter Liebe, und dahinter – was? Angst. Ja, es sah aus wie Furcht, dachte er. Aber Angst wovor? Vor ihm? Nein, dachte er. Sie hat Angst *vor sich selbst*.

Bedächtig schenkte er sich Bier in sein Glas nach.

Sie fragte: »Wie lang willst du in Chicago bleiben?«

Er zuckte die Achseln. »Ein, zwei Tage, denke ich. Weiß noch nicht. Aber ich will dir auf gar keinen Fall zur Last fallen, Jeannie. Ich mußte ganz einfach bloß dringend für 'ne Weile aus Kalifornien weg, 'nen Ort, wo ich zur Ruhe kommen kann und sicher bin, bis ich ...«

»Du kannst bleiben, solang du magst, Paul.«

»Ich bin dir dankbar dafür.«

»Weißt du, ich fühl mich irgendwie verantwortlich. Schließlich hab ich dir den Job auf diesem Eisbergschlepper aufgehalst.«

»Das ist echt Scheiße, Jeannie! Klar, den Job hast du mir besorgt, aber ich hab die Leute sitzen lassen, ganz allein und aus eigener Entscheidung hab ich das getan.«

»Ja, das habe ich schon verstanden.«

»Sag mir jetzt mal, wie es dir geht«, lenkte er ab. Was hast du denn so getrieben?«

»Was gibt's da schon zu berichten? Ich arbeite, ich fahr heim, ich lese, und dann schlafe ich. Es ist ein gemütliches ruhiges Leben.«

»So, wie du's schon immer gern hattest.«

»Ja.«

»Fehlt dir Paris nicht?«

»Na, was denkst denn du?« sagte sie.

»Gehen wir doch einfach hin«, sagte er. »Du und ich. Gleich jetzt. Du gibst deinen Job auf, und wir suchen uns ein nettes Plätzchen in der Nähe der Seine, und dann tanzen und singen wir in der Metro und sammeln Geld ... Es wäre ja kein tolles Leben, aber wenigstens wären wir dann in Paris.«

»Ach, Paul. Was für eine wunderbare Idee!«

»Wenn wir es bloß könnten, nicht?«

»Ja, wenn.« Sie ergriff seine Hand und drückte sie kurz und flüchtig, dann zog sie die Hand wieder rasch weg, als wäre das bereits zu gewagt gewesen.

Carpenter erkannte, daß er im Grunde gar nichts über diese Frau wußte. Sie war warm und gut und freundlich, doch sie hatte sich die ganze Zeit wie hinter Glas abgeschirmt: eine Freundin, ein guter Kamerad, aber immer von einer Mauer gegen die Welt umgeben. Und nun war er innerhalb dieser Abschirmung.

Sie redeten stundenlang wie in den alten Zeiten in St. Louis; schwatzten über alte Freunde und über Firmengerüchte und allgemein über Weltereignisse. Er begriff, daß sie damit beabsichtigte, daß er sich entspannte – und vielleicht sie selbst sich ebenfalls. Es war leicht, die unterschwellige Nervosität in ihr zu spüren. Er begriff, daß er ganz schön viel von ihr forderte – indem er einfach so aus dem Nichts bei ihr antanzte, sich bei ihr einnistete und ihr die Trümmer seines kaputten Lebens vor die Füße warf und noch nicht einmal genau sagen konnte, was er nun von ihr erwartete. Und das konnte er nicht, weil er es nicht wußte.

Gegen halb elf sagte sie: »Paul, du mußt doch todmüde sein nach der langen Fahrt praktisch ohne Stop von Kalifornien herauf.«

»Ja. Ich such mir besser ein Zimmer in 'nem Hotel.«

Ihr Augen weiteten sich kurz. Wieder huschte ein rätselhafter Ausdruck über ihr Gesicht, wieder diese beklemmende Mischung aus Wärme und Unsicherheit.

»Du kannst meinetwegen gern hierbleiben«, sagte sie.

»Aber du hast doch so wenig Platz.«

»Wir kommen schon zurecht. Bitte. Ich würde mir gemein vorkommen, dich so in die Nacht rauszujagen.«

»Also ...«

»Ich möchte, daß du bleibst.«

»Also«, wiederholte er und lächelte. »In diesem Fall ...«

Sie ging ins Bad und blieb ziemlich lange dort. Carpenter stand neben dem schmalen Bett und wußte nicht, ob er sich ausziehen sollte. Als sie wiederkam, trug sie einen langen Bademantel. Dann ging Carpenter ins Bad, um sich zu waschen, und als er herauskam, lag sie im Bett und hatte das Licht gelöscht.

Er zog sich bis auf die Unterhose nackt aus und legte sich im Wohnzimmer auf den Boden.

»Nicht«, sagte Jeanne nach einer Weile. »Dummer.«

Dankbarkeit und Erregung und etwas, das man fast als Gewissensbiß hätte bezeichnen können, strömten gleichzeitig durch ihn. Er stolperte in der Dunkelheit zwischen den Möbeln durch und legte sich behutsam neben sie ins Bett, bemuht, sie dabei nicht zu berühren. Es war wirklich kaum Platz für beide.

Als seine Augen sich an die Dunkelheit gewöhnt hatten, sah er, daß ihr Nachtgewand offen und sie darunter nackt war und daß sie zitterte. Carpenter streifte seine Shorts ab und schleuderte sie fort. Dann legte er ihr behutsam die Hand auf die Schulter.

Sie schauderte. »Kalt«, sagte sie.

»Wird gleich wärmer.«

»Ja, bestimmt.«

Er ließ die Hand tiefer gleiten. Ihre Brust war klein und fest, die Brustwarze ganz steif. Er fühlten ihr Herz darunter schlagen, so heftig, daß es ihn erschreckte.

Ein seltsames Zaudern kam über ihn. Mit fremden Frauen ins Bett zu gehen, das war für ihn eigentlich nichts Ungewöhnliches, aber Jeanne Gabel war eigentlich keine Fremde für ihn, aber trotzdem kannte er sie nicht. Gekannt hatte er sie so lange Zeit – und sie überhaupt nicht gekannt, und sie waren so gute Freunde und dabei doch nie intim geworden. Und nun lag er hier neben ihr im Bett, und seine Hand streichelte ihre Brust. Und sie wartete. Aber sie hatte unverkennbar Furcht. Und sie schien ebenso wenig zu wissen, was tun, wie er. Ihm war bange, daß sie sich nur aus Mitleid mit ihm dazu bereitfand, und das wäre ihm gar nicht recht gewesen. Außerdem schoß ihm der absurde Gedanke durch den Kopf, daß sie vielleicht noch Jungfrau sein könnte; aber nein, nein, sowas war unmöglich. Sie war mindestens fünfunddreißig. Frauen, die so lange jungfräulich blieben – jedenfalls falls es so etwas außerhalb von Klostermauern überhaupt noch gab –, wollten wahrscheinlich diesen Zustand bis an ihr Ende beibehalten.

Sie rückte enger zu ihm her, gab ihm ungeschickt zu verstehen, daß er weitermachen solle. Seine Hand glitt an die Stelle, wo ihre Schenkel sich trafen.

»Paul – ah, ja, Paul … ja …«

Die Theatralik, das bühnenreife irgendwie künstliche Seufzen störte ihn ein bißchen. Aber was sonst hätte sie schließlich sagen sollen? Was *konnte* sie in dieser spannungsgeladenen neuen Situation schon anderes sagen als ›Paul‹ und ›ja‹?

Er streichelte sie ausgiebig und zart und konnte es immer noch irgendwie nicht recht glauben, daß es wirklich geschah, daß Jeanne und er nach all dieser langen Zeit wahrhaftig miteinander im Bett waren. Und er war auch keineswegs völlig sicher, daß es richtig war, wenn es jetzt so geschah.

»Ich liebe dich«, flüsterte er. Worte, die er früher oft und oft zu ihr gesagt hatte, leichthin und spielerischneckend, und etwas schwang auch jetzt davon mit. Aber auch noch etwas anderes – ein Schuldgefühl vielleicht, daß er einfach so in Jeannes geordnetes Single-Leben geplatzt war, in seiner hirnlosen, panisch verzweifelten Flucht aus dem Chaos, in das er nach der Rückkehr nach San Francisco geraten war. Und dazu kam noch diese Komponente von Dankbarkeit, die er ihr gegenüber empfand, daß sie sich ihm hingab. Verspieltheit, Schuldgefühl, Dankbarkeit: keine besonders guten Gründe, jemandem zu sagen, daß man ihn liebt, dachte Carpenter.

»Ich liebe dich, Paul«, flüsterte sie mit kaum vernehmbarer Stimme, während seine Hände über die geheimen Orte ihres Körpers irrten. »Ich lieb dich wirklich.«

Und dann war in ihr.

Keine Jungfrau, nein, soviel war ziemlich sicher. Doch er vermutete, daß es lange her war, daß sie so mit einem Mann zusammen gewesen war. Eine sehr lange Zeit.

Ihre langen muskulösen Arme umschlangen ihn fest. Ihre Hüften bewegten sich in scheinbar eifriger Rhythmik, auch wenn es eine andere war als die seine, und das machte die Sache ein wenig schwierig. Sie schien aus der Übung zu sein. Carpenter setzte sein Gewicht ein und versuchte, alles besser zu koordinieren. Das schien zu klappen – sie beugte sich seiner erfahreneren Technik. Doch dann, ganz plötzlich, schwamm ihm alles, was er im Lauf der Jahre an diesbezüglichen Techniken gelernt hatte, auf einem tosenden Strom von Emotionen davon, der brüllend tief aus ihm heraufschoß, ein verzweifelter Ansturm von Entsetzen und Verlorenheit und des Bewußtseins, in was für einen Absturz in bodenloses Chaos sein Leben auf einmal geraten war, ohne Fallschirm, ungesichert. Durch seinen Kopf tosten wilde Stürme, heiße Howling Diablos jagten ihm Glutstöße durch die Seele, während ohne Ende durch Regionen von Giftgasen wirbelte. Er klammerte sich an diese Frau, er jammerte und stöhnte wie ein kleiner Junge in den Armen seiner Mutter.

»Ja, Paul, jaaa!« flüsterte sie. »Ich liebe dich. Ich liebe dich. Ich liebe dich.«

Als er ejakulierte, war das wie ein Hammer, der aus ihm heraus zuschlug. Er schrie keuchend auf und vergrub seinen Kopf an Jeannes Hals, und die Tränen strömten ihm aus den Augen wie schon seit vielen, seit mehr Jahren, als er sich noch erinnern konnte, nicht mehr. Danach lagen sie lange wortlos da, fast ohne sich zu regen. Dann küßte sie ihn flüchtig auf die Schulter und glitt aus dem Bett und verschwand im Bad. Dort blieb sie sehr lange. Er hörte Wasser laufen und vielleicht auch, dachte er, ein Schluchzen, war aber nicht sicher, und er hätte bestimmt nicht nachzufragen gewagt. Wenn schon, dachte er, dann laß es doch wenigstens vor Befriedigung sein.

Danach kam sie zurück, stieg wieder in das schmale Bett und drängte sich ganz dicht an ihn. Sie sagten beide nichts. Er nahm sie in die Arme, und sie kuschelte sich an ihn; und nach einer Weile merkte er, daß sie eingeschlafen war. Und dann schlief auch er irgendwann.

23

ISABELLE FRAGTE: »Hast du irgendwas von Paul gehört, Nick?«

»Er rief vor ein paar Tagen an«, antwortete Rhodes. »Ich glaub, von irgendwo in Nevada. Sagte, seine Firma hat ihn rausgesetzt. Er hinterließ eine Nachricht, daß er nach Chicago fahren will, aber er hat keine Nummer hinterlassen. Seitdem nichts mehr.«

»Wieso ausgerechnet Chicago? Von allen möglichen scheußlichen Orten?« fragte Isabelle.

»Er sagt, er hat Freunde dort. Ich hab keine Ahnung, wen er damit meint.«

»Meinst du, es ist eine Frau?«

»Höchstwahrscheinlich. Paul ist schon immer zu den Frauen gelaufen, wenn er Probleme hatte und Trost brauchte.«

Isabelle lachte, legte ihm die Hand auf die Schulter und grub ihm fest, aber nicht schmerzhaft die Finger in den dicken verkrampften Muskel. »Zwei vom gleichen Kaliber, das seid ihr zwei. Wenn's für euch irgendwo brenzlig wird, lauft ihr und versteckt den Kopf an Mammis Busen. Aber, warum nicht? Dafür ist der ja unter anderm auch da, vermute ich.«

Sie waren in seinem Apartment oben in den Bergen, es war fast Mitternacht, nach einem späten Abendessen in Sausalito. Und Isabelle wollte über die Nacht dableiben. Zur Abwechslung fühlte Rhodes sich einmal gelassen und grandios und sicher. Heute abend lief alles so, wie er sich das Leben stets wünschte: gedämpftes Licht, gedämpfte unaufdringliche im Raum schwebende Musik, er mit einem Glas von seinem besten Cognac in der Hand. Und Isabelle bei ihm. Ihre Beziehung zueinander hatte während der letzten paar Tage ein euphorisches Hoch erreicht, Isabelle war relativ sanft zu ihm, einfühlsam, ja sogar zärtlich.

Er war schon fast entschlossen, das Angebot von Kyocera anzunehmen, trotz einiger schwelender beunruhigender Anfälle von Zauderei, diese ängstlichen Anflüge von Zwiespältigkeit. Sechzig-vierzig dafür, dachte er. An manchen Tagen war es siebzig zu dreißig. Und an manchen Tagen genau umgekehrt. Aber das nur selten. Heute abend stand es etwa achtzig-zwanzig für den Wechsel. Isabelle hatte bisher noch keine Ahnung von seinem Angebot. Sie wußte, daß er seit einer Weile in einer innerlichen Entscheidungskrise steckte, aber sie war zu taktvoll, da nachzubohren. Aber da zwischen ihnen beiden ja momentan alles so ruhig lief, verspürte Rhodes kein Verlangen danach, erneut ihren Zorn zu entfachen, wie das bei dem Angebot von Kyocera, ihm noch viel größere Expansionsmöglichkeiten für seine Adapto-Forschungen zur Verfügung zu stellen, fast sicher geschehen mußte. Ganz besonders jetzt, wo Jolanda von ihrem Ausflug in die L-5-Welten zurückgekehrt war, am selben Morgen, wie Isabelle erfahren hatte. Jolanda würde ganz bestimmt dafür sorgen, daß nach dieser kurzen Phase der Beruhigung Isabelles politischer Kampfgeist zur alten Glut wieder angefacht wurde.

Rhodes trank sein letztes Glas leer. »Gehen wir ins Bett?« fragte er.

»Gleich.« Aber Isabelle machte keine Anstalten, das Wohnzimmer zu verlassen. Sie trat ans Fenster, sie stand da und schaute starr hinaus auf die Hänge der Berkeleyberge bis zur Bucht hinab, wo jenseits des Wassers die Lichter von San Francisco noch immer blaß schimmerten. Es war eine klare Nacht, heiß und trocken, die Regenstürze von neulich nur noch eine kaum glaubhafte Erinnerung. Selbst in der nächtlichen Dunkelheit konnte man unter dem vollen Mond deutlich die Streifen der giftigen Abgasemissionen über den Himmel ziehen sehen, und ab und zu in Lücken die in der Nacht tanzenden, schimmernden Sterne.

Rhodes trat zu ihr, schob die Hände unter ihren Armen durch und griff nach ihren Brüsten.

Sie sah immer noch aus dem Fenster. »Ich fühle mich so bedrückt wegen ihm«, sagte sie. »Ich kannte ihn ja kaum, aber ich komme mir vor, als wäre ein lieber guter Freund von mir in scheußliche Schwierigkeiten geraten. Sein ganzes Leben in einem einzigen Moment in Trümmern. Glaubst du nicht, daß du irgendwas für ihn tun könntest?«

»Kaum, fürchte ich.«

»Irgendwo einen Job in deiner Abteilung?«

»Er wurde regulär entlassen. Unmöglich, daß man ihn jetzt in irgendeiner Abteilung von Samurai unterbringen könnte.«

»Und unter einem anderen Namen?«

»Ich wollte, das ginge. Aber du kannst dir nicht einfach irgendeine Identität erfinden und dich dann um eine Arbeit bewerben, Isabelle. Du brauchst eine plausible Identität, die man vorweisen muß. Er könnte unmöglich beim Personalscan eines Megakonzerns durchkommen und verheimlichen, was los war.«

»Also kann er jetzt überhaupt keinerlei Anstellung mehr kriegen?«

»Nichts, was seinen Qualifikationen entsprechen würde, nein. Einen Job als Arbeiter, vielleicht, aber das weiß ich nicht. Für jede Art manueller Arbeit müßte er sich gegen diese ganzen Leute von den Unterklassenverbänden bewerben. Die haben direkte Verbindungen, was die Zuteilung von Drecksjobs angeht. Und jeder, der von einem Angestelltenlevel runtersackt, hat es verdammt schwer, wieder irgendwo zu landen, wenn es so viele andere Unterklasse-Bewerber vor ihm gibt, die sauber sind. Ein hoher Intelligenzquotient garantiert wirklich nicht, daß du in der Bewerberschlange an die erste Stelle rückst.«

»Also ist er einfach erledigt. Er fällt einfach raus aus dem System. Ist nicht vermittelbar. Sowas kann ich kaum glauben.«

»Ich will versuchen, mir was einfallen zu lassen«, versprach Rhodes.

»Ja, das müßtest du wirklich.«

Aber was? Was denn? Er zerschmolz innerlich vor Mitgefühl mit seinem alten Freund, aber sein Kopf war leer, und er fand keine Lösung für Pauls Schwierigkeiten. Entlassungen dieser Art kamen vor in der Megafirmen-Welt. Widerspruch war eine dermaßen fragwürdige Sache.

Und es war auch etwas völlig Neues für ihn, daß er sich Sorgen um Paul machen mußte. Ihr ganzes Leben lang war es umgekehrt gewesen: Rhodes in der Scheiße oder doch unsicher und verwirrt, irgendwo festgefahren, und Carpenter, kühl und klar kalkulierend, erklärte ihm, wie er mit dem Problem umgehen sollte. Es war so neu, daß er in Carpenter jetzt den Verletzlichen, einen Hilflosen, einen Angeknackten sehen mußte. Carpenter war stets der fähigere von ihnen beiden gewesen, hatte sich mit sicherer Zielstrebigkeit durchs Leben gehangelt. Nicht so gescheit wie Rhodes, nein, das nicht, in keiner Richtung besonders begabt, aber klug, selbstbestimmt, immer glatt und selbstsicher von einem Posten zum nächsten wechselnd, von einer Stadt in die andere, von einer Frau zur nächsten, einer, der immer wußte, was er als nächstes tun wollte und wo ihn das hinbringen würde.

Und nun?

Ein schwacher Moment, eine Fehlentscheidung, und da saß Carpenter in der Wüste, auf dem Trockenen, von einem verrückten schicksalhaften Kick seines Schicksals an den tödlichen öden Strand einer erbarmungslosen Welt gespült. Plötzlich hatte sich das dynamische Gewicht in ihrer Freundschaft völlig umgekehrt. Rhodes erkannte das jetzt: Carpenter war jetzt der, der verwirrt war und hilfebedürftig – und er sollte die Lösungen für verzwickte Probleme finden. Nur – leider hatte er keine Lösungen parat.

Aber ich muß eine finden, sagte er sich. Das war er Carpenter zumindest schuldig. Nein, viel mehr. Irgendwas muß für ihn getan werden, dachte er. Von mir. Es gibt sonst keinen, der ihm helfen kann. Doch im Augenblick war er blockiert.

Seine Stimmung sank rapide. Er merkte, daß er sich Carpenter unter dem dampfenden Dreckhimmel Chicagos vorstellte, wie er einsam und verloren in der fremden Stadt umherirrte, in einer Umwelt, neben der die nächtlichen Gasstreifen am Himmel hier wie lustige weihnachtliche Festdekorationen wirkten.

»Ins Bett«, wiederholte er. »Wie wär's damit?«

Isabelle wandte sich zu ihm um. Lächelte. Nickte. Ihre Augen waren warm, verlockend auffordernd. Paul Carpenter mit seinen Problemen verschwand in den Hintergrund. Er ertrank in einem Ansturm von Liebe zu Isabelle.

Morgen erzähle ich ihr von dem Kyocera-Job, versprach er sich. Vielleicht nicht gerade die Beteiligung von Wu Fang-shui, aber das übrige, die erweiterten Labormöglichkeiten, die Karriereverbesserung, die erhöhte Förderung seitens der Firma. Isabelle würde verstehen, wie wichtig es für ihn war, seine Arbeiten fortzusetzen und zum Erfolg zu führen. Wichtig nicht bloß für ihn, für alle, für die ganze Welt.

Er dachte an das Geschenk, das er von ihr beim letzten Weihnachtsfest erhalten hatte: den Holochip mit dem Mantra aus den Wörtern, die das Hauptfeld seines Adapto-Projekts bezeichneten:

KNOCHEN	NIEREN
LUNGEN	HERZ
HAUT	GEHIRN

Sie verstand ihn. Sie würde es letztlich nicht so weit kommen lassen, daß seine Arbeit sie auseinander brachte, davon war er überzeugt. Bei all ihrer Neigung, modische wissenschaftsfeindliche Politslogans nachzuplappern, war ihr doch auf einem tieferen Bewußtseinsniveau klar, daß Modifikationen des menschlichen Körpers dringend vonnöten waren, bevor die Luft- und Umweltbedingungen sich noch weiter verschlechterten. Und das würden sie zwangsläufig, trotz aller bereits unternommenen Bemühungen, weiterer Beschädigung der Umwelt Einhalt zu gebieten und die bereits angerichteten Schäden zu heilen. KNOCHEN, LUNGEN, HAUT, NIEREN, HERZ, GEHIRN. Fünf dieser sechs würden radikal verändert werden müssen; und Rhodes wußte, das entscheidende Faktum dabei würde sein, daß Nummer Sechs mehr oder weniger unbeeinträchtigt blieb, daß also nach der Vollendung seiner Arbeit der in dem Knochen-Fleischgerüst hausende Verstand noch ein erkennbar menschlicher blieb.

Isabelle durchquerte das Zimmer und hinterließ eine Leitspur von Kleidungsstücken. Rhodes folgte ihr und betrachtete mit geschärftem Wohlgefallen das Spiel ihrer Muskeln auf dem sich schmal nach oben verjüngenden Rücken, die zarte Linie der Rückenwirbel unter der straffen Haut, die atemberaubende nach innen gebogene Kurve ihrer Taille. Um den langen schlanken Hals wölbte sich wie eine wolkige Flammenkrone ihr zinnoberrotes Haar.

Und im Moment, da sie im Schlafzimmer verschwand, meldete sich das Telefon.

Um diese Zeit!

Rhodes knipste automatisch an, und im Visor erschien Paul Carpenters rotäugiges, müdes, verspanntes Gesicht. Wenn man an den Teufel denkt, dachte Rhodes.

»Nick? Tut mir leid, dich so spät zu stören ...«

»Spät?« Ja, spät war es wirklich. Rhodes versuchte

das beiläufig abzutun. »Hier ist es noch nicht so spät, aber in Chicago muß das ja mitten in der Nacht sein. Du bist doch noch in Chicago, Paul?«

»Vorläufig.« Pauls Stimme klang dumpf und unklar. Er war entweder betrunken oder sehr, sehr müde. »Ich werde morgen hier abhauen, denke ich. Ich komme zurück nach Kalifornien.«

»Das ist fein, Paul«, sagte Rhodes vorsichtig. »Freut mich, das zu hören.«

Eine kurze Pause. »Es war fein für mich, hier in Chicago. Vielleicht bin ich dabei ein bißchen klarer im Kopf. Aber diese Freundin, bei der ich zu Besuch war, also – sie hat ihr eigenes Leben, und ich kann mich ihr nicht auf unbegrenzte Zeit aufhalsen. Und das hier ist ehrlich ein beschissener Ort, wenn man hier leben muß, wirklich scheußlich. Also habe ich mir gedacht – Kalifornien – und ein neuer Anfang ...«

»Fein«, sagte Rhodes wieder und verabscheute sich, weil seine Stimme so kühl und unbegeistert klang. »Das Land des Neubeginns.« Er wünschte, er hätte ihm etwas Handfestes anzubieten, und er kam sich schäbig und unbedarft vor, weil er das nicht konnte.

Er schaute starr auf den Visor. Müde, verquollene Augen schauten zu ihm zurück. Es schien Paul schwerzufallen, den Blick zu konzentrieren. Er war eindeutig betrunken. Dessen war sich Rhodes jetzt sicher. Diese Symptome kannte er besser als sonst einer.

»Ich habe gerade Jolanda angerufen«, sagte Carpenter. »Ich dachte vielleicht kann sie mich für ein paar Tage aufnehmen, bis zu meiner Verhandlung, weißt du, und bis ich mir klargeworden bin, was ich dann mache und so weiter, du weißt schon ...«

»Aber sie ist noch droben in L-5«, sagte Rhodes. »Sie soll morgen eigentlich wieder da sein.«

»Aha. Habe ich mir fast gedacht.«

»Sie ist aber immer noch mit diesem Israeli zusammen. Der kommt ebenfalls mit runter. Und noch einer, den sie da droben aufgegabelt haben. Sie hörte sich an, als brächte sie einen ganzen gottverdammten männlichen Harem mit.«

»Ach so«, sagte Carpenter. »Dann rechne ich wohl besser nicht mit ihr.«

»Nein, besser nicht.«

Wieder langes Schweigen, unangenehm zäh.

Dann sagte Carpenter: »Ich frage mich, Nick, ob ... also, ob es vielleicht ginge, wenn ich ...«

»Aber ja. Natürlich geht das«, sagte Rhodes hastig. »Daß du 'ne Weile hier bei mir bleibst, Paul. Du weißt doch, du bist mir stets willkommen.«

»Und ich störe dich auch bestimmt nicht?«

»Sei kein Arsch. Hör zu, ruf mich an, sobald du losfährst, und dann noch mal, sobald du noch etwa einen Tag von der Bay-Region entfernt bist. Hinterlaß mir Nachricht, oder was du eben meinst. Sag mir, wann ich mit dir rechnen kann, damit ich auch sicher zu Hause bin. – Bist du sonst okay, Paul?«

»Mir geht's grandios. Wirklich.«

»Geld?«

»Ich komm hin.«

»Also, dann seh ich dich in – drei Tagen? Vier?«

»Weniger«, sagte Carpenter. »Ich freue mich auf dich. Sag Isabelle einen Gruß von mir. Du bist doch noch mit Isabelle zusammen?«

»Natürlich«, sagte Rhodes. »Sie ist im Augenblick grad hier. Wenn du mit ihr sprechen willst ...«

Doch dann hatte er den leeren Visor vor sich.

Isabelle, inzwischen völlig nackt, kam aus dem Bad. Sie wirkte gespannt und ungeduldig. Mehr so wie ihr gewohntes Selbst: ärgerlich über die Störung und darüber, daß Rhodes sie so bereitwillig zugelassen hatte.

»Wer war denn das?«

»Paul«, sagte Rhodes. »Aus Chicago. Er kommt wieder zurück. Möchte ein Weilchen bei mir wohnen.«

Ihre Verärgerung verflog urplötzlich. Auf einmal war sie ganz echt besorgt.

»Wie geht es ihm?«

»Er sah scheußlich aus. Wirkte betrunken. Der arme Hund.« Dann schnippte Rhodes die Beleuchtung im Wohnzimmer aus. »Komm schon«, forderte er sie auf. »Gehen wir schnell ins Bett, bevor es wieder klingelt.«

24

FARKAS WAR NOCH nie vorher in San Francisco gewesen. Seine normale Operationsbasis war in Europa: London, Paris, manchmal Frankfurt/Main. Wenn er gelegentlich für die Firma in die USA mußte, dann war er meist in New York. Einmal war er in Los Angeles gewesen, diesem flachen auswuchernden krebsartigen Alptraum, scheußlich beklemmend und von überwältigender Häßlichkeit, erstickend in peststinkender Luft und mörderischer Hitze: eine Stadt, die für menschliches Leben bereits ungeeignet war, obwohl angeblich das volle wütende Ausmaß der Inversionsgiftkatastrophe noch um etliche Jahre in der Zukunft liegen sollte.

San Francisco war ganz anders, dachte Farkas. Es war kleiner und recht hübsch zwischen Bucht und Ozean. Seine spezifische Art zu ›sehen‹ übersetzte ihm das hügelige Gelände in ein angenehm freundliches Muster von flachgedeckten Wellenformationen, und von den zwei begrenzenden Wasserflächen zu beiden Seiten der Stadt strömte ihm eine harmonische burgunderrote Emanation von samtiger schmeichelnder Textur zu.

Aber natürlich war auch die Luft über San Francisco schwer belastet mit Treibhausgasen, doch traf das inzwischen auf fast jeden Ort auf der Erde zu, an den man kam, aber in San Francisco verhinderte der fast immer von der See wehende Wind, daß die schädlicheren ätzenden Substanzen zu lange an Ort und Stelle sich ablagern konnten. Und wenn auch das Wetter eklig warm war, die Meeresbrise hielt das Unbehagen doch einigermaßen in Grenzen. Das Klima hier erinnerte mehr an das von London oder von Paris als an das irgendeiner anderen Stadt, in der er in den Staaten zu Besuch gewesen war. Die waren alle richtige Glutöfen gewesen; in San Francisco war die Hitze immerhin etwas weniger erbarmungslos. Aber ihm fehlte der ständige sanfte Regen Westeuropas. Auch San Francisco briet unter dieser immerwährenden Wüstensonne, die Farkas als einen Regen von funklenden goldenen Dolchen wahrnahm.

Jolanda, Enron und er hatten gemeinsam am Shuttle-Terminal im weiten flachen Tal östlich der Stadt die Highspeed-Bahnkabine bestiegen. Dann hatten die beiden ihn zu seinem Hotel im Stadtzentrum gebracht und waren zu Jolandas Wohnung in Berkeley gefahren, wo sie bleiben wollten. Und in ein paar Tagen, sobald Jolanda bestimmte Arrangements für ihr Haus und ihre Tiere getroffen haben würde, wollten sie alle drei nach Südkalifornien gehen, sich da mit Davidov treffen und die endgültigen Bedingungen für die Partnerschaft zwischen Israel und Kyocera für die finanzielle Unterstützung bei der Eroberung Valparaiso Nuevos festzulegen.

Er wußte, daß es wahrscheinlich am klügsten gewesen wäre, wenn er von der Raumstation direkt mit Davidov nach Los Angeles gefahren wäre, wo dann die anderen beiden später, wenn Jolanda ihre Angelegenheiten erledigt hatte, zu ihnen hätten stoßen können. Dabei hätte sich ihm möglicherweise die Möglichkeit geboten, Davidov und seine Verbündeten genauer zu inspizieren und herauszufinden, wie kompetent die Leute tatsächlich waren. Doch er hatte keine große Lust, sich so rasch wieder den Scheußlichkeiten von Los Angeles auszusetzen.

Hinzu kam auch, daß er gern in der Nähe von Jolanda bleiben wollte. Diese eine Eskapade mit ihr in ihrem Hotel in Valparaiso Nuevo hatte ihm Appetit auf mehr gemacht. Er fühlte sich leicht verlegen, sogar vor sich selber, daß er eingestehen mußte, daß die Entscheidung, zuerst in San Francisco Station zu machen, hauptsächlich darauf zurückzuführen war, daß Jolanda zunächst hierhin wollte. Nach der langen Zeit sexueller Abstinenz merkte er, wie vollkommen hingerissen er war von ihrer üppigen großzügigen Fleischesfülle, ihrer unkomplizierten Hingabebereitschaft, ihrer leicht erregbaren leidenschaftlichen Natur.

Das alles war recht dumm, und er wußte es, sehr unreif und unbedacht, vielleicht sogar gefährlich und möglicherweise auch nutzlos. Enron schien es darauf anzulegen, Jolanda von ihm fernzuhalten. Aber er war sicher, daß dieses Besitzgehabe Enrons weiter nichts war als eine Art Machtprobe, die Enron aus reinem männlichen Reflexverhalten heraus anstellen wollte. Er spürte, daß dem Israeli eigentlich wenig an Jolanda lag, außer vielleicht als einer bequemen Annehmlichkeit, die eingesetzt werden konnte, um höhere Zwecke zu fördern.

Und anscheinend begriff Jolanda dies auch. Vielleicht konnte er sie ja von dem Mann loseisen, solange sie hier waren. Und Farkas unterstellte (wie er glaubte, mit recht gutem Grund), daß sie sich ebenso stark zu ihm hingezogen fühlte wie er zu ihr. Er dachte, wenn dieses unvorhersehbare, abenteuerliche Unternehmen in Valparaiso Nuevo erst einmal hinter ihm liegen würde, wäre es doch angenehm, ein paar Wochen in und um San Francisco herum mit Jolanda Urlaub zu machen, während sie diese Porträtskulptur von ihm vollendete, die als Vorwand gedient hatte – und er gab sich da keinerlei Illusionen hin, es war weiter nichts als ein Vorwand gewesen – für ihre Hotelzimmeraffäre.

Im Augenblick allerdings war er in einem anderen Hotelzimmer, und allein. Vorläufig.

Er packte seine Sachen aus, duschte, holte sich aus der Minibar in seinem Zimmer ein Gläschen Brandy. Erneut dachte er daran, New Kyoto anzurufen und die Bosse zu informieren, was er im Ärmel hatte; und erneut verwarf er den Gedanken wieder. Früher oder später würde er die Firma unterrichten müssen, daß er drauf und dran war, sie in eine internationale Verschwörung zu verwickeln. Aber bislang bestanden ja noch keinerlei bindende Verpflichtungen. Das sollte in Los Angeles passieren, nach der letzten Besprechung mit Davidov und seinen Leuten. Dann erst wollte er dem Exekutivkomitee Einzelheiten hinaufschicken. Wenn denen dort der Plan nicht gefiel oder sie Bedenken bei irgendwelchen grundsätzlichen Punkten hatten, würde es leicht genug sein, alle bislang gegebenen Zusagen abzustreiten. Und wenn sie seinem Plan zustimmten, dann durfte er sich möglicherweise seine Beförderungsurkunde selbst schreiben: Stufe Acht, bestimmt, vielleicht noch höher – *Victor Farkas, Grad Sieben,* überlegte er genüßlich. Besoldung nach Grad Sieben, die Privilegien, das Dachappartement in Monaco, das Sommerhaus an der Küste von New Kyoto. Bis das Sternenschiff einsatzbereit war und er die Erde für immer hinter sich zurücklassen konnte.

Das Telefon zirpte leise.

Er trennte sich nur ungern von seinen Wunschvorstellungen eines Lebens als Siebener Grad. Aber er nahm den Ruf doch an. Es gab nur zwei Personen im Universum, die wußten, wo er sich aufhielt …

Ja. Richtig, es war Jolanda. »Alles zu deiner Zufriedenheit?« fragte sie.

»Alles wunderbar, ja.« Und dann – hastig, vielleicht zu hastig: »Ich überlege mir gerade, hast du schon was für heute abend geplant, Dinner? Ich könnte ein paar Kyocera-Leute anrufen, aber falls du Lust hättest, mit mir …«

»Würde ich wahnsinnig gern«, sagte sie. »Aber Marty und ich sind für den Abend mit Bekannten hier verabredet, hier drüben in Berkeley, mit Isabelle Martine und Nick Rhodes – sie ist Kinetiktherapeutin, meine engste Freundin, eine wundervolle, faszinierende Frau, er ist ein brillanter Gentechniker, arbeitet für Samurai –

Adapto-Forschung, muß ich leider sagen, richtig scheußliches Zeug, aber er ist so ein lieber Mensch, daß ich ihm verzeihe ...«

»Also vielleicht morgen?« fragte Farkas.

»Ach ja, deswegen rufe ich ja eigentlich an. Morgen abend ...«

Gespannt beugte er sich vor. »Vielleicht könnten wir ja zusammen zu Abend essen? In San Francisco. Nur wir zwei beide ...«

»Doch, das wäre hübsch, ja. Aber was soll ich mit Marty machen? Außerdem möchte ich, daß du hier rüberkommst und dir meine Skulpturen anschaust ...« Ein unsicheres Kichern. »Sie *erfährst*, sollte ich vielleicht sagen. Es ist eine kleine Dinnerparty. Dabei kannst du auch gleich Isabelle und Nick kennenlernen, und einen Freund von Nick, Paul Carpenter, der war Kapitän von einem Eisbergschiff für Samurai, und dann ist er auf See in irgendwelche Schwierigkeiten geraten und hat seinen Job verloren, und jetzt ist er wieder in der Stadt, und wir versuchen alle, ihn ein bißchen aufzumuntern, während er sich überlegt, was er jetzt machen wird ...«

»Ja. Ja, natürlich. Wie bedauerlich für ihn. Aber wie wäre es dann tagsüber? Jolanda – könnten wir vielleicht zusammen irgendwo mittagessen?«

Er kam sich absurd vor, daß er so hinter ihr herhechelte – aber es bestand ja immer eine Chance, daß ...

Nein. Die Chance bestand nicht.

Freundlich sagte Jolanda zu ihm: »Würde ich wahnsinnig gern machen, Victor. Das weißt du ja. Aber wir müssen warten, bis Marty wieder nach Israel fliegt, nicht? Ich meine, er ist jetzt da, er wohnt bei mir, und es wäre alles schrecklich peinlich – das siehst du doch sicher ein. Aber dann später, sobald die Geschichte mit Valparaiso Nuevo erledigt ist – dann haben wir massenhaft Zeit – und nicht bloß für ein kurzes Mittagessen. Ich hätte es ja auch lieber, wenn es jetzt irgendwie anders ginge, aber es geht eben nicht. Ehrlich, es geht nicht.«

»Ja«, sagte er mit trockenem Hals. »Ich verstehe.«

»Also dann, morgen abend – in meinem Haus in Berkeley ...«

Er notierte sich den Transitcode, hauchte ihr einen Kuß zu und schaltete ab.

Es erstaunte ihn, daß er so erregt und verstört war. Auch überrascht von seiner Besessenheit. Es war lange her, daß er sich so aufgeführt hatte. Nein, vielleicht hatte er sich noch nie so verhalten. Wieso bedeutete ihm diese Frau so viel? Vielleicht, weil sie im Augenblick für ihn unerreichbar war, sich entzog? Es gab schließlich auf der Erde noch mehr Brüste und Schenkel und Lippen. Seine Fasziniertheit von dieser Jolanda erschien ihm auf einmal ein klein wenig riskant.

Aus der Serviceliste des Hotels wählte er sich eine Begleitung zum Dinner und buchte sie für zusätzliche drei Stunden danach. Vor langem schon hatte er gelernt, sich in Zeiten physischen Bedarfs professioneller Hilfe zu bedienen. Gute Professionelle hatten fast nie Probleme, ihre ersten Reaktionen über sein Aussehen zu beherrschen, und es gab hinterher keine langwierigen ärgerlichen Beziehungskisten. Farkas hatte nie viel übrig gehabt für emotionale Bindungen. Aber was die körperliche Seite der Sache anging – ja, das! –, da gibt es keine Möglichkeit, dem auf unbegrenzte Zeit zu entkommen, dachte er. Und es war gut, daß es Mittel und Möglichkeiten gab, da Abhilfe zu schaffen.

Er holte sich noch einen Brandy aus der Minibar und setzte sich gemütlich hin, um auf seine Begleitung zu warten.

25

Ich sollte wirklich nicht«, sagte Carpenter, als Rhodes ihm das Glas wegnahm, um nachzuschenken. »Ich vertrag das Zeug nicht so gut wie du.«

»Ach, laß dich doch mal gehen«, sagte Rhodes. »Warum sollste nicht, verdammt?« Die bernsteingoldene Flüssigkeit schoß in sein Glas. Carpenter hatte inzwischen vergessen, ob sie Scotch tranken oder Bourbon. Bourbon schmeckt weicher, sagte er sich, aber inzwischen war ihm die Fähigkeit abhanden gekommen, zwischen den Geschmacksvarianten noch zu unterscheiden. Er hatte das Gefühl, den ganzen Abend lang ununterbrochen getrunken zu haben. Rhodes jedenfalls hatte das bestimmt getan. Aber das war ja bei ihm immer so.

Hab ich etwa Glas für Glas mit ihm gleichgezogen? überlegte Carpenter.

Doch … Ich denke, das hab ich.

»Laß dich mal gehen«, sagte Rhodes. Aber das hatte er doch schon einmal gesagt, oder? Fing er jetzt schon an, sich zu wiederholen? Oder hatte sich in Carpenters Gehirn nur einfach die vorherige Bemerkung von Rhodes erneut abgespult. Er war da nicht sicher.

Und es spielte auch keine Rolle. »Denke, es kann nichts schaden«, sagte er. »Wie du das so lieb gesagt hast, Nick, warum, verdammt, sollte ich nicht?«

Nach einer wilden Fahrt, an die er sich kaum noch recht erinnern konnte, war Carpenter von Chicago wieder in der Bay Area angelangt. Der Wagen lief die ganze Strecke über auf Automatik und war programmiert, den kürzesten Weg zwischen Illinois und Kalifornien zu nehmen, und er hielt nur, wenn er sich wieder aufladen mußte, und kümmerte sich kaum um Geschwindigkeitsbeschränkungen. Carpenter verschlief fast die ganze Fahrt wie ein Bündel alter Kleider auf dem Rücksitz. Er erinnerte sich, daß es ein paar schwierige Momente gab, als der Wagen an einen der erweiterten neuen Ausleger der Quarantänezone geriet und weit nach Norden ausweichen mußte; er erinnerte sich, daß er die Sonne über West-Nebraska wie einen stürzenden roten Feuerball untergehen sah; er hatte eine unbestimmte, wenig zuverlässige Erinnerung daran, daß er am folgenden Tag durch eine weite unbegreifliche Ebene voll Aschehaufen und schimmernder Vulkanschlacke kam. Und damit hatte es sich auch schon, an mehr von der Fahrt erinnerte er sich nicht.

Aber an Chicago erinnerte er sich doch sehr deutlich.

Jeanne, die atemlos vor Überraschung in seinen Armen lag in dieser langen Nacht gieriger Umarmung. Jeanne, die in der selben Nacht, später, urplötzlich krampfhaft zu schluchzen begann und sich weigerte zu sagen, weshalb. Jeanne, die ihm gestand, sie sei zum Katholizismus konvertiert, und die sich erbot, für ihn zu beten. Jeanne, die ihn schließlich im Morgengrauen von sich stieß und sagte, sie sei aus der Übung im Bett und hätte jetzt schon mehr gehabt, als sie vorläufig verkraften könne.

Und wie sie dann, Hand in Hand und vollgepumpt mit Screen und mit Gesichtsmasken, in einer mittäglichen Gluthitze, die in Satan persönlich Heimwehgefühle hervorgerufen hätte, Chicagos Loop entlang gezogen waren, unter einem verschmierten grünlichen Himmel, der aussah wie eine umgekehrte Schüssel voll Erbrochenem. Der Gestank nach faulen Eiern von den Schwefelwasserstoffen in der Luft kam sogar durch die Schutzmaske. Der Blick die hohen uralten Steinfassaden hinauf, die von ätzender Luft und Giftregen zu einer Phantasmagorie willkürlicher gotischer Brüstungen,

Türme, Spitzen und asymmetrischer Dachkronen zernagt worden waren.

Jeanne, die am gleichen Tag später ihren Körper vor ihm unter einem unförmigen zeltartigen Kleidungsstück verbarg und erklärte, sie sei zu häßlich, sich bei Licht sehen zu lassen, und die wütend wurde, als er sagte, sie sei verrückt, und ihr Körper sei wirklich wunderschön.

Und dann, als sie sagte: »Es war wirklich wundervoll, Paul, daß du hier warst. Ich mein's ganz im Ernst. Daß du es fertig gebracht hast, es Wirklichkeit werden zu lassen, nachdem es so lange nur gespielt war. Aber jetzt – wenn du glaubst, du kannst dich zusammenraffen und die Kraft finden, jetzt weiterzumachen …«

Und er hatte sich daran gemacht, Jeannes magere Alkoholvorräte zu vernichten und das Zeug stetig und hingebungsvoll in sich hineingeschüttet, in einer Weise, die eines Nick Rhodes würdig gewesen wäre. Hatte versucht, Jolanda in Berkeley anzurufen, dabei gehofft, daß es Jeanne nicht zu sehr verstören würde, wenn er sich so rasch einer anderen Frau zuwandte; hatte aber nur das Anrufband bekommen, nicht einmal eine Anzeige, daß ein Suchruf weitergeleitet würde. Dann der Anruf bei Nick. Bei dem er sich selbst eingeladen hatte. Dann die Ankündigung zu Jeanne, daß er noch in dieser Minute nach Kalifornien abreisen wollte, und ihr Gesicht, plötzlich ganz verloren und bekümmert. Und wie er sich gefragt hatte, ob es wirklich richtig war, es wörtlich zu nehmen, daß er verschwinden solle. »Aber es ist mitten in der Nacht, Paul«, hatte sie gesagt. Und er: »Macht nichts. Es ist so 'ne weite Fahrt. Ich mach mich besser gleich auf den Weg.« Der feuchte Schimmer in ihren Augen. Tränen der Bekümmerung? Erleichterung? Von Jeanne kamen stets diese gemischten Signale.

»Du bleibst doch in Verbindung, Paul? Komm wieder und besuch mich, wann immer du willst.«

»Ja. Ja.«

»Es war wunderschön, dich bei mir zu haben.«

»Ja. Ja. Ja.«

»Ich liebe dich, Paul.«

»Ich liebe dich, Jeannie. Wirklich.«

In den Wagen. Auf die Straße. Die Augen verschwollen vor Übermüdung, die Zunge pelzig vom Alkohol, das Gesicht ein Stoppelacker. Die Quarantänezone. Die sinkende rote schwangere Sonne. Asche und Bimsstein. Und dann, tausend Jahre später, die glattgerundeten gelbbraunen Berge über der Bay und der Tunnel nach Berkeley; und hoch oben am Hang das Apartment von Nick Rhodes mit diesem grandiosen Blick.

»Isabelle muß gleich da sein«, sagte Rhodes. »Wir haben eine Verabredung zum Dinner. Jolanda möchte, daß du ebenfalls kommst. Aber natürlich, wenn du sie nicht treffen möchtest ... Dieser Enron ist mit ihr zusammen, weißt du. Das sagte ich dir doch, als du angerufen hast, oder?«

»Hast du. Zum Teufel, warum nicht? Je mehr, desto besser.«

Ein eigenartiger Abend. Isabelle war bestürzend lieb, freundlich und zartfühlend und äußerte nachdrücklich mehrfach, wie tief sie das bekümmerte, was Carpenter in der letzten Zeit alles hatte durchmachen müssen – Isabelle, die Therapeutin, wie er sie vorher noch nicht erlebt hatte, diese weichere anschmeigsame Frau, die sein Freund Nick Rhodes so verzweifelt liebte. Die zwei betrugen sich im Restaurant wie ein glückliches verliebtes Ehepaar, wie echte Partner diesmal, keine Spur von Aggressivität. Auch Jolanda informierte Carpenter, wie leid ihr das mit seinen Schwierigkeiten tue, und tröstete ihn mit einer hitzeglühenden Umarmung, drückte ihre Brüste fest gegen ihn, ihre Zunge züngelte und glitt ihm zwischen die Lippen, was bei jeder anderen Person als unmittelbare Aufforderung ins Bett hätte betrachtet werden müssen, was aber bei Jolanda, das begriff er rasch, nur ihre freundliche Standardbegrüßung bedeutete. Enron schien es nicht zu stören. Er sah fast nie zu ihr her und zeigte nicht das geringste Interesse an ihr. Er war überhaupt merkwürdig zurückhaltend, da war nichts mehr von dieser fieberhaften Intensität wie bei jenem anderen Dinner, vor Ewigkeiten, in Sausalito. Er sagte kaum ein Wort, war physisch anwesend, aber im Geist schien er ganz woanders zu sein.

Das Dinner – früh am Abend und in einem Carpenter nicht bekannten Restaurant in Oakland – bestand unter anderem aus Unmengen Wein und Unmengen von oberflächlichem Geschwätz und wenig sonst. Jolanda hatte offenbar die Maximaldosis Hyperdex genommen und plapperte plätschernd unablässig von den Wundern des L-5-Habitats, aus dem sie und Enron gerade zurück waren. »Und weshalb seid ihr da hingegangen?« fragte er Jolanda, und Enron antwortete statt ihrer, etwas zu hastig und zu betont: »Ein Kurzurlaub. Weiter nichts als ein paar Tage Urlaub.« Seltsam.

Auch Nick Rhodes wirkte irgendwie beklommen. Er war schweigsam, irgendwie in Gedanken verloren und trank, sogar für seine Verhältnisse, gewaltig viel. Aber andererseits, dachte Carpenter, irgend etwas bedrückte ihn doch eigentlich immer.

»Morgen«, sagte Jolanda, »sind wir alle bei mir zu Hause zum Dinner, du, Nick, du, Paul, Isabelle, Marty und ich. Wir müssen alles wegputzen, was ich noch im Freezer habe.« Sie wollte schon wieder verreisen, sie mit Enron zusammen, nach Los Angeles diesmal. Merkwürdig, daß die zwei so viel gemeinsam verreisten, wo sie sich doch anscheinend kaum um einander kümmerten. Jolanda sagte zu Carpenter: »Ach ja, morgen abend kommt noch ein anderer Gast dazu, ein Mann, den wir in Valparaiso Nuevo kennenlernten. Er heißt Victor Farkas. Es ist vielleicht nützlich, mal mit dem zu reden, Paul. Der arbeitet für Kyocera, ziemlich hochgradige Position, und ich hab ihm schon ein bißchen von deinen kürzlichen Problemen erzählt. Vielleicht kann er irgendwas für dich bei Kyocera finden. Jedenfalls wirst du feststellen, daß er ein interessanter Mann ist. Sehr ungewöhnlich, sehr faszinierend, bestimmt, auf eine unheimliche Weise.«

»Ohne Augen«, sagte Enron. »Ein pränatales Genexperiment, eine von diesen Scheußlichkeiten in Zentralasien während des Zweiten Aufbruchs. Aber er ist enorm wach. Sieht alles, sogar was hinter seinem Rücken vorgeht, irgendwie beinahe auf telepathische Weise.«

Carpenter nickte. Die sollten sich zu ihrem Dinner einladen, wen sie wollten, einen Mann mit drei Köpfen oder gar keinem, ihm konnte das gleich sein. Er schwebte jetzt über dem Boden, es interessierte ihn nicht, was um ihn herum vorging. Noch nie im Leben hatte er sich dermaßen müde gefühlt.

Jolanda und Enron verschwanden gleich nach dem Essen. Isabelle fuhr mit Carpenter und Rhodes zurück, blieb aber nicht. Carpenter war darüber erstaunt, nach der Demonstration von warmer Vertrautheit zwischen den beiden im Restaurant. »Sie möchte uns beiden die Chance geben, uns allein zu unterhalten«, erklärte Rhodes. »Sie kann sich vorstellen, daß wir einander viel zu erzählen haben.«

»Haben wir?« fragte Carpenter.

Das war, bevor der Bourbon aufgetischt wurde, oder war es Korn.

»Wer ist dieses Weib in Chicago?« fragte Rhodes.

»Ach, nur eine Freundin, vom Samurai-Büro in St. Louis. Wir kennen uns seit vielen Jahren. Eine sehr liebe Frau und freundlich, aber ein bißchen verkorkst und frustriert.«

»Auf alle verkorksten, frustrierten Frauen«, sagte Rhodes. »Und alle frustrierten Männer!« Sie stießen die Gläser klirrend aneinander. »Warum bist du nicht länger bei der geblieben?«

»Dazu wäre sie wohl nicht bereit gewesen. Wir waren vorher nie zusammen im Bett, weißt du. Waren nur so gute Freunde. Ich glaube, Sex ist für sie irgendwie was furchtbar Kompliziertes. Es war lieb von ihr, daß sie mich so aufgenommen hat, fast ohne Ankündigung von mir, sie sagte einfach, ich soll gleich zu ihr kommen. Ein Hafen im Sturm. Sehr willkommen.

»Auf die Häfen. Die Stürme!« Rhodes hob das Glas zu einem neuen Toast. Trank aus. Goß beide Gläser voll.

»He, mach langsam«, sagte Carpenter. »Ich bin kein so bodenloses Loch wie du.«

»Aber klar bist du das. Du hast bloß deine Kapazität nicht voll ausgeschöpft.« Rhodes goß sein Glas erneut voll und schenkte Carpenter nach. Er sah eine Weile stumpf brütend auf seine Schuhe. Sagte endlich: »Ich denke, ich werde den Job bei Kyocera annehmen.«

»Oh?«

»Ich bin noch nicht sicher. Aber es steht sechzig zu vierzig, daß ich's tue. Vielleicht Siebzig-dreißig. Übermorgen gebe ich ihnen meine definitive Entscheidung.«

»Du nimmst den Job. Ich weiß, du wirst.«

»Aber es macht mir Angst. Mit Wu Fang-shui zu arbeiten. Wir werden Wunder vollbringen, das weiß ich. Und genau das ist das Problem. Meine gute alte Angst vor dem Erfolg.«

»Du hast vielleicht Angst davor, aber du liebst den Erfolg auch. Nimm den Job an, Nick. Laß dich nicht aufhalten, verwandle uns alle in Ungeheuer. Das isses, was die verfluchte Welt verdient hat.«

»Genau. Prost!«

»Prost! Weg damit!«

Sie lachten.

Dann sagte Rhodes: »Wenn ich zu Kyocera gehe, vielleicht kann ich dann dort was für dich finden. Was meinst du dazu?«

»Du machst dich über mich lustig. Du und Jolanda, ihr alle beide. Die hat vorhin auch schon gesagt, sie will mit ihrem Freund Farkas wegen einer Stelle bei denen reden. Habt ihr denn alle keinen Funken gesunden Verstand? Ich bin der Kerl, der einen Haufen von ihren Kyoceraleuten auf See verrecken ließ, hast du das vergessen?«

»Das ist denen doch scheißegal, sobald ein bißchen Gras drüber gewachsen ist. Ich kann sie vielleicht dazu kriegen, dich einzustellen, als Gefälligkeit, oder dieser Farkas könnte das vielleicht sogar noch leichter hinbekommen. Du änderst deinen Namen, damit das nicht zu schief aussieht, und die schieben dich irgendwo rein. Höchstwahrscheinlich in 'ner niedrigeren Klasse, als deiner bisherigen, aber du kannst dich ja wieder hocharbeiten. Exzellenz strebt immer nach oben und setzt sich durch.«

»Du spinnst. Bei Kyocera bekäme ich nicht mal 'nen Händedruck.«

»Ich kenn da einen Dreiermann bei denen. Ehrlich. Wenn ich dem sage, sie können mich nicht kriegen, wenn sie nicht meinem Freund eine Stellung geben, der kürzlich ein bißchen Pech hatte und ein angeknackstes Image wegen einer Geschichte, der aber bemüht ist, sich unter einem andren Namen zu rehabilitieren, und einen neuen Anfang braucht ...«

»Mach das nicht!«

»Warum nicht?«

»Weil es dumm ist«, sagte Carpenter. »Dumm und unmöglich. Versuch's nicht mal. Bitte, Nick!«

»Aber was willst du denn dann machen?«

»Aus irgendwelchen Gründen fragt mich das jetzt jeder. Und ich sage, ich weiß es nicht. Aber ich glaube nicht, daß ich bei Kyocera eine Zukunft habe. Schluß!«

»Na ja, könnte sein. Da, trink noch was.«

»Sollte ich eigentlich nicht. Ich schaff das Zeug nicht so gut wie du«, sagte Carpenter.

»Ach, laß dich mal gehen! Verdammt, warum nicht?«

Mitten in der Nacht irgendwann bemerkte Carpenter ohne die geringste Panik deswegen, daß er in ein Delirium zu sacken begann. Sie saßen immer noch an dem Tisch in Rhodes' Wohnzimmer, zwei leere Flaschen vor sich, vielleicht waren es auch drei (so unwichtige Details ließen sich inzwischen nicht mehr genau erkennen), und Rhodes füllte weiter automatisch ihre Gläser mit Alkohol, als wäre er ein durchgeknallter Android hinter einer Bar. Ihr Gespräch war mehr und mehr schon lange erloschen. Die Lichter von San Francisco gegenüber erloschen nach und nach ebenfalls. Es war vielleicht zwei Uhr nachts, vielleicht schon drei oder vier Uhr morgens.

Über die Fensterscheiben krochen jetzt Ranken. Große schlangenhafte Reben, so dick wie sein Arm, mit kleinen kalmarähnlichen Saugnäpfen und dichten Blattbüscheln. Alles wurde grün. Die Luft draußen war von einem grünen Dunst erfüllt. Leichter, stetiger Regen. Grün. Auf eine magische Weise hatte die Dürre an der Westküste ein Ende gefunden, und San Francisco und die Bay Area gehörten nun auch zu dem erdumfassenden Treibhaus und waren voller üppiger krebshafter tropischer Wucherungen.

Carpenter spähte durch das Grüngewächs aus dem Fenster. Die Verwandlung über Nacht war verblüffend. Grünes Licht spielte über dem Hang. Überall sah er Schlingpflanzen, Kriechgewächse, riesenhafte Farne, gigantische unbekannte Sträucher mit mächtigen schimmernden Blättern und großen fleischigen vulgärbunten Blüten. Es war ein Garten, der Amok lief, ein magischer Irrgarten ja, aber einer, bei dem der Zauber, der ihn hervorgerufen hatte, von der dunklen, üblen Art war. Der Regen strömte ohne Ende nieder, und die Pflanzen wogten unter ihm und murmelten, reckten sich, dehnten sich von Augenblick zu Augenblick weiter aus, hoben sich, strafften sich und breiteten ihre Arme aus.

»Gehn wir doch raus und laufen ein bißchen«, sagte er zu Rhodes. Und sie traten aus den versiegelten Fenstern und schwebten schwerelos in die feuchtgrüne Welt hinaus.

Und diese Welt leuchtete. Gespenstische Elmsfeuer brannten darin, ein allgegenwärtiges zuckendes Glühen. Die Luft war dick, feucht, kränklich-süß. Alles schien wie von einem Pelz bedeckt. Nein, kein Pelz, irgendein Pilzgewächs, eine dichte, feuchte Schimmelschicht. Aus prallen Organen brachen periodisch pulsierend dunkle Sporenwolken hervor, die nach Spalten und Nischen suchten, um sich festzusetzen, und die sie rasch fanden. Man sah nirgendwo scharfe Kanten oder glatte Flächen: Alles war überwuchert. Die riesenhaften mächtigen Bäume sahen aus wie bartbewachsene Riesenknollen. Überall seltsame Knollen und Wuchergeschwülste.

Der Mond schimmerte bläßlich durch die Dunstschwaden. Sein pockennarbiges Gesicht war von gezacktem, wildem Bambusgezweig bedeckt. Daraus tropfte grünes Blut über den Himmel.

Gestalten bewegten sich in dem Dunst – Trolle, fremdartige knochenlose ungestalte Wesen mit Tentakeln, monströs unvertraut, als stammten sie von einem anderen Stern; doch während Carpenter sich ihnen näherte, erkannte er Gesichter, Augen, und er sah, wie menschlich sie waren. Die starrenden, von Entsetzen erfüllten Augen, die angstvoll weit aufgerissenen Münder. Und die schuppige Haut, die glitschigen Glieder, die schwabbeligen Puddingleiber, diese fremdartigen Gestaltungen um den in ihrem Innern immer noch erkennbaren Humankern. Auch mit ihnen war in dieser Nacht eine magische Verwandlung erfolgt.

Nick Rhodes schien sie alle zu kennen. Er begrüßte sie, wie man Nachbarn begrüßt, Freunde. Stellte ihnen Carpenter mit lustigem Tentakelschwenken vor.

»Das ist mein Freund Paul«, sagte er. »Mein ältester und liebster Freund.«

»Nett, dich kennenzulernen«, sagten sie und zogen

weiter durch den Dunst, den grünen Regen, den Wald der Zottelbäume, die Wolken pelziger Sporen, die die Luft erfüllten.

Von jedem Gebäude baumelten Girlanden von seildicken Schlinggewächsen. Unter dem zimtfarbenen Himmel wucherte mörderisch ungehemmtes pflanzliches Leben. Hinter den Peitschenschnüren, den Streberanken und Seilen der sich ausbreitenden Wuchergewächse konnte Carpenter undeutlich die Umrisse der Ruinen der früheren Welt erahnen: flechtenüberwucherte Pyramiden, zertrümmerte Kathedralen, Marmorstelen, mit unleserlichen Hieroglyphen bedeckt, umgestürzte zertrümmerte Statuen von Göttern und Herrschern. An einem in grünes Blut getauchten Altar fand eine Opferung statt, eine Menge tentakelbestückter Wesen scharte sich feierlich um einen ihresgleichen, der mit pelzigen dicken Stricken auf einen Steinquader gebunden war. Ein stumpfpelziges Messer hob sich und stieß nieder. Carpenter hörte einen fernen Gesang – nein, eigentlich war es eine Litanei – auf einer einzelnen Note. »Oh-oh-oh-oh-oh …«, wie ein leiser verschwommener und weit entfernter Schrei voll unaussprechlicher Qual.

»Wie lang geht das schon so?« fragte er Rhodes. Doch der zuckte nur die Achseln, als sei eine solche Frage sinnlos.

Carpenter starrte fasziniert hin. Die ihm bekannte, vertraute Welt war für immer dahin. Die. Erde der Menschen lag im Todeskampf – oder war bereits tot. Die lange Geschichte des Menschen war nun zu Ende: Jetzt kam die Zeit der Pilze und schleimigen Schimmelwucherungen, der Lianen und Bambusgewächse. Der Dschungel würde alles vom Menschen Geschaffene überwachsen und verschlingen. Der Mensch selbst würde in diesem Dschungel verschwinden, zu einer Horde gehetzter, ständig auf Jagd befindlicher Wesen reduziert sein, die auf der Flucht wären vor diesen zugreifenden sich vorwärtsschlingenden Wucherranken, sich erbärmliche kleine Überlebensnischen zu ergattern versuchen in dieser wilden wütenden Wachstumswelt der neuen Schöpfung. Doch es würde nirgends Sicherheit geben für sie. Früher oder später würden sich auch die letzten Humanoiden zu einer Art Pflanzengattung entwickeln, die sich mit den neuen Sporen vollstopfen und eine Generation von unvorstellbaren neuen Wesen zeugen würden.

Und was wird mit uns? fragte er sich. Aus denen, die nicht verwandelt wurden? Die noch immer in der alten Tiergestalt herumlaufen, mit den starren Knochen, der alten Menschenhaut? Ist für uns kein Platz mehr? Werden wir zwangsläufig in der allgemeinen Katastrophe untergehen?

Er schaute zu dem bambusgefesselten Mond auf, den unergründlichen, funkelnden Sternen.

Dort, dachte er. Ein Neubeginn, eine Neugeburt zwischen den Sternen, da liegt unsere einzige Hoffnung. Ja. Dorthin. Wir werden von der Erde fortgehen, hinauf zu den Sternen, dann sind wir gerettet. Ja. Und die verkrüppelte Erde hat Zeit, sich ohne uns wieder zu erneuern.

»Schau!« Rhodes wies auf die Bucht hinab.

Dort hob sich etwas Riesenhaftes in die Höhe, eine starre feste grüne Säulenmasse, gekrönt von einem Ring von Augen, ein unvorstellbar fremdartiges Wesen. Wasser traufte von seinen Schultern und fiel in zischenden Wolken zurück in die Bucht. Die Augen waren riesenhaft, von überwältigendem Grimm erfüllt. Rhodes war auf die Knie gesunken und bedeutete Carpenter, er solle sich gleichfalls niederknien.

»Was ist denn das?« fragte Carpenter. »Das Ding da – was ist es?«

»Nieder und erweise deine Ehrerbietung!« flüsterte Rhodes heftig. »Knie dich hin und bete an!«

»Nein!« sagte Carpenter. »Ich begreife nicht.«

Doch alle Welt verneigte sich vor dem Ding aus dem Wasser. Eine gewaltige Musik erscholl aus der Tiefe und erfüllte die Himmel. Ein neuer Gott war erschienen, der höchste Herrscher über diese veränderte Welt. Gegen seinen Willen fühlte Carpenter sich betroffen von der grandiosen fremdartigen Erscheinung. Seine Knie wurden weich. Er kniete nieder auf den feuchten schwammigen Boden.

»Bete an!« flüsterte Rhodes erneut. Und Carpenter schloß die Augen und beugte den Kopf, und er benetzte die feuchte Erde mit seinen Tränen. Verwirrt und ohne zu begreifen, huldigte er dem neuen Herrn der Welt, und dann verschwand die Vision, und er erwachte, ernüchtert und bestürzt, als das erste graue Frühlicht ins Zimmer sickerte. Sein Schädel pochte. Überall lagen leere Flaschen herum. Nick Rhodes lag flach neben der Couch auf dem Boden. Carpenter drückte und rieb sich die schmerzenden Schläfen in der vagen Hoffnung, den Schmerz wegmassieren zu können, und er horchte auf das dumpfe Dröhnen in seinem Kopf und sagte zu sich in tiefster überzeugter Trostlosigkeit, daß es für die kaputtgemachte, traurige alte Erde keine Hoffnung mehr gebe. Nicht die geringste. Alles war aus und vorbei. Alles. Alles. Vorbei. Zu Ende.

Vorbei. Verloren.

Verloren.

Nach einem Enzymbad und nachdem er den Tag über in der Wohnung herumgehangen hatte, nach ein, zwei Stunden in Nick Rhodes' Wirbelkabine, damit sein Nervensystem die ganzen Verkrampfungen wieder ausdampfen konnte, jedenfalls für eine Weile, fühlte er sich beinahe wieder funktionstauglich. Rhodes zeigte keinerlei sichtbare Nachwirkungen von der durchsoffenen Nacht. So gegen fünf am Nachmittag erschien Isabelle Martine, und war prompt wieder äußerst liebenswürdig und von besorgter Unaufdringlichkeit, und nach etlichen Gläschen Sherry und etwas nettem Geplauder zogen sie zu dritt hinüber zu Jolandas Haus nördlich vom Campus.

Die verquält übertriebene Pracht des winzigen Häuschens amüsierte Carpenter und gefiel ihm gleichzeitig auch sehr – dieses äußerliche ›barocke‹ Erscheinungsbild, die Vielzahl von Zimmerchen im Haus, allesamt vollgepackt mit kuriosen Pseudokunstgegenständen, wabernde Weihrauchschwaden in der Luft, die Scharen von Katzen, jede davon irgendwie fremdartig und von ihm unbekannter eleganter Hochzuchtrasse. Es war genau die Art von moderat lächerlicher, aber exzentrischer Vitalität, wie er sie in Jolandas Haus erwartet hätte, nur eben noch drastischer.

Und Farkas, der augenlose Kyoceraner, den Jolanda unterwegs irgendwo in den L-5er-Welten aufgelesen hatte, schien genau zu dem übrigen Kram zu passen, war ein Sammlerstück, eine einmalige Rarität.

Allerdings konnte man nicht umhin, von dem Mann beeindruckt zu sein, fand Carpenter. Die enorme Körpergröße, die kräftige herrschaftliche Gestalt, die Ausstrahlung von Selbstsicherheit und Stärke, er beherrschte praktisch das kleine Zimmer, in dem Jolanda ihnen neckische Appetithäppchen servierte. Gute Kleidung, ein perlgrauer Anzug, orangeroter Foulard, spiegelblank polierte Stiefeletten: kurz, ein hochgradiger Dandy. Vortretende Wangenknochen, kräftiges markantes Kinn. Und über alledem diese hohe glatte gebogene Stirn, diese wie hypnotisch den Blick auf sich ziehende Fläche leerer glatter Haut, wo alle anderen Augen und Brauen haben: diese monströse Mißbildung, wie etwas aus einem Traum, etwas, das man nie im wirklichen Leben zu sehen erwarten würde. Nicht etwa nur ein blinder Mensch, sondern ein Mensch ganz ohne Augen. Und dennoch ließ nichts an den Bewegungen von Farkas den Schluß zu, daß er nicht sehen könne.

Carpenter nippte vorsichtig an einem Glas, knabberte

an einem Brötchen, beobachtete die fluktuierende Szene.

Seltsame soziale Konstellationen bildeten sich, bestanden ein paar Augenblicke lang und lösten sich wieder auf. Beständig schwammen und schoben sich Leute im Raum herum.

Farkas und Enron – ein gewaltiger herrschaftlicher Brocken von Mann und ein kleiner Mann, angespannt wie eine fest aufgezogene Sprungfeder – sprachen in einer Ecke leise miteinander wie zwei ungleiche nicht zusammenpassende Geschäftsleute, die über einen Deal hecheln, von dem sie sich bald Erfolg erhoffen. Möglich, daß sie genau das waren.

Dann trat Farkas zu Jolanda. Die beiden standen eng beisammen, und Enron schaute von drüben säuerlich zu ihnen herüber. Farkas schien unverkennbar von Jolanda fasziniert zu sein, seine ganze Haltung morste intensives Interesse an der Frau. Die Schultern vorgezogen, der gewaltige Kuppelschädel zu ihr hinabgeneigt; er benutzte offenbar irgendeine extrasensorische Röntgenwahrnehmung und schaute glatt durch Jolandas prächtiges scharlachrotes Zeltkleid bis in die darunter schwellende fleischige Nacktheit.

Und sie genoß es. Sie errötete wie ein Schulmädchen, sie wand sich, wackelte geschmeichelt vor Vergnügen, und warf sich ihm fast an den Hals. Es sah tatsächlich so aus, als verabredeten sich die zwei direkt vor den Augen Enrons ins Bett. Enron jedenfalls sah so aus, als vermutete er das. Sein finsteres Gesicht war höchst ausdrucksvoll. Und dann kam Isabelle dazwischen, lenkte Enron ab und zog ihn beiseite. Weibliche Loyalität gegen die Freundin, dachte Carpenter. Schaff den Israeli aus dem Weg, damit Jolanda ihre Netze auswerfen kann. Nicht daß es bei Farkas viel Mühe zu machen schien, ihn zu fangen.

Und dann sprach Enron mit Nick Rhodes. Noch ein weiteres Interview? Jolanda ging zu den beiden hinüber.

Rhodes und Jolanda tauschten merkwürdig vertraulich-verständnisvoll ein Grinsen, aber nur ganz flüchtig. Carpenter fiel wieder ein, was Rhodes ihm damals abends bei dem Essen in Sausalito über Jolanda gesagt hatte, und er begriff, daß Jolanda mit so ziemlich jedem Mann hier im Raum im Bett gewesen sein mußte, und daß sie darauf auch noch stolz war.

Und die Dinge veränderten sich weiter. Am Ende fand Carpenter sich im Gespräch mit Farkas. Natürlich hatte Jolanda ihn zu ihm herüber gebracht und gesagt: »Und das ist unser Freund Paul Carpenter. Du erinnerst dich doch? Ich habe dir von ihm erzählt.« Und sie bedachte beide mit einer Ladung lächelnder Herzlichkeit und glühenden Augenblitzen und entschwebte wackeltänzelnd in Richtung Enron.

»Du bist ein Samurai-Mann?« sagte der Augenlose direkt. »Kapitän eines Eisbergschleppers, wie ich höre.«

»Das war ich mal«, sagte Carpenter brüsk. Die Abruptheit, mit der Farkas ein Gespräch eröffnete, verblüffte ihn. Er blickte zu dem eine Handbreit größeren Mann auf, seinen Blick auf die dunkel verschattete Stelle gerichtet, wo eigentlich die Augen hätten sein müssen. »Es gab da einen kleinen Skandal wegen eines Vorfalls auf See. Ich wurde entlassen.«

»Ja. Davon wurde ich unterrichtet. Aber ich war eigentlich überzeugt, daß man bei Samurai nur ganz selten Angestellte gehen läßt.«

»Auf der anderen Seite waren Leute von Kyocera betroffen. Es gab eine Seeamtsuntersuchung. Die Sache sah übel für das Image meiner Firma aus. Zu übel. Also entschied man sich dafür, mich für abkömmlich zu halten, und drückte allen Beteiligten gebührend das tiefste Bedauern aus.«

»Ja, das sehe ich«, sagte Farkas. Von ihm klang die Formulierung sehr abwegig. »Und jetzt? Hast du schon irgendwelche Pläne?«

»Ich hab dran gedacht, vielleicht eine Bank zu überfallen. Oder die Tochter von einer Einsernummer zu kidnappen und Lösegeld zu fordern.«

Farkas lächelte ernst, als bestünde diese Möglichkeit wirklich.

»Und wenn du versuchtest, in einem der Raum-Habitate eine neue Existenz für dich aufzubauen?« fragte er.

»Unbedingt eine enorme Möglichkeit«, antwortete Carpenter. Der Gedanken war ihm bisher noch nicht in den Sinn gekommen. Aber ja, der Weltraum – dorthin verzogen sich doch alle, die auf der Erde an einem toten Punkt, am Ende, angelangt waren. Die Kunstwelten, die Habitate! Und warum nicht? Aber er würde natürlich irgendwie einen Weg finden müssen, um dort hin zu gelangen. Er drehte und wendete den neuen Gedanken benommen im Geist her und hin.

Dann merkte er, daß Farkas immer noch redete.

»Wir sind gerade aus Valparaiso Nuevo zurück. Dem Flüchtlingsparadies, weißt du. Das könnte dich vielleicht interessieren. Weißt du Bescheid darüber?«

»Ich hab davon gehört. Die letzte von den glorreichen Bananenrepubliken, nicht? Irgendein leicht bekloppter südamerikanischer Supergeneral betreibt den Laden wie ein Privatimperium und scheffelt ein Vermögen, indem er flüchtigen Verbrechern seine Protektion verkauft.« Carpenter schüttelte den Kopf. »Aber ich bin nicht auf der Flucht. Und ich bin nur in einem Punkt schuldig befunden, wegen einer Fehlentscheidung. Und meine einzige Strafe war, daß ich meine Stellung verlor. Aber außerdem habe ich auch kein Geld, um mich dort einzukaufen.«

»Aber nein«, sagte Farkas. »Du verstehst falsch. Ich meinte nicht, daß du dort Asyl suchen sollst. Ich meinte nur, daß sich dir dort gewisse Möglichkeiten bieten könnten.«

»Möglichkeiten? Was für welche?«

»Verschiedenartige.« Farkas sprach nun leiser, fast beschwörend und verführerisch. »Verstehst du, der dortige Generalissimo Don Eduardo Callaghan soll in Kürze durch einen Aufstand beseitigt werden.«

Carpenter wich verblüfft zurück.

»Er *soll?*« Das alles hörte sich allmählich ziemlich verrückt an.

»Ja, wirklich«, sagte Farkas gelassen. »Es entspricht alles genau der Wahrheit, was ich dir sage. Eine Gruppe von sehr kompetenten Verschwörern hat den Plan gefaßt, seiner langen Herrschaft ein Ende zu machen. Ich gehöre zu dieser Gruppe. Jolanda ebenfalls und auch unser Freund Mister Enron. Und einige andere. Vielleicht hättest du Lust, dich uns anzuschließen.«

»Was du nicht sagst?« Carpenter fand das alles mehr und mehr rätselhaft.

»Mir kommt das wie ein recht deutliches Angebot vor. Wir müssen in Los Angeles noch ein paar Einzelheiten klären mit einigen Leuten, dann fliegen wir nach Valparaiso Nuevo und übernehmen dort den Laden. Es winken enorme Gewinne beim Verkauf der Flüchtlinge an die Stellen, die an ihrer Rückkehr interessiert sind. Du würdest am Gewinn beteiligt, und damit hättest du die nötige Grundlage, eine neue Existenz im Weltraum zu beginnen. Denn offensichtlich hast du ja auf der Erde keine Zukunftschancen.«

Wahnsinn, wirklich. Oder aber – eine Form von Sadismus. So sprachen doch keine echten Verschwörer, oder doch? Daß sie ihnen vollkommen fremde Personen so auf Anhieb ins Vertrauen zogen? Nein, bestimmt nicht. Farkas produzierte dieses Phantasiegespinst einfach nur, um sich einen kleinen grausamen Scherz zu erlauben. Oder aber, der Mann war verrückt. Carpenter bemühte sich, einen Sinn in das scheinbar absurde Gerede zu bringen, das der Augenlose so gelassen von sich gab, und er fühlte Ärger in sich aufsteigen.

»Du erlaubst dir einen Witz mit mir, ja? Eine Art von perversem Vergnügen, ja?«

»Aber ganz und gar nicht. Ich spreche ganz im Ernst.

Dieser Umsturz *ist* geplant. Und du bist ehrlich aufgefordert, dich dabei zu beteiligen.«

»Warum?«

»Warum *was?*«

»Warum wollt ihr mich dabeihaben? Gerade mich?«

Gelassen sagte Farkas: »Nennen wir es einen spontanen Entschluß, eine Augenblicksentscheidung. Jolanda hat mir erklärt, daß du ein intelligenter Mann bist, der Pech gehabt hat. Sogar verzweifelt dran ist. Also vermutlich bereit, auch extreme Chancen ergreifen zu wollen. Und du besitzt viele Fähigkeiten und Möglichkeiten. Alles in allem, scheint mir, daß du für uns sehr nützlich sein könntest.« Die Stimme war nun zu einem schmeichelnden Schnurren geworden. »Und es würde mir ein großes Vergnügen bereiten, wenn ich einem Freund von Jolanda helfen könnte.«

»Das ist einfach nicht glaubhaft«, sagte Carpenter. »Du kennst mich doch überhaupt nicht. Und ich begreife nicht, wieso du mir derlei anvertraust, falls da wirklich was dahintersteckt. Ich könnte euch doch alle verkaufen und auffliegen lassen. Direkt zur Polizei gehen.«

»Aber weshalb solltest du so etwas tun?«

»Für Geld. Wofür sonst?«

»Ach«, sagte Farkas. »Aber nach einer Machtübernahme in Valparaiso Nuevo wären ganz andere Summen im Spiel, als irgendeine Polizeibehörde dir jemals bezahlen könnte. Nein nein, mein guter Freund, es gäbe nur einen einzigen Grund, weshalb du uns verraten könntest, und das wäre, wenn dich ein übertriebenes abstraktes Gerechtigkeitsgefühl beherrschte. Und vielleicht hegst du ja tatsächlich noch derartige Gefühle, sogar jetzt noch, nach deinen kürzlichen Erfahrungen. Doch ich bezweifle das sehr. – Sag mir eins, interessiert dich das, was ich dir gesagt habe, irgendwie?«

»Ich halte es immer noch für einen ziemlich gechmacklosen Witz.«

»Dann frag doch Mr. Enron. Frag Jolanda Bermudez.

Sie sagt mir, ihr zwei seid Freunde. Oder? Dann vertraust du ihr ja vermutlich. Frage sie, ob ich es ernst meine. Bitte, Carpenter, geh und frag sie. Jetzt.«

Das alles war nicht wirklich. Ein groteskes Angebot aus dem blauen Nichts, von einem, der kaum menschlich aussah. Aber scheußlich verlockend, falls etwas dahinterstecken sollte.

Carpenter schaute durch das Zimmer zu Jolanda hinüber. Am vergangenen Abend hatte sie gesagt, daß dieser Farkas vielleicht bei Kyocera etwas für ihn auftreiben könnte, und er hatte dem kein bißchen Glauben geschenkt. Aber hatte sie das damit gemeint? *Das?*

Nein, das alles muß einfach ein übler Scherz sein, sagte er sich. Ein dummer kleiner Witz auf meine Kosten. Und Jolanda steckt bestimmt mit drin. Er würde zu ihr gehen und sie um eine Bestätigung dessen bitten, was Farkas ihm gerade eröffnet hatte, und natürlich würde sie es bestätigen, und so würde es weitergehen und weiter und weiter, und den ganzen Abend lang würden sie ihm immer mehr von diesem grandiosen Quatsch vorlabern, bis schließlich irgend jemand das Grinsen nicht mehr unterdrücken konnte, und dann würde das Riesengelächter losbrechen und …

Nein! Nicht mit ihm!

»Tut mir leid«, sagte er. »Aber ich bin momentan wirklich nicht in der Stimmung für Witze.«

»Wie du meinst. Dann vergiß mein Angebot, bitte. Es tut mir leid, daß ich es dir gemacht habe. Möglicherweise war es ein Fehler, dir soviel gesagt zu haben.«

Auf einmal hatte die Stimme von Farkas etwas Bedrohliches, und Carpenter empfand dies als unangenehm. Aber andererseits verriet es ihm auch, daß es sich wohl doch nicht um einen blöden Party-Witz handelte. Er hatte sich bereits abgewandt, um zu gehen, hielt dann aber inne und schaute dem Mann von Kyocera wieder in das bestürzende Gesicht.

»Du meinst das wirklich ganz ernst?« fragte er.

»Absolut ernst.«
»Also, dann weiter. Sag mir mehr darüber.«
»Komm mit uns nach Los Angeles, wenn du mehr erfahren möchtest. Aber dann gibt es kein Zurück mehr für dich. Du gehörst dann zu uns; und dann kannst du dich nicht mehr von der Gruppe absetzen.«
»Du *meinst* es tatsächlich ernst.«
»Also glaubst du mir jetzt?«
»Wenn das ein Jux ist, Farkas, dann bring ich dich um. Und du glaubst mir besser, was ich sage, ich meine es ernst.« Carpenter fragte sich, ob er es wirklich so meinte.
»Es ist kein Jux.« Farkas reichte ihm die Hand. Nach kurzem Zögern ergriff Carpenter sie.
»Dinner ist auf dem Tisch!« zwitscherte Jolanda aus einem anderen Raum.
»Wir reden später weiter«, sagte Farkas.
Unterwegs gesellte sich Nick Rhodes zu ihm und fragte: »Worum ist es denn *dabei* gegangen?«
»Eine merkwürdige Sache. Ich glaube, er machte mir ein Angebot.«
»Bei den Kyoceras?«
»Irgendwas Freiberufliches«, sagte Carpenter. »Ich bin da nicht sicher. Alles verdammt geheimnisvoll.«
»Magst du mit mir drüber reden?« fragte Rhodes.
»Später.« Sie gingen ins Eßzimmer.

Es wurde zwei Uhr morgens, ehe Carpenter seine Chance bekam, Rhodes von der Unterhaltung mit Victor Farkas zu berichten; nachdem sie von der Dinnereinladung in Rhodes' Wohnung zurück waren und Isabelle erklärte, sie könne nicht über die Nacht bleiben, weil sie am folgenden Tag zu einer Fachkonferenz nach Sacramento müsse, und endlich abzog. Dann standen die Freunde eine Weile in der stillen feuchtwarmen Nacht im Wohnzimmer und schauten auf die Bucht hinaus.
Obwohl es bei Jolanda ausgiebig zu trinken gegeben

hatte, verlangte es Rhodes nach einem Schlummertrunk. Er förderte eine dunkle, seltsam geformte Flasche zutage, mit einem Etikett darauf, das mindestens hundert Jahre alt aussah mit der antiquierten Schrift und dem vergilbten Papier. »Echter französischer Cognac«, sagte Rhodes. »Aus Frankreich. Eine große Rarität. Ich bin in der Stimmung für 'ne kleine Feier. Wie steht's bei dir?« Er sah Carpenter fragend an.

»Ach, verdammt, wieso nicht. Aber nur ein Glas, Nick. Ich kann mir nicht schon wieder einen solchen Durchhänger wie gestern leisten.«

Rhodes schenkte bedächtig ein. Ein sehr seltenes, kostbares Getränk, ohne Zweifel. Carpenter trank langsam, nachdenklich behutsam. Es war ein besonderer, ein merkwürdiger Abend gewesen. Und er hatte das Gefühl, als hätte er eine fremde Grenze in ein völlig unbekanntes Land überschritten.

Doch auch sein Freund Rhodes schien am selben Abend eine Grenze überschritten zu haben. Und jetzt schien er darüber reden zu wollen.

»Weißt du noch? Gestern abend stand es sechzig zu vierzig. Und dann siebzig dreißig. Aber die ganze Zeit über veränderte sich das Verhältnis und stieg, und als es bei neunzig zu zehn angelangt war, wußte ich, jetzt stecke ich drin.«

Carpenter sah müde zu ihm hinauf. »Wovon redest du da, Nick?«

»Na, von dem Kyocera-Job. Ich werde ihn definitiv annehmen. Ich hab mich so um Mitternacht dazu entschlossen.«

»Aha. Gut.«

»Morgen soll ich in Walnut Creek Bescheid sagen, wie ich mich entschieden habe. Die Nummer Drei dort, Nakamura, der mich anwerben wollte, wartet auf meinen Anruf. Und ich werde ihm zusagen.«

Carpenter hob seinen Schwenker zu einem formellen Toast.

»Meinen Glückwunsch. Ich bewundere es, wenn einer sich entscheiden kann.«

»Danke. Und prosit!«

»Ich steige auch auf einen neuen Job um«, sagte Carpenter dann.

Rhodes, der seinen Cognacschwenker bereits zum Mund geführt hatte, prustete und setzte das Glas ab.

»Was?« Er sah ungläubig aus. »Wo?«

»Für Farkas. Irgendwas Illegales in einer von diesen Satellitenwelten.«

»Schmuggel? Sag mir bloß nicht, daß Kyocera auch noch heimlich mit Drogen handelt!«

»Schlimmer«, sagte Carpenter. »Aber wenn ich dir darüber was sagen würde, weißt du, dann wärst du von vornherein Mitwisser. Aber ich sag's dir trotzdem, verdammt noch mal. Sie haben vor, Valparaiso Nuevo zu übernehmen, Nick. Eine Art Gemeinschaftsaktion zwischen Israel und Kyocera, die Gangster aus Los Angeles finanzieren, Jolandas wundervolle Freunde. Sie wollen dort die Kontrolle übernehmen und zu ihrem eigenen Profit ausbeuten. Jolanda und Enron und Farkas haben das Ganze anscheinend letzte Woche ausgebrütet, als sie zusammen droben in Valparaiso waren. Und jetzt hat Farkas mich eingeladen, da mitzumischen. Ich bin nicht sicher, worin genau meine Rolle da bestehen soll, aber ich vermute mal, sie wird recht nebensächlich sein, etwa sowas wie die Verbreitung gezielter Fehlinformation, Verwirrung und Vernebelung, während sie den Umsturz durchführen.«

»Nein!« sagte Rhodes.

»Nein *was?*«

»Nein. Das machst du nicht, Paul. Das ist Wahnsinn.«

»Na klar ist das Wahnsinn. Aber was hab ich denn für andere Möglichkeiten? Ich bin nicht bloß arbeitslos, ich bin auf der Erde nicht mehr vermittelbar. Ich kann nur noch in den Weltraum verduften. Aber ich kann mir dafür nicht mal das Ticket leisten.«

»Das könnte ich dir doch bezahlen.«

»Schön. Und wenn, was dann? Wovon sollte ich leben, wenn ich dort bin? Von Verbrechen vermutlich. Irgendwelchen Wirtschaftsgaunereien wie alle die anderen Saubermänner mit blütenweißen Hemden? Nein, das ist einfacher und geht rascher. Da draußen geht doch alles, in diesen Habitaten. Und du weißt das auch. Bisher gibt es sowas wie ein interplanetarisches Recht noch nicht. Wir stürzen diesen Erz-Generalissimo, und sein Ding gehört uns, und kein Schwein wird dagegen protestieren.«

»Ich glaub's einfach nicht, daß du sowas sagst!«

»Ich glaub es auch nicht. Aber ich werde es tun.«

»Hör zu, Paul. Ich weiß ein bißchen Bescheid über diesen Farkas. Er ist absolut eiskalt und völlig skrupellos. Ein Ungeheuer, wörtlich und im übertragenen Sinn.«

»Wundervoll. Genau, was man für die Art Unternehmung braucht.«

»Nein. Hör doch zu! Wenn du dich mit dem einläßt, landest du am Ende auf dem Schrottplatz. Er ist gefährlich, unmoralisch, steckt voll Haß. Ihn kümmert es einen Dreck, was er tut oder ob er dabei jemandem schadet. Denk daran, was die Welt *ihm* angetan hat. Er hat es sich zur Lebensaufgabe gemacht, der Welt das heimzuzahlen. Und wozu sollte er dich überhaupt brauchen? Er läßt dich eine Weile mitmachen, und wenn alles erledigt ist, läßt er dich fallen.«

»Aber Jolanda vertraut ihm«, sagte Carpenter. »Sie hat ihn doch dazu überredet, mich an der Sache zu beteiligen.«

»*Jolanda!*« sagte Rhodes verächtlich. »Bei der sitzt doch das Gehirn in den Titten.«

»Und Enron? Hat der das Gehirn auch in den Titten sitzen? Er ist der Partner von Farkas. Und er scheint ihm ebenfalls zu trauen.«

»Enron vertraut nicht einmal seinem eigenen großen

Zeh! Außerdem, selbst wenn Enron und Farkas zusammen ins Bett steigen, welche Garantie hast du denn dabei, daß du mit unter die Decke darfst? Halt dich von den Typen fern, Paul! Laß dich nicht mit denen ein.«

»Gibst du mir noch einen Tropfen von deinem Cognac?« bat Carpenter.

»Aber sicher, gern. Aber versprich es mir, hörst du? Versprich mir – du läßt die Finger von dieser Sache.«

»Hab ich denn eine andere Chance, Mann?«

»Dein ewiger fataler Fehler«, sagte Rhodes. »Immer versuchst du, es so hinzudrehen, daß eine moralisch zweifelhafte Position wie etwas Unvermeidliches aussieht.« Er goß Cognac in Carpenters Glas. »Da! Trink das und genieße es, du verrückter blöder Hund. Und du willst die Sache wirklich machen?«

»Ja, wirklich«, sagte Carpenter und hob den Cognacschwenker. »Also, auf dein und mein Wohl! Auf unsere jeweilige künftige strahlende Laufbahn. Prost, Nick!«

26

Davidov sagte: »Wir werden in jeder Speiche eine Bombe plazieren, sieben insgesamt, jeweils fünfhundert Meter von der Nabe entfernt. Das sind sechs mehr, als wir wirklich brauchen, aber Redundanz ist der Schlüssel zum Erfolg bei diesem Vorhaben. Ich zweifle nicht an der Fähigkeit der Staatssicherheitskräfte des Generalissimo, zwei oder drei der versteckten Explosivkörper aufzuspüren, doch alle sieben innerhalb der zur Verfügung stehenden Warnfrist zu entdecken, das dürfte wahrscheinlich die Kapazitäten jedes Staatssicherheitssystems übersteigen. Außerdem – wir *wollen* ja sogar, daß sie einen oder zwei Sprengsätze finden.«

»Und weshalb?« fragte Carpenter.

»Damit sie wissen, daß wir es ernst meinen.« Davidov lächelte ihn freundlich-überheblich an, als wäre er ein Kind.

Dies fand in einem kleinen unauffälligen Hotelzimmer statt; in der Gemeinde Concepción in der B-Speiche von Valparaiso Nuevo. Anwesend: Davidov, Carpenter, Enron, Jolanda, Farkas. Sie waren im Verlauf mehrerer Tage getrennt aus Los Angeles angereist: zuerst Davidov, dann Farkas, der zuvor noch einen Abstecher zu dem Forschungssatelliten Cornucopia von Kyocera; danach traf Enron mit Jolanda ein. Carpenter kam allein, als letzter, als unauffälliger Froschungsassistent, offiziell als Angestellter von Kyocera registriert, wie Farkas das durch irgendeinen Hokuspokus arrangiert hatte. Jetzt waren knapp zwei Stunden vergangen seit er im Terminal durch den Zoll mit der Hilfe eines Kuriers namens Nattathaniel, den ebenfalls Farkas besorgt hatte, eingereist war, der alles für ihn erledigt hatte.

Enron saß getrennt von den anderen in einer Ecke und blickte düster in sein Glas. Von Anfang an hatte er das Gefühl gehabt, daß es ein Fehler von Farkas war, Carpenter mit in die Operation einzubeziehen; und die naive Fragerei von dem Mann bestärkten ihn nun nur noch mehr in dieser Überzeugung, was Carpenters Qualitäten anging. Es war kaum vorstellbar, daß Farkas zu so einer Dummheit fähig sein sollte. Dieser Carpenter war nicht bloß ein richtiger Jonas, ein Unglücksrabe, ein Pechvogel, ein Verlierer, von dem man sich möglichst fernhalten mußte, weil er gefährlich war – und außerdem war der Mann auch noch ein Narr.

Nur ein ausgesprochener Narr konnte so blöd sein, diese Schiffbrüchigen da lebend im Pazifik herumpaddeln zu lassen und zu riskieren, daß es Überlebende gab, die berichten konnten, daß er sie in Seenot im Stich gelassen hatte. Und nur ein ausgesprochener Narr konnte nicht begreifen, weshalb es wichtig war, daß der Colonel Olmo, der Chef der örtlichen Guardia Civil von Valparaiso Nuevo, begriff, daß die Sache kein Bluff war – daß Davidovs Leute tatsächlich in dem Raumhabitat diverse Bombenbauteile versteckt hatten, die als Maschinenersatzteile deklariert eingeführt worden waren, die sie erfolgreich zusammensetzen und an verschiedenen Orten innerhalb der Satellitenwelt verstecken und sie durchaus einzeln oder alle auf einmal zünden konnten, sollten nicht die getreuen Mitarbeiter ihrem geliebten Generalissimo Callaghan zu dem überfälligen schleunigen Ende seines überlangen Lebens verhelfen.

Natürlich, überlegte Enron dann, zu seinem plötzlichen Erstaunen, wäre es auch denkbar, daß dieser Carpenter gar nicht der Trottel ist, als der er einem vorkommt. Aber in dem Fall wäre er dann für unsere Interessen sogar noch viel gefährlicher. Und Farkas hat uns diese Natter direkt ins Nest geholt.

Farkas, der mit dem Rücken zum Fenster und der grandiosen Sternennacht stand, die ihn nicht zu beeindrucken schien, sagte zu Davidov: »Und wie schnell soll ich mich mit Olmo in Verbindung setzen?«

»Gleich als erstes morgen früh. Du rufst ihn an und sagst ihm, was los ist, und du gibst ihm bis Mittag, was zu unternehmen.«

»Ist denn das genug Zeit?«

»Es wird eben genug sein müssen«, sagte Davidov. »Das Mittagsshuttle zur Erde fliegt um Viertel nach zwölf. Falls was schiefläuft und Olmo nicht funktioniert, sollten wir damit abhauen. Wenn wir Olmo so 'ne kurze Frist setzen, hilft ihm das, sich besser auf seinen Job konzentrieren zu können.«

»Er wird das ganz bestimmt«, sagte Farkas. »Olmo weiß zu gut, was am besten für Olmo ist.« Er machte eine Pause. »Übrigens ist er über das Komplott informiert.«

Enron und Davidov äußerten gleichzeitig Erstaunen.

»Aber ja«, fuhr Farkas fort. »Er hörte schon vor geraumer Zeit über Gerüchte von der Sache, durch seine üblichen geheimen Informanten, nehme ich an. Schon lange bevor ich selbst in die Sache eingeschaltet war, wandte er sich an mich und fragte, ob ich ihm vielleicht behilflich sein könnte, die Verschwörer ausfindig zu machen. Schließlich ist es ja seine Aufgabe, nicht wahr, die Herrschaft des Don Eduardo Callaghan zu schützen. Aber ich sehe da keine Probleme. Meint ihr nicht, daß er die Chance packt, sich auf die Seite der Umstürzler zu stellen, sobald ihm bewußt wird, daß der Staatsstreich unvermeidlich ist?«

Jolanda fragte: »Was wird dann hinterher aus diesem Olmo? Können wir dem weiter trauen? Und wird er dann hier der neue Generalissimo sein?«

»Selbstverständlich«, sagte Farkas. »Seit langem besteht zwischen ihm und Kyocera schon die Abmachung, daß er der Nachfolger sein soll. Und obwohl es sich hier nicht um ein reines Kyocera-Projekt handelt und wir durch direktes Eingreifen das Ende des Callaghan-Regimes nur beschleunigen helfen, sind wir doch überzeugt, daß Olmo die beste Wahl als Nachfolger ist. Selbstverständlich sind wir nicht daran interessiert, Valparaiso Nuevo zu destabilisieren, sondern ausschließlich daran, uns die hier vorhandenen Ressourcen zunutze zu machen. Und dazu gehört eben Olmo.«

»Du hast ihn früher einmal als die Nummer Drei bezeichnet«, sagte Enron. »Wer ist die Nummer Zwei hier?«

»Ein alter Stierkämpfer namens Francisco Santiago, Callaghans Busenfreund aus der alten Zeit in Chile. Offiziell ist er Präsident des Staatsrats. Den kann man vergessen. Er ist neunzig und senil, und außerdem besitzt er keinerlei wirkliche Macht. Olmo wird sich um ihn kümmern.«

»Aber welche Garantie haben wir, daß dieser Olmo sich auch tatsächlich um die Entsorgung des Generalissimo kümmern wird?« fragte Carpenter. »Für mich hört der sich bisher ziemlich glitschig an. Was ist, wenn er uns an Callaghan verkauft, gegen das Versprechen, seine Nachfolge anzutreten? Der Mann könnte doch ganz leicht versuchen, beide Seiten auszuspielen. So oder so kann er die Nachfolge in dem Laden hier übernehmen. Und dazu braucht er sich nicht die Finger mit einem Staatsstreich schmutzig zu machen.«

»Und?« Davidov wandte sich an Farkas. »Olmo ist *dein* Mann. Können wir ihm trauen?«

»Wir werden Olmo vor die Wahl stellen, entweder er läßt Don Eduardo im Stich und ist morgen nachmittag selber Regierungschef in Valparaiso Nuevo – oder er stirbt mit dem Generalissimo und allen anderen, wenn das alles hier explodiert. Was meint ihr, wofür der sich entscheiden wird?«

»Und falls er dann hinterher beschließt, wenn alles erledigt ist, daß er lieber doch nicht mit einem Haufen von brutalen eiskalten Kriminellen aus Los Angeles gemeinsame Sache machen will und mit dem unheimlichen gespenstischen Multikonzern und dem Imperialstaat Israel, die hinter diesen kleinen Kriminellen stehen und sie finanzieren?« fragte Carpenter.

Enron hieb sich in Verzweiflung die Hand auf die Stirn. Dagegen muß man doch etwas tun, dachte er.

»Begreifst du denn nicht«, sagte Enron mit eiskaltem Ton, »daß Kyocera und der Staat Israel eben deshalb in das Projekt eingestiegen sind, um das zu verhindern? Und daß Olmo nur eine Kreatur von Kyocera ist? Er ist nicht dumm genug, sich gegen die zu wenden, die ihn an die Macht gebracht haben. Und ich vermute, er hat auch kein Verlangen danach, Ärger mit Israel zu kriegen.«

»Wohl kaum«, sagte Carpenter.

»Also dann«, sagte Davidov. »So sei es. Die Bomben werden gerade zusammengebaut und heute nacht plaziert. Morgen um 07:00 Uhr setzt du dich mit Olmo in Verbindung, Farkas. Um exakt zwölf Uhr brauchen wir von ihm die Bestätigung, daß der Generalissimo tot ist, Codebezeichnung IDEN DES MÄRZ, sehr subtil und wunderbar passend. Wir warten bereits im Terminal. Unsere Ausreiseformalitäten sind geklärt. Wenn das Signal nicht zum festgesetzten Zeitpunkt kommt, gehen wir an Bord des Shuttle um 12:15 und fliegen weg. Carpenter, deine Aufgabe ist es, im Verlauf des Vormittags zum Terminal zu fahren und dort auf uns zu warten. Das Shuttle darf keinesfalls ohne uns abfliegen, hast du verstanden? Dafür bist du verantwortlich. Wenn nötig, verwickelst du dich mit den Beamten dort in irgendeine blöde Auseinandersetzung über deinen Paß oder sonstwas, möglichst lautstark, oder was immer dir an Ablenkung geeignet scheint, den Start bis zu unserem Eintreffen zu verzögern oder bis du auf deinem Flex das Signal bekommst: IDEN DES MÄRZ!«

»Und was passiert mit den Bomben, wenn Olmo

sich nicht meldet?« fragte Jolanda. »Gehen die dann hoch?«

»Ihre Zeitzünder sind auf halb zwei gestellt. Damit bleibt uns ein gewisser Spielraum, falls Olmo in letzter Minute auf Schwierigkeiten stößt.«

»Und falls das so käme? Hauen wir dann einfach ab und das Ganze hier wird zerstört?« fragte sie.

»Ja. Alles oder nichts«, sagte Davidov gelassen.

»Das mag ich aber gar nicht, Mike. Abgesehen von der moralischen Fragwürdigkeit, die recht bedeutsam ist, weil hier Tausende von unschuldigen Menschen leben, aber was für einen Nutzen würde das irgend jemand bringen, wenn wir das hier alles in die Luft jagen?«

»Olmo wird uns nicht enttäuschen«, sagte Davidov. »Das hier ist die große Chance für ihn, genau wie für uns.« Er stand auf. »Die Sitzung ist beendet«, sagte er. »Ihr wißt, wo ihr mich findet, wenn ihr mich braucht.«

»Möchte irgendwer was trinken?« fragte Jolanda. »Drunten gibt's 'ne Bar.«

»Gehen wir runter«, sagte Carpenter.

Im Flur drängte sich Enron an Farkas' Seite.

»Könnte ich dich einen Moment sprechen?« fragte er.

Farkas hatte Enron von Anfang an nicht gemocht, und im Verlauf ihrer Geschäftspartnerschaft waren diese Gefühle nicht wärmer geworden. Er konnte ihm seine Arroganz verzeihen, sein stures, verbissenes zielstrebiges Beharren auf einem Vorhaben, ungeachtet der dabei benutzten Mittel; selbst die kaum verhohlene Verachtung für jeden, der nicht das Glück hatte, Meshoram Enron zu sein, fand Farkas verzeihlich; er verstand derlei Verhaltensweisen durchaus.

Aber Enron *nervte!* Er war wie eine schillernde Fliege, die einem andauernd vor der Nase herumschwirrt. Er gab nie auf; und das war höchst ärgerlich. Aber alles in allem, sie waren Partner. Und Farkas wußte Enrons rasche quecksilbrige Intelligenz durchaus zu schätzen, auch wenn er seinen Charakter und seine Persönlichkeit und auch seine Tischmanieren nicht mochte. Also hörte er aufmerksam zu, was Enron ihm da in dem schäbigen engen Flur des bescheidenen Hotels in der Gemeinde Concepción in Speiche B von Valparaiso Nuevo zu sagen hatte.

Und was Enron ihm zu sagen hatte, war ärgerlich und eine Beleidigung: es ging nämlich nur darum, daß er, Farkas, es fertig gebracht hätte, durch seine Unachtsamkeit so ganz nebenbei einen Spion und Agenten der Samurai Industries in ihr gemeinsames, so delikates Kooperationsprojekt zu infiltrieren. Diese Beschuldigung traf Farkas zutiefst in seinem Gefühl für Kompetenz und Urteilsvermögen.

Aber was ihn wirklich furchtbar ärgerte: Farkas war mehr als halb davon überzeugt, daß Enron möglicherweise recht haben könnte.

»Sieh die Sache doch mal so«, sagte Enron. »Wir haben da einen Mann, der unter komplizierten Umständen in einem Entscheidungsdilemma einen schweren Fehler machte und der dafür von Samurai gefeuert wurde, hauptsächlich aus Imagegründen bei Samurai, weil der Mann so dumm war, einen Haufen von Kyocera-Leuten in Seenot am Leben zu lassen, damit sie dann die Geschichte breittreten konnten; ein Typ, der jetzt im Multikonzernsystem nicht die geringsten Chancen mehr hat. Also hat er sich für ein Leben als Krimineller entschieden, ja? Genau! Aber wann hast du schon mal was von einem Angestellten mit Elferrang gehört, der gefeuert wurde, egal ob mit oder ohne Grund, der das ohne Widerspruch so einfach hingenommen hätte? *Aus einem Elferrang wird niemand so einfach gefeuert.* Keiner!

»Aber du hast es ja gerade gesagt, was Carpenter getan hat, war ein sehr gravierender Entscheidungsfehler.«

»War es das wirklich? Er hatte einen klapprigen kleinen Eisbergschlepper und keinen Platz für zusätzliche Passagiere, und da warteten wer weiß wie viele von den Kyoceraleuten darauf, daß er sie an Bord nimmt. Was hättest denn du an seiner Stelle getan?«

»Ich hätte mich von Anfang an nicht so weit auf das Ganze eingelassen«, sagte Farkas.

»Genau. Aber angenommen, es wäre doch passiert?«

»Ja, aber weshalb reden wir jetzt darüber?«

»Weil ich glaube, daß Carpenter, nachdem er seine Karriere ein für allemal endgültig in der Geschäftswelt auf Grund gefahren hat, aber immer noch im Glauben, daß er noch dazugehört, vielleicht versucht, sich bei Samurai wieder in gutes Licht zu setzen, indem er Don Eduardo deinen und meinen Arsch verkauft.«

»Klingt ziemlich weit hergeholt.«

»Für mich nicht«, sagte Enron. »Überleg doch mal. Wer ist der beste Freund von Carpenter, schon seit ihren Jugendtagen? Der Spitzengenetiker von Samurai, Nick Rhodes. Wenn Carpenter im Dreck steckt, rennt er zu Rhodes, und Rhodes, der – unter uns gesagt – ein ziemlich konfuser, schüchterner Lahmarsch ist, der leider eben zum Glück für ihn ein Genie ist, sagt zu Carpenter, nehmen wir mal an, daß der sein Leben nur wieder in die Reihe kriegt, wenn er sich auf die Großindustriespionage verlegt. Und damit wird aus zwei Übeln vielleicht was Gutes: Du erwischst Kyocera oder Toshiba oder so etwas in der Größenordnung bei einer Schweinerei und läßt das so beiläufig die Oberschlitzaugen von Samurai wissen, damit die dem bösen Kerl auf die Patschen schlagen können, und pronto stehst du in der Firma wieder ganz hoch oben auf der Begünstigungsliste, sagt Rhodes zu ihm. Sagen wir, Rhodes sagt ihm, unsere liebe Jolanda hat sich morgen abend einen gewissen Victor Farkas zum Dinner eingeladen, einen Topfighter von Kyocera; und du tauchst da auch auf und schmeißt dich an diesen Farkas ran, und dabei kriegst du vielleicht raus, daß Farkas für Kyocera irgendeine Gemeinheit plant, weil es zehn zu eins steht, daß Farkas in etwas Scheußliches verwickelt ist, und ...«

»Du konstruierst da was ganz Großes aus dem Nichts«, sagte Farkas.

»Laß mich erst mal zu Ende reden, ja? Carpenter taucht also auf der Party auf, und irgendwie kommt ihr ins Gespräch, was von Anfang an geplant war. Carpenter lauert nur auf die Gelegenheit dazu, etwas Brauchbares in die Finger zu bekommen. Und auf einmal fühlst du dich dazu inspiriert und ziehst ihn in unser Projekt hinein, diesen völlig Fremden, einen Kerl, dessen Karriere bei Samurai Schiffbruch erlitt. Und weshalb tust du das? Das weiß nur der Himmel allein. Aber du tust es. Und für Carpenter ist das wie ein Wunder. Er wird Kyocera mit der Rolle bei etwas wirklich gigantisch Scheußlichen bloßstellen, neben dem seine paar in Seenot gelassenen Tintenfischfänger wirken werden wie eine harmlose Kinderfete. Don Eduardos Guardia wird uns verhaften, und dieser Carpenter steht als Held da. Und er bekommt eine neue Identität und rückt zwei Stufen nach oben.«

»Nach meiner Beurteilung besteht nicht die Wahrscheinlichkeit, daß deine Hypothese irgendwie ...«

»Moment! Es kommt noch mehr! Wußtest du, daß er auch einer von Jolandas Liebhabern ist? Am Abend, an dem ich diesen ganzen Leuten zum erstenmal begegnete, war Carpenter ihr Begleiter. Und er hat sie in der Nacht mit in sein Hotel genommen.«

Dieser unerwartete Hieb traf Farkas tief. Doch er parierte, so gut es ging.

»Na und? Sie ist ja nicht gerade wegen ihrer Sexualabstinenz berühmt.«

»Jolanda war in die Sache eingeweiht, bevor du oder ich dazukamen«, sagte Enron. »Sie hat mich dazu gebracht, ist dir das klar? Und jetzt hat sie ihren Freund Carpenter da ebenfalls mit hineingeschmuggelt, weil der in der Luft hängt und sie ihm helfen will. Jolanda weiß, daß Kyocera als einer der Drahtzieher bei diesem Staatstreich mitmischt, und dann findet Jolanda heraus, daß Samurai gerade ihrem Freund Carpenter die Eier abgeschnitten hat, um Kyocera einen Gefallen zu tun, und sie entdeckt eine Möglichkeit, wie sie sie ihm wiedergeben kann. Also veranstaltet sie dieses kleine Dinner, bei dem du ihm zufällig begegnest, ihn freundlicherweise ins Vertrauen ziehst und in unsere Projektplanung einbaust. Könnte es sein, daß sie dich genau dahin manövriert hat, damit ihr lieber Carpenter dich und mich und Davidov verkaufen kann – die ebenfalls Jolandas Bettgenossen waren, aber was spielt das schon für eine Rolle? – an die Guardia Civil, damit er sich so seine Karriere bei Samurai wieder aufbauen kann?«

»Du beschreibst sie, als wäre sie eine Teufelin«, sagte Farkas.

»Vielleicht ist sie ein Weibsdämon«, sagte Enron. »Oder vielleicht liebt sie diesen Carpenter, und wir anderen sind weiter nichts als Spielfiguren für sie.«

Farkas erwog das eine Weile bei sich.

Er fühlte sich tief verunsichert. Enron schien da zu einem ganzen Bündel von Schlußfolgerungen zu springen. Doch je länger er über die ganze Affäre nachdachte, desto deutlicher erkannte er, daß er durchaus von Carpenters Freunden dahingehend manipuliert worden sein könnte, etwas für den in Ungnade gefallenen Mann von Samurai zu unternehmen. Was für einen Grund gab es für ihn, Carpenter überhaupt in die Geschichte einzubeziehen, wenn nicht den, bei Jolanda Punkte zu gewinnen? Sie hatte ihn doch geradezu gedrängt, etwas zu tun, damit Carpenter wieder auf die Beine kam. Schön, und in einem wilden unkontrollierten Augenblick von Spontaneität hatte er sich auf dieser Party bei Jolanda hinreißen lassen; und damit hatte er sie alle – sich selbst, Davidov, Enron, sogar die Firma als solche – unnötigerweise auf sträflich erschreckende Weise verletzbar gemacht.

War es wirklich möglich, überlegte er, daß er sich in seiner schuljungenhaften Verliebtheit in die üppigen seidigen Schenkel und prachtvollen Brüste dieser Frau aus Kalifornien zu einer dermaßen katastrophalen Torheit hatte verrennen können?

»Ich glaube, ich muß mal mit Jolanda sprechen«, sagte er zu Enron.

Jolanda und Carpenter saßen in der Bar: an einem Tisch, einander gegenüber; es sah keineswegs kompromittierend aus. Als Enron und Farkas herankamen, entschuldigte sich Carpenter und verschwand in Richtung Toiletten.

»Keine schlechte Idee«, sagte Enron. »Läßt du mir einen Scotch-Soda kommen, Jolanda?«

Während Enron hinter Carpenter herging, setzte sich Farkas neben Jolanda. Mit gedämpfter Stimme, als könnte Enron ihn sogar noch durch die halbe Bar hindurch hören, bat er: »Bleibst du heute nacht bei mir?«

»Es geht nicht. Das weißt du doch. Marty wäre wütend.«

»Bist du mit ihm verheiratet?«

»Wir reisen zusammen. Wir haben hier ein gemeinsames Hotelzimmer. Da kann ich doch nicht so einfach mit dir weggehen.«

»Aber du möchtest es«, sagte er. »Ich spür doch die Hitze, die von dir ausgeht.«

»Natürlich möchte ich gern. Aber ich *kann* nicht, wenn Marty da ist. Schon gar nicht heute abend. Er ist gräßlich nervös, weil irgendwas schiefgehen könnte.«

»Also, das bin ich auch«, sagte Farkas. Es ärgerte ihn, daß sie ihn zurückwies; und es bedeutete, daß er das, was er wissen mußte, in den paar Momenten herausfinden mußte, die ihm blieben, bis Enron und Carpenter an den Tisch zurückkehrten. Er hoffte, Carpenter würde sich Zeit lassen, oder Enron würde sich etwas einfallen lassen, ihn aufzuhalten. »Was mich aber beunruhigt, das ist dein Freund Carpenter«, sagte er.

»Paul? Aber wieso denn?«

»Was weißt du über ihn? Und wie vertrauenswürdig ist der Mann wirklich?«

Er sah den Wechsel in Jolandas Körperausstrahlung: sie wurde nun vorsichtig, strahlte weiter oben im Spektrum ein zitteriges ultraviolettes Signal aus. Sie sagte: »Ich verstehe dich nicht. Wenn du kein Vertrauen zu ihm hast, wieso hast du ihn dann in die Sache hereingenommen?«

»Du hattest mich darum gebeten.« Ihre Spektralstrahlung stieg weiter an.

»Ich habe nur angedeutet, daß du vielleicht bei Kyocera für ihn eine Möglichkeit siehst«, sagte Jolanda. »Ich habe nicht erwartet, daß du ihn zu *dieser* Sache *einladen* wirst.«

»Aha. Ich verstehe.« Und Carpenter kam noch immer nicht zurück. »Meinst du, es ist riskant, daß er hier bei uns mitmacht?«

»Selbstverständlich nicht. Warum bist du ihm gegenüber auf einmal so mißtrauisch?«

»Nerven, nehme ich an. Auch ich habe Nerven.«

»Das hätte ich nie vermutet.«

»Es ist aber so. Aber sag mir eins, Jolanda. Wie gut kennst du Carpenter eigentlich wirklich?«

»Er ist eigentlich nur der Freund von Freunden.«

»Mehr nicht?«

»Nun ...«

Farbe stieg ihr ins Gesicht. Farkas fühlte die Infrarotstrahlung.

»Ich rede jetzt nicht vom Bett. Wie lange kennst du ihn schon? Ein Jahr? Drei?«

»O nein, nicht so lange. Ich traf ihn vor ein paar Monaten bei einem Abendessen mit Nick Rhodes und Isabelle und Marty. Er war gerade von irgendwo im Norden nach San Francisco gekommen, und Nick bat mich als Partnerin für ihn dazu. Viel mehr war an diesem Abend eigentlich nicht los.«

»Verstehe«, sagte Farkas. »An diesem einen Abend.«

Er fühlte, wie ihm das Herz in die Hosen sank. Du hast zugelassen, daß dieses dumme Weib aus dir einen noch größeren Narren machen konnte, als dir klar geworden ist, dachte er düster.

»Aber ich denke ganz bestimmt nicht«, sagte Jolanda, »daß er irgendwie die geringste Gefahr für uns ist. Alles, was ich von ihm weiß, veranlaßt mich, ihn für einen Mann von extremer Intelligenz und Fähigkeit ...«

»Schon gut«, unterbrach sie Farkas. »Das reicht. Er kommt zurück.«

Sie hatten geplant, sich an dem Abend zu trennen und separat zu essen: Enron und Jolanda, Farkas mit Carpenter, Davidov mit seiner geheimnisvollen Bande aus Los Angeles. Als sie sich im Foyer trennten, zog Jolanda Carpenter beiseite und flüsterte ihm zu: »Hüte dich vor Farkas.«

»Was meinst du damit? Mich hüten, inwiefern?«

»Er traut dir nicht.«

»Er hat mich doch überhaupt erst in die Sache reingebracht.«

»Weiß ich. Aber jetzt hat er Bedenken. Vielleicht hat Marty was gegen dich zu ihm gesagt.«

»Marty? Aber der hat doch keinen Grund anzunehmen, daß ich irgendwie ...«

»Aber du weißt doch, wie diese Israelis sind. Paranoia ist bei denen ein Nationalsport.«

»Was meinst du, was los ist?« fragte Carpenter.

Sie schüttelte den Kopf. »Weiß ich nicht recht. Farkas hat mich vorhin einiges über dich gefragt. Ob ich glaube, daß es gefährlich ist, daß du bei der Gruppe bist. Und wie gut ich dich kenne. Er sagt, es sind bloß seine Nerven. Kann sein, aber ich an deiner Stelle wäre vorsichtig mit ihm.«

»Ja, das werde ich sein.«

»Laß ihn nicht aus den Augen. Er ist völlig skrupellos, und er ist enorm schnell und stark, und er kann in sämtliche Richtungen gleichzeitig sehen. Er kann gefährlich werden. Ich weiß, wozu er fähig ist«, sagte sie. »Ich war mal mit ihm im Bett, ein einziges Mal, und sowas habe ich noch nie von einem Mann erlebt. Sowas von heftig und stark.« Dann griff sie in ihre Tasche und holte drei kleine achteckige gelbe Tabletten heraus. »Da, nimm die und behalte sie bei dir. Und wenn du irgendwie in Schwierigkeiten kommst, können sie dir helfen.« Sie drückte Carpenter die Pillen in die Hand.

»Hyperdex?« fragte er.

»Ja. Hast du das schon mal genommen?«

»Hin und wieder.«

»Dann weißt du ja Bescheid. Eine reicht unter normalen Umständen. Zwei für ganz außergewöhnliche.«

Carpenter sagte: »Bist du wirklich sicher, daß Farkas schlecht von mir denkt? Oder entwickelst jetzt auch du nervöse Zustände?«

»Vielleicht bin ich paranoid. Aber er hat noch vor 'ner Minute mich über dich ausgefragt. Ob ich dir traue und so. Es klang gar nicht gut, aber vielleicht steckt ja nichts dahinter. Aber paß auf dich auf, mehr will ich nicht.«

»Mach ich.«

»Und deine Nerven? Keine Probleme?«

»Nein«, sagte Carpenter. »Mir ist inzwischen alles scheißegal geworden. Ich glaube, bei mir hat das ganze Nervensystem vor einiger Zeit 'nen Kurzschluß erlebt.« Er sah sie grinsend an und verpaßte ihr einen flüchtigen Kuß auf die Wange. »Danke für die Kuller«, sagte er. »Und die Warnung.«

»Gern geschehen.«

Ein frühes Abendessen. Allein in seinem Hotel. Dann eine Session mit Videos, allein im Zimmer. Dann ins

Bett. Morgen war der große Tag. Früh zu Bett und früh aus den Federn, macht 'nen Knaben zäh und ledern.

Ich weiß, wozu er fähig ist, hatte Jolanda gesagt. *Ich war mal mit ihm im Bett, ein einziges Mal.*

Nur einmal? Was für eine Überraschung. Das Mädchen kam ganz schön herum.

Na ja, dachte er. Morgen wird's sich zeigen.

27

In dieser Nacht träumte Carpenter, daß er auf dem Meer war und allein irgendeine Yacht von Kalifornien über den Pazifik nach Hawaii segelte. Aber es war zu einer besseren Zeit und in einer besseren Welt, denn der Himmel war rein und blau, und der Seewind strömte ihm frisch und sauber und mit dem erfreulichen kräftigen salzigen Aroma, nicht diesem schweren Stickstoffoxidgestank in die Nase, und das Meer war an seiner Oberfläche klar und sauber, ohne rötliche glitschige driftende Algenklumpen, ohne phosphoreszierende Haufen von Quallen und ohne breite Driften von fossilen Ölrückständen aus dem zwanzigsten Jahrhundert.

Er trug weiter nichts als eine zerfledderte abgeschnittene Jeanshose am Leib, doch er ging jeden Morgen ohne Angst hinaus auf Deck und unter die Sonne, die sich, unbefleckt von trüben Treibhausgasen, aus dem Meer hob und ein weiches, beinahe zärtliches Licht über das Wasser breitete. Er lauschte dem Wind, und er setzte seine Segel, und er erledigte seine Arbeiten an Bord und war nach ein paar Stunden, am Vormittag, damit fertig, und dann saß er da und las oder zupfte auf seiner Gitarre herum bis zum Mittag. Und dann legte er die Sicherungsleine über die Reling, kletterte hinunter und gönnte sich ein Bad und plätscherte neben dem Boot her durch das klare, warme, saubere unverseuchte Wasser. Und nachmittags …

Am Nachmittag sah er die Insel da ganz einsam in der See liegen, eine kleine Insel, auf keiner Seekarte vermerkt, drei Palmen und ein Streifen von grünem Pflanzenwuchs und ein wundervoller schneeweißer Strand. Und eine hochgewachsene Frau mit dunklem Haar stand einladend in der sanften lichtdurchströmten Brandung und winkte ihm zu. Sie war nackt bis auf einen Streifen roten Tuchs um die Schenkel. In dem hellen Tropenlicht schimmerte ihre Haut wie Bronze, die schweren Brüste, die kräftigen Schenkel …

»Paul?« rief sie ihm zu. »Paul! Ich bin es, Jolanda – komm doch rüber zu mir an Land und spiel mit mir, Paul …«

»Ich komme«, rief er und legte die Hand an die Pinne. Und fuhr zu ihr und warf den Anker ins seichte Wasser, und dann schwamm er auf ihre erwartungsvollen Arme zu … und … und …

Und dann zirpte das Telefon.

Du hast falsch gewählt. Stör mich bitte nicht weiter.

Aber es hörte nicht auf.

Verpiß dich! Merkst du nicht, daß ich beschäftigt bin?

Und es bimmelte weiter und weiter, endlos, unerbittlich. Schließlich streckte er den Fuß aus und schaltete das Gerät mit der Zehe an.

»Jaah?«

»Zeit aufzustehen, Carpenter.«

Aus dem Visor blickte ihm das Alptraumgesicht von Victor Farkas entgegen.

»Wieso? Es ist doch – noch nicht mal sechs Uhr früh. Ich brauche doch erst in ein paar Stunden im Terminal zu sein.«

»Ich brauche dich jetzt.«

Was sollte nun das, verdammt? Eine Änderung im Plan? Carpenter war sofort hellwach.

»Stimmt was nicht?« fragte er.

»Nein, alles läuft glatt«, antwortete Farkas. »Aber ich brauche dich jetzt. Zieh dich an und triff mich in einer halben Stunde. In El Mirador, Speiche D, im Café La Paloma. Es liegt genau mitten im Ort auf der Plaza.«

Ich an deiner Stelle wäre vorsichtig mit ihm. Laß ihn nicht aus den Augen.

»Könntest du mir sagen, warum?«

»Ich treffe mich dort mit Olmo. Und wie du dir denken kannst, werden wir Wichtiges besprechen. Ich brauche einen Zeugen für unsere Unterhaltung.«

»Wäre es nicht logischer, den Israeli dafür zu …«

»Nein! Der wäre der letzte Mensch, den ich dabeihaben möchte. Ich brauche dich. Also, beeil dich, Carpenter. El Mirador, Speiche D. Spätestens um halb sieben. Liegt etwa auf halbem Weg zur Nabe.«

»Verstanden«, sagte Carpenter.

Er konnte sich unmöglich weigern. Aber diese plötzliche Programmänderung war doch seltsam. Wenn Farkas ihn bei seinem Schwatz mit Olmo dabeihaben wollte, dann hätte er dies ja eigentlich schon am vergangenen Abend sagen können. Aber sie waren ein Team; und der kritische Zeitpunkt war heute morgen; und abgesehen von Jolandas unguten Gefühlen hatte er doch eigentlich keinen Anlaß anzunehmen, daß der Mann, der ihn für dieses Unternehmen angeworben hatte, ihn jetzt bestellte, weil er irgendwie einen Verrat beabsichtigte. Und Farkas sagte, daß Carpenter benötigt werde; ihm blieb keine andere Wahl, er mußte gehen.

Und dennoch … trotzdem …

Er ist völlig skrupellos, und er ist enorm schnell und stark und er kann in sämtliche Richtungen gleichzeitig sehen. Er kann gefährlich werden.

Carpenter duschte rasch und zog sich an. Er fühlte sich jetzt wach und aufgedreht, doch ehe er sein Zimmer verließ, schluckte er eine von Jolandas Hyperdex-Tabletten. Das Stimulans würde ihn um etliches wachsamer und reaktionsschneller machen, falls etwas Unvorhergesehenes passieren sollte. Die anderen zwei Pillen steckte er in seine Hemdtasche. Er hatte auf die Reise eine leichte ärmellose Wolljacke mitgenommen, weil er gehört hatte, daß die Lufttemperatur in Raumhabitaten um Grade niedriger gehalten wurde, als er es von der Erde gewohnt war; diese Jacke zog er jetzt an, nicht so sehr, weil ihm kalt gewesen wäre, sondern um zu verhindern, daß die Tabletten aus der Tasche rutschen könnten, falls er sich vorbeugen mußte.

Er kannte keinen anderen Weg, um zur Speiche D zu gelangen, als bis zur Zentralnabe zu fahren, dort in die andere Speiche zu wechseln und den Aufzug zurück zu benutzen. Zwar hatte er das Gefühl, es müsse auf halbem Weg Querverbindungen geben, doch hatte ihm niemand gesagt, wie man diese benutzte.

Um diese frühe Stunde war das Leben in Valparaiso Nuevo bereits in vollem Gang. Überall wuselten Menschen herum. Es ist wie in einem riesigen Flugterminal, dachte Carpenter, mit Tag- und Nachtbetrieb und mit vierundzwanzigstündiger Kunstbeleuchtung. Nur daß hier die Hauptlichtquelle eben nicht künstlich war. Diese Energie kam von der Sonne, die hier rund um die Uhr zur Verfügung stand.

In dem Aufzug gab es gekennzeichnete Ausgänge. Als EL MIRADOR kam, stieg Carpenter aus und sah sich nach der zentralen Plaza um. Wegweiser halfen ihm. Wenige Minuten später langte er auf einem neckisch altmodisch gepflasterten Plätzchen an, das von offenen Straßencafés umgeben war. Das Ganze wirkte märchenhaft und unwirklich wie eine künstliche Welt. Aber genau das *war* es ja auch: eine unwirkliche Welt und in jedem Fall eine kunstliche.

Carpenter entdeckte Farkas sofort auf der anderen Seite, er ragte aus den Menschengruppen heraus wie ein Elefant in einer Schafherde. Er ging hinüber.

Farkas war allein.

»Ist Olmo noch nicht da?« fragte Carpenter.

»Wir werden unser Gespräch in der äußeren Satellitenhülle führen«, sagte Farkas. »Dort ist der einzig sichere Ort, um so etwas zu besprechen, völlig außerhalb der Abhörsysteme des Generalissimo.«

Dies kam Carpenter denn doch sehr merkwürdig vor: eine Besprechung im Satellitenmantel. Er begann sich wieder ein wenig Sorgen zu machen. Vielleicht war es angebracht, seine Sinne noch ein bißchen mehr zu schärfen. Während Farkas ihn zu einem Durchgang in der Wand hinter dem Café führte, langte Carpenter unter seine Jacke, holte sich noch eine von den Hyperdex-Pillen und steckte sie sich in den Mund.

Er zerbiß die Pille zwischen den Zähnen und zwang sich, sie zu schlucken. Er hatte nie zuvor Hyperdex auf diese Art genommen, ohne Wasser, und es schmeckte erstaunlich bitter. Und er hatte auch noch nie zuvor zwei von den Pillen kurz nacheinander geschluckt, und er merkte fast sofort, daß sich in ihm größere Helligkeit einstellte und er in einen fast manischen Zustand geriet. Er wäre am liebsten losgerannt, in die Luft gesprungen oder von einem Baumwipfel zum anderen. Es war ein wenig beunruhigend, dieses Gefühl, aus den Fugen zu geraten, doch außer dieser leichten Unsicherheit empfand er auch eine Sensation von stark gesteigertem Bewußtsein, erhöhten Reflexen, was für ihn etwas vollkommen Neues war. Was immer Farkas mit ihm da draußen in der Satellitenschale vorhaben mochte, er fühlte sich durchaus darauf vorbereitet.

»Hier rein«, sagte Farkas.

Er öffnete eine Tür in der Wandung und bedeutete Carpenter, er solle vorausgehen.

Carpenter sah durch die Öffnung in die Dunkelheit.

»Wenn ich da reingehe, weiß ich nicht, wogegen ich stoßen könnte«, sagte er. »Du bist doch der Mann mit der Supervision, Farkas. Warum gehst du nicht vor?«

»Wenn du meinst. Dann komm mir nach.«

Dann traten sie in die Wandung des Satelliten. Die helle fröhliche Plaza von El Mirador verschwand hinter ihnen. Jetzt befanden sie sich in dem düsteren Schutzpanzer dieses künstlichen Neuen Paradiestales, hinter der Szene, in der dunklen unbekannten Haut des Satelliten.

Kurz nachdem sie eingetreten waren, bemerkte Carpenter, daß hier keine völlige Finsternis herrschte:

Gleich links von ihm befand sich ein schmaler Laufsteg, spärlich erhellt von einer Reihe uralt aussehender Glühlampen in der niederen Decke, die ein unmöglich schütteres gelbliches Glimmerlicht ausstrahlten. Als sich sein durch das Hyperdex gesteigertes Sehvermögen an dieses Halbdunkel anpaßte, sah Carpenter die Haufen von Gesteinstrümmern, die irgendwie wohl als Ballast für den Satelliten dienten, wie er vermutete, und Wägelchen, die wie Golf-Carts aussahen, wahrscheinlich Hilfsfahrzeuge für das Wartungspersonal. Und dahinter lag ein völlig schwarzer Bereich, so dunkel wie der Weltraum selbst.

Der Gang war so niedrig, daß Carpenter kaum aufrecht stehen konnte. Farkas ging gebückt. Weiter hinten wirkte die Decke sogar noch niedriger.

Er war mit Farkas ganz allein hier.

»Wo bleibt denn dein Freund Olmo?« fragte Carpenter. »Der verspätet sich anscheinend zu unserm kleinen Treffen?«

»Er ist knapp vor uns«, sagte Farkas. »Siehst du ihn nicht? Nein? Aber ich mit meiner Supervision, wie du es zu bezeichnen beliebtest, kann ihn ohne Schwierigkeit da drüben sehen.«

Aber es war außer ihnen beiden keiner hier. Dessen war Carpenter sich vollkommen sicher.

Und das hieß: Es würde Ärger geben. Er nahm die dritte Hyperdex-Pille aus der Hemdtasche, steckte sie in den Mund, kaute und schluckte sie.

Es war, als würde in seinem Schädel eine Bombe explodieren.

Farkas fragte: »Was machst du denn da?«

»Ich kann keinen Olmo sehen«, antwortete Carpenter. »Und auch sonst niemand.« Das kam ziemlich undeutlich über seine Lippen. Seine Stimme kam ihm vor, als spräche er in einem Echoraum.

»Nein. Olmo ist auch wirklich gar nicht hier.«

»Das habe ich mir doch gedacht.«

»Ja, so ist's«, sagte Farkas. »Wir zwei sind hier ganz allein. Und jetzt sagst du mir eins: Du stehst doch immer noch im Sold von Samurai Industries, Carpenter, oder etwa nicht?«

»Bist du wahnsinnig?«

»Antworte! Du spionierst uns für Samurai aus. Ja oder nein?«

»Nein! Was soll denn der Scheiß?«

»Ich glaube, du lügst«, sagte Farkas.

»Wenn ich noch für Samurai arbeiten würde«, sagte Carpenter, und seine Stimme klang schrecklich langsam wie die eines Roboters, dessen Batterieladung zu Ende geht, und er mühte sich, noch verständlich zu sprechen, als die dritte Hyperdex-Pille voll in seinem Nervensystem einschlug, »würde ich dann in einer dermaßen absurden wilden Sache wie der hier mitmachen?«

Statt zu antworten, wirbelte Farkas herum, bückte sich und hob etwas vom Boden auf, vielleicht einen schartigen Schotterklumpen, und schleuderte es in flachem Bogen auf Carpenters Kopf zu. Aber das Hyperdex tat seine Wirkung. Er war auf irgendeinen Angriff vorbereitet; und als dieser kam, wich er rückwärts und zur Seite aus und vermied mit Leichtigkeit Farkas' Schwung, so daß dessen Arm durchs Leere schlug. Er hörte, wie der Riese überrascht und ärgerlich grunzte.

Carpenter sprang vorwärts, um an Farkas vorbei und wieder ins helle Licht in El Mirador zu gelangen. Doch Farkas versperrte den Ausgang, und als Carpenter an ihm vorbeizutauchen versuchte, breitete er nur die enormen Arme weit aus, um ihn abzufangen. Carpenter wich zurück. Er sah hastig über die Schulter zurück, doch dort war nur stygische Düsternis, aber er trabte dennoch dort hinein, ohne zu wissen, wohin es ging.

Farkas kam ihm nach.

»Nur weiter so«, sagte er. »Dann gehst du über den Rand. Dort ist ein Sockel, direkt an der Schutzwandung, und dahinter geht's steil nach unten, und du fällst direkt in den Schwerkraftschacht. Es ist ein langer schwebender Sturz, aber bis du am Rand auf dem Boden landest, ist es ein Ge. Sehr beschissen für dich.«

Bluffte der Mann? Carpenter hatte keine präzise Vorstellung von den geographischen Verhältnissen hier drinnen. So zögerte er ganz kurz, und Farkas stürzte vor. Der Mann war schnell, und er war riesig groß, aber wieder kam ihm die Dreifachdosis Hyperdex zu Hilfe. Ihm erschienen die Bewegungen von Farkas schwerfällig, fast wie erstarrt. Sie ließen sich leicht vermeiden. Carpenter wich zur Seite und bekam nur einen streifenden Hieb an der linken Schulter ab. Er hörte, wie Farkas erstaunt und ärgerlich in sich hineinknurrte.

Aber er stand noch immer zwischen ihm und dem Ausgang. Und er wußte nicht, was hinter ihm, näher zur Außenwandung der Satellitenwelt, liegen mochte.

Vielleicht war es tatsächlich so gefährlich, wie Farkas gesagt hatte, sich weiter zurückzuziehen. Aber vor ihm befand sich eben Farkas. *Er ist schrecklich schnell und stark, und er kann in alle Richtungen gleichzeitig sehen,* hatte Jolanda gesagt. Ja. Aber ihm blieb keine große Wahl. Carpenter zog den Kopf ein und verlagerte sein Schwerkraftzentrum so tief nach unten wie möglich, dann lief er direkt auf Farkas zu. Als er in seiner Reichweite war, packte Farkas ihn, und sie rangen wütend kurz miteinander. Aber Carpenter konnte den Mann nicht bewegen; er war riesenhaft und maßlos stark, und er stemmte sich gegen ihn. Und seine Hände hatten sich um Carpenters Hals geschlossen, und er drückte zu.

Carpenter geriet in einen Zustand manischer Überdrehtheit, tänzelte wild herum, wand sich, wurde schlaff und packte plötzlich wieder fest zu. Und irgendwie wand er sich so herum, daß er aus Farkas' Würgegriff frei kam, und tänzelte von ihm weg. Er wußte, das war dank einer glücklichen Gewichtsverlagerung möglich, und er würde es wahrscheinlich nicht ein zweites Mal schaffen.

Farkas kam hinter ihm her, er bewegte sich mit unbehinderter Sicherheit, als sie in tiefere Dunkelheit gerieten, wo Carpenter beinahe überhaupt nichts mehr von seiner Umgebung wahrnehmen konnte. Undeutlich sah er, wie Farkas seine langen Arme nach ihm ausstreckte, dunkel strichhaft vor der Dunkelheit. Er tastete mit der Fußspitze vorsichtig nach hinten, um herauszufinden, ob er sich dem Abgrund bereits näherte, von dem Farkas gesprochen hatte, oder aber ob Farkas ihn andererseits in die Enge und an die Wand treiben wollte. Aber er entdeckte nichts dabei. Und inzwischen konnte er wirklich fast nichts mehr sehen.

Aber Farkas, der konnte sehen.

Was vor ihm lag und auch hinter sich. Was hatte Jolanda gesagt? Daß er durch seine Blindheit eine Sehfähigkeit von dreihundertsechzig Grad bekommen hatte.

Aber er hörte den scharfen Atem des Mannes. Er fühlte, ohne sie zu sehen, wie seine massige Gestalt ihm näherkam. Er besaß eine übermenschliche Reaktionsgeschwindigkeit, doch Farkas konnte ›sehen‹, und er war größer und stärker. Und das war hier in der Finsternis kein fairer Kampf.

Carpenter schlüpfte in einer einzigen geschmeidigen Bewegung aus seiner Wolljacke und hielt sie sacht mit zwei Fingerspitzen fest. Farkas kam angerollt. Carpenter war darauf vorbereitet und stemmte sich, so gut es ging, gegen den Boden.

Dann prallten ihre Körper gegeneinander. Carpenter spürte einen heftigen Aufprall an der Brust, und er glaubte schon, daß ihm die ganze Luft auf einmal aus den Lungen gedrückt würde. Sein ganzer Brustkorb schien zertrümmert zu sein.

Doch es gelang ihm, den Schmerz wegzuschieben und auf den Beinen zu bleiben. Er hob seine Jacke wie eine Schlinge hoch, und als Farkas den Kopf senkte, um ihm den Todesstoß zu versetzen, warf er ihm die Jacke rasch über den Schädel zog das untere Ende um seinen Hals, packte die Saumenden, verschnürte und verknotete sie wie eine Haube über dem Kopf von Farkas. Ihm schien, er hätte massenhaft Zeit, um zu tun, was er da tat. In Wirklichkeit dauerte es wahrscheinlich nicht länger als eine Sekunde.

Farkas keuchte. Er brüllte. Er stampfte mit den Füßen und stieß wütende keuchende Schreie aus.

Na? dachte Carpenter. *Funktioniert dein Blindsehen auch, wenn man dir Wolle über den Kopf zieht?*

Anscheinend nicht. Farkas tobte und raste wie ein geblendeter Polyphem im Finstern, und Carpenter tänzelte geschickt als geschmeidiger, von Panik erfüllter Odysseus um ihn herum, versetzte ihm einen kräftigen Stoß, so daß er sich im Kreis drehte, während Carpenter an ihm vorbeiglitt. Farkas stolperte, gewann das Gleichgewicht zurück und griff mit enormer Geschwindigkeit erneut an.

Er war schnell, doch Carpenter war noch schneller. Er wich wieder aus. In der Finsternis konnte er fast nichts unterscheiden, doch fühlte er den Lufthauch, als Farkas mit wirbelnden Armen und wütend grunzend mit gewaltigen dröhnenden Schritten an ihm vorbei schoß.

Und danach – der Schrei. Plötzlich. Erstaunen? Wut? Entsetzen?

Ein lang ausgedehnter Schrei, der wie in einem Dopplerecho verhallte.

Und dann, weit unten, ein dumpfer Aufschlag.

»Farkas?« rief er.

Keine Antwort.

»Bist du ins Loch gefallen, Farkas? He, du da unten, bist du tot?«

Aber alles blieb still. Ganz still. Still.

Also war Farkas weg. Richtig weg und fort. Es fiel schwer zu glauben, daß diese ganze dunkle Potenz so einfach ausgelöscht sein sollte. Dieser seltsame Mensch. Carpenter starrte in die Finsternis hinein.

Doch in diesem Augenblick des Sieges empfand er keinerlei Gefühl von Triumph. Er war nur desorientiert und erschöpft. Er begriff, daß er genau in diesem richtigen Augenblick sein Hyperdex-High erreicht gehabt hatte und nun wieder absackte. Und es war ein *sehr* hohes High gewesen. Der Abstieg würde scheußlich werden.

Ihn überkam nur ein Schwindelgefühl, wie er es nie vorher erlebt hatte, und ein fast unüberwindlicher Brechreiz. Das ganze Universum kreiste wirbelnd um ihn herum. Er ging auf die Knie und klammerte sich an die unsichtbare grobe Fläche unter seinen Händen. Und die schwankte und pulste und wölbte sich. Sein Magen begann sich zu heben und zu verkrampfen. Es war ein trockenes Würgen, aber es ließ nicht nach, bis er das Gefühl bekam, er werde umgestülpt und sein Inneres nach außen gewürgt wie bei einem Seestern, und als es aufhörte, kroch er auf dem Bauch ein bißchen weg von der Stelle, und dann lag er da lange mit dem Gesicht gegen den scharfen körnigen Boden gepreßt, und ließ die Dreifachdosis Hyperdex durch sich hindurchtoben, als wären es drei Orkane. Und aus der Finsternis kam nichts Neues von Farkas. Farkas war fort. Farkas war tot.

Es könnten Stunden gewesen sein, die Carpenter da so lag. Eine ganze Weile befand er sich in einer Art von Halluzinationszustand. Dann fand er zum vollen Bewußtsein zurück, oder doch fast.

Sein Körper zitterte, er bebte, er stöhnte, er weinte, während sich der Rest der Überdosis durch sein überbeanspruchtes Nervensystem brannte.

Als er sich bemühte, auf die Beine zu kommen, merkte er, daß es ihm nicht möglich war. Seine Beine waren wie Gummi, der Kopf fühlte sich leer an, und er besaß nicht die geringste körperliche Kraft. Also legte er sich wieder flach hin und wartete, und nach einiger Zeit wurde er etwas ruhiger. Langsam begann er vorwärts zu kriechen, ertastete sich den Weg, um ganz sicher zu sein, daß keine Abgründe vor ihm lagen, und nach einer Weile erkannte er, daß er wieder in den Bereich gekommen war, wo das schwache Licht der Glühlampen eine gewisse Orientierung erlaubte.

Dann fand er die Tür zurück nach El Mirador.

»Farkas?« rief er noch ein letztes Mal und blickte zurück in das Dunkel.

Nichts. Nur Stille.

Dann stolperte er auf das Katzenkopfpflaster der Plaza.

Er hatte keine Ahnung, wie spät es war. Bei dem Kampf in der Satellitenhülle war ihm irgendwann die Armbanduhr abgerissen worden. Aber, wie es aussah, war der Vormittag bereits weit fortgeschritten. An der Plaza waren die meisten Tische der Cafés besetzt. Aber er fand einen freien Platz und sank auf den Stuhl. Er spürte, daß man ihn neugierig anstarrte, und er fragte sich, wie stark angeschlagen und verdreckt er wohl aussah.

Er fühlte sich ausgelaugt und stumpf und benommen.

Aber in seinem Kopf brannte immer noch ein Rest von Hyperdex. Der Beschleunigungseffekt hatte etwas nachgelassen, er konnte sich nun mit normalem Tempo bewegen, doch seine Gedanken rasten immer noch in wilden Kreisen mit reichlich Überlichtgeschwindigkeit.

Konnte die Dreifachdosis fatale Schädigungen bewirken? Sollte er einen Arzt aufsuchen?

Eine reicht unter normalen Umständen, hatte Jolanda gesagt. *Zwei für außergewöhnliche Umstände.* Und er hatte alle drei geschluckt.

Er fröstelte und zitterte. Es kostete ihn Mühe, nicht mit dem Gesicht vornüber auf den Tisch zu sacken.

Ein Android fragte: »Kann ich etwas bringen, Sir?«

Die Frage kam Carpenter unglaublich drollig vor. Er brach in wildes Gelächter aus. Der Android stand weiter geduldig und höflich an seinem Tisch.

»Etwas zu trinken? Oder vielleicht zu essen?«

»Nichts, danke.« Carpenter zwang sich zu der Antwort. »Danke, ich brauche nichts.« Seine Stimme kam ihm immer noch verwaschen und zu hastig vor. Und sich bei einem Androiden bedanken, also wirklich!

Der Android ging. Carpenter saß still da. Einatmen ... Ausatmen ...

Nach einer Weile fiel ihm wieder ein, daß nach Davidovs Plan Farkas sich mit einem gewissen Oberst Olmo von der Guardia Civil um sieben Uhr an diesem Morgen in Verbindung setzen sollte, um ihn zu informieren, daß die Bomben überall im Habitat plaziert worden seien und daß Generalissimo Callaghan bis Mittag zurückgetreten sein müßte, oder alles hier würde zerstört werden. Aber hatte Farkas diesem Olmo tatsächlich das 07:00-Ultimatum durchgegeben?

Nein. Nein, das konnte er bestimmt nicht. Um 06:00 Uhr hatte Farkas ihn ja durch die Wanten der Satellitenhülle gehetzt. Farkas hatte zunächst den angeblichen Spion von Samurai Industries beseitigen wollen, ehe er mit Olmo sprach. Also war das Ultimatum höchstwahrscheinlich überhaupt nicht gestellt worden, außer daß Farkas sich nicht an den Zeitplan gehalten und mitten in der Nacht schon mit Olmo gesprochen hatte.

Also wußte Olmo vermutlich nichts über die Deadline. Der Umsturzversuch war gescheitert.

Aber die Bomben waren noch immer per Zeitzünder zur Explosion auf halb zwei eingestellt.

»Entschuldige«, sagte Carpenter zu einer Frau, die am Tisch neben seinem saß. Seine Stimme klang keuchend, heiser, rauh, gebrochen, wie die Stimme eines gerade aus den Folterkammern der Inquisition Entronnenen. »Könntest du mir bitte sagen, wie spät es ist?«

»Elf-dreißig«, sagte die Frau.

Himmel! Keine halbe Stunde mehr bis zu dem für die Abdankung vorgesehenen Zeitpunkt. Und nur zwei Stunden, bis die Bomben hochgehen würden.

Carpenter begriff, daß er nach dem Kampf mit Farkas für Stunden bewußtlos auf dem Boden gelegen haben mußte.

Er suchte nach einem öffentlichen Kommunikator und fand einen links an seinem Tisch angeklemmt. Die Tastatur war winzig, seine Finger kamen ihm dick wie Baumstümpfe vor, und als er sich an den Anrufcode von Davidovs Hotel zu erinnern versuchte, bekam er fünfzigtausend verschiedene achtziffrige Nummern in einer Fünfzigtausendstelsekunde vor die Augen.

Ruhig. Nur ruhig! Er fädelte sich durch das Labyrinth der Nummern und fand schließlich die richtige und gab sie durch.

Niemand meldete sich.

Es kam auch keine Suchanzeige.

Carpenter drückte die ›Hilfe‹-Taste und befahl, Davidov in ganz Valparaiso Nuevo zu suchen. Wieso dies nicht automatisch erfolgte, wußte er nicht; doch eine Minute später kam der Apparat mit einer Fehlanzeige für den gewünschten Teilnehmer an.

Wo war Davidov?

Dann versuchte er es mit der Nummer des Hotelzimmers, das Jolanda und Enron teilten. Nichts.

Irgendwas war hier oberfaul. Wo waren die alle? Die Bomben tickten doch bereits.

Er holte tief Luft, dann tippte er, wie er hoffte, den richtigen Code für die Vermittlung und erklärte, daß er mit Oberst Olmo von der Guardia Civil sprechen wollte. Er wurde in die Operationszentrale der Guardia verbunden.

»Den Colonel Olmo, bitte.«

»Wer spricht da?«

»Mein Name ist Paul Carpenter. Ich gehöre zu ...« Beinahe hätte er gesagt: *zu Samurai Industries.* Aber er bremste sich noch rechtzeitig. »Kyocera-Merck Limited. Ich bin Mitarbeiter von Victor Farkas. Sag ihm das. Victor *Farkas!*« Es fiel ihm enorm schwer, deutlich zu sprechen.

»Bitte warte einen Augenblick.«

Carpenter wartete. Er überlegte sich, wieviel er Olmo sagen sollte, ob er ihm gegenüber das ganze Komplott bloßlegen sollte. Es war nicht *seine* Aufgabe und Verantwortung, das Ultimatum zu übermitteln. Er war bei dem Geschäft nur ein kleiner unbedeutender Handlanger. Andererseits hatte aber *er* Farkas von der Bildfläche beseitigt, und das wußte außer ihm keiner. War er jetzt verpflichtet, Farkas' Rolle zu übernehmen?

Eine Stimme fragte: »Was ist der Grund für den Anruf, Mister Carpenter?«

Oh, du heiliger Jesus!

»Es ist streng vertraulich. Ich kann nur mit Colonel Olmo selbst sprechen.«

»Der Colonel ist im Augenblick nicht verfügbar. Vielleicht möchtest du mit dem diensthabenden Beamten sprechen. Mit Capitano Lopez Aguirre?«

»Nein! Olmo, nur Olmo, bitte. Es ist sehr dringend.«

»Der Capitan Lopez Aguirre wird gleich mit dir sprechen können.«

»Olmo«, sagte Carpenter noch einmal. Ihm war zum Heulen.

Dann eine andere Stimme, die scharf und gelangweilt sagte: »Lopez Aguirre. Worum geht es, bitte?«

Carpenter sah benommen auf den Kommunikatorstab in seiner Hand, als hätte der sich plötzlich in eine Schlange verwandelt.

»Ich muß versuchen, mit Colonel Olmo zu sprechen. Es geht um Leben und Tod.« Er mußte sich anstrengen, seine Worte verständlich zu machen.

»Colonel Olmo ist nicht zu sprechen.«

»Das hat man mir bereits gesagt. Aber du mußt mich trotzdem mit ihm verbinden. Ich rufe wegen Victor Farkas an.«

»Wer?«

»Farkas. *Farkas.* Kyocera Merck.«

»Mit wem spreche ich, bitte?«

Carpenter wollte erneut seinen Namen sagen. Aber dann sagte er: »Es spielt keine Rolle, wer ich bin.« Er kämpfte noch immer mit dem Hyperdex und stolperte beständig übe seine Zunge. »Wichtig ist, daß Mister Farkas Colonel Olmo etwas sehr Wichtiges zu sagen hat, und ...«

»Wer bist du? Und was soll das Ganze? Du bist betrunken, ja? Denkst du, ich kann meine Zeit mit Saufköpfen vergeuden?«

Himmel! Lopez Aguirre klang wirklich sehr ärgerlich. Im nächsten Moment, erkannte Carpenter, würde der Mann wahrscheinlich jemand zur Plaza entsenden und ihn festnehmen und zum Verhör abführen lassen, als verdächtige Person, die öffentliches Ärgernis erregt. Ihn in irgendein Hinterzimmer sperren und sich irgendwann nach dem Mittagessen mit ihm befassen. Oder vielleicht auch irgendwann morgen.

Er schaltete den Kommunikationsstab ab und machte sich quer über die Plaza davon. Er rechnete damit, daß hinter einer der Palmen ein Mann der Guardia hervortauchen und ihm Magnetos anlegen werde, bevor er die andere Seite des Platzes erreicht hatte. Aber niemand hielt ihn auf. Er torkelte mit zuckenden verdoppelt schnellen Schritten weiter, immer noch bis zu einem gewissen Grad von dem Hyperdex beschwingt. Und er wußte, das würde noch einige Stunden lang so bleiben.

In den Aufzug. Hinunter zur Nabe, zum Shuttle-Terminal. Dort würden sie höchstwahrscheinlich alle sein: Enron, Jolanda, Davidov und seine Leute. Und warteten dort, bis sie ins Shuttle gehen konnten, falls es Olmo nicht gelungen war, den Generalissimo vom Thron zu stürzen.

Durch die Glaswand des Aufzugschachts erhaschte er einen Blick auf eine Uhr. Viertel vor zwölf war es jetzt. Und wenn Davidov keinen Ausweichplan vorbereitet hatte, würde die Mittags-Deadline verstreichen, ohne daß Olmo irgend etwas erfahren hatte. Aber das war nicht das wirklich ernste Problem. Wirklich ernst wurde es, wenn die neunzig Minuten Gnadenfrist verstrichen, ohne daß man von Olmo Nachricht hatte, und wenn dann die Bomben gezündet würden.

Das Shuttle zur Erde wartete startbereit im Terminal. Carpenter sah die schimmernde Lanze des Rumpfs exakt im Ring des Dockmoduls und direkt dahinter das lange hochragende Shuttle selbst. Überall blinkten helle Lampen verwirrend. Verdammt, wo war die Abflughalle?

Er befand sich in einer Art Warteraum. Eine Handvoll jugendlicher Einheimischer hing da herum. Er erinnerte sich, daß sie ihm bereits bei seiner Ankunft aufgefallen waren: Es waren Kuriere, scharfe Typen, die sich auf die Anreisenden stürzten. Er suchte nach dem Jungen, der ihnen bei der Ankunft geholfen hatte – Natathaniel, so hatte der Typ geheißen –, aber er sah ihn nicht. Doch dann kam ein anderer, ein untersetzter blonder Junge mit rosigem Gesicht, der wohl nicht so sanft war, wie er aussah, auf ihn zu und fragte ihn: »Kann ich dir helfen, Sir? Ich bin lizenzierter Kurier. Ich heiße Kluge.«

»Ich habe ein Ticket für das Zwölffünfzehner zur Erde«, sagte Carpenter.

»Dann gehst du da drüben direkt durch die Tür, Sir. Soll ich dir dein Gepäck aus dem Schließfach holen?«

Aber das wenige, was Carpenter an Gepäck mithatte, befand sich noch in seinem Hotelzimmer. Ach, zum Teufel damit!

»Ich habe kein Gepäck«, sagte er. »Aber ich suche Freunde von mir, die auch mit diesem Shuttle fliegen wollten.«

»Dann sind die bestimmt schon in der Abflugs-Lounge. Oder bereits im Shuttle. Die Boardingtime ist nämlich fast vorbei, mußt du wissen.«

»Ja. Hast du sie vielleicht gesehen?« Er beschrieb ihm

Enron, Davidov, Jolanda. Bei der Beschreibung Jolandas begannen seine Augen zu leuchten.

»Die sind hier noch nicht durchgekommen«, sagte Kluge.

»Bist du sicher?«

»Ich kenne diese Menschen. Mister Enron aus Israel und Miss Bermudez. Und den anderen, den großen Mann mit den kurzen Haaren, der verschiedene Namen hat. Ich habe schon bei ihrem letzten Besuch für Mister Enron und Miss Bermudez gearbeitet. Ich hätte es bestimmt bemerkt, wenn sie in der letzten Stunde hier irgendwo aufgetaucht wären.

Carpenters Augen weiteten sich enttäuscht.

»Du gehst jetzt besser in die Lounge, Sir«, sagte Kluge. »Gleich kommt der letzte Aufruf. Wenn ich wen von deinen Freunden kommen sehe, sage ich ihnen, daß du bereits an Bord gegangen bist. Geht das so okay, Sir?«

Wo waren sie? Verdammt, was war passiert?

Olmo sollte doch eigentlich ein paar der Bomben entdecken. So war jedenfalls der Plan, hatte Davidov gesagt: Er sollte *ein paar* von den Sprengsätzen finden; damit er begriff, daß die Drohung kein leerer Bluff war. Angenommen aber, dieser Olmo hatte eine oder mehrere der Bomben gefunden, aber auch die Leute, die sie anzubringen hatten, also Davidovs Leute, und hatte die mehr oder weniger subtilen Methoden angewandt, mit denen die Polizei hier in der Regel Informationen aus Menschen herausholte. Und dann hatte er die übrigen festnehmen lassen, Davidov, Jolanda, Enron – und jetzt saßen sie irgendwo in Haftzellen, und Olmo beabsichtigte, sich später mal um sie zu kümmern, um sie zu vernehmen – oder vielleicht auch erst morgen ...

»Letzter Aufruf für Flug 1133«, sagte eine Stimme aus den Lautsprechern. »Passagiere nach San Francisco, Shuttle zur Erde, bitte an Bord gehen ...«

»Du gehst da jetzt besser rein, Sir«, riet Kluge ihm noch einmal.

»Ja. Ja, richtig. Hör mal, wenn die noch auftauchen, sag ihnen bitte, daß ich an Bord gegangen bin und – hör genau zu – daß Farkas heute früh die Nachricht *nicht* weitergegeben hat. Hast du verstanden? Daß Farkas die Nachricht *nicht* durchgegeben hat.«

»Genau, Sir. Farkas hat die Nachricht *nicht* durchgegeben.«

»Fein. Danke.« Carpenter suchte in seinen Taschen und fand eine der hier gebräuchlichen Münzen. Callaghanos nannten sie die. Es waren nicht eigentlich Münzen aus Metall, sondern Geldkärtchen aus Plastik. Er hatte nicht die geringste Ahnung, was das Scheibchen wert war, aber es war groß und schimmerte silbern und hatte die Ziffer *20* eingeprägt, also sollte es wohl reichen. Er gab es Kluge.

»Letzter Aufruf für Flug 1133 …«

Wo blieben Enron und Jolanda, verdammt? Wo Davidov. Sie waren festgenommen, daran hatte er jetzt keinen Zweifel mehr.

Und Olmo hatte die Bomben gefunden, ja. Aber hatte er auch *alle* Sprengsätze gefunden? Wußte er überhaupt, wieviele da versteckt worden waren? Hatte er überhaupt daran gedacht, danach zu fragen?

Carpenter trat in die Lounge. Er rechnete fast damit, verhaftet zu werden, sobald er seine ID-Plakette vorwies, aber nein, man sagte ihm, alles sei in Ordnung, also lag anscheinend nichts gegen ihn vor, und er wurde in keiner Weise mit der Verschwörung in Verbindung gebracht; er war wohl so völlig bedeutungslos, daß er nicht einmal bei seinem Kurzaufenthalt in Valparaiso Nuevo aufgefallen war.

Mittag.

Er sollte eine Störung provozieren, falls die anderen nicht rechtzeitig erschienen – eine Verzögerung, damit sie den Abflug stoppen müßten, bis die andern erschienen. Am Check-in sagte er: »Einige Freunde von mir sind noch nicht da. Ihr müßt den Abflug verschieben, bis sie da sind.«

»Das ist leider unmöglich, Sir. Der Orbitalplan …«

»Ich habe gestern abend noch mit ihnen darüber gesprochen, und sie wollten unbedingt rechtzeitig hier sein.«

»Aber dann sind sie möglicherweise ja bereits an Bord.«

»Nein. Ein Kurier da draußen, der sie kennt, sagte mir, daß …«

»Möchtest du mir bitte ihre Namen sagen, Sir?«

Carpenter rasselte die Namen herunter. Er war immer noch überschnell. Der Schalterbeamte bat ihn, die Namen langsamer zu wiederholen, und er tat es. Ein Kopfschütteln.

»Diese Personen sind nicht auf dem Flug, Sir.«

»Sind sie nicht?«

»Ihre Buchungen wurden storniert. Für alle drei Personen. Wir haben den Eintrag, daß sie nicht mitfliegen werden.«

Carpenter glotzte nur stumpf.

Sie sind verhaftet worden, dachte er. Daran besteht kein Zweifel mehr. Olmo hat sie, und wenn's schief ging, haben sie ihm von dem Komplott erzählt, außer natürlich, er hat sie zur späteren eingehenden Vernehmung weggepackt.

Und die Bomben – hatte Olmo die alle gefunden? War er überhaupt im Bild?

»Entschuldige, aber wenn es dir nichts ausmacht, du mußt jetzt deinen Platz an Bord einnehmen …«

»Ja. Natürlich«, sagte er mechanisch.

Mit einem bleischweren Schädel wie ein sterbender Roboter schlurfte er ins Shuttle. Suchte nach Jolanda, Enron, Davidov. Nichts von ihnen zu sehen. Natürlich nicht.

Ließ sich in seiner G-Schale festzurren. Wartete auf den Start des Shuttles.

Enron. Davidov. Jolanda.

Eine Kolossalpleite. Und er konnte nichts dagegen tun. Gar nichts. Den Start verschieben? Das wollten sie nicht und würden sie nicht. Sie würden ihn einfach rausholen und im Shuttle-Terminal in eine Arrestzelle stecken. Es wäre der reinste Selbstmord, weiter nichts.

»Bitte legen Sie sich zurück und genießen Sie den Flug.«

Na klar doch. Klar!

Und dann bewegte sich das Shuttle nach außen. Viertel nach zwölf. Pünktlich. Carpenter legte die Hände über die Augen. Schon vor einer kleinen Weile hatte er gemerkt, daß er todmüde war, wie kaum jemals vorher; aber jetzt, kam ihm der Verdacht, war er da einen Schritt weitergekommen: er war so erschöpft, wie er es überhaupt werden konnte. Wenn du an bloßer Erschöpfung sterben kannst, dachte er, dann müßte ich jetzt tot sein.

»Wie spät ist es?« fragte er, viel später, einen Mann neben sich.

»Valparaiso-Zeit?«

»Ja.«

»Genau eins-achtundzwanzig.«

»Danke«, murmelte Carpenter. Er wandte sich zu seiner Bordluke und starrte wie gebannt hinaus. Welche Seite des Shuttles war Valparaiso Nuevo zugewandt? Und wenn es diese hier war, welcher der zahlreichen kleinen Lichtpunkte da draußen war das Habitat, das er gerade verlassen hatte?

Er brauchte nicht lang zu warten, um die Antwort zu erhalten.

Als die Explosion kam, war das wie das Aufblühen einer fernen scharlachroten Blüte im Himmel. Plötzlich. Und dann ein zweites rotes Flammen. Ein drittes …

28

RHODES WAR DAMIT beschäftigt, seinen Schreibtisch auszuräumen, als das Signallämpchen an der Sprechanlage aufleuchtete und der Vorzimmerandroid sagte: »Mr. Paul Carpenter ist hier und möchte dich sprechen, Dr. Rhodes.«

Es war sein letzter Tag in den Santachiara Technologies, und er hatte noch anderthalbmillionen Dinge zu erledigen. Aber er konnte Paul schlecht sagen, er sei zu beschäftigt, ihn zu empfangen.

»Er soll reinkommen«, sagte Rhodes.

Auf das veränderte Aussehen seines Freundes war er nicht vorbereitet. Carpenter sah aus, als hätte er in zwei Wochen zwanzig Pfund Gewicht verloren und sei zehn Jahre älter geworden. Das Gesicht war eingefallen, die Augen rotgerändert und leer, und die langen blonden Haare hatten fast allen Glanz verloren. Zum erstenmal, soweit Rhodes sich erinnern konnte, hatte er sich den Bart abrasiert, und auch das hagere, hart vorstrebende Kinn war ihm ganz unvertraut.

»Paul!« Er ging auf ihn zu und nahm ihn in die Arme. »He, alter Junge! He, Mann!«

Es fühlte sich an, als umarmte er einen Sack voller Knochen.

Carpenter lächelte verkniffen, es war ein geisterhaftes Aschelächeln. »Eine irre Zeit«, sagte er leise.

»Ich wette, das war es. Magst du was trinken?«

»Nein.«

»Ich auch nicht«, sagte Rhodes.

Wieder warf ihm Carpenter dieses leere, fast ausdruckslose, flüchtige Gespensterlächeln zu. »Du hast es doch nicht etwa aufgegeben?«

»Ich? Kommt nicht in Frage. Ich nehme meine Laster ernst, Genosse. Aber ich kann auch ohne, im Moment. Setz dich doch. Mach es dir gemütlich.«

»Gemütlich, sagt der Mann.« Carpenter kicherte hohl. Dann zeigte er auf die Packkisten, die Stapel von Würfeln und Virtuals. »Ziehst du um?«

»Heute ist mein letzter Tag hier. Ich fange am Montag bei Kyocera an.«

»Wie fein für dich.«

»Ich nehme die meisten meiner Leute mit. Hubbard, Van Vliet, Richter, Schiaparelli, Cohen – die ganzen Mitarbeiter in Schlüsselfunktionen. Samurai ist natürlich außer sich. Sie reden von einem gigantischen Prozeß. Aber das ist nicht mein Problem.«

»Nein?«

»Kyocera wollen Schadensersatz anbieten.«

»Wie nett von denen«, sagte Carpenter. »Freut mich für dich, Nick. Ja, wechsle rüber zu denen und genmanipuliere alles verdammt höllisch gut. Und dreh alles so hin, wie es nötig ist. Baut eine neue menschliche Rasse, die Methan atmen und Chlorwasserstoff saufen kann … Macht es, Nick. Du und Dr. Wu.«

»Mit dem habe ich noch nicht gesprochen. Der ist noch droben in Cornucopia und arbeitet an den Retrofits der Besatzung für den Interstellarflug.«

»Cornucopia?«

»Der Forschungssatellit von Kyocera. Liegt praktisch gleich neben dem, der …«

»Ach ja«, sagte Carpenter. »Ja.«

Sie schwiegen beide eine ganze Weile.

»Was für eine Scheiße. Das mit Valparaiso Nuevo.«

»Ja.«

»Isabelle kann sich noch immer nicht fassen. Jolanda war doch ihre engste Freundin.«

»Ich weiß«, sagte Carpenter. »Was für eine Vitalität die Frau hatte! Ich kann's einfach nicht glauben, daß …«

»Ich auch nicht.«

»Ich habe gesehen, wie das hochging. Ich saß da in dem Shuttle und habe zugesehen und gedacht: Jolanda, Enron, Davidov. Und die Tausende andrer Menschen ... Aber hauptsächlich dachte nur: Jolanda-Jolanda-Jolanda ...«

»Sprich nicht darüber, Paul. Denk einfach nicht mehr daran.«

»Ja, klar.«

»Willst du bestimmt keinen Drink?«

»Also hör mal, wenn du gern was trinken möchtest ...«

»Nicht für mich. Für dich.«

»Ich möchte es nicht riskieren, Alkohol zu trinken. Ich hab eine Überdosis Hyperdex genommen, als ich dort oben war. Die einzige Möglichkeit, da lebend rauszukommen, aber mein Nervensystem ist davon für lange Zeit gestört.«

»Von Hyperdex? Das hat dir das Leben gerettet?«

»Das ist eine lange Geschichte«, sagte Carpenter. »Farkas war zu dem Schluß gekommen, daß er mich umbringen müßte, und Jolanda hat mich gewarnt und mir ein paar von ihren Tabletten gegeben, und ... ach, Scheiße ... Scheiße, Nick! Ich mag nicht darüber reden.«

»Dann tu es auch nicht«, sagte Rhodes.

Unerträglich, dachte Rhodes, Paul in diesem Zustand zu sehen, dieses leere Wrack von einem verwirrten orientierungslosen Menschen! Aber Carpenter hatte so eine Menge durchgemacht: diese Eisberggeschichte, seine Entlassung, die Fahrt quer durchs Land und dann noch die Zerstörung von diesem L-5 ...

Wieder saßen sie eine ganze Weile schweigend da.

Wenn eine Freundschaft seit so vielen Jahren dauert, sagte sich Rhodes, dann zeigt sich eben, wie tief sie ist, wenn ein Moment kommt, wo es passender ist, gar nichts zu sagen, als irgend etwas Belangloses. Daß man einfach das Maul hält, und der Freund versteht es.

Aber nach einer Weile konnte er das Schweigen einfach nicht mehr aushalten. Er fragte leise: »Und? Paul? Was jetzt? Weißt du schon, was du machen willst?«

»Ja, das weiß ich.«

Rhodes wartete.

»Ich geh wieder in den Raum zurück«, sagte Carpenter. »Ich muß weg von hier. Die Erde ist beschissen und im Arsch, Nick. Für mich ist sie das jedenfalls. Außer dir habe ich hier keinen, an dem mir was liegt. Und Jeanne vielleicht noch. Aber die habe ich ja auch nicht richtig. Und ich möchte ihr Leben nicht noch mehr durcheinander bringen, als es schon ist, also ist es am besten, ich lasse sie ganz in Ruhe. Aber ich will nicht hier herumhängen und zusehen, wie alles immer mehr zugrunde geht.«

»Das wird nicht passieren«, sagte Rhodes. »Wir werden den Laden wieder so in den Griff bekommen, daß wir mit dem fertig werden können, was auf uns zukommt.«

»Wunderbar. Dann bringt das mal so gut in Ordnung, wie ihr könnt, Nick, und mach soviel Dampf dahinter, wie's nur geht. Aber ich, ich muß weg von hier.«

»In welches Habitat willst du denn gehen?«

»In keins. Weiter weg.«

»Ich verstehe nicht«, sagte Rhodes. »Zum Mars? Ganymed?«

»Noch weiter, Nick.«

Zuerst war Rhodes ganz verwirrt. Dann überlegte er und entdeckte einen gewissen Sinn in dem, was Carpenter gesagt hatte.

»Das Sternenschiff-Projekt?« fragte er ungläubig.

Carpenter nickte.

»Um Gottes willen, warum denn? Sind dir die L-5er nicht weit genug weg?«

»Bei weitem nicht! Ich will so weit fort, wie es nur geht, und noch einen Sprung weiter! Ich will diese Hölle loswerden. Mich reinigen von allem, was geschehen ist. Neu anfangen.«

»Aber wie kannst du denn das? Das Sternenschiff-Projekt ist doch ...«

»Das kannst du für mich tun. Du kannst mich da mit reinkriegen. Nick, das ist doch ein Kyocera-Projekt. Und ab kommenden Montag bist du ein ganz hochrangiger Wissenschaftler in der Firma.«

»Das schon«, sagte Rhodes, obwohl ihn die Vorstellung erschreckte. »Ich nehme an – ja, ich werde dort einigen Einfluß haben. Aber das habe ich gar nicht gemeint.«

»Was hast du denn gemeint, Nick?«

Rhodes zögerte.

»Du willst da wirklich mit an Bord sein?«

»Ja. Ist das nicht klar? Genau das habe ich doch eben gesagt, oder?«

»Ja, aber – denk doch drüber nach, Paul! Die Augen ...«

»Genau. Die Augen.«

»Willst du in sowas Monströses wie Farkas umgemodelt werden?« fragte Rhodes.

»Ich will weg von hier!« erwiderte Carpenter. »Nur das ist mir wichtig. Alles übrige ist nebensächlich. Okay, Nick? Hast du jetzt endlich kapiert? Gut. Fein. Ich will, daß du mir dabei hilfst. Setz deinen Einfluß ein, wie du's noch nie zuvor getan hast!«

Die Worte hatten etwas Leidenschaftliches, fand Rhodes. Aber keine Spur davon in der Stimme. Er klang, als redete er im Traum: Die Stimme war flach, ausdruckslos, gespenstisch gelassen. Rhodes erschrak.

»Ich will sehen, was ich tun kann«, hörte er sich selbst sagen.

»Ja? Tu das!« Wieder dieses geisterhafte Lächeln. »Es ist zum Besten, Nick.«

»Wenn du meinst.«

»Ich meine es. Ich weiß es, daß es so ist. Alles wirkt doch immer nur zum Besten, Nick. Alles.«

29

Carpenter legte sich in den G-Sitz zurück und betrachtete die Satellitenwelt Cornucopia, die direkt vor ihm herankreiselte. Er fühlte sich wunderlich ruhig. Er fühlte sich wie ein Seefahrer, der den Urvater aller Stürme ausgestanden hat und nun über eine stille, spiegelglatte See fährt.

Alles war arrangiert. Nick Rhodes hatte das alles erledigt: Er hatte die Obergötter bei Kyocera in Kenntnis gesetzt, daß er einen Kandidaten habe, der die freie Stelle in der Starship-Besatzung einnehmen könne, nachdem Farkas ausgefallen war; und er hatte recht deutlich zu erkennen gegeben, daß er erwarte, daß seine neue Firma diesen seinen Vorschlag ernstlich in Erwägung ziehen werde. Und dann war durch wundersame Manipulation der von Samurai in Unehren gefeuerte Mann, Paul Carpenter, trotz aller damit verbundenen Probleme, aufgerückt in die Position eines Ersatzmanns; er wurde durch das erste Kontaktgespräch gelotst und dann durch alle folgenden Tests. Und nun wurde er nach Cornucopia geflogen, wo die Besatzung auf ihre Reise ins Unbekannte vorbereitet wurde.

»Da! Schaut mal!« sagte jemand in der anderen Reihe. »Da ist dieses Habitat, das explodiert ist. Also, die restlichen Trümmer.«

Carpenter schaute nicht hin. Er wußte: Über den ganzen L-5-Gürtel verstreut schwebte eine riesige Menge von Trümmern, die Reste von Valparaiso Nuevo kreisten wild und willkürlich umher, und die Säuberungsteams würden noch monatelang Leichen einsammeln und versuchen, die größten Trümmerstücke herumzuwuchten und auf Bahnen zu lenken, die sie zur

Sonne bringen würden, ehe ihre Orbits sich verkleinerten und sie auf die Erde fallen würden. Aber er wollte das nicht sehen.

Er schaute lieber zur anderen Seite. Zurück und nach unten, wie ein Landstreicher: heim zur Erde.

Und wie schön sie war!

Ein vollkommener blauer Ball, hell strahlend, von Bändern von Weiß bedeckt. Die von der Menschheit zugefügten Verletzungen waren nicht sichtbar. Aus dieser Entfernung waren der Dreck, die Zerstörung, die Fäulnis nicht mehr wahrnehmbar. Nichts mehr zu sehen von den öden neuen Wüstengürteln, wo noch vor etlichen Generationen fruchtbares Ackerland gewesen war, von den dampfenden pilzartig wuchernden Wäldern in den von Menschen verlassenen Städten, nichts von den untergegangenen Küstenlinien, nichts von den Giftklumpen in den Meeren, nichts von den farbenprächtigen Pollutionsstreifen in der Atmosphäre, nichts von den endlosen langen Meilen ausgedörrten, verbrannten Ödlands, durch das er auf seiner fieberhaften Flucht nach Chicago und zurück gekommen war … Nein, von hier oben, von außerhalb der Stratosphäre war die Erde einfach hinreißend und überwältigend schön.

Eine wunderschöne Welt. Ein Juwel von einem Planeten.

Was für ein Jammer, dachte Carpenter, daß wir das so versauen mußten! Daß wir in einer grandiosen Orgie von Dummheit jahrhundertelang unser eigenes Haus, unser eigenes Nest zur Kloake gemacht und unsere wundervolle und vielleicht einzigartige Welt in einen Ort des Schreckens verwandelt haben … Und der fährt nun fort in seiner eigenen Umgestaltung, und mit einer Macht, die sich unserer Kontrolle entzogen hat, so daß uns nun kaum etwas anderes übrigbleibt, als uns selber ebenfalls zu verändern, wenn wir da weiter am Leben bleiben wollen.

Welche anderen Gefühle konnte man schon haben,

wenn man auf diesen blauen Kuller hinuntersah, der so scheinbar vollkommen war, und wenn man daran dachte, was für ein Paradies er einst gewesen war und was der Mensch daraus gemacht hatte ... außer Wut, Schmerz, Empörung und eine verzweifelte Beklommenheit? Und was hätte einer sonst tun sollen, als sich heulend und schreiend an die eigene Brust zu schlagen?

Und trotzdem ... und dennoch ...

Du mußt es langfristig sehen, befahl er sich.

Die Beschädigung war nur eine temporäre. Alles würde wieder in Ordnung kommen. Natürlich nicht so schnell. Es gab Leute, die sagten, der Planet Erde ist schwer verwundet; schön, irgendwann würde der Planet wieder gesund werden. Andere sagten, der Planet ist nur besudelt; schön, wenn das so war, würde der Planet eben eine gewisse Zeit benötigen, um sich zu reinigen. Aber das würde die Erde tun. Ganz bestimmt. Alles würde wieder in Ordnung kommen. Und wenn es hundert Jahre, tausend, eine Million Jahre dauern sollte – die Erde würde sich wieder selbst reinigen. Der Planet hat immens viel Zeit – wir nicht, dachte Carpenter, aber der Planet hat sie. Das Leben würde weiterbestehen. Nicht unbedingt so, wie wir es kennen, aber Leben in irgendwelcher Form. Und wenn wir auf der Erde durch eine andere Lebensform ersetzt werden müssen, weil wir so miserable Verwalter des uns anvertrauten Gutes waren, warum nicht? Warum denn nicht? Die eine Art versagt, irgendwann tritt eine andere an ihre Stelle. Das Leben ist hartnäckig. Das Leben läßt sich nicht unterkriegen.

»Passagiere nach Cornucopia, bitte bereitmachen zum Andocken«, verkündete eine Stimme aus dem Lautsprecher.

Dann tauchten die blitzenden Speichen des Forschungssatelliten von Kyocera auf. Carpenter verschwendete einen kurzen Blick dahin, gleichgültig. Er sah immer noch zurück auf die Erde, mit einem Gefühl, wie er selbst fand, von Hilflosigkeit und tiefer Erkenntnis.

Und dann bekam er wie in einer Vision eine flüchtige Vorstellung von der neuen Rasse, die Nick Rhodes erschaffen würde. Monströse Wesen, bestimmt, mit Schuppenhaut und quellenden Fischaugen und Schwimmflossenfüßen und grünem Blut. Aber – warum nicht? Füreinander würden sie schön sein; und sie würden miteinander und füreinander da sein. Auf der neuen, seltsam verwandelten Erde in einigen hundert Jahren würden sie sich völlig daheim fühlen, sich wohlfühlen in der veränderten Atemluft, alles in allem glücklich in der brüllenden Gluthitze.

Und er konnte sich vorstellen, wie Nick Rhodes und Isabelle da drunten zusammen waren, endlich friedlich und kampflos vereint, ein bezauberndes Liebespaar von Frau und Mann, wie sie Händchen hielten, zusammen alt wurden. Sogar Kinder hatten. Kleine Ungeheuer. Eine ganz neue Rasse, die da aufblüht. Das Leben geht weiter.

Und dann dockte das Shuttle ein. Drei, vier Passagiere nach Cornucopia machten sich an den Ausstieg. Als sein Name aufgerufen wurde, begab Carpenter sich zur Bordluke am Bug und stieg aus.

Cornucopia, soviel er zunächst sah, wirkte auf ihn so ziemlich genau wie der Hafen von Oakland: Keinerlei innen-architektonische Pflanzenlandschaft, kein Boden- oder Wandbelag, keine Spur von Dekor – nur kilometerweit überall Metall, ein Gitterwerk von nackten Streben. Reinste ungeschminkte Funktionalität. Zweckmäßig. Aber das war in Ordnung. Schließlich war er ja nicht hierher gekommen, um Urlaub zu machen.

»Mister Carpenter? Hier herüber, bitte.«

Einige Kyocera-Angestellte erwarteten ihn bereits, führten ihn durch nackte Hallen und öde Korridore.

Dann, schließlich, eine Tür mit einer Aufschrift in schwach leuchtenden Leuchtbuchstaben:

PROJECT LONG JUMP
NUR FÜR BEFUGTE ZUTRITT ERLAUBT

Hier muß es sein, dachte Carpenter. Ein ganz schön weiter Sprung, wirklich. Zu einem anderen Stern.

Nun, er war bereit dafür. Er fand, er sei völlig gelassen, ruhig, entschlossen und festgenagelt, er war darüber hinaus, sich noch irgendwelche Bedenken erlauben zu können, und er trat jetzt in diesen Ort ein, wie er vor einigen Jahrhunderten vielleicht in ein Kloster gegangen wäre.

Aus eigenem freiwilligen Entschluß ließ er seine alte Welt hinter sich. Und zur Hölle damit!

In dieser Welt zu leben, das war unerträglich schwierig geworden. Das Atmen selbst war bereits ein Problem, ebenso der Umgang mit dem ganz gewöhnlichen Sonnenlicht, das eben nicht länger das gewohnte, vertraute Licht war. Und, dachte Carpenter, extrem schwierig ist es auch geworden, das Richtige zu tun. Fast immer in seinem Leben hatte er dies versucht, das Richtige zu tun, und es war ihm nur ab und zu gelungen. Es war nicht seine Schuld – er hatte es versucht. Und dann war er in eine Sache geraten, die falsch war – mit katastrophalen Folgen.

Und Enron? Und Jolanda? Auch sie hatten versucht, das Richtige zu tun, so wie sie es verstanden. Und dabei hatten sie danach gestrebt, sich auf ihre persönliche Weise in dieser schwierigen Zeit angemessen einzurichten und anzupassen, und dann hatten sie sich einmal zu oft angepaßt und mitgemacht – und waren dafür gestorben.

Eine zu harte Nuß, dieses Leben in der neuen schwierigen Zeit. Carpenter zog einen neuen Start anderswo vor.

Und er war sich sicher, daß er ihn hier bekommen würde. Sie würden ihn sich vornehmen und ihn verändern und ihn dann tief bis ans Ende des Universums schicken. Gut so. Wunderbar. Auch er konnte hartnäckig sein und anpassungsfähig. Du baust Mist in der einen Welt, schön, dann packst du deinen Kram zusammen und ziehst weiter in eine andere. Von neuem anfangen, immer wieder neu geboren werden – so mußte man es machen …

Als einer der Kyoceraleute seine Hand auf die Türplatte drückte, gestattete Carpenter sich noch eine Vision. Sie war nur kurz, aber wie eine Erlösung: eine grün-goldene Sonne, ein strahlender limonengrüner Himmel, ein Wald von feuchtschimmernden Blattwedeln, ein See voll perlenden reinen Wassers. Das neue Eden, das neue Paradies, unverdorben und unbesudelt, und es wartete darauf, daß die gestrafte, demütig gewordene Gattung Mensch es finden und besiedeln würde. Und er, Carpenter, würde zu der Vorhut gehören, die in den interstellaren Raum vordrang.

Nein! korrigierte er sich.

Du darfst dir keine Träume erlauben. Dann gibt es auch keine Enttäuschungen. Geh auf die Reise und warte ab, was kommt; hoffe, daß es gut wird, aber rechne mit nichts. Möglich, daß wir unsere Sache diesmal besser machen werden.

Oder vielleicht auch nicht.

Die Tür glitt auf, und ein Gesicht sah ihn fragend an. Für einen kurzen blitzhaften Augenblick glaubte Carpenter, daß ihm da das Gespenst von Victor Farkas erwartungsvoll entgegenblickte.

Doch es war nicht Farkas. Nein – nein, das war er nicht. Aber es war der gleiche augenlose hochgewölbte Schädel, das ja. Aber der Mann da war viel jünger, schlanker, drahtiger und kleiner als Farkas, hatte eine olivdunkle Hautfarbe, schmale Schultern, und er lächelte breit und ironisch und wirkte insgesamt jugendlich und überheblich. Keine Spur von Farkas.

Carpenter stellte sich vor: »Ich bin Paul Carpenter, der Neue für die Sternenschiff-Besatzung.«

Der Mann ohne Augen nickte ihm zu. »Komm rein. Und willkommen bei uns im Projekt Long Jump.« Er reichte ihm die Hand. »Ich heiße Juanito.«

Schwarzes Loch
Zukunft
Science Fiction Tage
im ORF Dornbirn
Was? Schlaglichter auf eine
schlecht verstandene Literatur:
Lesungen, Vorträge,
Diskussionen, Hörspiele ...
Wo? ORF Radio Vorarlberg,
Dornbirn, Österreich
Wann? 9. bis 11. Mai 1997